懷念馬悅然教授

1924-2019

林秀赫——著

巨靈 百年新詩形式的生成與建構

【總序】
不忘初心

李瑞騰

　　詩社是一些寫詩的人集結成為一個團體。「一些」是多少？沒有一個地方有規範；寫詩的人簡稱「詩人」，沒有證照，當然更不是一種職業；集結是一個什麼樣的概念？通常是有人起心動念，時機成熟就發起了，找一些朋友來參加，他們之間或有情誼，也可能理念相近，可以互相切磋詩藝，有時聚會聊天，東家長西家短的，然後他們可能會想辦一份詩刊，作為公共平台，發表詩或者關於詩的意見，也開放給非社員投稿；看不順眼，或聽不下去，就可能論爭，有單挑，有打群架，總之熱鬧滾滾。

　　作為一個團體，詩社可能會有組織章程、同仁公約等，但也可能什麼都沒有，很多事說說也就決定了。因此就有人說，這是剛性的，那是柔性的；依我看，詩人的團體，都是柔性的，當然程度是會有所差別的。

　　「台灣詩學季刊雜誌社」看起來是「雜誌社」，但其實是「詩社」，一開始辦了一個詩刊《台灣詩學季刊》（出了四十期），後來多發展出《吹鼓吹詩論壇》，原來的那個季刊就轉型成《台灣詩學學刊》。我曾說，這一社兩刊的形態，在台灣是沒有過的；這幾年，又致力於圖書出版，包括吹鼓吹詩叢、同仁詩集、選集、截句系列、詩論叢等，迄今已出版超過一百本了。

　　根據彙整的資料，2019年共有12本書（未含蘇紹連主編的3本吹鼓吹詩叢）出版：

一、截句詩系

王仲煌主編╱《千島詩社截句選》

於淑雯主編╱《放肆詩社截句選》

卡夫、寧靜海主編╱《淘氣書寫與帥氣閱讀：截句解讀一百篇》

白靈主編╱《不枯萎的鐘聲：2019臉書截句選》

二、台灣詩學同仁詩叢

離畢華詩集╱《春泥半分花半分》（台灣新俳壹百句）

朱天詩集╱《沼澤風》

王婷詩集╱《帶著線條旅行》

曾美玲詩集╱《未來狂想曲》

三、台灣詩學詩論叢

林秀赫╱《巨靈：百年新詩形式的生成與建構》

余境熹╱《卡夫城堡──「誤讀」的詩學》

蕭蕭、曾秀鳳主編╱《截句課》（明道博士班生集稿）

白靈╱《水過無痕詩知道》

　　截句推行幾年，已往境外擴展，往更年輕的世代扎根了，選本增多，解讀、論述不斷加強，去年和東吳大學中文系合辦的「現代截句詩學研討會」（發表兩場主題演講、十六篇論文），其中有四篇論文以「截句專輯」刊於《台灣詩學學刊》33期（2019年5月）。它本不被看好，但從創作到論述，已累積豐厚的成果，「截句學」已是台灣現代詩學的顯學，殆無可疑慮。

「台灣詩學詩論叢」前面二輯皆同仁之作，今年四本，除白靈《水過無痕詩知道》外，蕭蕭《截句課》是編的，作者群是他在明道大學教的博士生們，余境熹和林秀赫（許舜傑／2017年臺灣詩學研究獎得主）都非同仁。

　　至於這一次新企劃的「同仁詩叢」，主要是想取代以前的書系，讓同仁更有歸屬感；值得一提的是，白靈建議我各以十問來讓作者回答，以幫助讀者更清楚更深刻認識詩人，我覺得頗有意義，就試著做了，希望真能有所助益。

　　詩之為藝，語言是關鍵，從里巷歌謠之俚俗與迴環復沓，到講究聲律的「欲使宮羽相變，低昂互節，若前有浮聲，則後須切響」（《宋書·謝靈運傳論》），這是寫詩人自己的素養和能力；一但集結成社，團隊的力量就必須出來，至於把力量放在哪裡？怎麼去運作？共識很重要，那正是集體的智慧。

　　台灣詩學季刊社將不忘初心，在應行可行之事上面，全力以赴。

自序

林秀赫

　　教書六年的學校臺北商業大學，前身為創立於1917年的臺北商專，正與新詩同歲。校園右方為成功高中，正前方則是臺大法學院。每週當我進出北商大門，都會見到對面法學院牆外的一排蒲葵，上完課我常沿著這排蒲葵走去搭公車，前往師大圖書館查找資料，博士論文也在這往返之中完成。

　　現代詩人紀弦，1949年來臺後任教於成功高中直到退休，並於1976年12月28日移居美國西岸。紀弦在美國出版的第一本詩集《晚景》，仍有半數係作於臺灣，當中一首〈濟南路之春〉寫的正是這排蒲葵：「他們排列在大學紅牆外／鋪花磚的人行道上／像一個儀隊，／我每天檢閱的。」紀弦說這一棵棵向他立正敬禮的蒲葵，他數過，共計是六十二棵。

　　到了紀弦在美西出版的第二本詩集《半島之歌》，全寫於美西，臺灣的景物只能在夢中落實了。1986年紀弦說他已不再夢見臺北的房屋、街巷，那些行人與車輛，「而我只夢見那一長排的蒲葵高高大大的，我最最想念的。」只因他聽說那一帶要蓋高樓，拓寬馬路，希望上帝能保佑這排蒲葵，好好站在原來的位置上，保持原來的姿勢，等待他有一天回去檢閱。

　　紀弦〈夢見蒲葵〉詩中擔心的事情，並未發生，這排蒲葵今天還是在那，高聳、健康，就像紀弦說的，是天下第一流的儀隊，而這些關於蒲葵與紀弦的故事，我是在論文口考之後，某天修改論

文，翻閱紀弦詩集才知道的。

　　若不是研究新詩，我不會知道這些在我生活周圍，但我很可能永遠都不會知道的過去。論文口考當天，林淇瀁老師、陳義芝老師、林于弘老師、徐國能老師，以及許俊雅老師，感謝他們在忙碌的學期末仍抽空閱讀這本論文，提供寶貴的意見，助其完成，許多都是詩人才有的獨到見解。更感謝許俊雅老師多年的指導，在師大的這些年深受許老師照顧，從最初授課，引領我進入報刊研究的領域，帶同學們看了許多日治時期以及民國初年少見的資料，啟發我對新文學史料的興趣，更在最後階段費心幫忙，多少封的通信，說不完的感謝。

　　回顧這本論文的完成，還有多位師長給予我不管是知識上、生活上，或心靈上的支持：是簡錦松老師為我打下古典詩的堅實基礎，從大一的李商隱詩到碩班的詩學研討，我幾乎每年都修簡老師的課；楊雅惠老師的新詩課，則是我新詩的啟蒙，不少知名的詩作都是在她的課堂上首次讀到；而英文課，有張錦忠老師帶我大量閱讀艱澀的英文文章，後來我才知道他是知名的馬華文學學者；那年也常在走廊遇見余光中老師，他總是步伐輕快，有次終於追上他，向他請教了李金髮詩作的語言問題；而蔡振念老師的現代小說課，延續我自高中以來寫作小說的喜好，最後更將課堂上一份關於張愛玲的報告擴寫，完成碩士論文。正因為接觸張愛玲，我讀了些民國小報，對舊報刊的世界開始感到好奇。

　　離開中山大學那段看海的日子，來到師大博班就讀。我立即選修了許俊雅老師「日治時期臺灣小說專題」、「日治時期臺灣古典文學專題」兩門課，擴展了我的閱讀視野，以及文獻查找、判斷的能力；陳義芝老師的現代散文課，實為半門現代詩課，經常在課堂上分享他讀詩、寫詩的心得體會，更邀請知名詩人、學者，如羅智成、陳育虹，還有芒克、嚴力、馬悅然教授來訪師大，收穫最多的正是我們這些學生；潘麗珠老師則教導了我從未注意過的關於古典

詩的細節；徐國能老師更在我撰寫博論其間，借我多本他珍藏的詩集，補足不少例證；而我首次挑戰崑曲，在師大禮堂粉墨登場，則是蔡孟貞老師一手安排；金培懿老師的「日本漢學」課程，使我認識到日本漢學家與中國各個詩派的交流，她更用課餘時間集合我們班傳授日語訣竅，度過了我學習日語最為紮實、最有效率的一段時光，幫助我耙梳日本現代詩歌與現代漢詩之間的形式關連；韓國翻譯家金泰成老師來訪客座師大，我有幸旁聽他兩門課，接觸韓國歷史以及韓國文化，我們更有首爾之約，也讓我下定決心學好韓語，在論文完成後報名了今秋的韓語檢定。

博班期間，還需感謝臺大的諸位師長。蔡瑜老師的漢詩節律學，使我思索如何把古典詩的節律研究運用到新詩研究上，課堂筆記寫滿了對新詩形式的分析；林玫儀老師的清代詞學，是我首次知道新詩創建時受到詞體很大的影響。2009年葉維廉老師客座臺大臺文所講授「文學翻譯與文化翻譯」，告訴我們新詩具有翻譯詩學的特點，以及中西詩學在20世紀是如何彼此模仿學習；隔年李渝老師也來臺文所客座講授「文學與繪畫」，帶我們會通文學與藝術，始終忘不了李渝老師最後一堂課上對我說「我們文字上見」勉勵我持續研究和創作。

還有柯慶明老師、高桂惠老師、楊小濱老師，因活動接待碰巧見面，但他們都在很短的見面時間內給我建議，提示關於博士論文的幾個重點。正因為有師長們為學生無私地付出，讓我對研究始終充滿熱情。而我在師大也有很好的學弟妹，秉旻、蘋芬，謝謝你們口考那天的幫忙，相信未來你們都是很棒的研究者與寫作者。正因為有家人、師長、同學的陪伴和支持，教會了我時間的珍貴。

另外還要感謝師大圖書館梅新先生、張素貞老師捐贈藏書，臺大圖書館楊雲萍教授捐贈藏書、葉維廉教授捐贈藏書，臺北醫學大學圖書館溫德生先生捐贈藏書，政大中正圖書館、臺北國家圖書館、北京國家圖書館、北京大學圖書館、清華大學圖書館、復旦大

學圖書館、大馬南方學院馬華文學館、哈佛大學燕京圖書館、法國國家圖書館、巴黎美術學院，以及文訊雜誌社的文藝資料室，讓我得以親見許多絕版詩集與其他珍貴的新詩史料。

最後我必須感謝諸多的詩人、學者和評論者，你們的作品和研究，總是能帶給我啟發，因此這本論文總好像寫不完，有太多好的作品和前人創見想放進去，為了和你們對話，我必須全力以赴到最後一刻。儘管還想把論文修得更好，還想繼續在臺下聽課當學生，但天下無不散的宴席，一句古老而又實在的話，博論總有寫完的一天，結束學生生涯。

紀弦最終還是告別了他最愛的蒲葵，但蒲葵還在，或許後來也曾有人特地拍照寄給紀弦了吧。

「我以為我已經盡力了，但回顧過去仍有許多不足。」

——B.B. King

目次

【總序】不忘初心／李瑞騰　　005

自序　008

緒論　從古典到現代　015
　　第一節　詩歌形式典範的轉移　015
　　第二節　舊詩為天下裂　018
　　第三節　方法與回顧　022

第一章　從破體到定體：新形式帶來新詩歌　039
　　第一節　分行自由體：新詩的主導形式　039
　　第二節　連書自由體：散文詩的中西合流　066
　　第三節　自然的音節：漢語詩歌韻律模式的轉換　079

第二章　從漢字到符號：新詩詩行的組成元素　096
　　第一節　漢字的現代性特質　096
　　第二節　標點符號：從建立到廢除　118
　　第三節　其他符號的使用　151
　　第四節　空格的使用　166

第三章　從連書到分行：新詩詩行的句式建立　*172*

　　第一節　新詩的句式　*172*

　　第二節　詩行的排列方向　*213*

　　第三節　詩行的對齊方式　*229*

第四章　從詩行到詩型：新詩詩行的組合模式　*239*

　　第一節　詩行：新詩形式的基礎　*239*

　　第二節　詩型：詩行的組成型態　*240*

　　第三節　新詩的八種基本詩型　*242*

　　第四節　章節：詩型的調度與銜接　*360*

結論　探索心靈的結構　*370*

　　第一節　語體革新：從「言文背馳」到「言文一致」　*370*

　　第二節　形式革新：從「言之有物」到「詩體解放」　*380*

　　第三節　形式的歷史：百年新詩發展綱領　*396*

　　第四節　巨大且繁複的心靈圖景　*425*

參考文獻　*431*

緒論
從古典到現代

第一節　詩歌形式典範的轉移

　　什麼是「詩」？一個最直觀的認定，卻關乎詩歌形式的根本。以往詩歌的形式研究，細分詩歌的格律、節奏、結構等要素，卻忽略這個看似淺顯卻最基本的問題。我們要認定一份作品是「詩」，在於這份作品有其明顯可判斷是詩歌的「識別特徵」，只要擁有這最基本的條件，就可稱為詩，理解為詩，再以詩的感覺去欣賞。這種最基本的詩歌識別特徵，並不容易改變，而每次詩歌識別特徵的改變，都是一次重大的典範轉移，亦即我們對詩歌觀念的重新定義。中國詩歌的形式先後歷經了三次的典範轉移，由最初古體詩時代的韻體，再到近體詩時代的格律體，再到新詩時代的自由體（Free verse）：

　　首先為古體詩的時代。此處「古體詩」並非專指齊言的五言古詩、七言古詩，而是泛指詩歌律化前的所有詩歌，包括由最初的《易經》古歌、[1]《詩經》、楚辭和上古歌謠，以及稍後的古樂府、五言詩、七言詩，這個時期以押韻為詩，無論句式為何皆為「韻體」。中國第一部詩歌總集《詩經》，雖有齊言的傾向，但句式尚未固定，篇幅長短亦無規範，卻幾乎都押韻，[2]馬悅然認為

---

[1]　關於《易經》古歌的發現和用韻方式，黃玉順認為《易經》之所以用韻雜亂無章，是因為《易》的作者在解易時，將古歌拆分引用，並摻入占斷內容所致。詳見黃玉順《易經古歌考釋》（修訂本），頁7-9。

[2]　這時期可能僅有《詩經》周頌中的〈清廟〉、〈昊天有成命〉、〈時邁〉、〈噫嘻〉、〈武〉、〈酌〉、〈桓〉、〈般〉此八首為無韻詩，見王力《詩經韻讀·楚

《詩經》的詩歌很可能是世界上最早使用韻腳的詩。[3]押韻正是文字受音樂主導所產生的詩歌韻律，加上趨近於齊言，兩者都是上古漢語在搭配音樂下所形成的一種形式上的識別特徵，不管是徒歌或是配樂，都顯示詩經與音樂的緊密關係。此後押韻作為漢語詩歌形式上最初也最為明顯的識別特徵，隨後以頓嘆律為節奏的楚辭，[4]每行的字數同樣趨近於齊言，卻始終有明顯的韻腳。漢代樂府仍維持押韻的雜言體，但句式逐漸從四言為主，改以五言為主。直到東漢末年五言詩確立後，每行五字，搭配偶數句押韻，成為定制，古體詩宣告成熟。古體詩基本上包含押韻的雜言體和齊言體，尤其在五言詩興起以前，詩經、楚辭、漢樂府、古歌謠都趨近於齊言，尚未嚴格規定每行的字數，篇幅長短自由，但此時的詩歌並不能稱為自由體，除了必備的押韻以外，即使不必句句齊言，卻仍是部分齊言的長短句結構，真正完全的自由體還需等到新詩的出現。然而當古體詩歌逐漸走向嚴格的齊言，一旦音節固定之後，聲調、詞類、句法之間的對比就變得明顯起來，逐漸朝對偶精工的方向發展。因此五言詩出現後，律體的出現也不遠了。

再者，自南朝永明時期（483-493）一直到民國的新文學運動（1917）之前這段將近一千四百年的時間，為詩歌的近體詩時代。近體又稱為律體，這時期以格律為詩，雖然詩人仍創作古體詩，但律體詩歌才是真正作為主導和代表的詩類。律體的產生與「詩樂分流」有關，[5]古體詩歌韻律節奏的發展受音樂主導，一首詩從長

辭韻讀》，頁71。

[3] 馬悅然〈金子般的先秦文學〉，見《另一種鄉愁》增訂版，頁84。

[4] 馮勝利提出楚辭具有一種以「頓」和「嘆」為手段的韻律結構，其中尤以嵌入大量「兮」字的〈離騷〉為典型。關於楚辭的「頓嘆律」，參見馮勝利《漢語韻律詩體學論稿》書中第七章〈《離騷》的頓嘆律與抒情調〉，頁144-165。

[5] 關於詩樂分流與近體詩誕生的關係，參見錢志熙《唐詩近體源流》，頁32-33。錢志熙認為，中國古典詩歌源出音樂，最初並無獨立的聲律系統，魏晉以降詩與樂、舞分流，詩人只能靠自身的情感節奏來作為用字遣詞的依據，加上玄思興起後，詩歌走向析理之路，越來越缺乏音樂美，剛好此時音韻學發軔，劉宋末年開始，詩人才找到了文字聲韻的統一協調之法，孕育了聲律體系。本文採用此說法，並進一步闡

短、押韻、齊言、雜言的選擇都是為了配合音樂。但到了建安文人手裡，五言詩開始脫離民間音樂，魏晉以後成為獨立發展的文學體裁。當詩歌丟失了音樂，詩歌才有了建立自身聲律系統的機會。「詩樂分流」是促成文學自覺的要素之一，雖然使詩歌喪失音樂的旋律之美，但少了音樂的干擾，詩人反而得以專注在語言上，加上梵語和佛教文化大量傳入中國，聲韻學的知識大開，逐漸發現到語言本身的聲韻之美。至永明後期，文學對聲律的追求來到一個高峰，音節整齊以及規律押韻的寫法，已經不能滿足詩人對詩歌美感的要求，為了寫出更富詩意的詩，詩人運用四聲理論，針對詩歌提出各種聲病之說，其中以沈約「八病」最具代表性。過去古體詩僅有韻腳是唯一絕對的格律要求，八病之說將其擴大到第一、二、四、五、六、七、十、十五字。到了唐代，在二元對立的原則下，四聲律又減化為平仄律，終於將一首詩所有的字全納入格律系統當中，構成了綿密的詩歌格律系統。[6]從最原始的句末用韻，發展為部分聲律的聲病說，最後是全篇皆受聲律控制的平仄調聲，詩歌也就在脫離音樂之後，整個律化。這股「詩歌律化」的運動，更回過頭來影響了歌唱文學，使得晚於格律詩發展的詞跟曲，都難逃格律化的命運。漢詩為了澈底擺脫音樂，自鑄格律，不再依靠旋律寫詩，而是透過固定的篇製、聲律、對偶，提煉字句使其精工，最後反而連歌詞都必須依照格律填詞。當格律已作為詩歌美感的基本要求，即便是古詩、歌行也開始有律化的趨勢，發展至清代更出現「古詩平仄論」之說。聲律發展至此，顯然已籠罩整個詩歌領域，難再有開創的可能，詩歌也將迎接新的典範轉移，亦即本文主要的研究對象：現代詩歌。

述詩歌的律化時代。

6　關於八病說以及平仄律的實質內容，參見蔡瑜《唐詩學探索》中「八病說的承襲及商榷」、「平仄二元化及黏對交迭的建立」兩節，頁24-56。

第二節　舊詩為天下裂

　　自1917年新詩誕生之後，漢語詩歌即進入「新體詩時代」，這個時期以分行為詩，絕大多數的新詩都是分行的自由體詩。新詩是由胡適以及《新青年》詩人群共同創建，最初稱之為「白話詩」，這是以創作所使用的白話語體來命名，隨後又有「散文詩」、「自由詩」的稱法，則是以形式的特點命名，直到1919年10月10日胡適發表了〈談新詩：八年來一件大事〉統稱1917年以來創作的新文學詩歌為「新詩」，這是相對於傳統的舊詩來命名，[7]1920年1月出版的中國第一本新詩詩集即命名為《新詩集》，都確立以新詩作為現代漢語詩歌的名稱。到了二〇年代後期，新詩開始有了「現代詩」的稱法。1927年《徐匯師範校刊》8期登出了哲夫試譯的〈一個人的祈禱〉，詩題底下括號寫道「（譯美國現代詩人Will Thomas Withrow 所做A Man's Prayer一詩的大意）」，這是最早於詩題出現「現代詩」，推測「現代詩」的名稱很可能即是從西方Modern Poetry翻譯而來，帶有濃厚的西方色彩，三〇年代起「現代詩」逐漸成為與「新詩」通用的詞彙，更將現代漢詩納入西方現代詩的系統，成為詩歌全球化下的一份子。「新詩」一名凸顯的是縱的繼承，「現代詩」一名凸顯的是橫的移植，現代漢語詩歌自始至終存在著這兩方面的影響。本文採用「新詩」統稱中國新文學運動時期所誕生的新體詩，主要因為早在現代漢詩最初的生成階段，「新詩」一名已經出現，之後更伴隨著現代漢詩的發展，不因時代、地域而有不同的理解差異。

　　新文學運動使得漢語詩歌徹底改變了一直以來遵循的：語體、律體、詩體、群體，四個重要的詩歌成體觀念。「語體」方面，白

---

[7]　胡適〈談新詩：八年來一件大事〉，1919年10月10日《星期評論》雙十節紀念專號，第五張。因原文獻無頁碼，之後引用不再贅述文章出處，詳細可檢索書末「引用文獻」。

話文全面取得主導地位，不再以文言文作為詩歌創作的語體，當最基本的語體變革之後，押韻、齊言、平仄等近體詩具備的「律體」特點，自然被白話文由內而外打破了，詩歌從格律中解放，同時從「詩體」中解放，不再依循特定詩歌體裁的規範來創作一首詩，每首新詩在形式上都是獨一無二，不存在一個擁有共同形式的詩群。過去近體詩的發展以「體」為主，每首詩的形式必然都屬於某一種詩體，辯體的概念相對重要，不同的詩體有不同的風格與寫作範式，關乎一首詩的創作與批評。[8] 在詩體的限制下，格律是眾人的格律，而非個人的、單篇的格律，但新詩以自由詩為主導，正是為跳脫體裁的侷限，致力於發展單篇的形式，而否定詩體的同時也就等同否定群體。現代主義標榜個人特質的張揚，現代主義詩歌自然追求「個人的形式」，而非「共同的形式」，當脫離群體的格律，才有機會建立個人的形式。因此新詩不存在群體的「詩體」風格問題，只有各種主義上的「思潮風格」，以及關於作者氣質的「個人風格」。於是我們看到新詩跟流行歌詞，這兩種主要的現代詩體，都沒有共同的格律，而只見到個別的形式，每首詩、每首歌詞的形式幾乎都不一樣。但當打破了「四體」以後，新詩並非沒有自身的形式特點，新詩借用了西方詩歌傳統的基本形式「分行」，來建構新詩的新形式，這是過去東方詩歌在形式上從未出現過的新元素。新詩形式的建立，主要就是在分行自由詩的反覆嘗試中形成的。新詩的基本形式即是分行的自由詩，這不僅是今天絕大多數新詩的樣貌，也是一般人對詩歌的基本認知。

　　雖然歷代漢語詩歌的形式皆不同，卻都根基於漢語與漢字的特質而演變，詩歌典範的轉移，正在於中國語文的發展和演變。瑞典漢學家馬悅然首次明確提出：「中國詩歌所運用的格律的演變與漢

8　相較於更早的古體詩階段，詩經和楚辭，則尚未有明顯的定體概念，直到五言詩產生才逐漸形成中國詩歌的定體。這也是為什麼先有近體的概念才有古體的概念，以及後來新體的概念。

語的發展有一定關係」，[9]他以《論語》、《孟子》、《左傳》、《國語》為例，認為先秦的書面語和口語的差別並不大，反映了當時的口語情況。[10]如果馬悅然的研究正確，我們可以推測《詩經》等中國已知最早的一批詩歌，當非常接近於口語，接著發展的《楚辭》則在中原口語的基礎上摻入楚語的色彩。隨著楚人劉邦建立漢朝，楚辭影響了以韻語誦唸的漢賦，楚歌更是漢室獨有的詩歌標誌，直到東漢末年少帝劉辯與唐姬，兩人臨別前仍然唱和著楚歌，但此同時民間發展的五言詩卻已經產生如三曹和建安七子等優秀的詩人了。[11]從漢室和民間詩歌脫節的情況來看，馬悅然先生的觀察可能是正確的：「漢代的文言也許與當時的口語離很遠了。」[12]他提到：「漢朝出現的五言詩和晚一點出現的七言詩很可能是漢語發展的某一種反映。」[13]東漢末年宮廷和民間不僅是詩歌類型的不同，雙方所使用的口語和書面語，很可能也已經產生落差，雙音節詞的大量使用，可能是五言詩在民間興起的主因。另一個語言與詩歌類型具有密切關係的例子，即是金元之際歌唱文學「詞」與「曲」的遞嬗。當時除了音樂的更迭外，近代音正開始取代中古音，入聲逐漸消失，大量的口語也開始在歌唱文學中被使用，形成的新的「曲風」全面取代了「詞風」，原本典雅的、文言的詞完全退出歌唱文學，成為一種書面的案頭詞，演唱方式也就此失傳。而被視為正統文學的古體詩和近體詩，由於很早就脫離音樂發展，主

9　馬悅然〈勞動號子的節奏與詩歌的格律〉，見《另一種鄉愁》增訂版，頁65。
10　馬悅然〈《左傳》中有口語嗎？〉，見《另一種鄉愁》增訂版，頁73-74。
11　東漢末年少帝劉辯與唐姬，臨死仍在創作「楚歌」：「酒行，王悲歌曰：『天道易兮我何艱！棄萬乘兮退守蕃。逆臣見迫兮命不延，逝將去汝兮適幽玄！』因令唐姬起舞，姬抗袖而歌曰：『皇天崩兮后土聵，身為帝兮命天摧。死生路異兮從此乖，奈我煢獨兮心中哀！』因泣下嗚咽，坐者皆歔欷。」（《後漢書・皇后紀》，頁451），兩首絕命詩一如項羽、劉邦的楚歌作品。但此時五言詩已經誕生，三曹、建安七子即在這時代。楚歌作為漢室皇家的唱曲，宮廷綿延400年，但民間早已出現樂府詩，及之後的五言詩。不同詩型的詩歌，存在於同個時空，卻分屬於與兩個階層。
12　馬悅然〈《左傳》中有口語嗎？〉，見《另一種鄉愁》增訂版，頁73。
13　馬悅然〈勞動號子的節奏與詩歌的格律〉，見《另一種鄉愁》增訂版，頁65。

要藉助書面形式流傳，而非歌唱形式，所採用的語體亦為書面的典雅的文言文，而非貼近口語的通俗的白話文，在金元之際不至於受到漢語演變太大的衝擊。元代以後隨著口語的穩固，[14]詩型也因此固定下來，之後八百多年的漢語和漢語詩歌基本上沒有太大的變化。直到清末民初，漢語來到了另一個重要的轉型時刻。這一次漢語的重大變革在於，此時的口語並非先前的明清白話，而是經過歐化語法與外來語詞彙所改造的新白話——歐化白話，[15]因此在短時間內大幅拉開口語和書面語之間的距離，導致書面語也不得不進行改變，過去大致上以文言作為書面語，白話作為口語的二元語體系統被打破，連書面也無法保住漢語詩歌千年以來的固定形式，全面向口語看齊，白話文獲得全盤的主導地位。舊詩徹底崩解，終於出現了以當代白話文為主要語體的新詩與流行歌詞。

當詩歌選擇白話作為主要語體，格律就注定被打破。文言文透過格律的組合，產生了穩固的形式，是一種壓縮、精煉的詩型。白話文對舊體詩形式的破壞，主要表現在詞彙、句式和韻律等幾個方面。新名詞以及外來詞彙經常超過雙音節，使得齊言跟對仗都變得更為困難，這些多音節詞彙也與五言詩上二下三，七言詩上四下三的句法衝突。而白話文如果要流利暢曉，需要使用大量的主語、虛詞，拉長了一句話的字數跟音節，這也是為什麼新文學運動前的「詩界革命」在詩體上以古體為主，[16]唯有容納更多字數行數，不

---

[14] 元代的口語情況，參見馬悅然〈《水滸傳》的瑞典文譯本〉：「到14世紀中葉，中國北方方言的語音系統和現在的普通話大致相同。」見《另一種鄉愁》增訂版，頁95。

[15] 袁進在他主編的《新文學的先驅——歐化白話文在近代的發生、演變和影響》一書的前言中認為五四新文學不是中國白話文學的正宗，當時與新文學對立的鴛鴦蝴蝶派才是按照中國古代白話章回體文學傳統一直發展下來的正宗，才是白話文學的正宗，而新文學作的白話則是受外文影響的「歐化白話」。詳見袁進《新文學的先驅——歐化白話文在近代的發生、演變和影響》，頁3-4。

[16] 朱德發認為梁啟超1899年所提出的「詩界革命」，這些詩歌表現出兩個特點：「一是西方新名詞、新語句已逐漸融合到漢語的整體語境之中，避免了『新學詩』生澀難解的弊病。如蔣智由〈盧騷〉。」其二是：「更多採用較自由通俗的雜言體、歌形體，甚至出現某種散文化、歌謠化的傾向，如梁啟超的〈舉國皆我敵〉等。」見朱德發（主編）《現代中國文學史精編（1900-2000）》，頁6。

受平仄約束的詩體，才方便以白話文來創作詩歌，舊體詩幾乎可說是被白話文給「撐開」。因為格律被打破了，詩歌的節奏美無法以固定音節來表現，而是轉向自然的節奏，呈現以「內容為美」的傾向，而有「純詩」（Pure poetry）的討論，[17]現代主義正式全面扛起新詩的美學體系。

然而現當代詩歌的形式價值始終未被正確估量。以新詩為例，許多人仍認為新詩的形式還需要補充修正，一直要為它添加格律上的要求，卻不知道詩歌的典範早已轉移。新詩有其自身的形式原理，只是我們一直將近體詩的形式拿來與新詩比較，才不斷提出新詩形式沒有規範的說法。如果一直從格律的角度來檢視新詩的形式，嘗試在新詩中重建格律，那麼永遠無法理解新詩形式的價值所在。過去凡是論及新詩的形式，鮮少就新詩主流的「分行形式」進行討論，多是從非主流的新格律詩來談新詩的形式，不可不說是一件相當奇怪的事情。儘管不斷有詩人提倡新的定型詩，卻總是很快消逝在新詩的洪流當中，這種現象正是新詩形式原理運作的結果。當新詩定體之後，建立以「外在分行」為主的形式，就決定與「內在格律」為主的古典詩歌分道揚鑣，成為不同美學典範的詩體。格律不是新詩的主要形式，也不是作為新詩主要詩質的判讀依據，過度在新詩中營造格律，反而會使一首詩不像新詩，而像格律詩。這即是詩歌典範轉移的差異，我們早對一首詩的基本形式有了普遍的共識。

第三節　方法與回顧

詩歌典範轉移的情況並不容易發生，中國詩歌史上僅發生過兩次。第一次永明詩人為了加強詩化效果，導入格律，卻因此誕生

---

[17] 關於「純詩」理論的引進和發展，詳見高蔚《「純詩」的中國化研究》。

了新體詩歌；[18]第二次是胡適等《新青年》的新詩人，同樣為了加強詩化效果，改以白話語體創作並引入西方的分行形式，同樣誕生了新體詩歌。設法將一首詩寫得更有詩味，這種「再詩化」其實就是對詩的重新定義，而在語體和形式上尋求新的詩意，一旦到了極端，最終將導致新型態詩歌的產生。本文即試圖探討漢語詩歌在「再詩化」的過程中，所呈現的各種新路線，這些路線個別代表新詩基本形式未來的發展潛力。隨著新詩誕生百年的熱潮，近年「百年新詩研究」整體成果豐碩，但多注意在新詩的發展歷程以及理論運用上，尤其聚焦在「白話」和「翻譯」與新詩之間的關係。作為目前新詩研究最重要的兩個切入點，「白話」和「翻譯」，兩者在新詩研究中實為同一課題，即是「語言工具」的問題，[19]創作新詩的主要語體「歐化的白話文」，即是源自於翻譯經驗。

　　新詩形式的生成，正與「白話」和「翻譯」極其相關。以「白話」為新詩研究的重點，早於「翻譯」的研究，從新詩誕生之際即為討論的熱點，此時白話與文言壁壘分明，直到1957年夏濟安發表〈白話文與新詩〉，認為「現在的白話文」是一種兼容「雅俗、古今、中西」的語體，平常口語的歐化句法中實際上承襲了大量古典詞藻，為白話、文言、方言、外語四者找到統合的可能，提出白話文的「混雜性」，正是這種混雜性「增加詩人的困難」，使得新詩人「反而不知道應該落入什麼『形式』」。[20]既然現代白話本身是眾多語體的綜合體，此後現代詩語體的討論焦點也逐漸由

18　蔡瑜教授重視永明體在中國文學史中的革新地位，認為永明體是「中國文學史上第一個在當時即因具有鮮明特色，而得以成立的文學體式。它的產生出於一種深刻的語言自覺，並由此反省前行的文學形式，在理論與創作上緊密結合同步實踐，展開一場文學的革新運動。」詳見蔡瑜〈永明詩學與五言詩的聲境形塑〉，頁36。

19　胡適認為「白話文」是開創新文學的唯一「利器」：「我們要創造新文學，也須先預備下創造新文學的『工具』。我們的工具就是白話。我們有志造國語文學的人，應該趕緊籌備這萬不可少的工具。」詳見胡適〈建設的文學革命論〉，頁297。

20　夏濟安〈白話文與新詩〉，收入《夏濟安選集》頁80。原載《文學雜誌》2卷1期，1957年3月號。

「白話」，變為更近於現代學科的「話語」、「語言」與「現代漢語」。駱寒超便認為「詩歌的形式」實指「語言的形式」，新詩形式的演變正與白話語體的演變有著必然的關係，由此在《20世紀詩學綜論》（2001）一書中建構他的新詩形式論。[21]張桃洲《現代漢語的詩性空間》（2005）則跳脫出傳統「白話／文言」的對立框架，從更為單純的「話語」的角度探索新詩的詩意所在。陳愛中《中國現代新詩語言研究》（2007）從語言（語體）的角度研究新詩的著作，其研究區別了「古白話」和「現代白話」，詳盡考察了現代白話的內涵，以及和文言之間錯綜複雜的關係，確定新詩是以歐化的現代白話語體取代了文言語體。[22]顏同林《方言與中國現代新詩》（2008）則將「當代方言」帶進了新詩白話語體研究的視野，更注意到夾雜在自由體詩形式軀殼裡的文言詞彙，「方言入詩」、「文言入詩」與「歐化語法」混雜的結果，反而帶給白話詩「一種全新的陌生感和新奇感」，[23]擴大了當代白話的疆界，重新審視新詩語體的組成份子。朱恒《現代漢語與現代漢詩關係研究》（2013）加強辨析現代漢語的文學意義，認為「歐化是漢語獲得『現代』品格的過程，也是現代漢語、古代漢語相區別的本質特徵。」正是漢語的歐化造成以文言語體所構成的傳統「詩形」遭到猛烈的衝擊，其結果造成了今日的漢語詩歌的格局：「分行成了詩歌的唯一標誌，說話成了詩歌的最高追求。」[24]從語言轉變的角度分析漢語詩歌所遭遇的形式變革。[25]

---

[21] 駱寒超《20世紀新詩綜論》，頁490。
[22] 陳愛中《中國現代新詩語言研究》，頁37-39。
[23] 顏同林《方言與中國現代新詩》，頁90-91。
[24] 朱恒《現代漢語與現代漢詩關係研究》，頁90。
[25] 除了新詩與白話文的專論外，其他相關論著包括詳細比較文言與白話兩種語體的開山之作：張中行《文言和白話》，以及劉琴《現代漢語與現代文學的關聯性研究》、魏繼洲《形式意識的覺醒——五四白話文研究》、張寶明《文言與白話：一個世紀的糾結》、袁進（主編）《新文學的先驅——歐化白話文在近代的發生、演變和影響》，將白話文的研究視野拉到清末的胡全章《清末白話文運動》等，共同作為今日新文學與白話研究的基石。

另一方面，側重翻譯作為新詩研究重點的學者，比如熊輝《外國詩歌的翻譯與中國現代新詩的文體建構》（2013）、《翻譯詩歌在中國的接受》（2016）兩本書全面探究了翻譯經驗對新詩的語體、形式、文體的影響，提出翻譯外國詩歌之所以會產生新的新詩形式，主要與固有的漢語詩歌本身難以找到相對應的詩歌形式有關，從而促進了新詩自身的文體建構；[26]湯富華《翻譯詩學的語言向度——論中國新詩的發生》（2013）延續「白話」作為新詩語言工具的討論，但將翻譯視為推翻舊詩體的「武器」，因翻譯所帶來的顛覆力、重塑力，產生詩歌「形式和內容抒寫的新模式，對中國文壇進行了一次徹底的文學革命。」[27]陳歷明《新詩的生成——作為翻譯的現代性》（2014）則提出「新詩的問題首先是白話（尤其是歐化）的語言問題」，透過詳細的史料佐證，將歐化白話的誕生從學界普遍認為清末民初，提早到了明末清初，與傳教士的翻譯有極深的淵源。[28]

　　回顧前述研究成果，若只從「翻譯」以及當代「歐化白話」的角度探尋新詩形式生成的原因，將過度相信新詩的形式全然是受西方詩歌形式的影響——即便是舊詩具備的詩體特徵，一旦西方詩歌也有相同的特徵，研究者往往更願意相信新詩是受到西方影響，而忽略新詩繼承自傳統漢語詩歌的一面，也容易將新詩定體過程中所衍生的各種問題都推諉給歐化。例如王珂重要的新詩詩體研究著作《新詩詩體生成史論》，章節安排上就將「外國詩歌對新詩生成的影響」（第三章）以及「民間詩歌對新詩的影響」（第四章），置於「古代漢詩詩體的流變及對新詩的影響」（第五章）之前，[29]而

---

[26]　熊輝《翻譯詩歌在中國的接受》，頁78。
[27]　湯富華《翻譯詩學的語言向度——論中國新詩的發生》，頁3。
[28]　陳歷明《新詩的生成——作為翻譯的現代性》，頁13-14。
[29]　王珂《新詩詩體生成史論》，該書從詩歌發展史的角度，檢視清末以來漢語詩歌的形式演變，並從外國詩歌、民間詩歌、傳統詩歌三方面，詳細論述新詩詩體生成的脈絡和發展，是截至目前最為重要的新詩詩體研究著作。

王珂已經是非常看重傳統詩歌對新詩形式影響的學者了，其他著重翻譯和歐化白話研究的新詩研究者，就更少論及傳統詩歌了。新詩對舊詩的繼承，正蘊藏在新詩的形式當中，若不直接從形式研究著手，只看白話語體和翻譯西方詩歌的脈絡，只會產生新詩與舊詩斷裂的觀點，而一意偏向新詩橫的移植那面，忽略縱的繼承這面。

　　由於新詩創建的時間點距今不過百年，相關史料的保存遠比其他古典詩類來得完善許多，我們或許難以理清五言詩、律體、詞體等傳統詩類生成的原因，但我們卻完全有可能掌握新詩發生的脈絡，新詩也成了唯一可以清楚得知創體過程的詩類。要瞭解新詩如何成為一種詩體而被認識，最重要的就是要瞭解新詩的形式，瞭解形式的生成原因，以及形式的發展過程。畢竟形式關乎一首詩給人的最直觀的感受，判斷是不是詩，正在形式顯現的那一刻。但目前的新詩研究多集中在前述「白話」和「翻譯」的討論，即便從事新詩的形式研究，仍產生兩個問題：

　　一、長期以來新詩的形式研究，中國大陸主要關注的對象為「新格律詩」，臺灣則關注在「圖像詩」身上，但是對新詩的主導形式，也就是「分行自由體」卻鮮少關注。或許是因為久已習慣新詩的自由體寫法，我們反而會去注意較為特別的新格律詩的發展，忽略了「格律」並非新詩的必要元素，甚至從最初就被新詩所揚棄。若形式研究一直側重在新格律詩上，對於新詩的主導形式卻沒有深入的研究，[30]正是刻意忽略新詩的本質，而去研究其邊緣小眾，時至新詩百年之際，這樣的研究方向委實有改變的必要。

　　此外，「圖像詩」則是新詩形式研究的另一個熱點。儘管圖像

---

[30] 王光明曾於〈自由詩與中國新詩〉一文中提到：「中國新詩在求解放的歷史行程中，形式上最認同的是自由詩。自由詩既是中國新詩求解放的依據，也是實踐現代性的主導形式。」（《中國社會科學》4期，2004年7月，頁161）本文採用其判斷「自由詩」為新詩「主導形式」的說法，但稍做調整，以「分行的自由詩」為新詩的主導形式，將「連書的自由詩」亦即散文詩劃分出去。

詩是一種新穎的詩類，衍生自分行形式，為本文八大詩型分類中最後建構的詩型。但作為分行詩的一種變體，圖像詩依舊不是新詩主要的創作形式，往往整本詩集不見一首散文詩或圖像詩，現代人的詩歌創作始終以分行詩為最大宗。[31]正因為不瞭解新詩基本形式的生成與建構方式，使得目前臺灣的圖像詩研究大多還是抽離詩行的圖案分析，偏重於視覺藝術的圖像學研究（Iconology）而非詩學研究（Poetics），無法對新詩詩行的構圖原理有清楚透徹的說明。

　　本文的研究對象即是新詩的主導形式，亦即關注「分行自由體」的形成與演變。分行自由體形塑了今日我們對新詩形式的基本認識，既是新詩的基本形式，也是主流的、主導的形式。目前通論新詩體形式的研究著作，將自由體列為新詩誕生的第一種詩體，如許霆《趨向現代的步履——百年中國現代詩體流變綜論》（2008）即以「百年自由體的發展」為首，下開各章新格律詩、散文詩、歌謠體詩、十四行體詩、戲劇體詩的討論。[32]不過稍早呂進主編的《中國現代詩體論》（2007）同樣將自由體詩列為譯詩影響下產生的第一種詩體，但相較於微型詩、格律體新詩、歌詞都各別獨立分章，漢語自由體詩僅列於第三章中第三節的第一點「譯詩與自由詩」中討論，僅佔10頁的篇幅。[33]在各類個別新詩詩體的專門研究上，同樣呈現以新格律詩為主局面，代表著作包括：劉濤《百年漢詩形式的理論探求——20世紀現代格律詩學研究》（2013）；周仲

---

[31] 蕭蕭曾推估圖像詩在現代詩中佔的比例：「以詩的數量而言，圖像詩與散文詩都不是臺灣新詩的大宗，如果以比例來對照，圖像詩與散文詩的數量，不過是分行詩的千分之一二而已。」見蕭蕭《現代新詩美學》，頁287。研究者黃心儀在看到蕭蕭的估算後，為了取得「有一定程度代表性的量化參考」（黃心儀語），選擇以臺灣年度詩選作為統計，自1983年起到2014年為止：「共32年的年度詩選裡，圖像詩共計有85首，佔總數2317首的3.67％，每年入選的圖像詩數量由零至7首不等。這85首圖像詩來自58位詩人。」見黃心儀〈臺灣圖像詩——讓文字越界〉，《漢學研究通訊》34卷1期，2015年2月，頁18。筆者認為越是趨於完整的現代詩數目統計，圖像詩的數目肯定比年度詩選所佔的比例還少許多，恐怕蕭蕭的預估還是較接近於全貌。

[32] 許霆《趨向現代的步履——百年中國現代詩體流變綜論》，目錄頁。

[33] 呂進（主編）《中國現代詩體論》，頁183-193。

器、周渡合著的《中國新格律詩探索史略》（2013）；許霆、魯德俊合著的《十四行體在中國》（1995）等，這些著作對於新格律派的研究皆精研透徹，只能夠從內文的比較中看到關於自由體形式的討論。馮國榮《新詩譜——新詩格式創制研究》（2010），以及林靜怡《中西格律詩與自由詩的審美文化因緣比較》（2011），兩本書雖然已將研究的觸角伸向了自由詩，但都依舊留了半本的篇幅探討新格律詩，也使得自由詩的討論更像是作為新格律詩體例的對照而存在。也難怪王力在撰寫《現代詩律學》時，於第一章簡短介紹了自由詩之後說道：「自由詩的作風，直到現在仍舊非常盛行。但是，從下章起，直到本書之末，我們都將敘述歐化詩。這因為我們對於自由詩沒有許多話可說。既然自由，就不講究格律，所以我們對於自由詩的敘述，只是對於各種格律的否定而已。」[34]漢語自由詩破除格律的特點，使得王力「無話可說」，自由詩的討論僅佔了整本《現代詩律學》十分之一的篇幅，然而誠如王力所說的，自由詩作為現代詩的主流詩體，其影響力遠遠超越了模仿西洋詩格律的歐化詩，也就是新格律詩。

　　或許有鑑於新詩自由體研究的缺乏，許霆出版了《中國新詩自由體音律論》（2016），這是第一本研究「新詩自由體」的學術專著，在此之前僅有少數單篇論文，或是在新詩研究專書中偶然見到關於新詩自由體的討論。許霆將自由體研究的焦點放在聽覺的音律上，藉助黑格爾《美學》中的「音律」概念，以及新格律派的音頓理論，分析自由體的基本節奏單元「行頓」，以及節奏語型、節奏運動原理、語調問題、音義關係等，是奠定自由體新詩音律研究的重要著作。[35]許霆選擇以「音律」為自由體研究的核心，可能與他認為新詩中的自由體是一種對西方自由詩的誤讀有關：[36]

---

[34]　王力《漢語詩律學》，頁13。
[35]　許霆《中國新詩自由體音律論》，頁69-71。
[36]　許霆《中國新詩自由體音律論》，頁11。

> 我國詩人在「五四」期援引西方自由詩來為新詩運動張目，
> 採用的是「誤讀」的方式。這種「誤讀」，一方面使得自由
> 體新詩能夠衝破種種舊體束縛而發生，形成了自身基於現代
> 漢語的形式特徵，另一方面使得新詩自由體長期不能認同音
> 律的建構，也使得新詩史上始終是形式破大於立，始終是新
> 舊詩對立，始終難以建立自身的形式規範。

這段話意指新詩的形式長期以來處於不穩定、不完整的狀態。許霆
更像是站在新格律詩的立場審視自由詩，[37]但我們能否做出另一種
詮釋，將新詩「反對音律的建構」、「反對建立形式規範」視為一
種現代人對詩歌的普遍需求，全面開放的、自由的形式更適合表達
現代人的情志。對於已不具任何形式規範的自由體，聽覺方面的音
律表現，是自由體少數仍存在韻律結構的部分，也因此許霆著重談
自由體的音律，並未對自由體的形式單元，如行、句、段、章節，
以及形式鋪陳的分行原理等視覺上的「詩形」特點展開深入的討
論，而這些正是本文所關注的。本文即以「分行」為新詩形式研究
的核心，將目光放在視覺的形式上，提出不同於以「音律說」為出
發點的自由體形式研究。

　　二、新詩的形式研究往往將內容上的風格、用途與形式混為
一談，作為詩體的劃分標準。這是新詩形式研究所面臨的第二個問
題，以內容來為詩歌分體並非不妥，在詩歌發展史上往往有其必
要，但若長期偏重以內容來為詩歌分類，無法進一步深究詩歌的外
在形式，亦是詩歌研究的缺憾。[38]比如經常作為研究對象的幾種新

---

[37] 許霆援引李國輝《比較視野下中國詩律觀念的變遷》認為：「中國的詩律是以平仄
變化為核心的，所以可以稱為『聲律』，而西方的詩律以音步重複為原則，所以可
以稱為『音律』，在20世紀中國新詩發生發展中，傳統聲律觀念已被廢除（聲律失
效）。」見《中國新詩自由體音律論》，頁16。

[38] 比如吳歡章主編的《中國現代分體詩歌史》，將現代詩歌的體裁分為：抒情詩、敘

詩詩類，以內容劃分的生態詩、科幻詩、生死詩、情色詩、情趣詩、都市詩、抗戰詩、反戰詩、政治詩；以思潮劃分的女性詩、後現代詩、後殖民詩、後設詩；以創作方式劃分的仿擬詩、再生詩；[39]以語言劃分的臺語詩、客語詩、原住民語詩等。雖然分類詳細，卻皆是以內容、時代思潮、寫作群體、指涉對象或創作技巧來劃分，並非從形式上劃分。

　　新詩之所以多依據內容來分體，而少以形式分體，正因為絕大多數的詩作都是分行自由體的緣故，再以形式分體實則意義不大，也造成新詩詩體彼此之間相較於古典詩歌而言，詩體區隔相對不發達的印象。即便新詩在多年創作的實踐過程中，隱約有了不同詩體的寫作偏好，但一般人乃至於詩人，多半只能感覺到新詩具有分行詩、散文詩、圖像詩的不同，未有嚴格的詩體分界。除了我們平日對新詩的自由體形式早習以為常，以致於未注意到要深究其基本形式，另一個可能的原因是，自由詩強烈的解構特質使得其形式難以捉摸。馬悅然就曾對「自由詩」提出諸多疑問：[40]

　　　　問題是「自由詩」到底是什麼？我自己甚至懷疑「自由詩」
　　　　的存在。給中國「自由詩」下定義的標準多半都是否定的：
　　　　「自由詩」缺乏固定的形式，其句子缺乏固定的停頓，缺乏
　　　　平仄固定的安排，缺乏「平水韻」。要是用那種標準的話，
　　　　那所有的白話文的新詩都是「自由詩」。那種以否定的標準

事詩、諷刺詩、兒童詩等；於可訓《新詩文體二十二講》則以作家的風格為體，將「自由體」分為十體：胡適體、沫若體、冰心體、金髮體、望舒體、克家體、艾青體、田間體、敬之體、小川體；「格律體」則分為志摩體與一多體；「民歌體」則分為半農體和李季體。

[39] 關於「再生詩」，陳黎的定義是：「利用、回收既有之文字，重組、再生成新的詩。」（陳黎《妖／冶》，頁14）但即便是陳黎從《聖經》中圈字的「再生詩」，也是採用分行形式組合成詩。

[40] 馬悅然〈關於漢語的詩律，1920年代的中文短詩與瑞典詩人特朗斯特羅默（川斯楚馬）的俳句〉演講稿，2016年11月15日臺師大國文學系演講。

下的定義肯定是有問題的。

　　無論是馬悅然、王力、許霆，都對自由詩的形式有相同的困惑，不約而同提到自由詩的形式是對於詩歌傳統形式的否定，且可能是自由詩形式唯一的定義，然而馬悅然隨即又質疑這種否定標準下的定義，認為是我們對於自由詩仍不夠了解，才如此便宜行事。截至目前自由詩對我們而言依舊是個謎。

　　新詩在最初就以「破體」為創體的目標，來與古典詩歌於形式上產生區隔。自由體作為新詩的主要組成份子，新詩可說是藉由自由體消滅了當代所有詩歌的「體」，但從另一個角度看，我們也能說每首詩在形式上都自成一體，這更加深新詩形式研究上的困難。陳滅認為：「由於人文經驗的斷裂，當代新詩人仍不斷為外界重複的詰問和質疑而辯解，多年來不斷從零開始討論，重複解釋新詩為什麼（可以）不押韻、新詩和散文有什麼不同等等。如果可以撤除從零開始的討論，新詩話應可談論更多觀念的建構，或也可多一點優雅和逸興，在等待中的某天。」[41]這使得關於新詩形式的討論正如同它所取消的所有規範一樣，每次建立起新的論述後，往往很快就被打散，新詩的形式研究也就在反覆建立與打散的過程中，未見到明確的成果。

　　目前臺灣關於新詩形式結構的討論，少見於新詩研究專書，反而是在賞析以及寫作、教學的書籍中見到。楊昌年教授為臺灣最早全面分析新詩形式結構的研究者，1978年出版《新詩品賞》該書第一章談「創作論」部分，將新詩的結構分為：詞彙的使用、詩句的構造、分行與分段，三部分來談；第五節「詩作技巧舉隅」也開闢形式單元，討論對比、歐化、層遞、排比等修辭如何影響新詩形式的建構，全書從寫作教學的角度分析新詩結構，例證豐富，對創作者和研究者深富啟發，出版後屢經改版加印。[42]詩人渡也（陳啟

---

[41]　陳滅《抗世詩話》，頁220。

[42]　1978年楊昌年出版《新詩品賞》，1982年增訂第四版易名為《新詩賞析》，1981年再

佑）於八〇年代發表了多篇〈新詩形式設計的美學基礎〉，包括排比篇、對偶篇、倒裝篇、層遞篇、類疊篇等，亦是從寫作的角度探討新詩的形式。[43]1987年潘麗珠教授出版《現代詩學》，開篇〈現代詩的形式結構析論〉即援引西方符號學（Semiology）來探索新詩「詩形結構」的奧秘，發現既然新詩是一種自由詩，而文字本身是一種視覺符號，那麼「我們閱讀一首詩篇時，文字前後秩序的關係性以及其所擺放的位置，將成為決定意義關係及引起聯想的基礎。」提出文字前後秩序的「關係性」是理解新詩自由體形式的關鍵。[44]而新詩另一個形式特點「分行」，臺灣最早就新詩「分行形式」撰寫專文討論者為許俊雅教授，1999年於《國立編譯館通訊》44期發表〈新詩教學：談新詩的標點符號與分行〉也是臺灣迄今唯一針對新詩形式核心「分行」進行討論的文章，提出包括：新詩要不要標點符號、標點與分行的關係、新詩分行的技巧，以及分行與感情節奏、視覺效果、押韻的關係，為新詩的分行形式研究，提綱挈領地指出了方向，然而分行自由體的研究並未因此在臺灣展開。

　　新詩形式研究作為中國大陸新詩研究的強項，雖然目前仍偏重新格律詩的理論建構，但因形式研究的風氣自上個世紀八〇年代以來持續不輟，陸續也有了不少關於分行形式和自由體詩的論文與著作，其他如跨行跨節、標點符號、音節節奏、音樂性、視覺傳播、發生論、本體論、小詩形式、各家形式理論，以及與歐美日韓越等國當代詩歌形式的比較，等形式相關研究都有專文討論。[45]但即便中國大陸具有相對完整的新詩形式研究成果，但在橫向書寫、政治抒情詩、舊體詩復興、提倡新格律詩等因素下，較缺乏形式多樣的新詩作品，因此經常引用臺灣的新詩作品作為論述時的例證，主要

　　改版為《現代詩的創作與欣賞》，屢次再版再刷，深獲讀者好評。
[43]　後收入陳啟佑《新詩形式設計的美學》與《渡也論新詩》二書。
[44]　潘麗珠《現代詩學》，頁3-4。
[45]　主要可參見書末引用書目部分。

包括臺灣戰後的現代主義詩歌、後現代詩、圖像詩、仿擬詩等，以彌補其作品形式較為單一的困境。臺灣則是新詩形式的創作探索較為完整，但相對缺乏新詩形式的理論建構和研究關注。兩岸在新詩形式的研究上，呈現相互了解、融會和有待補強的態勢，也因此彼此都期待能出現新的研究觀點、新的詩作、新的史料，來幫助新詩形式研究拓展新的視野。

他山之石可以攻錯，漢語詩歌形式研究的新趨勢是由古典詩歌研究率先建立起新的里程碑，從郭紹虞《語文通論》、《語文通論續編》、高友工〈中國語言文字對詩歌的影響〉、錢志熙《唐詩近體源流》、馮勝利《漢語韻律詩體學論稿》、葛曉音《先秦漢魏六朝詩歌體式研究》、蔡瑜《唐詩學探索》、〈永明詩學的另一面向——「文」的形構〉、〈永明詩學與五言詩的聲境形塑〉等著作及研究，一路承接下來，都對古典詩歌的形式演變提出嶄新的切入角度和見解。無論新詩學，或是古典詩學，誠如錢志熙所言：「完整的詩學，畢竟不能少掉體裁學這一塊。」[46]今日新詩研究正可借鑒古典詩歌體裁研究的理論和成果，來談新詩的形式問題，更可以從古典銜接到現代，建構一套完整的漢語詩歌形式研究。因此要真正瞭解新詩形式的生成，還是必須從新詩的形式結構進行分析，尤其是早期新詩作品，盡可能從最初的詩作樣貌中找到形式發展的脈絡，而不只是概念上的沙盤推演，須具有實際的作品佐證。外部與古典漢詩和西方詩歌的形式相比較，內部與各類現代詩體相比較，例如自由體詩與新格律詩的對比，分行詩與散文詩、圖像詩、句詩的對比，以及各時期自由體之間形式的比較等等。

本文所論新詩的「形式」（form），意指新詩有別於其他文學體裁（genre）的構成原則。任何文體都具有一個基本形式（basic from）作為構成的原則，當這個基本形式建立之後，便作為該文類

的主要識別特徵。即以新詩為例，詩人創作詩歌的過程中，會在詩體的基本形式上建構具個人風格的「形貌」（shape）；眾多詩作的「形貌」也將逐漸歸納出數種常見的「型態」（pattern），也就是「詩型」；再依據各種型態的特點進行歸納，建立詩歌類別（types），亦即「詩類」，而最終皆隸屬於某種詩歌體裁之下。[47]但無論如何建構，只要基本形式足夠明顯，就不會動搖我們對該種文學體裁的判別。然而當基本形式的變革大到改變我們對其形式特徵的識別，而視為另一種，或全新的文學體裁，這時原本的基本形式已經不在，而是成為另一文體的基本形式。新詩的「形式」既然作為一種識別特徵，否定一切規範的「自由體」同樣具有一種識別性，也能細膩呈現各種層次的識別程度，這樣我們就不能說新詩沒有「形式」。

新的形式，往往產生新的詩歌。新詩的形式以及作為最根本的語體，終究與古典詩有極大的不同。到底語體的改變，使得現代漢語詩歌的形式有了什麼改變？新詩形式的特質為何？本文的研究對象主要聚焦在新詩的「主導形式」，也就是現代人直觀上用來判斷詩歌與否的「分行自由體」形式，其論述重點也將著重在新詩的定體階段，以及定體之後的主流發展。每首新詩都有自身的形式，但並非每首詩的形式都具有引領群體發展的指標意義。陳義芝教授指出：「除非這種形式已經蔚然成風，且已形成這個時代的體式，否則的話怎麼能夠指引出一個方向呢？」林淇瀁教授（詩人向陽）亦認為：「部分詩人偶而的遊戲可能造成新的形式，但未必就是形式。有人跟就是形式，形式是一種固定下來的結構。會成為形式絕對不會是一時之間的遊戲，絕對會有從者，以及時間的累積，到最後才稱為形式。」[48]因此本文對新詩「形式」的探索，前半部著重新詩形式最初的生成過程，後半部著重分析新詩定體以後，在群體的創作經驗下所呈現的形式建構的各種可能。究竟新詩是如何定

---

[47] 例如新詩的八大詩型與三大詩類：分行詩、散文詩、圖像詩。
[48] 陳義芝教授、林淇瀁教授口述，筆者博士論文初審建議。

體？其分行形式、自由體形式是怎麼建立的？新詩定體之後產生了什麼問題？一路發展下來又有什麼新變？有時分行的句子卻又缺乏詩的味道，究竟關鍵的詩質為何？當我們把整體「新詩」視為研究對象，這些問題我們必然得回到新詩及其所處的現代詩歌的系譜當中來看。

　　臺灣主要將新詩按形式特點分為三類：分行詩、散文詩、圖像詩；[49]中國大陸與日本由於沒有圖像詩的傳統，比如於可訓和松浦友久，雖然也將新詩大至分為自由體、格律體、民歌體，[50]並未特別分出圖像詩。但民歌體的形式很可能按歌曲、地域的不同，有的屬自由體，有的屬格律體，與另外兩類是不同層次的類別。無論如何，目前兩岸的三種分法，都過於簡略。

　　【圖一】是本文從形式的角度來劃分現代詩歌的各種體裁，第一層以詩歌與音樂的關係作為區隔，可分為完全入樂的流行歌詞、勉強可譜曲演唱的新詩、部分入樂的劇詩，以及由於過短而完全無法入樂的句詩。第二層，新詩當中又可分為非定型的自由詩，以及定型的新格律詩。第三層，自由詩按分行與不分行，又可分為分行的分行詩、不分行但分段的散文詩、不分行也不分段的圖像詩。最後第四層，即是在目前最為主流的分行詩當中，按行數的規範與否又可分為不固定行數的分行詩、固定行數的定行詩、行數長的長詩、行數少的小詩、行數極少的微型詩。如此建構出一個現代詩歌的形式系統，而非只是一個印象，同時也是本文用以考察各種詩型的研究範疇。【圖二】即為本文第四章的主述，以「詩行的使用方

49　最早倡議此三項詩類分法的是羅青，他按形式將新詩分為：「分行詩、分段詩、圖像詩。」其中分段詩即為散文詩。詳見羅青《從徐志摩到余光中》，頁9。

50　參見於可訓《新詩文體二十二講》目錄正是將新詩分為此三類，而松浦友久《中國詩歌原理》的分類則稍有不同。松浦在「中國詩歌型態一覽表」（《中國詩歌原理》頁242。）將中國詩歌分為文言類、白話類兩大類，其中白話類即現代詩歌的部分，分為：1.民歌、兒歌（定型）2.歐化詩十四行詩等（定型、準定型）3.自由詩（非定型），共三類。但這樣的分法過於粗糙，更將入樂與不入樂、定型與非定型、歐化與非歐化（在松浦的分法中，意即格律與非格律）置於同一層上劃分。

【圖一：現代漢語詩歌的類別】

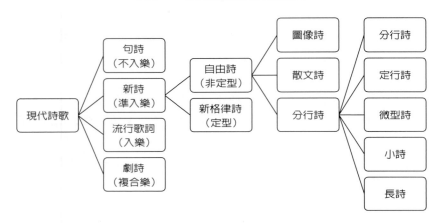

【圖二：新詩的八大詩型】

式」將新詩重新劃分為八種詩型，詳述其發展歷程和形式特點，由新的角度檢視新詩的形式結構。

最後關於史料的部分，本文重視民初的報刊資料，以及民初的詩集。例如白話詩誕生的1916年、新詩誕生的1917年，這些詩作幾乎只在《新青年》上刊登，直到1919年1月《新潮》創刊，新詩才有了第二個主要的發表陣地，其他則發表於《每週評論》、《星期評論》、《少年中國》、《時事新報・學燈》等，提供發表新詩的刊物並不多。直到1920年1月出版了第一本新詩詩集《新詩集》，才擴展了報刊以外的發表途徑。因此新詩最初的形式樣貌，主要就保存在1917年到1918年間的《新青年》，以及1919年的《新潮》當中，而紀弦來臺後創辦的《現代詩》由於延續中國現代主義詩歌的

形式發展，並且完成了新詩最後一種詩型「構圖詩型」，也是本書經常引用的報刊資料。除此之外，報刊上的詩作，以及詩集上的詩作，一旦受到轉引或再版，形式往往容易被改動，直排改橫排，或改動標點符號，失去了最初的形式樣貌，本文也盡量在不更動形式的情況下，掃描原版詩作作為舉證引用。

其次，本書引用詩作主要依據三項原則：（一）新詩形式生成時期的作品，甚至就是該形式特點、該詩型的第一首作品，此類引用主要集中於早期新詩；（二）該類形式的經典作品，雖然不是最初作品，卻廣為大眾熟知，為該類形式的流傳產生莫大的影響力；（三）有效幫助本文論述的作品，此類詩作可能少為人知，但由於形式具代表性，便於本文說明形式的演變。

此外，詩人生前出版的詩集，其詩作的排版大都獲詩人允肯之後才印刷，是詩人認定的「最終形式」，並不能以手稿的書寫形式來推翻，相較之下手稿本的形式反而只是創作過程中的「過渡形式」，重要性不如詩刊和詩集，這是新詩形式研究與手稿本研究側重的不同之處。通常詩刊、詩選，[51]或詩人過世後的出版品，[52]以及詩人在未知情況下的出版品，[53]才會發生詩作形式未經詩人認可的情況。誤印或編者擅自修改詩作的形式，是詩刊、詩選常見的現

---

[51] 例如《現代詩》11期刊出林亨泰的詩作〈輪子〉，但「轉」字、「它」字並沒有按原稿翻轉，因此紀弦才會在〈談林亨泰的詩〉一文中特別澄清：「在校對時，我認為已經沒有什麼錯，便簽了字付了印，誰知出版之後，卻完全走了樣子。」重新引用正確的詩作形式，並說道：「大概是在上機器的時候，印刷所的工友發見這一版上有幾個字顛倒了，於是自動地把它們扶正過來。這一扶正不打緊，可把林亨泰的詩給弄糟了，那輪子向前滾動的動態，就完全變成靜止的形狀了。事後，我曾寫信給林亨泰，向他說明經過情形，並表歉意。」見《現代詩》14期，頁69。

[52] 例如1994年中國文聯出版公司陸續出版的《中國現代詩歌名家名作原版庫》系列叢書，出版多位民國初年新詩人的經典詩集，但並非原版印刷，而是全部改為橫排簡體的新式排版印刷，雖起到推廣閱讀的功效，但卻使得新詩的形式失真，並非原初的直排形式。相對的，2004年百花文藝出版社推出《中國現代文學名著原版珍藏》系列叢書，從封面到內頁完全保留原版圖樣，忠實呈現了詩作的原初樣貌，對新詩形式的研究具有莫大助益。

[53] 例如戰後兩岸隔絕近四十年的歷史，即產生了不少詩人意料外的出版品。

象，因此詩作的形式主要還是以詩人的詩集為準。

其三，本文重視「被遺忘的詩人」及其作品，注意其形式上的新變，不會忽略一般文學史、詩歌史鮮少提到或不被提到的詩人和詩作。尋找「被遺忘的詩人」一直是瑞典漢學家馬悅然研究中國現代詩歌史的重要命題，[54]也因此馬悅然能夠重新「發現」韋叢蕪的長詩〈君山〉，何植三、楊華與楊吉甫的小詩，以及陝西詩人王老九吟唱的敘事長詩的文學史意義。他欽佩馮至「不以功成名就的著名學者的姿態對被遺忘的詩人施以偏見，能夠秉持謙謹的公正之心看待不同作者的作品」，[55]這樣的評價同樣可用來說明他本身的研究貢獻。另一方面，許多知名詩人的代表作，則是將新詩的基本形式，以及基本詩型表現得更為完美純熟，對此陳義芝教授認為，這類詩作的貢獻就在於「鞏固了眾人襲用的形式，使新詩的形式能夠廣泛流傳。」[56]因此本文在材料上，一方面深入分析知名詩人的代表作品，同時盡可能閱讀更多已被遺忘的詩人作品，才不會忽略了新詩形式轉向的關鍵，更須判別各種形式的嘗試，是否對新詩的形式建構指引了新的方向，方能呈現詩歌發展的真正面貌，為百年新詩形式勾勒出隱藏已久的眉目。

---

[54] 「1980～1982年、1986～1988年，馬悅然兩度當選歐洲漢學協會主席。一次在德國召開的漢學會議上，大家認為1949年以前的中國處於動盪不安的時代，西方的漢學家有責任紀錄二十世紀上半葉的中國文學史，這個文學史最大的意義是使許多被歷史遺忘的中國作家通過這部文學史的出版而『復活』。」參見陳文芬〈懷有一顆謙謹的心〉，見馬悅然散文集《另一種鄉愁》增訂版，頁4。

[55] 馬悅然《另一種鄉愁》增訂版，頁5。

[56] 陳義芝教授口述，筆者博士論文初審建議。

第一章　從破體到定體：
新形式帶來新詩歌

第一節　分行自由體：新詩的主導形式

　　1917年1月胡適於《新青年》2卷5號上發表〈文學改良芻議〉，揭開了新文學運動的序幕。在這第一封向舊文學挑戰的宣言書中，胡適提出了「文之進化」的觀點：「凡此諸時代、各因時勢風會而變、各有其特長。吾輩以歷史進化之眼光觀之，決不可謂古人之文學皆勝於今人也。」[1]胡適延續王國維「一代有一代之文學」的說法，[2]進一步與當時盛行的「進化論」（theory of evolution）結合，加強了對當代文類的重視，認為真正好的文學作品必須有「實寫今日社會之情狀」的時代性。這種看重當下的觀點，與中國過去屢現「復古思潮」進行文學改革的情況有很大的不同，當西方文明以更先進的姿態出現在世人眼前，「古為今用」不再是唯一的改革方案。在胡適眼中清代以來無論是宗唐、宗宋、尊李、尊杜的詩學之爭，或是古文與駢文之爭，乃至於學術思想的漢宋之爭，都是摹倣唐宋秦漢「作古人的鈔胥奴婢」罷了。對此胡適提出：「不作古人的詩而惟作我自己的詩」，[3]也就是「不摹倣古人語語須有個我在」，[4]以一種對當代、對個人的肯定，為接下來

---

[1]　胡適〈文學改良芻議〉，頁3。
[2]　經蔣寅考證，王國維「一代有一代之文學」的說法，早在元代虞集已提出過，參見蔣寅《一代有一代之文學──關於文學繁榮問題的思考》。
[3]　上述胡適觀點皆見於〈文學改良芻議〉中「文學改良八事中」第二事「不摹倣古人」。
[4]　見胡適〈寄陳獨秀〉（1916年10月）信中「文學革命入手八事」第七事（為「文學改

的詩歌革命做出了預告。

　　究竟胡適想寫的「我自己的詩」是什麼？具有怎樣的形式特點和韻律節奏？回顧胡適在〈文學改良芻議〉文末的一段話：[5]

> 然以今世歷史進化的眼光觀之、則白話文學之為中國文學之正宗、又為將來文學必用之利器、可斷言也。（此「斷言」乃自作者言之。贊成此說者、今日未必甚多也）。以此之故、吾主張今日作文作詩、宜採用俗語俗字。與其用三千年前之死字、（如「於鑠國會，遵晦時休」之類）不如用二十世紀之活字。與其作不能行遠不能普及之秦漢六朝文字、不如作家喻戶曉之水滸西遊文字也。

白話文從原本被視為俗語俗字，一躍為胡適口中的「活字」，[6]相較於過去〈如何可使吾國文言易於教授〉文章中的保守，[7]以及「詩國革命何自始？要須作詩如作文。」詩中雖見趨勢卻未有配套措施，[8]此時胡適已經認為白話可以完全取代文言，不僅是中國文學之正宗、將來文學之利器，更為一整套具體的改革方案。然而胡適觀察傳統文學的發展所得出的白話文學史觀，卻有一個很大的破綻：明清六百年來，早已產生眾多優秀的白話小說，為何卻沒有同時產生白話詩？詩文兩者的演化為何不同步？是否代表白話的使用在天然上就有侷限？都讓人對白話是否能全面取代文言感到質疑。

　　良八事」雛形），收入《胡適文存》（初版四卷本）卷一，頁4-5。同信刊登於1916年《新青年》2卷2號，頁2。

[5]　1917年《新青年》2卷5號，頁10。

[6]　關於胡適「活的文學與死的文學」的辯證，詳見李怡《中國新詩的傳統與現代》，頁212-230。

[7]　胡適〈如何可使吾國文言易於教授〉，收入《胡適留學日記》冊三（1915年8月26日），頁758-764。

[8]　胡適〈嘗試集自序〉，《嘗試集》初版，頁23。

一、胡適與分行形式的嘗試

1916年7月24日任叔永在信中提醒胡適：「要之白話自有白話用處（如作小說演說等）然不能用之於詩。」正是不相信白話可用來作詩。胡適雖然認為白話作詩「本來是毫無可疑」，但他也不得不承認歷史上白話詩確實是不多，加上過去的詩人詞人「只有偶然用白話做詩詞，沒有用全力做白話詩詞的，更沒有自覺的做白話詩詞的。」[9]也因此面對既有的歷史現象，胡適坦言無法從過往找到有力的證據來反駁，他只能以當下實際的創作來驗證白話作詩到底可不可行：[10]

> 因為我在幾年前曾做過許多白話的議論文，我深信白話文是不難成立的。現在我們的爭點，只在「白話是否可以作詩」的一個問題了。白話文學的作戰，十仗之中，已勝了七八仗。現在只賸一座詩的壁壘，還須用全力去搶奪。待到白話征服這個詩國時，白話文學的勝利就可說是十足的了，所以我當時打定主意，要作先鋒去打這座未投降的壁壘：就是要用全力去試做白話詩。

胡適的文學觀受實驗主義哲學（Experimentalism）的影響，做白話詩的目的，就是要「證明白話可以做中國文學的一切門類的唯一工具」。[11]當時白話文已在小說、散文中逐步實踐，唯獨作為傳統文學中最核心的詩歌始終以文言作為語體，如此一來白話文學實則未

---

[9]　胡適〈逼上梁山──文學革命的開始〉，頁26。
[10]　胡適〈逼上梁山──文學革命的開始〉，頁25。
[11]　胡適〈逼上梁山──文學革命的開始〉，頁26。

達到胡適所標舉的「中國文學之正宗」。[12]胡適若要證明自己白話文學史觀的正確，詩歌就成為白話文不得不攻克的堡壘，畢竟無論散文、小說、劇本寫得多麼白話，只要詩歌還是文言的詩歌，而不是白話的詩歌，中國文學就還是原來的模樣，沒有太大變化，詩歌正是白話全面取代文言，最後也最困難的一塊拼圖。明瞭這點的胡適，也就將注意力轉向白話詩歌的創作探索，這使得胡適不僅是白話文學史的觀察者，也成了創制初期最重要且唯一的嘗試者。他在1916年8月21日的日記中寫道：「白話乃是我一人所要辦的實地試驗。倘有願從我的，無不歡迎，卻不必強拉人到我的實驗室中來，他人也不必定要搗毀我的實驗室。」[13]胡適尋思文學革命的構想，從最初就帶有很強的實踐力與個人主義色彩，新詩的形式能夠定體，固然是日後眾人投入寫作的成果，但新詩的創發卻與胡適個人的思想和行動有著必然的關係。

就在〈文學改良芻議〉發表隔月，1917年2月《新青年》2卷6號登出胡適的〈白話詩八首〉。這八首詩分別寫於1916年7月到11月間，作為胡適呼應「吾主張今日作文作詩宜採用俗語俗字」的最初嘗試。然而這八首白話詩是不是新詩，卻引起不少討論，更相關於新詩究竟誕生於哪一年？[14]首先既名為「白話詩」，自當以白話為創作的語體，八首當中〈朋友〉、〈贈朱經農〉、〈他〉、〈孔

---

[12] 胡適〈文學改良芻議〉，頁10。
[13] 胡適《胡適留學日記》冊四，頁1003。
[14] 相較於五言詩、近體詩等，新詩是極少數可明確追溯誕生日期的漢語詩歌，不過目前還是有1916、1917、1918三種主要說法。陸耀東《中國新詩史（1916-1949）》即以胡適創作〈白話詩八首〉的1916年為開端；支持新詩誕生於1917年的則有姜濤，他認同〈白話詩八首〉：「雖未脫五七言的舊格式，但引入了平白的口語，已和一般的舊詩有所差異。」但以發表時間為準，將新詩誕生的日期定在《新青年》2卷6號發刊的1917年2月（見姜濤〈新詩的發生及活力的展開──20年代卷導言〉，收入《百年中國新詩史略──《中國新詩總系》導言集》；贊同1918年的則有沈用大，所作《中國新詩史（1918-1949）》認為〈白話詩八首〉仍是舊詩形式，並不能視為新詩，將新詩的誕生日期定在1918年《新青年》4卷1號刊出胡適〈白鴿〉等詩作的1月15日；劉福春教授也認為新詩誕生於1918年《新青年》4卷1號，以發表為確切的誕生依據，先前的草稿階段並不能列入時間計算（劉福春教授向筆者口述）。

丘〉，語句生動活潑，俚俗逗趣，與一般詩詞中的文言語句截然不同，具明顯的白話風格；但是〈月〉三首，以及〈江上〉，這四首詩卻又不是那麼「白話」，有點「半文言」，且像這類淺白的句子在古典詩詞中不在少數。再與《新青年》3卷4號上胡適的〈白話詞〉相比，白話詞的語言風格比白話詩還要文言，「棄我去者」、「吾當壽我」、「試與君猜」多半還是舊詩詞常用的詞彙和構句方式。[15]造成胡適白話詩、白話詞不那麼白話的原因，主要是白話文受到齊言形式的制約。在五言七言的格局中，語體的發展空間全被齊言句式給壓縮了，造成無論標榜文言或白話作詩，風格都相去不遠，都只是一種七字句、五字句、四字句下的句式表現，這種短句正與文言的結構相合，卻不利於白話，除非刻意做到非常白話，這也就是胡適白話詩往往詼諧猶如打油詩的原因。古典詩詞的形式，正是為文言語體而設，因此如果要以白話作詩，需要一個能夠自由鋪陳的形式才能展現白話文的特質、白話文的美感。胡適還必須為白話語體找到一個相應的詩歌形式才行。

新詩形式的生成，即從語體的變革開始，正是「白話語體」催生了「分行形式」與「自由體形式」的發展，成為新詩最主要的兩個形式特徵。胡適〈白話詩八首〉採用齊言的五言體和七言體，雖然已破除平仄，但仍遵循韻腳，觀其格律的限制與舊詩沒有兩樣，但若細觀其形式的最外層，就會發現〈白話詩八首〉同時採用了西方詩歌的分行形式。第一首〈朋友〉即是八首中藝術成就最高、知名度最高、形式最特別的一首，也是本文所認為的中國新詩的起點（下圖左為《新青年》版，右為《胡適留學日記》版）：

---

[15] 皆出自胡適〈白話詞〉第三首〈沁園春·生日自壽〉，見1917年《新青年》3卷4號，頁1。

白話詩八首

胡適

朋友（此詩天憐爲韻、還單爲韻、故用西詩寫法、高低一格以別之）

兩個黃蝴蝶雙雙飛上天。
不知爲什麼一個忽飛還。
剩下那一個孤單怪可憐。
也無心上天天上太孤單。

一八　窗上有所見口占（八月廿三日）

兩個黃蝴蝶雙雙飛上天。
不知爲什麼一個忽飛還；
剩下那一個孤單怪可憐；
也無心上天天上太孤單。
（自跋）這首詩可算得一種有成效的實地試驗。

「蝴蝶」象徵戀人、友誼，或者理想，具象徵主義特點。但象徵也是民歌、舊詩常用的手法，如李白詩中的「大鵬」、李商隱詩中的「蟬」，內在精神的宏大或渺小，並不能作爲詩體的評斷標準，必須是內容之外訴諸於物理上聽覺的、視覺的詩歌呈現，亦即詩歌存在於這個世界的具體形狀，才擁有文體的識別度。〈蝴蝶〉這首五言白話詩已拋棄了平仄，雖然還留下齊言、用韻、兩句一聯等明顯的舊詩特徵，卻已具備現代的白話語感和錯落的分行形式，與同批的其他白話詩截然不同。[16]詩前特別註解說明：「此詩天憐爲韻、還單爲韻、故用西詩爲法、高低一格以別之」正是東西方詩歌形式並用的簡短聲明，內部維持東方的齊言形式，外部卻是西方的分行形式。這首詩寫於1916年8月23日，日記載的形式已經是高低格，正是胡適浮現「八不主義」構想的最初階段，[17]顯示早在〈文學改良芻議〉完稿之前的幾個月，胡適已經在思考西方的分行形式如何

---

[16] 並非所有人都贊成〈蝴蝶〉爲第一首新詩。沈用大對於1918年刊登的胡適〈景不徙〉一詩是否爲新詩的見解（沈用大《中國新詩史（1918-1949）》，頁21），也反應了他認爲在其他長短句式的自由體出現前，並不能單獨視〈蝴蝶〉爲新詩的看法。

[17] 見胡適《胡適留學日記》冊四，頁1007。原題〈窗上有所見口占〉，刊登於《新青年》改題目爲〈朋友〉，加強了詩作中「蝴蝶」的意象效果。

在漢詩中表現。日後胡適雖詳細說明了傳統詩體釋放成為自由體的原因，但他卻從未透露為何將白話詩分行，未談這項在新詩形式中最為西化的形式特徵，彷彿為詩歌分行是自然而然的一件事，於是我們只能從胡適的實作中去尋找答案。

　　胡適最初的文學主張、思想演變，以及實驗白話詩的過程，主要記載於《胡適留學日記》。自1910年8月進入康乃爾大學就讀，胡適便開始寫日記，但可惜1910年的部分遺失了，[18]日記的第一天實則自1911年1月30日起，最初胡適創作或抄錄的舊詩仍以傳統的連書形式呈現，亦即不分行的書寫方式。從1911年到1914年之間，胡適閱讀大量的英文詩，包括濟慈（John Keats）、[19]白朗寧（Robert Browning）、[20]歌德（Johann Wolfgang von Goethe）、李韓特（Leigh Hunt）、拜倫（Lord Byron）、[21]撒母耳‧丹尼爾（Samuel Daniel）、[22]密爾頓（John Milton）、[23]華茲華斯（William Wordsworth），[24]、詹姆斯‧拉塞爾‧洛威爾（James Russell Lowell）[25]、丁尼生（Alfed Tennyson）[26]等。其間胡適同時嘗試翻譯英詩，例如1911年9月7日這夜胡適翻譯了海涅（Heinrich Heine）小詩一首；[27]1914年1月29日胡適翻譯了白朗寧（Robert Browning）名作《阿索朗多》（Asolando）結尾詩（Epilogue）的第三節，[28]數日後的2月3日則翻譯拜倫（Lord Byron）的長詩〈哀希臘歌〉（The Isles of Greece）[29]，檢視這兩篇譯詩的翻譯策略，語體上選擇文言，詩體上選擇句式較為自由的騷體，

---

[18]　胡適《胡適留學日記》冊一，胡適於「自序」說明了日記各年份的情況，
[19]　胡適《胡適留學日記》冊一，頁16。
[20]　胡適《胡適留學日記》冊一，頁24。
[21]　胡適《胡適留學日記》冊一，分別見頁33、35、36、37。
[22]　胡適《胡適留學日記》冊一，頁61。
[23]　胡適《胡適留學日記》冊一，頁66、67。
[24]　胡適《胡適留學日記》冊一，頁77-78。
[25]　胡適《胡適留學日記》冊一，頁109。
[26]　胡適《胡適留學日記》冊一，頁139-140。
[27]　胡適《胡適留學日記》冊一，頁71-72。
[28]　胡適《胡適留學日記》冊一，頁175-177。
[29]　胡適《胡適留學日記》冊一，頁177-192。

書寫則保留了英詩的分行方式，形成了特殊的「分行騷體」。就在翻譯白朗寧、拜倫詩歌的同時，1914年1月29日胡適正式為自己創作的詩歌分行，他融合漢詩的七言體，以及西方詩歌中的三句轉韻體，完成形式特殊的〈久雪後大風寒甚作歌〉（下圖左），這是胡適所作第一首分行詩，每句七字，每三句為一行，一行即押一種韻，換韻即換行完成一首三層句式的長句分行詩。[30]在此基礎上，隔年1915年4月26日，胡適創作了一首〈老樹行〉（下圖右），同樣為三句轉韻體，但將分行方式改良為「單句一行」，視覺閱讀上從傳統詩歌的縱向延伸改為橫向延伸，並以西方的高低格形式來區分韻部，已有了初步為詩歌「分節」的概念，〈老樹行〉也成了第一首按西方高低格分行排列的原創漢語詩歌。[31]

明朝日出寒雲開，風雪於我何有哉，待看冬盡春歸來！
入門恃暖百體蘇，隔窗留看雪如畫，圍爐安坐還讀書。
蕭帽猥狠狎鵬猶，可未能捉足何能跳頭，背爐向我不墮。
玄冰遍道厚寸許，每慮失足偏折股，旋漫雪霧凌空舞。
侵晨出門，凍欲僵冰風挾雪捲地狂，澎湃若撼長江滔。
奧風寸步相撑支，呼咽梗絕氣力微，渺漫肌削面不可曾。
夢中石屋壁欲搖，夢回窗外風怒號，訇呀若撼長頭濤。

四○ 久雪後大風寒甚作歌（一月廿九日）

亦不為風易高致。
既鳥語所不能嘲，
狂風好鳥年年事，
謂卿高唱我和之。
春囧百禽還來歸，
枝頭好音天籟奇，
行人疾走敢仰視！
減樹兀兀不可止，
冬風挾雪捲地起，
蔚然傲視長林阜！
軀幹十抱龍挐枝，
道勞老樹吾所思，

三八 老樹行（四月廿六日）

將兩首「三句轉韻體」〈久雪後大風寒甚作歌〉與〈老樹行〉相對照，除了仍保有齊言、韻腳兩項格律限制外，〈老樹行〉的形式更為簡潔、清楚，形式與已經非常接近於後來新詩的形式。不過胡適留學日記中的詩歌實驗還沒完，到了1916年7月22日終於出現〈答梅覲莊——白話詩〉的分行長篇白話詩，不僅採用了英詩的分行書

30　胡適《胡適留學日記》冊一，頁173-174。
31　胡適《胡適留學日記》冊三，頁618-620。

寫，也採用了英詩的高低格，更按英詩的分節方式分為五節，在此引用該詩的第二節：[32]

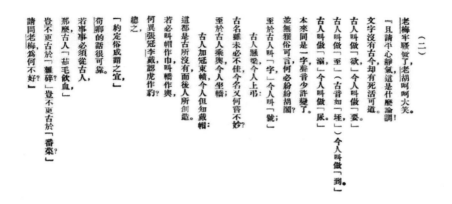

（二）

老梅驟驟然，老胡呵呵大笑。
「且請平心靜氣這是什麼論調！
文字沒有古今卻有死活可道。
古人叫做「欲」今人叫做「要」。
古人叫做「至」（古晉如「垤」）今人叫做「到」。
古人叫做「溺」今人叫做「尿」。
本來同是一字聲音少許變了。
並無雅俗可言何必紛紛胡鬧？
至於古人叫「字」今人叫「號」
古人懸疑今人上弔：
古名雖未必不佳今名又何嘗不妙？
至於古人乘輿今人坐轎。
古人加冠束幘今人但知戴帽：
若必叫帽作巾叫幘作奧，
道都是古所沒有而後人所創造。
何異張冠李戴認虎作豹？
總之，
「約定俗成罷之宜，
荷卿的話很可靠。
若事事必須從古人，
那麼古人「茹毛飲血」，
豈不更古於「雜碎」豈不更古於「番菜」？
請問老梅為何不好？」

這篇長詩的語體則採用了當下胡適極力推廣的白話文，並加入了對話、方言、成語，以及古代文本（例如本節中對於《荀子》的引用），而詩行為了容納白話文以及各式的對白、引文、考證推論，句式也就變得長短不一，最短一句僅兩個字，最長達十四字，種種形式上的大膽嘗試，比之後刊登於《新青年》的第一批新詩還要「前衛」，但胡適從未公開將這首詩作為「白話詩」或者「新詩」發表，僅收錄在《胡適留學日記》當中。

時間又過了一個月，終於來到1916年8月23日完成的這首〈朋友〉，最初同樣記載於《胡適留學日記》。胡適在日記詩末的「自跋」中寫道：「這首詩可算得一種有成效的實地實驗。」[33]若我們沿整本日記的內容一路看下來，就能體會胡適所說的「有成效的實地實驗」，即是指這首詩不僅使用優美的白話文書寫，更完美融合了漢詩與英詩的形式，胡適認為在此他已找到了白話詩的最佳形式。

---

[32]　胡適《胡適留學日記》冊三，頁965-980。
[33]　胡適《胡適留學日記》冊三，頁1007。

先前日記中曾出現的各種詩歌的形式實驗，不管是〈久雪後大風寒甚作歌〉、〈老樹行〉還是〈答梅覲莊──白話詩〉，都不如這首〈朋友〉來的自然、成熟、完美，也因此〈朋友〉才會被胡適列為1917年2月發表於《新青年》2卷6號上八首〈白話詩〉的第一首。

　　〈朋友〉中，胡適將古典詩的「兩句一聯」視為一個單位，排成一行，再將相鄰兩行排成西方高低格的分行形式。以傳統詩歌的四句（相當於一首絕句的內容）來對應西方詩歌的高低兩句，這固然是因為漢字構句的長度要比歐美拼音文字簡短許多，但更是傳統律詩格律的敘事結構：五字一句、兩句一聯、四句一組、八句一首的直接套用。再看胡適首批白話詩中，八首有六首是五言體，其中〈月〉有三首，因此實際為四首五言體，卻分屬於四種不同的分行排列形式：

月　三首

其一

明月照我牀、臥看不肯睡、窗上青藤影、隨風舞婀娜

其二

但玩明月光、更不想什麼月、可使人愁定、不能愁、我

其三

月冷寒江靜、心頭百念消、欲眠君照我、無夢到明、朝

他

思祖國也民國五年九月作。
你心裏愛他莫說不愛他、
要看你愛他且等人害他、
偷有人害他你如何對他、
偷有人愛他又如何待他

江上

雨脚渡江來、
山頭衝霧出、
雨過霧亦收、
江樓看落日

〈月〉是傳統漢詩的連書型排列，〈他〉則是一聯一行排列，〈江上〉則是一句一行排列，加上〈朋友〉的兩句一聯高低格排列，各種不破壞五言詩句式的分行方式，都在這〈白話詩八首〉中嘗試了。四首詩分屬於四種排列形式，顯然是胡適的刻意安排，這些形

式對於該首詩的詩意呈現是有意義的，並非單純的隨意書寫。對古典詩歌來說，只要內在達到平仄、韻部的要求，外在遵守齊言的字數限制，其書面形式隨時可以依據下筆心緒、依據藝術美感、依據紙張篇幅等來變動，「分行」並不屬於舊詩的體制規範；新詩則是將每首詩的書面形式固定下來，不容許變動，每首有每首的書面排列意義，這正是新詩破體與定體之處。

　　「破體」是破除共同的詩體，「定體」則是形成單首詩歌專屬的排列方式。也因此，分行形式是自由體形式的基礎，必先有分行才能於盡情於書面自由地鋪陳排列。當發現分行可行之後，胡適的下一步就是要打破齊言的限制。周作人曾在《中國新文學的源流》中評價白話詩時期的胡適：「他由美國向《新青年》投稿，便提出了文學革命的意見。但那時的意見還很簡單，只是想將文體改變一下，不用文言而用白話，別的再沒有高深的道理。當時他們的文章也還都是用文言文作的。」顯然周作人刻意貶低胡適對於新文學運動的貢獻，僅認同倡議白話作詩的功勞，未能看到胡適嘗試將詩歌「分行」的重大革新意義；不過接著周作人提到：「其後錢玄同、劉半農參加進去，『文學運動』、『白話文學』等等旗幟口號才明顯地提了出來。」[34]則所言不假，在新詩定體的過程中，除了胡適之外，劉半農與錢玄同正是最重要的兩位推手，與胡適一同完成新詩的最終定體。

二、劉半農與增多詩體的主張

　　1917年5月22日胡適通過博士學位論文口試，準備回國，於7月10日搭乘客輪「日本皇后號」抵達上海。回國後兩個月，胡適被蔡元培聘為北京大學教授，9月胡適來到北京任教。[35]即是在北京，胡

---

[34]　周作人《中國新文學的源流》，頁100。
[35]　關於胡適1917年間的經歷，詳見江勇振《璞玉成璧1891-1917（舍我其誰：胡適 第一

適的白話詩有了進一步的變化。《嘗試集》中，胡適將齊言的分行白話詩收在「第一編」，而將破除齊言的分行自由體新詩收在「第二編」，兩編的詩作不僅體裁不同、時間不同，創作的地點也不同。白話詩是在美國紐約穩定安逸的留學環境中萌芽；新詩則是胡適回國之後至北京任教，於中國當時激烈變革的環境中蛻變成長。不同的環境，對文學有不同的期許和不同的動力，胡適自陳來到北京後：「美洲的朋友嫌『太俗』的白話詩，北京的朋友嫌『太文』了！」[36]1917年北京的知識份子，如陳獨秀、錢玄同、沈尹默、劉半農、魯迅、周作人、傅斯年、俞平伯等人，在看到胡適揭櫫白話文學為中國文學之正宗，以及提出加強當代人歷史定位的文學進化論，獲得許多迴響，各個無不摩拳擦掌，躍躍欲試，因此光是齊言的白話詩實在無法滿足他們對新文學的期待和想像，而要求更白話、更自由、更新穎的表現方式。[37]

就在〈文學改良芻議〉發表後四個月，1917年《新青年》3卷3號登出劉半農的長文〈我之文學改良觀〉，文學革命的態度也比胡適「更進一層」，認為新舊文學的對立已來到你死我活的階段，針對舊文學的章法、格式提出「破除迷信」的口號：[38]

> 胡君僅謂古人之文不當摹倣，余則謂非將古人作文之死格式推翻，新文學決不能脫離老文學之窠臼。古人所做論文大都

部）》。

[36] 胡適〈嘗試集自序〉，《嘗試集》初版，頁38。

[37] 王瑤於1982年已指出陳獨秀、錢玄同、劉半農的態度「比胡適堅定、戰鬥性很強，不像胡適的改良的形式主義。」例如〈文學改良芻議〉登出之後，1917年4月9日胡適寫信給陳獨秀，表示「吾輩已張革命之旗，雖不容退縮，然亦決不敢以吾輩所主張為必是，而不容他人之匡正也。」（胡適〈逼上梁山——文學革命的開始〉，頁31）雖言不退縮，但實際上卻退縮了，因此陳獨秀在《新青年》3卷3號公開回信道：「改良中國文學當以白話為正宗之說，其是非甚明，必不容反對者有討論之餘地；必以吾輩所主張者為絕對之是，而不容他人之匡正也。」表達文學革命的堅定立場。見王瑤《中國新文學史稿》上冊，頁30-32。

[38] 劉半農（劉半儂）〈我之文學改良觀〉，頁5。

死守「起承轉合」四字，與八股家「烏龜頭」、「蝴蝶夾」等名詞，同一牢不可破。故學究授人作文，偶見新翻花樣之課卷，必大聲呵之，斥為不合章法。不知言為心聲，文為言之代表。吾輩心靈所至，盡可隨意發揮。萬不宜以至靈活之一物，受此至無謂之死格式之束縛。

雖然此處「死格式」是指散文章法上的起承轉合，而不是指詩歌的形式，但劉半農卻從章法的牢固，談到文學作品的源頭，為揚雄「言為心聲」賦予現代意義。言語源自於心靈的聲音，而文章、文辭等文學作品，又是言語當中的精華，此處「言為心聲」的詮釋頗有韓愈：「人聲之精者為言，文辭之於言，又其精也。」的味道。[39]因此劉半農認為，文學創作理應隨著我們心靈的活動，盡情發揮，絕不能讓這種最靈活、最靈動的創造力想像，受到僵化的文學格式所束縛。無論是修辭、章法、格式，甚至最嚴格的格律，都是一種文學形式的規範，具有不同的約束力，過去古典文學多認為「形式的高度」與「內容的高度」是一種正向關係，格高必然調高，以詩歌而言，詩人應掌握詩體的特質，設法將詩意與詩體完美結合，達到最高的表現。但劉半農卻質疑傳統文體／詩體的功用，他將文學的新內容與舊形式澈底分隔開來：「吾輩欲建造新文學之基礎，不得不首先打破此崇拜舊時文體之迷信，使文學的形式上速放一異彩也。」[40]新文學能否成立，就在於新的文體／詩體能否誕生，順此思維，推出他「增多詩體」的主張。

　　劉半農認為目前現有的傳統詩體，無法讓新文學於詩歌上有所發揮，他注意到英國正因為詩體極多，「且有不限音節不限押韻之

---

[39] 〈問神〉：「故言，心聲也；書，心畫也。」見揚雄（著），汪榮寶（義疏）《法言義疏》上冊，頁160；〈送孟東野序〉，見韓愈（著），閻琦（校注）《韓昌黎文集注釋》上冊卷四，頁349。
[40] 劉半農（劉半儂）〈我之文學改良觀〉，頁5-6。

散文詩」因此詩人輩出，更有高達十數萬字的長詩；反而法國詩歌受詩體之困，不僅音節亦步亦趨，鮮少創作長詩，也沒有無韻詩，因而即便法國詩人本領再好，都會因「戒律梏其手足」而失去了發展的可能。在看到英法兩國的借鑒之後，劉半農希望能在胡適〈朋友〉、〈他〉兩首的基礎上建設新文學的詩體：[41]

> 故不佞于胡君白話詩中〈朋友〉、〈他〉二首，認為建設新文學的韻文之動機。倘將來更能自造、或輸入他種詩體，並於有韻之詩外，別增無韻之詩。（中間小字談《詩經》的無韻詩，暫略）則在形式一方面，既可添出無數門徑，不復如前此之不自由。其精神一方面之進步，自可有一日千里之大速率。彼漢人既有自造五言詩之本領，唐人既有自造七言詩之本領。吾輩豈無五言七言之外，更造他種詩體之本領耶？

這樣的判斷相當正確，〈朋友〉與〈他〉正是胡適八首白話詩當中，最口語白話，分行形式也最為顯眼的兩首詩，未來新詩體的創造，自當以這兩首為起點。「增多詩體」實際上就是「創造新體」之意，而創造新體的方式，劉半農認為可以自創，也可以直接輸入國外的他種詩體，如此方能擺脫傳統詩體的束縛，這也讓漢語詩歌從此「門戶大開」，正式開啟了漢語詩歌的歐化時期。從漢人創五言、唐人創七言，再到今天吾輩詩體的「自造」與「輸入」，可看到「詩體」正是劉半農詩歌改革的核心。1917年7月6日胡適自美返國，在東京購得《新青年》3卷3號，讀到劉半農「增多詩體」的主張，也表示「絕對贊成」。[42]不過即便劉半農所希望的新詩體，是以胡適的「分行白話詩」為基礎，甚至是創建無韻詩（blank verse），將韻腳給廢除（後來他也達成了），但劉半農仍受

---

[41] 關於「增多詩體」的主張，見劉半農（劉半儂）〈我之文學改良觀〉，頁9-10。
[42] 胡適《胡適留學日記》冊四，頁1167。

限於寫詩必須要有詩體的觀念，當寫詩的自由是源於有更多詩體可以選擇，而不是擁有全然的自由，寫詩依舊是在各種「體」的框架當中，雖然他已有自由體觀念的萌芽，卻不能說是真正自由體的觀念。因此自由體的形成還需要交棒給下一人，我們也將目光轉到另一位新文學的悍將錢玄同的身上。

三、錢玄同與自由體的催生

錢玄同雖然不寫詩，但時常懷有改革文學的想法，文學革命的立場也比胡適更為激進，對於「以不通之典故與肉麻之句」戕賊吾國青年的「選學妖孽與桐城謬種」，[43]早想給予嚴厲的批判。他在讀了胡適的白話詩之後，感到些「小小不滿意」的地方：「其中有幾首還是用『詞』的句調；有幾首詩因為被『五言』的字數所拘，似乎不能和語言恰合；至於所用的文字，有幾處似乎還嫌太文。」[44]他發覺白話詩仍受到齊言的限制，這正是白話文之所以不能施展的主因，也因此在1917年7月2日提筆寫信給胡適：

> 玄同對於先生之白話詩，竊以為猶未能脫盡文言窠臼。如《月》第一首後二句，是文非話；《月》第三首及《江上》一首，完全是文言；……又先生近作之白話詞（《採桑子》），鄙意亦嫌太文。且有韻之文，本有可歌與不可歌二種。尋常所作，自以不可歌者為多。既不可歌，則長短任意，仿古創新，均無不可。至於可歌之韻文，則所填之字，必須恰合音律，方為合格。詞之為物，在宋世本是可歌者，故各有調名。後世音律失傳，於是文士按前人所作之字數，

---

[43] 胡適《胡適文存》（初版四卷本）卷一〈答錢玄同書〉附錄一錢先生原書（1917年7月2日），頁57。

[44] 錢玄同〈嘗試集序〉（詩集版），收入胡適《嘗試集》初版，頁12-13。

平仄，一一照填，而云『調寄某某』。此等填詞，實與作不可歌之韻文無異；起古之知音者於九原而示之，恐必有不合音節之字之句；就詢填詞之本人以此調音節如何，亦必茫然無以對。玄同之意，以為與其寫了「調寄某某」而不知其調，則何如直做不可歌之韻文乎！[45]

錢玄同不僅勸胡適將文言語句完全革除，更將漢語詩歌（錢以「韻文」指稱）分為可歌與不可歌，認為既然白話詩這類不可歌的韻文，無須與音樂配合，形式上就是自由的，沒有必要給自己加上束縛：「則長短任意，仿古創新，均無不可」正是中國自由詩思想的開端，即便這些長短任意的句子仍保有韻腳，但錢玄同已經意識到詩歌在脫離音樂後自由書寫的可能性；而可歌的韻文，錢玄同認為當下只有舊調的西皮、崑腔、梆子，以及新調的風琴有資格稱為「可歌」，[46]詞的音律早已失傳，成為空有詞牌詞律的案頭文學，與一般不可歌的韻文沒什麼不同，若跟著已經失去音樂的格律填詞，顯得毫無意義，還不如直接創作不可歌的白話詩。這時錢玄同已準確預知未來漢語詩歌的發展走向，當代漢語詩歌正分成兩大類：不可歌的新詩朝「長短任意」的自由體發展，與過去的古典詩歌在外觀上有很大的差別；而可歌的流行歌詞始終「恰合音律」，與音樂密切配合以好唱好聽為目標，也因此今天絕大多數的流行歌詞都押韻，有著更多音節整齊的等句，形式比新詩更為工整，與過去長短句的詞體在外觀上差別不大。

　　錢玄同支持胡適創作白話詩，也看到了白話詩發展的潛力，

---

[45] 胡適《胡適文存》（初版四卷本）卷一〈答錢玄同書〉附錄一錢先生原書（1917年7月2日），頁66。

[46] 「中國現在可歌之調，最普通者惟有皮黃（崑腔雖未盡滅，然工者極少。梆子則更卑下矣。）」見錢玄同〈新文學與今韻問題〉（致劉半農信），1918年《新青年》4卷1號，頁80；「若在今世必欲填可歌之韻文，竊謂舊調惟有皮黃，新調惟有風琴耳。」見胡適《胡適文存》（初版四卷本）卷一，〈答錢玄同書〉附錄一錢先生原書（1917年7月2日），頁66-67。兩處皆表達了錢玄同對「今日可歌之韻文」的觀點。

因此不希望胡適將白話詩寫得太「文」，更反對胡適創作白話詞。1917年10月31日錢玄同再次寫信給胡適：「現在我們著手改革的初期；應該盡量用白話去作，才是。倘使稍懷顧忌，對於『文』的一部分不能完全捨去，那麼，便不免存留舊污，於進行方面，很有阻礙。」[47]將話說得更白一些，胡適的白話詩若還寫得這麼文言，那就成文學革命的阻礙了。面對錢玄同「太文了」的諍言，胡適在11月20日的回信中反省並接受，正是錢玄同的建議，胡適承諾於北京所作的白話詩將不再用文言，[48]而錢玄同對詞體的批判，更啟發了胡適將格律詩轉變為自由詩的理論依據，他在回信時特別回應了自己對詞體截然不同的看法：

> 先生與劉半農先生都不贊成填詞，卻又都贊成填西皮二簧。古來作詞者，僅有幾個人能深知音律。其餘的詞人，都不能歌。其實詞不必可歌。由詩變而為詞，乃是中國韻文史上一大革命。五言七言之詩，不合語言之自然，故變而為詞。詞舊名長短句。其長處正在長短互用，稍近語言之自然耳。（中引稼軒詞部分略）故詞與詩之別，並不在一可歌而一不可歌，乃在一近言語之自然而一不近言語之自然也。作詞而不能歌之，不足為病。正如唐人絕句大半可歌，然今人不能歌亦不妨作絕句也。[49]

早在1915年胡適已認定「詞乃詩之進化」，[50]此處胡適認為詞體可歌不可歌並不是重點，相較於近體詩語言的不近自然，詞的重要在於「稍近言語之自然」的長短句式。之所以說「稍近」，是因為胡

47　錢玄同〈嘗試集序〉（詩集版），收入胡適《嘗試集》初版，頁14。
48　胡適：「所以我在北京所做的白話詩，都不用文言了。」見錢玄同〈嘗試集序〉（詩集版），收入胡適《嘗試集》初版，頁14。
49　胡適〈1917年11月20日致錢玄同信〉，頁78。
50　胡適《胡適留學日記》冊三（1915年6月6日記），頁660-661。

適認為詞還有兩個缺點：（一）字句終嫌太拘束。（二）篇幅過短，最多只到三疊的長度。胡適以「文學進化論」的角度，認為曲的出現正是為了補救詞的這兩項缺點：

> 曲之作，所以救此兩弊也。有襯字，則字句不嫌太拘。可成套數，則可以作長篇。故詞之變為曲，猶詩之變為詞，皆所以求近語言之自然也。
>
> 最自然者，終莫如長短無定之韻文。元人之小詞，即是此類。今日作「詩」（廣義言之），似宜注重此種長短無定之體。然亦不必排斥固有之詩詞曲諸體；要各隨所好，各相題而擇體，可矣。[51]

胡適認為詩變為詞，詞變為曲，句式越來越自由，篇章越來越長，正表示漢語詩歌（韻文）不斷朝語言自然的方向演化，也是漢語詩歌演化的終極目標。胡適認為元代的小詞（即為散曲中的小令）已經相當接近這個演化目標了，今日作白話詩也應當注重這種源於詞、成於曲的「長短無定之體」。信的最末，胡適順道批評了當時流行的皮簧，認為皮簧的七字十字之句，採用了「不近言語之自然」的齊言句式，反而「不如直作長短句之更為自由」。[52]胡適將「長短句」與「自由」相提並論，正透露胡適自由體觀念的萌芽，與中國文學傳統中的詞體極其相關。此處需釐清的是，胡適認為詩變為詞，詞又變為曲，由齊言變為長短句皆在追求語言的自然，實際上詞曲的長短句式是為了能夠合樂歌唱，胡適在此完全排除了音樂的絕對影響，直接提出「長短無定之韻文為最自然的語言」的論點。回顧最初，魏晉的四言詩、五言詩逐漸擺脫音樂，自漢樂府中獨立出來，到了齊梁永明詩人為了建立五言詩的「音樂性」而

---

[51] 胡適〈1917年11月20日致錢玄同信〉，頁78-79。
[52] 胡適〈1917年11月20日致錢玄同信〉，頁79。

發明詩律，這從沈約想以「音韻四聲」來搭配「宮商五聲」就能得知其意圖，從此漢語詩歌有了自身的節奏韻律，而不必然要與音樂結合。[53]如今胡適為了破除近體詩的齊言限制，反而將「詩」與「詞」「曲」這兩種與音樂關係最為密切的詩歌放到同一條進化的脈絡上，卻又不提音樂對詩歌的影響，只希望單純從長短句式中發展他的白話詩，與沈約比附音樂卻又摒除音樂的情況非常類似。此時胡適尚未放棄傳統的「詩詞曲諸體」，例如對於錢玄同提出詞調束縛寫作自由的說法，胡適反而認為詞調提供了眾多言語自然的詩體，可讓創作者自由選擇：「不會填詞者，必以為詞之字字句句皆有定律，其束縛自由必甚。其實大不然。詞之好處，在於調多體多，可以自由選擇。工詞者，相題而擇調，並無不自由也。」[54]此時胡適的想法類似劉半農借鑑西方詩歌「增多詩體」的主張，卻又侷限在傳統詞調，比起劉半農更加守舊。原本順著「文學進化論」的推論，胡適理應在詞曲「長短句」的基礎上，號召創建一種更為自由、句式長短不定的新的詩體才對。但此時胡適認定的白話詩，只是以白話文作各種舊詩，隨著內容、主旨、詩意的不同，選擇不同的傳統詩體來創作白話詩，白話詩尚未有自己對於「體」的主張。

　　看到胡適滿足於延續舊詩詞所提供的詩體詞體，並未打算另造新體，這種裹足不前的態度，錢玄同自然不能同意。他再次覆信胡適：[55]

　　　　論填詞一節，先生最後之結論，也是歸到「長短無定之韻文」，是吾二人對於此事，持論全同，可以不必再辯。惟我之不贊成填詞，正與先生之主張廢律詩同意，無非因其束縛自由耳。先生謂「工詞者相題而擇調，並無不自由」，然則

---

[53]　關於沈約如何調解音韻四聲與音樂五聲，詳見程毅中《中國詩體流變》，頁68-69。
[54]　胡適〈1917年11月20日致錢玄同信〉，頁78。
[55]　錢玄同〈1917年底致胡適信〉，頁80。

工律詩者所作律詩，又何嘗不自然？不過未「工」之時，作律詩勉強對對子，填詞硬扣字數，硬填平仄，實在覺得勞苦而無謂耳。總而言之，今後當以「白話詩」為正體（此「白話」是廣義的，凡近乎言語之自然者皆是。此「詩」亦是廣義的，凡韻文皆是），其他古體之詩及詞、曲，偶一為之，固無不可，然不可以為韻文正宗也。

錢玄同接受胡適所說的詞體作為長短句式的源頭，也認同「長短無定之韻文」是未來作詩的方向，但他無法接受「詞體」在今日繼續存在，並以過去胡適曾於〈文學改良芻議〉中提出「廢駢廢律」的主張，[56] 詰難胡適同樣是詩歌之體，為何呼籲廢除「律體」卻不廢除「詞體」的雙重標準。相較於胡適對舊詩詞仍存有偏好之心，錢玄同則一視同仁，決意將律體詞體全都廢除，這種觀念正具備自由體破除一切詩體的特性。無論律詩的對仗，填詞的硬扣字數、硬填平仄，都存在一個束縛創作自由的詩體規範，廢除全部的「體」，詩歌才有所謂的自由，也才有所謂的自由體新詩的出現。錢玄同的建議胡適接受了，等到1919年自由體差不多定型以後，胡適在〈談新詩：八年來一件大事〉一文中反而回過頭來強烈否定詞曲之體了：

> 宋以後、詞變為曲、曲又經過幾多變化、根本上看來、只是逐漸刪除詞體裡所剩下的許多束縛自由的限制、又加上詞體所缺少的一些東西如襯字套數之類。但是詞曲無論如何解放，終究有一個根本的大拘束：詞曲的發生是和音樂合併的、後來雖有可歌的詞、不必歌的曲、但是始終不能脫離「調子」而獨立、始終不能完全打破詞調曲譜的限制。[57]

56　胡適〈文學改良芻議〉，頁9。
57　胡適〈談新詩：八年來一件大事〉。

這裡胡適基本上繼承錢玄同廢除詞體的主張，且更進一步，錢玄同認為詞體受到詞律的束縛，胡適則看到詞律底下一種從根本約束文字的力量，即是音樂旋律。曲體的襯字，正是為了掙脫音樂，但只要是與音樂合併演唱，終究無法脫離「調子」，無法成為真正的自由體。因此胡適不僅反對詩體的格律，也反對詩歌依附於音樂，擺脫兩者後才能達到真正的「詩體大解放」，為自由自在創作詩歌廓清一切阻礙，而有了今日的自由體形式。

回到1917年底兩人的通信，此時在錢玄同眼中，胡適並未真正發揮創建白話詩的價值，也因此錢玄同不得不自行擴充「白話詩」的定義，對他而言白話詩的「白話」是廣義的，只要是自然狀態下的言語都可作為白話詩的語體，減少了詩體對言語的扭曲，使詩歌達到「言文一致」；同時，白話詩的「詩」也被擴大到只要是用韻的韻文皆是白話詩（此時尚未談及廢除韻腳），並呼籲今後以「白話詩」作為當代詩歌唯一的「正體」、「正宗」。這種擴大定義後的「白話詩」，不僅摒除過去詩體的限制，也未給自己設新的限制（除了用韻外），將語體與詩體擴展到最大邊界，其結果就是自由體的出現。這些胡適與錢玄同討論詞體與白話詩關係的信件，被公開於1918年1月《新青年》4卷1號上，與同期中國的第一批新詩一同刊登，佐證兩者的關係。這八首新詩當中，只有胡適〈景不徙〉採用了五言的「舊詩之體」，其餘七首全部是有著自己形式的「新詩之體」，在過去找不到具有相似形式的作品，符合錢玄同信件中的定義：所有形式的韻文都屬於白話詩，包括舊詩的形式在內，不過這些詩詞曲的形式，對新詩而言不過是「偶一為之」，已不具有任何主導地位。

雖然錢玄同於信末說道，關於白話詩的定義胡適與他的意見沒有不同，且近來胡適所寫的〈人力車夫〉、〈一念〉和〈老鴉〉等詩都已用「『長短無定』極自然的句調了。」[58]但事實上新詩正

---

[58] 錢玄同〈嘗試集序〉（詩集版），收入胡適《嘗試集》初版，頁17。

是在錢玄同的鞭策下催生，成為不受其他詩體約束，而有自己獨立形式的「自由體」。正是這些來自北京的諍言，逼得胡適不得不承認自己在美國寫的白話詩：「實在不過是能勉強實行了文學改良芻議裡面的八個條件；實在不過是一些刷洗過的舊詩！」[59]這種自我反省，對一向捨我其誰的胡適來說，並不是那麼容易坦露。這代表胡適也認為白話詩應當還要有很大程度的「修正」，包括要更白話，以及打破齊言句式改用長短句式，終於創作出1918年1月《新青年》4卷1號上的第一批新詩。同年的6月7日晚上，胡適撰寫《嘗試集》第二編自序，綜合了自己創作白話詩的經驗，正式提出「詩歌釋放」之說，內容正是與錢玄同「論詞」的經驗加上文學進化觀點綜合而成：「這種詩體的釋放，依我看來，正合中國文學史上的自然趨勢。詩變為詞，詞變為曲，只不過是這三層（字，文法，句的長短）的釋放。詞是長短句了，但還有一定的字數和平仄。曲的長短句中，可加襯字，又平仄更可通融了，但還有曲牌和套數的限制。」[60]胡適在這篇自序首次提到「詩體釋放」之說，他在1918年7月14日答朱經農信中又再次提到，[61]接著1919年5月《新青年》版《嘗試集》自序改稱為「詩體的大解放」，[62]同年9月《北京大學日刊》版《嘗試集》自序亦稱「詩體的大解放」，[63]所論大至相同。後來1919年10月胡適撰寫〈談新詩：八年來一件大事〉則進一步闡發：

> 新文學的語言是白話的、新文學的文體是自由的、是不拘格律的。初看起來。這都是「文的形式」一方面的問題、算不得重要。卻不知道形式和內容有密切的關係。形式上的束

---

[59] 胡適〈嘗試集自序〉，見《嘗試集》初版，頁38-39。
[60] 胡適《嘗試集》第二編初稿本自序，轉引自陳子善〈新發現的胡適《嘗試集》第二編自序〉（1918年6月7日夜作），刊於2011年12月17日《東方早報》上海書評版。
[61] 胡適〈新文學問題之討論〉覆朱經農信（1918年7月14日），1918年《新青年》5卷2號，頁167-168。
[62] 胡適〈我為什麼要做白話詩〉（〈嘗試集自序〉），頁497。
[63] 胡適〈嘗試集自序〉，刊於1919年9月22日《北京大學日刊》第三版。

縛、使精神不能自由發展、使良好的內容不能充分表現。若想有一種新內容和新精神。不能不先打破那些束縛精神的枷鎖鐐銬。因此、中國近年的新詩運動可算得是一種「詩體的大解放」。因為有了這一層詩體的解放、所以豐富的材料、精密的觀察、高深的理想、複雜的感情、方才能跑到詩裡去。[64]

在此胡適不僅認為新詩是自由體,而是所有的新文學都應當是不拘格律的「自由體」,將散文、小說、戲劇等都囊括在內。詩體的形式束縛了精神的自由發展,這是源自劉半農的想法,但胡適並不主張「增多詩體」,反而是要破除詩體,任何詩體的規範都不應存在,因此提出了「詩體大解放」。自由體能否確立,和作品「內容」地位的抬高極其相關,「豐富的材料、精密的觀察、高深的理想、複雜的感情」這些都屬於精神層面的,屬於詩歌內容的一部分,精神直接表現在內容上,而非形式上,制式的形式規範反而成了束縛精神的枷鎖鐐銬。貶抑形式,重視內容的文學觀於文學革命時期屢屢可見,1918年2月錢玄同就在〈嘗試集序〉中說道:「現在我們認定白話是文學的正宗,正是要用質樸的文章,去劇除階級制度裡的野蠻款式;正是要用老實的文章,去表明文章是人人會做的,做文章是直寫自己腦筋裡的思想,或直敘外面的事物,並沒有什麼一定的格式。對於那些腐臭的舊文學,應該積極驅除淘汰淨盡,才能使新基礎穩固。」[65]當時錢玄同雖未言「詩體大解放」,但堅持直接寫腦海中的思想,直接描述外面的事物,才能使寫作免受格式的刪減濃縮,同樣是廢除所有傳統詩體／文體的想法,自由體的主張表露無遺。新詩、新文學都具有內容至上的特點,正是現代主義思潮的一環,當內容被澈底擺在第一位,不再去顧慮形式、文體,跨越翻譯的

---

[64] 胡適〈談新詩:八年來一件大事〉。
[65] 錢玄同〈嘗試集序〉(第一版),1918年《新青年》4卷2號,頁141。

屏障，才能產生既可全球化同時又具備個人特色的文學作品。胡適「詩體大解放」的提出，代表自由體至此已經成形、成熟。

四、新詩形式的舊詩淵源

　　回顧胡適1917年2月發表的〈白話詩八首〉，可視為一種「以白話創作的齊言分行詩」，並非單純的傳統舊詩形式，一方面於內部採用白話語體去除平仄、對仗、傳統句式等格律規範，另一方面於外部又採用西方的分行形式中斷傳統詩行的連續書寫，是漢語詩歌最早一批刻意分行排列的詩作，這兩種內外的形式革新，未來即被其他新詩作者所繼承。然而，〈白話詩八首〉因「不夠白話」，加上只是將舊詩的齊言句式進行分行排列，仍不具備新詩詩行自由排列的原則，並不能視為「新詩」，而是一種處於舊詩、新詩之間的過渡詩體。[66]

　　真正打破舊詩格律的新詩，出現於1918年1月《新青年》4卷1號，由於在1月15日出刊，該期登出的9首詩理應都作於1917年，新詩的誕生年份也應當是1917年。[67]在這中國的第一批新詩作品中，9首有8首以白話創作，且都是沒有格律規範的自由體。[68]當中胡適

---

[66] 即便胡適本人也不認為這些白話詩是新詩，《嘗試集》就將白話詩收於「第一編」，但第二編起才是具備今日新詩形式的作品，見胡適《嘗試集》初版（上海：亞東圖書館，1920年3月）。

[67] 這第一批新詩當中，胡適的三首詩後來都收入《嘗試集》，其中〈人力車夫〉明確寫於1917年11月9日，〈鴿子〉、〈一念〉雖然未註明寫作日期，但次序排在〈人力車夫〉之前，按《嘗試集》編年排列來看，兩首的創作日期只會早於〈人力車夫〉。在具有明確創作日期的情況下，不應以《新青年》的刊登日期作為新詩的起點，畢竟雜誌出刊與否，新詩的創作日期仍會明確紀錄在這些詩人的詩集中。

[68] 9首中唯獨胡適〈景不徙〉是五言的白話詩，但沈用大認為：「重點系在其餘8首，是它們宣告了完全不同於舊詩的新詩的誕生。也就是說，沒有它們，光憑〈景不徙〉那樣的白話詩，決算不得新詩；而如今有了其餘8首，〈景不徙〉那樣的白話詩就也可以算新詩。因為新詩並不只有一種形式，它可以容納多種不同的形式」（沈用大《中國新詩史》，頁21）反而認為〈景不徙〉可以視為新詩，點出了白話詩作為舊詩和新詩之間過渡的複雜的認同感。

〈鴿子〉、〈一念〉、〈人力車夫〉，劉半農〈相隔一層紙〉、〈題女兒小蕙週歲日造象〉，沈尹默〈月夜〉為標準的分行詩；沈尹默〈鴿子〉、〈人力車夫〉則類似西方的散文詩作，但卻擁有中式的韻腳。[69]「分行體新詩」與「連書體新詩」同時誕生，形成中國新詩最初的樣貌，是一個頗為特殊的現象，更是新詩形式不全然移植自西方的證明，反而是從舊詩中努力思索新的方向，才會出現分行體與連書體共同產生的情況。胡適曾言這第一批新詩中得力於舊詩詞的句式：[70]

> 沈尹默君初作的新詩是從古樂府化出來的。例如他的〈人力車夫〉（中略）稍讀古詩的人都能看出這首詩是得力於〈孤兒行〉一類的古樂府的。我自己的新詩、詞調狠多、這是不用諱飾的。例如前年做的〈鴿子〉（中略）就是今年作詩、也還有帶著詞調的。例如〈送任叔永回四川〉的第二段（中略）懂得詞的人、一定可以看出這四長句用的是四種詞調裡的句法。這首詩的第三段便不同了（中略）這一段便是純料新體詩。此外新潮社的幾個新詩人、──傅斯年、俞平伯、康白情、──也都是從詞曲裡變化出來的、故他們初做的新詩都帶著詞或曲的意味音節。此外各報所載的新詩、也狠多帶著詞調的。例太多了、我不能遍舉。

一直以來我們都忽略傳統詩詞，尤其是詞體對新詩定體的影響。若理解胡適所言，他的分行詩〈鴿子〉即是一首分行的白話詞調，沈尹默的〈人力車夫〉則是分行的白話古樂府調，[71]也就是說新詩中

---

[69] 這第一批新詩見1918年《新青年》4卷1號，頁41-44。
[70] 胡適〈談新詩：八年來一件大事〉。
[71] 沈尹默的名作〈三弦〉也被胡適指出使用了舊體詩詞的音節韻律，透過「雙聲字的參錯夾用，更顯出〈三弦〉的抑揚頓挫。」見胡適〈談新詩：八年來一件大事〉。

的「分行體」和「連書體」分別源自於詞體和古樂府，這也可以解釋胡適的〈景不徙〉何以被放進第一批9首新詩當中：既然分行的白話詞、白話樂府，都可視為新詩，沒道理齊言的白話詩就不能視為新詩？胡適由一年前齊言的白話詩，進步到長短句的白話詩，產生了今日新詩的最初樣貌，但我們並不能依此就認定新詩完全來自於傳統詩、詞、曲、樂府等大批地分行化、白話化與自由化。胡適本人也說了，除了詞調、古樂府外，新詩中還是有著「純料新體詩」，[72]且看胡適親自舉例的這首〈送任叔永回四川〉：[73]

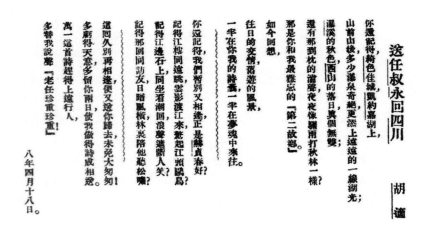

胡適說第二段自己是用了「四種詞調裡的句法」，應當是指連續四句「記得○○」句型，傳統詞作中譬如牛希濟「記得綠羅裙，處處憐芳草。」或是晏幾道「記得小蘋初見，兩重心字羅衣。」是詞體常用的句型。第三段則是胡適所說的「純料新體詩」，第一句末「未免太匆匆」仍有李後主「林花謝了春紅太匆匆」的況味，但第

---

[72] 可能為「純粹新體詩」之誤。
[73] 1919年《新青年》6卷5號。

二句之後不再出現詞體常見的句型，最後一句「老任珍重珍重！」則是純口語的句型了。回到最初一批新詩，胡適〈人力車夫〉、〈一念〉、劉半農〈相隔一層紙〉、〈題女兒小蕙週歲日造象〉、沈尹默〈月夜〉，這些詩不僅沒有詞味，反而相當口語，形式更是標準的分行自由體，真正達到胡適以白話作詩的期許：「把從前一切束縛自由的枷鎖鐐銬，一切打破：有什麼話，說什麼話；話怎麼說，就怎麼說。這樣方才可有真正白話詩，方才可以表現白話的文學。」[74]新詩的本色盡在這段話之中。

新詩「分行自由體」的形式概念，當中「分行」移植自西方詩歌的分行形式，胡適的白話詩本身就已經分行，只要再將每句的格律打破，語體更為白話，就是一首分行的自由體新詩，而打破格律靠的正是古典詩詞曲的句法，以及最重要的白話語體。如果說胡適分行詩的形式，是受西方詩歌的關鍵影響；沈尹默的中式散文詩，卻能夠看到更多的漢語詩歌特點。胡適本身從未創作過類似西方散文詩的作品，《嘗試集》所收全部是分行詩，少數看似散文詩的作品，實則是由長句構成的分行詩。然而新詩形式的生成並非如此單一，而是雙線並進，同時在西方的「分行體」和東方的「連書體」上進行破除格律的自由化嘗試。漢語詩歌「自由化」的另一條路線，沈尹默的〈鴿子〉、〈人力車夫〉，劉半農的〈學徒苦〉、〈窗紙〉這些中國最早的不分行的新詩是一種西式的「散文詩」嗎？答案是否定的。一切必須從西方散文詩在中國的譯介開始說起。

---

[74] 見胡適〈嘗試集自序〉，《嘗試集》初版，頁39。這段話最初出自1918年《新青年》5卷2號上，胡適回覆朱經農的讀者通信：「我們做白話詩的大宗旨在於提倡『詩體的釋放』，有什麼材料，做什麼詩；有什麼話，說什麼話；把從前一切束縛詩神的自由的枷鎖鐐銬攏統推翻：這便是『詩體的釋放』因為如此，故我們極不贊成詩的規則。」（頁167）兩處文字稍有不同。

第二節 連書自由體：散文詩的中西合流

一、劉半農與西方散文詩的譯介

關於中文散文詩的淵源，最早開始於1915年7月《中華小說界》2卷7期登出半儂（劉半農）翻譯的〈杜瑾納夫之名著〉四篇作品。這四篇實際上是屠格涅夫（Ivan Turgenev，1818-1883）的散文詩，但當時劉半農卻將這些散文詩視為小說，[75]四篇都採用文言小說的譯法，並未特別留心敘事架構下所蘊含的詩意，雜誌也將這四篇列為「名家小說」。此時白話詩還要等兩年才出現，新詩還要等三年，這是西方散文詩第一次被翻譯成中文，卻不是翻譯成「散文詩」或「詩」的樣貌，劉半農從原作不分行、不押韻，以及突出的敘事特質，將其翻譯為時下最流行的小說體，顯然此時中國尚未有西方散文詩體的概念。到了1917年5月劉半農回應胡適〈文學改良芻議〉說道：「英國詩體極多、且有不限音節不限押韻之散文詩。故詩人筆出、長篇記事或詠物之詩、每章長至十數萬字、刻為專書行世者、亦多至不可勝數。」[76]這是近代中文刊物中首次出現「散文詩」的名稱，但從整段的意思來看，應該是指沒有格律的分行自由詩而言，未必侷限於不分行的散文詩。從此刻起，散文詩於中國詩壇也逐漸產生了兩種意涵的指涉：一是不論分行與否，就句式的散文化程度而稱為散文詩，常被視為「分行的散文」，如周作人的分行長詩〈小河〉；[77]另一種是只要詩歌採用不分行的散文格式，

---

75 劉半農在作品前的譯序說道：「余所讀小說。殆以此為觀止。是惡可不譯以餉我國之小說家。」見1915年《中華小說界》2卷7期，頁1。
76 劉半儂（劉半農）〈我之文學改良觀〉，頁9。
77 周作人〈小河〉詩前自序：「有人問我這詩是什麼體，連自己也回答不出。法國波特來爾提倡起來的散文詩，略略相像，不過他是用散文格式，現在卻一行一行的分寫了。」見1919年《新青年》6卷2號，頁91。

就稱為散文詩，也是日後我們所熟知的西方散文詩的定義。

　　時隔一年，1918年5月劉半農刊登於《新青年》4卷5號的一篇〈我行雪中〉譯文再次提到「散文詩」，[78]雖然是翻譯自《VANITY FAIR》月刊的記者導言，但從附錄的英文詩作可知此處「散文詩」的意思已是作為獨立詩類的西方「散文詩」（prose poetry）。同年8月《新青年》5卷2號上劉半農翻譯了兩首泰戈爾的「無韻詩」：〈著作資格〉與〈惡郵差〉；[79]9月5卷3號又翻譯了泰戈爾〈海濱〉5首與〈同情〉2首，同樣標為「無韻詩」，但同期他翻譯的屠格涅夫〈狗〉、〈訪員〉則標為「散文詩」。[80]此處劉半農不僅將「散文詩」與擁有散文句式的「分行白話詩」區隔開來，更糾正了過去自己將屠格涅夫的散文詩視為小說的錯誤，在他心中已具備對西方散文詩體的足夠認識，同時在這基礎上以「有韻無韻」之分，進一步將泰戈爾的「無韻詩」自「散文詩」中區別出來，並未將兩者混為一談。「無韻詩」是劉半農在「破壞舊韻重造新韻」的基礎上，秉持「增多詩體」的主張，所提出的一種新的詩體，成為真正的自由詩。[81]在劉半農身上正歷經了「破除舊韻」、「重造新韻」再到「廢除用韻」的過程，漢語詩歌形式的自由化也來到了最後一道關卡，亦即廢除漢語詩歌自《易經》古歌、《詩經》以來延續三千多年的韻腳傳統，寫作新詩「不用韻」的第一人正是劉半農。

二、沈尹默與中式散文詩的建立

　　沈尹默自1918年1月《新青年》4卷1號上的第一批新詩開始，當中〈鴿子〉、〈人力車夫〉是最早發表的兩首「連書體新詩」，

---

[78]　譯文中說道：「下錄結撰精密之散文詩一章」，見1918年《新青年》4卷5號，頁433。
[79]　1918年《新青年》5卷2號，頁104-105。
[80]　劉半農〈譯詩十九首〉，1918年《新青年》5卷3號，頁229-235。
[81]　「破壞舊韻重造新韻」以及「增多詩體」，兩主張皆見於劉半農〈我之文學改良觀〉。

也就是後來所謂的「散文詩」，直到1920年1月7卷2號為止，沈尹默在《新青年》發表的17首新詩中，就有12首為押韻的「連書體」。相較於胡適所開創的「分行體新詩」，沈尹默更大程度繼承了舊詩的連書形式，僅分段而不分行，但和胡適的「分行體新詩」一樣，都突破了原本舊詩和白話詩中「文言」和「齊言」的規範，卻始終保有舊詩的押韻習慣。

鴿子　　　　　沈尹默

空中飛着一羣鴿子，籠裏關着一羣鴿子街上走
的人小手巾裏還兜着兩個
飛着的是受人家的指使，帶着鞓兒翁翁央央七
轉入轉遠空飛大家聽了歡喜。
關着的是替人家作生意青青白白的毛羽溫溫
和和的樣子人家看了歡喜有人出錢便買去
買去喂點黃小米。
只有手巾裏兜着的那兩個，有點難算計不知他
今日是生還是死恐怕不到晚飯時已在人家
菜碗裏。

人力車夫　　　沈尹默

日光淡淡白雲悠悠風吹薄冰河水不流。
出門去雇人力車街上行人往來狠多車馬粉紛，
不知幹些甚麼？
人力車上人個個穿棉衣個個袖手坐還嫌風吹
來身上冷不過。
車夫單衣已破他却汗珠兒顆顆往下墮。

劉半農不可能不知道沈尹默的散文詩發表的比他還早，但劉半農卻聲稱最早是他開始創作散文詩：「我在詩的體裁上是最會翻新花樣的。當初的無韻詩、散文詩，後來的用方言擬民歌、擬『擬曲』，都是我首先嘗試。」[82]當劉半農將「無韻詩」自「散文詩」中獨立出來，也就牽涉到「散文詩」的實質內容究竟是什麼的問題？劉半農的無韻詩和他翻譯散文詩的經驗極其相關，他是第一位翻譯散文詩的譯者，[83]也是中文「散文詩」名稱的發明人，但他並非第一位

---

[82] 劉半農〈揚鞭集自序〉，見《揚鞭集》，頁4。
[83] 黃永建已指出：「中國第一篇用文言翻譯的散文詩，以及第一首用白話文翻譯過來

發表中文散文詩的詩人，而是沈尹默。雖然早在1917年12月，劉半農就創作了兩首散文詩〈其實〉、〈案頭〉，[84]卻都未曾發表，僅收入於詩集《揚鞭集》。

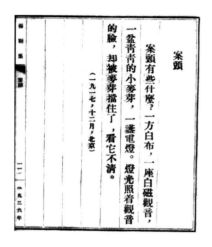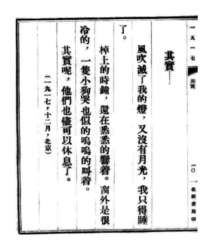

兩首散文詩皆押韻，並標上日期，無法證明創作是否早於沈尹默，但沈尹默散文詩句子的長度則較長，劉半農則句式較短，語言也更白話，篇幅長度也較短，未見到有兩者明顯的關連。稍晚於沈尹默四個月，劉半農才首次正式發表他的「散文詩」。1918年《新青年》4卷4號登出劉半農的〈學徒苦〉，是既沈尹默之後，第二位在《新青年》上發表「散文詩」的作者，延續自沈尹默開始的「分段不分行」以及「句尾押韻」的形式特點，唯一不同的是〈學徒苦〉密集押韻，達到句句押韻的地步。[85]但6月出刊的4卷5號中，劉半農

的散文詩都是劉半農的作品。」亦即劉半農1915年翻譯自屠格涅夫的〈杜瑾納夫之名著〉，以及1918年翻譯自泰戈爾的〈著作資格〉與〈惡郵差〉。參見黃永健《中國散文詩研究》，頁21。

[84] 劉半農《揚鞭集》，頁10-11。

[85] 1918年《新青年》4卷4號，頁313-314。

一改上期〈學徒苦〉的寫法，所刊登的〈賣蘿蔔人〉稱為是自己「做無韻詩的初次試驗」：[86]

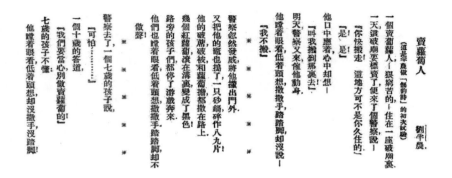

賣蘿蔔人　　　　　　　　劉半農

（這是半農做「無韻詩」的初次試驗）

一個賣蘿蔔人，——很窮苦的，——住在一座破廟裏．
一天，讀破廟要標賣的，便來了個警察說：——
「你快搬走！這地方可不是你久住的！」
他口中應著心中卻想——
「是，是！」
「叫我搬到那裏去！」
他瞪著眼看著頭想撒手，踏踏腳，卻沒說：——
「我不搬！」
明天，警察又來，催他動身．
幾個紅蘿蔔，滾在滿裏變成了黑色．
他的破席破被也揭了，一只砂鍋拼作八九片！
又把他的籃也摔了，
警察忽然發威，將他攆出門外，
做聲．
他們也瞪著眼看著頭想，撒撒腳，卻不
路旁的孩子們都停了游戲奔來．
『我們要當心別做賣蘿蔔的』
一個十歲的答道，
『可怕……』
七歲的孩子不懂，
他瞪著眼看著頭想卻沒撒手沒踏腳

這是新詩史上第一首「無韻分行新詩」，前文已述及，這年8月與9月，劉半農陸續發表了泰戈爾的無韻詩，雖然發表時間晚於自己原創的無韻詩，但毫無疑問是受到泰戈爾無韻詩的影響，新詩的「分行形式」與「廢除用韻」都是啟發自西方的詩歌。但不同的是，泰戈爾的無韻詩是抒情詩，劉半農的〈賣蘿蔔人〉卻是一首結合「敘事詩」與「對話體」所形成的「敘事對話體」，新詩能夠廢除韻腳最初正得力於這種敘事對話體，而非作品數量最大宗的抒情詩。劉半農選擇率先在「敘事對話體」上採用無韻寫法，而非抒情詩，可見傳統文學中抒情詩與韻腳的關係，顯然比敘事詩來得更為緊密。由於新文學運動希望以文學革命來救國，革新各種社會問題，因此新詩在創建初期出現了不少反應民生疾苦的敘事詩，也讓無韻詩有了發展的空間，正因為不用韻，許多對話顯得更為自然，更有利於

---

[86]　見詩前小序，1918年《新青年》4卷5號，頁411-412。不過原定5月15日出刊的4卷5號延後到6月才出刊，這也使得新詩第一首無韻詩〈賣蘿蔔人〉的發表日期當為1918年6月。出刊時間之考證，詳見張耀杰〈北大教授與《新青年》〉一文，收入《北大教授：政學兩界的人和事》，頁68。

「敘事對話體」的創作。

　　1918年8月起劉半農陸續在《新青年》5卷2號和3號發表西方無韻詩、散文詩的譯作；亦於5卷1號發表〈窗紙〉、[87]5卷2號發表〈曉〉，[88]這兩首原創的「連書體新詩」僅少數句使用韻腳，但大致已不用韻了，樣貌上更像是一首西方的散文詩，可作為中式「連書體新詩」轉向「西式散文詩」的一個分界點，日後具中國舊詩特色的「用韻散文詩」逐步與西方的散文詩合流，朝無韻的散文詩發展。這種無韻的敘事對話體出現，標誌新詩「無韻」美學的起點，不久抒情詩也會慢慢捨棄用韻，例如〈窗紙〉為敘事對話體，〈曉〉則是抒情詩。雖然〈曉〉之後，劉半農停止了無韻詩的嘗試，不管是分行詩還是散文詩，都重新起用韻腳；沈尹默則是終《新青年》停刊前，所發表的新詩全都押韻。新詩初期散文詩的兩大健將，從未真的放棄使用韻腳，然而廢除用韻已經是新詩發展的趨勢，今天現代詩即以無韻為正宗。

三、郭沫若與散文詩的廢除用韻

　　「連書體新詩」由於形式上較分行詩更接近於不用韻的散文，適用於敘事與對話的表達，當分行詩的寫作仍然習慣押韻，「連書體新詩」即在與西方不押韻也不分行的散文詩合流下，比分行詩早一步整體廢除了押韻的習慣。1920年1月夬庵於《新青年》7卷2號發表了〈瓦匠的孩子〉：[89]

---

[87]　1918年《新青年》5卷1號，頁63-64。
[88]　1918年《新青年》5卷2號，頁102-103。
[89]　1920年《新青年》7卷2號，頁63。

瓦匠的孩子　　夾庵

娘——你為什麼攢着眉頭只是歎氣，飯放在面前也不去吃？

娘——你是不是因為早上來的那個可怕的人，要攆我們搬家？

娘——我正要同你，我們好好的住在這裏，並沒有得罪那人，為什麼他要攆我們走？

娘——你說這是他的房子，粗給我們住，爸爸病了兩個多月，不能做工，沒有房錢給他，他自然要攆我走。

娘道這也有理，但是我不情得爸爸會蓋房子，為什麼眾替人求蓋，自己不蓋一座，留給我們住？

娘——爸爸為什麼樣的呆？

娘——你說爸爸是個窮工人，那裏能有錢蓋房子？這話我更不明白。他們有錢的人，都不會蓋房子，是我爸爸去替他蓋，他還管錢多，有什麼用？

娘——你不要愁。我們連爸爸，也會蓋房子的嗎？我再過幾年，長高了，就能蓋頂大的房子，留着我們住。他們不要攆我，我還不住他這樣塀房子。

娘——你該相信我的話，我決不能像爸爸那樣的呆。

娘笑了。你吃一點罷。有我哩，不要愁。

這是一首由對話組成的散文詩，如同第一首分行無韻詩〈賣蘿蔔人〉也是對話體，為了讓對話更自然，全詩不用韻腳，也成為第一首「完全不押韻的散文詩」，再次看到「敘事對話體」在廢除韻腳上的作用。同個月，第一首標出「散文詩」的譯作，也刊登於《東方雜誌》17卷1號上，是愈之（胡愈之）翻譯自英國詩人王爾德（Oscar Wilde，1854-1900）的散文詩〈學生〉。[90]胡愈之較貼近的譯出了王爾德散文詩原本的樣貌，代表此時新詩已經能流暢對譯西方的散文詩，整首詩也按原作的形式不押韻，往後幾乎所有翻譯的散文詩都是無韻的。同年12月20日上海《時事新報·學燈》刊出了郭沫若〈我的散文詩〉四首，這是第一批以「散文詩」命名的新詩作品。[91]關於郭沫若創作散文詩的淵源，十六年後他回溯年輕時寫詩的歷程，坦言留學日本期間受到泰戈爾很大的啟發：[92]

---

[90]　1920年《東方雜誌》17卷1號，頁116。

[91]　1920年12月20日上海《時事新報·學燈》，轉引自郭沫若《女神及佚詩》，頁203-205。

[92]　郭沫若〈我的作詩的經過〉，頁25。

在豫科的第二學期，民國四年的上半年，一位同住的本科生有一次從學校裡帶了幾葉油印的英文詩回來，是英文的課外讀物。我拿到手來看時，才是從太戈兒的《新月集》上抄選的幾首，是〈岸上〉，〈睡眠的偷兒〉和其它一兩首。那是沒有腳韻的，而多是兩節，或三節對仗的詩，那清新和平易逕直使我吃驚，使我一躍便年輕了二十年！

《新月集》中〈岸上〉、〈睡眠的偷兒〉，都是不分行不押韻的散文詩。如同劉半農也是受泰戈爾的啟發而創作了「無韻詩」，郭沫若四首詩皆不押韻，且不像之前的對話體散文詩，這四篇都有很強的故事性，不管是形式還是內容，整體而言更像是西方的散文詩，而不是中式的散文詩。此時郭沫若創作的「散文詩」是移植西方的一種詩類，自不待言，尤其當「散文詩」一名稱與「新詩」連結開始，就帶有「無韻」的特質，與較早出現的「連書體新詩」和「散文句式的分行詩」並不能視為同一種詩類，卻都冠上「散文詩」的稱號。時至今日，散文詩仍是現代詩當中最少押韻的詩類，只有極少數的詩人選擇為散文詩添上韻腳，用韻的比率遠低於分行詩。綜觀現代漢詩中「散文詩」初期的發展和流變，所指涉的詩類和內容實為複雜，今整理為圖示如下：[93]

93　陳巍仁已指出「散文詩」這個名詞在民初的混亂情況，但僅就現象做出簡單陳述，參見陳巍仁《臺灣現代散文新論》，頁40。本文則深入整清當時各種散文詩的生成關係，並發現到散文詩最初的傳統漢詩根源。

新詩創建的最初五年，至少就有四種基本型態被稱為散文詩，橫跨分行與不分行，押韻與不押韻，透露新詩在草創時期形式的不穩固，更暗含分裂的可能。

以徐遲為例，早期三、四〇年代於報刊發表的詩作，大都是分行詩，但到了九〇年代編選個人總集時，他反而認為自己寫的是散文，而不是詩，更自言不大能區分兩者內容上的差別。由於徐遲嚴格認定詩的形式在於「音韻」和「格律」上，但自己和大眾所寫的新詩卻不具有這些格律形式，因此把自己全部的作品都歸為「散文」，所作的詩也一概視為「散文詩」，將過去分行的詩作全改為不分行，只以散文連續書寫方式呈現。[94]他在這本自編詩集前的短言寫道：[95]

> 凡是詩必須有格律。一詩有詩意，而無格律，或有格律而不嚴，則是散文詩。新詩大都尚無格律，只能說是散文詩。古典詩詞向來是不分行，向來是連書的，還是詩；要是它格律很嚴，即便是連書了，它也不成其為散文詩。新詩應當創造出自己的格律來，否則怎麼說它也還是沒有寫出新詩來，寫出來的還只是散文詩。當然，散文詩也是詩，它是新詩樹系上的一株巨大的、重要的分枝。

徐遲仍舊保有「以格律為詩」的詩觀，對他而言「新詩」必須是具有格律規範的白話詩，徒具詩意而無格律的自由詩，並不能稱為「新詩」，只能視為一種分行的散文詩。且徐遲繼承了中國詩歌連續書寫的形式傳統，將這些分行的詩作改為連續書寫後，確實與一般的散文詩在外觀上並無二致，既然如此新詩分不分行又有何必

---

[94] 以上關於徐遲對新詩與散文詩的困惑，見徐遲〈總序：用彩色的光在螢幕上寫作、編輯和出版〉，徐遲《徐遲文集》第一卷‧詩歌，頁21-22。
[95] 徐遲《徐遲文集》第一卷‧詩歌，詩集前短言，無頁碼。

要？認為都只是一種散文詩。徐遲將散文詩與真正的新詩（需具格律）嚴格區分開來，認為當代絕大多數的新詩都應視為散文詩，形成了當代詩歌分枝比比主幹還要巨大、粗大的矛盾情況，畢竟新格律詩只佔所有新詩創作的極少數。徐遲畢生對於新詩的自由體形式、分行形式的困惑和懷疑，凸顯新詩若要成體必然得面對一個重要的課題，亦即如何建立一套理論架構將「分行詩」與「散文詩」共同納入新詩的體系當中，乃至於是一體兩面的存在？而不是讓散文詩就此獨立出去，最糟糕的情況是成為與分行詩完全對立的一種詩體。

四、康白情與新詩之體的成立

　　正是這樣的需求背景，我們回到新詩的創建初期，就在新詩定體關鍵的1920年，康白情發表了〈新詩底我見〉，文章劈頭就問「詩究竟是甚麼？」自問自答中論及了詩和散文的區別：[96]

　　　　那麼詩和散文沒有分別了？

　　　　不然，有詩的散文也有散文的詩。詩和散文，本沒有甚麼形式的分別。不過主情為詩底特質，音節也是表現於詩裡的多。詩大概起原於遊戲衝動，而散文卻大概起原於實用衝動。兩個底起原稍異，因而作品裡所寓底感情不同，因而其所流露底節奏也有差別，因而人一見就可以辨其為散文為詩。若更要追尋為甚麼？便只好訴諸直覺了。

雖然是談論「詩和散文」兩種文體差別，實際上卻涉及了「分行詩」與「散文詩」會通的可能性。「詩的散文」即是指西式的散文

---

[96] 康白情〈新詩底我見〉，頁2。

詩，通常是正面肯定一份作品，才會以「詩」來形容；「散文的詩」無論是否有貶意，則是指採用散文句式的分行詩。康白情認為詩和散文在形式上本沒有甚麼區別，將分辨文體的識別特徵，由外在的書面形式，向內聚焦在敘事中的詩意，澈底去除客觀上形式的判斷，分行形式的作品也好、散文形式的作品也好，差別只在於有沒有詩意，而詩意的判斷訴諸於主觀的直覺，重視個人感受的價值。往後關於詩和散文的討論，大多不脫這最基本的說法。這也顯示「新詩之體」已將眾人的觀點統一，沒有人會認為散文詩，乃至於之後的小詩、新格律詩、圖像詩不是一種「新詩」，凡是當代所創作的文字作品，只要具有詩意就是新詩。

　　散文詩在中國的形成，對新詩詩體的擴張是最重要的一環，當詩歌具有散文的形式，而不再侷限於某種詩體，才能進一步向其他文類以及敘事類型擴展，從而回過頭否定任何對新詩形式定型的作法。因此真正阻礙新詩定型化的，並不是無從想像其邊界的自由詩，反而是具有明確可供其想像形式的散文詩，才得以將自由體的概念不斷落實。

　　1922年康白情在他主編的《新詩年選》序言中說道：「最初自誓要作白話詩的是胡適，在一九一六年，當時還不成甚麼體裁。第一首散文詩而備具新詩的美德的是沈尹默的〈月夜〉，在一九一七年。繼而周作人隨劉復作散文詩之後而作小河，新詩乃正式成立。」[97]〈月夜〉和〈小河〉以今天的形式分類觀點來看，都是不折不扣的分行詩。周作人在〈小河〉詩前明言自己是將波特萊爾（Charles Baudelaire）提倡的散文詩給一行一行的分寫，[98]因此康白情說周作人「隨劉復作散文詩之後而作小河」是非常準確的，劉半農正是引進西方散文詩的代表人物，此處康白情所說的「散文詩」自然包含波特萊爾的西式散文詩。康白情認為〈月夜〉是第一

---

[97]　康白情（編者）〈一九一九年詩壇略紀〉，收入北社（編）《新詩年選》，頁2。
[98]　1919年《新青年》6卷2號，頁91。

首「備具新詩美德」的散文詩，意指沈尹默將散文詩分行了才具有新詩的詩意，與〈小河〉是「隨劉復作散文詩」之說並不矛盾，兩處都是指將不分行的散文詩進行分行才誕生了新詩。我們應當注意康白情這句話中，白話詩、散文詩與新詩的層遞關係。過去我們僅將白話詩作為新詩的前個階段，但康白情卻加進了「散文詩」作為胡適白話詩和新詩之間的過渡階段，時間點約在1917年沈尹默創作〈月夜〉開始，到1919年1月周作人創作〈小河〉為止。

在康白情心中，散文詩並不狹隘的只作為西方散文詩的專名，而是作為現代漢詩發展的一個關鍵時期。彼時白話詩尚未脫離舊詩形式，還無法自成一體，僅是以白話文創作的舊詩，康白情所謂的「散文詩」即是指已經打破舊詩結構，但新詩尚未定體，形式與詩意仍無法完美搭配的詩作。仔細翻看〈小河〉之前《新青年》上的詩作，形式如同無治狀態，經常出現同一首詩前半部分行書寫，後半部連續書寫的情況，詩行長短錯落過大，許多分行詩往往詩行過長猶如散文，形式都未達到均衡勻稱的美感。康白情所言的「新詩的美德」是包含外在詩行的均勻分配，以及內在詩質的純粹，都是極為直觀、直覺的，而〈月夜〉和〈小河〉單句單行的簡潔樣貌，正符合了這兩方面的要求。

康白情能夠在白話詩與新詩之間劃分出「散文詩」階段，並認為新詩是由「散文詩」分行而來，所列舉的沈尹默與劉半農，剛好又囊括了散文詩「中式」與「西式」兩條路線，實有見地。自1917年沈尹默創作〈鴿子〉、〈人力車夫〉以來，到1920年底郭沫若完成西方散文詩在中國的定體，「散文詩」經歷了分行與不分行都可稱為散文詩的階段，以及由「東方押韻的連書體新詩」轉為「西方無韻的散文詩」，這過程最終導致漢語詩歌「用韻」傳統的消失。於是現代漢詩自胡適引入西方詩歌的分行形式，打破了漢詩外在的連續書寫傳統，使句子得以自由分行排列；另一方面，胡適同時以白話語體破除句子內部的格律，包括對仗、平仄、齊言三種舊詩體

的規範，然而對於最為古老的漢詩特徵「句末押韻」，始終無法割捨，因而留下了一條「格律的尾巴」。即便1918年4月劉半農已經創作出第一首分行的無韻詩〈賣蘿蔔人〉，還是無法改變漢詩押韻的舊習。周作人曾於《新青年》公開定義他所謂的「自由體」：「口語作詩，不能用五七言，也不必定要押韻；止要照呼吸的長短作句便好。」[99]然而周作人在《新青年》上的詩作卻每首都用韻，只是韻腳多寡的差別。甚至到了1920年胡適出版第一本個人新詩集《嘗試集》都還是每首押韻，因此胡適提倡「以文作詩」，實際上是用「韻文」作詩，而不是用「散文」作詩，[100]這也導致沈尹默開創的中式「散文詩」，同樣是一種押韻的「韻文詩」，深具舊詩特色，直到引入西方無韻的散文詩之後，新詩人才真正以散文來作詩。

　　「用韻」作為漢語詩歌最古老的特徵，卻也是最晚、最難以去除的特徵。然而若不廢除固定的韻腳，使「用韻」成為一種自然的「自由押韻」，[101]就稱不上真正的自由詩，甚至漢語詩歌也無法達到真正的現代化。西方散文詩體的傳入，正提供了最重要的作品參照，讓當時的詩人知道原來詩歌可以不用押韻，使詩歌進一步脫離這項「最後的格律」，達到真正的「作詩如作散文」，有信心使用散文創作出具豐富詩質和節奏的詩作，這也是泰戈爾的作品讓郭沫若如此震驚的原因，只是在廢除用韻之後，後人也將遺忘散文詩最初的中國根源，而將散文詩完全視為西方的舶來品了。

---

[99] 周作人〈古詩今譯〉，頁124。

[100] 胡適多次提到以白話創作「韻文」，例如胡適〈1916年8月4日致任叔永信〉中說道：「今尚需人實地試驗白話是否可為韻文之利器耳。」、「我自信頗能用白話作散文，但尚未能用之於韻文。」見〈逼上梁山──文學革命的開始〉，頁27。不僅胡適，在新詩創建初期，以「韻文」指稱所有詩歌的情況非常普遍。如錢玄同：「此『詩』，亦是廣義的，凡韻文皆是。」、「其他古體之詩及詞、曲，偶一為之，固無不可，然不可以為韻文正宗也。」（錢玄同〈1917年底致胡適信〉，頁80。）

[101] 紀弦認為自由詩的用韻是一種「自由押韻」。出自紀弦〈總結我的詩路歷程〉，見《紀弦詩拔萃》自序，頁14。

第三節　自然的音節：漢語詩歌韻律模式的轉換

　　當新詩的發展經過三年的摸索，於1920年跨出最後一步「廢除韻腳」之後，漢語詩歌正式進入了「分行自由體」時代。所有舊詩的格律特點往後都不再成為新詩形式的必備要素，而只是創作時自由採用的選項之一。然而新詩是什麼？新詩究竟該具備怎樣的形式？這些問題將在日後不斷反覆提問，但答案始終不脫「從古典詩歌繼承什麼？從西方詩歌移植什麼？」兩個範疇。正因為新詩的形式不完全移植自西方詩歌，哪些是古典詩歌的延續發展？哪些又是綜合中西詩歌形式的結果？新舊詩形式的比較就顯得格外重要。

一、漢語詩歌形式特徵的全面革新

　　古典詩歌在文言語體的環境下產生了五項格律特徵，按歷史上定型的順序，分別為：押韻、齊言、定句、平仄、對仗。當白話文成為詩歌創作的主要語體之後，五項特徵陸續被推翻，不再成為詩歌的形式準則，從篇制降格為一種修辭，只剩偶一為之的趣味，對新詩的塑形不再具有重大意義。過去古典詩所具備的五種形式特徵，以聽覺的韻律為主導，視覺的韻律則被漢詩連續書寫的傳統所弱化。[102]當中「平仄」和「用韻」，兩者完全屬於聽覺的韻律，今日皆被「自然的音節」所取代，平仄基本上廢棄不用了，押韻則是隨著心靈的律動自然而然地使用，不再有任何強迫；另外三種舊詩特徵則兼具聽覺與視覺的韻律，當中「對仗」被「排比句型」所取代，「齊言」被「書面對齊」所取代，「定句」則被「行句分離」

---

[102] 聞一多在〈詩的格律〉中將詩歌的格律分為「視覺方面的格律」以及「聽覺方面的格律」（頁30）。本文受此啟發，但稍有變化，為了更適用於說明新詩的情況，將詩歌分為「視覺方面的韻律」以及「聽覺方面的韻律」，用來說明新舊詩形式特點的轉變。

所取代。漢語詩歌直到新詩以「分行自由體」為主導形式之後，「視覺的韻律」才得到廣闊的發展空間，詩行從傳統的連續書寫中解放，自由地在書面上進行平面鋪陳，每首詩都有著自己獨一無二的書面形式，這方面我們已在前兩節分別討論了分行詩、散文詩，兩種自由體詩形式的生成。但「聽覺的韻律」方面，新詩究竟如何形成一套完全不同於古典詩的韻律模式，完成漢語詩歌韻律模式的轉換？最關鍵的莫過於白話文的音節特質是什麼？關於白話文韻律的探索，是新詩定體的過程中最困難也最抽象的部分，最終由胡適扛下重任完成。

　　漢語詩歌透過格律產生聲情之美的作法由來已久。早在先秦的「韻體時代」，句式以四言為主的詩經，以及句式長短不一的楚辭，都在較為自由的句式末端加上韻腳表現詩句的韻律。當漢末詩歌的句式走向嚴整的齊言之後，由於齊言體固定了詩歌的音節數量，無法再像部分雜言的詩經作品、頓嘆律的楚辭，以及配樂的樂府歌謠那樣具跌宕起伏的節奏美，因此五言詩轉而從聲調的差異上展現精工的音律之美。永明體之後詩歌進入了長達1400年的「律體時代」，以中古音為基準所建立起來的平仄格律系統，包括古典詩詞所遵循的平水韻、詞韻，以及平仄譜、詞譜，皆遵循中古漢語的聲調和韻部。隨著近代漢語和現代漢語的演變發展，口語和中古音的差異越來越大，到了二十世紀以普通話為母語的詩人只能倚賴古老的韻書來判斷每個字的平仄，無法從口語直接判斷，早已失去最初詩詞採用平仄調節音韻的用意。以白話文作為主要語體的新詩，自然不可能接受與口語相去甚遠的平仄規範。平仄作為「律體時代」最主要的詩歌識別特徵，也就在新文學運動當中首當其衝，然而出乎意料的是，廢除平仄的過程，受到的阻礙並未如想像中大，可說非常順利。

　　1917年1月胡適發表〈文學改良芻議〉提出的八項主張並未包括「廢除平仄」，但下個月發表的〈白話詩八首〉當中僅有〈月〉

其三以及〈江上〉，兩首詩符合五言絕句的平仄規範，其餘的六首詩，〈贈朱經農〉明顯為七言古體自不必合平仄，但包括〈朋友〉、〈他〉、〈孔丘〉，以及〈月〉其一、其二，這些句式齊言，在外型上酷似近體詩的白話詩，都未符合平仄。這代表胡適的白話詩大多不是按平仄譜填寫，而是直接將靈感的內容整飭成齊言的樣貌，擁有比近體詩更高的自由度。胡適並未特別聲明要廢除平仄，就在創作中自然而然省略掉了平仄，眾人也將焦點集中在白話是否可以作詩上，並未對消失的平仄提出疑義，這與古典詩內部長久以來近體、古體競爭的傳統有關。當近體詩於唐代興起之後，唐人並未因此捨棄古體的創作，如陳子昂、李白、韓愈、白居易等詩人皆以古詩、古樂府為典範，注入當代新的詮釋，此後古體始終作為替代近體的一個方案，尤其代表詩體解放的一面。[103]到了近現代，晚清文人翻譯西方詩歌多採用詩經體、楚辭體，[104]民初文人在新詩誕生之前，亦多用五言古體翻譯西方詩歌。例如蘇曼殊翻譯拜倫的詩作〈留別雅典女郎〉、〈去國行〉、〈哀希臘〉皆譯為五言古詩，〈讚大海〉譯為四言古詩，〈星耶峰耶俱無生〉則譯為七言四句，但並不按照平仄；[105]胡適本人於1914年2月翻譯拜倫的〈哀希臘歌〉也是譯為騷體，[106]並且感嘆譯詩擇體之難：「譯詩者，命

---

[103] 關於唐詩古體與近體的衝突，錢志熙認為：「終唐一世，古近體的爭議一直存在著。其後的宋元明清詩人，也仍然沿用這個古近體系統，也仍然存在著古近體的矛盾，但其矛盾的程度顯然是越來越減輕了。」詳見其《唐詩近體源流》，頁19。

[104] 張治在討論周作人、魯迅合譯的《紅星佚史》時，概述了晚清詩歌翻譯多用四言體、騷體的情況：「晚清時期並沒有什麼專門譯詩的名家，出現幾首好作品，都是屬於『妙手偶得之』，所以並無現成的經驗可以參考，所謂『蘇玄瑛式』、『馬君武式』，此時還沒問世。不過，魯迅早年的譯詩，多採用四言或騷體，這在近代翻譯史上皆非首創，如晚清時期最早的漢譯西方詩歌，即英國彌爾頓的十四行詩〈詠目盲〉，在1854年的《遐邇貫珍》第9期上的翻譯就是四言體的；而使用騷體譯西方詩歌，至少可以追溯到王韜在《普法戰記》（1871）裡翻譯的〈組國歌〉。嚴復《天演論》中譯丁尼生長詩〈尤利西斯〉也用了四言體（中略）而林紓在1906年出版的《紅礁畫舫錄》中的譯詩也用過了騷體。」見張治《蝸耕集》，頁68-69。

[105] 蘇曼殊《曼殊大師詩文集》，頁79-95。

[106] 胡適《胡適留學日記》冊一，頁177-192。

意已為原文所限，若更限於體裁，則動則掣肘，決不能得愜心之作也。」[107]選擇用古體詩翻譯西方詩歌，除了近體詩的篇幅侷限於四句八句的定制，無法翻譯長篇詩作外，選擇古體也能避開平仄、對仗的格律束縛，將注意力放在原作內容和情感的表達上，而不是在譯作的格式上耗費心力。既然作為新詩前階段的現代譯詩早已經捨棄平仄，以翻譯經驗為重要形式參考依據的白話詩和新詩，自然也就沒有所謂採用平仄與否的問題。

　　除了集體的翻譯經驗外，個人的創作經驗也對律詩的發展不利。龔自珍〈己亥雜詩〉中許多七言絕句皆不合平仄，雖能以古絕句解釋，但將古絕句與絕句混為「雜詩」一體連續創作，自編自印，反映了不拘泥於格律的態度，為晚清詩人自行廢除平仄的著名例子。[108]新詩的創建者胡適，他在《嘗試集》自序回憶了個人的詩歌史，談到最初接觸詩歌始於1907年。十六歲正就讀中學的胡適，因腳氣病暫時輟學在家養病，那時他「天天讀古詩，從蘇武李陵直到元好問」，並強調「單讀古體詩，不讀律詩。」[109]後來胡適又在《四十自述》中回憶這段過往，當時病中讀的正是吳汝綸所選的古詩歌：「這是我第一次讀古體詩歌，我忽然感覺很大的興趣。病中每天讀熟幾首。不久就把這一冊古詩讀完了。我小時曾讀一本律詩，毫不覺得有興味；這回看了些樂府歌辭和五七言詩歌，才知道詩歌原來是這樣自由的，才知道做詩原來不必先學對仗。」[110]於是在他養成文學興趣的中學階段專讀古體歌行，不肯再讀律詩，僅偶而讀一些五七言絕句。胡適之所以厭惡律詩，原來就在於律詩體例的核心「對仗」。對仗即是在詩歌之中，要求兩句詩句彼此字數相

---

[107] 胡適《胡適留學日記》冊二，頁302。
[108] 如第62首：「古人制字鬼神泣，後人識字百憂集。我不畏鬼復不憂，靈文夜補秋燈碧。」第一句與第二句平仄本應相對，卻成了相黏；第三句僅末字為平，其餘六字為仄，皆不合七絕平仄規範。原詩見龔自珍《龔自珍己亥雜詩注》，頁91-92。
[109] 胡適〈嘗試集自序〉，《嘗試集》初版，頁19。
[110] 胡適《四十自述》，頁136。

同、句法相同、詞性相同、句義相關、平仄相對，是一種包含句法結構、音節結構、語意結構在內，具有嚴格約束力的修辭系統。

　　律詩當中即以七律對仗最為精工，胡適曾坦言他愛讀五律，但最討厭七律，如杜甫〈秋興〉一類的詩，批評這些詩「文法不通，只有一點空架子」，[111]又說「七言律詩，我覺得沒有一首能滿意的」。[112]對於律詩精巧的格律規範，胡適自言早已將其看得透徹：

> 做慣律詩之後，我才明白這種體裁是似難而實易的把戲；不必有內容，不必有情緒，不必有意思，只要會變戲法，會搬運典故，會調音節，會對對子，就可以謅成一首律詩。這種體裁最宜於做沒有內容的應酬詩，無論是殿廷上應酬皇帝，或寄宿舍裡送別朋友，把頭搖幾搖，想出了中間兩聯，湊上一頭一尾，就是一首詩了；如果是限韻或和韻的詩，只消從韻腳上去著想，那就更容易了。大概律詩的體裁和步韻的方法所以不能廢除，正因為這都是最方便的戲法。[113]

由於對仗流於形式化，使得胡適認為律詩是一種僅有形式空殼，而內在既無詩意也無情感，無法讓人發揮創造力的詩類。往後胡適在〈文學改良芻議〉所主張的八項改革當中，並未提及平仄、韻腳等舊詩的格律規範，唯一涉及變更舊詩形式的僅第七點「不講對仗」，此外第三點「須講究文法」、第五點「務去爛調套語」、第六點「不用典」都與「對仗」的使用密切相關，也難怪胡適會在〈文學改良芻議〉高喊「廢駢廢律」了。駢文和律詩，這兩種文類的共通點，正在於都有對仗的規範。對仗幾乎可說是胡適唯一反感的舊詩形式特點，而舊詩當中即以律詩有嚴格的對仗要求。

---

[111] 胡適〈嘗試集自序〉，《嘗試集》初版，頁20。
[112] 胡適《四十自述》，頁142。
[113] 胡適《四十自述》，頁141-142。

自胡適公開提倡「廢除律詩」之後，錢玄同立即寫信給陳獨秀，表示支持：「弟以為今後之文學，律詩可廢，以其中四句必須對偶，且須調平仄也。」[114]當劉半農倡議「增多詩體」時，亦在開頭聲明「律詩排律當然廢除」但既言增多詩體，為何卻又要廢除律詩？正是因為：「嘗謂詩律愈嚴，詩體愈少，則詩的精神所受之束縛愈甚，詩學絕無發達之望。」[115]因此欲增多詩體，反而要先廢除律詩才行。詩歌的律體時代也來到了終結，新文學運動主要破除的舊文學特徵，亦即「文言」、「典故」和「對仗」，律詩正集合了這三種特點。而胡適廢除律詩的思想根源，正是來自古典詩內部的古體詩傳統，白話詩所繼承的舊詩，正是古體詩而非近體詩，也因此白話詩明顯保留了「齊言」和「韻腳」兩種古體詩的特徵，卻未保留「平仄」、「對仗」和「定句」三種律體特徵。

律體的廢除，正來自於舊詩內部古體詩和近體詩的競爭，在外部翻譯西方詩歌的需求下，終於使得古體詩重新取得詩歌的主流地位，成為翻譯西方詩歌主要的選擇對象。在新詩誕生之前，譯詩和白話詩都已經透過古體詩進行去格律化，當1918年1月《新青年》發表了第一批新詩，除了胡適〈景不徙〉為五言白話詩外，[116]其餘八首都是長短不一的自由體，此時齊言規範被打破，透過「黏對」產生音韻效果的平仄系統也不可能存在了。但當時對於新文學的討論大多集中在白話是否能取代文言的討論上，並未特別開題討論平仄的存廢，彷彿這項律體時代最具代表性的詩歌特徵不曾重要過一般。既然取消平仄是清末以來的趨勢，問題在於取消平仄之後，新詩如何建立起自身的韻律之美？「平仄」與「節奏」是相互取代的關係。過去齊言體限制了字與字之間的節奏關係，不同的齊言詩

---

[114] 錢玄同〈1917年2月25日致陳獨秀信〉，頁4。
[115] 劉半農〈我之文學改良觀〉，頁9。
[116] 胡適〈景不徙〉不按平仄也不對仗。

體，遵循著各種固定的句式，[117]可說完全放棄了節奏上的發展，也使得漢語詩歌向內轉而注意每個字的聲調關係，透過平仄的黏對搭配，在有限的音節、固定的節奏當中營造立體的聲音效果。一旦齊言體被打破，改為句式不定的自由體，漢語詩歌重新有了豐富的節奏變化，平仄也就失去整齊黏對的舞臺，改由節奏接手，承擔現代漢詩主要的聲情表現。雖然日後少數新格律派詩人仍考量「平仄」的使用，如唐德剛以及自創「太空體」的周策縱，[118]但大部分的詩人在創建自己的新詩格律時，就將平仄摒除在外，反而是依照白話文的特性，援引西方格律詩中的「音步」理論（Foot）來規範新詩的節奏，以取代平仄的功能，建構新詩的內在格律。可是音步卻在融入漢語語境的過程中水土不服，由於漢語以單音節詞和雙音節詞為主，使得新格律詩多半以2以及2+1的音節搭配。加上從聞一多的「音尺」（音步），[119]到林庚的「頓挫」，[120]新格律派詩人對於節奏美的要求多是一種延續近體詩平仄黏對下所建立的固定均衡之美，音節變化和詩歌外型都顯得過於呆板，如同舊詩復辟，走回齊言體的老路，也使得大多數的詩人難以接受。

---

[117] 包括四言的二二句式，五言的上二下三句式，七言的上四下三句式等。

[118] 據蒲麗琳所述，唐德剛與周策縱通信經常談論到詩，在一封信裡唐德剛說道：「現在人寫新舊詩，都犯了走極端的兩項大忌。寫新詩的都在搞惠特曼、郭沫若師徒，所提倡的『絕端自由』。幹任何事搞絕端自由，都不如不自由的好。寫新詩搞絕端自由，更成為懶漢的藉口。而寫舊詩的人，現在卻還抱著一部《佩文韻府》來打滾，我覺得也是過份了……我認為……現在應該押『通韻』才好，『廣韻』的限制，應該廢除了。但是詩詞的平仄不能廢。因為廢掉了平仄，就沒有所謂『詠吟』了。」詳見蒲麗琳〈白馬社詩人唐德剛教授〉，收入中國近代口述史學會編輯委員會（編）《唐德剛與口述歷史：唐德剛教授逝世周年紀念文集》，頁132-133。唐德剛與周策縱都支持新詩中使用平仄，但唐德剛提出廢除《廣韻》改用現代漢語的通韻，卻忽略平仄也是建立在中古音的基礎上，廢除《廣韻》的韻部，卻沿用《廣韻》的聲調，顯然自相矛盾。

[119] 聞一多重視新詩「節的勻稱與句的均齊」的建築美，見〈詩的格律〉，頁30。

[120] 林庚曾對自己的格律詩進行改良，發明了「節奏自由詩」：「我主張詩要有均勻諧和的形式，但不主張過於刻求；故我在四行詩試作中只求其能如古詩般自然平衡，便不欲其如律詩般有嚴格的限制，自然如果平仄等等都諧和了亦大佳事也。」見〈節奏自由詩〉，頁4。

一種詩體所展現的最佳韻律型態，必須是建立在「語言」和「語體」的特質上。比如日語僅有五個元音，句尾又多半是動詞的變化型，若採用漢詩的句末押韻將使得韻律過於單調且沒有意義，因此和歌、俳句也就獨自發展出固定的音節韻律；同樣的道理，古希臘詩歌幾乎都不押韻，而是依其語言具有長音短音的特質，在詩句當中安排固定的長短音數目；英語詩歌也是在其語言具有重音的特點上，於詩句中安排固定的重音數目，也就是所謂的音步。聞一多、林庚等新格律派，正是忽略了現代漢語和白話文的特質，才會將西方詩歌的音步，以及文言語境下的齊言體，強加到了新詩身上。真正取代平仄的並非西式的音步，而是每個人在閱讀白話文都會產生的「自然的音節」。

二、胡適與任鴻雋的「自然」之爭

　　胡適對於新詩「音節」的發現源自於詞體的長短句式。1917年11月20日胡適在寫給錢玄同的信中說道：「詞之重要，在於其為中國韻文添無數近於言語自然之詩體。」以此向錢玄同解釋自己為何要創作白話詞：「凡可傳之詞調，皆經名家製定，其音節之諧妙，字句之長短，皆有特長之處。吾輩就已成之美調，略施裁剪，便可得絕妙之音節，又何樂而不為？（今人作詩往往不講音節。沈尹默先生言作白話詩尤不可不講音節，其言極是）」[121]雖然此番話招來錢玄同「廢律不廢詞」的批評，後來胡適也自我糾正，高呼廢除詞體在內的所有詩體，但卻是一篇討論新詩韻律節奏的重要史料。胡適所謂的「音節」，意指詩歌中語言的韻律節奏表現，他認為今人做舊詩只講格律，卻不講音節，而沈尹默更直言創作白話詩「尤不可不講音節」，儼然將音節放在極為重要的位置，代表漢語詩歌表

---

[121] 胡適〈1917年11月20日致錢玄同信〉，頁78。

現韻律節奏的方式，已經有了變動。不過此時不管是劉半農、胡適還是沈尹默，都未進一步闡述何謂白話詩的音節，以及為什麼是音節？

新詩究竟應以何種韻律方式，取代過去的平仄格律系統？最初意識到這個重要問題的人，是胡適的好友任鴻雋。早在1916年7月24日寫給胡適信中，任鴻雋直接告訴胡適，白話詩是一場「完全失敗」的試驗：「蓋足下所作，白話則誠白話矣，韻則有韻矣，然卻不可謂之詩。蓋詩詞之為物，除有韻之外，必須有和諧之音調，審美之辭句，非如寶玉所云『押韻就好』也。」[122]此時胡適的白話詩半年後才會在《新青年》發表，但任鴻雋已看到白話作詩的問題。白話詩只是空有舊詩之體，失去了平仄調聲的和諧聲律，也不具有文言的辭句之美，白話文顯然與傳統詩體格格不入，這樣的組合委實沒有辦法讓人視為「詩」。

兩年後，1918年任鴻雋讀了《新青年》4卷4號上胡適發表的〈建設的文學革命論〉，再次寫一封信給胡適，信中他提到白話詩的倡議者，經常以「自然」作為白話詩取代舊詩、更優於舊詩的理由，[123]但所謂的「自然」必須具備「公共的理解」才行，不然將造成「你的自然」與「我的自然」不同的情況。任鴻雋認為詩歌中的「聲韻」和其他普遍性的循環現象一樣，都源於「自然」的脈動，同時他也再次提到「音節」對於詩體的重要性：

> 所以我說「自然」二字也要加以研究，才有一個公共的理解。大凡有生之物，凡百活動，不能一往不返，必有一個循環張弛的作用。譬如人體血液之循環，呼吸之往復，動作寢息之

---

[122] 胡適〈逼上梁山——文學革命的開始〉，頁25。

[123] 任鴻雋指的即為胡適言論：「故詞之變為曲，猶詩之變為詞，皆所以求近語言之自然也。最自然者，終莫如長短無定之韻文。」見胡適〈1917年11月20日致錢玄同信〉，頁78-79。

相間，皆是這一個公理的現象。文中之有詩，詩中之有聲有韻，音樂中之有調和（Harmony），也不過是此現象的結果罷了。因為吾人生理上既具有此種天性，一與相違，便覺得不自在。近來心理學家用機器試驗古人的好詩好文，其字音的長短輕重，皆有一定的次序與限度。我想此種研究，於詩的Meter（平仄？），句法的構造，都有關係。[124]

在他看來，生物天生所具備的「循環張弛」的生理活動，正是詩歌之所以發展出平仄黏對、齊言句法等韻律結構的原因，[125]並且已有科學實驗歸納出人類字句的「次序與限度」。正是出於自然的作用，使得「七言」成了詩句的最長極限：「詩到了七言，就句法構造上言，便有不能再長之勢。再長，就非斷不可了。」[126]因此古人所發明的律詩可說是「自然」的代表，更是幾千年來經過無數人實驗之後總結出的可用形式，以此反駁胡適所說的「最自然者，終莫如長短無定之韻文」的論點。

面對「律詩」出於「自然」的說法，一向對律詩反感的胡適當然不以為然，他回信反駁，同樣從「自然」的觀點著手，認為詩體的句式，從三百篇的四言詩變為五言詩、七言詩，再變為長短句的詞，以及長短句加襯字的曲：「都是由前一代的自然變為後一代的自然，我們現在作不限詞牌，不限套數的長短句，也是承這自然的

---

[124] 任鴻雋〈1918年6月8日致胡適信〉，頁169。
[125] 鄭毓瑜率先指出任鴻雋這段話的重要性：「任叔永這番話原意是為古詩聲韻尋求一個生理天性，與胡適強調擺脫平仄聲韻才是『自然音節』，恰成對比，雖然任叔永沒有進一步說明生理自然與聲韻是如何與為何相關聯，也太過拘守傳統格律『一定的次序與限度』的規範，但是任叔永要求一個『自然』的公理，特別從人身共有的呼吸、動息這些在時間上具體重複的經驗來探討，使身體或生理這個觀親近的角度納入『自然音節（或節奏）』的論述，此後『自由』、『本能』、『通性』、『天賦』等詞語紛紛加入了這場論爭。」詳見《姿與言：詩國革命新論》第三章〈聲音與意義〉，頁174。鄭毓瑜將新詩節奏與整體表達的關連性，提升到身體感知和本體論的範疇，開闢新的切入角度。
[126] 任鴻雋〈1918年6月8日致胡適信〉，頁169。

趨勢。」[127]任鴻雋與胡適從文學發展史的角度，分別歸納出「齊言的律詩」和「長短句的白話詩」都是出於「自然」，形成一個「自然」，兩種詮釋的情況。信中任鴻雋也坦言自己不喜歡格律詩，但詩歌卻不能沒有韻律節奏：「我以為此種律例，現在看來，自然是可厭。但是創造新體的人，卻不能不講究。就是以後做詩的人，也不可不遵循一點。」[128]這提醒了胡適，新詩若沒有自己的音節理論，就不成詩歌，即便胡適多次大聲疾呼：「有什麼話，說什麼話；話怎麼說，就怎麼說」[129]仍需要理論上的依據，新詩的形式才能更合理，取得更大的號召力，而不是詩人想這麼做，就這麼做。新詩自創建以來，不斷聲稱要取代舊詩、否定舊詩，但舊詩有自己的歷史定位和眾多的優秀作品，透過批判舊詩來壯大新詩的作法不可能持續太久，更重要的是必須盡快在過渡階段定體，讓更多人清楚新詩的體例原則，便於上手創作，產生更多優秀的詩作、更多作者、更多讀者，和更大的影響力。胡適勢必得在完成分行體、自由體之後，為新詩的韻律節奏給出明確的方向。

於是1919年10月胡適發表長文〈談新詩〉，首次公開提出白話詩具有一種「自然的音節」。文中胡適先反駁新詩沒有「音節」之說，認為這是錯誤的看法，反而舊詩格律中的韻腳、平仄，並非音節上的重點。[130]他以〈古詩十九首〉為例：「相去日已遠，衣帶日已緩。浮雲蔽白日，遊子不顧返。」這一句雖然沒有平仄作用，但因為「自然語氣是一氣貫注下來」，加上雙聲疊韻的運用，使得音節和諧響亮。延續任鴻雋關於「自然」的討論，胡適認為詩的音節全靠兩個重要分子：「一是語氣的自然節奏、二是每句內部所用字

---

[127] 胡適〈新文學問題之討論〉，1918年《新青年》5卷2號，頁172。
[128] 任鴻雋〈1918年6月8日致胡適信〉，頁170。
[129] 胡適〈建設的文學革命論〉，1918年《新青年》4卷4期，頁290。這句話之後亦在〈嘗試集自序〉（頁39）中提到。
[130] 胡適言：「押韻乃是音節上最不重要的一件事。至於句中的平仄、也不重要。」見胡適〈談新詩：八年來一件大事〉。

的自然和諧。至於句末的韻腳、句中的平仄、都是不重要的事。語氣自然、用字和諧、就是句末無韻也不要緊。」[131]胡適發現除了平仄無關音節的表達外，漢字的發音皆以元音或鼻音結尾，沒有以其他子音結尾，使得韻部過寬，押韻容易流於浮濫，加上韻腳位處句末，對整句音節的形成幫助不大，反而古體詩提供的雙聲疊韻經驗，能夠調整新詩的音節。胡適以沈尹默〈三弦〉和自己的詩〈一顆明星〉為例，都採用雙聲疊韻幫助音節的和諧，事實上即是以「句中韻」的方式來經營詩句的音節。[132]但胡適對新詩音節的探索，並未停在這裡，他判斷雙聲疊韻只是新舊詩過渡時期「一種有趣味的研究」，並非新詩音節表現的全部：「新詩大多數的趨勢、依我們來看、是朝著一個公共方向走的。那個方向便是『自然的音節』。」[133]胡適正是以具備「公共方向」的「自然的音節」，回應一年前任鴻雋提出的新詩之「自然」需有一個「公共的理解」，可見他一直都在思考著何謂新詩的音節。

透過胡適對作品的分析，可見新詩在最初階段曾有過以雙聲疊韻來增加音韻之美的作法。新詩韻律節奏的覺醒正與古典詩詞的經驗有關，但新詩很快放棄了過去特別為語體建立韻律節奏的方式，反而讓自己維持在「詩文不分」的階段，以口語的節奏作為自身的節奏。對此，胡適將「音節」二字拆分來說明：「節」的部分，過去舊詩在齊言的限制下，音節都被壓縮為「兩字一節」，但白話文有眾多的多音節詞，三音節、四音節詞更是不在少數，加上新詩的

---

[131] 胡適〈談新詩：八年來一件大事〉。
[132] 胡適親自說明〈一顆明星〉的疊韻用法：「今天風雨後，悶沉沉的天氣，／我望遍天邊，尋不見一點半點光明。／回轉頭來，／只有你在那楊柳高頭依舊亮晶晶地。」在氣字跟地字兩個韻腳之間，採用了「遍、天、邊、見、點、半、點」等一組疊韻，以及「有、柳、頭、舊」另一組疊韻夾在中間，故不覺得『氣』、『地』兩韻已隔開三十三字那麼遠。胡適的作法說穿了即是「句中韻」，又稱「藏韻」，在古典詩詞中尤以詞體使用最多，再次看到古典詩詞給予新詩形式上的啟發，見胡適〈談新詩：八年來一件大事〉。
[133] 胡適〈談新詩：八年來一件大事〉。

句子長短不定，句內的節奏也是依循意義和文法的自然區分，並未被固定句式（如齊言）給壓縮；[134]再從「音」的部分來看，胡適認為新詩的聲調有兩個要件，即平仄和用韻都要自然，這並非胡適贊成平仄和韻腳在新詩中使用，而是每個字原本就有自己的平仄，口語使用時更無須將每個字按平仄譜使用。胡適從口語經驗中，發現每個字在使用的當下都可能因為與其他字的連用關係而改變自身的平仄，聲調並非韻書上嚴格劃分的平仄四聲，而是相對關係的輕重高下。正因為「節」是不等長的，「音」是浮動的，白話詩並不具備產生穩固韻律節奏的條件：「白話詩的聲調不在平仄的調劑得宜，全靠這種自然的輕重高下。」當這種自然的聲調確立以後，加上語氣的自然區分，此時詩句的音節已成，韻腳對新詩而言也就變得可有可無了。[135]胡適正是以白話文的特質，來說明新詩的韻律節奏為何是一種「自然的音節」，而不是「制訂的格律」，以及白話語體為何無法融入舊詩的形式。

　　白話文具有一種「當下即是」的特質，依據口語當下的使用情況，韻律節奏也就有所不同。新詩在「聽覺的韻律」這方面，由內而外，從文字聲調的不定，到詞彙音節的不定，再到句式長短的不定，以及篇章長短的不定，這些情況組合起來，使得白話文的聲情表現沒有固定的準則，也因此胡適認為所謂「自然的音節」必定是一個當下綜合的考量：「內部的組織──層次、條理、排比、章法、句法──乃是音節的最重要方法。我的朋友任叔永說、『自然二字也要點研究』。研究並不是叫我們去講究那些『蜂腰』『鶴膝』『合掌』等等玩意兒、乃是要我們研究內部的詞句應該如何組織安排、方才可以發生和諧的自然音節。」[136]白話文這種臨場發揮的不確定

---

[134] 胡適〈談新詩：八年來一件大事〉。
[135] 胡適〈談新詩：八年來一件大事〉。胡適舉「的」、「了」為例，兩字單獨時為仄聲，但用在「掃雪的人」、「掃淨了東邊」，反而成了較輕的聲調。
[136] 胡適〈談新詩：八年來一件大事〉。

性和不對稱性，弱化了一向由平仄和韻腳所主導的漢語詩歌韻律模式，胡適「自然的音節」一說最重要的即是將漢語詩歌韻律的主要表現方式，從過去穩固的對稱關係的「格律」，轉移到相對關係的「節奏」上，完成了漢語詩歌韻律方式的轉移。

三、從「聽覺的韻律」到「視覺的韻律」

自古詩歌韻律的表現重點原本就會轉移，古典漢詩即是從韻腳轉移到句中的平仄對仗，經歷了「由韻而律」的過程；西方古典詩歌正好相反，最初希臘、羅馬的詩歌都透過規律的音步來產生節奏，並不押韻，文藝復興之後歐洲才逐漸出現各種韻體，反而經歷了「由律而韻」的過程。19世紀惠特曼（Walt Whitman）創作自由體，取消了固定的律和韻，以口語的自然律動為主，再次改變了西方詩歌韻律的表現方式。當現代漢詩往類似西方的分行自由體發展，必然也會走向廢除固定韻律，轉為自然的口語韻律。但與其說新詩移植了西方自由詩的自然節奏，不如說是新詩在破除舊詩之體後，在無韻無律，也不依傍音樂的情況下，改以句中自然的音節作為韻律的主要表現方式。胡適提出自然的音節，正貫串他「作詩如作文」的主張。新詩並未特別制定一套韻律節奏，而是直接使用白話文的自然節奏，作為本身詩歌的節奏。文言文同樣有自己的自然節奏，但僅只表現在古典散文上，古典詩歌自詩經走向齊言的韻體之後，就開始採用自己的一套韻律節奏，接著又加入了四聲律和平仄律，在固定字數中力求變化。

過去詩與文的分界，就在於詩歌另有一套韻律節奏，從未使用過文言文或白話文本身的自然節奏。因此1918年6月5日，朱經農才會在信中建議胡適為新詩定幾條規則，不然新詩無法成為詩：[137]

---

[137] 朱經農〈新文學問題之討論〉致胡適信（1918年6月5日），頁165。「Rhetovie」當為 Rhetoric（修辭）之誤。

今天我沒有功夫多寫信了。還有一句簡單的話，就是『白話詩』應該立幾條規則。我們學過Rhetovie，都知道『詩』與『文』之別，用不著我詳加說明。（中略）所以我說，要想『白話詩』發達，規律是不可不有的。此不特漢文為然，西文何嘗不是一樣。如果詩無規律，不如把詩廢了，專做『白話文』的為是。

朱經農是第一位考慮將新詩重新格律化，拉開詩與文距離的人，可說是日後「新格律派」的先驅。但胡適對於「白話詩應該立幾條規則」的說法極不贊成，以「詩體的釋放」之說回應朱經農，[138]認為新詩應當「把從前一切束縛詩神的自由的枷鎖鐐銬攏統推翻」否決了朱經農的提議。[139]胡適意識到當採用白話語體之後，詩歌的形式典範就轉移了，過去作為詩歌判別的特徵，並非新詩的基本特徵。古典詩詞透過格律所建立起來的韻律，正是為文言語境而設，當以白話文作詩，破除格律和文言的構詞、構句之後，若還採用齊言和韻腳，反而顯得異常突兀。這段「詩體釋放／解放」的宣言正為新詩是一種自由體定調。後來胡適反省自身白話詩的缺點時，發現到「齊言」是漢語詩歌韻律節奏產生的根源，不同的齊言體，有自己固定的韻律節奏，最初他的白話詩便是採用齊言句式，使得音節遷就於整齊的句法，而變得相當不自然：

> 這些詩的大缺點就是仍舊用五言七言的句法。句法太整齊了，就不合語言的自然，不能不有截長補短的毛病，不能不時時犧牲白話的字和白話的文法，來遷就五七言的句法。音節一層，也受很大的影響：第一，整齊劃一的音節沒有變

---

[138] 「詩體的釋放」之說最初見胡適《嘗試集》第二編初稿本自序（1918年6月7日夜作）。

[139] 胡適〈新文學問題之討論〉覆朱經農信（1918年7月14日），頁167。

化，實在無味；第二，沒有自然的音節，不能跟著詩料隨時
變化。因此，我到北京以後所做的詩，認定一個主義：若要
做真正的白話詩，若要充分採用白話的字，白話的文法，和
白話的自然音節，非做長短不一的白話詩不可。這種主張，
可叫做『詩體的大解放』。[140]

胡適這段聲明當是受到周作人的影響。早在1918年《新青年》4卷1
號登出第一批新詩之後，下一期周作人就發表〈古詩今譯〉討論新
文學與翻譯的關係，在第二點談論譯詩時說道：「口語作詩，不能
用五七言，也不必定要押韻；止要照呼吸的長短作句便好。現在所
譯的歌，就用此法，且來試試；這就是我的所謂『自由詩』。」[141]
周作人以創作白話詩的方式來翻譯外國詩歌，不再像之前翻譯成古
體、騷體，新的譯法使得新詩中的自然音節，取代了古體齊言句型
下的整齊韻律，周作人並將這種具有自然音節的詩作和譯詩，稱為
「自由詩」。這是第一次有人以「自由詩」來稱呼白話詩，且周作
人「止要照呼吸的長短作句」也與胡適「自然的音節」說法相似，
只是周作人從創作的角度來談，胡適則是由詩歌結構的角度來談。
正如同周作人否定五七言和押韻的使用，只要按照呼吸的長短來創
作句子即可，胡適認為「真正的白話詩」除了要有「白話的字」、
「白話的文法」，還必須要有「白話的自然音節」。而要達到自然
的音節，就必須打破齊言，非做長短不一的白話詩不可，由白話文
的口語特點來建立新的韻律模式，才能突破白話詩徒具舊詩空殼，
音節呆板生硬，在聲律上不如舊詩精巧的尷尬情況。

　　「自然的音節」亦即「自然的節奏」，是一種平常狀態下閱讀
白話文的節奏，透過詞彙之間自然存在的小停頓，以及分行換句時
的大停頓，乃至於分節的更大停頓來產生，也是達到「言文合一」

---

[140] 胡適〈我為什麼要做白話詩〉（〈嘗試集自序〉），頁497。
[141] 周作人〈古詩今譯〉，頁124。

甚至是與心靈思維同步的節奏。然而新詩的發展卻未停留在口語的階段，隨著分行形式和自由體形式的擴展，「跨行」和「陌生化」技巧的純熟運用，以及分行形式往構圖發展，皆漸漸破壞了「白話的字」、「白話的文法」，自然也改變了「白話的自然音節」。新詩一路發展下來，書面開始與口語不同步，跨行甚至可以將詞彙從中切斷，類似康明斯（E. E. Cummings）切斷英文單字分成數行，新詩好不容易所建立的自然節奏，經常遷就於書面形式而被破壞。這使得當初胡適等早期詩人所追求的「自然的音節」，於今日反而成了「人工的音節」、「陌生化的音節」。新詩的自然節奏隨著書面性的加強，由原本的「聽覺的韻律」所主導，變成由「視覺的韻律」所主導，或是視覺與聽覺兩種韻律並重的情況。一種詩歌可以不具有「視覺的韻律」，比如流行歌詞；也可以不具有「聽覺的韻律」，比如新詩中的圖像詩。新詩之所以定體，具詩意的可讀性，正是因為建立起一套「言文合一」的聽覺韻律──自然的音節。當上個世紀三、四〇年代現代主義思潮的深化，使得新詩越來越偏重書面形式的鋪陳，呈現由「聽覺的韻律」往「視覺的韻律」發展的傾向，一直到新世紀的第一個十年，亦即網路詩興起的初期達到高峰。但在進入2010年以後，詩人對於詩行的書面布置明顯退燒，詩歌的形式也反璞歸真，回到單純的分行詩，再次由「視覺的韻律」逐漸回到「聽覺的韻律」，維持在相對較為平衡的關係上發展。因此即便新詩具有頗為強勢的「視覺的韻律」，但新詩的主導節奏仍是以「聽覺的韻律」為基礎，無法完全成為一種單純視覺的詩。

第二章　從漢字到符號：
新詩詩行的組成元素

第一節　漢字的現代性特質

一、漢字中心主義的衰弱

　　十八世紀以前，東亞各國始終將漢字視為正統文字，獨尊漢字的情況，可由日本、韓國、越南、琉球等國過去出版的漢字字形與音韻書籍看出。[1]漢字隨著漢學與漢文化傳入東亞各國後，被視為尊貴先進的文明代表，最初多是宮中貴族在使用，由於漢字結構繁複，學習不易，又與日韓自身的語言不同，所以有了創建音標的必要。[2]在日語中拼音文字稱為「假名」，這是相對於漢字「真名」而來，假名僅是假借之用，可用於學習漢字並書記日本當地語言。[3]正因學習不易，必須長時間的教育培養，漢字與漢文在日本逐漸產生象徵男性、統治者的陽剛氣質，為官方文書、貴族與男性所使用；

---

[1]　曹先擢於何群雄《漢字在日本》（頁5）書前引言，提及日本視漢字漢學為「經藝之本」、「王政之始」，可見日本過往對此十分尊崇。另根據陸錫興《漢字傳播史》（頁348-395）漢字向四方傳播，如越南、朝鮮、琉球等地，進而改了這些地區的語言與文字。

[2]　周亞民以漢字中的異體字為考察對象，撰〈中日漢字知識庫：漢字傳播與擴散觀點〉（頁247-272）呈現資料庫比對異體字的具體數據，並討論早期漢字對鄰國文字的影響。另外林先渝〈漢語漢字語的語源譜系與領域分佈〉（頁1-15）言韓國使用漢字有兩千年之久，甚至官方文書也有採用漢字的情況。

[3]　參見陸錫興《漢字傳播史》，頁379-381。又見宮本徹、大西克也編《アジアと漢字文化》，頁249-254。

假名則被賦予女性、從屬者的陰性氣質，主要為女性與兒童使用。[4]
同樣的十五世紀由朝鮮世宗所創發的表音文字，初期稱為「訓民正
音」，是一種用以糾正國民發音的標音方法，換言之，這種文字既
是漢字的標音也兼融朝鮮當地語法，隨後稱為「諺文」。[5]當時的
朝鮮語被稱為諺語，相對於「中文」，這是朝鮮當地的「俗話」，
是低下階層與女性使用的語言，受教育的兩班士大夫則推崇漢文化
並使用漢字書寫。[6]以致於今日透過韓語音韻的發展，即可看見過
去稱為「諺文」近代改稱為「韓字」的語文，是如何依循漢字作為
自身音韻校訂的準則，從而顯露出漢字對韓文之深遠影響。[7]又於
日、韓之外，同屬於漢字文化圈者尚有越南，漢字對越南文字的影
響亦不可小覷。首先漢字作為越南的正式文字有長達千年的時間，
再者越南因受到漢字啟發而新創的越南文字「喃字」，用以書記越
南當地的語言，但以往喃字的地位始終次於漢字，如今若考察漢字
與喃字之音韻，仍可清楚看出其密不可分的主從關係。[8]

只有漢字是「字」，其他諸如日本假名、韓國諺文，歐洲傳
教士傳入的拉丁文字，都只是一種用來輔助發音的音標。這種以漢
字為尊的觀念，在十八世紀以前普遍作為東亞諸國的共識，因此在
東亞知識份子心中，漢詩也成為當時認知中世界上唯一由「字」所
寫成的詩，其他語言的詩歌則是由音標所寫成。然而這一切都在歐
洲崛起之後動搖，一次又一次的船堅炮利挾帶西方科技文明而來，
打開東亞各國的門戶，包括中國本身都對傳統文化喪失自信、感到

---

[4] 陳培豐《想像和界限：臺灣語言文體的混生》，頁28-29。
[5] 陸錫興《漢字傳播史》，頁358-369。
[6] 三ツ井崇著，李欣潔譯〈開化期朝鮮的「國文」與漢字／漢文的糾葛〉，頁125-126。
[7] 參見嚴翼相〈韓國漢字音和中國方言的語音類似度〉，頁483-498。又參見申祐先《韓國漢字歷史層次研究》（國立臺灣大學文學院中國文學系博士論文，2015年），頁10-12。
[8] 詳見陸錫興《漢字傳播史》，頁223-235。又參見陳志文〈略論《安子日程》的漢語文化圈內涵—以喃字、中文與日語之兩字漢字為範疇〉，頁39-56。又參見江佳璐〈析論越南漢字音魚虞分韻的歷史層次〉，頁613-634。

懷疑。漢語長期以來被西方視為沒有語法，漢字也被視為原始的文字，由漢字所寫的傳統漢詩也成為迂腐、保守的死文學，因而有提倡改革的新文學之說。[9]然而白話文同樣是以漢字來書記，無論舊文學或新文學，都是以漢字寫成的文學。文字的外型與使用方式與詩歌的形式極其相關。正因為組成份子的不同，即便世界各地的現代詩都是歐美現代詩歌全球化下的結果，但歐美現代詩的詩型，和漢語現代詩的詩型、日本現代詩的詩型，仍有著各自的特色，並非完全相同。

若只論以「漢字書寫的詩歌」的現代化，以1882年《新体詩抄》出版為起點的日本現代詩歌，其現代化要早於1917年誕生的現代漢詩。身為作者之一的井上哲次郎於〈新體詩抄序〉說出自己創作「新體詩」的思辯歷程：[10]

> 程子曰：「古人之詩，如今之歌曲。雖閭裡童稚，皆習聞之，而知其說，故能興起。今雖老師宿儒，尚不能曉其義，況學者乎？是不得興於詩也。」余讀此文，慨然而歎曰：今之歌曲，如古人之詩，而今人不知之。賤今之歌曲，而尚古人之詩，鳴呼亦惑矣。何不取今之歌曲乎？後讀傳記，貝原益軒有謂曰：「我邦只可以和歌言其志述其情，不要作拙詩以招詅癡符之誚。」余又曰：誠如益軒氏所言也。我邦之人，可學和歌，不可學詩。詩雖今人之詩，而比諸和歌，則為難解矣，何不學和歌乎？後入大學，學泰西之詩。其短者雖似我短歌，而其長者至幾十卷，非我長歌之所能企及也。且夫泰西之詩，隨世而變。故今之詩，用今之語，周到精緻，使人翫讀不倦。於是乎久曰：古之和歌，不足取也，何

9 　胡適〈文學改良芻議〉即持此論點。可參見鄭毓瑜教授《姿與言：詩國革命新論》書中對傳統漢文與現代漢語中，文法與現代性的關連進行考究。
10 　外山正一（等編）《新体詩抄》初編，書前序。

不作新體之詩乎？既而又思，是大業也，非學和漢古今之詩
歌，決不可能。乃復學和漢古今之詩歌，咀英嚼華，將以作
新體詩。而未知其成與否也。

井上哲次郎先引北宋程子觀點，認為詩不得興於當代的原因，主要
在於輕賤「今之歌曲」，一味崇尚早已不能通曉其義的「古人之
詩」，忽略「古人之詩」在過去實際上也是「今之歌曲」，這種詩
歌古今遞嬗的體會，與1868年黃遵憲寫於〈雜感〉中的體會相近。
除了時間上的差異，日本詩歌還有地域所造成的語言上的差異，貝
原益軒（1630-1714）所謂：「我邦只可以和歌言其志述其情，不
要作拙詩以招詼癡符之誚。」亦即針對風土隔閡、語言隔閡的現實
層面而言，認為母語為日語的日本人不應該用他國語言創作他國詩
歌，只是凸顯詩藝的笨拙罷了。井上哲次郎認同貝原益軒提倡本土
的和歌，反對創作漢詩的看法，但真正讓他大開眼界的是西方詩
歌：「泰西之詩，隨世而變。故今之詩，用今之語，周到精緻，使
人翫讀不倦。」對西方詩歌體裁的多元，語言貼近當下，無不佩
服，相較之下不僅漢詩落伍，連本土的古今和歌都不足取了。雖然
最後井上哲次郎呼籲「新體詩」要成「非學和漢古今之詩歌決不可
能」，但這更像是一種禮貌的宣傳手法，日本詩歌西化的覺悟已根
植於心。值得注意的是，漢詩的重要性在江戶初期先被本土的和歌
超越，到了明治時期兩者又排在西方詩歌之後，日本詩歌現代化的
過程中漢詩成了最不值得學習的對象，標示漢詩作為東亞詩歌霸權
的旁落。

　　而在漢語詩歌內部，過去漢語詩歌完全由漢語所組成，但在打
破漢語中心主義之後，漢語詩歌也接納了新的組成份子。新詩的詩
行是由文字、符號、空格所構成。文字又可分為漢字，以及其他外
國文字；符號則可分為標點符號和其他符號，像是具系統性的數理
符號、非系統性的抽象符號等。不過在所有詩歌的組成元素當中，

仍舊以漢字作為最為重要的部分，在結構上，以及詩意的營造上，都佔有絕對壓倒性的地位。漢詩作為辨識一首漢語詩歌最主要的特徵，許多新詩既不加標點符號，也未使用空格，但卻一定是由漢字所構成。若新詩表現了某種現代性，那麼必然是漢字和漢語以及所構成的形式當中，某種現代性的展現。

二、連書型：漢字與傳統詩行排列

歐美的拉丁文字是一種音素文字，由表示音素的字母構成一個個的詞，漢字則是一種語素文字，由表示詞語的漢字構成一個個的詞。拉丁文字的書寫，如英語、法語、西班牙語都採用「空格分詞」，詞與詞之間以空格彼此隔開；漢字則採用連續書寫，詞與詞之間不使用空格隔開，彼此緊密相連，漢字詞彙反而是如同拉丁字母的排列方式，不留任何空隙。

文字的排列方式，和一種語文的「語言特質」以及「文字特質」有關。以英文為例，英文是一種屈折語，有著大量附著於詞幹的詞綴，這些詞綴具有詞性、時態以及語意變化的指示意義，如果將英文以中文連續書寫的方式排列，不以空格分詞，這些位於字首字尾的詞綴將夾雜於詞彙之間變得非常不易辨識，也將失去指示意義的作用。從文字的特質來看，音素文字是以音素為單位的文字，給予每個音素一個對應的符號作為字母，而音素我們都知道，是語言中能夠區別意義的最小聲音單位。也因此拼音文字的符號非常精細，一旦字母的組合些微有誤，就拼成了另一個詞彙，或是無法辨識的情況，這使得字母組成詞彙時必須排得非常緊密，但組成之後詞彙卻又必須各自獨立，最簡便的方式即是以空格隔開。更因字母採用橫向的線性構詞方式，形成橫向的書寫方向，即是在這條橫向的文字流上，以空格與標點符號區分每個意義單元。

拉丁文字的書寫，可視為一種「中斷思維」的排列方式，以

各種中斷來區別每個意義單元，這種中斷的思維，貫串了整個西方文字書寫系統，也影響了西方詩歌的表現形式。從最基本的以「空格」來區分詞彙，接著加上標點符號，除了輔助詞彙表情達意之外，更以中斷的方式為句子分層。但在標點符號產生之前，句子和句子之間如何區隔呢？「分行」即是一種在「中斷」的書寫思維下，最方便、快速，同時也最具辨識度的一種分別句子的選擇。當「分行」建立之後，再以「空行」來區分詩節，形成一套由「中斷」思維建立起來的橫向「詩歌分行書寫系統」，西方詩歌也成了分行體的代表。

漢字「連續書寫」的排列思維，同樣與「語言特質」和「文字特質」有關。現代漢語作為當今最主要的分析語，不僅完全沒有詞形變化，由於所有的語素都是一個方塊字，漢語是以另一個「字」作為詞綴，透過語序來表示詞性、時態以及語意變化的指示意義，因此漢字是透過相鄰的另一個字來產生意義，每個字彼此獨立，詞彙的組合更像是「並置關係」，而非英文字子音加母音的「拼音關係」。漢字以並置構詞，英文字母以拼合構詞。具體而言，英文字母像積木，而漢字則像一個個獨立的玩具。比如英文用以表示「身分」的後綴「-er/-or」，中文是在詞幹之後加上「者」字來表示，如「師者」（teacher）、「醫者」（doctor）；英文表示「反對」的前綴「anti-」，中文即在詞幹之前加上「反」字來表示，如「反戰」（antiwar）、「反感」（antipathy）。由於中文的敘事依賴字與字的並置，若是如同西方拼音文字，組成詞彙時彼此靠攏，詞彙和詞彙之間則以空行隔開，形成一會隔開一會靠攏的情況，將使得漢字的構詞原則變得無所適從，也打亂閱讀的節奏。為了更清楚說明這情況，我們將紀弦的名作〈狼之獨步〉[11]以漢文、拉丁文字、漢語拼音，搭配四種方式排列（見下表）。

---

[11]　紀弦《紀弦自選集》，頁312。

A方案和C方案，分別為漢字以及拉丁字母的傳統書寫方式，並不會有什麼違合感。B方案則是採用西方的空格分詞方式，以詞為單位，將每個中文詞彙以空格分開，這些詞彙如同孤島，與前後文都有段距離，閱讀上我們更易聯想到詞彙的個別意義，而不是一個連貫敘事上的意義，使漢字陷入「無法構句」的情況。這是因為空格將語序拉長，使得極為倚賴語序作為解讀依據的漢字，產生了延遲效果，這時詞彙自身的意義就會立即浮現，填補敘事的空缺，讓整個敘事能持續，唯有減緩閱讀的速度，才能讓敘事銜接起來。

【A方案：漢文以連續詞彙排列】	【C方案：漢語拼音以空格分詞排列】
我乃曠野裡獨來獨往的一匹狼。 不是先知，沒有半個字的嘆息。 而恒以數聲悽厲已極之長嗥 搖撼彼空無一物之天地 使天地戰慄如同發了瘧疾； 並刮起涼風颯颯的，颯颯颯颯的： 這就是一種過癮。	Wo nai kuangye li dulaiduwang de yipi lang. Bushi xianzhi, meiyou bange zi de tanxi. Er hengyi shu sheng qili yiji zhi zhanghao Yaohan bi kongwuyiwu zhi tiandi Shi tiandi zhanli rutong fale nueji; Bing guaqi liang feng sasade,sasasasade: Zhejiushi yizhong guoyin.
【B方案：漢文以空格分詞排列】	【D方案：漢語拼音以連續詞彙排列】
我 乃 曠野 裡 獨來獨往的 一匹 狼。 不是 先知，沒有 半個字 的 嘆息。 而 恒 以 數 聲 悽厲 已極 之 長嗥 搖撼 彼 空無一物 之 天地 使 天地 戰慄 如同 發了 瘧疾； 並 刮起 涼風 颯颯的，颯颯颯颯的： 這就是 一種 過癮。	Wonaikuangyelidulaiduwangdeyipilang. Bushixianzhi, meiyoubangezidetanxi. Erhengyishushengqiliyijizhizhanghao Yaohanbikongwuyiwuzhitiandi Shitiandizhanlirutongfalenueji; Bingguaqiliangfengsasade,sasasasade: Zhejiushiyizhongguoyin.

越早期的文言語體，單字為詞的情況又比近代的白話文更為普遍，譬如「若告我曠夏盡如詩」一句，以西方空格分詞的方式書寫：「若 告 我 曠 夏 盡 如 詩」[12]每一個字都是單一的詞，過於頻繁的空格，無論是視覺美觀與否，或者敘事流暢與否，兩方面而言漢字都不

---

[12]　出自呂不韋（主編）《呂氏春秋》慎大篇，頁466。

適用空格分詞。相對的，D方案則是將漢語拼音改以中文的連續書寫，產生了比B方案更大的閱讀障礙，直觀上我們容易以為一行就是一個長的單字，一旦沒有空行，中斷的效果消失了，將使拼音文字陷入「無法構詞」的情況。

回到漢字的字形，與其說漢字的字形特點為方塊字，不如說漢字是一個個單一的圖像符號。原始漢語是一種屈折語，具有各種修飾詞義的詞綴，到了殷商甲骨文書寫的時代，上古漢語已經較原始漢語簡化許多，僅殘餘一些詞綴，整體逐漸往分析語的方向發展。這或許是因為漢語選擇了以漢字為書寫符號，漢字獨體且不表音的特質，並不利於在文字上表現詞綴、動詞型態、複輔音。於是漢字以單個漢字紀錄詞綴、語素的作法，使得漢語朝向「單音」發展，詞彙也由單字詞變為兩音節的連綿詞、複合詞，更發展出聲調，替代被簡化的詞綴，使單音獨體的架構更為完善，經歷了先有文字上的獨體，才演變為單音的過程。

一旦漢語和漢字完成了「獨體單音」的融合工作，書寫上的「漢字中心主義」也就此確立。不像西方是以詞來構句，漢字的書寫系統完全是以字來構句。這種字與字之間緊密靠攏的排列方式，重視語序上的連續並置來表達敘事內容，產生一個個的意義單元。漢字不僅承擔了語素的功能，更使用眾多的助詞來幫助句子分層，以及在句子和句子之間做出區隔，這種以文字代替標點符號的作法，也使得早期的漢字書寫鮮少出現標點符號。即便漢字後來發展出自己的標點符號系統，並不會與漢字在同個敘事動線上，多是讀者閱讀時自行添加在旁，避免干擾到漢字整齊劃一的敘事動線。這種完全由文字連續並置的排列思維，貫串了整個漢字書寫系統，也決定了漢詩最基本的表現形式，形成一套直向的「詩歌連續書寫系統」。漢語詩歌也成了「連書體詩歌」的代表，影響了漢字文化圈內包括日本和歌、俳句，韓國時調等傳統東亞詩歌的形式，都是直式的連續書寫的不分行詩作。

漢語詩歌的形式演變，正與這套由漢字所構成的連續書寫系統密不可分，漢詩的各種「體」，都是用這套排列方式呈現。因此如何在這套不分行的書寫系統中，表現各種詩歌，成了古典漢詩形式發展的主要課題。

　　當先秦時代，漢字「單音獨體」的原則逐步建立的同時，古典漢詩也逐漸朝齊言詩發展。最初漢詩的標準只有「用韻」，不過《詩經》的句式已經趨於整齊，大部分的詩都由四字句所構成。在《詩經》的305篇詩作當中，僅有周頌的八首詩為無韻詩，[13]其餘297篇都是韻詩。詩經的用韻無論是一韻到底還是換韻，用韻的位置都以尾韻最為普及，如果句末為虛詞，比如代詞「之、我、女」，或是語氣詞「兮、矣、只」等，才將韻腳放在虛詞之前，試列幾個韻例：[14]

> 關關雎<u>鳩</u>，在河之<u>洲</u>。窈窕淑女，君子好<u>逑</u>。參差荇菜，左右<u>流</u>之。窈窕淑女，寤寐<u>求</u>之。（節錄〈關雎〉）

> 坎坎伐<u>檀</u>兮，置之河之<u>干</u>兮，河水清且<u>漣</u>猗。不稼不穡，胡取禾三百<u>廛</u>兮？不狩不獵，胡瞻爾庭有縣<u>貆</u>兮！彼君子兮，不素<u>餐</u>兮！（節錄〈伐檀〉）

> 碩鼠碩<u>鼠</u>，無食我<u>黍</u>！三歲貫<u>女</u>，莫我肯<u>顧</u>。逝將去<u>女</u>，適彼樂<u>土</u>。樂土樂<u>土</u>，爰得我<u>所</u>。（節錄〈碩鼠〉）

□處即為韻字，可看到這些韻字多集中在句子尾端，句中韻基本上還是一種尾韻的變化。〈關雎〉前兩句都押韻，之後則只押偶數

---

[13] 《詩經》周頌中的八首無韻詩為：〈清廟〉、〈昊天有成命〉、〈時邁〉、〈噫嘻〉、〈武〉、〈酌〉、〈桓〉、〈般〉。見王力《詩經韻讀‧楚辭韻讀》，頁71。
[14] 三首詩節錄自屈萬里《詩經詮釋》，頁4、頁189、頁191。

句;〈伐檀〉前三句都押韻,之後則押偶數句;〈碩鼠〉更是句句押韻。從押韻方式也可以看到兩句一聯的發展,一句為一個意義單元,兩句亦為一個意義單元,但不管如何,都是透過押韻來劃分各個意義單元,亦即「用韻分句」。《詩經》具有濃厚的民歌色彩,原本用韻即是為了在歌唱時,加強歌詞的節奏感,同時在時間之流中標明歌詞的層次。後人將《詩經》以漢字連續書寫的方式紀錄下來,即便句式不等長,亦沒有標點符號輔助,但當我們閱讀到這些韻腳,就知道這一句結束了。而《詩經》中也很少使用的句首韻:「求之不得,寤寐思服。悠哉悠哉,輾轉反側。」[15] 這類韻式在詩歌普遍書面化之後,由於不具有斷句的功能,也就鮮少被使用了。用韻不管對歌唱而言,還是文字的記錄而言,都有其必要性,這也是漢語詩歌為何長期以來,即便書面化之後,都還是倚賴用韻的緣故。

到了漢代五言詩的出現,漢語詩歌首次產生標準的齊言體。齊言規範加進來之後,用韻也變得更為整齊。五言古詩幾乎都是偶數句押韻,這代表兩句一聯的敘事推進模式已經確立,兩句才能構成一個完整的意義單元,並且以韻腳標明一個意義單元的結束和轉換。以〈古詩十九首〉的第一首〈行行重行行〉為例:[16]

> 行行重行行,與君生別離。相去萬餘里,各在天一涯。道路阻且長,會面安可知?胡馬依北風,越鳥巢南枝。相去日已遠,衣帶日已緩。浮雲蔽白日,遊子不顧反。思君令人老,歲月忽已晚。棄捐勿復道,努力加餐飯。

齊言使詩行等長,產生固定的節奏,再加上韻腳收尾,幫助詩歌在脫離音樂之後仍舊便於記憶。「用韻」和「齊言」結合,使得「詩

---

[15] 見屈萬里《詩經詮釋》,頁4。
[16] 逯欽立(輯校)《先秦漢魏晉南北朝詩》上冊,頁329。

句」更為明確，不僅長度相等，也能有明顯的界分，能夠在連續不分行的書寫中，產生極高的識別度，與同樣連續書寫的散文產生明顯的區隔。因此對於古詩而言，篇制長短沒有任何限制，亦沒有必要，因為對連續書寫來說，長篇和短篇都是相同的書寫形式，最重要的是意義單元清楚明確。此後漢語詩歌即以「用韻的齊言體」為主要的發展句式，並進入了律化時期。近體詩的平仄、對句，以及固定的四行、八行篇制，都是設法在漢字的連續書寫規範中增加識別特徵。這都表明由漢字所構成的漢語詩歌形式，是一種「內向發展的結構」，無論是前期的四聲律，還是後期的平仄律，以及用韻、對仗，都是侷限在「兩句一聯」內增添變化，並不會往外對書面進行視覺上的鋪陳，而是不斷往內經營透過聽覺才能辨識的格律。以下試分別舉例四首不同時代、不同體例的詩作，並以古代慣用的無句讀連續書寫方式排列：

嘒彼小星三五在東肅肅宵征夙夜在公寔命不同嘒彼小星維參與昴肅肅宵征抱衾與裯寔命不猶（《詩經・召南・小星》）[17]

悲歌可以當泣遠望可以當歸思念故鄉鬱郁累累欲歸家無人欲渡河無船心思不能言腸中車輪轉（漢代樂府佚名〈悲歌〉）[18]

草草眷徂物契契矜歲殫楚𩾃起行戚吳趨絕歸歡修帶緩舊裳素鬢改朱顏晚暮悲獨坐鳴鶗歇春蘭（謝靈運〈彭城宮中直感歲暮詩〉）[19]

山暝聞猿愁蒼江急夜流風鳴兩岸葉月照一孤舟建德非吾土維

[17] 屈萬里《詩經詮釋》，頁34。
[18] 逯欽立（輯校）《先秦漢魏晉南北朝詩》上冊，頁282。
[19] 逯欽立（輯校）《先秦漢魏晉南北朝詩》中冊，頁1158。

揚憶舊 遊 還將兩行淚遙寄海西 頭 （孟浩然〈宿桐廬江寄廣陵
舊遊〉）[20]

四首詩四種詩類，最早起於周代，最晚來到盛唐，時間跨度長達千
年。但按傳統手抄本或刻本常用的連書體排列，兩章十句的四言
詩、雜言的八句樂府詩、八句的五言古詩，以及五言律詩，四首字
數相同的詩作，僅就視覺上的直觀而言，四首詩的形式可說沒有什
麼不同，共同的外觀都是：

□□□□□□□□□□□□□□□□□□□□□□□□□□□□□
□□□□□□□□□□□□□□□

---

[20] 本首詩並附上明刻本當頁，見孟浩然《孟浩然詩集》卷下，頁3a。

但若誦讀出聲，或從書面上找出韻字，可以發現《詩經》用韻最密，為句句押韻的四言體；押韻次多的是雜言的樂府詩，前半部為6644句式，後半段為555句式，且換韻之後更出現了連三韻；接著五言古詩和五言律詩，韻腳最少，句式和韻腳位置大至相同，以聯為單位在偶數句押韻，但五律首字押韻，且每個字遵循著平仄律，中間兩聯更採用了對仗。古典詩類當中，除了四言詩、雜言樂府詩、五言古詩、五言律詩可以達到字數相同之外，《欽定詞譜》中有8種詞牌也都是40個字，[21]自然不能以字數來論斷一首詩的形式，但這些詩類在經過漢字連書體的排列之後，外觀上卻都大同小異。這代表古典詩歌實際上是一種僅有內在格律，而不具有外在形式的詩歌，由於採用連續書寫，詩歌的外在形式取決於版面的篇幅，或註解是否從中切斷詩行，等出於物質層面和使用層面的限制，並非詩體本身對於外在形式的規範。

　　若以外在形式於書面的排列情況來分類，漢詩只分為兩型：古典的連書型，以及現代的分行型。由這個角度來看，古典漢詩全部採用連續書寫形式，可以說只有一種排列形式，各種古典詩類只是這種排列形式的內在變化。新詩形式的重要性就在於，中止了漢語詩歌千年以來本於漢字特質所形成的連續書寫排列形式，而移植了西方本於拼音文字特質所發明的分行排列形式。過去漢字和拉丁文字，各自找到了最適合自己的排列方式，但因十九世紀以來的詩歌全球化，產生了交匯，引發漢語詩歌形式的重大變革。但這種交流是單向的，西方詩歌至今仍無法普遍採用漢字的連續書寫排列方式，僅少數詩人嘗試過，但漢語詩歌卻可以將西方詩歌的分行形式運用得更加豐富多變，這不僅是漢字的韌性，也展現了漢字的特質與優點。

---

[21]　八種詞牌為：〈春光好〉、〈酒泉子〉、〈怨回紇〉、〈生查子〉、〈蝴蝶兒〉、〈添聲楊柳枝〉、〈醉公子〉、〈昭君怨〉。參見〔清〕王奕清（等編），孫通海、王景桐（校點）《欽定詞譜》。

三、分行型：漢字與新詩詩行排列

　　新詩之所以能夠如同西方詩歌分行的關鍵，在於漢字的方塊字形，以及相配套的分析語語法，使得漢字擁有全方位的書寫方向，除了基本的直向與橫向書寫，乃至於斜線書寫、曲線書寫，只要確認出起點和次序，漢字就能往平面上的任何一個方向構詞、構句，傳達正確的訊息，可視為一種二維的「平面文字」。比如我們將「新」字放在「詩」字的上方、左方，以及右方，讀者都可以透過兩個漢字的組合，得知「新詩」這個詞彙及其所指。甚至我們將「新」字放在「詩」字底下，提供更多資訊，比如一個顛倒的句子：「適胡是人起發的詩新」，即便倒過書寫，我們同樣可以反向閱讀獲取「新詩」乃至於整句的意涵，而不會將其理解為語意不明的「詩新」、「適胡」。模仿漢字方塊字形的日本假名、韓國諺文，也都具有全方位的書寫方向。相較於西方拼音文字，以英文為例，單字「about」只能由橫向往右書寫，如果由右向左書寫就成了另一個不明其意的單字「tuoba」，如果改為上下垂直書寫，將無法拼字，只會被視為一個一個的字母。因此英文的構詞、構句，具有固定的單一方向，在確定起點次序之後，只能橫向往右，屬於一種「線性文字」。可見不管是何種文字，都具有堆疊的「建築特性」，而文字的結構以及語法的自由程度，決定了文字的敘事方向是全面還是限定。

　　過去我們僅討論漢字的方塊特質，往往忽略了漢語語法在背後的作用。漢語語法對於漢字的重要性，在於已無詞形變化、格變化，因此無須外加其他的符號來規範漢字的使用，維持了漢字四邊等長的方正外型，使得漢字往四面書寫的機會都是相等的。漢字於書面上的位置完全是自由的，僅有相對位置，沒有絕對位置，在特殊情況下更能同時往雙面、三面或四面發展。比如古代的迴文詩、

璇璣圖詩，每個漢字都是一個獨立的單元，能夠與來自任何一個方向的漢字組成意義，這都歸功於漢語是一種單音節的分析語，每個詞都能隨時依照語序的安排轉換詞性，使每個組合產生意義。若是將英文語法中的語義格、詞綴、詞性變化套用在漢字上，將破壞漢字的方正結構，朝向線性的單一的書寫方向發展。因此漢字於書面參與敘事的方式，正是與漢語語法相配合的結果，使漢字更趨近於當代電腦排版的「字元」使用，能夠向四方進行形式的擴展。

漢字「字元化」得相當早，先秦時期一方面漢語從屈折語向分析語過渡，另一方面漢字的字形也經歷了由大篆到小篆再到隸書的劇烈演變過程，稱之為「隸變」。[22]這兩條同時俱進的演化路線，不僅簡化了漢語的拼音，也簡化了漢字的構形，在秦末形成了一個音位對應一個字元的漢字結構，也就是我們常說的漢字「單音獨體」結構，完成了漢字的「字元化」。[23]隸變化繁為簡、曲線改直，不僅加快書寫的速度，也是為了調整每個字的形體好納入一個個字元方框當中，使書面排列更為整齊有序，達到便於書寫和閱讀的目的，漢字也由原本較接近於圖畫的古代字體，轉變為更適合書面排列的現代字體。漢字的「字元」特質，正是造就漢語詩歌能夠快速進行現代化的基本成因，以下即針對漢字的「字元化」特性分為兩個方面來探討：「橫排與互容」和「圖像與構形」。

---

[22] 丁旭輝是第一位發現漢字「隸變」對現代詩歌形式產生重要的影響：「除了具備『圖像基因』之外，在隸定後成為方塊字形的漢字，又多了一種絕無僅有的『建築特性』，每個漢字都有如一塊方磚，可以自由堆疊，建築理想中的詩歌城堡。漢字的這種建築特性，對漢字本身的圖像性無疑是一種極大的加強，它擴大了漢字圖像表現的深度與廣度，在『建築特性』與『圖像基因』的結合下，以漢字為書寫工具的漢詩，便隱藏了極大的圖像技巧的發揮空間。」見丁旭輝，《臺灣現代詩圖像技巧研究》，頁10-11。

[23] 「字元」（Character）原本是指電腦和電信領域中，一個顯示符號的資訊單位。本文用以陳述漢字在經過隸變之後，文字所呈現的字形趨於方正、大小規格相同，並且整齊排列的一種便於書寫的高度編整化的情況。

（一）橫排與互容

　　西方拼音文字本身即是高度字元化的符號，才得以與數字、標點符號相互融合成一個書寫系統，無論是英文字母「ABCD」、以及數字「1234」，和標點符號「，。！？」，這些符號雖然都不是所謂的「方塊字」，事實上字形都趨於方正，且佔有相同規格大小的書面空間，以及整齊的排列方式。漢字正因為同樣是經過編整的高度字元化的文字符號系統，儘管過去漢字是一種直向排列的文字，但卻能夠在清末立即轉換為橫向排列，融入西方文字、數學符號、理化符號的系統中。[24]不過實際上漢字字元化的程度，比西方拼音文字更高、更為靈活。

　　拉丁字母雖然是正方形，但組合成詞彙之後卻是橫式的長條形，這使得西方文字無法以一般的使用型態進行直向排列。如果一定要將西方文字直排，有三種方式，以「讀一首poem」為例句：

1.一字母一字元直排	2.保留單字直排	3.橫躺直排
讀 一 首 p o e m	讀 一 首 poem	讀 一 首 poem

三種方式各有優缺點。第一種，優點是維持直排一格一字的整齊形式，卻必須將完整的詞彙拆散成各自獨立的字母；第二種，優點是保留了完整詞彙，卻破壞了直向的書寫結構，更影響到其他行文字的書寫；第三種，既保留直排一格一字整齊形式，也保留完整詞彙，同時避免超出直行的書寫結構，缺點是字母必須橫躺排列，也

---

[24] 標點符號在中文橫排之前已經融入直排中文。

就產生錢玄同所說的：「如此一句寫時，須將本子直過來，橫過去」的麻煩情況。[25]晚清民國的刊物，在衡量得失之後，為了維持中文的直排傳統，大多採用第三種英文字橫躺的方式。1918年《新青年》4卷1期刊登了第一批新詩之後，同年4卷3期胡適這首〈除夕〉：「像是易卜生和白里歐（Ibsen and Brieux.）」，[26]首次在新詩詩行加上英文註解，即是採用直行橫躺寫法。同年5卷1期上劉半農的〈紙窗〉則是首次在新詩詩句的正文中放入拼音文字：「又錯了。Tolstoj已死，究竟是個老虎！」、「看！滿地球是洪水，Noah的方船也沉默了」[27]。最初西方文字皆以橫躺方式與漢字並列，且都是簡短的名詞，除了在漢語詩歌中放入西方文字是全新的嘗試以外，也與無法以直行妥善安置有關。[28]

李金髮是第一位大量在新詩中放進西方文字的詩人，他的前三本詩集經常可看到西方文字的蹤影：有法文詩題〈Encore à toi〉，[29]德語詩題〈Tannhäuser的詩人〉，英語詩題〈Something……〉；[30]有人名「酒，肉，黃金，白芍，／Paul, Fules, Albert Léon.」、[31]「回過來，Samsous! Dalila!」，[32]有地名「Bourgogne之鄉的農人」，[33]有酒名「從Brandy的餘醒，／飲到Bordeaux的昏醉」；[34]有動詞「我Salue著向月兒」，[35]有名詞「掘發了一切老與幻之，Néant!」；[36]有英文

---

[25] 1917年《新青年》3卷3期，頁17。

[26] 1918年《新青年》4卷3期，頁230。

[27] 1918年《新青年》5卷1期，頁63-64。Tolstoj為義大利文寫法的「托爾斯泰」；Noah則為英文的「挪亞」。

[28] 關於現代中文橫排的歷史脈絡，見本文第三章。此處討論著重於漢字的字形特質。

[29] 〈Encore à toi〉，李金髮《微雨》，頁201。

[30] 〈Something……〉，李金髮《微雨》，頁194。

[31] 〈無底底深穴〉，李金髮《微雨》，頁65。

[32] 〈短牆的……〉，李金髮《微雨》，頁185。

[33] 〈夜起〉，李金髮《微雨》，頁206。

[34] 〈過去與現在〉，李金髮《微雨》，頁198。

[35] 〈明〉，李金髮《微雨》，頁171。原詩誤寫為「Talue」。

[36] 〈朕之秋〉，李金髮《微雨》，頁108。

短語「Something, anything」，[37]有法文引文「"Célébrons nous I' amour de femme de chamber"」，[38]有法文對話「"J'aime beaucoup I' agrent" 你說／真的，"I' or toujours I' or encore!"」，[39]還有擬聲「呼地叫了一聲gigiiiiii」，[40]幾乎到了每首都夾雜西文的地步，充滿異國情調。因此這三本詩集都是橫排，唯有如此才能以最簡便的方式將中文與西文並陳，相信李金髮作詩的原稿，就是橫排書寫。《微雨》出版於1925年11月，所收的許多詩作都完成於1920到1922年之間，寫作時間距離新詩誕生的1918年也不過三年左右，當時李金髮人在法德留學，或許是因為整個身心投入在外國語境中，才能將中文與西文，全面融合到這樣的地步，對日後中國詩壇帶來別開生面的影響。事實上不管橫排或直排，漢字都能與西方文字共存，問題反而在於西方文字如何適應直排。中文書寫最後大量採用橫排，表面上是向西方文字看齊，實際上是基於漢字的優點，容納了西方的文字與符號系統。

由於十九世紀以降的現代化風潮帶有強烈的「西方中心主義」色彩，東亞文字的改良，自然以模仿橫排的西方文字為目標，唯有實現橫排，才能讓自家文字與西方文字以及同樣橫排的西方數理公式相容，加速現代化的腳步。但並非所有文字都能夠如同西方文字橫排，比如蒙古的兩種舊蒙文。較早改良自回鶻文字母的「畏兀字」，以及元代由巴思八根據吐蕃文字所創的「八思巴字」，兩種文字皆為直排，與漢字相同，但字形則接近於豎立的長條形；此外參考蒙古畏兀字所創造出來的滿文，以及參考滿文所創造的錫伯文，同樣是豎立的長條字形。過去這四種文字都適應東亞的直排書寫文化，廣泛流傳使用，但今日卻面臨難以橫排的情況。儘管這四

---

[37]　〈Something……〉，李金髮《微雨》，頁194。

[38]　〈鍾情你了〉，李金髮《微雨》，頁158。

[39]　〈給Doti〉，李金髮《微雨》，頁180。

[40]　〈尋求我們已往之蹤跡！"〉，李金髮《微雨》頁166。

種文字和拉丁字母一樣是全音素文字，卻因為長條的字體超出一般的字元規範，至今無法有效地與歐美文字一同橫排，強迫橫排的結果，不僅造成閱讀上的困難，也會造成書面的不整齊。到了1931年，蒙古人民共和國改用拉丁字母書寫蒙古語，十年之後又改用蘇聯的西里爾字母書寫蒙古語。蒙古文字的全盤西化自然帶有西方政治勢力的影響，但也反映出急於實現蒙古語的橫排書寫，與西方文明接軌的心態。

同樣為東亞文字的日文、韓文，其中假名為音節文字，諺文為全音素文字，但他們在創建時都採用了漢字的方塊字形。假名本身就是漢字的簡寫和草寫，諺文則是以音素符號模仿漢字構字，在外形上都是一個個的口形，都和漢字一樣已經高度字元化，因此在經歷西化的橫排過程，也和漢字一樣轉換得非常迅速，並沒有太大的阻礙，更多只是意識型態上接受與否的問題。

（二）圖像與構圖

字元化不僅讓漢字可以和西方文字、標點符號、共同容納在詩行當中；字元化也使得漢字得以構圖，產生類似積木的建築效果。西方字母同樣也是因為字元化而可以構圖，這也是為何在近代詩歌全球化之前，過去東西方兩種採用截然不同的文字書寫的詩歌，卻都存在「圖像詩」的緣故。漢字是以詞為單位的漢字進行堆疊，西方拼音文字則是以音素，亦即字母為單位進行堆疊，兩者的堆疊能力不相上下，最終呈現的樣貌或許稍有不同，但都是相同構圖概念下的詩作。

過去古典詩不重視漢字的圖像性，而重視漢語的格律性，古典詩的分行經驗，主要都是發生在一些偶一為之的遊戲詩類，比如寶塔詩，梅花詩，並未成為一種主流的詩類。一直到新詩，透過分行形式的擴展，也解放了漢字的圖像性。新詩不僅可以創作整首完整的圖像詩，在一般的分行詩中，也可以進行構圖。新舊詩歌之所以

有這樣的差別，關鍵就在於外向發展的分行形式成為漢語詩歌的主導形式，而非過去的內向發展的連續書寫形式。丁旭輝首先提出分行形式與圖像詩以詩行構形之間的關係：

> 現代詩（新詩）除了繼承古典漢詩在這方面已有的技巧之外，她異於古典詩歌的一大特徵在於其「分行」（散文詩除外）的書寫模式，文字可以自由排列，詩行的建行因為「跨行」技巧的使用，也有更大的自由，二者結合之下，比起古典詩，現代詩的外在詩形呈現，簡直是變化多端，為古典詩所望塵莫及的。這種特徵與漢字的圖像性與建築性結合後，遂將漢字的圖像性做了前無古人的發揮。[41]

任何詩作展開構圖的第一步，就是分行。不管是要在書面呈現一個點（一個字），或排列出一條線（一行詩），甚至排列出斜線（數行文字階梯排列），都必須從分行為開始。因此這種從西方詩歌獲得的分行形式，不僅具有推進敘事的作用，也具有構圖的作用。現代分行形式的採用，使得過去壓抑在內向發展的格律詩中的漢字的建築性，有了開展的機會。不過此處丁旭輝將漢字的「圖像性」與「建築性」相提並論，卻有待商榷。漢字的建築性與本身的象形起源並無關連，而是來自於之後漢字字元化的結果。古埃及的聖書文、彝族的古彝文，都無法以原始的象形字體堆疊構形，若沒有經過字元化的階段，規範為一個個相同規格大小的方形抽象字符，形成埃及世俗體和現代規範彝文，要像漢字一樣堆疊構圖是不可能的事。單個文字過強的圖案性，不同的大小跟線條，都有害於構圖，因此漢字根源於象形字的圖像性，反而與字元化後才具有的構圖性，彼此矛盾、衝突。

---

[41]　丁旭輝《臺灣現代詩圖像技巧研究》，頁12。

對漢字圖像性的認識，源自於對漢字物質性的認識。最早意識到漢字字符的物理性存在，刻意凸顯字符的形體，讓新詩在閱讀中產生新鮮感受的是三〇年代的徐遲。1934年刊登於《婦人畫報》第24期上的兩首徐遲詩作，〈雉及其他〉和〈鴿子的指環〉，可視為這類「字符型圖像詩」的最早作品：[42]

（一）雉及其他

我，日益擴大了。

雉的風景。雉—
倒立在你虹色彩圈的 IRIS 上，
雉是倒了過來的雉。

遭「我」一字的哲學啊。
桃色的燈下是桃色的我。

向了鏡中，躊躇了時，
奇異的雉
忠實地爬上琉璃別墅的窗子。

現安慰了—或是畫夢吧，
雉在深藍的夜網中展側。

雉在戀愛中朝着勃斗。

於是，在夢中，在翌日，

雉認識我，我見我我，

我
已日益擴大了。

（二）白鴿的指環

白鴿的指環，
青空，結了婚的鴿子。

再到了北京，
到青空底下，去駕着
響了嗩笛的鴿子，
吹着口笛，
而，結婚去吧。

你的白鴿之翼笑接了我的。
我帶來了白鴿的指環了。

先看〈雉及其他〉，「我」字自詩題就開始翻轉，上下左右四個方向都翻轉過，敘事也在「我」的翻轉中推進，除了翻轉外，我字也在詩的頭尾採用了超大字體，將所有的「我」框住。字體忽大忽小的情況，在〈鴿子的指環〉有著更多變化，放大的字體不僅凸顯重點，更能在詩中產生一種鮮明的動感，如同具有生命力的鴿子。放

---

[42] 1934年《婦人畫報》24期，頁14-15。

大縮小的字體、翻轉的字體，要凸顯漢字的圖像性還需要進步的印刷技術幫忙，才能漂亮地呈現。但這兩首詩，都未進行漢字的堆疊排列，而是在一般的分行詩當中，進行漢字字符的變化。過去我們習慣將林亨泰1955年發表的〈輪子〉視為圖像詩的起點：[43]

輪子

轉 轉 轉 轉
。 。 。 。

性急的
性急的
性急的
性急的，

它 它 它 它
， ， ， ，

咻 咻 咻 咻
！ ！ ！ ！
咻 咻 咻 咻
！ ！ ！ ！

然而林亨泰〈輪子〉將「轉」字、「它」字360度翻轉的圖像技巧，與1934年徐遲〈雉及其他〉的作法並無不同。三〇年代徐遲的圖像詩作可說開啟「字符型圖像詩」的先河，之後如四〇年代詹冰寫於日本的詩〈Affair〉翻轉「男女」兩字，營造七種關係的暗示，[44]五〇年代林亨泰抽象詩中旋轉反轉、忽大忽小的字體，[45]以及九〇年代夏宇〈失蹤的象〉在單一的字符上進行圖像的變化，[46]都可在徐遲的作品中看到類似的嘗試。[47]徐遲實為中國現代圖像詩之父。

　　然而這類對於單一字符的字體運用，只能視為一種漢字的詩意運用，大多不干涉新詩的形式鋪陳，比如前述的幾首圖像詩作，翻轉文字、放大縮小文字，都是在分行詩的詩行架構內進行。並且，在字體上做各種變化的嘗試，也並非起源自象形文字的漢字才做得

---

[43] 例如圖像詩研究者黃心儀說道：「自1955年林亨泰於《現代詩》第11期發表第一首臺灣圖像詩〈輪子〉，臺灣圖像詩面世已接近一甲子。」（見〈臺灣圖像詩──讓文字越界〉，頁17）但仍謹慎地只將〈輪子〉視為臺灣第一首圖像詩，而非新詩第一首圖像詩。本文〈輪子〉一詩引自林亨泰《爪痕集》，頁26-27。

[44] 詹冰《詹冰詩全集（一）新詩》，頁68。

[45] 例如林亨泰《爪痕集》中數首抽象詩。

[46] 夏宇《腹語術》，頁54-55。

[47] 本章在此僅討論「字符型圖像詩」於單一漢字上的形體變化，關於「構圖型圖像詩」則見本書的第四章進行討論。

到，只怕對於字體大小、翻轉的實踐，西方詩歌還要早於漢語詩歌。徐遲當是受到西方未來主義詩歌的啟發，早在1910年代馬里內蒂（Filippo Tommaso Marinetti）以及其他的未來主義（Futuris）詩人群，就發表了許多改動字體、堆疊文字的圖像詩，也比徐遲的嘗試更為大膽。相較於我們猶能從傳統漢詩中找到構圖形的寶塔詩等，「字符型圖像詩」反而比「構圖型圖像詩」有著更親近於西方詩歌的血緣，形成的時間點也完全是在現代，而不是我們本以為的，源自於漢字古老的象形文字根源。

今日我們談論圖像詩，認為漢字本身的圖像性和建築性，兩者極其相關，這樣的論述源自於我們將臺灣五〇年代林亨泰、詹冰的作品作為圖像詩的開端，忽略早在三〇年代就從事圖像詩（字符形）創作的徐遲與鷗外鷗。不可否認，先意識到漢字的象形，再透過建築性的排列來暗示漢字的象形意涵，讓漢字在書面上的呈現彷彿原本所象之物的存在，這是某一類圖像詩的創作原理，確實將「象形的漢字」與「建築的漢字」合一來創作，兩者也確實都是漢字於詩歌中的現代性表徵。但就新詩的發展來看，「漢字是一種圖像」與「漢字可以構圖」，最初兩者是分開創作的，沒有必然的關連。

漢字對於新詩形式的生成，最重要的還是漢字外在的建築性，而非內在的圖像性，不管是表音符號還是象形符號，或其他符號，只要是在這字元方塊內的符號，就能同時展開直向或橫向的分行書寫，並進行建築性的構圖。此時漢字不僅可以如過去般堆疊，亦因受西方詩歌啟發，可放大、縮小、翻轉，以分行形式於書面擴展，漢字的構圖能力也來到前所未有的全面。

第二節　標點符號：從建立到廢除

符號是代指某種意涵的圖像，是意義的載體。符號未必要形成系統，但有系統的符號群可構成一個意義的網絡，像是文字符號、

標點符號、數學符號、天文符號、音樂符號等，這些符號具有廣泛的群眾認知背景，是我們每個人都能識別的符號，另外有一些符號雖然未構成系統，但也讓我們每個人一眼明瞭，比如★、☎、♨，以及宗教符號✝、☯、卍，性別符號♂和♀等等，都屬於群體認知的符號。另有一種符號是個人賦予意義，但他人未必知曉，僅能從圖案去猜測意旨，有時即便是常見的符號，但在作者賦予特殊意涵後，也變成具私密意義的符號了。雖然符號有許多種分類方式，詩歌中的符號大至也可分為這兩種：具群體意義的群眾符號，包含文字符號、標點符號，以及常見的抽象符號、圖像符號，承擔著敘事的功能，是所有人都能理解的符號；另一種是具私密意義的個人符號，是詩人給予特別意義的符號。

　　一般來說我們不會將「文字」意識為一種「符號」，多半將文字符號另以文字視之，這也是上一節專門談論文字的原因，而文字以外，在一首詩當中就以具有系統性的「標點符號」使用的數量最多。標點符號與現代的文字書寫習慣密不可分，輔助白話文記載我們的現代漢語，幫助讀者快速明瞭句子的意思，如句子的停頓和休止，以及情緒的表達等功能。由於中國過去的文字書寫，普遍不會在書面加上標點符號，而是透過一些虛字本身具有的中斷、連接、分類、疑問、感嘆等敘事作用，來表達字句的完整語意，這正是中國書寫習慣上的「漢字集中」傳統，將文字排得密密麻麻，不容任何留白與其他非文字的符號干擾，書寫上非常直接地表達敘事的內容，於書寫的過程中漢字佔有絕對的地位。傳統象徵意義上，漢字作為東亞真正的、唯一的「文字」，具有陽剛、男性、官方的性質，相較之下其他拼音文字如「假名」、「諺文」，則具有陰柔、女性、非官方的性質，作為漢字外的拼音輔助。在以漢字為尊的書寫傳統下，連其他文字地位都尚且如此了，雖然中國早已發明一些配合漢字的標點符號，但多半是閱讀時後加的句讀，難以提升到與漢字並列書寫的系統程度，只能視為現代標點符號的萌芽。

一、《新青年》：建立標點符號

　　現代使用的標點符號已合併中西，一部分延續中國自古以來的傳統句讀，一部分則是自西方引進的符號。中國在上古春秋至秦漢時期，已出現一些像折線號、圓點號、鉤識號、頓號這類的標記，這些符號具有斷句、分章、刪減等功能。[48]魏晉以降，除了產生新的標點符號之外，既有的符號也有更豐富的用途，形成一種符號多種用法，反之亦有多種符號相同用法的現象。[49]宋代由於刻書盛行，標點的使用有了更普遍的共識，原是讀者抄寫或閱覽加註在旁的批點標記，已變成書籍刊刻內容的一部分，不同句讀可能有歧異的解讀，進而發展出含有標點的刻本。其中，官方校刊嚴謹的史館制訂出各種標點符號的使用方式。[50]這一套較完備的標點符號與使用規則，大致被元明清承繼沿用，直到近代西學輸入，才又見突破性的發展。

　　晚清以前，中國多以「字」來斷句，以「字」表達語氣，在此可以表達語氣的句末助詞，包括也、夫、耶、云、兮、矣、焉、者、耳、斯、邪、哉、乎等二十多個字。[51]古籍中大量沒有標點的書籍，借助了中國單字表意的特性，輔助標點符號之不足，所以僅管舊式標點多達四五十種，[52]但功能單一也無法確切表達語氣，在

---

[48]　參見管錫華《中國古代標點符號發展史》，頁22-87。
[49]　例如圓點號除了用於句逗之外，圓點連用多了省略、刪除、調整字序的功能，詳見蘭賓漢《標點符號的運用藝術》，頁3。
[50]　宋代為了方便讀者，開始有刻本旁加句逗的作法，令人開卷了然。詳見季永興《古漢語句讀》，頁27-28。
[51]　關於句末助詞（單字）的斷句與語氣，請見任遠《句讀學論稿》，頁54-64。
[52]　傳統舊式標點符號至少有六類形式，可演變出47種以上的符號。單就圈、點、線、框、複合（括號）、不規則六類標點形式，即可細分為圓圈、扁圓圈、圓點、長點、頓點、逗點、連點、橫線號、豎線號、折線號、斜線號、方框、三角框、六角括號、圓括號、方頭括號、短橫號、二點號、乙字號、卜字號、馬字號、卜字號、平撇號等符號。詳見袁暉、管錫華、岳方遂著《漢語標點符號流變史》，頁277-278。

當時已被視為落伍且不堪使用的符號系統。如此一來，有人開始自創符號，或逐漸從西方引入更完備有系統的標點符號，以彌補舊式標點符號無法精準表達文意的不足。經歷一段混亂的時期後，1914年起，留美的胡適在日記中表明決心，要為自己所使用的標點符號建立規範，隔年他在《科學》上發表〈論句讀及文字符號〉。[53]往後他與推動新文學運動的有志之士一方面以白話寫作，一方面推動新式標點符號，認為無法準確使用標點者，即是無法清楚表達言語的人，然而新式標點符號該有哪些符號、該如何使用，逐成為眾人關注與討論的焦點。關於新式標點的建立，胡適等人認為既有的標點符號雖不敷使用，卻也不能全然植入西方的標點，應該按照實際需求，在沿襲傳統逗號、句號、頓號等符號之外，適當添入西式符號。[54]

在標點符號開始轉變到定型的過程中，寫作文言文的多數人依然使用舊式標點，但是隨著新文學運動的蓬勃，使用白話文寫作者激增，由於白話文不再使用文言文常見的句末助詞，自此全面擴大標點的使用，移植冒號、文號、驚嘆號等西式符號，也自然成為一種趨勢。[55]這時起，中國開始湧現大量使用新式標點符號的白話刊物，由於沒有一個統一的符號使用標準，所以各刊物必須說明自己使用標點符號的規則，這些文章刊載與討論說明，對日後新式標點符號的形成極具影響。[56]同個時期大聲疾呼欲創建標點符號的胡適，也在此時創建了新詩。《新青年》於1918年開始刊登新詩，而新詩首次在此刊物出現就已有整套的新式標點，新詩對標點符號的接受也成為一種示範，胡適、錢玄同、陳獨秀、劉復等人陸續在《新青年》發表文章，一方面討論新詩，一方面討論標點符號。[57]

---

[53] 詳見袁暉、管錫華、岳方遂著《漢語標點符號流變史》，頁297-298。

[54] 郭攀《二十世紀以來漢語標點符號研究》，頁18-21。

[55] 參見蘭賓漢《標點符號的運用藝術》，頁7-8。

[56] 詳見袁暉、管錫華、岳方遂著《漢語標點符號流變史》，頁322-331。

[57] 陳獨秀創辦的《新青年》在二十世紀初引領讀者關注標點符號的問題，熱烈刊載標點符號之相關書信文章，在1917年至1918年間對標點符號的討論更達到高峰。詳見袁暉、管錫華、岳方遂著《漢語標點符號流變史》，頁314-321。

1917年2月《新青年》2卷6期登出胡適的〈白話詩八首〉，當時在文字右下旁輔以句讀，包括表示句子停頓的（、）與句子終了的（。），有時為了強調重點則會在每字右側加上（、）或（。）或（・）以及表示最重點提醒的（◎），都是傳統上站在讀者閱讀、評點的角度所加的句讀符號，並非書寫的當下由作者所加的標點符號。事實上像是句號、括號和引號、刪節號，早在1916年《新青年》創刊號中就已使用，因此對於西方新式標點的接受是循序漸進的。以傳統的圈點法為主的標點，一直持續到1917年尾，到了1918年1月《新青年》4卷1號全面標上了西方的新式標點，恰好這一期也是中國新詩初登場的一期。今日常用的各種標點符號大都可在這中國的第一批新詩中看到，用法也與今日相同：

逗號	句號	頓號	冒號	分號	問號	驚嘆號	引號	破折號	專名號	書名號
，	。/.	、	：	；	？	！	『』	―	胡適	墨經

下一期4卷2期的新詩中出現了圓刮號（），4卷3期出現了方括號[ ]，4卷4期出現了連接號（-），4卷5期出現了刪節號，至此西方新式標點符號已經差不多都在新詩中使用過了。新式標點符號是在新詩之前就已存在的符號系統，屬於現代白話文的一部分，隨著新詩選擇以白話文作為主導的語體，連帶在新詩誕生之時就擁有了一套完備的標點符號系統與之配合。

如同過去，古典散文與古典詩皆以文言文作為語體，新文學運動之後白話散文和新詩也同樣以白話文為語體，加上新詩在破除格律後往自由詩發展，使得新詩猶如分行的散文。由於古代並未使用標點符號，共享文言文的古文與舊詩，其書寫都未受標點符號的影響，但新詩與白話散文所共享的白話文，卻是一種在書寫和印刷上都習慣標記新式標點符號的語體。散文因為各種實用的需求，最初就是因為不加標點符號的文言文，讓文字訓練不夠的讀者難於閱

讀，且對於文字素養佳的讀者而言，同樣有閱讀緩慢，無法快速閱讀的問題，因此才改用白話語體，並加上源自西方的新式標點。現代白話文除了要求符合口語以外，書面上更是與標點符號一體呈現，使用標點符號已是白話文的本色，不可能從現代散文中剝除了。最初新詩在「作詩如作文」的最高革命原則指導下，自然也如同白話散文般，使用標點符號。然而新詩與標點符號的關係，卻是從密切配合，逐漸除去標點符號之使用，到今日新詩已普遍不用標點符號，如同古典詩般以純文字呈現，這種詩歌形式的「返祖現象」，又是出於什麼原因？

二、穆木天：廢止標點符號

新詩中標點符號的衰弱，始於穆木天。1926年他在《創造月刊》1卷1期上，發表了〈譚詩：寄沫若的一封信〉，這封公開信中主張廢止句讀，亦即廢除新詩詩行中的標點符號：[58]

> 我對『句讀』有一點意見。我主張句讀在詩上廢止。句讀究竟是人工的東西。對於旋律上句讀卻有害，句讀把詩的律，詩的思想限狹小了。詩是流動的律的先驗的東西，決不容個別東西打擾。把句讀廢了，詩的朦朧性愈大，而暗示性因越大。

穆木天認為標點符號是外加於詩歌的人工產物，對於單純由文字構成的詩歌旋律以及對於詩歌內容的想像，都是一種干擾。「把詩的律，詩的思想限狹小了」這見解不止針對當時普遍加標點符號的新詩，也等同批評了詩中使用標點符號的始祖西方詩歌。雖然穆木天

---

[58]　1926年《創造月刊》1卷1期，頁88。

心中未必有一個不加句讀的典範，只是單純提出新詩的改良意見，但放眼望去不加標點符號的詩歌，最具代表性的正是以古典漢詩為首的東方古典詩歌。古典漢詩正因不加標點符號，句義、詞義沒有西方詩歌那麼明確，符合穆木天所說的有極高的朦朧和暗示性。新詩的形式正逐漸回到古典詩所形塑的「漢字集中」的美學傳統，但稍加改良，成為分行的漢字集中型態。

　　後來〈譚詩〉一文收入隔年穆木天出版的第一本詩集《旅心》。《旅心》中所有的分行詩從卷首的〈獻詩〉，到最後一首〈沉默〉，幾乎完全捨棄標點符號的使用，不僅行末沒有標點符號，行中的停頓處則以空格取代，是最早的一批無標點符號的新詩。全書僅保留標示對話的引號，以及破折號、刪節號三種標點符號，產生許多完全沒有標點符號的新詩作品。〈心欲〉是穆木天最早發表的詩作，1923年發表於《創造日》95期時，行末都加上了標點符號，但四年後收入《旅心》卻成了一首沒有標點符號的詩。[59]其他像〈我不願作炫耀的太陽〉、〈淚滴〉兩首，最初發表在《語絲》上都有標點符號，收入《旅心》後便全數刪除了。比對這首〈我不願作炫耀的太陽〉：[60]

詩兩首

小詩

穆木天

我不願作炫耀的太陽，
我不願作銀白的月亮，
我願作點在伊人的頭上
一點小小的微光。

我願照伊人的孤獨，
我願照伊人的悲傷，
因為我愛伊人
沒有親戚，朋友，家鄉。

（于井頭公園，1924，9，24。）

我願作一點小小的微光

我不願作炫耀的太陽
我不願作銀白的月亮
我願作點在伊人的頭上
一點小小的微光

我願照伊人的孤獨
我願照伊人的悲傷
因為我愛伊人
沒有親戚 朋友 家鄉

（三四，九，二四，井，頭）

59　見1923年《創造日》，以及穆木天《旅心》，頁1-4。
60　見〈詩兩首〉1925年《語絲》13期，頁5；以及穆木天《旅心》，頁5-10。

左圖為1925年《語絲》13期刊登的舊版，右圖為1927年《旅心》收錄的新版，同一首詩除了詩題由〈小詩〉改為〈我願作一點小小的微光〉，[61]形式上還有多處的不同：首先，舊版為單節，新版則加上空行分成兩節，按句義內容來看，分兩節是比較合理的。其次，舊版如同當時的新詩，加上標點符號，新版則將行中、行末的標點符號全數刪除，行中停頓處也由空格取代逗號。其三，詩型由錯落型改為齊頭型。空行分節、空格製造停頓、廢止句讀、詩行由錯落改為齊頭，這四種形式轉變不只見於這首詩，而是整本《旅心》都是如此。原本登在雜誌上錯落的詩型全改為齊頭置頂，與廢止句讀相呼應的是呈現傳統漢字集中的趨勢。相反的，《旅心》中唯一的散文詩〈復活日〉，則如同當初發表在《創造季刊》的樣貌，保留了標點符號與抬頭空兩格的錯落形式。[62]

這裡我們得回過頭來看，除了廢除句讀以外，穆木天對於新詩的形式還提出過什麼要求？他在〈譚詩〉中論及廢止句讀的主張之後，緊接著批評「作詩如作文」的風氣：

> 最末，我要總一句說，我們如果想找詩，我們思想時，得當詩去思想（Penser en poéeie, to think in poetry）。波得雷路（Baudelaire）的毛病在先作成散文詩，然後再譯成有律的韻文。先當散文去思想，然後譯成韻文，我以為是詩道之大忌。我得以詩去思想。Penser en poésie。我希望中國作詩的青年，得先找一種詩的思維術，一個詩的羅輯學。作詩的人，找詩的思想時，得用詩的思想方法。直接用詩的思攷法去思想，直接用詩的旋律的文字寫出來：這是直接作詩的方法。因為是用詩的羅輯想出來的文句，所以他的Syntaxe，得是很自由的超越形式文法的組織法。換一句說：詩有詩的

---

[61] 改名的原因可能與創造社批評小詩運動有關。
[62] 見1922年《創造季刊》1卷3期，頁21-22；以及穆木天《旅心》，頁113-115。

Grammaire，絕不能用散文的文法規則去拘泥他。詩句的組織法得就思想的形式無限的變化。詩的章句構成法的流動，活軟，超於散文的組織法。用詩的思攷法去想，用詩的文章構成法去表現，這是我的結論。我們最要是 Penser en poésie。

此段即是穆木天知名的「純詩」理論。雖然穆木天並未明言要求建立新詩的新形式，但要求在寫詩時「用詩的思考法去思想，直接用詩的旋律的文字寫出來」，這種用詩的邏輯想出來的文句，具有很自由的超越形式文法的組織法，其結果就是變更了新詩的形式，要求一種與當時「作詩如作文」的風氣所不同的新形式。當自由詩擺脫格律之後，首先透過分行來建立詩型，但卻採用了長期以來一直都是作為敘事文類的白話文作為語體，作詩如作文的主張雖然衝破了文言文的寫作思維模式，卻把詩歌帶入了只有作文的經驗，而不曾有過作詩經驗的白話文的系統中，以白話文作詩，其初次的嘗試就是新詩。為了以白話文作詩，《新青年》的詩人們援引了西方的分行形式，使散文像詩，然而當分行也無法駕馭白話文，新格律派詩人針對新詩的外在形貌進行改良，欲重新建立一套新的格律，拉大與散文的距離，但白話文長短錯落的特性以及標點符號所佔的空間，使得追求工整的新詩格律成了永不可能的追求，只是落得形式過於呆板、僵化，招來舊詩復辟之譏。為了提升作品質地，新詩勢必要再次進行改良。

穆木天對詩歌的語言提出「純詩」之說提高詩質，而新的內在需要一個新的形式。廢除句讀實則牽一髮而動全身。行末的標點符號，原本就與分行的功能重疊，僅有表達句子在行中分布的功能，拿掉行末的標點符號對詩歌的閱讀並沒有太大的影響，反而能在外觀上立即與白話散文有明顯的區別。其次，行中逗號以空格取代，造成詩行的斷裂，為了減少行中空格的出現，勢必要讓標點符號（空格）的位置集中於行末，新詩的敘事結構也逐漸轉以「單層句式」為主，再加上置頂的齊頭分行，都在拉大與散文的形式差距。

廢除句讀之後的新詩，與散文越來越不像，反而更趨近於舊詩「漢字集中」的傳統，漢語詩歌重新回到了熟悉的呈現方式。過去文言語境中的詩歌，自然沒有標點符號，純粹只有漢字的堆疊，除了連書型的書寫方式外，也能按格律分行書寫，更會因為書面狀況的限制，而有各種的分行，實際上與新詩的分行，在外觀上有形似之處。現代漢詩在借鑑西詩的分行形式進行現代化的同時，依舊受到中國詩歌傳統以及漢字詩意特質的影響，在將近十年的形式探索之後，至此新詩與舊詩的形式走上了一塊。

三、黃育熙：超越漢字與標點符號

　　穆木天廢止句讀一個很重要的目的，要使詩歌形式不同於散文形式，使作詩不同於作文。對此，育熙（黃育熙）在讀到《旅心》後，立即撰文批評了「廢止句讀」之說，他說道：[63]

> 　　其實，詩寫了出來就已是人工的了。在我們內心的深處，有時似乎有件東西自動的如火山之爆發，有時又似乎受外面磁電類的吸引才有件東西如輕烟般縹縹渺渺微微忽忽想往外飛散，這就是真正的原始的詩。這是詩的整個內容，除了自己外，別人是看不見，聽不到的。當牠要爆發成要飛散時，我們迅速地輕輕地把牠捏著，順著牠自然的原始的姿勢，按在紙上，這才是表現出來了的詩。捏，按，自離不了人工，惟藝術與工具之巧拙不同耳。

正因為新詩明確廢除了詩體，每首詩擁有自己的形式，擁有自己的「體」，創作和形式之間有了最緊密的連結。因此育熙從靈感論的

---

[63]　育熙〈評《旅心》〉（一），1927年12月1日《晨報副刊》。

角度來談新詩的形式，就顯得格外有說服力。他先描述靈感萌發時，詩歌最初縹緲微忽的模樣，這時既是最完整的詩，也是最私人最私密的詩，僅有自己能感受得到。為了將這種「原始的詩」表達出來，作者透過紙、筆，迅速將其記錄下來，這正是一種「人工」的行為，既然是人為，不同的創作者就會有不同的藝術眼界，以及使用這些表達工具時技術上的巧拙之分，詩歌作品的好壞，當歸結於作者本身的素質。接著育熙以《旅心》中這首〈水飄〉為例，詩中仍保留了刪節號與破折號，育熙認為這兩種符號「無害於詩律」，句讀更不會「打擾得詩不流動」，反而若沒有句讀，詩的神氣決不能表現得如此靈活生動。育熙接著說出一段深具符號學意味的評論：[64]

> 句讀之「，」「。」以及「！」「？」與「──」「……」與「字」，都同是人工的東西，同是詩之表現重要的工具，未見得就會把詩的律，詩的思想限狹了吧？誠然，「把句讀廢了，詩的朦朧性愈大」；然而朦朧性愈大，不必就暗示性越大。愈朦朧，愈模糊，愈隱晦，恐怕還會越無感動力，越無暗示性，越無刺戟作用了。

這或許是自有漢詩以來，首次有華人拉下漢字於詩中的獨尊地位，畢竟相較於靈感當下的那份「真正的原始的詩」，漢字與句讀都是一種人工的產物，同樣是詩的重要表現工具，兩者都是符號，符號與符號之間並沒有高下優劣的區別，使用句讀也不會讓詩的思想，以及詩的旋律變得狹隘。有時過於排斥使用標點符號，一味追求純粹文字的暗示性，反而造成晦澀難懂的內容。育熙即指出《旅心》中「的」字過多，大致一數總共在九百個以上，「朦朧」也用了三十多處，這正是不節制漢字的使用所致。另一方面，早期新詩過於

---

[64] 育熙〈評《旅心》〉（一），1927年12月1日《晨報副刊》。

依賴標點符號，例如驚嘆的效果依賴驚嘆號，而非句子本身來表達，[65]也是穆木天提出批判，呼籲廢除標點符號的原因之一。因此不管漢字或標點符號，一切都是運用是否得宜的問題。

我們可看到穆木天和黃育熙所處的1927年，這時一些人的觀念中「詩」已經脫離了文字，脫離了漢字，成為一種形而上的思維，超越了語言文字的屏障，創作詩歌只是以各種符號，包括文字、句讀、其他符號，組合呈現於世人眼前罷了。這是新詩破除詩體之後，該如何為其定位的重要議題，也是日後新詩接納各種形式作為自身的表現形式，能夠進行文類的仿擬、跨界、混搭，卻不會失去自我定位，詩依舊是詩的主要原因。

四、敘事功能與詩意功能

穆木天「廢止句讀」的主張提出後，撰文響應的人不多，批評的人卻不少。其中以草川未雨的批評最為激烈，視為「歧路」：「現在一般作新詩的人精神都失了常態，有願意帶著腳鐐跳舞的，有主張廢止句讀的，有在暗地裡抄襲演繹外國詩冒充牌號的，諸如此類，都是根本忽略了新詩內部，不知道按著自然的步驟照著本來的方向走去。」[66]直接將廢止句讀與新格律派，以及過度西化的詩作，三者列為一談，可見對廢止句讀有多不滿。草川未雨將標點符號的使用，視為一種「自然的步驟」，這是因為標點符號可具體表明文法和語氣，讓敘事更流暢，若廢除只是重回過去舊詩的老路，偏離了新詩發展應走的方向。

然而，詩人們雖未明言支持穆木天，卻逐漸在詩中減少標點符號的使用。1949年以前大部分的詩人創作新詩，仍舊會加上標點符號，但分行詩嘗試減少使用標點符號，散文詩則如同散文般正常使

---

[65] 陳義芝教授口述，筆者博士論文初審建議。
[66] 草川未雨《中國新詩壇的昨日今日和明日》，頁150。

用標點符號，兩種詩型的不同態度，在新詩創建後的第十年，已在
《旅心》中確立。只是標點符號一旦成為新詩的配備之後，就不可
能被廢止，漢字與標點符號都是用來表達那份抽象的詩意，彼此之
間的交互運用，相當靈活，尤其新詩是一種以書面為主要表現場域
的詩歌，善加利用視覺呈現的標點符號，其效果更勝於調節看不到
的內在音律。[67]

　　今日逗號、句號，兩個用於表達句子結構的符號，大都於行末
被省略了，但仍常見到表示疑問、驚嘆、轉折等情緒的標點符號，
於行末出現。用於縮減文字，以及表達意思未盡的刪節號，若改用
空格則過於快速，直接變成空缺，刪節號反而有一種遲滯的步調，
更易留下令人遐想的空間；引號和括號由於能帶出不同聲部，更能
擴展詩歌的表現方式，使詩歌更為立體、多面，這些都是標點符號
難以被取代的功能。對當代人而言，寫詩每行都安插標點符號，是
一種落伍且妨礙閱讀的寫法，但最初新詩採用標點符號，卻是漢語
詩歌西化、現代化的一環，是最新穎的形式。如今詩中的標點符號
被減到最少，是新詩在回歸「漢字本位」過程下的一種折衷，這種
以傳統為現代性的前衛作法，比西方詩歌更多了一層形式上的突
破。而巧妙運用標點符號，往往能產生超乎純粹由漢字所營造的效
果。今日標點符號於新詩中扮演著兩種功能：

（一）敘事功能

　　即一般標點符號的用法，為了使詩歌語意暢曉而使用，是標點
符號的基本功能，不僅幫助讀者閱讀，也能在創作時輔助作者理清
語意脈絡，具有在書面的分行當中紀錄句子的功能。新詩最初的標
點符號使用習慣，完全承襲自白話散文，有著頻繁且確實的句讀。

---

[67] 關於標點符號的使用與詩藝技巧的討論不多，其中李桂媚《色彩‧符號‧圖像的詩
重奏》分析了日治時期臺灣新詩，以及林亨泰、蕭蕭等彰化詩人標點符號的運用，
論述相當精采。

周作人在詩作〈小河〉的前序寫道，自己所寫的這首〈小河〉與波特萊爾提倡的散文詩略微相像，但波特萊爾是用散文格式，〈小河〉則是一行一行的分寫。[68]此後新詩也就有了「分行散文」的說法，實際上早期新詩與白話散文除了分行以外，還有節奏與用韻的不同，並非只是把散文的連續性句子拆成分行。但當時人們對詩歌的欣賞，已經從內在的格律轉移到外在的書面形式上，節奏和用韻都是視覺上無法一眼明瞭的，何況當時還有散文詩的創作，與分行詩並列紛陳，就視覺上而言，分行詩就更像分行的散文了。也因此新格律派才會創作了許多有律韻的錯落形式，或方正整齊的形式，都是為了營造出一種在外觀上也能看得到的格律。

　　早期的新詩有著許多「對話體」以及「故事體」。這是因為當時對於新詩的詩質還在摸索當中，究竟何謂新詩的美的質地？既要不同於舊詩，又要能呈現一種新穎的現代性。新詩在白話語體的引導下，很快受到散文與散文詩，以及戲劇的影響，以為一篇詩作必須賦予一則「寓意」才行，才算有內容、有內涵。於是初期的新詩帶有很強的敘事性，「劇詩」產生得非常早，在新詩誕生的前五年就能夠創作出完整且成熟的劇詩。不管是白話詩派的胡適、劉半農，創造社的郭沫若，或是創作新格律詩的聞一多、徐志摩，他們分別創作了不少的對話體、故事體，甚至是劇詩，是「作詩如作文」的具體成績。散文詩、劇詩，以及分行詩中的對話體與故事體，這些敘事詩類非常倚賴標點符號的使用，才能夠清楚表達人物的對話、行動和思維，需要整套標點符號系統的輔助，來區別各種敘事，各種不同的聲部與背景描述。對話體是以對話為敘事主要結構的詩作，第一首對話體新詩為胡適的〈人力車夫〉；[69]故事體則是以故事為敘事主要結構的詩作，第一首故事體則是劉半農的〈學

---

[68]　1919年《新青年》6卷2期，頁91。
[69]　1918年《新青年》4卷1期，頁41-42。

徒苦〉。[70]兩首詩原文如下，有助於我們瞭解新詩最初的樣貌，與今日究竟有多大的不同：

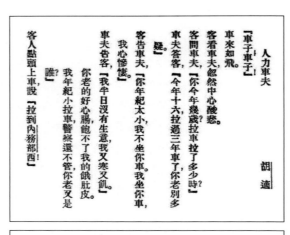

為了將對話與對話、對話與敘事分隔清楚，兩首詩都使用了許多引號，同時人物說話的語氣神態，急促或停頓，命令或疑惑，都需要各式標點符號來輔助表達。之後《新青年》上，諸如胡適〈戲孟

---

[70] 1918年《新青年》4卷4期，頁313-314。

和〉，[71]劉半農〈賣蘿蔔人〉、[72]〈窗紙〉、[73]〈D——！〉[74]等對話體和故事體的詩作，即便在今日，也無法不標上標點符號，純文字的寫法只會讓敘事混亂不明確，造成閱讀的困難。對話體、故事體，再加上眾多的散文詩，《新青年》上的新詩景象泰半都是敘事詩類。受這些敘事詩類的影響，當時即便是抒情的分行詩也常見對話，如胡適〈除夕〉、[75]〈樂觀〉；[76]唐俟（魯迅）〈夢〉、〈愛之神〉、〈桃花〉[77]；陳衡哲〈人家說我發了癡〉；[78]沈兼士〈真〉；[79]劉半農〈悼曼殊〉；[80]周作人〈小河〉等，[81]經常穿插對話可說是早期分行詩的特色。一直要到李金髮、穆木天等象徵詩派，引入西方「純詩」的觀念，才逐漸替換掉以「寓意」為核心的詩歌美學。

新詩中標點符號使用的興衰，可說是「敘事詩類」與「抒情詩類」，兩種詩歌潮流替換的一個分野。標點符號的使用，興盛於敘事詩類蔚為主流的時代，而當象徵主義興起，新詩的風格逐漸走向抒情、唯美、神祕，象徵的暗示手法使分行詩便開始減少標點符號的使用。李金髮三本重要的詩集《微雨》、《食客與凶年》、《為幸福而歌》，以及穆木天《旅心》、王獨清《聖母像前》、馮乃超《紅紗燈》等，翻開這些象徵派詩人的詩集，無論分行詩或散文

---

[71] 1918年《新青年》5卷1號，頁63。

[72] 1918年《新青年》4卷5號，頁411-412。

[73] 1918年《新青年》5卷1號，頁63-64。

[74] 1919年《新青年》6卷6號，頁585-587。

[75] 1918年《新青年》4卷3號，頁229-230。

[76] 1918年《新青年》6卷6號，頁589-590。

[77] 1918年《新青年》4卷5號，頁410-411。劉半農曾於《初期白話詩稿》的序目提到魯迅在《新青年》發表詩作的經過：「魯迅先生在當時作詩署名唐俟，那時他和周啟明先生同住在紹興縣館裡，詩稿是啟明代抄，魯迅自己寫了個名字。現在啟明住在北平，魯迅住在上海，恐怕不容易再有那樣合作的機會，這一點稿子，也就很可珍貴了。」

[78] 1918年《新青年》5卷3號，頁225-226。

[79] 1918年《新青年》5卷3號，頁227。

[80] 1918年《新青年》5卷6號，頁585-587。

[81] 1919年《新青年》6卷2期，頁91-95。

詩，清一色全部是抒情詩。行末多餘的標點符號對於抒情詩興味的綿延確實是種干擾，可以理解為什麼象徵派詩人會出現廢除句讀的主張。此外，雖然最早並非象徵派詩人開始嘗試跨行，但卻以象徵派詩人使用得最為出色。李金髮〈有感〉、王獨清〈我從CAFÉ中出來〉都是早期採用跨行除去標點符號的知名作品：[82]

我 從 CAFE 中 出 来···

我從 Café 中出來，
身上添了
中酒的
疲乏，
我不知道
向那一處走去，總是我底
暫時的住家···
啊，冷靜的街衢，
黃昏，細雨！

　　此處節選〈我從CAFÉ中出來〉的第一節，兩節為相同行式的重複，其中將近一半詩行的末端，因為跨行而沒有標點符號。跨行是一種人工的停頓，並非自然語句的停頓，透過跨行將產生許多行末沒有標點符號的詩行，這也讓當時的詩人體會到沒有標點符號的詩行是什麼模樣。於是一首詩部分詩行有標點符號，部分則沒有，造成外觀上的雜蕪，詩人勢必逐步採取一個統一的作法。這些寫作上對於詩行進一步的體會，使得分行詩逐漸減少標點符號的使用，而在今日普遍創作沒有標點符號的分行詩，甚至是沒有標點符號的

---

[82]　王獨清《聖母像前》，頁44。

散文詩。但標點符號並非就此退出詩歌，持續使用標點符號的詩作，則走向了「敘事複雜化」，以及「句讀詩意化」兩種路線，在此先論及標點符號如何加深詩歌敘事的複雜程度。

標點符號是在白話散文中先行使用，調控敘事本是標點符號的強項，標點符號自然也就和新詩初期興盛的敘事詩類緊密配合。各種標點符號當中，引號、破折號、冒號、括號，都具有製造不同聲部的能力，除此之外將詩行降格也能區隔不同的聲部。過去由於古典詩並未使用標點符號，使得古典詩若要製造另一個聲部，往往只能另寫新的一首，連作、唱和之作，都可視為另一個聲部的回應。但新詩透過標點符號的輔助，就可以在一首詩中表達兩個以上的聲部，使詩作呈現一種敘事的立體感與飽和度，而不再是單一的、平面的敘事。

以「引號」帶入對話，製造另一聲部，從新詩創始初期就開始嘗試。新詩中的對話體產生得非常早，乃因對話與詩的結合，可讓整首詩完全等同口語，以最簡便的方式真正達到「我手寫我口」，承續自清末黃遵憲以來詩歌語體的現代化，其表現上凸顯出白話文直白、清爽的特色。日後有些詩甚至整首詩都由對話結構所構成，紀弦的〈一元論〉正如同詩題，代表一種話語、一種聲音，全以引號中魔鬼所言作為整首詩的內容。[83]但這也帶出一個新問題，當整首詩都放進引號當中，這真的是日常的口語？或只是放在引號內的書面語？標點符號的作用，隨著新詩的成熟發展，而有了質變。詩中的對話不一定要引號。陳克華〈冬季對話〉透過冒號和整齊的分行排列，就能讓葉子甲和葉子乙進行對話。[84]除了引號、冒號，以及降格外，使用破折號也可以達到帶出另一聲部的效果。陳克華〈醜神──觀馬歇・馬歇〉的第三節：[85]

---

83 紀弦《紀弦自選集》，頁349-350。
84 陳克華《我撿到一顆頭顱》，頁81。
85 陳克華《我撿到一顆頭顱》，頁34。

第二章　從漢字到符號：新詩詩行的組成元素　135

他寫詩。更不著痕跡的,
他玩弄著柔軟的符號——
他綑綁他自己
他雕鏤著時間
他與自己拔河——可憐的孩子,
彷彿因為太多的試探
而變得寂寞,唉,而認真地在一旁
玩著只有自己懂得的遊戲。

兩處破折號,都使語氣在拉長之後意涵也轉了一層,使同一節當中出現了三個層次,阻礙了閱讀的流暢,讓讀者停下來思索。我們可將破折號內外視為敘事者的兩種口氣,若再進一步加強這種區隔作用,破折號即可作為括號使用。如陳克華〈備忘錄——贈別夏宇〉第二節:[86]

我說我不相信
海平線的另一邊還有陸地。海上呵,
如果我們能相約在海上——
在一個任何人都沒有家的地方——我想
那兒,可以預見許多詩國的乘桴者罷。

陳克華在詩集《我撿到一顆頭顱》中使用了大量的破折號,光是〈車禍〉一首就用了九個,[87]夏宇那首〈夢見波依斯〉也用了九個破折號。[88]詩集方面,郭品潔2016年出版的《未果的差事》是近年來運用最多破折號的詩集,而孫維民1991年出版的第一本詩集《拜

---

[86] 陳克華《我撿到一顆頭顱》,頁56。
[87] 陳克華《我撿到一顆頭顱》,頁124-127。
[88] 夏宇《Salsa》,頁14-19。

波之塔》可能是運用最多破折號的詩集了，其密度幾乎到了每首詩都有破折號的地步。

然而論及敘事層次的擴展，今日最常使用的標點符號則是「括號」。當新詩降低了敘事性，減少對話之後，原本作為註解用途補充文句中意思不足之處的括號，就逐漸取代引號，負責在書面上製造多重且複雜的敘事層次。新詩中括號的運用非常靈活，是與新詩非常貼合的一種標點符號。1936年徐遲在長詩〈一天的彩繪〉中使用了大量括號，這也是第一首在詩中運用大量括號的詩作。[89]徐遲之後，尤以管管最常在詩中加入使用括號，彷彿無括號不成詩。他的第一本詩集《荒蕪之臉》中，包括〈讀燈的人〉、〈聽水的人〉、〈四方的月亮〉、〈薔薇與冬〉等詩，都將數個括號插入正文之中，其中散文詩〈弟弟之國〉正文與括號內文，有韻律地分節交替使用，括號內文首次能夠與正文互別苗頭，而不再只是正文的附屬品。[90]

管管之後，夏宇是另一位括號愛用者。詩集《腹語術》運用了許多括號，比如〈（非常緩慢而且甜蜜的死）〉將括號加在詩題，[91]〈伊爾米弟索語系〉將括號加在引文，[92]〈腹語術〉則將括號加在正文當中用來說明何謂「腹語術」。[93]有時括號也作為正文，反客為主。夏宇的散文詩〈開始（一）〉即是以括號為主導所寫成的一首詩，全文不時加入括號打斷讀者閱讀，括號內的補充文字幾乎是正文容量的一半，且重點都在括號內，括號外的文字更像是為了串起括號而設，真正起敘事作用的是括號內的文字。當中一句：「我錯過他，不想說他（在他頭上及腳下一公分處各打上一個上括弧和一個下括弧）。我蹲下來，時代非常沈重。」彷彿透露了整首

---

[89] 1936年《新詩》2期，頁156-173。
[90] 管管《管管詩選》，頁47-49。
[91] 夏宇《腹語術》，頁37。
[92] 夏宇《腹語術》，頁30-33。
[93] 夏宇《腹語術》，頁1。

詩的「真相」不管有沒有加括號，全部都是在括號內，一種括號才是本體的隱喻。[94]若要見全在括號內的詩作，孟樊〈戲擬余光中——白欲苦瓜〉集句自余光中的詩作，這首現代集句詩最特別的是為每行都加上括號，整首詩都放進了括號內。[95]

括號原本就具有後設意味，看似註解，卻是製造另一個說話的聲部，隨時出沒，又能重複疊加新的聲部，不管括號加在引文、題目、後記、註解還是正文，都代表一種若隱若顯、可有可無的特質，揭露本應被掩蓋的事物。陳育虹的〈中斷〉將括號的複聲部效果運用得非常優美：[96]

parenthesis：
括號，附加語，插曲，間歇，停頓，中斷

日子空
手空
眼前無人
屋子原是空（透天的
）心也空
夜裡山裡夢裡青蛙喊著過來過（來過來過來過
我說如果隔著只是唉隔著如果
只一疋藍綢布我們）翻騰的海
夜裡山裡夢裡
起霧跟誰說跟誰說這雷聲沉重
失重失色　鉛灰的聲音
最遠可傳到哪裡這樣的　　（空

---

[94]　夏宇《腹語術》，頁83-85。
[95]　孟樊《戲擬詩》，頁59-62。
[96]　陳育虹《之間》，頁110-112。

（的泛音）指涉
你在哪裡闇暝闇闇的雷聲
響著不可說不可說
　　　　　　）　　你在哪
（因為溫度濕度因為不隨意
起伏摩擦　覺受的黑色
能量　恆星燃燒爆（炸）崩潰
記憶濺了滿床過來過來過來啊空空的喊
　重疊著）那樣伸縮收放連結　重疊
你說一樣（一樣
拉起匆忙的夜油漆未乾
明天不來青蛙喊著過了過了過了過了過了
非揮發性這聲音　　昨夜雨（疏
　風驟夜裡山裡夢裡
夢有一千隻手挑動一千種山的夜的是你）的手
　　　　在）哪

這是一首單節的詩作，並未因為分節而中斷。如同詩前引文的提
示，在這首詩中可以看到新詩對於括號的所有使用方式，但不管是
何種用途，最後都必然產生「中斷」。詩的中央出現重複的上括
號，以及一個遺落的下括號，在此打破了正文和括號的藩籬，將兩
個聲部相融在一塊，也可視為兩個聲部在此進行交換。後半段的敘
事速度突然加速，很快結束於兩個下括號，收回兩個聲部。除了括
號外，正文放入許多疊字與括號配合，意象豐富轉換迅速，雖名為
「中斷」，敘事的流動性並未因大量括號而「中斷」，是不可多得
的佳作。接著來看一首將引號與括號同場競技的詩作，紀弦〈橘子
與蝸牛〉：

「他們吃橘子是連皮吃的。」

（多野蠻啊，那些
印度支那半島民族！）

「不也和你們一樣嗎？吃蝸牛
是連殼一同吞下去的。」

忿怒的紀弦提出了嚴重的抗議。[97]

詩中僅用了括號跟引號，卻代表了三種聲部。第一節引號中為白人說出口的話，第二節括號中為白人內心的話，第三節和第四節則是紀弦反駁白人的話。樹才的詩〈回聲〉，[98]每節兩句，第一句是正文，第二句是用括號內的「回聲」來回應正文，巧妙的是，九節的正文僅是「事情怎麼會結束呢／愛戀到了最後／火焰有些潮濕」此三句的重複來排列，真正的敘事則放在括號內，隨著每次括號內回聲的不同，而賦予三句正文新的意涵，具有多重的立體感。

這些能夠更動敘事層次、製造多重聲部的標點符號，對新詩的形式產生相當大的變革。原本於古典詩時期，理應分成兩首、三首詩才能使詩歌做到彼此對話，如陶淵明知名的〈形影神〉，就分為〈形贈影〉、〈影答形〉、〈神釋〉，三首交互指涉。但今日透過標點符號的敘事功能，就能在一首詩中建構起三個聲部，於相鄰的詩行立刻做出回答。然而，標點符號雖然能使得詩歌更為立體，猶如立體聲道的效果，卻也容易阻斷文意，造成敘事拖踏、形式肥厚的毛病，若運用得不夠純熟，增加了第二、第三聲部反而形成閱讀時的阻礙。徐國能教授曾說道：「新詩為了突破平面造型，做了

---

[97] 紀弦《紀弦詩拔萃》，頁215。
[98] 樹才《樹才詩選》，頁106-107。

很多努力，也丟失了很多詩的本質。」[99]正是指這類形式嘗試的取捨。標點符號除了擴展基本的敘事功能之外，還必須預備另一種全新的詩意功能，才能適應詩歌現代化所帶來的挑戰。

（二）詩意功能

標點符號的使用，除了敘事功能外，在標點符號減少使用的今日，一旦使用標點符號經常是為了營造文字所做不到的詩意效果。與原本賦予標點符號輔助文字敘述的任務不同，詩人透過自己的聯想給予標點符號新的作用，這時標點符號不只是視覺上的效果，更不是侷限於書面一種裝飾，而是能催生新的敘事內容，給予人新鮮的感受，是詩歌書面化後特殊的詩意表達。

標點符號要產生詩意，就必須超越平時的敘事功能，而這必須做到敘事內容與視覺呈現兩者達到高度的融合。新詩中標點符號地位的提升，始於標點符號的「獨自成行」，這正是視覺與敘事緊密結合的展現。標點符號獨自成行，最早見於康白情1919年3月登在《新潮》1卷3號的詩作〈棒子麵〉（左下圖）：[100]

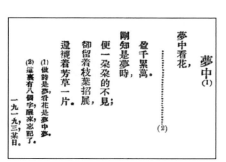

[99] 徐國能教授口述。
[100] 1919年《新潮》1卷3號，頁447。

這首詩乍看像分為兩節，然而《新潮》從第一期開始就以空行分節，再看前後文意，整行連用的刪節號，實則發揮了縮減文字的功用，在此暗示工人們每天千篇一律、無時無刻的勞動內容，更傳達了一種無奈之意。顧頡剛的〈夢中〉（右上圖）也是作於1919年3月，[101]遲至1922年才在《詩》1卷4號發表，這和他自覺不是詩人，早已停筆不作詩有關。但這首〈夢中〉因為是夢中所作，顧頡剛才特別記錄下來，詩的第二行以刪節號來替代夢中遺忘的八個字，遺失的字句反而成為這首詩表現的一部分，即便不完整，卻還是能夠以一首詩來發表，在古典文學恐怕要列為殘篇殘句了，[102]但新詩卻能在刪節號的運用下，容許這是一首完整的作品。

　　刪節號本身就代表刪減的文字，能夠直接代表文字，在詩作中極易用以取代文字建立詩行，這是不同於其他標點符號之處。自1919年的刪節號起，標點符號開始不再作為輔助文字的配角，獨自成行代表和漢字佔有同等的書面空間，也證明標點符號具有不可廢除的必要性，日後儘管在詩中被減到最少，卻始終是漢字以外，最常被賦予詩意的另一種符號系統。汪靜之〈苦惱的根源〉寫於1925年秋天，開頭前兩節沒有任何文字，只有刪節號（左下圖）：[103]

[101] 1922年《詩》1卷4號，頁39-40。
[102] 例如彭定求（等編）《全唐詩》每位詩人最末殘句編制。
[103] 汪靜之《寂寞的國》，頁49。

苦 惱 的 根 源

....
....
....
....
....

心臟剝剝地跳躍，
　血流息息地蓬勃，
　　呼吸不休地出入，
　　　胃府不停地礣磨：

牧神的下午

一

二

一個八九歲的小孩，在一個約三公尺寬的靜水塘旁邊對著那太陽眼鏡似的水裏躺著的兩隻牛大聲吆喝著：「喔！喔！」並且把牠們穿著鼻孔的繩，使勁地往上拉。那是那兩條牛，其中的一隻，瞪了他一個白眼：另一隻，把頭轉向一邊，用鼻子哼出一些髒水，算是對他的答覆。

全詩共7節，此處引用了前3節。這是一首韻律型的分行詩，每節的錯落形式皆相同，前兩節刪節號不僅填滿詩行，更按造統一的錯落形式排列，是整首詩的意旨所在，彷彿說著煩惱無法細數，又令人百般無奈。詩人心中那份最初的詩的雛形，在此選擇用標點符號來表達，而不是文字，開啟了標點符號詩化的歷史，真正以標點符號「寫詩」，即是從刪節號開始。日後1969年商禽出版第一本詩集《夢或者黎明》，散文詩〈牧神的下午〉第一節全為刪節號（右上圖），代表某個遙遠不知名的下午，則是散文詩首次整段以刪節號替代的先例。[104]回到1928年，馮乃超出版首本詩集《紅紗燈》，當中〈禮拜日〉第一節最末兩行直接以刪節號取代；[105]1953年方思發表於《現代詩》1期的〈落〉中間也以兩行刪節號來表達心情的沈重。[106]往後臺灣新詩標點符號的運用將越來越多元，自刪節號開始

---

[104] 商禽《夢或者黎明及其他》，頁156。

[105] 馮乃超《紅紗燈》，頁92。

[106] 1953年《現代詩》1期春季號，頁3。

替代文字之後，句號、破折號，也都陸續獨自成行。[107]與方思同列「現代派詩人群第一批名單」的夏秋，[108]1955年於《現代詩》11期發表這首〈新聞〉（左下圖），[109]這首詩相當「主知」，將寫作過程中使用標點符號的經驗串連成一首詩，標點符號自然是隱喻，批判某件令夏秋困惑、怒吼的事情：

這首詩特別之處在於，第一行與第三行分別以四個逗號、四個分號的漢字詞彙，詩本身卻沒有使用任何標點符號，如果將這首詩的標點符號從漢字改為符號顯示（右上圖），[110]閱讀上並不會有任何阻礙，反而能收到另一種明確、多元的圖示效果。

因此標點符號的詩意作用，開始於新詩對標點符號的去除，取消其敘事功能，一旦減少出現，就能做特別的運用，此時距離各種標點符號獨自成行已不遠了。1956年4月林亨泰發表於《現代詩》

---

[107] 例如詹冰〈阿水與阿花〉最後一行僅「——。」則是單純由破折號與句號所構成的詩行。見詹冰《實驗室》，頁57。

[108] 「現代派詩人群第一批名單」見1956年《現代詩》13期，但可惜筆者尚未查到詩人夏秋的生平資料。

[109] 1955年《現代詩》11期秋季號，頁105。

[110] 此次筆者改寫考慮到原作的形式，因此最末將！與？重複三次，一來符合內容的強調語氣，二來形式上也能符合原作底邊對齊的形式。

14期的〈第20圖〉，不僅是一首符號詩，也是標點符號獨自成行的代表作：[111]

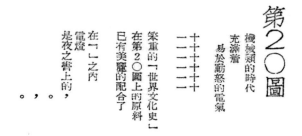

林巾力教授即對這首詩標點符號的使用給予極高評價：「他將一般書寫中僅僅處於邊緣、附屬位置的數學與標點符號，提升至擁有獨立性格、且與文字同等價值的地位，甚至是超越文字意義所能承載的限制，而令之擔負起意義與形象的傳達功能。」[112]可看到詩末連續三行句號和逗號，雖然位處於正常的斷句位置，但上方卻沒有任何文字；其他有文字的詩行，行末則沒有標點符號。因此標點符號對這首詩而言並不具備敘事功能，而是作為特殊符號使用，類似中段同樣獨自成行代表電器正負極的「＋」與「－」，而「，。，。」代表電燈，承擔意象聯想的詩意作用，以逗號的持續意義代表開燈，句號的完結意義代表關燈，將機械時代的城市夜景與閱讀書籍時的行文斷句，兩者的意象巧妙重疊起來，更具備構圖的意義。誠如紀弦所言，如果將「，。，。」改為文字：「讀號句號 讀號 句號的話，則整個作品就被破壞，而不能把一列的電燈具體地表現出來。」文字反而會帶領我們離開視覺的直觀，進入敘事思維中，失去視覺的美感體會。接著紀弦即由林亨泰對符號的

<hr />

[111] 1956年《現代詩》14期，頁46。
[112] 林巾力〈想像「現代詩」：以林亨泰五〇年代的「現代主義」建構為例〉，頁125。

運用，思索新詩語體與符號之間的關係：[113]

> 須知研究工具，探討方法，作種種的試驗，一切為了表現，
> 這正是一個態度嚴肅的藝術家所當有的任務。詩之韻文時代
> 既成過去，今天是以散文寫詩的日子；但是當我們感到散文
> 這新工具仍然不夠表現的時候，遂有符號其物的應運而生
> 了。以散文為主，以符號為輔，或是散文與符號並用都可
> 以。而要以符號代散文，如同以散文代韻文，這在今天看
> 來，還是不可能的。不過將來如何，我卻未敢預言。而我所
> 敢斷定的是：再回到韻文去的可能性，已經是百分之一百二
> 十的沒有了！

紀弦受到李金髮《微雨》導言的影響：「中國自文學革新後，詩界
成為無治狀態，對於全詩的體裁，或使多少人不滿意，但這不緊
要，苟能表現一切。」[114]這段話實為自由詩的宣言，新詩作為一種
「自由詩」，這觀念歷經胡適、郭沫若、廢名、李金髮，到了紀
弦，不斷被延續、加強。因此在「表現一切」的原則上，正如同過
去李金髮加入大量外語、文言詞彙、東西方引文，而林亨泰加入各
種符號，也只是為了輔助白話文表現詩意，甚至兩者並用紀弦也是
樂觀支持的。

　　林亨泰〈第20圖〉標點符號的運用很可能受到前述夏秋〈新
聞〉：「逗點　逗點　逗點　逗點」與日本詩人萩原恭次郎詩作
〈首のない男〉：「？　？　？　？　？　？　？　？」兩者
的影響。[115]無論如何，當圖像詩在臺灣興起後，標點符號也和文字
一同參與了構圖，成為詩歌圖像化不可或缺的重要角色。六〇年代

---

[113] 紀弦：〈談林亨泰的詩〉（1956年4月《現代詩》14期），頁68。
[114] 李金髮《微雨》導言，頁1。
[115] 萩原恭次郎《死刑宣告》，頁65。

臺灣早期的圖像詩中，詹冰的〈雨〉即是用刪節號模仿掉落的雨滴；[116]1988年陳克華的詩作〈在慾望的海洋〉，第二節透過大量的刪節號造成閱讀上的中斷和接續：[117]

> 沖刷……日夜，血和粗礪的骨骸也……
> …赭紅色的……把我的雙足……呵生…
> 命……走一次就痛楚一次……只因，我
> ……他……詛咒，可是生命……殘餘的

文字忽隱忽現，忽明忽滅，視覺上與敘事中提到的沙灘上的泡沫，互為表裡；陳育虹〈。。。。。。〉綜合句號與刪節號，自創新的標點符號作為詩題，暗示刪減也暗示終止。詩中有時刪節號代表沉默無語：「眼前是怎麼銳如玻璃的／未知，我們唯一的／知，你懂嗎。。。。／。。。。。。」，有時又暗示雨滴：「而永遠梅雨隔著窗、／玻璃，隔著時間／（透明，凝重，封閉的）／落，不停。。。／。。。。。。」[118]一方面展現敘事功能，一方面也展現圖像化的詩意功能，句號的空心更符合詩句所述：「其中的懸宕，不確定性／我的心虛」，而句號的雨滴，也比刪節號的雨滴更為厚實有力：「滴滴叮叮。。。。。。」而不是一般常寫的「滴滴答答」，標點符號成為主導，反過來選擇適合的文字。

接著即以句號為例。句號除了結束句子外，在新詩中更常作為一種強調，一個強力的休止符。陳克華〈關於愛情〉，對句號賦予的詩意的運用：

---

[116] 詹冰《詹冰詩全集（一）新詩》，頁54。
[117] 陳克華《我撿到一顆頭顱》，頁48。
[118] 見陳育虹《之間》，頁182-183。這首詩最初收錄於陳育虹2002年的詩集《河流進你深層靜脈》，頁30-31，但當時的編輯將原本的題目〈。。。。。。〉「改正」為常見的〈……〉，但到了精選詩集《之間》，陳育虹便要求改回來了。上述內容由陳育虹口述。

關於愛情我
是
一盞
黃綠
紅燈
你可
以
經過我時
不停。
也可以
。

　　前九行沒有任何標點符號，但倒數兩行出現兩個句號，以句號獨自成行結尾，這顯然不是一般敘事上的使用。在「不停」兩字底下加上表示「停止」的句號，呈現搖擺，然而最後獨立的句號暗示了「停止」的結果。[119]同樣的陳克華〈施工中〉的句號：「工地危險。禁止通行。繞路行駛」、「成家立業。娶妻生子。」以句號營造工地標語的冷酷無情，比不加標點符號的標語來得更傳神。[120]夏宇〈雨天女士藍調〉末句：「雨。『有利地侵入任何經驗之片段。』」[121]同樣都是透過句號，產生一種犀利、俐落的語感，而不只是結束句子。句號的構圖使用，見於顏艾琳〈夜裏城堡〉組詩的第二首〈方位之隙〉，句號天上散落的星點排列，文字則是跟句號，一個句號搭配一個字，以此構成敘事性，雖然文字仍是線性的直行排列，但因為過於分散，反而有非線性排列的效果。[122]陳育虹〈雨後雙溪看荷——給少英〉同樣是散落的句號：[123]

這即興的琉璃世界
一滴
一點
而圓滿
斷裂生殖
聚 合
散 離
草履蟲瞬息變形
不完全音符
水精靈搖浪著
碎鑽玎璫撞擊
微軟的
裙褟翠綠

---

[119] 陳克華《我撿到一顆頭顱》，頁19。
[120] 陳克華《我撿到一顆頭顱》，頁135。
[121] 夏宇《腹語術》，頁43。
[122] 顏艾琳《骨皮肉》，頁91。
[123] 陳育虹《閃神》，頁138-140。

與顏艾琳不同的是，這首詩以散落的句號來分節，營造出像是分節又像是未分節的連續感，句號像一顆顆的雨珠，散佈在文字的荷葉上，象徵詩末所說的「這即興的琉璃世界」。

誠如文字能夠改變字體，標點符號同樣能改變字體來增強效果。詹冰〈疑問號〉最後一節僅有一個放大的問號，回答前一節的提問：「好像，我的思想的雲中有一條／龍」。[124]放大且漂浮的問號，象徵著前一行孤立的「龍」，這隻龍正式一個最大的問號，在此詹冰透過形象的聯想，將文字與標點符號劃上等號。陳克華〈未完成的子句〉全詩最末以放大粗字體的刪節號作為總結，呼應著詩題，一個標點符號的重要性不下於前面的詩行。[125]

標點符號如同文字一樣可以獨自成行，可以堆疊、大量出現，可以改變字體，自然也可以放在特別的位置，進一步顛覆了原本的敘事用途。喬林〈臺北的空間〉將原本放在句子之後的問號，放到了句子頂端：「？哪一粒灰塵是人的臉給縮小了的／？哪一張人的臉是灰塵給放大了的」[126]這麼做不僅讓讀者感到形式上的新鮮，當閱讀順序改變了，問號成了句子的重點，文字反而成為問號的註解，予以補充說明。顏艾琳發表於1988年的〈史前記憶〉更發揮得淋漓盡致，詩中不僅讓標點符號獨立成行，更透過跨行，將原本放在前一行底下的標點符號，在第二行置頂作為詩行的開端，以敘事的錯位呈現出記憶的錯位：所謂「史前記憶」，很可能是記憶一個原初的沒有排序的世界，成為詩人在這個「多元進化的城市叢林中」的遁所。也因此從形式上顛覆文字與符號的主從關係，對長期維護女權的顏艾琳來說，更具意義。[127]

---

[124] 詹冰《詹冰詩全集（一）新詩》，頁156。
[125] 陳克華《我撿到一顆頭顱》，頁138。
[126] 喬林《文具群及其他》，頁75。
[127] 顏艾琳《骨皮肉》，頁46-47。

天好藍
，藍過我的憂鬱了
，於是
不得不快樂
……

非假寐不可
，以消除夢的沉疴
（一種虛偽的幸福感。）
孤獨嗎
？孤獨
。我不睡雙人床
，那會養成一種非非的壞習慣

這樣的藍
純淨得不帶任何心情
：然
，出現在如此多元進化的城市叢林中
我被迫還原成
史前一枚沉睡的
：貝
。

　　在古典詩的時代，由於齊言、用韻，以及平仄格律的規範，一首詩每句的範圍十分明確，標點符號對於詩歌的作用不大，況且標點符號無法讀出聲音，僅存在於書面。但對外觀如同分行散文的新詩來說，標點符號就有很大的作用，擅長使用標點符號的詩人，能透過標點符號帶領讀者的情緒，更能進入到純粹的符號思維中。儘管漢字所使用的各種詩意效果，標點符號都能做到，但畢竟標點符號不是文字，每個標點符號都只是一個具聯想意義的獨立符號，無法像文字一樣構成敘事的網絡，所能傳達的訊息以及表現的方式，其豐富性和多元性無法和漢字相比。漢字才是新詩最基本、最核心的組成元素。

　　因此一旦當詩歌採取極簡的傾向，就會捨棄使用標點符號，這可使得新詩更為簡潔，也更能讓文字獨自發揮。標點符號雖有其作用，文字在搭配標點符號之後，有了更多形式上的變化，但並非新詩必備的要件，已是人們的共識。有時一首詩中，標點符號突然出現，隨後又消失，比如前述陳克華〈關於愛情〉。因此標點符號在新詩中的運用反而是沒有邏輯可言的，是隨意性的一種感發，在不能跟著敘事即時標點的情況下，標點符號在新詩中的敘事功能早已質變，不再只是輔助我們閱讀字句，而是輔助我們去閱讀整首詩，偶爾也會取代文字，成為詩歌的主述者。這正是標點符號的詩意功

能所在。

　　原本新詩如同西方詩歌採用標點符號，但卻又一路捨棄，最後僅在需要時才使用。新詩人不希望標點符號干涉文字敘述，也不希望標點符號影響書面的整潔，這都使得標點符號的使用被減到最低。標點符號的捨棄，可增加詩與散文的區隔，因此標點符號即便在未來，也不可能再回到民初與詩歌密切結合的盛況。然而對於廢除句讀，中國詩人卻不必繞這麼遠的路從阿波立奈爾的《醇酒集》那獲得經驗，只需要回頭檢視古典詩歌。這實際上是漢語詩歌傳統的逆襲，新詩以傳統的無句讀形式為新詩塑型，是超越西方詩歌的一種突破，也是當年阿波立奈爾的未竟之業。

第三節　其他符號的使用

　　文字與標點符號作為新詩最主要的兩種構成元素，可視為文字及其所衍生的符號系統。在文字和輔助文字的標點符號以外，還有其他符號，偶爾被放進新詩當中。正因為鮮少使用，相較於文字和標點符號的普遍化，這些符號顯得特殊、少見，一旦置入書面，視覺上非常顯眼，更是作者刻意為之的巧思所在。原則上今日所有的符號都能放進新詩的書面當中，既可以放進詩行，也可以放在詩行之外的空間。有時符號更超越字元所能承載的大小，但又不是如圖像詩般以組合的方式所構成，而是一個單一的完整的大圖案，不受字元以及詩行的限制，既有類似於文字與標點符號的地方，呈現敘事與詩意兩種功能；也有不同的物理表現，為新詩擴展了新的表現方式。本文將這些詩中的符號按照與詩行的關係程度，分為可置入詩行的「字元符號」，與無法置入詩行的「非字元符號」。

一、字元符號

　　此類符號多半與文字、標點符號佔有相同大小的空間，具有漢字的方塊屬性，具堆疊特質，能與文字組成詩行。字元符號又可分為「系統符號」與「非系統符號」兩類。系統符號亦即其他領域的專門符號，比如注音符號、音標符號、數學符號、化學符號、單位符號、貨幣符號、天文符號、星座符號等，這些系統符號因具有排序，不僅可以用作組詩的標題，更被放進詩行當中，進行具詩意效果的排列。

　　注音符號與國際音標是與文字最密切相關的符號系統，可視為語言的另一種書寫方式，理應與文字具有相同的地位，然而文字所具備的文化歷史優勢，使得新創的拼音符號，在正式升格為文字之前，只能視為一種輔助發音的符號。新詩使用這些拼音符號時，更重視其圖像性以及趣味性，並不會視為一種文字來使用。「注音符號」原名注音字母，作為漢字的一種標音符號，是除了標點符號以外，唯一書寫於直排漢字右側的符號系統。由於注音符號是中華民國教育部頒布的中文拼音符號，兒童學習中文都由注音符號的拼寫開始學起，滿滿注音符號的兒童讀物是你我共有的兒時記憶。新詩若使用注音，除了寫給兒童閱讀的童詩之外，多半是為了表現一種童趣。1955年林亨泰出版了戰後個人第一本華語詩集《長的咽喉》，其中〈夜曲〉已在詩行中加入注音：[128]

---

[128] 林亨泰《林亨泰全集》文學創作卷2，頁14-15。

夜曲

喋不休的　我的筆
我的筆　該擱置的時候
聽聽
一、 ㄦ …… ㄙㄢ …… 一 ㄅ ㄞ
那些我心臟之跳動的深落於
死寂之中的活生生的聲音
一、 ㄦ …… ㄙㄢ …… 一 ㄅ ㄞ
聽聽
那些繼續不斷地來找尋我的
那些活生生的鳴動著的聲音

當時林亨泰31歲，詩的內容或許是他當時學習普通話的經驗。原本以日文創作詩歌的詩人，若不願擱置這枝筆，已成年的他就必須從最基礎的注音開始學起，甚至連讓心跳聲也是以普通話數數，創作的渴望不因語言障礙而斷絕，透過注音寫出了跨語言一代詩人的煎熬，別具意義。1965年詹冰出版第一本詩集《綠血球》，其中一首〈閒日〉也放進注音：「學會了步行的孩子／這一次再學會了隔膝人家的特技／胖胖的小指仿做手槍／放出ㄅㄨㄌㄧ—ㄌㄧ—ㄌㄧ的聲音」[129]注音符號對當時臺灣人而言，用法類似日本假名，都是標記音節的符號。除此之外數學符號、其他抽象符號也常見於詹冰、林亨泰的詩集，在臺灣跨語言一代詩人身上，呈現了戰後語言混雜的情況。羅智成則是第一位在非童詩的詩集全面使用注音符號的詩人，[130]1988年出版的詩集《寶寶之書》，整本詩集由100首小詩所構成，無論句詩、分行詩、散文詩，每個漢字的右側都標上注音：[131]

---

[129] 詹冰《綠血球》，頁73。
[130] 詹冰1981年出版的童詩集《太陽・蝴蝶・花》全書的中文字都加上了注音符號。
[131] 羅智成《寶寶之書》，頁68。

在全世界停電的晚上，寶寶

森林和海來到我們周圍舞蹈

一面下著雪、雨和樹葉

是天堂在打掃他們的閣樓嗎？

我們站在地球的煙囪上

看北極和南極

看訪客把他的馴鹿綁在我們窗前的欄杆上

這裡引用了第68首，閱讀的過程彷彿重溫兒時閱讀的新鮮感。這實際上是一種仿擬，不僅在書面加上注音，詩的內容更帶有兒童的視角，語調有著一股童稚之氣，整本詩集保有天真純樸的一面，更像是一本由童詩寫成的童話。十年後羅智成出版詩集《黑色鑲金》，也採用了《寶寶之書》的排版方式，同樣標示注音符號，但這次則是從成人的角度回頭看童年。

夏宇的詩〈被動〉則是在詩中放入了另一種標音符號「國際音標」，主要目的是在詩中產生中文所發不出的音。喜愛押韻的夏宇，更讓中文與國際音標押韻，讓兩種符號系統融合在一塊：「像一枚松果／我們就聽到／g／」、「無限稠密而可以／收縮／用最少的呼吸／她說／ʃ／」。[132]可見當新詩中出現漢字以外的符號系統，不一定是出於視覺的要求，如國際音標的使用顯然考量了聽覺

---

[132] 夏宇《Salsa》，頁57-60。

上的效果，有時則是內容上不得不採用。新詩中系統符號的使用，不只是在字元內放進單個符號，也會將另一種系統符號的表現形式，完整的帶進詩歌中。

　　數字符號是一種用來表示數值，並可進行數學計算的符號，是目前唯一通行於全世界大部分地區的系統符號，其使用的廣泛程度超越任何一種文字。數字符號對新詩所構成的挑戰，並非基礎的阿拉伯數字，而是複雜的數學公式、物理公式、化學公式等。這些公式包括算式和表達式，是由數字、運算符號，以及代表定數和變數的拉丁字母，以求得數值為目的所組成的排列。這些公式的組合模式，並不相容於新詩的分行結構，往往超過詩行所能承載的容量，一般人亦不懂這些公式的意涵，若強迫放進詩中，不僅破壞詩行結構，更對閱讀造成阻礙。正是這種排版和理解上的困難，鄒佑昇第一本詩集《大衍曆略釋》在頁前和兩處分隔頁，都放了幾段數學公式，但卻沒有放進詩行當中。然而還是有詩人成功將公式放進了詩行內，詹冰〈黃昏的記錄〉：[133]

黃昏的記錄

時間的快車上
我從車窗探首

夕陽發射紅色的光波
射入我的瞳孔　腦髓

現在　我是速度
$V = Vo + at$

風景在滑動
樹木在轉身

房屋和人物
中毒而變黑
（但　誰都不駕奇呀）

鴿子以四隻翅膀
在飛翔　在轉向

天在降低
山在跑遠

啊　現在我是動能
$K. E. = \frac{1}{2} m V^2$
（美極了　物理公式！）

詩中兩處以物理公式作為詩行，除了是一般人較常見的公式外，最重要的是算式結構簡單，剛好可容納在詩行當中，而不影響其他詩行和分節的運作，這也是在詩中放入公式一個最理想的情況。臺灣

---

[133] 詹冰《詹冰詩全集（一）新詩》，頁151-125。

後現代詩人劉季陵的〈碎片〉可說是以數學入詩的代表作，節錄其中兩條最「複雜」的算式：[134]

- $\frac{2}{2} = 1$ ， $\frac{3}{3} = 1$ ， $\frac{5}{5} = 1$ ， $\frac{18 - 16}{2} = 1$ ，

  $\frac{1996 - 1994}{2} = 1 \Rightarrow 1$ 是什麼

- 1 是什麼　一個½是什麼

  （ $\frac{1}{3}$ 像 $\frac{20}{60}$ 像 $\frac{8 - 6}{6}$ 像 $\frac{10 - 6}{12}$ ……架構完整的時序般……）

算式看似複雜，卻簡單就能獲得答案，畢竟無法令人領會的算式也就失去敘事的作用，詩歌的閱讀也將陷入僵局，因此新詩中的「數學題」一向不難解答。這首詩對於詩歌形式的範例意義在於，數學公式破壞了由文字／漢字構成的詩行，使得劉季陵採用條列式的方式，來彌補遭到弱化的詩行，加強推進詩歌的敘事。至此關於新詩與符號的討論，將逐漸脫離字元、詩行的框架，來到更自由也更接近於圖畫的抽象狀態。

　　孤立的不具系統性的字元符號，通常是一些擁有高識別度，但又未形成系統的特殊符號。早期的排版印刷時代，新詩都是以文字和標點符號組成，極少將其他符號放進詩行當中。八〇年代後現代主義興起後，詩人對於文字以外的符號有了較多的嘗試，但這些特殊符號真正開始被使用，是在電腦排版的技術成熟之後。這些系統和非系統的符號陸續被電腦作業程式「字元化」，成為一個個可以進行類似文字編排作用的資訊單位，原本孤立的特殊符號在漫長的書寫歷史中，終於逐漸縮小到與文字相同的字元大小，擁有與文字相同的使用機會跟使用方式。今日數位環境中已有著大量設置好

---

[134] 1996年《現代詩》復刊28期，頁14。

的字元符號，提供使用者方便地在電腦排版時使用，選用字元符號就像選用文字一樣方便，這些便利性都加大了字元符號在詩歌中的運用。星號☆正是一種常在詩歌中被使用的特殊符號，意涵相當明確，即是指星星。蕭蕭1989年出版的詩集《毫末天地》，每首詩僅佔一頁篇幅，詩雖短，卻嘗試了各種形式的寫法，特殊符號的使用也在其中。這首〈聞你不能與我相會〉：[135]

聞你不能與我相會

我的心緊緊一縐
瘦成一粒
☆
在無邊的黑暗裡
拒絕出聲

或許正因為漢字是一種由象形字發展而成的文字系統，才使得詩人容易將文字給予圖像化的想像。「星」被蕭蕭以符號「☆」替代，久已抽象化的文字被還原成原始的圖案，展現不同於文字的星的形象。字元符號的出現，使得眾多的符號被如同文字一般加入詩行當中，參與新詩的創作。早在1991年夏宇出版的詩集《腹語術》的時候，當時字元符號的建置與運用遠不如今日興盛，但這一首〈失蹤的象〉顯示字元符號是可以透過詩人之手來創造：[136]

---

[135] 蕭蕭《毫末天地》，頁12。
[136] 夏宇《腹語術》，頁62。

這是詩集中〈失蹤的象〉當頁攤開的畫面。右頁是王弼《周易略例・明象篇》中的內容，夏宇在此挖掉全部的「象」字，改貼上其他圖像，「象」並非失蹤了，而是有著千變萬化的型態。詩人這麼做帶有以「象」易「象」的遊戲性，卻反而凸顯出原作哲學論述的高妙。左頁左下角有一個大圖，以及另外四個小圖，暗示這些圖像皆被字元化了，縮小為一個字元的大小，放進詩行當中，參與詩行的構成。其中第二行底下的暴龍，以及第五行頂端的企鵝，都超過一個字元的大小，代表圖像被字元化時做出的抵抗。當時夏宇是以剪貼的方式將圖像與詩在紙面上結合，今天則可以在電腦上進行這些步驟，除了內建的字元符號外，更可以掃描想要的圖案，或在網路上下載，再用電腦軟體將圖案縮小成字元大小，就完成了一個可以作為文字般使用的字元符號。唐捐2017年出版的詩集《網友唐損印象記：臺客情調詩》當中有三首詩〈十二生肖練習曲〉、〈十二生・肖想曲〉、〈開學樂（105學年第1學期）〉，都放入了十二生肖的圖像符號。以〈十二生肖練習曲〉為例：[137]

---

[137] 分別見唐捐《網友唐損印象記：臺客情調詩》，頁73、84-85、86-87。

偶的唇偶的小屁股都 🐁 於你
像最 🐂 的釘子戶，釘在你心深處
請接受偶的 🐅 爛（爛到生香）
從黎明 🐇 黃昏，從夢寐 🐉 夢醒

喔，你 🐍 了嗎？請聆聽
偶的 🐎 頭流出的蜜語甜言
像無 🐏 的好片，值六顆星
你的眼睛怎忍 🐒 長而去？

啊， 🐓 塞雷的愛輪唷！
偶的身體充滿神奇的 🐕 關
如 🐖 你來，就會全部打開
你 ⬤ 不 ⬤ 道，不 ⬤ 道？

詩人按生肖順序，每一行放進一種生肖符號，之所以不以為忤，畫面維持一定的協調，在於唐捐是以「諧音」或「一字多義」為原則，替換這些文字，類似夏宇用「圖像」替換「象」字，詩中「屬於」的「屬」因與「鼠」諧音，便以老鼠圖案替換；最「牛」的牛，此處雖然是最固執之意，但因為是牛字，就以牛的圖案替換。置入的圖案與句子的敘事仍有潛在的聯繫，加上這些符號皆為一個字元大小，與其他文字和標點符號共容於分行形式當中，字元符號也就產生了如同「異體字」般的替代效果。

　　前述詩作都展現了字元符號在詩中的最佳效果。然而字元符號在詩歌中的使用仍有其侷限，就像「☆」能替代作為名詞的「星」，卻無法替代作為形容詞的「零星」的星，以及作為副詞的「星羅」的星。王希成〈符號人生〉顯現了字元符號入詩的一種固定型態：[138]

---

[138]　王希成《無境飛行》，頁121。

符號人生

一生有多少×
一生有多少○
一生有多少！
一生有多少？
一生，有多少
※△⊙□…：
一生，有多少
當名字在石碑上落款
當軀體在泥土中藏身
當一生在記憶裡風化
人，沒有任何符號

同樣的句型，不管換了多少種符號，替換的都是名詞。字元符號因為圖像性過於鮮明，多半只能與文字中的名詞進行替換，做重點式的經營，將一首詩的主要意象發揮，無法取代文字的其他功能。雖然絕大多數的字元符號在詩行當中都是作為名詞使用，但另有一種符號卻是具有動詞效果的符號，並且是能夠更動敘事的符號，不再只是滿足於替代文字，而是對文字具有絕對的主導權。

二、非字元符號

此類符號或因體積、形狀等問題，不能與文字並列於詩行當中，與漢字的方塊屬性相去甚遠，與已經文字化的字元符號相比，更接近於真正的原始符號。此類符號可分為改動文字敘事的「抽象符號」，以及完全與文字敘事脫離的「圖像符號」。

1955年林亨泰自《現代詩》詩刊12期起，受日本詩人荻原恭次郎影響，陸續發表了十三首「符號詩」，是抽象符號大批介入新詩形式和改動敘事的開始。「符號詩」之名，源自紀弦對林亨泰這批詩作的稱呼，並試著分析為何原作要帶入符號：「這是由於詩的內容之在表現上的有必要而才使用一些適當的符號以代文字，並不是每一首詩都可以自由地使用。」指出林亨泰的符號詩「直接訴諸視覺」，是一種「佔領空間的表現方法」。[139]符號詩的出現，可說

---

[139] 紀弦〈談林亨泰的詩〉（1956年《現代詩》14期），頁69。

從此確立新詩平面、視覺的書面特質，過去古體詩、近體詩的基本形式都不是訴諸視覺的詩。[140]但林亨泰的符號詩包含由文字堆疊、變體的圖像詩在內，並非每一首都有抽象符號介入，十三首當中：〈第20圖〉、〈ROMANCE〉、〈騷音〉、〈車禍〉、〈花園〉、〈進香團〉、〈電影中的佈景〉、〈患沙眼的城市〉、〈體操〉共有九首採用了抽象符號，是臺灣最早的一批符號詩作品。〈患沙眼的城市〉以多種符號介入詩歌的敘事：[141]

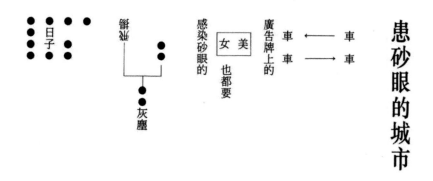

第一節中在四個車字中加入兩個相反方向的箭頭，暗示車來車往，美女二字，則以框線暗示廣告牌的外框；第二節●為具象且放大的灰塵，一分為二的直線代表灰塵的擴散，更以倒反的文字，烘托灰塵隨意飛揚的姿態；第三節，日子被●圍繞，暗示城市每日都被灰塵所包圍，露出一個缺口，實則是逃逸的灰塵，也暗示想逃離城市的人。讀者對這首詩的解讀，並不是依靠文字，而是依靠抽象符號，包括箭頭、線條、框線、圓點的指示，在此符號反而成為主導敘事的動詞，文字則成了靜態的被動的名詞。

　　詩歌中運用符號的目的，除了視覺上的吸引外，就是控制敘

---

[140] 古典詩中少數如寶塔詩、盤中詩等變體的遊戲詩類，才是以視覺的趣味為主。
[141] 原載《現代詩》18期，見林亨泰《林亨泰全集》文學創作卷2，頁122-123。

事的閱讀動線。畫線圈字即是常用的引導作法，以此改變閱讀的順序，夏宇〈在陣雨之間〉（下方左圖）：[142]

〈在陣雨之間〉

概念詩派宣言第五號

麻花田裡的野雀
做出圖像的選擇叼走
墜地的金黃他們搖旗吶喊稻草人
堅持著現實主義者的謊言

反覆堆疊的一句話如同傾注的陣雨，讓人不易看出重點，於是透過圈字，將要說的話圈出來，但有兩種圈法，上方是「我正孤獨通過自己行星上的曠野」，另一種分散的圈法是：「通過—曠野—我正孤獨—通過——曠野」，圈出重點，也集中的讀者的目光，更產生了三種敘事動線。作為符號詩的一類，夏宇的符號指示方式相當隨意，用簽字筆圈選，更圈得有點隨意，上方「曠野」兩字像是圈錯了，實則重覆圈選，表現了後現代的趣味。王信則相對整齊、沉穩許多，〈概念詩派宣言〉共有一到五號，[143]每一號都採用相同的形式，以一條從中穿越、呈階梯狀的黑線將詩行分為上下兩部分。這首第五號（上方右圖）存在著兩個聲部，一為詩行的完整讀法，另一種則是從黑線以下的文字開始閱讀，構成新的敘事：「野雀／叼走／稻草人／現實主義者的謊言」這隱藏在詩行中的聲部，才是重

---

[142] 夏宇《腹語術》，頁21。
[143] 王信《冰戀》，頁43、44、45、50、62。

點所在。「概念」意即「抽象」，曲折的線條更動詩行的閱讀方向，產生如同抽象畫的立體效果。

另有一類非字元符號在詩歌中的運用，不更動敘事，而是將大型的圖案與詩作並陳於書面，有時則放進詩行，難免破壞了詩行的結構。例如作於1971年3月葉維廉的這首〈永樂町變奏〉四首之三（左下圖，節錄），[144]文字在「跳」字的連續跳躍之後真的跳進水裡，賤起水花，也撐開了詩行。在圖像詩剛崛起，許多詩人致力將詩行圖像化的年代，葉維廉卻反過來將圖像給詩化。

中國大陸非非主義詩派的創始人周倫佑，1987年5月作於西昌邛海之濱的組詩〈頭像（一幅畫作的完成）〉五首（左上圖，節錄第一節），[145]為周倫佑的代表作，詩題旁都畫了頭像，且每首詩頭像的五官逐漸減少，到了第五首連頭像也省了。由於是將圖案放在詩題旁的空白處，未干涉詩行的敘事行進，卻起到如同詩題般統攝全詩的效果。白萩1969年出版的詩集《天空象徵》收錄的〈琴〉則是將圖案安置在詩末，正是這類型中最早也最震撼的一首：[146]

---

[144] 葉維廉《醒之邊緣》，頁56。
[145] 周倫佑《在刀鋒上完成的句法轉換》，頁35-49。
[146] 白萩《天空象徵》，頁28-29。

琴

逢春是一個少年。
今年剛抽芽
又逢是一個春天
蹦蹦跳跳要歌唱
他來到一條路邊
「哈，這是一支好琴弦」
坐下來要歌唱
便抓着道路彈又彈
前面的道路不哼聲
後面的道路不理睬
這樣的一直逢春逢夏逢秋逢冬
又逢到一個

這首詩令人印象深刻，詩末的橢圓當是承接先前的敘事：「這樣的一直逢春逢夏逢秋逢冬／又逢到一個（圓）」然而白萩所畫的圓，並非正圓，而是橢圓。或許能這樣理解，春夏秋冬為一年的週期，而地球繞太陽公轉正是一個橢圓軌道。這也是整本詩集《天空象徵》中唯一出現的幾何圖形，若說何謂天空的象徵，就是這個橢圓吧。白萩曾以自身的繪畫經驗說道：「『視覺詩』作為繪畫深度不足，作為詩則定位不易，我想這是詩人玩藝術的附帶產品。如果完全是排字，那麼『圖像詩』已可表達，如果扭曲字體、加入過多繪畫記號，詩也就消失了，『視覺詩』可說是站在『圖像詩』和繪畫的中點。我自己也繪畫，因此深深了解『視覺詩』的問題。」因而做出「『視覺詩』比起純繪畫還是差了一節」的結論。[147] 白萩所說的視覺詩，即是林亨泰加入許多指示符號的符號詩，言談中對「符號入詩」帶有批評，認為是只是一種介於詩歌和繪畫之間不上不下的作品，他也就不會像林亨泰一樣，將符號放進詩行之中，創作的都是以文字排列的圖像詩。唯獨這首〈琴〉，當他想以巨大的圖案來傳達他的詩意，若還是林亨泰的寫法，將對詩歌敘事造成破壞，於是選擇將橢圓圖案放在整首詩的最末，才不會影響詩行結構。關於詩歌與繪畫、符號，三者之間的關係，筆者最後想引用元代畫家朱德潤（1294-1365）所畫的〈渾淪圖〉補充說明：

---

[147] 林燿德《觀念對話》，頁40。

如同白萩，朱德潤曾於〈渾淪圖〉中，畫了一個「正圓」引發諸多討論。[148]此圓位於畫面中央位置，左側有石磐巨松與虯藤，右有朱氏題贊：「渾淪者不方而圓，不圓而方。先天地生者，無形而形存。後天地生者，有形而形亡。一翁一張是，豈有繩墨之可量哉。」[149]不同學者根據畫家自贊，由各自的角度分析，認為此圓與字畫似有若無的呼應，尤其由左邊古松延伸至天上並觸及渾淪圖贊的藤蔓，令圓與眾物之間彷彿相關卻又獨立。這個本可留白的空間，卻被一個直徑大於畫高三分之一的圓形給佔滿，圓與右方文字、左方松石、上方藤線，形成符號、文字、圖像三者並峙的關係。於是有學者視圓為具象的物體，既有佛光、日月的可能，[150]也有圓鏡的可能。[151]然而朱氏所畫的抽象之圓究竟為何物，至今仍莫衷一是。回頭看白萩詩歌中的巨型橢圓符號，也有異曲同工之妙。

作為前個詩歌時期代表的近體詩，是一種高度重視創作技術的詩歌，精工於語言的聲律表現；新詩則是一種視覺的詩歌，其精工之處在於文字的書面呈現，正如同近體詩對聲律的追求，能在書

---

[148] 明人張鳳翼、葉初春、文震孟皆有題跋討論之，近人研究請參見孫國彬〈試論朱德潤與〈渾淪圖〉〉，頁48-50。又見宮力〈豈有繩墨之可量哉——元代朱德潤〈渾淪圖〉繪法考〉，頁136-138。

[149] 出自〔元〕朱德潤〈渾淪圖贊〉。

[150] 參見宮力〈豈有繩墨之可量哉——元代朱德潤〈渾淪圖〉繪法考〉，頁136。

[151] 參見施錡〈〈鏡影圖〉的道教源頭與文人趣味滲透：從趙孟頫〈自寫像〉說起〉，頁154。

面產生出怎樣巧妙的設計，是新詩追求的一種形式美學。新詩並非純粹由文字所構成，從誕生之初的「活字時代」到今日的「字元時代」，除了早已融入文字的各種系統符號外，當其他符號也縮小到字元大小後，與文字混用的情況只會愈加頻繁。符號不斷在文字化，文字也不斷在符號化。漢字原本就是由高度抽象化的圖像所組成的表意字，清末以來漢字中心主義的衰弱，以及自由體詩歌形式擴張的特點，迫使漢字在降格後必須與眾多的符號共同組合成詩歌，許多符號甚至無法讀出音來，只能以視覺領會。圖像詩、視覺詩，乃至於仿擬詩，都是漢字一邊認識自身原始的表意特質，同時也一邊接納他者，在這內外探索之中所產生的創作。新詩也越來越近似於圖畫，形成一切的素材都能用作表現的詩歌。

第四節　空格的使用

空格在詩行中大多是佔半個字到一個字的書面空間，特殊情況下也可能空格兩個字以上。空格與空行，都是一種留白的藝術。有時僅是為了平面的設計感而存在，而與敘事本身無關。雖然空格中並未放入任何字、詞、符號，但由於同樣佔有書面空間，可將空格視為一種符號，用來表示視覺上的「間隔」，以及聽覺上的「停頓」。以停頓的感受來說，空行換節是大停頓，換行是中停頓，空格則是小停頓。

新詩最初繼承舊詩「漢字集中」的傳統，並非從一開始就採用西方詩歌的空格與空行形式。最早在詩行中空格，見於1918年3月《新青年》4卷3號，散文詩與分行詩的「行中空格」，都由這期開始。如沈尹默的散文詩〈除夕〉：[152]

---

[152] 1918年《新青年》4卷3號，頁229。

詩

除夕

沈尹默

年年有除夕年年不相同，不但時不同樂也不同．
記得七歲八歲時，過年之樂，樂不可當！樂味美
滿恰似飴糖．
十五歲後比較以前多過一年，樂減一分難道不
樂！—不如從前爛漫天真
十六時！—樂既非從前所有苦也爲從前所無．
十九娶妻二十生兒那時邊歲除情形更非十五
漸銷磨．
我今過除夕已第三五，歡喜也慣煩惱也慣無
可無不可 取些子糖果，分給小兒女—『我
將已前所有的歡喜今日都付你』

這些連續性的詩行實際上分為五節，礙於頁面縮排的緣故，第一節剛好寫滿一行結束，第二節重新置頂開始，但因字數較多，寫到底之後抬頭空一格換行，表示屬於同一節，著名的〈三弦〉也是相同的空格用法。[153] 此種抬頭空格，空格的原因是受制於書面的物理限制，不是一個刻意產生的形式，並非日後新詩採用的行中空格。真正的行中空格見此詩的最後兩節，沈尹默以空格將一節分為兩個單元，表明一節當中存在著兩句，而前面三節剛好一節一句。同期劉半農〈除夕〉也是相同的空格方式：[154]

除夕

劉半農

〔一〕
除夕是尋常事，做詩爲甚麼？
不當他除夕，當作平常日子過．
這天我在紹興縣館裏大樹其多．
風來樹動聲如大海生波，
靜聽風聲把長夜消磨．

〔二〕
主人周氏兄弟，與我談天：—
欲招繆撒(1)，欲造『蒲鞭』(2)
說今年已盡這等事待來年．

〔三〕
夜已深，辭別進城．
滿街車馬紛擾．
遠遠近近多爆竹聲，
此時誰最閒適！—
地上只一個我， 天上三五寒星！

153　1918年《新青年》5卷2號，頁102。
154　1918年《新青年》4卷3號，頁231-232。

這是一首分節的錯落型分行詩，句式以兩個單元為一句的雙層句為主，且一行內容上剛好一句，但最後一行：「地上只一個我！天上三五寒星！」卻在一行內放入兩句感嘆句，再以空格上下隔開。句子加空格的句式組合，以感嘆句居多，更早之前的數期《新青年》感嘆句後面並未加空格，比如4卷1號胡適〈人力車夫〉：「『車子！車子！』」，[155]因此這是一個新的形式變化，往後將在新詩早期的發展階段大量使用。像4卷4號中沈尹默的散文詩〈雪〉，最後一節：「不願見日，日終當出。　紅日出，白雪消，粉飾仙境，不堅牢！　可奈他何！」[156]連續的詩行中出現了兩次空格，隔開了三個完整的句子。4卷5號中唐俟的分行詩〈桃花〉也是用空格區分感嘆句：「我說，『好極了！　桃花紅，李花白。』」、「好小子！　真了得！　竟能氣紅了面孔。」同期劉半農〈賣蘿蔔人〉：「『是！　是！』」一行兩字，卻也以空格隔開。[157]5卷1號上劉半農〈窗紙〉採用更多的空格：[158]

窗紙　　　　劉半農

天天早晨，一夢醒來看見窗上的紙被沙塵封着，
雨水漬着斑剝陸離演出許多幻象：
看！這是落日餘暉映着一片平地卻沒人影
這是兩個金字塔三五株楊欄幾個騎駱駝拿着
矛子的
不好！是滿地的鮮血是無數骷髏是赤色的毒
蛇是金色的夜叉！
看！亂蟲蟲的是什麼？——是拍賣場！正是萬頭鑽
動人人想出廉價收買他鄰人的破產物！
錯了！是隻老虎怒洶洶坐在樹林裏想是餓了！
不是！是一蓬密密的荒飄颻着個Tolso的面
孔，——好個慈善的面孔
又錯了！Tolso已死究竟是個老虎
還不是的？是個美人——美極了！
看！美人爲什麼哭？——眼淚太多了——看一
滴——兩滴——一斛！——兩斛！——竟是波濤洶洶
化作洪水——
滿地球是洪水，Zip 的方舟也沉沒了
——水中還有妖怪吞吃他屍首——
看！好光明，天邊來了個明星——唉！——是
個彗星！
「朋友，別再看快裝藏了」
「怎麼處置他」
「拿去舊的換上新的——
『換上新的，怕不久又變了舊的』」

---

[155] 1918年《新青年》4卷1號，頁41。
[156] 1918年《新青年》4卷4號，頁312-313。
[157] 兩首詩見1918年《新青年》4卷5號，頁410-411。
[158] 1918年《新青年》5卷1號，頁63-64。

這首詩的形式有三個亮點：感嘆句加空格幾乎成為基本的句型，以「＊」符號分節，再加上大量的破折號調節這首詩的節奏。在此空格與破折號，具有等同的用途，都是為了拉長停頓，尤以第一節的後半部形式最為零碎，節奏感最強：「看！　美人為什麼哭？

眼淚太多了──看！─一滴！─兩滴！─一斛！─兩斛！──竟是波浪滔滔，化作洪水！」破折號有時長有時短，暗示停頓的長短非常明顯，連問號後面也加上空格來停頓。再看5卷2號劉半農的散文詩〈曉〉：「是天上疏疏密密的雲？　是地上的池沼？丘陵？草木？　是流霞？　是初出林的群鳥？　依舊模模糊糊辨別不出。」[159]以及5卷4號胡適的〈如夢令〉兩首之二的最末兩句：「『誰躲？　誰躲？／那是去年的我！』」[160]大部分的問號之後都加上空格。感嘆句、疑問句與空格的搭配，表示這時詩人已發覺此處應有更長的停頓，只是這種停頓僅止於句與句之間，沒有切斷句子，是繼承自舊詩傳統中標點的斷句功能，尚未意識到可在詩行中自由使用空格來產生停頓，空格的使用仍不成熟，但這樣的初步嘗試，將逐漸建立以空格調整詩行節奏的作法。

1919年《新青年》6卷6號登出劉半農的長詩〈D──！〉，[161]不再像過去只在驚嘆號、問號底下加空格，而是幾乎每個標點符號底下都加上了空格來隔開下一句，詩行被拆得相當零碎，劉半農正是透過大量的空格，其作用正和分行一樣，讓長篇的散文般的內容產生節奏感。若去掉標點符號，這首詩已有日後穆木天分散型詩歌的味道了。7卷2號上沈尹默的〈白楊樹〉也是在大部分的標點符號下加上空格。[162]此時新詩的行句尚未分離，將空格放在句與句的交界處，或是標點符號的交界處，等同於在一行中放入數個短句，再

---

[159] 1918年《新青年》5卷2號，頁102。
[160] 1918年《新青年》5卷4號，頁368。
[161] 1918年《新青年》6卷6號，頁585-587。
[162] 1918年《新青年》7卷2號，頁58-59。

以空格隔開。這類的短句大多是獨立的感嘆句、疑問句，顯示新詩初期延續自舊詩的「詩句」概念仍很強烈，即便是一個極短的句子，仍堅持以空格標明、區分。然而將諸多短句放在一行中處理，也顯示為了書面的整齊，讓詩行長度盡量均等，不希望短句獨自一行的心態，代表書面的「詩行」與敘事的「詩句」開始產生衝突，詩行的權力將逐漸增大，將於未來完全宰制詩句的呈現。

　　穆木天是確立以空格調整詩行節奏的詩人，他對於詩行中空格的各種嘗試，都收錄在他1927年4月出版的第一本詩集《旅心》當中。穆木天主張廢止句讀，他以空格取代標點符號來調整詩歌的旋律，加強詩歌閱讀時的流動感。[163] 稍早在1926年7月，《創造月刊》1卷5期就登出穆木天的詩輯〈旅心〉，當中有六首詩全部都採用空格取代大部分的標點符號，僅留下破折號與刪節號，如這首〈朝之埠頭──寄乃超──〉的最後三節：[164]

輪廓　的　樓房
　　點點……
比櫛的細線　虛絃
　　隱隱　瞑瞑　薄薄的　紗烟

鳴叫　哀鳴
　　遠行船──
噴烟　向　無限　天邊
　　去──不逗──

萬有飄淡
　　現　幻　茫茫的　灰淡　顫顫
如醉　朝霧　無限──
　　濃烟──
油灰的　天空　之　中間──
　　　　二六,一,一二,朝片

163　穆木天《旅心》，頁88。
164　1926年《創造月刊》1卷5期，頁91-92。

空格除了放在句子之間，以及小句之間，取代原本的標點符號，穆木天更將空格放在音節之間，透過空格將詩行的音步段落全標示出來，有時更細碎到隔開音步內的單一音節，比如第一節「輪廓　　的樓房」，第二節「噴烟　向　無限」、「現　幻　茫茫的」，漢語是以兩音節或三音節構成一個音步，這些單獨的字，並不構成一個音步。

　　新詩以空格調節詩行節奏的技巧，在穆木天的詩中都已經具備了，對空格的運用至此可說完全成熟，此後空格也將逐漸取代標點符號，形成今日新詩的樣貌，1927年出的《旅心》正是一個明確的分水嶺。當「空格」誕生後，代表新詩基本的組成份子：漢字、標點符號、空格，已經全部就位。下一章我們將來談新詩的句式，即是由這些新詩的組成份子所構成，再由句式建構各種詩型，形成一首又一首形式獨立而又獨特的新詩。

第三章　從連書到分行：
新詩詩行的句式建立

第一節　新詩的句式

行句關係：新詩的句式原理

　　句式是句子內部的結構。分行詩和散文詩當中都存在著句式，但因為散文詩的句式是表現在連續性的詩行當中，無法像新詩產生並列的功能，隨意、錯落的句式類同散文，與分行詩較為固定，且具視覺性、對比性的句式有很大的不同。此章節主要討論為分行詩的句式發展。在談句式之前，我們有必要先說明「分行詩」的詩行結構，透過空格、標點符號、換行、換節等明確的停頓方式，由小到大主要分為四層：詞彙結構、行句結構、章節結構。

　　字詞結構，由字與詞所組成。由於新詩特殊的跨行技巧，可將詞彙從中切斷，進行停頓或換行，因此詩行的句式分層應從最小的聲音單位「音位」開始，相對於文字的顯示即是一個「字位」（字元）。接著由一字、兩字到三字不等，組成一個詞彙，形成基本的節奏單元，亦即「音節」。民初新格律派將漢語詩歌的音節與西方的「音步」相對應，並提出了漢語詩歌的專業術語「頓」來稱呼。[1]古典詩歌中，詩經以單音節詞和雙音節詞的交錯使用為主，形成四言的基本句式；[2]齊言詩類的古詩和近體詩則以兩字的「雙

---

[1]　新格律派關於音節、頓的討論。

[2]　從音節來看，詩經的四言句式可分為兩類：一個雙音節加兩個單音節，以及全部都是單

音節詞」為固定的節奏單位，新詩雖然也以雙音節詞為主，但卻有大量的三音節以上的多音節詞，使得新詩的音節變化又比先前的詩歌還要複雜。[3]

接著由詞彙組成詞組，以及分句（小句），產生各式的句式分層，此時進入到行句結構。詞組又稱片語、短語、短句，是完整句子中的一個片段。新詩的句子內部，經常以詞彙或詞組，甚至更大單元的分句來進行停頓或換行。以王潤華《內外集》中摘錄的詩行為例：

陽光、眾鳥、果子、風聲和白雲[4]

崦嵫山上，天火必焚燒[5]

他回到船艙，手還染著金陵墓園的泥土[6]

他快樂地忘記了自己，像一頭野獸在奔跑，跳躍[7]

第一句全以詞彙來分層，第二句則是詞組之間分層，第三句則是小句之間分層，第四句則分為三層，包含了句子、詞組和詞彙。

由於新詩詩行的切換相當自由，新詩實際上是在詩行當中保留了古典詩的連續新詩詩行結構，再進行分行。最後詩行的第三種層次，是由詩行組成的章節結構，安排在本文的第四章中討論，本章我們先將目光集中於詩行內部的句式討論。

音節。參見葛曉音《先秦漢魏六朝詩歌體式研究》中數篇關於四言詩形成的論文。
[3]　現代的外來語詞彙，比如五個音節有：珠穆朗瑪峰、馬爾馬拉海等，不僅超過四言句的內容，即便五言句也填滿了。
[4]　王潤華〈大鳥籠〉，見《內外集》，頁38。
[5]　王潤華〈天討〉，見《內外集》，頁109。
[6]　王潤華〈第幾回（之一）〉，見《內外集》，頁97。
[7]　王潤華〈天討〉，見《內外集》，頁110。

古典詩體因篇制的規範，形成一種整齊的句式，透過篇制壓縮破壞了漢語原本的句法結構，詩句內部修辭強過了文法的作用，詞彙的組合反而較為自由，譬如王勃〈杜少府之任蜀州〉：「城闕輔三秦，風煙望五津」句意當為「三秦輔城闕，望五津風煙」；蘇軾〈念奴嬌·赤壁懷古〉：「故國神遊，多情應笑我」句意當為「神遊故國，應笑我多情」。或因強調重點的不同，或為了符合平仄，總之都改變了語序，這也使得古典詩的單句之中，不管是採用標點符號或是空格進行分層，都變得沒有意義，必需是一個完整的不分層的單句，才能玩味這種修辭的奧妙。而當新詩選擇以白話文為語體，形式上採用自由體，失去了詩體篇制的保護，原本不受語法強制規範的詩句，再也無法豁免。「以文為詩」尤其是以「白話文為詩」的後果，就是必須接受白話文與文法之間緊密的關係。胡適〈文學改良芻議〉的八種改良方案當中，明白指出「須講究文法」作為當時文學改革的方針：「今之作文作詩者，每不講求文法之結構。其例至繁，不便舉之，尤以作駢文律詩者為尤甚。夫不講文法，是謂「不通」。此理至明，無待詳論。」[8]胡適將傳統詩體、文體中修辭的句式表現與中文文法劃上等號，立論是有問題的，不過就目的而論，胡適的目標是要建構一套明確、簡潔、具分析性的當代語體，語意不明的傳統句式自然也就成了被改革的對象，甚至是「無待詳論」的弊病，成為八點當中所謂最短也毫無任何舉證的一點。因此日後以白話作為語體的新詩，句式上不僅重視語序、虛字的文法作用，[9]更透過標點符號和空格來增強句子的段落功能，達到語句次序清楚，流利暢曉，產生非常明確的停頓效果，也使得新詩的句式分層比古典詩來得更為明顯。[10]

---

[8]　1917年《新青年》2卷5期，頁4。

[9]　當然也存在刻意玩弄文法的新詩詩作，此處是指一般詩作而言。

[10]　關於白話文法是如何進一步進化、鞏固，以及對新詩的影響，參見鄭毓瑜《姿與言：詩國革命新論》第五章〈文法、修辭與意義〉。

當代句法學將句子的結構分為「單句」和「複句」兩種，僅有一個主謂結構或非主謂結構的句子，即為單句；複句則是由兩個以上的分句所構成，可以是一個單句加另一個單句，也可以是一個單句再加上一個以上的小句。然而句法學中的單句、複句的分法，僅適用於日常話語，和以日常話語為語體的文類，如散文、小說、報導，但對於詩歌而言，不能完全作為古典詩句式的劃分依據，同樣的也不能完全作為新詩句式的劃分依據。古典詩的句式特點為「齊言的對句結構」，在這樣的篇制條件下，即便語意上單句的意思似乎完足了，一旁卻存在著彼此互為對仗的另一個單句，從格律的角度來看，兩句才是一個完整的單元，也就是所謂的「兩句一聯」的敘事模式。因此古典詩歌中的句子同時是單句，也是複句，無法有明確的區隔，這種「對句關係」產生了中國古典詩歌獨特的句式，更對早期新詩句式的生成產生重大影響。

　　新詩相較而言更為自由，既不同於古典詩的對句嚴整，也不同於當代句法學所規範的這麼條理明晰。新詩的句式根源於白話文獨特的節奏韻律，出於一種自然的停頓，在詩行的表現上一般以逗號或空格將句子分層或分行，即為「行句關係」。比如鍾鼎文寫於1953年的〈第五個秋〉，該詩的第一節：[11]

　　　　屈指數來，今年的秋是第五個秋，
　　　　我的手，竟捏成一隻憤恨的拳頭。

這是一首分行詩，以句法學的標準來看，這兩行於在日常話語中算是一種單句的停頓，分別可寫為：「屈指數來今年的秋是第五個秋」、「我的手竟捏成一隻憤恨的拳頭。」但若以新詩的行句關係來看，開頭兩行按句子的停頓處又可分為四行：

---

[11]　鍾鼎文《山河詩抄》，頁26。

屈指數來，
今年的秋是第五個秋，
我的手，
竟捏成一隻憤恨的拳頭。

然而新詩在句子的停頓處分行的作法，並不會被視為「跨行」（又稱跨句），既然不被認為是跨行／跨句，在作者和讀者的認知中，這四行實際上是視為各自獨立的詩句，而不是個別被詩行拆分為二。對新詩而言，「行句關係」正是新詩句式的原理，自然停頓處是分句與否的判別標準，若再加上「行句分離」，在非自然停頓處強迫分行的特點，新詩的句式將更為複雜。語言學中的單句、複句結構，並無法確切說明新詩中的句式關係，新詩的句式是以句子的停頓處來分句。不管是舊詩還是新詩的句式，詩歌的格律、篇制等形式上的要求，早已形成自身的句式特徵，與日常話語的句式有著明顯的不同，無法單純以句法學的區分來套用，而是必須另建詩歌的句式分析架構。因此本文依據詩中句子的停頓處，將新詩的句式分為：沒有任何停頓的單層句、一處停頓的雙層句，以及兩處以上停頓的多層句；若以詩行的字數來分，新詩的句式則可分為短句、等句、長句。

（一）分層句式：單層、雙層、多層

今日新詩最常見的句式為單層句式，但在創建的初期，卻是以雙層句最為常見。現代漢語詩歌從舊詩轉換為新詩的過程，延續中國古典詩歌的句式，同時又採用西方傳統詩歌的句式，在這兩個傳統的影響下，正是初期雙層句居多的原因，從胡適早在1917年發表的第一首白話詩〈朋友〉，即可看出端倪。[12]〈朋友〉作於1916年

---

[12] 1917年《新青年》2卷6期，頁1。

8月23日，胡適按偶數句押韻的原則，將舊詩「兩句一聯」結構，與西方詩歌的分行形式進行融合，產生了「一行一聯」的句式，正是日後新詩雙層句式的前身。在新詩創立的第一年內，1918年《新青年》大多數的分行詩都是雙層句式為主，偶爾摻雜單層、多層的句式，包括4卷1期劉半農〈題女兒小蕙週歲日造象〉、胡適〈一念〉；4卷3期劉半農〈除夕〉、4卷4期林損〈苦—樂—美—醜〉；4卷5期唐俟〈夢〉、〈愛之神〉、俞平伯〈春水〉；5卷1期唐俟〈他們的花園〉、〈人與時〉；5卷3期沈兼士〈真〉、李大釗〈山中即景〉等，正是受到舊詩形式絕對的影響。不過雙層句式的出現，並非完全沿襲自舊詩，也受了西方傳統詩歌形式的部分催化。《嘗試集》中收錄了數首胡適翻譯的英語詩歌，1918年3月翻譯的〈老洛伯〉是胡適的第一首白話譯詩，當中就有許多雙層句式。此處將蘇格蘭女詩人林德賽夫人（Anne Lindsay）原作的第二節，與胡適的譯文進行比對：[13]

Young Jamie lo' ed me weel, and sought me for his bride;	我的吉梅他愛我，要我嫁他。
But saving a croun he had naething else beside;	他那時只有一塊銀圓，別無什麼；
To make the croun a pund, young Jamie gaed to sea;	他為了我渡海去做活，
And the croun and the pund were baith for me.	要把銀子變成金，好回來娶我。

此處比對了第二節。雖然傳統英語詩歌並非每句都是雙層句式，但胡適等人在學習西方詩歌的分行形式時，或多或少也會受到英詩句式的影響，更與中國舊詩「兩句一聯」的句式融通，造成新詩在創建初期以雙層句式為主的情況。但到了隔年1919年2月，胡適翻譯的第二首英詩〈關不住了〉，此處我們也將美國女詩人莎拉・蒂斯黛爾（Sara Teasdale）的原作與胡適的譯文比對：[14]

---

[13]　胡適《嘗試集》初版，頁34。
[14]　1919年《新青年》6卷3期，頁280。

I said, "I have shut my heart,	我說，「我把心收起，
As one shuts an open door,	像人家把門關了，
That Love may starve there in	叫愛情生生的餓死，
And trouble me no more".	也許不再和我為難了。」
But over the roofs there came	但是屋頂上吹來，
The wet new wind of May,	一陣陣五月的詩風，
And a tune blew up from the curb	還有那街心琴調，
Where the street-pianos play.	一陣陣的吹到房中。
My room was white with the sun	一屋裡都是太陽光，
And Love cried out in me,	這時候愛情有點醉了，
"I am strong, I will break your heart	他說，「我是關不住的，
Unless you set me free".	我要把你的心打碎了！」

這首譯詩被胡適看重，於《嘗試集》再版自序中說道，民國六年到七年年底，他的新詩還只是一個自由變化的詞調時期，認為在這之後他的詩才「漸漸做到『新詩』的地位」，尤其是這首〈關不住了〉：「是我的『新詩』成立的紀元。」[15]序文在談到詩的音節的時候，又以譯詩〈關不住了〉的第三節為例，說道：「我初做詩以來，經過了十幾年『冥行索途』的苦況；又因舊文學的習慣太深，故不容易打破舊詩詞的圈套；最近這兩三年，玩過了多少種的音節試驗，方才漸漸有點近於自然的趨勢。」[16]句式正是句中音節的組合方式，在翻譯〈關不住了〉之前，胡適絕大多數的分行詩，包括〈鴿子〉、〈老鴉〉、〈一念〉、〈三溪路上大雪裡一個紅葉〉，以及譯詩〈老洛伯〉等，幾乎毫無例外都是雙層句式為主。

再看這首〈關不住了〉，由於原詩將英文句法中的「並列句」（compound sentence），皆換行並且首字大，僅以抬頭低一格來表示從屬於前一句，將原本的雙層結構改為兩行「簡單句」（Simple sentences）。因此胡適在翻譯的時候，也跟著原作翻譯成單層句式，並未採用當時新詩常見的雙層句式，完成了胡適個人的第一首

---

15 胡適《嘗試集》修訂版，頁68。
16 胡適《嘗試集》修訂版，頁79。

單層句式的詩歌。然而胡適的譯詩〈關不住了〉並非第一首單句句式的白話譯詩，更非第一首單層句式的新詩。早在1918年《新青年》4卷1期上最早的一批新詩當中，劉半農〈相隔一層紙〉全詩兩節共八行，僅有一行為雙層句，其餘七行為單層句；沈尹默的小詩〈月夜〉，更是四行皆為單層句，也成了第一首完全由單層句式寫成的新詩：[17]

月夜

霜風呼呼的吹着，
月光明明的照着。
我和一株頂高的樹並排立着，
却沒有靠着。

沈尹默

從標點符號得知，整首詩受舊詩形式影響，由兩句的停頓處拆分成四句，下句低一格表示從屬於上句，前兩句更互為對句，四行行末皆押韻，不再像舊詩僅有偶句押韻，加強了詩行各自的獨立性，結構相當完整、完美，象徵的手法更使內容具有一份恬靜的詩質。不過單層句的寫法在這時尚未受到重視，胡適在同年《新青年》4卷3期發表的一首〈除夕〉，是胡適第一次整首嘗試單層句式的詩作，然而這首詩正如胡適說的，那時舊詩的習氣太重，偶句押韻加上主要為七字句，都使得這首詩無法被視為一首成功的新詩。[18]

---

[17]　兩首最早的單層句式新詩，見1918年《新青年》4卷1期，頁42。
[18]　1918年《新青年》4卷3期，頁229。

誠如胡適〈關不住了〉的翻譯嘗試，單層句式逐漸成為主流，主要還是受西方詩歌句式的影響。1918年《新青年》5卷3期登出了劉半農翻譯的〈譯詩十九首〉，其中印度女詩人沙拉金尼・奈都（Sarojini Naidu）原作的印度俚曲體詩〈海德辣跋市〉、〈椅樓〉形式上都是單層句為主的分行詩，可惜的是劉半農以文言文翻譯，語句較不現代，如同分行的舊詩；但同期登出S. Z.翻譯的〈不過〉、〈贈君薔薇〉語氣白話，兩首譯詩都按照原詩的形式以單層句為主。[19]當譯詩逐漸以單層句式為主之後，1919年是新詩由雙層句逐漸轉向單層句的一年。這年二月《新青年》6卷2期登出了周作人的長詩〈小河〉，全詩分成三部分，開頭詩人敘述的部分以多層句為主，並有部分的雙層句，接著中段水稻和桑樹的對話以單層句為主，最後回到詩人敘事，則採用了雙層句。[20]〈小河〉將三種句式靈活運用，代表詩人已經知道這三種句式不同的藝術效果，單層句也將逐漸取代雙層句成為主流，成為一個清楚的分水嶺。稍後《新青年》6卷3期登出周作人的〈路上所見〉、〈北風〉，兩首都以單層句為主，[21]同期也登出胡適的譯作〈關不住了〉。到了《新青年》6卷6期刊登的12首詩中，除了兩首散文詩以外，10首分行詩中就有胡適〈威權〉、〈樂觀〉、劉半農〈他們的天平〉、李大釗〈歡迎獨秀出獄〉、周作人〈畫家〉、〈東京砲兵工廠同盟罷工〉共六首單層句詩，之後其他號的《新青年》，以及甫創刊不久的《新潮》，兩個刊物上的詩作，都以單層句式為主流了。

　　因此新詩以單層句作為主要句式，在1920年1月第一本新詩詩集《新詩集》出版之前就已經確定。早期的新詩詩集，除了胡適《嘗試集》、葉伯和《詩歌集》、劉半農《揚鞭集》收錄較多1917-1919年間的詩作，是以雙層句式為主的詩集，其餘的詩集由於

---

[19]　兩首譯詩見1918年《新青年》5卷3期，頁304-305。原作分別是S. M. Hageman與C. Swain。
[20]　1919年《新青年》6卷2期，頁91-95。
[21]　1919年《新青年》6卷3期，頁279-280。

大多收錄1920年後的詩作，自然也都是單層句式為主。1921年8月郭沫若出版的第一本詩集《女神》，是第一本以單層句式為主的詩集。《女神》不僅確定詩行內部的單層句式，也確定了詩行之間以單句來推進敘事。一個接著一個「單層句式」的「單句」，成了新詩最基本的詩行結構。

新詩開始廢除標點符號的浪潮，也對單層句主導地位的形成，起了推波助瀾的作用。1926年穆木天發表〈譚詩〉，當時新詩普遍在行中和行末使用逗號和句號，詩行內的句式相對複雜，除了單層句以外，雙層、三層、多層都有，但只要是單層的句式，就不必在行中放入逗號和空格，而行末的標點符號又可以省略，這也使得新詩的單層句越來越多。當單層句再加上分行，行末的標點符號比行中更便於省略，也促使新詩加速擺脫標點符號。

新詩初期的句式尚在不穩定的階段，單層句式因為輕盈、簡短，易於形式排列，句意轉折也更加流暢，而不像雙層句、多層句般沉重，逐漸在句式的嘗試之中脫穎而出。不過當二〇年代單層句成為主流之後，仍有習慣以雙層句創作的詩人。例如戰後來臺的「詩壇三老」之一的鍾鼎文，他所採用的句式和紀弦、覃子豪都不一樣，例如詩集《行吟者》（1951）、《山河詩抄》（1956），絕大多數的詩作都是句式近乎等長的雙層句，為雙層句的代表。特別的是，來臺後鍾鼎文才開始大量書寫雙層句，[22]在此之前於大陸則是以單層句為主，此時句式的分層單純為個人詩風的選擇了。

多層句亦即在詩行當中有三個以上的停頓，較常見於散文詩，而分行詩的句式多半是一到三層，少見四層以上的句式。此種句式雖然沒有單層句、雙層句為多，但在早期的分行詩中卻也屢屢見到。1918年《新青年》4卷2號上沈尹默的〈落葉〉有趨於工整的句式，前兩行分三層，第三行分四層，第四行分六層，第五行又分四

---

[22] 以鍾鼎文《行吟者》頁13為界，之前為大陸時期作品，之後為來臺後的作品，句式明顯不同。

層，每層皆為五個字並押韻，等於是將一首五言古詩，採用新詩的分行。相對的，同期劉半農〈車毯（擬車夫語）〉雖然也押韻，但使用的白話文生動跳脫，完全脫去舊詩的氣息，全詩共五行，每行無論長短與否，都分三層兩個停頓，僅最後一行為四層三個停頓，是第一首標準由三層句式主導的分行新詩（下方左圖）。[23]往後胡適發表於《新青年》5卷1號的〈四月二十五夜〉，[24]以及6卷5號的〈送任叔永回四川〉也是由三層句式主導。[25]再看沈兼士發表於6卷6號的〈春意〉，詩僅有四行，卻是五層句與四層句交替使用（下方右圖）：[26]

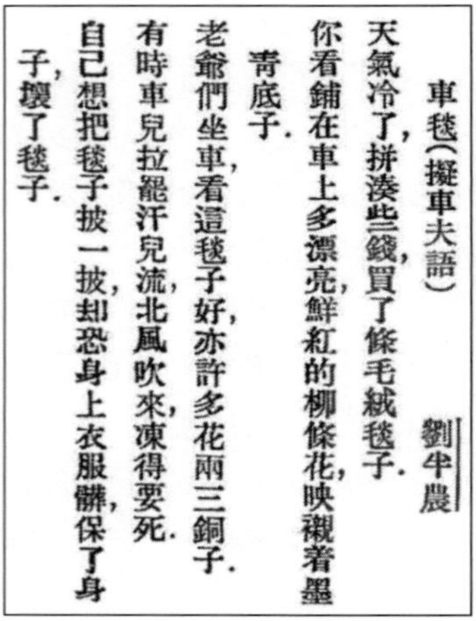

車毯（擬車夫語）　劉半農

天氣冷了拼湊些錢買了條毛絨毯子．
你看鋪在車上多漂亮鮮紅的柳條花映襯著墨青底子．
老爺們坐車看這毯子好亦許多花兩三銅子．
有時車兒拉罷汗兒流北風吹來凍得要死自己想把毯子披一披卻恐身上衣服髒保了身子壞了毯子．

春意　沈兼士

斜陽牛院松陰遮，我在水塲上閒坐；初春天氣漸覺暖和．
窟下牛圈凍的方塘注入溝沿沿的春水，衝動冰澌時起微波．
一雙白鴨洗浴剛罷，站在冰塊上晒翅刷毛快活不過！
活潑潑的小阿觀，對着這個景緻卻也牛响不動一聲不響的伴着我．

此期《新青年》改以較小的字體排版新詩，減少了過去因書籍版面限制，遭到強迫分行的情況，可與右圖同樣為劉半農的〈車毯〉比

---

[23] 1919年《新青年》4卷2號，頁104-105。
[24] 1918年《新青年》5卷1號，頁62-63。
[25] 1919年《新青年》6卷5號，頁485。
[26] 1919年《新青年》6卷6號，頁591。

較。新詩的分行形式得以突顯出來，不至於乍看之下和散文詩混淆。然而當詩行中的句式高達四層、五層之後，詩行的字數自然是單層句長度的數倍，〈春意〉最短的一行有21字，最長來到27字，因此多層句式實際上都是一種「長句」，一行的字數幾乎是另一首小詩的總字數了。

新詩最初的雙層句式延續舊詩的兩句一聯結構，同時也參照了當時西詩流行的高低格形式。新詩的多層句式，使得新詩更像文而不像詩；因此新詩的句式最後選擇往單層單句發展，形成專屬於自己的句式，既不同於雙層的舊詩，也不同於多層的散文。但新詩在經過三〇年代、六〇年代、八〇年代，三次現代主義思潮的洗禮之後，許多原本被視為延續自舊時代的形式孑遺，都重新被賦予了現代性的表徵。源自民初「作詩如作文」且已被單層句所淘汰的多層句式，卻成了九〇年代後一些先鋒詩人的代表句式。唐捐自詩集《暗中》（1997）、《無血的大戮》（2002）開始即有多層句的傾向，就連詩集《蚱哭猛笑王子面》的目錄和作品繫年也乾脆採用多層句式，[27]詩集《金臂勾》（2011）更來到多層句式鋪陳的顛峰，是臺灣句式分層最多的詩人；而大陸詩人句式分層最多者非于堅莫屬，翻開《于堅的詩》（2000）、《彼何人斯》（2013），詩頁經常快被橫排的分層詩行所填滿，原本理應向下堆疊的詩行，卻因多層句式的使用反而向右堆疊。試將于堅這首〈彼何人斯〉（節錄，左下圖），與唐捐〈小賦別〉的第一章〈A・你是否和我一樣〉相比較（右下圖）：[28]

---

[27] 例如作品繫年，第壹輯「捐說正忠排骨讚」（列舉部分，頁164），每行皆分三層：
蚱蜢篇／2012.12　臉書／2011.5　無厘頭詩／2011.4
喔，愛／2011.7　情詩／2011.4　粗人情歌／2011.12
三隻蚊子和被牠們叮的人／2011.5　小悟空／2011.5
眾生諗譯股份有限公司的電話轉接系統／2011.7　致歉／2012.12
世界末日不為人知的瑣事／2012.12　遊子吟／2012.11
[28] 分別見于堅《彼何人斯》，頁33；唐捐《金臂勾》，頁60-6。

彼何人斯

彼何人斯　永居鏡中　模仿着我　惟妙惟肖
是否也叫做堅　是否知道我藏在鏡子後面的秘密
知道我　剛剛從幕布出來　陽奉陰違的一日
衰淡神采　現在顧影自憐　要把嘴皮子上的沫
擦掉　齙牙咧嘴　從大理石深處齜出我的複眼
看你的紫唇　看你的黃牙床　看你的長舌頭是否
與我的飛短流長一致　鸚鵡學舌的傢伙
喉室深處藏着一具骷髏　說吧　別總看着我先開口
彼何人斯　鐵青着下巴　從不下雨刮風　松开領帶
脖頸裂开处　黑痣又現　有一點炎症　那顆痣
依旧暗示着　幸福不会兑現　彼何人斯
沒有心事的面具　模仿我的另一面　一親近
就要碰上你的禿鼻头　一直試圖像你一樣

A·你是否和我一樣

學弟　你是否和我一樣
在年輕時　親炙過許多
老師　像雨後蕈菇那麼勃勃地散發著豔異光彩的老師
老得不能再老　美得不能再美　怪得不能再怪的老師
椰葉梳理著烏雲的亂髮　杜鵑留下粉紅的　雪白的　暗紫的啼聲
在神祕的莊園　感覺的管線在地底相互聯結　神經之藤爬滿城牆
你是否和我一樣　來著
疼痛的靈魂　苦苦跋涉
於遙遠而陌生的沙漠　唇乾舌裂之際　眼神飛離眼窩
乃發現皇皇如許　啊　一座古老而年輕的知識的神廟
看哪　竹簡　帛書　奧義的程式　在篝火前激辯　在暗室裡試驗
像浪反覆撞向岩岸　碎而復合　合而復撞　撞出奇奇怪怪的形狀

兩首詩的句式平均都來到三層、四層左右，唐捐的句式更高達六層，且兩者大都採用空格分層，使得這些分行的詩行，既不像散文的連書句式，也不像單一的長句，屬於第三種拉長詩行的構句方式。因此當唐捐《金臂勾》左卷「致學妹」全以橫排書寫時，就與于堅的詩作在外觀上非常相似，皆是多層句式的分散詩型，可將兩人列入同一種詩歌形式的系譜。從唐捐和于堅對於多層句的使用，可發現多層句的復興事實上是「文」的強化，也是對傳統詩歌連書美學的回歸。于堅和唐捐多層句式的使用，主要出於作者形式美的要求，與內容並無太大關連。新詩的形式有時外於內容而存在，有時則是與內容密切相關。

　　更多詩人是在單層、雙層到多層句式之間尋求變化。中生代詩人李進文，雙層句式的習慣從第一本詩集的第一首詩就已經確立，[29]之後《不可能；可能》（2002）多首詩都是以雙層句為主，有時拉長為三層句，可見一到三層句的變化，直至第三本詩集《長

---

[29]　李進文《一枚西班牙錢幣的自助旅行》。

得像夏卡爾的光》（2005）才加入較多的單層句，但始終擁有多變的句式。李進文是對形式極為敏銳的詩人，正是從單層到多層句式的嘗試，使他的詩作得以在新詩形式進入極簡期之初，迅速蛻變為介於散文詩與分行詩之間的札記詩。以近期詩集《更悲觀更要》（2017）中的這首〈雨中跑步〉為例（左下圖），[30]相較於同組的其他首詩，〈雨中跑步〉行末皆有標點符號，細讀會發現，每一行都可視為一組兩行、三行的小詩，只是以連書方式合為一行，分別描述雨中跑步的六個階段，由此在極短的篇幅中寫出層次分明的動作。大部分的多層句，因其產生的原理類似分行的散文，經常採用跨句，像這類「行句同步」的多層句式在今日相當特別，反而與前述將近一百年前沈兼士所作的〈春意〉形式完全相同。現今大多數的多層句，詩行並不會如此完整。例如鍾喬2008年出版的詩集《鍾喬詩抄：來到邊境》，詩作相鄰的兩行經常是不同的句式，以兩層、三層居多，也不乏四層以上的詩行。例如這首〈友誼〉（右下圖），即是採用多個跨行的多層句，加強了行與行之間的連結。[31]

雨中跑步

雨中跑步，綠草乖巧，樹木活活潑潑；
為了當個堂堂正正的人，喘不過氣來。
雨中跑步，口袋裡的一串鑰匙吵死了；
年輕時候，什麼都不會做的，像月光帥帥地從雲間跑到世界。
後來回家，全身滴完了雨，我就縮水了；跑步是一種消逝的過程。
後來沖澡，肥皂泡泡不知道在高興什麼，一個一個含淚笑破肚皮。

友誼

書，在桌燈下攤著
夜兀自在窗外流離
茫漠的路上，有空盪盪的
一幀巴士。載來你飛沙般的
呼喚聲……。我說，「喝完桌前的這杯，再走吧！」
就見你手撫著胸口，獨自
化作曠野裡的一道影
走著，往家的方向，走著
像彈殼仍卡在靈魂間的 革命者
或者說 是 一名游擊戰場上的 傷兵

---

[30] 李進文《更悲觀更要》，組詩〈涉獵之歌〉第四首，頁118。

[31] 鍾喬《鍾喬詩抄：來到邊境》（臺北：鍾喬，2008年1月），頁47。

通常句式層次三層以上的詩作，詩行長度也容易趨於一致，例如于堅、唐捐，詩行偏厚重，形成沉重的氛圍，[32]較常用來描寫嚴肅的內容。鍾喬的詩作多半觸及深刻的議題，但跨行的運用使句式不再那麼厚重，反而有輕盈的跳躍感，也因多層句可以容納更多內容，兩者結合方便展開議題的辯證，可見於他的〈國界三首〉、〈光州，難以墜落的記憶〉等詩。因此並非確立單層句為新詩句式的主流之後，雙層句和多層句就消失了，反而是在單層句的主導下，交互使用，形成新詩句式多變的樣貌。楊小濱的詩作同樣擁有豐富的句式變化，與李進文、鍾喬屬相同的形式系譜，且與李進文出版歷程相似的是，他在第一本詩集《穿越陽光地帶》（1994）第一首詩〈文化〉的第一行，就展現他句式的特點：「一本書是一個情人的夜晚。一萬本／插在所有情人的骨架裡。」[33]透過句號在開篇或每節的首句下判斷，再接著陳述，形成楊小濱個人句式的風格。這種在詩行中置入句號的分層方式，搭配跨行、跨節，產生了所有句式分層中最極端的作法，使得一行中的兩層實際上分屬於兩句，為「一行兩句」，而非一句分成兩層。以楊小濱〈默誦一封在夢中收到的信〉為例：[34]

默誦一封在夢中收到的信

多年來，他，一直在默誦
一封在夢中收到的信。信中
提到了遠方的鳥兒。他以為
那是夜鶯。他想像中的宛轉。

信箋上的死者，寄自遠方
無言。如同讀信的人。

也許，鳥早已飛走，如同一紙
無字的信。僅僅留下羽毛的氣味。

多年來，他一直攀援
死者眼中的天空。無字的天空

甚至沒有羽毛。信封裡的
天空，甚至比鳥的五臟更細微。

他重複著死者的歌聲，從
多年前的夢裡傳來。但那

一定是夜鶯的歌聲，被一個
遲到的郵差錯遞到明天

32　唐捐許多詩作正是透過厚重、嚴肅的形式，來呈現誇張、爆笑的內容，形成極大反差。
33　楊小濱《穿越陽光地帶》，頁5。再例如〈硬物〉三首的第一句：「刀插在玻璃上。一把刀」、「骨頭在古代發芽。裝飾古代。」、「牆那邊：什麼也沒有」（見楊小濱《到海巢去》，頁31-36）皆採用相同的句式來開篇。
34　楊小濱《到海巢去》，頁176-177。

詩行被大量的逗號、句號與跨行，不斷地中斷和轉折，但同時以行中句號銜接上下句，詩節之間也以跨節的詩句相連，運用「行句分離」充分表現新詩現代性中「文的特質」，彷彿層遞迴盪的絮語，形成一種懇切的表達。由這首詩我們可看到新詩句式分層的優點，多變的句式分層，正是新詩獨有的句式，比古典詩固定的「兩句一聯」結構更能表達人們婉轉、多變的思緒和情緒。

正如陳衡哲為新詩最早大量採用單層短句的詩人，[35]相較於男詩人，女詩人或許更常以單層短句來創作。李癸雲是臺灣女詩人中句式最為多變、繁複的一位，特別的是她還歷經了由單層到多層的明顯變化。詩集《女流》中，她將詩作按編年降遞排序，1995年以前仍以常見的單層短句為主，但自1998年〈斯芬克斯的謎題〉開始，句式不僅拉長，層次或用標點符號、或用空格隔開，雙層句、三層句層出不窮，搭配單層句使用，建立起她個人獨特的句式風格，在女性詩人中獨樹一幟。多層句式正方便李癸雲進行女性有別於男性的細膩陳述，表達「情感氾濫的母性心境」[36]，〈她鄉〉、〈婚禮風景·光面與陰影〉更加上字體、網底的編排設計，營造對話效果，使句式更為複雜，「從此細細織就一張張網……／由床頭拉到夢囈的高度，黏住迷路的話語」，[37]引領讀者進入她所編織的詩意空間之中。

新詩句式的層次，由最早延續自舊詩兩句一聯結構的雙層單句，以及白話散文的散文句式，分別沿分行詩與散文詩兩條路線開始發展。隨後兩句一聯由垂直的雙層單句，改良為水平的雙行單句；散文句式則改良為多層單句，最後兩者逐漸演變為單層單句，作為新詩的基本句式。至此以句子的分層來劃分句式的方式，將近入下個階段，來到長句、短句、等句，三種句式的討論。

---

[35] 陳衡哲〈鳥〉，是第一首通篇使用單層短句的30行以上的中篇詩作，見1919年《新青年》6卷5號，頁485-486。

[36] 李癸雲語，見詩集《女流》自序，頁7。

[37] 李癸雲〈編織的女人〉，見詩集《女流》，頁42-44。

（二）長短句式：長句、短句、等句

　　前述介紹了「分層句式」，這節將討論「長短句式」，這也是目前詩歌研究最常採用的新詩句式的分法，不論句中層次的多寡，單純就句子的長度為評斷標準，而句子的長度正來自於字數和標點符號的疊加，這使得在長句和短句的判別上，有很大的主觀性，並受到內外兩種印象的影響。外部是一般人對於詩句長度的印象，亦即單層句的基本長度，內部則是一首詩當中各詩句之間長度的比較，兩種印象綜合出我們對句子或長或短的判斷。

1.短句

　　短句最短可以是一個字，或一個標點符號；至於長句的範圍，余光中認為一行16個字以上即為長句，他在編輯《八十五年詩選》時有感而發說道：「一行詩到了多少字就算長句，難有定論。不過一眼不能掃盡，一氣不能唸完，就不算簡潔了。若以十六字為準，則本屆選詩之中有句長達十六字或更多者，得十五首，占三分之一稍弱，已不算少了。」[38]因此短句、長句，並沒有一個明確字數界線，依筆者的了解，通常15字內屬於短句的範圍，3字以內則會被視為極短句，16字以上則被視為長句，中間3字到15字，則為一般句子常見的長度。

　　最初新詩以白話文的句式不定來衝破古典詩的格律，但在「作詩如作文」這種「以文為詩」的詩觀帶領下，早期新詩的句式非常不穩定，如同散文般隨意，忽長忽短，猶如散文與詩行交雜，這可從歷年《新青年》上的詩作，以及最早的幾本新詩集中，見到這種「句式不定」的景象。比如《新青年》4卷1號上最早的一批新詩中，刊登了胡適的〈一念〉，詩行的句子都偏長，乍看似為散文

---

[38] 余光中〈剖開年輪〉，《八十五年詩選》前序，頁5。

詩，但仔細看標點符號的位置，其實是一首雙層句式結構的分行詩。[39]最短的一行不含標點符號僅6字，最長的則有27字，若沒有書籍版面的限制，讓詩行完整呈現，錯落的情況會更為明顯。

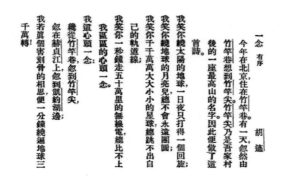

同期也有劉半農〈相隔一層紙〉、沈尹默〈月夜〉兩首由單層短句寫成的新詩，但並未受到重視和仿效，散文般的長句在新詩創建初期，佔有絕對的領導地位。這種類似散文體和分行體混雜的情況，同期還有胡適的〈人力車夫〉，最短一行四個字，最長有22字；下一期沈尹默的〈宰羊〉最短12字，最長更高達54字。[40]因此新詩長句的發展早於短句，短句是後來才發展出來的。長句更絕非八〇年代才盛行，新詩最初的樣貌正是長句，只是後來單層句式成為主導的句式之後，詩行的長短才縮短，才趨於平均。

　　這些「早期長句」共通的特點就是句子有不少的分層。詩行一句接一句，猶如散文般書寫，這正是古典詩歌遺留下的「連書體」的傳統，也是為什麼胡適等《新青年》詩人群，會創作許多散文詩、長句詩的原因。散文詩、長句詩的形式，與古典詩歌擁有著相同的連續書寫形式，新詩中白話文的長短句，以及詞體中格律化的長短

---

[39] 1918年《新青年》4卷1號，頁43。
[40] 1918年《新青年》4卷2號，頁108。

句，兩者連續書寫時外觀沒有太大的不同。於是新詩逐漸往單層句發展，而將句子縮短，並排陳列，不僅為了與散文詩有所區別，也是為了與另一個更久遠、更直接的古典詩歌傳統在外型上有所區別。

　　《新青年》很早就開始嘗試調整新詩的句式，努力使其成為單層的短句。4卷3號上登出了胡適的〈除夕〉，與前兩期《新青年》上的詩作相比，擁有著過去所沒有的形式。〈除夕〉雖然語言較為老派，如同一首打油詩，但詩行全部改為獨立的單層句，統一由七字句和九字句相互交替，句子的長短整齊許多，同時也以高低格保持了兩句一聯的傳統：[41]

除夕

胡適

除夕過了六七日，
忽然有人來討除夕詩！
除夕「一去不復返」
如今回想未免已太遲！
那天孟和請我吃年飯，
記不清楚幾隻碗！
但記海參銀魚下餃子，
聽說這是北方的習慣。
飯後濃茶水菓助談天，
天津梨子真新鮮！
吾鄉「雪梨登不好，
比起他來不值錢！」
若問談的什麼事，
這首詩更不容易記。
像是易卜生和白里歐(Ibsen and Brieux)，
這本戲和那本戲，
吃完梨子喝完茶，
夜深風冷獨回家，
回家寫了一封除夕信，
預備明天寄與「他」！

這首近似齊言的雜言體，正是時人所譏笑那種最差勁的「白話詩」，胡適自己也未將這首詩收進任何一版的《嘗試集》中，可見對這首詩的否定；同期陳獨秀的〈丁巳除夕歌〉也是採用相同的單層短句形式。[42]兩首詩的藝術成就不高，但兩首詩的形式，卻極為新穎，指出了新詩未來的形式樣貌，也就是「短句」，而且是「趨於整齊的短句」。沒想到新詩對於舊詩連續書寫的修正，卻是在舊詩的「齊言」特點上找到了方向，當以近似齊言的短句加上分行形式，就能與散文詩、連續書寫的古典詩歌，在外觀有明顯的區別。

---

[41]　1918年《新青年》4卷3號，頁229-230。
[42]　1918年《新青年》4卷3號，頁230-231。

《新青年》正是自4卷3號起,短句逐漸增加。隔期4卷4號登出胡適的〈新婚雜詩〉,該首詩的第三節(左下圖):[43]

雖然句式依舊不統一,詩行的長短落差極大,最短4字,最長達25字,但已經比過去放入了更多短句。〈新婚雜詩〉全詩分為五節,開頭都是以短句鋪陳,長句大都放在每節的最後兩行,顯見短句在詩歌中逐漸佔據主要的敘事功能,長句逐漸退居為偶發的重點提醒和感嘆功能。到了4卷5號上俞平伯的〈春水〉,[44]以及5卷1號上唐俟的〈人與時〉,雖然詩行皆為雙層句式,但卻是字數較短的雙層句式,不再像之前如胡適〈一念〉般的長句。這首〈人與時〉尤其可以感覺到詩行的縮短(右上圖),[45]整首詩前六句為雙層句式,後兩句為單層句,詩行的長度卻相差不大。雖然同個時間點,散文詩以及分行詩中的敘事詩類,持續促進長句的發展,在《新青年》中仍佔有相當大的部分,一旦這類雙層短句剔除了來自舊詩兩句一聯的影響,新詩的單層短句便告形成了。

---

[43]　1918年《新青年》4卷4號,頁311-312。
[44]　1918年《新青年》4卷5號,頁412。
[45]　1918年《新青年》5卷1號,頁62。

《新青年》5卷3號刊出了陳恆哲〈人家說我發了癡〉，句式上延續胡適〈新婚雜詩〉的長短句混用方式，詩行長度落差極大，但單層短句使用上更為活潑：「我方才講的什麼？／哦！我記得了。／我不是講到林肯嗎？」、「哈哈！你要睡去了嗎？／我可該走了。／我們在月亮的那面再見罷。」[46]更大程度擺脫了散文連續書寫的那種書面體的語氣。之後周作人的〈小河〉：「他是我的好朋友，／他送清水給我喝」、[47]〈路上所見〉：「面前放著半碗豆汁，／小手裡捏了一雙竹筷，／張眼看著老人的臉，／向他問些甚麼話。／可惜我的車子過的快，／聽不到他們的話。」、[48]〈北風〉：「好大的北風，／便在去年大寒時候；也不曾有這麼大的風。」，[49]以及胡適的〈一涵！〉，整首詩皆由單層短句完成。以下將〈一涵〉與一旁同期刊出的沈尹默〈赤裸裸〉一詩作為比對：[50]

一涵　　　　　　　　　　　　　　　　　　胡適

一涵！
月亮正在你的房子上，
正照在我的窗子上。
你想我如何能讀書，
如何能把我的心關在這幾張紙上！

赤裸裸　　　　　　　　　　　　　沈尹默

人到世間來，本來是赤裸裸，
本來沒污濁，卻被衣服重重的裹著這是爲甚麼難道潔白的身，
不好見人嗎？
那污濁的裹著衣服，就算免了恥辱嗎？

46　1918年《新青年》5卷3期，頁225-226。
47　1919年《新青年》6卷2期，頁94。
48　1919年《新青年》6卷3期，頁279。
49　1919年《新青年》6卷3期，頁279。
50　1919年《新青年》6卷4期，頁373。

短句的長度剛好是口語說一句話停頓的長度，這恐怕是短句唯一的標準了，約莫在十個字內，非常適合與日常話語搭配，呈現清新自然的語調，具有一種鮮明的活力；相較之下長句反而顯得沉重、過於正式，甚至給人一種嚴肅的舊派氣息。

1919年5月《新青年》6卷5號刊出陳衡哲的〈鳥〉，[51]這是一首完全由單行短句寫成的中篇作品，在這之前，單行短句多半都是十行以內，甚至是四行的小詩。然而〈鳥〉分為四節共33行，詩行最短為4字，最長為14字，差距在10字以內，長度落差不大，卻又具有錯落的美感。此時長句仍很強勢，同期就刊出不少長句詩，但〈鳥〉徹底擺脫了延續自舊詩兩句一聯以來的雙層句式，整首詩都是簡短的單層句，可見是作者刻意選擇的形式。於是短句開始展現它集中目光，貼近口語，敘事簡潔明快的形式優點，下一期《新青年》6卷6號不僅是雙層句改為單層句的變革之始，也是長句改為短句的轉圜關鍵，該期大部分詩作的句式都以短句為主，句式整齊，不再有過去忽長忽短的情況，胡適的詩作〈樂觀〉第三行僅有「來！」一字加驚嘆號，[52]是首次出現「單字成行」的情況，當一個字、一個標點符號都能獨自成行，不僅標誌短句的成熟，也代表分行形式已建立起它的地位和威信，詩行上不管放入什麼都能獨自成行了。

2.長句

單層句和短句的融合，確立了「單層短句」作為新詩敘事推進的基本句式。新詩創建初期的長句與短句之爭，最終由短句獲得了詩歌敘事的主導權，成為今日新詩形式的基礎。新詩正是在最初的前兩年，經歷了由雙層句變為單層句，由長句蛻變為短句的階段，才形成今天的樣貌。之後短句歷經白話詩派、創造社、小詩派、新

---

[51]　1919年《新青年》6卷5期，頁485-486。
[52]　1919年《新青年》6卷6期，頁589。

月派、象徵詩派，等詩人群的錘鍊，絕大多數的代表詩作，都是短句結構的作品。然而長句在沉寂了許久之後，1997年余光中主編《八十五年詩選》時，發現到該年度長句詩明顯增多的情況：

> 不過詩壇近年卻有一個現象，與小詩形成相對的極端，便是長句的興起。這現象不但見於一般報刊，也見於不少得獎作品，往往一行詩句長逾廿字，甚至接近三十個字，令人望而生畏，對讀者的肺活量形成一大挑戰。我不明白一位詩人的意念何以如此繁複，竟須動員這許多字來造句。如果他的意念真太繁複，一行不足以盡其妙，為什麼不可以迴行，讓一句話橫跨數行呢？為什麼不能節制一點，使一點巧力，一波三折，化整為零，非得讓長句傾瀉而下如一道黑色的瀑布呢？他真的指望讀者能毫不猶豫、勢如破竹地一口氣讀完廿幾個字的長句嗎？[53]

這段引述作為對長句最知名的一段評論，或許我們早已習慣新詩的短句寫法，以為短句才是新詩最初的主流句式，而忘了新詩最初是由長句開始發展。八零年代長句的浪潮，只能說是長句的復興，而非長句的初次興起。[54]不同的是，此次長句的復興不單單只是在詩中大量採用長句，或創作整首的長句詩，長句也以新的樣貌面對世人。余光中指出這波長句的形式特點，亦即不加標點符號：「如果這樣的長句中間有標點點斷，則段落分明至少可以稍減冗長的困境。如果一瀉廿幾個字而又不加標點，則讀者在視覺上與呼吸上所承受的壓力未免太大。其結果。只恐將使現代詩更令人畏懼。」面對長句再次崛起，余光中雖有疑惑，尤其反對沒有標點符號，拗口

---

[53] 余光中〈剖開年輪〉，《八十五年詩選》前序，頁4-5。
[54] 在此之前，1983年渡也已經注意到部分詩人對「冗長句的刻意經營」，將長句稱為「冗長句」。見渡也《渡也論新詩》，頁1。

的長句，但仍然認可長句的使用：「長句也不是絕不可用，只要用得有效，當然無妨。」[55]余光中的散文，即是以長句見長，即便他深知在散文中使用長句的優點，此時新詩的分行短句結構已穩定七十多年，在新詩中加入長句，和在散文中加入長句，肯定具有不一樣的形式效果，比如破壞新詩由短句所建構起的韻律感，而臺灣的新格律詩即是由余光中執牛耳，這是余光中對長句質疑的根本原因。對當時許多人而言，可以接受散文詩，卻不容易接受過長的分行，以及猶如散文的段落在分行詩中出現。

不過長句的復興並非晚到八〇年代才開始，八〇年代更像是一個百花齊放的收割時期，早在六〇年代長句就已經復甦，正是當時臺灣所瀰漫的現代主義風氣帶起長句的使用。雖然1935年成立的風車詩社，已在日治時期將法國的超現實主義詩風帶進臺灣，這是臺灣第一次現代主義詩歌的洗禮。然而當時並未獲得文壇廣大迴響，詩社和詩刊僅維持了一年，加上詩歌以日文創作，二戰結束後，改由國民政府統治臺灣，官方語言從日語轉換為標準漢語，尚未深化的現代主義也就突然中斷。五〇年代紀弦將現代派的現代主義詩風帶來臺灣，這是臺灣第二次接受現代主義詩歌，與前一次不同的是，所採用的創作語言是中文，且影響的範圍和時間，遠超過第一次的規模。在紀弦的號召下，無論支持或反對，當時本省籍和外省籍詩人無不受到「現代派」的影響。1956年紀弦提出〈現代派六大信條〉，其重點包括：1.發揚波特萊爾以降的現代主義詩歌精神。2.認為新詩這種文類是橫的移植，而非縱的繼承，理論建立和創作實踐上，都必須向西方看齊。3.美學上強調「主知」和「純粹性」。4.開拓詩歌「新的內容之表現，新的形式之創造，新的工具之發現，新的手法之發明。」[56]也因此所謂現代主義詩歌的繼承，即是如何以新的內容、新的形式、新的工具、新的手法來展現主知

---

[55]　余光中〈剖開年輪〉，《八十五年詩選》前序，頁5。
[56]　1953年《現代詩》第13期，紀弦提出〈現代派六大信條〉。

與純粹性的西方詩學。「長句」正是在紀弦的現代主義詩學所嘗試的新形式中，扮演了重要的推動角色。翻開紀弦來臺之後出版的兩本編年自選詩集《摘星的少年》與《飲者詩鈔》，以及所創辦的詩刊《現代詩》上的〈三十二年詩抄〉、〈三三詩抄〉等專輯，記載了1929年到1948年個人詩作的形式變遷。

窗

雲的少女們的時裝表演移過窗的青空的大銀幕：
那些是日暮橙色的少女。
那些是桃色的少女。
那些是黛色的，緋色的，和紫羅蘭色的少女。
而在窗的黃金律的靈框嵌著的是：
建築物們的灰色，白色，黑色，土黃色，和屋頂的紅色，以及抽拔煙的工廠的囪，水塔的囪，發芽的樹和電線桿的囪，
雀鳥的音符們則歡悅地跳躍在電線的五綫譜上。

三十代

凡我所在處，
紙花灰繽紛。
那些是
生命樹的落英。

而我的修長、修長、修長的投影則伸展、伸展、伸展到地平線的那邊的那邊的那邊

早期紀弦於《現代》的詩作都是結構勻整的短句。紀弦最初的長句嘗試，是寫於民國1942的分行詩〈吠月的犬〉，當中第三行：「於是騎在多刺的巨型仙人掌上的全裸的少女們的有個性的歌聲四起了：」[57]在整首詩中顯得一枝獨秀。寫於1943年的〈街的嘆息〉最

---

[57] 紀弦《摘星的少年》，頁220。值得注意的是1917年2月日本荻原朔太郎的處女詩集《吠月》（月に吠える），當中即運用大量的長句，不知道紀弦長句的使用是否曾

後一句：「而高高地從一塊有燈的樓窗探首下眺的是一個已經換穿了睡衣的外國女人。」同樣長得誇張。[58]1944年的〈嚴冬之歌〉全詩三節五行，其中三行是二十字以上的長句，至此長句詩算是重見於世人眼前了。紀弦寫於1944年的〈窗〉（左上圖），[59]與另一首同樣寫於1944年的〈三十代〉（右上圖），[60]皆突然將詩行拉長，採用保留標點符號的連書型散文長句。其中〈三十代〉第一節最短的詩行為三個字，第二節僅有一行，但含標點符號字數竟多達40字。形式上的長句與不斷「修長、伸展」的內容彼此呼應，事實上紀弦是對詩行採取局部構圖了，〈三十代〉正是他個人的自畫像，我們很容易從這首詩聯想到他高大刁著煙斗的模樣。

　　這類長句與短句的搭配，在新詩創建初期時常可見，但當新詩的句式走向均等之後，便鮮少出現突兀的長句了。現代主義詩歌開展之際，長句才重新回到新詩人創作的選擇中。1944這年，紀弦也創作了不少散文詩，那麼到底「分行詩的長句」和「散文詩的一段」，究竟分別在哪？當詩行不加標點符號後，換行算不算長句？或許基於這些疑問，紀弦也開始將分行詩與散文詩結合在一塊，〈某地〉、〈遠方有七個海笑著〉、〈五月為諸亡友而作〉、〈桑園街〉、〈火柴篇〉、〈九點鐘〉等，[61]都是散文的一段或兩段，再搭配獨立的一行詩行，形成獨特的「行段同篇」形式。這都使紀弦的詩作，彷彿回到了新詩創建時期《新青年》上的詩作一般，然而這次並非當年在詩體尚未成形下的摸索嘗試，而是有意為之，將各種詩行的型態拿來重新組合，希望寫出「現代性」的嘗試，也更為工整、前衛、更具詩意。

受日本戰前「近代詩」的影響？

[58]　紀弦《飲者詩抄》，頁35。

[59]　1957年《現代詩》16期〈三三詩抄〉，頁6。

[60]　截圖引用自1957年《現代詩》17期〈三三詩抄〉，頁2。此詩又見紀弦《飲者詩抄》頁47，但收入詩集後，紀弦將原本獨立一行的長句拆成兩行，將最底下「那邊的那邊」獨立成一行。

[61]　以上數首詩見紀弦《飲者詩抄》，頁42、52、53、57、61、80。

於是終於在1944年，紀弦創作出了新型態的長句，這時長句不僅出現於分行詩，也出現於散文句式中。〈黃浦江小夜曲〉延續之前的「行段同篇」形式（左下圖），[62]第一節為連書型的散文句式，第二節為獨立型的分行，特別之處在於，第一節的散文句式由兩句不加標點符號的長句所組成。接著該年度的最後一首詩〈太陽頌〉（右下圖），[63]全詩僅有一段，為連書型的散文句式，但一直到第三行的中間才出現逗號，前兩行完全沒有標點符號。若以此詩的長句和短句對比古典詩歌的句式，歷來即便是雜言體，最多一句也在九言、十一言之內，從未有過如此大的落差。

黃浦江小夜曲

徐徐吐出自以濃紫色的二座碼頭小屋尖頂幛成了的山谷之珠樣的初升月是淡淡的檸檬黃色的。而江干林立着的參差桅桿們的鏤窗戳破了澄澈如畫的藍空並便其滴蕭疏星數點。

無數銀浪優美地漾躍着。黃浦江——這滔滔的濁流啊！

太陽頌

自淡藍的高空俯瞰鷹隼的盤旋和飛機的翱翔並穿過灰白的雲層照臨我的陋室之窗來作對於窗玻璃上裝飾着的那些隔宵水蒸氣的薄冰的小小結晶體的圖案之欣賞的冬季上午的太陽的溫煦呀，啊啊，便是常在飢寒中的我們的歡樂和慰藉的一切了呀。

62　紀弦《飲者詩抄》，頁79。
63　紀弦《飲者詩抄》，頁87。

嚴忠政曾統計《八十五年詩選》當中15位詩人的18首詩：「這18首，411行的詩句計有2925個字，平均每行為7個字。」[64]正和古典詩歌以五言、七言主要句式的字數相同。今日的新詩中，短句無疑更近於「詩」，長句更近於「文」，因此對長句的改革，如何去除「文」的特質，使長句不同於「文」，成了「長句」現代化的一個課題，最簡單的方法就是去除標點符號。1947年，紀弦創作了一首〈在商業的王國〉，[65]這是第一首完全沒有標點符號的長句詩，整首詩採用連書型的散文句式，共分成三段，每段一氣呵成，最長的第三段更長達五行沒有中斷。詩題和所要囊括的內容，相當摩登，對此紀弦採用了無標點的長句，來表達當代商業社會的前衛氣氛。回顧紀弦長句的試驗，1944年才是長句復興的起點，長句的現代化可說是紀弦以一人之力完成全部的轉型。

　　由紀弦所開創的當代長句，實際上是一種詩行的分行型態與連書型態的綜合體。紀弦來臺後，在他所創辦的《現代詩》2期上刊登了田湜的〈策馬者〉：[66]

策馬者

策馬者有着馬般奔騰的心志和願望。

好像一股狂風，策馬者，你馳騁在蓊鬱的林莽裡。
馬的鬣毛痙攣着，策馬者，你的心卻沉甸甸地，你按住時代跳動的命脈，你讓阿保羅先期的車子駛向人寰。
策馬者曾經熱誠地謗耀着：
我的馬曾奮飛在黃昏的煙靄裡，她咽咽着，她長嘯着。
我的馬曾馱着藏花的鬪士，自嶙峋的巉巖奔歸營地。
我的馬曾伴着臘月的氣流，叫世紀的河流打結着冰雪。
我的馬曾站在黑夜的邊際，疾呼着陵遲的黎明。
我的馬曾允許我，要馳盡暗黑的道路，休憩在新生的黎明裡，牛飲着清涼的峭水。
那時，我將為你們，用綠草編織成一條光明的鞭子，鞭策我的馬，把自由的歌笔無吝惜地唱給新生的土地。
我有這樣的馬，牠值得我謗耀的。
策馬者，你像一只蟄伏在冬日地屑下的蠱子，你蠢蠢欲動……
你赤誠地追逐着，你海鷗一樣地歌頌暴風雨，你蠱蛾般甘心地讓火焰埋葬了你，讓暴風雨為你奏着葬樂吧！
策馬者，你黑夜的偶像。

策馬者值得謗耀的，是有着馬樣的心志和願望啊！

　　　　　　　　　　　　　　　　　　　　　　　　　　──田　湜

---

64 嚴忠政《場域與書寫──新世代詩人書寫走向之研究》，頁45。
[64] 嚴忠政《場域與書寫──新世代詩人書寫走向之研究》，頁45。
[65] 紀弦《飲者詩抄》，頁182。
[66] 1953年《現代詩》2期夏季號，頁28。

這是一首橫排的長句詩，《現代詩》的編輯並未讓這首詩自然換行，而是一行一行呈現長句的氣勢，呼應內文「策馬者」奔騰的戰鬥精神。[67]《現代詩》3期登出方思〈石柱・外三篇〉，其中〈石柱〉最後一行：「與這掩映婆娑的椰子樹，這道里亞式的柱頭，這閃爍的小孩的眼睛，這冷冷而充滿情熱的青色的沉靜」字數含標點符號竟達44字且未換行，[68]同期也刊出紀弦〈詩底復活〉又七篇，竟出現連續三行各32字的並排長句；[69]4期登出方思的〈夜〉、阿予〈愚蠢的不是全體〉及其他三首；[70]6期方思的〈生長〉、〈棲留〉，林郊〈詩神〉及其他三首；[71]7期曹陽〈叛徒的顯示〉、紀弦〈我要到南部去〉，以及墨人〈雪萊〉、〈長夏小唱〉、〈鳳凰木〉；[72]8期方思〈海特爾堡〉、羅門〈加力布露斯〉，[73]10期〈羅門詩抄〉兩首；[74]11期巫寧〈五月的海邊〉外二首，[75]這些詩都採用了長句。過去從未有過一種新詩刊物，像《現代詩》這樣大規模使用長句。相較於49年後中國大陸新詩以單層短句為主，終《現代詩》發行期間始終不乏創作長句的詩人及其作品，長句也成為戰後臺灣現代主義詩歌的代表句式。在《現代詩》的影響下，創世紀詩社中多位亦是寫作長句的好手：洛夫〈政變之後〉[76]、〈不被承認的秩序〉、〈死亡的修辭學〉、〈月亮・一把雪亮的刀子〉的單行

---

[67] 田湜（1929-2002），本名陳文尚，另有筆名藍天兒、鐵露，籍貫福建仙遊，戰後渡臺詩人之一。臺灣大學歷史學系畢業，曾任職僑委會，主編《野風》文藝半月刊、《僑務月報》、《華僑通訊》日刊海外版、《南國》月刊、《力與美》月刊。田湜詩作，抗戰期間以抗日為主題，熱情豪放；來臺後思念故里，以懷鄉為主。其生平與為人處事，可見林鷺〈野風吹過——憶詩人田湜〉一文。

[68] 1953年《現代詩》3期秋季號，頁41。但當1980年收入《方思詩集》後，長句都礙於書面的物理限制而換行了。

[69] 1953年《現代詩》3期秋季號，頁48。

[70] 1953年《現代詩》4期冬季號，頁62、頁74。

[71] 1954年《現代詩》6期夏季號，頁53、65-66。

[72] 1954年《現代詩》7期秋季號，頁89、90、119-110。

[73] 1954年《現代詩》8期冬季號，頁142、159。

[74] 1955年《現代詩》10期夏季號，頁53-54。

[75] 1955年《現代詩》11期秋季號，頁110。

[76] 洛夫「西貢詩抄」組詩，見《洛夫詩歌全集》Ⅰ，頁190。

長句；[77]或是商禽〈不被編結時的髮辮〉、〈長頸鹿〉、〈門或者天空〉中的無句讀長句；[78]以及管管、碧果詩行大幅度長短錯落的寫法，正是源自紀弦、方思。

乃至於之後夏宇以斜線／取代句讀的〈排隊付帳〉、〈帶一籃水果去看她〉，[79]唐捐以空格代替句讀的〈我用傷殘的身體〉、條列式的〈逞於如髮之大道〉、以單行長句串起的〈我的詩和父親的痰〉，[80]以及孫維民的長句一行詩〈失眠者的句子〉、行段同篇的〈異形〉，[81]和詩行同時兼具錯落型、分散型的〈過年〉（下圖）。[82]這些長句詩，都是從紀弦所開拓的形式上進一步地改良。正因為現代派詩人群、創世紀詩人群的嘗試，長短錯落的句式，以及長句詩，重新進入新詩詩人的創作視野當中，在今日成為一種形式選擇。

長句在臺灣的復興，是新詩形式發展的重要事件。現代主義詩風為長句、短句的競爭再次拉開序幕，但這次不再像早期那樣彼此格格不入，如今更多是兩者間的合作，將長句再次找回到新詩創作的視野中，增加詩行的形式變化。獨立型詩作許多本身就是單獨的長句，錯落型的詩行也能與長句搭配，構圖型的詩作更需要長句與短句來架構，這都與紀弦等現代派詩人重新把長句納入詩中密切相關，用一種現代主義的角度，使得新詩的形式更加跌宕生姿。

---

[77] 洛夫《魔歌》，頁114-122。
[78] 商禽《夢或者黎明及其他》，頁13、33、125。
[79] 夏宇《Salsa》，頁122-123、126-128。
[80] 唐捐《無血的大戮》，頁72-74、45-46、。
[81] 孫維民《異形》，頁32、68-69。
[82] 孫維民《麒麟》，頁55-56。

過年

它站在移動的樹梢（歲末一片尚未落地的黑色的葉子）在路旁張
望彷彿也在爲它及它的友伴沉思並且規劃

我坐在汽車裡幻想它必定
看見了遠處如此明顯浩大的某些正在接近的事物除了具體的寒流
與抽象的春天

如果我能夠短暫地進入（在它必須飛走以前）黑色枯
葉般的細薄鳥身我將知道應該預備綠意或者死寂之後

我也可能

不對你說。

（三）等句

　　除了長句和短句之外，新詩還存在另一種常見的句式，等句。凡是長度等長的詩行相鄰或隔行並列對齊，即為等句。詩行等長是等句的形式特點，而所謂的詩行長度，以漢字字數為主，但也包含標點符號、空格的影響在內，不能以純粹的漢字來計算。要呈現等句，最少需兩行以上的詩行互為對比，如果整節，甚至整首都是等句，這樣就形成了方正的詩型。等句的美感要求毫無疑問來自古典詩的齊言特點，關於新詩句式中的「等句」與古典詩歌句式中的「齊言」、「對句」之間的差異，已於第一章詳細討論過了。此處我們將討論的重點，放在新詩等句的發展演變上。

　　初期新詩在白話文的引導下，句式以長短錯落為主，加上傳統兩句一聯的敘事模式影響下，等句大都為兩句，有時更會以類似對句的方式呈現。1918年《新青年》4卷1號上第一批新詩中，僅有胡適的〈鴿子〉具有明顯的等句：「回環來往，／夷猶如意，──」

兩句在此明顯並列，刻意降低高度，這是一組「雙句等句」，也是等句第一次出現。[83]接著4卷2號僅有沈尹默〈落葉〉開頭兩行為等句：「黃葉辭高樹，翩翩翻翻飛，大有惜別意。／兩三小兒來，跳躍東西馳，捉葉葉墜地。」雖然為押韻的五言體，排列上卻是新詩的詩行排法，將理應分成六行的句式，強迫分成兩行。[84]當新詩的句式逐漸往「單層短句」發展後，也開始出現由單層短句構成的等句。4卷3號上胡適的〈除夕〉：「但記海參銀魚下餃子，／聽說這是北方的習慣」[85]這組雙句等句，採用傳統兩句一聯的組合，但內容毫無傳統對句的痕跡，可視為字數相等的相鄰兩行，日後的等句，即是在這種新形式下進一步發展。到了4卷4號胡適的〈新婚雜詩〉出現了相同句型鋪陳的「排比等句」：「你家辦了嫁粧，／我家備了新房，」、「鏽了你嫁奩中的刀剪，／改了你多少嫁衣新樣；」[86]句型分別為「你家…」、「○了你○…」，自然必須已經發展出單層單句，才有辦法以單一句型不斷地並排造句。此時等句仍侷限在傳統對句的概念下，兩行彷彿是一個不可跨越的界線，如知名的「草兒在前，／鞭兒在後，」。[87]雖然排比句型不一定要採用等句，但隨著排比句型的發展，兩句的等句結構終將被打破，出現連續多句的等句。

　　初期新詩持續以長短錯落的句式為主，少有等句，倘若出現等句也僅止於兩句的「雙句等句」，這樣的情況，一直持續到1919年《新潮》1卷4號登出康白情的〈夢境〉，見第一節：「□我總火樣的熱；／他總冰樣的冷。／每日家的夢境，／何曾有一刻醒！」[88]每行六個字，後三行為等句，這是第一次等句打破了對句的傳統，

83　1918年《新青年》4卷1號，頁41。
84　1918年《新青年》4卷2號，頁104。
85　1918年《新青年》4卷3號，頁229。
86　1918年《新青年》4卷4號，頁312。
87　康白情〈牛〉，見1918年《新潮》1卷4號，頁578。
88　1919年《新潮》1卷4號，頁580。

來到三句以上，若不是第一行抬頭低了一格□，第一節就成為完全由等句組合成的一節了。接著1919年《新青年》6卷6號，刊出李大釗的〈歡迎獨秀出獄〉：[89]

歡迎獨秀出獄

（二）

你今出獄了，
我們很歡喜！
他們的強權和威力，
終究戰不勝真理。
什麼監獄什麼死，
都不能屈服了你；
因為你擁護真理，
所以真理擁護你。

此時單句敘事已經成熟，出現連續五行的七言體，但內部的敘事卻非文言句法，而是一般的白話文。齊言形式在這並未起到傳統七言體的格律作用，而是幫助詩人創作出等長的詩句，整齊是唯一的目的。這類「齊言」的形式表現，並不是西方詩歌的傳統，我們看到，新詩再次回到舊詩的形式中去尋找新的形式可能。此類連續數行的等句出現後，只要再加上排比句型，下一步就是連續數行的排比等句了。1919年5月《新潮》1卷5號刊登傅斯年的兩首詩，〈前倨後恭〉最後一節寫道：「任憑你力量怎樣單薄，／效果怎樣微細，／一生怎樣苦惱。／命運怎樣不濟，／你終是人類向著『人性』上走的無盡長階上一個石級。」表面上看仍是當時常見的長短錯落句式，但開頭四句為「○○怎樣○○」的排比句型，其中三句為等句，這是新詩 第一次出現排比等句；傅斯年另一首〈喀們一伙見〉，更出現了「雙句排比等句」與「雙層等句」：[90]

---

[89]　1919年《新青年》6卷6號，頁588-589。
[90]　兩首詩見1918年《新潮》1卷5號，頁784-785。

咱們一伙兒　　傅斯年

春天杏花開了，
一場大風吹光。
夏天荷花開了，
一陣大雨打光。秋天梔子花開了，
十幾天的連陰雨把他淋光。
冬天梅花開了，
顯他那又老又少的勝利在大雪地上。
杏花荷花梔子梅花──
你敢了，我罷。
咱們的總名叫「花」
咱們一伙兒。

太陽出了，月亮落了。
星星出了，太陽落了。
月亮出了，星星落了。
陰天都不出偏有鬼火照。
太陽月亮星星鬼火──
咱們輪流照著
叫他大小有個光，
咱們一伙兒。

第一節開頭：「春天杏花開了，／一場大風吹光。／夏天荷花開了，／一陣大雨打光。秋天梔子花開了，／十幾天的連陰雨把他淋光。」沿用了舊詩兩句一聯的敘事傳統，將一聯按內部的兩句寫成兩行，每行六字展開來平行排列，形成以兩句為一個單位的排比等句，但第六行改以長句書寫，這則是新詩初期常見的短句鋪陳，長句收尾的敘事模式。第二節開頭，則是特別的雙層句排比，三句皆採用「○○出了，○○落了」句型，這種形式同樣是古典詩歌兩句一聯敘事傳統的改良，只是將一聯採用垂直排列寫成一行。同期康白情的詩作更出現了連續四句的排比等句，〈雞鳴〉：「嫂嫂起來煮飯。／婆婆起來打米。／哥哥起來上坡。／妹妹起來梳洗；」；〈東行郊外〉：「踞的踞著；走的走著；挖的挖著；劇的鏟著──」[91]康白情和傅斯年，他們不可能約好同時要寫何種形式的作品投稿，可見當時的詩人多已感覺到新詩正在往排比發展的趨勢。因此「排比等句」可說是完成於1919年《新潮》1卷5號，詩行於書面的空間布置，將從散文式的垂直發展，轉為分行式的水平發展，詩與文在形式上逐漸區隔開來，而這得力於古典詩歌傳統兩句一聯以及齊言形式的重新起用。當等句已經成為繼短句、長句之後新詩

---

[91]　1919年《新潮》1卷5號，頁786。

的一種基本句式，等句的下一個發展目標，即是完全由等句組成的「等句詩」。

等句詩可分為兩類，由不同長度的等句所構成的「複合型等句詩」，以及完全由單一長度的等句所構成的「單一型等句詩」。1918年《新青年》5卷6號上Y.Z.的〈戀愛〉是新詩中最早的一首等句詩，採用等句詩最短的兩行形式，呈現了等句詩最早的型態：「自然的戀愛，你在什麼地方？／明明的月光，對著海洋微笑。」[92]這首詩的形式明顯來自於舊詩，同期沈兼士的〈山中雜詩〉以及沈尹默的〈劉三來言，穀子死矣〉，都是這類「一聯一行」的分行的舊詩。[93]等句詩形式的模仿對象，正是齊言的舊詩，不同的是，〈戀愛〉並非五言或七言體，而是由直白有如口語的白話文，組成上五下六雙層句式，是一首改良自舊詩齊言形式的新詩。由於新詩採用了白話語體，受到白話文錯落句式的主導，新詩的齊言化，正是為了拉開「文」與「詩」的距離，借鑑了舊詩的形式。但新詩的形式，正是為了破除舊詩形式才誕生，這種自我矛盾，使得新詩需要一個重新啟用齊言形式的理由，解釋為何一定要採用齊言來拉開與散文的距離？正如同兩行是等句的一個基準，也是關卡，在找到重新起用齊言形式的理由之前，只能見到依循舊詩傳統三、四、五、七言句式的齊言體，[94]而未見到專屬於新詩的新的齊言句式，使得能夠自由擴展行數的等句詩遲遲未能出現。

胡適譯於1919年2月的這首〈關不住了〉，分別刊登於同年3月的〈新青年〉和4月的《新潮》，[95]整首詩按原作分為三節，每節四行，並按高低格排列，除此之外，譯作的句式卻是胡適自己的發

---

[92] 1918年《新青年》5卷6號，頁587。

[93] 1918年《新青年》5卷6號，頁585。

[94] 三言見康白情〈廬山紀游三十七首〉的第十首（《草兒》，頁180）；四言則見陸志韋〈苜蓿五章〉、〈憶鄉間〉（《渡河》，頁76、81-83）；五言見郭沫若〈棠棣之花〉（見《女神》，頁33-41）。

[95] 1919年3月《新青年》6卷3號，頁280；1919年《新潮》1卷4號，頁577。

明，詩行的字數依次為：「7789／7878／8989」，可看到這首詩的詩句大多譯為等句，且字數集中在789行，句式的長短相當平均，且偶數句都押韻。另一首形式相似的詩作是1919年11月《新青年》6卷6號上周作人的〈東京砲兵工廠同盟罷工〉，全詩三節共15句，同樣大多為等句：[96]

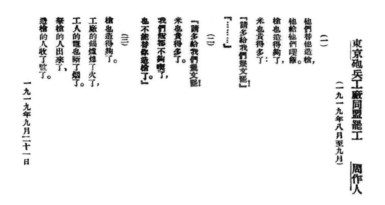

這首詩幾乎全由等句所組成，其中「請多給我們幾文罷」、「槍也造得夠了」、「米也貴得多了」三句分別在不同的地方重複，加上行末多以「了」字押韻，最後一節更到了每行押韻的地步，形成回環往復的韻律感。等句、重章、尾韻，胡適的譯詩與周作人的詩作，在追求詩行整齊的同時也追求格律的試驗，齊言的程度與韻律的使用成正比，較之陸志韋在詩集《渡河》首次提出新詩格律化的呼籲還早了四年，是日後新格律詩的濫觴。等句詩正是新格律詩兩種基本的詩型之一，為新格律詩提供了形式來源，[97]出於白話語體所產生的形似於「文」的焦慮，正是新詩發展出等句並導入格律的最深層的原因。

---

[96] 1919年《新青年》6卷6號，頁592-593。
[97] 新格律詩的兩種基本詩型為「方正型」與「韻律型」。

如同《嘗試集》是胡適對於白話詩的嘗試之作，陸志韋1923年出版的第一本詩集《渡河》，正是他新詩格律化的嘗試之作。他在詩集前序〈我的詩的軀殼〉中提到：「自由詩有一極大的危險，就是喪失節奏的本意。節奏不外乎音之強弱一往一來，有規定的時序。文學而沒有節奏，必不是好詩。」這份「節奏」並非自由體新詩所提倡的，來自口語的自然節奏，而是一種刻意為之的人工結構：「詩的美必須超乎尋常語言美之上，必經一番鍛鍊的工夫。節奏是最便利，最易表情的鍛鍊。節奏的來歷有遲有速，有時像現成的，有時必須必須竭力經營的。」[98]這正是新詩重新啟用齊言句式所需要的理論基礎，採用等句句式，正是為了使節奏整齊，將新詩如同白話散文般雜亂無章的節奏，做有系統的整理。《渡河》中一首寫於1920年的〈愛心〉，正是調整詩歌節奏之後，展現出新的專屬於新詩的齊言：[99]

〈愛心〉繼承了舊詩兩句一聯的句式，同時又採用了新詩的等句句式，將五言詩的「一聯一行」，與新詩的「十字一行」，合併為每行十字的等句詩。「一聯一行」分為兩層，五個字一個停頓，而

98　陸志韋《渡河》，頁17-18。
99　陸志韋《渡河》，頁25-26。

「十字一行」的部分，則停頓處不一，在此試著代為分層，包含不停頓的句式：「我收集人家剩下的愛心」；五五句式：「我還折了腰，謝我的鄉親」；上四下六句式：「折斷了腰，也救不得性命」；或上六下四：「我喫的是哀憐，不是愛心」，如此可以在整齊的句式中，形成不整齊的停頓，而不至於因過度整齊帶來的僵化，符合陸志韋自己在前序所提出的節奏理論：「節奏的來歷有遲有速，有時像現成的，有時必須必須竭力經營的。」

　　陸志韋不僅是最早嘗試大量創作等句詩的詩人，大規模的進行新詩定言體的試驗。除了〈愛心〉之外，《渡河》集中還嘗試了各種的等句詩，包括四言的〈苜蓿五章〉、〈憶鄉間〉；[100]七言的〈戰後〉、〈二狼〉；[101]八言的〈倘使〉、〈一九二三元旦〉；[102]九言的〈筍〉；[103]十言的〈農夫〉、〈弱者〉、〈愛蓮〉；[104]十一言的〈子夜歌〉。[105]這些由陸志韋所開創的等句詩，皆七言以上的句式，外在詩行整齊，但內在仍保有自由的停頓，維持了自由體口語般的自然節奏，日後聞一多的〈也許〉、[106]朱湘〈死之勝利〉[107]都屬於這類句式停頓較為自由的等句詩。但隨著詩歌格律主義的興起，形似傳統齊言體的等句詩自然成為被極端格律化的目標，產生了像聞一多的〈死水〉、[108]林庚詩集《北平情歌》中的九言詩，這類從用韻到音步都嚴格規範的新格律詩。

　　等句詩發展的高峰，即是自陸志韋的詩集《渡河》1923年出版開始，中間歷經了新月派為首的新格律詩的鼎盛期，一直到1932年

---

[100]　陸志韋《渡河》，頁76、81-83。
[101]　陸志韋《渡河》，頁110-111、138-141。
[102]　陸志韋《渡河》，頁115-117、200-201。
[103]　陸志韋《渡河》，頁209-211。
[104]　陸志韋《渡河》，頁166-169、177-178、186-192。
[105]　陸志韋《渡河》，頁114。
[106]　聞一多《死水》，頁27-29。
[107]　朱湘《石門集》，頁9-13。
[108]　聞一多《死水》，頁39-41。

施蟄存創辦《現代》雜誌，開啟了現代派，將新格律派的聲勢拉下，新詩的主流句式也從等句，再次回到長短不一的句式。新格律詩表面上是對西方格律體詩的多方嘗試，實際上卻是對古典詩形式的回歸，新月派的飽受現代派批評的方塊體、豆腐乾詩，即是以等句為主要句式的等句詩，亦即新詩中的齊言體。當新格律詩退潮之後，等句也逐漸減少使用，不再成為構成詩作的主要句式，而是作為一般敘事的鋪陳，混雜在長短詩行當中。整首以等句創作的等句詩，比長句詩更為少見。相較於新月派的主陣地《晨報・詩鐫》上等句詩的大量刊登，現代派三本重要刊物，《無軌列車》、《新文藝》、《現代》竟然只出現六首等句詩，顯見現代派對豆腐乾體的反感，句式的流變呈現極大的落差。[109]

當初新詩為了脫離散文句式，援引了古典漢詩和西方詩歌的傳統格律，整飭了新詩的錯落句式，回復到過去的齊言型態。新格律詩專注於新詩節奏的調控，卻忽略了白話文錯落的特質，以及書面形式的美感，未察覺新詩已經是一種以視覺為主要經驗感受的詩歌。當新詩的節奏過度地人工化，即便外在形式上營造了整齊的音韻美，反而削弱了內在敘事的詩質，而降低現代人的共鳴。就在等句詩與新格律詩的鼎盛期，新的方正詩型也在此時出現。早在陸志韋嘗試的各種等句詩中，存在少數行末沒有加上標點符號的詩行，[110]這表明等句詩在最初就已經採用跨行，截斷過長的句子以與其他句子平衡。比如這首〈倘使〉：[111]

---

[109] 其中方正型的四首等句詩為：郭沫若〈牧歌〉（《現代》2卷1期，頁27-30）、宋清如〈燈〉（《現代》4卷6期，頁1026）、少斐〈變〉（《現代》3卷6期，頁781）、王振軍〈心鈴〉（《現代》4卷3期，頁509-510）；錯落型的兩首等句詩為：紹冠華〈毀滅〉、〈夏夜〉，皆刊於《新文藝》1卷3期，頁446-447。

[110] 陸志韋《渡河》採用跨行的等句詩包括：〈憶鄉間〉、〈戰後〉、〈倘使〉、〈二狼〉、〈農夫〉、〈弱者〉、〈愛蓮〉、〈一九二三元旦〉、〈筍〉。

[111] 陸志韋《渡河》，頁115-117。

倘使

倘使你回到山裏去，
山洞裏捧一些涼水，
澆澆你火熱的顏面，
享一剎沒有夢的睡……

倘使你左手提了愛，
右手未了一切希望，
放一夜的猶豫不決
在無意識的天秤上……

倘使你為你的理想
做出一件驚人的事，
甚至於犯了大不諱，
靜悄悄的含笑到死……

倘使你對這根青草
不再問他有無究竟，
倘使你對於你自己
不再問有沒有良心……

下午，你正好渡河。
柳絲兒一根也不動。
黃昏籠罩你的時候，
你的船在山影之中。

詩中第二節的跨行「放一夜的猶豫不決／在無意識的天秤上……」、第三節的跨行「倘使你為你的理想／做出一件驚人的事，」以及第四節中的兩處跨行：「倘使你對這根青草／不再問他有無究竟，／倘使你對於你自己／不再問有沒有良心」另一首詩〈戰後〉的第一節：「禮拜堂的亂磚頭／塞住了一段陰溝。／鎗珠穿透的大門／壓扁了一雙骷髏。」[112]以及〈二狼〉的第一節：「這一大堆現成肉／我們只揀肥的咬。」[113]這些等句詩的跨行其實很有問題，首先從句意上來看，將這些分行處全部以逗號取代，稍做停頓也並無不妥，不一定非要視為連續的一句；其次所有採用跨行的長句都剛好是其他句子的兩倍，這樣固定折半的跨行，並無太大的意義，反而顯得不自然也不巧妙。相較於《渡河》等句詩中尚未成熟的跨行，稍後聞一多這首〈你指著太陽起誓〉令人眼睛一亮：[114]

---

[112] 陸志韋《渡河》，頁110。
[113] 陸志韋《渡河》，頁138。
[114] 聞一多《死水》，頁5-6。

「你指着太陽起誓」

你指着太陽起誓，叫天邊的鴻雁
說你的忠貞好了，我完全相信你，
甚至熱情開出淚花，我也不詫異。
祇是你要說什麼海枯什麼石爛……
那便笑得死我。這一口氣的工夫
還不夠我陶醉的？還說什麼「永久」？
愛，你知道我祇有一口氣的貪圖，
快來箍緊我的心，快啊，你走……

我早算就了你那一手——也不是變卦——
「永久」早許給了別人，批辮是我的份；
別人得的穰是你的菁華——不壞的千春。
你不信？假如一天死神拿出你的花押，
你走不走去去戀着他的懷抱
跟他去講那海枯石爛不變的貞操！

這首詩和〈死水〉同樣收錄在聞一多新格律詩的代表詩集《死水》當中，但並不是由等句所構成，反而是由參差不齊的長句和短句所組成，行末有著標準的跨行，整首詩就像是把一段連續的散文句式塞進方正的詩型當中，這種寫法在稍後朱湘的《石門集》裡，像〈洋〉、〈愚蒙〉、〈希望〉等詩都有運用。[115]這也代表新格律詩逐漸從聽覺上整齊節奏的要求，轉為視覺上的形式對稱的要求，寧願為了外在的方正詩型，而割捨內在等齊的音律節奏，成為一種視覺的節奏，開啟了日後包括陳黎〈四方〉、[116]陳育虹〈方向〉等方正型詩作的寫法。[117]

聞一多寫出了格律最為嚴格的等句詩〈死水〉，卻也開創出將長短句式以跨行與跨節截斷為等長詩行的「類等句詩」。原本新詩以等句拉開與散文之間距離的做法，卻反而被散文句式所滲透，這種「文」的反撲，將在詩行的敘事中逐漸取代等句的作用，亦即不必再透過等句，錯落的長短句同樣能夠對齊，同樣能寫出「豆腐乾

---

[115] 朱湘《石門集》，頁27-29、40-41、44-46。
[116] 包括〈東方〉、〈西方〉、〈南方〉、〈北方〉，以及〈四方〉，見陳黎《朝／聖》，頁11-118。
[117] 包括〈沒有方向〉、〈往藍色的方向〉、〈那麼教堂是不是方向〉、〈無憾的方向〉，見陳育虹《魅》頁134-137。

體」，但內在的整齊節奏卻已被破壞殆盡。對於等句詩和新格律詩來說，可謂「成也聞一多，敗也聞一多。」過去完全由等句一行一行構成的方正型詩作，在今日反而不多見了，多半是相同句型的排比等句還採用這種詩型。[118]等句之所以被長短句式取而代之，最主要在於跨行與跨節的靈活運用，乃至於更特殊的「跨首」，例如宋尚緯的組詩〈你寫關於你的故事〉第6、第7首：[119]

7

也沒有我。

6

在你的忌日那天
我收到你的信
上面寫滿了你的故事
卻沒有你，

整組詩唯一出現的兩個標點符號，正是用來提醒讀者此處詩句的連續性，卻將其硬生生拆成兩首詩，透過特殊的形式，傳達內容的隔閡、陌生與遺忘。這也是新詩不同於傳統詩歌之處，這種製造分行的機制帶有強烈的現代性，同時帶出新詩動搖漢語詩歌形式的一個最根本的問題：「行句分離」。

第二節　詩行的排列方向

　　在所有關於詩行的視覺呈現上，排列方向是第一個辨識的形式特點。文字印刷品的排列方向，來自文字的書寫方向，少數情況則

---

[118] 例如陳黎〈八方〉，見《朝／聖》，頁119。
[119] 宋尚緯《共生》，頁97。

是因書面的物理限制而有所不同。漢字的書寫方向，長期以來維持由上往下的直書，到底之後再往左繼續新的一行，少數如匾額，是由右往左書寫，實際為一字一行的直書作法。漢字「直書左走」的習慣，也連帶影響了漢字文化圈中日本假名、韓國諺文、越南喃字的書寫方向。西方的羅馬拼音文字則是橫排的由左往右書寫，再往下繼續下一行，與東方不同。近代隨著西方文化的傳入，包括科學科技、政治制度、教育、文學各領域的全盤西化，在這新的時代漢字為了能與西方的拼音文字、數理公式在同個書面上呈現，展現了極強的適應力，方塊字的特質使得漢字得以在橫書、直書之間自由的轉換。十九世紀下半葉開始的洋務運動，中國引進了大量的西方科技及各類西方書籍，翻譯的交流，促使東西方兩種書寫方式的融合。光緒十年（1884年）上海點石齋石印出版了中英文對照的《士民通用語錄》，這是目前已是最早的中文橫排書，[120]此後橫排書陸續推出，承擔傳播西方科技新知、文化新知的責任。這股基於追上西方科技文明水平，所推動的書面排版革新，也在中國新詩的發源地《新青年》上引發討論。1917年5月錢玄同於《新青年》3卷3號的通信欄，向《新青年》創辦人陳獨秀闡述中文橫排的優點：[121]

> 然中文直下，西文橫迤，若一行之中有二三西文，譬如有句曰：『十九世紀初年，France有Napoleon其人。』如此一句寫時，須將本子直過來，橫過去，搬到四次之多，為免又生一種不便利。則當以何法濟之。曰：我固絕對主張漢文須改用左行橫迤，如西文寫法也。人目係左右相並，而非上下相重，試立室中，橫視左右，甚為省力，若縱視上下，則一仰一俯，頗為費力。以此例彼，知看橫行較易於直行。且右手寫字，必自左至右，均無論漢文西文，一字筆勢，罕有自右

---

[120] 參見佚名〈我國最早的文字橫排書〉一文，1996年5期《南京史志》，頁53。
[121] 1917年《新青年》3卷3期，頁17。

至左者，然則漢文右行，其法實拙。若從西文寫法，自左至
右，橫迤而出，則無一不便。我極希望今後新教科書從小學
起，一律改用橫寫，不必專限於算學理化唱歌教本也。既用
橫寫，則直過來橫過去之病可以免矣。

錢玄同舉例詳論中文橫寫的優點，不僅基於人體工學，橫排較省眼
力，同時右手寫字也是以由左往右書寫為順，在接軌東西文化上，
更便於西方拼音文字、數理算式，乃至於樂譜的閱讀。文後陳獨秀
的回覆，也對「漢文左行橫迤」極以為然。錢玄同此信寫於1917年
5月15日，距離1月刊登中國第一批新詩僅過了五個月，雖然錢玄同
並未針對新詩要求橫排，而是對所有中文書籍，那麼新詩自然也在
橫排的對象當中。之後《新青年》3卷6號、5卷2號、6卷1號、6卷
6號的通信，錢玄同都再次提到橫排之便，始終認為：「我個人的
意見，以為橫行必較執行為好，在嵌入西文字句的文章裡，尤以改
寫橫行為宜。」[122]儘管錢玄同多次呼籲，《新青年》一直到1926年
停刊，發表在《新青年》上所有的新詩，皆為直排。[123]然而《新青
年》並非不曾嘗試過橫排詩歌。

　　1918年8月《新青年》5卷2號，刊出劉半農翻譯印度詩人泰戈
爾（Rabindranath Tagore）所作的兩首無韻詩〈惡郵差〉、〈著作資
格〉，這是《新青年》第一次採用橫排，也中國第一次發表橫排
的白話譯詩。[124]當中〈惡郵差〉全為中文，〈著作資格〉也只提到
「——a,b,c,d,e,f,g,h,i——」一句英文，可見兩首詩並非為了便於閱
讀英文字才選擇橫排，《新青年》其他放入更多英文字更需要橫
排的文章，也都還是直排。為何《新青年》首次橫排是為了兩首

---

[122] 1919年《新青年》6卷1期，見〈橫行與標點〉錢玄同回答陳望道，頁73。
[123] 關於錢玄同推廣橫排書的努力，可參見李可亭《跬步集》中〈錢玄同研究〉「版本
　　還是橫排好」一章。
[124] 1918年《新青年》5卷2期，頁104-105。

譯詩？顯然劉半農考慮的是忠實呈現詩作原本的形式，是基於泰戈爾的原詩為橫排，才要求將譯作以橫排刊出，是本於詩歌形式的考量，不單純只是錢玄同所提倡的關於橫排的現代化理念。接著5卷3號又刊出劉半農翻譯的〈譯詩十九首〉，同樣全為橫排，題名仿自漢末一組知名的五言古詩〈古詩十九首〉，可見譯者對這組詩的期許。

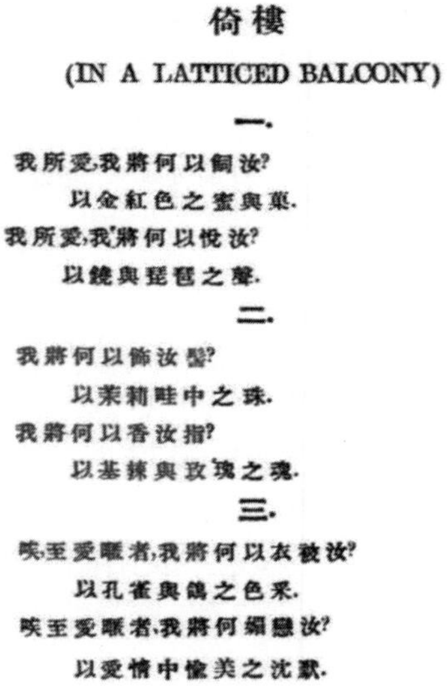

倚樓

(IN A LATTICED BALCONY)

一.

我所愛,我將何以飼汝?

以金紅色之蜜與菓.

我所愛,我將何以悅汝?

以鐃與琵琶之聲.

二.

我將何以飾汝髮?

以茉莉畦中之珠.

我將何以香汝指?

以基抹與玫瑰之魂.

三.

唉,至愛睡者,我將何以衣被汝?

以孔雀與鴿之色采.

唉,至愛睡者,我將何媚戀汝?

以愛情中愉美之沈默.

十九首分為幾個部分：泰戈爾所作的無韻詩〈海濱〉五首、〈同情〉二首，以及俄國詩人屠格涅夫（Ivan Turgenev）的散文詩〈狗〉、〈訪員〉，這些散文體的詩作都翻譯得十分白話；而翻譯自印度女詩人沙拉金尼・奈都（Sarojini Naidu）的印度俚曲體詩，這十首分行詩則翻譯得較為文言。例如這首〈倚樓〉（上圖），[125]

[125] 1918年《新青年》5卷3期，頁233-234。

其形式與今日橫排的分行新詩並無二致，當時國內尚未出現橫排的新詩，譯詩再次比新詩更早擁有了新詩的形式。由於《新青年》同期刊載的新詩，如陳衡哲、胡適、沈兼士、李大釗的詩作都是直排，呈現了新詩直排，譯詩卻橫排的奇怪畫面，或許因為這種不協調，為求詩作排列方向統一，5卷2號、3號後《新青年》再也沒登過橫排的譯詩。

　　1920年1月新詩社出版了中國第一本新詩詩集《新詩集》，整本皆為直排，同年3月胡適出版第一本個人新詩集《嘗試集》亦為整本直排。此時不管是刊物還是單行本詩集，詩歌不分新體舊體都還是直排，然而在詩歌改用橫排之前，民間為了方便，許多書籍、刊物早已跟著西方拼音文字橫排，閱讀上也沒有太大的困難，新的由左而右的橫排閱讀方式，很快就被國人所接受，漢語詩歌改為橫排的形式只是時間早晚的問題。若說《新青年》所定下的是延續舊詩的直排傳統，而詩歌橫排的風氣則肇始於《學藝》月刊。

　　1920年起詩歌直排的情況開始改變，這年6月《學藝》刊登出橫排的舊詩，例如下圖潘力山的兩首詩。[126]這些舊詩都以空格隔開句子，且以單句為一個單位，而非雙句：

長崎道中(以下均為由赴美道中記中錄出)　　**力　山**
我聞車聲軋軋千迴百轉。　我心奈何亦猶爾。　對案不能食。舉杯且自思。　人生上壽不滿百。　何用媚時諧俗為。　黃鵠高飛忽千里。　東西南北任所之。　雖有猗穠將安施。

舟次檀香山懷辟疆　　　　**力　山**
登高望所思。　重洋間阻之。　夢魂雖識路。　大浸與天齊。不畏風波險。　但悲覿面稀。　安知就寢夕。　非君晨興時。

---

[126] 1920年《學藝》2卷3號。

不同於內容以政經、文化思潮為主的《新青年》，1917年4月在東京創刊的《學藝》（季刊）以科學和藝術類的文章為主。正因為內容含大量西方拼音文字、數理公式，1920年4月2卷1號改為月刊開始，一變為橫排刊物，該期潘大道（潘力山）撰寫〈何謂詩？〉支持新文學，也成為第一篇橫排的新詩論。[127]然而1920年《學藝》內部支持傳統文學的勢力仍然強大，改為橫排之後的一年皆只刊登舊詩，維護舊詩的立場明確。直到1921年4月《學藝》2卷10號登出郭沫若的〈湘累〉，這是一篇以白話文創作的劇詩，《學藝》將其標為「戲曲」，作者也在該期通訊中稱這篇作品為「戲曲」，[128]同期更刊登了許多舊體雜詩，可見新文學在古典的名目下才便於刊登。此時新詩的形式尚不穩固，有許多形式上的嘗試，劇詩是其中之一，但〈湘累〉的結構已相當完整。此處節選結尾部分：[129]

> 屈原. 能發流眼淚的人,總是好人.能發使人流眼淚的詩,
> 總是好詩,詩之感人有這麼深切.我如今纔知道詩歌底
> 真價了.幽婉的歌聲呀!你再唱下去罷!我把我的蓮佩通
> 同贈你(投蓮掷花擲入河中)你請再唱下去罷!
>
> 　　（水中歌聲）
> 　　太陽照著洞庭波,
> 　　我們魂兒戰慄不敢歌.
> 　　待到日西斜,
> 　　起看篋中昨宵淚
> 　　已經開了花!
> 　　啊,愛人呀!
> 　　淚花兒怕要開謝了,
> 　　你回不回來嚟?
>
> 老翁. 曬呀!天色看看便陰了下來.我們不能再耽延了!我
> 怕達不到目的地方,天便會黑了!我要努力撐去!我要努力
> 力撐去! …………
>
> 　　　老翁盡力撐篙,從君山右侧,轉入山後,花環在水上飄飄,帆影
> 　　　已不可見.遙遙猶聞欸乃之聲.　　　　　　　　　　　幕

---

127 1920年《學藝》2卷1號。
128 1921年《學藝》2卷10號，見〈通訊：郭沫若先生來函〉：「我做的戲曲名叫『湘累』。」
129 1921年《學藝》2卷10號。

劇中新舊詩與敘事、對話、動作夾雜，開頭先引用屈原〈離騷〉拉開序幕，接著描述場景帶出人物演唱新詩，唱完後屈原、女嬃、老翁三者展開對話，反覆歌唱、對話直到落幕。這齣戲以新詩作為唱詞，確立了白話劇詩，屬於新詩的一種新的表現方式。〈湘累〉之後即收入郭沫若第一本新詩集《女神》，雖然分行的新詩只是劇詩的一部分，卻也成為中國第一首橫排的新詩。〈湘累〉登出後，《學藝》逐漸轉為新文學的陣地。到了11月《學藝》第3卷第6號刊出了梁宗岱的長詩〈夜深了嗎？〉，這也是中國第一首完整的單首橫排新詩：[130]

雞叫了！
多情底寶月也離我去了。
窗兒上已透出一片曙光
來替代那月亮兒底光了。
樹上底寒鴉啞啞地亂叫——
天就要亮了。
我底心兒卻仍是一樣地幽暗著；
我底手如霜冷！
我底面如黃蠟！
我底心似死灰！
我底淚透了我底兩頰！
唉！我要離開你了，可憐底世界！
唉！可憐底世界，我要離開你了！

　　　二一，一，十一於廣州培正學校．

這首詩共四節84行，此處選錄最後一節，可能是當時最長的一首詩。過去直排的新詩，如《新青年》標點符號可放在文字的兩側，不影響一行的長度。但橫式排列以後，標點符號只能放文字後方，必定佔去部分的書面空間，我們可看到這首〈夜深了嗎？〉標點符

---

[130] 1921年《學藝》3卷6號。

號明確佔了半格或一格，橫排導致了標點符號地位的提升，在書面的呈現上有了一席之地，間接取消了「齊言」，影響新詩形式的發展。五個月後，1922年4月湖畔詩社出版了潘漠華、馮雪峰、應修人、汪靜之的四人新詩合集《湖畔》，是第一本由左向右橫排的新詩集，也是中國第一本橫排的詩集，同年7月李寶樑出版《紅薔薇》則是中國第二本橫排的新詩詩集。[131]

　　新詩橫排的書寫方式正是在1922年確定下來，距離1917年新詩誕生約莫五年的時間，日後橫排的詩作、詩集將越來越多。即便是直排的詩集，如《嘗試集》1920年3月初版全書為直排，數字以中文數字「一二三」標示。比如這首〈關不住了！〉目錄頁碼寫為「四六─四七」，但在1922年10月的增訂四版中，目錄全改為橫排，目錄頁碼為「……51」。[132]康白情的詩集《草兒》，書中的文章、詩作都是直書，但目錄卻是橫書。這些都應當是受頁碼數字的緣故，橫排更便於表現十位、百位數的阿拉伯數字。

　　隨著印刷的發展，直排、橫排兩種書寫方向在民初的使用旗鼓相當。1949年之後兩岸分治，中國大陸推行橫排，臺灣則則維持直排，兩岸的詩集除了文字上簡繁體的區別外，另一個最明顯的區別，正是書寫方向的不同。橫排對新詩形式的影響，是降低了詩行的活躍性，減少了許多形式變化。由於橫排之後，詩行的每個字都貼緊「地面」，失去了直排詩行向下掉的「重心」。這種明顯於視覺上的「重心」，正是直排新詩在形式上比西方詩歌以及橫排新詩多變的重要原因，詩行正是在重心的運用下進行各種錯落、分散，以及構圖的鋪陳，產生各種具意義的變化。失去重心的橫排詩行，只好往左右延伸發展，但因書籍頁面以直立長方形為主，橫排也就比直排少了許多形式發揮的空間，長句、散文詩行也變得侷促，因

---

[131] 李寶樑《紅薔薇》，見劉福春、李怡主編的《民國文學珍稀文獻集成・第一輯・新詩舊集影印叢編》第五冊。

[132] 胡適《嘗試集》增訂四版，目錄。

此上下錯落的詩行始終比左右延伸的詩行，形式還來得更加排奡縱橫，不受拘束。橫向排版，加上現代主義的中斷、民間性的滲透，皆造成中國大陸新詩形式較少錯落變化，絕大多數都是齊頭的分行詩，所佔的比例遠比臺灣要高出許多。這也是本書雖然參考了不少中國大陸1949年以後的詩刊、詩集，但引用卻不多的緣故，其在形式上沒有臺灣來得多變、來得典型。

但不管如何，一本中文書籍原則上只有一種書寫方向，不是直排即為橫排，然而當「書寫方向」作為書面如何藝術性地呈現文字的一種可操作的變因之後，就不盡然如此。古典漢詩僅有直排，西方詩歌又僅有橫排，現代漢詩卻同時具有兩種書寫方向，比其他詩歌多了一倍的表現方式，書面形式的變化比起西方的現代詩更加多元，不得不歸功於漢字的方塊特質。因此詩集橫排看似模仿西方，卻是根本於漢字特質的一種新時代的適應，對擴展新詩形式是非常重要的關鍵。也因此所有書籍中，就以新詩詩集的書寫方向最不固定，偶爾可以在一本詩集當中同時發現直排、橫排，甚至是兩種以外的新的書寫方向。今日詩集安排書寫方向的方式，除了固定單一書寫方向外，還有四種書寫方向的組合：

一、右翻直排，左翻橫排

許多詩集都在單本書中採用右翻直排，左翻橫排的排版方式，以區別兩個不同的單元。比如藍雲創辦的《乾坤詩刊》，右翻直排為古典詩，左翻橫排為新詩，採用兩種書寫方向呈現兩種不同的詩體。唐捐2011年出版的詩集《金臂勾》分為兩卷，〈右卷：致學弟〉為右翻直排，〈左卷：致學妹〉為左翻橫排，因致意的對象不同，也採用兩種書寫方向。

二、每首詩自訂排列方向

　　新詩詩集多半由許多單一的詩篇編輯而成，每首詩都是獨立的篇章，作者賦予每首詩不同的形式，包括不同的書寫方向。由於一般詩集的長寬為直立矩形，橫排能夠容納的詩行較多，但詩行能容納的字數較少；直排能容納的詩行較少，但詩行能容納的字數較多，也因此橫排直排，各有優缺點，端看詩人的選擇。新詩詩人為一首詩特別安排不同的書寫方向，主要出於三種原因：1.客觀的版面限制。2.為配合部分符號的書寫方向。3.詩人主觀的詩意營造。

　　鴻鴻1993年出版的詩集《黑暗中的音樂》，可作為更動書寫方向的代表。全書84首詩，以繁體詩集常見的直排右翻為主，所安插的4首橫排詩中，就包含了上述三種主要更改書寫方向的原因：例如，第72-73頁〈超然幻覺的總說明〉因仿擬校園試卷考題，有許多數字和數學符號，以及填空題，自然以橫排為佳；第109-117頁的組詩〈畫家的回憶〉，橫排的原因是為了讓左頁能夠容納較多詩行，將一首詩在單頁中呈現，好搭配右頁的圖畫；第163頁〈飛行：TO DEAR KATRINA〉也為橫排，目的是要安放詩行中的英文單字（見下圖）；第108頁〈看魚時發生的事〉並沒有一定要排成橫排的需求，但還是被詩人以橫排呈現。這些橫排詩在全書以直排右翻為主的情況下，成為特殊的橫排右翻（一般橫排書為左翻），在閱讀時產生新穎突出的效果。

　　更改書寫方向的原因，又以客觀的版面限制最為常見。例如紀弦《現代詩》季刊的排版，在經濟拮据、物資匱乏的戰後初期創刊，為節省費用，只能想方設法將直排與橫排併陳，一點都不浪費版面。一旦經濟達到一定水平，詩人也會提高對詩集的排版要求，這時詩作橫排、直排的選擇，多半出於詩作形式（尤其是詩行長度）與版面限制之間的拉拒所做出的決定。

　　1996年林則良出版橫排詩集《與蛇的排練》，當中一首〈在陣雨與陣雨之外〉詩行超出橫排版面，作者又不願意換行，因而改為直排。[133]邱剛健生前未完成的詩稿於2014年出版《再淫蕩出發的時候》，這本橫排詩集共50首詩，8首詩因詩行過長，在不分行的情況下改為特殊的「側躺橫排」，得將詩集的頁面方向順時鐘挪動90度才能閱讀。[134]改為文字側躺的橫排方式，雖然每頁容納的行數較少，每行卻可以容納更多的字數，而不必因為頁面長度的侷限而強迫換行，破壞了詩歌的形式美。以邱剛健這首〈旁邊〉為例（下

---

[133] 林則良《與蛇的排練》，頁121-126。

[134] 見邱剛健《再淫蕩出發的時候》，〈詩的長度〉頁14、〈空氣的形〉頁48、〈聽修曼〉頁52、〈回信I〉頁54-55、〈回信II〉頁56、〈記憶與忘記張照堂的兩張照片〉頁64-67、〈旁邊〉頁68-69、〈但是他還在沉迷看〉頁72-73。

圖），詩集《再淫蕩出發的時候》橫排每行僅能容納31字，〈旁邊〉有五句含標點符號超過34字以上，唯有改為「側躺橫排」才能以長邊安放詩行，避免破壞詩行的結構，但有兩句實在因為太長了，連長邊也無法負荷，只能拆成兩行。

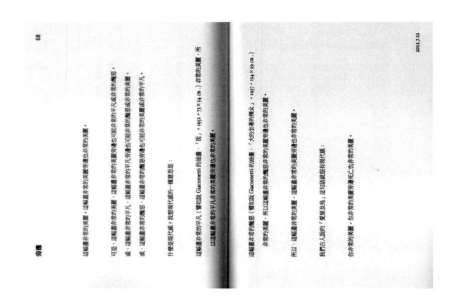

大陸八〇後女詩人包慧怡2016年出版的橫排詩集《我坐在火山的最邊緣》，同樣巧妙利用了「頁面方向」，除了一般常見的直向橫排外，全書109首中6首也使用了少見的「側躺橫排」排版。[135]由於一般橫排書，每行能容納的字數較少，因版面限制而改變書寫方向的多為橫排書，可看到詩人對於詩行完整度的堅持，寧願更改書寫方向，或是拉長版面篇幅，也不願意將詩行切斷換行。

　　然而書寫方向的轉換，不必然是受書籍的物理限制，更可以是

---

[135] 見包慧怡《我坐在火山的最邊緣》，〈黑死病〉頁67、〈羔羊經〉頁87、〈聖山十四行〉頁116、〈抵達索爾格〉頁122、〈Intro〉頁127、〈天狼星〉頁129。

詩人主觀的形式要求。陳育虹《河流進你深層靜脈》（2002）全書為直排，當中〈哀紐約〉一首皆為短句，沒有印刷出界的問題，但陳育虹卻選擇將其橫排，並且採用拉長的折頁，營造出大樓一層一層的堆疊感，使其不受翻頁中斷。[136]隱匿的首本詩集《自由肉體》（2008），當中〈搬家〉、〈「老娘不幹了」〉、〈南無撿破爛菩薩〉、〈河況〉，[137]為了保留長句不因版面寬度被換行，將原本的橫排改為「側躺橫排」，更不惜將字體縮小，都是為了維護詩行的完整，但〈最漂亮的道別〉、〈等下班或者等死〉並沒有版面受限的問題，[138]卻還是改為側躺橫排，顯然排列方向也與詩人主觀認定有關。楊澤2016年出版的詩集《新詩十九首》詩作全為直書，但序詩〈時間筆記本〉卻是橫書。林婉瑜詩集《愛的24則運算》為直排書，其中〈一些精密的測量〉採用大量阿拉伯數字、〈某詩人的英翻中試卷〉有一半詩行為英文，皆選擇橫排。[139]這些詩集一首詩為一個單位變換不同的書寫方向，但即便分散於同一本詩集中，仍有一個主要的翻閱方向，為整本書的閱讀習慣定調。

三、詩中更改排列方向

以後期現代派的詩人紀弦為例，寫於1943年的〈七與六〉，整首詩文字為直向直排，唯獨「手仗7＋煙斗6＝13之我」這行的文字全改為橫躺，或許仍可能是為了遷就於數字，才改變這行文字的書寫方向。但另一首〈零件〉（左下圖）兩處改為突兀的橫躺書寫，顯然這是紀弦有意為之的一種形式上的處理。紀弦透過直排與橫躺，建立起兩個聲部，在一般的敘事下，突顯出「小小的／螺絲釘

---

[136] 陳育虹《河流進你深層靜脈》頁163-165。
[137] 隱匿《自由肉體》，頁61、157、168-169、205。
[138] 隱匿《自由肉體》，頁104-105、149。
[139] 林婉瑜《愛的24則運算》，頁112-113、頁138-139。

／半野蠻／的族類。」這句重點，同時達到與讀者互動的效果，讀者肯定是要側著頭，或移動紙本才能夠閱讀橫躺字。[140]

　　蕭蕭〈農夫在快速車道〉（右上圖）也是在詩中突然轉換閱讀方向，[141]前七行一行一字，第八行則為聳立的長句。實際上前七行應視為橫書，左側的長句則為直書，一首詩以直書與橫書所構成的直角為主視覺。

四、自創的排列方向

　　詩作的書寫方向即讀者的閱讀方向，兩者息息相關。此類作者通常是為了改變讀者習慣的閱讀方向，從中感受到不同以往的形式

---

[140] 〈七與六〉、〈零件〉兩首詩，見紀弦《紀弦自選集》，頁87-88、頁279-283。
[141] 蕭蕭《毫末天地》，頁46。

效果，而採用特殊的書寫方向。一般詩行的閱讀方向，是直線猶如經緯般垂直相交的直書與橫書，但一些詩人挑戰了既非橫排也非直排的閱讀方向。90年代中國大陸主觀意象派詩人吳非，代表作〈運氣〉全詩僅有兩行，分別採用了兩種書寫方向：[142]

伸不直懶腰生你湿了的爽星是足尖走动的声音走过

赛场地上去你时间的暴风死火

上方橫排的詩行向下傾斜，壓在下方橫排的詩行上，交疊的一點為「死」與「火」的疊字，使得語序跳躍的字句，透過詩行的錯置呈現出強烈的立體感。臺灣詩人李雲顥，2015年出版的詩集《河與童》書寫方向以右翻直排為主，但包括〈大力〉、〈掘井者2〉、〈海夫〉、〈人類純情詩2〉、〈欸唷〉此五首採用每行由右上往左下閱讀，詩行不斷堆疊成一座山的「斜排」方向。

---

[142] 轉引自駱寒超《駱寒超詩論集》，頁425。

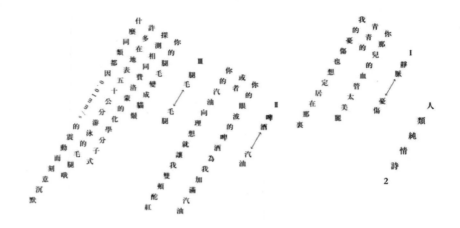

以〈人類純情詩2〉（上圖）為例，這首詩分為三節，當中從詩題
到詩行，不管每行有多少字，或是中文、英文、數字、標點符號，
都採用斜排的書寫方向，可視為向右傾倒20度的直排。通常書寫方
向不涉入詩歌的內容，純粹是為了方便閱讀時語句能有個閱讀動
線，李雲顥的斜排詩也是如此；但若是圖像詩，閱讀方向則為構
形的方向，詩作的內容和形式表現就與書寫方向極為相關。[143]例如
林婉瑜〈連連看2〉，[144]其閱讀方向是曲線的、轉折多變的，閱讀
路線更是隱匿的，必須按編號一字一字連接起來，同時拿起筆動
手畫線，才能找出閱讀的方向，帶出敘事之外的圖像。大多數閱
讀方向為非直線的詩作，都帶有構圖的意涵，屬於這類構圖詩型的
作品。

---

[143] 李雲顥《河與童》，頁152。
[144] 林婉瑜《愛的24則運算》，頁54。

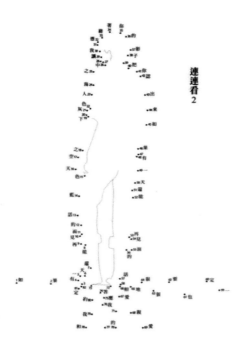

另外古希臘常見一種「耕地式書寫」（boustrophedon）即第一行由右向左寫完後，第二行順勢由左向右書寫，連帶字母也反過來呈現鏡象書寫（mirrored），寫完後第三行又由右向左書寫，字母也恢復正常方向，依序單數行跟雙數行反覆接續不斷。雖然筆者尚未見到希臘耕地式書寫在新詩中運用，但這完全是新詩可以表現的形式，顯現新詩詩行的優異性，能隨時變化敘事動線。新詩形式的建構方式，在既有的作品之外，始終保有寬廣的想像空間，等待我們實踐。

第三節　詩行的對齊方式

除了詩作的書寫方向之外，第二個明顯的形式識別特徵即為對齊方式。對齊方式亦即詩行在書面上靠齊的方向和方式，共有置

頂、置底、置中、分散四種，由於當代中文書籍擁有直排、橫排兩種主要的書寫方向，新詩的對齊方式也隨之區分為八種。直排詩行的對齊方式為：垂直置頂、垂直置底、垂直置中、垂直分散；橫排詩行的對齊方式為：水平置左、水平置右、水平置中、水平分散。以下按類型分述討論：

一、前端對齊

　　一般就詩集的書寫方向而言，直排採用置頂對齊，橫排則為置左對齊，兩種皆是直排、橫排書寫最自然的對齊方式，詩行起首處明確，幫助閱讀快速推進，因此絕大多數的詩集、詩作，其詩行都是做此排列。新詩創建初期，最早的直排詩與橫排譯詩，都與劉半農有所關連。此處以劉半農所作的〈題女兒小蕙週歲日造象〉（左下圖），[145]以及所譯的〈村歌〉為例（右下圖）。[146]直排的〈題女兒小蕙週歲日造象〉是中國最早的一批新詩之一，文字的分布明顯往上方靠攏，下方則留白。《新青年》延續舊詩直排右翻的傳統，詩作絕大多數都屬於置頂對齊，也是中國新詩最早的詩行對齊模式。隨著橫排的產生，同年《新青年》嘗試刊登了橫排的翻譯詩作〈譯詩十九首〉，當中這首翻譯自印度女詩人沙拉金尼・奈都（Sarojini Naidu）的詩作〈村歌〉，每行對齊左側靠攏，從置中的詩題可見到詩行的尾端留下大片空白，雖然是一首譯作，卻足以代表日後橫排新詩的基本對齊模式。這類前端對齊的方式，不管抬頭如何錯落，詩行都呈現往前端集中的趨勢，尾端則大多錯落，產生許多空白，不免有頭重腳輕之感，卻是最普遍的詩行對齊方式。

---

[145] 1918年《新青年》4卷1期，頁42。
[146] 1918年《新青年》5卷3期，頁231-232。

村歌·
(VILLAGE SONG)

一.

絜我滿甕,欲以致遠,
道路幽且長,
唉,我何以惑聽舟子之歌,
遲我行道?
暮影之降也甚速,
聽之,唉聽之白鶴鳴耶,
野梟嘯耶?
柔和之月色,今不我照,
暗中如有毒蛇嚙我,
或有惡鬼撲我。
Rām re Rām! 我其死乎.

題女兒小蕙週歲日造象　　劉半農

你餓了便啼,飽了便嬉;
倦了思眠,冷了索衣;
不餓不冷不思眠,我見你整日笑嘻嘻。
你也有心只是無牽記;
你有你的小靈魂,不登天也不墮地。
呵呵,我羨你!我羨你!
你也有眼耳鼻舌只未着色聲香味;
你是天地間的活神仙!
是自然界不加冕的皇帝!

二、尾端對齊

　　1919年8月4日,年僅二十四歲的中國近代知名生物學家、教育家周太玄,於赴法留學期間旅遊德國法蘭克福,寫下了歌詠愛情的〈小歌〉三首。[147]前兩首的形式相當特別,詩行幾乎對齊底端,僅第二首的第一行超過了這條水平線,雖然不排除作者只是單純想讓詩行錯落,才碰巧製造出類似尾端對齊的效果,但先將詩行字數連續遞減一字,再連續遞降一格,周太玄更可能營造錯落形式的同時,也有意將詩行對齊底端。這首詩很可能即是最早採用尾端對齊的新詩。

---

[147]　查猛濟(編)《抒情小詩集》,頁17-18。

小歌三首

沈重的脚步聲，
總不見他來。
叫人好等。

等到了回頭看，
他却過去了，
不留蹤影。

．．．．．．．．．．

絕美麗的天仙人，
總不是他來，
叫人思付。

試細細的留心，
他却在面前，
你要切認。

．．．．．．．．．．

幸福，——愛情，
是將你守着的時光；
是將你照着的明鏡。

此類對齊方式，直排為置底對齊，橫排則為置右對齊。方旗自費出版的兩本詩集《哀歌二三》（1966）、《端午》（1972），整本詩集每首詩都採用直排置底，將形式變化提升到書寫格式的層面上，改變整個對齊方式，獨特的置底詩行成為方旗的專屬標誌，詩行也被譽為有如「山脈橫走」：

汝其知否在那歷刼死滅的廢墟
曾響徹天地喪臨的輓歌
造化燒擲坤輿，何人為賦招魂
鼎釜烹煮我們的牛羊廐舍
宗廟歸於塵歸於土
焚城的火花遲遲熄去
心形的聖城寂寂淪陷
刀槍遍植大地，何日收穫憤怒的果實
髭子們圍着篝火飲血
而異端柔婪的少女
在沙漠風曼妙的情歌裡
金鐲的裸足極其韻緻極其纏綿地
趺蹦我們的心臟，耶路撒冷
在遙遠的東方
閣樓的黑暗裡，爐火熄了
斜倚一扇空窗，他是心臟病的患者
零亂的鼓聲來自何方，啊何方

方旗的這首〈心臟病的患者〉，[148]整排詩行如同一棟棟拔地而起的大樓，錯落詩行則是直接往上擺，倒數第四行「在遙遠的東方」如同漂浮起來，是最具圖像感的一種對齊模式。

---

[148] 方旗《哀歌二三》，頁35。

自從方旗採用整首直排置底的形式，開闢了新的對齊方式之後，許多詩人紛紛採用。1970年3月戴天於《明報月刊》52期發表〈啊！我是一隻鳥〉就將置頂與置底於一首詩中同時使用，前後兩節置頂，中接一節則陷落置底。[149]羅門〈後現代A管道〉一詩，句子時而置頂，時而置底，將兩種不同書寫方向統合在一首詩中，如同每節首句反覆說道「方向該往那裡走」、「方向該往那裡流」等等，最後一節更言「只要你高興／一切都由你／價值由你定」，內容與高低起伏的形式是彼此呼應的。[150]陳黎寫於1974年的〈巴士站牌〉將直排詩行置底對期，也是為了具象化巴士站牌的形象，因此最初尾端對齊的使用，和詩行的構圖是分不開的。[151]高大鵬的詩集《獨樂園》（1980）半數詩作也採用直書置底的形式，比如〈夢〉、〈夜〉、〈博物館〉等，與一般直排置頂的詩作並陳於一本詩集中，可見此時直行置底的寫法已被大眾接受，成為一種形式變化的基本款式。孫維民〈浮生〉的第一節〈桴〉採用傳統的直排置頂，第二節〈方舟〉則改為直排置底。[152]都是置頂和置底隨意置換的例子。

三、置中對齊

　　在印刷排版時代，鮮少置中對齊的作品。但早期少數可見到的置中對齊作品，以部分詩行的置中對齊為主，未見全首置中對齊。例如1926年王獨清首本詩集《聖母像前》中的組詩〈NEURASTHENIE〉，當中第四首詩的倒數第三、第二節，出現了橫排的置中對齊詩行（左下圖）：[153]

---

[149] 戴天《岣嶁山論辯》頁125-128。
[150] 向明（編）《七十九年詩選》，頁46-51。
[151] 陳黎《親密書》，頁4。
[152] 孫維民《麒麟》，頁21-23。
[153] 王獨清《聖母像前》，頁26。

唵,過去的生命怎麼就這樣在失望中消亡?
所餘留的却僅僅是一個結在心上的病瘤!
但是她底容貌,言語,到死也留在我底心上,
雖然我是再不能靠近她底身旁!

現在四面都已經入了沈默,
河水底顏色也變成了黯黑
停止罷,我底沈夢!
爆裂罷:我底哀痛!
那些紀念,
那些紀念,

春　風
朱　湘

春風呀春風,
這是你應當作的:
　母親樣
摩撫着兒童。

春風呀春風,
這是你喜歡作的:
　輕吻着
女郎的笑容。

春風呀春風,
這是你不該作的:
　催出淚
到老人眼中。

王獨清透過置中對齊使詩行排列成類似沙漏的形狀,幫助讀者逐步集中焦點在最末「那些紀念」的四字短句上,但礙於當時的印刷技術,無法排得太整齊;另一位同時採用置中對齊的朱湘,則是基於視覺韻律的考量,發表於1926年6月《清華文藝》的這首〈春風〉(右上圖),[154]同樣為橫排,但採分節錯落排列,第一節置左對齊,但第二、三節皆置中對齊,如同春風吹過雲朵,詩節也向右飄移,具有初期的詩行構圖意識。朱湘本人正是構圖詩型早期的啟蒙者之一。隔年〈春風〉收入朱湘第二本詩集《草莽集》(1927),但改為直排且整首置中排列:

春風

春風呀春風,
這是你應當作的:
　母親樣
摩撫着兒童;

春風呀春風,
這是你喜歡作的:
　輕吻着
女郎的笑容;

春風呀春風,
這是你不該作的:
　催出淚
到老人眼中。

---

[154] 1926年《清華文藝》6期,頁3-4。作於1926年3月30日

朱湘為了加強詩行於視覺上的造型美，取消了原本的錯落排列和簡單的構圖嘗試，將三節詩行全都置中對齊，集中表現詩行的均勻和對稱。這時置中詩行的使用，並不是為了構圖，而是單純以置中為美了。

　　八〇年代電腦排版問世，但直到九〇年代電腦排版逐漸普及後，詩行才廣泛出現置中對齊的排列方式。王競擇1999年出版的詩集《忘言》，即是早期電腦排版時代全書皆採用置中對齊的詩集，同時應一頁一首的編輯要求，將詩行較多的詩作縮小字體，容納進一頁當中，這也是電腦排版才方便處理的。蔡瑞青2011年出版的《斧頭花詩集》，全書從一行詩到組詩，皆採用橫書置中的對齊方式。我們看這首〈海豚戀歌〉：[155]

《海豚戀歌》
曾經相遇在那陌生海洋
我天真地在甲板舷邊奔來跑去
牠快樂如孩子穿梭跳躍腳邊
我攀爬艦尖試圖展開雙臂擁抱海風
遙遠歌聲挾藏幸福襲來
潮浪靜默地拍擊追趕
時光卻怎麼也不肯為我們停留

消失

在手機也找不到的地下咖啡廳。消失
一杯逆時針旋轉的卡布其諾。消失
一塊切角崩落的乳酪蛋糕。消失
一支嶄新的進口原子筆。消失
一首正孕育成形的詩。消失
一批聒噪的失意政客。消失
一排落寞的夢想白皮書。消失
一群為理想捐軀的革命烈士。消失
一堆必須回收的有毒廢棄物。消失
⋯⋯⋯⋯
在手機也找不到的地下咖啡廳。消失

我們可以感覺到閱讀動線明顯集中到中軸線上，自詩題一直延續到最後一行，將所有詩行平分，使詩行呈現均衡與對稱之美，這是置中對齊的優點。然而閱讀詩歌時，目光跟隨一個個的字句不時流動，並非如同欣賞靜態的繪畫般著重整體呈現之美，置中過度強調詩行的中心，偏離詩行的起點太多，反而影響了閱讀；且置中呈現

---

[155] 蔡瑞青《斧頭花詩集》，頁91。蔡瑞青，1963年生於臺灣花蓮市，現職為陶瓷製造研發工程師，旅居江蘇昆山市。作者資料依據《斧頭花詩集》扉頁。

之後每首詩的形式大同小異，形狀類似統計全民年齡結構的人口金字塔圖，反而使得形式過於呆板，無法形成錯落之美。這兩點也是置中對齊未能取代前端對齊成為主流，只能偶爾作為單首詩形式變化的原因。

2015年臺灣知名平面設計師翁翁出版的詩集《緩慢與昨日》，共100首搭配攝影的短詩，皆採用橫書置中對齊。由於電腦文書處理軟體以及網頁，多設定為橫式書寫，因此詩行置中對齊也多為橫式。不過當代還是有詩人嘗試將傳統中文的直行書寫進行現代電腦排版的「置中對齊」，形成有異於一般詩作的形式效果。方群〈消失〉（右上圖），即是少見的直排置中對齊。[156]詩作外型彷彿一本對開的書，中軸線以刪節號代替消失的詩行，透過置中對齊，以及遞減字數的對稱詩行，形成向中央凹陷的立體視覺，不斷重複的「消失」句型是否暗示這些事物都消失於地下咖啡廳的閱讀中呢？

2019年筆者在臺南大學開設「現代詩寫作」課程，讓學生編輯自己的第一本詩集，就有許多學生主動以橫排置中對齊方式排列詩作，這些學生多為1998-2001年出生的世代，他們已經習慣電腦WORD的文書軟體排版，方便他們橫排置中對齊。這些自印的學生詩集中，例如黃建翰《常在戰場》以置中對齊的方式表現出剛正不阿、頂天立地的正義之心；盧怡君《滾》、陳奕愷《花事未了》、楊子儀《最近我在想的人事物》、鍾翔宇《嘗試集》、余奕鴻《生活感想》都是整本詩集橫排置中對齊；林子涵《尋浪》則是直排置頂對齊，橫排則採置中對齊；劉昱德《魚缸》則是直排置中對齊。其他學生雖未整本統一排列方式，但詩集中許多首詩都運用了置中對齊。可見「置中對齊」已被21世紀的年輕詩人們普遍使用。

---

[156] 方群《航行，在詩的海域》，頁148。

四、分散對齊

此種對齊是電腦排版後才出現的對齊方式，但相當少見。其呈現方式，先固定詩行幅寬，再將詩行內部文句分散延伸，形成由中央向兩端分散，同時置頂和置底的情況。八〇後的藝術家林慧姮，是目前最擅長使用分散對齊的詩人，她在第一本詩集《一年花露水》（同時也是一本混雜了詩作、繪畫、日記的札記詩集，因此每篇都沒有題目）當中運用了大量的分散對齊方式，例如「9月08日」這首（下圖上），每行字數皆不相同，外觀卻構成了上下對齊的方正詩型，使詩作與一旁的畫作產生協調的「並置」感。正因為分散的字句破壞了語法結構，讀者容易暫時斷開敘事的閱讀，轉為欣賞詩行的視覺排列之美，像「12月9日」、「12月17日」兩首，整齊的分散對齊詩行一路排列到圖畫上，卻不顯得突兀，反而使頁面帶有強烈的設計感。

林慧姮對分散對齊的運用相當廣泛，例如「12月05日」這首分行詩，前後採用不同的幅寬施行分散對齊，再看「7月28日」（下圖下）中間「猜兩個字」即與前後採用不同的幅寬；「12月01日」、「12月20日」前半部為一般對齊，後半部則為分散對齊，整本詩集多次將兩種對齊方式交替使用；此外，不僅將分行詩分散對齊，「11月21日」、「12月30日」皆是分散對齊的散文詩，文字平均覆蓋了整個頁面，展現出藝術家對於文字空間布置的敏銳度，也是不同於一般詩人之處。[157]

至此新詩詩行內部的句式，以及詩行外部的排列方向、對齊方式，皆已介紹完畢。即是在這內部與外部之間，由詩行建構起各種基本的詩篇形態——詩型，即是我們對一首詩的形式最直觀的判別

---

[157] 林慧姮《一年花露水》整本詩集無頁碼，而是以日期分頁。

依據。隨著閱讀時敘事的推進，詩行也同時呈現架構，將內容和形式緊密聯繫。這種敘事和形式的動態連結，正是新詩與其他傳統詩類不同之處，即便都屬於「詩歌」，但其他詩歌內容與形式之間並沒有像新詩般具有如此強烈的關連。新詩的出現，可視為漢語詩歌試圖在形式上直接模仿意象的嘗試：新詩亦即詩意的象形。

好喜歡這張喔／
／／難得來倒重
口味沸騰一下☆▷

寬　帽　星　系

我在宇宙的口中反覆咀嚼著時代的滋味
那稀薄的紅巨星
如同淋上紅色糖漿的刨冰
在風中爆炸著
等於一頭大象體重的白矮星
怎麼也來不及和恐龍一起奔跑

7月28日
星期六

他倒著彈鋼琴與
用坦克車跑步
猜兩個字
我總共烤了五顆柳丁
還以為是橘子

第四章　從詩行到詩型：
新詩詩行的組合模式

　　前述第二章與第三章已詳論詩行的組成份子、詩行內部的句式結構，和最外圍的書寫方向與對齊方式。本章將集中在「詩行」及其所組成的「詩型」，這個新詩最明顯的形式呈現上進行討論。

第一節　詩行：新詩形式的基礎

　　「詩行」是新詩形式的基石。由詩行建構而起「分行形式」，是漢語詩歌在擺脫舊詩格律之後，一方面繼承舊詩的部分傳統，一方面模仿西方詩歌形式所建立的新的形式準則。因此新詩的形式變化，都與詩行的變化有關，欲探究新詩形式的建構原理，就必須從詩行的「組成份子」與「組合方式」兩方面進行分析，了解新詩究竟如何透過詩行產生了千變萬化的形貌。

　　詩行的「組成份子」以文字為核心，隸屬現代漢語詩歌的「新詩」即以漢字為主體，再加上標點符號與空格的協調搭配，構成單一詩行。其次，詩行的「組合方式」則分為「內部關係」與「外部關係」兩部分。「內部關係」以敘事範疇的「詩句」為核心，按標點符號、空格、空行對詩句節奏停頓的安排，可分為單層、雙層、多層，三種分層句式；按句子的長短則又可分為短句、長句、等句，三種長短句式。「外部關係」則是以形式範疇的「詩行」為核心，包括詩行的書寫方向、對齊方式，以及詩行之間如何搭配組成各種「詩型」，主要表現詩行於書面上的空間分布。

自從新詩捨棄格律，一部分的詩作遵循基本且穩固的分行自由體形式，聽覺的音節節奏和視覺的分行配置，兩種感官的韻律彼此協調並陳，充分展現了新詩的基本形式之美，這也是胡適等自由詩派始終強調的「自然的音節」與詩行的配合；一部分的詩作則在陌生化手法的提倡下，以及漢字具象化特質的強調之下，不斷嘗試形式翻新，變得難以朗讀和背誦，遠離聽覺，逐漸成為一種視覺的詩。新月派詩人與象徵派詩人在為新詩加強「詩質」的同時，選用的技巧與形式，逐漸拉大詩行內部敘事與外在形式的距離。於是詩人創作這類詩作時，往往未顧慮到聽覺的音節節奏，而是專注在視覺上，透過詩行的特殊排列來凸顯內容的詩意，產生奇異的新鮮感。因此這類詩的詩行未必是「直線」，可以是斜線、曲線，甚至是非線性的點狀詩行，而詩行也未必由文字所組成。無論詩作強調聽覺還是視覺，我們對新詩的外在形式，皆是由詩行的「所在位置」與「相互關係」來判斷，因此「詩行」基本上可定義為「書面上一個連續性但終將中斷的文字或符號敘述」，而「詩型」則是指透過分行與分節，所產生的書面視覺效果，若將新詩視為一種文字的平面設計，詩型即為一首詩的主視覺（Key Vision）。

第二節　詩型：詩行的組成型態

　　新詩「自由體」、「跨文類」的特質，使得一直以來遵循的分行詩、散文詩、圖像詩等分類方式越來越不敷使用。以往慣用「散文」、「圖像」、「句」、「劇」作為形容詞用以說明某類型的詩歌，透過其他文類特徵的提醒，確實可以讓每個人很快辨識不同的詩歌類型，但也極易造成文類的混淆：「是散文還是詩？」、「是圖像還是詩？」、「是句還是詩？」猶如三道嚴肅的命題，皆曾有過公開

的群體討論。[1]有鑑於常用的分行詩、散文詩、圖像詩三種詩類判別，在今日已經不能正確用以說明一首新詩的形式。例如形式有別於三種傳統詩類的「句詩」，包含一行小詩、自由漢俳、截句等，作品眾多，卻從未被歸納過。再以唐捐詩集《金臂勾》為例，多首詩作前段為分行詩，中段為散文詩，後段又為圖像詩，那麼這首詩究竟屬於哪一種詩類？管管也常見同首詩分行、散文間用的情況。然而，同一首詩中不應有不同詩類的區別才對，顯然以往我們對新詩結構的分層不夠精確，在詩行、詩節到詩類之間，還存在一個形式分層，亦即「詩型」，尚未被我們認識。

新詩從最初就已去除「詩體」觀念的束縛，每首新詩都是一個獨一無二的個體。擁有自己的「體」，意即各自擁有自己專屬的形式。採用其他敘事文類的特徵，取其「形似」來為新詩各詩類「定體」，原本就是違反新詩美學以及核心精神的一種便宜行事的作法，雖然暫時有助我們為新詩分類，但並非真正本質上的區別。也因此，本文嘗試將每首新詩視為一個完整的個體，著眼於「詩行」的組成關係，而不再只是籠統的借助其他文類的特徵來為新詩分門別類。

正因為所有的詩作都是詩行的組合演變，透過詩行的組合關係，我們就可以將所有當代詩歌作品納入一個新的系統中，分為：「分行型」、「連書型」、「構圖型」、「獨立型」四種最基本的詩行型態，其中分行型以分行詩為主，又可分為齊頭型的分行、錯落型的分行、韻律型的分行、方正型的分行。連書型則以散文詩為主，構圖型則以圖像詩為主，獨立型以句詩為主，而劇詩則是一種以詩歌為主的複合表演型態，包含其他非詩的對白、動作、背景描

---

[1] 1922年《文學週報》22期開設「論散文詩」專欄，稍後《創造週刊》、《文學旬刊》也刊登多篇文章討論散文詩能否成立？包括滕固、西諦（鄭振鐸）、王平陵都曾撰文發表意見。關於圖像詩的集體討論，則見於臺灣五〇到七〇年代圖像詩創始初期，包括紀弦、林亨泰、白萩、張漢良都曾撰文為其定義。關於句是否能作為詩？隨著數位時代的到來有較多討論，支持者以《自由句》作者群為代表，反對者以詩人兼詩論家向明為代表，參見向明為邢悅《日子過得空白一點也不錯：邢悅三行詩》所作序文。

述，並未有專屬的詩型，流行歌詞則從未有過固定的書面型態。若從「詩行」的角度來檢視新詩的結構，不僅分行詩是由詩行所組成，實則散文詩、圖像詩、句詩，都是由詩行所組成，只是組成的型態不同罷了。詩型的分辨標準，以視覺觀感為主。新詩的詩型完全是視覺的，一首詩可以有多種詩型，但也可以單一詩型，其組合相當自由，不再受分行詩、散文詩、圖像詩的概念所宥。

第三節　新詩的八種基本詩型

以下將深入探討新詩的八種詩行型態，包括結構以及歷史脈絡，進行說明。為了便於接下來的討論，幾種常用來分析新詩結構的術語，在此先統一列出，給予基本的定義，作為凡例：

句式：句子內部由詞彙和詞組所組成的結構模式。
行式：詩節內部由詩行所組成的結構模式。
節式：詩作內部由分節所組成的結構模式。
段式：詩作內部由分段所組成的結構模式。
韻式：詩作內部由韻腳所組成的結構模式。
詩式：組詩之間由各詩作所組成的結構模式。

一、齊頭型

齊頭型是所有分行詩的基本型態，其形式最為簡單，也是最常見的型態，分行詩的其他詩型都是由齊頭型進行調整、變化而來。凡是一首詩中絕大部分詩行對齊頂部，不管行末呈現多錯落的景象，都可歸為齊頭型的分行詩，重點在於詩行的置頂和集中靠攏。

例如紀弦〈徐州路的黃昏〉：[2]

徐州路的黃昏

徐州路的黃昏
帶二分古意：
幾棵上了年紀的喬木
很可欣賞。

當螢光燈的午睡方醒，
排着隊，鞠躬如也，
正當我牽着愛犬散步，
打從這裏經過。

燈是我們這一帶的新客；
而樹已成為多年之老友，
彼此間深深地默契。

此首詩分為三節，每節以空行隔開，每節當中一行接著一行緊挨著
彼此。每行的字數均勻分配，最短含標點為五個字，最長含標點為
十一個字，平均字數在九個字左右。為了讓每行的字數相當，透過
標點符號得知，首節實際上是將兩句對拆成四行，若不採用跨行：
「徐州路的黃昏帶二分古意：／幾棵上了年紀的喬木很可欣賞。」
每行將高達十二與十四字，形式也會變得不平衡。這即是齊頭型
的標準形式，展現了分行詩的均衡、整齊，上半部置頂對齊，下
半部錯落，既不致於呆板也不會過於分散，呈現靈活的均衡之
美，可說是白話詩體最佳的天然形式，是存於現代人心中一個對
於現代人詩歌的「理型」（Theory of Forms）。所有新詩都是這個
理型的再現，儘管每次再現都有所不同，詩作的形式千變萬化，但
不管每行的長短差距有多大，或者多破碎，都不脫對這份理型的想
像。再看紀弦寫於1942年的〈吠月的犬〉含標點在內，詩行最少僅
6字，最多達31字：[3]

2 紀弦《紀弦自選集》，頁368-369。
3 紀弦《紀弦自選集》，頁82。

吠月的犬

載着吠月的犬的列車滑過去消失了。
鐵道噓一口氣。
於是騎在多剌的巨型仙人掌上的全裸的少女們的有個性的歌聲四起：
不一致的意義，
非協和之音。
仙人掌的陰影舒適地躺在原野上。
原野是一塊浮着的圓板哪。
跌下去的列車不再從弧形地平線爬上來了。
但擊打了鍍鎳的月亮的悸慄的犬吠卻又被彈回來，
吞噬了少女們的歌。

戀人之目

戀人之目：
黑而且美。

十一月，
獅子座的流星雨。

與〈徐州路的黃昏相比〉，這首詩僅有單節，但詩行長度相差甚大，結構極不平衡，前半部尖銳突出，後半部較為穩重，唯一不變的是置頂對齊。一旁紀弦的另一首名作〈戀人之目〉則是使用較短的句式，第一節每行四字，第二節第一行僅有三個字，即便最長的末句也只有七個字，整首詩比舊詩的五絕、七絕，乃至於四言體都還短，句式更長短不定，卻同樣能夠構成完整的篇章。

由於齊頭的規定，齊頭詩型內部各種不同的形式建構，主要表現在詩行的長短或均等，以及分節的多寡上，以直排詩來說亦即往下往左尋求擴展機會。齊頭詩型內部長句與短句的落差，亦成為詩人致力於表現的形式。管管〈空原上之小樹呀〉（節錄前兩節）採用了一字、兩字、三字一行的極短句和長句搭配的寫法，詩行長度的落差之大，更有甚於紀弦的〈吠月的犬〉：[4]

---

[4]　張默、蕭蕭（主編）《新詩三百首》增定版（上），頁418。

空原上之小樹呀

之一

每當吾看見那種遠遠的天邊的空原上
在風中
在日落中
站著
幾株
瘦瘦的
小樹
瘦瘦的
小樹
吾就恨不得馬上跑到那幾株小樹站的地方
望

雖然
在那幾株小樹站的地方吾又會看見遠遠的天邊上的空原上
在風中
在日落中
站著
幾株
瘦瘦的
小樹

管管透過斷句製造停頓，調控讀者的閱讀速度，同時也在視覺上造成極大的反差，長句儼然如同站在空原上的小樹，將小樹的存在感放到最大，但詩行並未降低抬頭的高度，每行仍是從置頂的第一個字開始書寫。碧果所作的〈椅子或瓶子〉也是句子長度差異極大，但皆置頂對齊。[5]

新詩的各種詩型當中，齊頭詩型佔有絕對的強勢，強勢到幾乎等同新詩本身。新詩的主導形式「分行自由體」，實際上還要加入「齊頭詩型」，所形成的「齊頭型分行自由體」不僅確立了新詩不同於舊詩各項形式特徵，也作為新詩的基本形式，是其他七種詩型變化的基底，佔有絕對的指標性與領導地位。齊頭詩型正是長年來各種新格律詩運動所欲推翻的對象，如果說新詩如同舊詩，也具有

---

[5]　瘂弦（主編）《天下詩選 II》，頁 13-15。

自己的「詩體」，肯定是齊頭型的分行自由詩。在一些特殊的歷史時期，例如抗戰時期、文革時期，以及近年的數位時代，每當現代主義詩歌式微之時，齊頭詩型就成為最主要，甚至是唯一的新詩詩型。產生這現象的原因在於，新詩作為一種自由詩，形式是不斷浮動多變的，新詩形式內部始終存在著齊頭詩型與其他七種詩型的角力。新詩的各種形式都來自對齊頭詩型的「改造」，兩股力量的存在，一方面得以保持形式的平衡穩固，一方面又保有多元演化的機會。一旦新詩的發展受到政治局勢、社會思潮，甚至是發表媒介的限制時，形式內部失去平衡，齊頭詩型很快就會獨大，其他詩型則難以與之抗衡顯得衰弱少有人作。

　　例如對日抗戰之前中國文藝風氣興盛，書報刊物製作精美，但在對日抗戰之後，因物資缺乏，印刷的成品極為簡陋，而抗戰時期刊物上的戰鬥詩歌出於反抗侵略的呼喊，絕大多數都是齊頭詩型。[6]文革也是類似的情況，1966年開始在國家主流論述的強力推送下，創作了許多高呼革命造反的詩作，同樣出於「口號」的聽覺需求，這些紅衛兵詩歌完全放棄了視覺形式的鋪陳，僅以最簡單的齊頭方式不斷羅列詩行，新詩彷彿成了記錄口頭韻語的工具。然而這些年代，即是在齊頭詩型的勉力維持下，新詩得以繼續存在，而不至於消亡或被其他詩歌給取代，終於等到抗戰之後臺灣的現代主義詩歌，以及文革後期的朦朧詩與八〇年代中國現代主義詩歌浪潮。因此我們也可以把齊頭詩型，視為一種新詩維穩的自我保護的模式。今日數位時代的詩歌寫作，隨著行動科技的快速發展轉移到了各種數位媒體，如手機、平版、社群網站上，現代主義與後現代主義也早已遠揚，詩壇彷彿再次回到李金髮所說的「無治狀態」，[7]數位

6　以李金髮為例，出版於二〇年代的三本詩集《微雨》、《食客與凶年》、《為幸福而歌》詩作形式多變，但抗戰時期出版的《異國情調》，所收錄的詩作全部採用齊頭詩型。

7　李金髮《微雨》導言，頁1。

媒體成了詩歌形式最主要的變因。齊頭詩型在數位媒體的形式限制下，再次獨大成為絕對多數，幾乎壟斷年輕一輩詩人的創作形式。這是否代表新詩再次來到它的艱難時期呢？

　　回溯齊頭詩型的誕生，在新詩的發展史中相當古老，早在1918年1月《新青年》4卷1期刊登的中國第一批新詩當中，劉半農〈相隔一層紙〉即是第一首發表的齊頭型的分行詩：[8]

相隔一層紙　　　劉半農

一、
屋子裏攏着爐火，
老爺分付開窗買水菓，
說「天氣不冷火太熱，
別任他烤壞了我。」

二、
屋子外躺着一個叫化子，
咬緊了牙齒對着北風呼「要死」！
可憐屋外與屋裏，
相隔只有一層薄紙！

這首詩以標明一、二的方式，將詩分為兩節。此時「空行分節」的方式尚未出現，詩行標記標點符號，行句也尚未分離，仍不知道運用跨行與跨段等技巧，但已經出現齊頭詩型。然而在這第一批新詩當中，僅有此首為齊頭型分行詩，另外有五首為錯落型分行詩、兩首為散文詩，以及一首五言詩。為何作為分行體基本形式的齊頭型，在中國新詩創建之初，錯落型反而比齊頭型還多？我們將在下一節討論錯落詩型的建構同時尋找原因。

---

[8]　但〈相隔一層紙〉後收入劉半農的詩集《揚鞭集》（頁6），卻改為不分節詩。

二、錯落型

　　凡是詩行抬頭呈現高低起伏的落差，且始終維持「行」的狀態，即為錯落型的分行詩。錯落型是除了齊頭型以外，最常見的分行詩型。新詩創建之初錯落型居多的原因，乃是受到傳統舊詩以及西方傳統詩歌「兩句一個單位」的雙層結構影響。對於習慣舊詩的胡適及同時代的人來說，英詩「兩行一句」，並以高低格區別的寫法，和舊詩的「兩句一聯」非常類似。舊詩的對句，看似兩句，實則是一種句的「雙層對立結構」，上下相互補足意義，在語法結構上僅為一句。於是新詩創建初期，許多詩作都採用西方的高低格寫法，剛好搭配漢語詩歌兩句一聯的敘事模式，因此在接受西方詩歌形式上，可說沒有太大的問題。當時漢語詩歌的敘事模式正處於從「對句」轉變到「單句」的過渡階段。

　　1918年1月《新青年》4卷1期刊登的中國第一批新詩當中，胡適〈鴿子〉、〈人力車夫〉、〈一念〉、沈尹默〈月夜〉、劉半農〈題女兒小蕙週歲日造象〉，五首皆為錯落型的分行詩。其中沈尹默的〈月夜〉與胡適的〈鴿子〉，分別代表了舊詩與西方詩歌對新詩錯落形式所產生的不同影響：

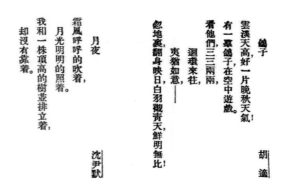

鴿子

雲淡天高，好一片晚秋天氣！
有一羣鴿子，在空中遊戲。
看他們三三兩兩，
迴環來往，
夷猶如意，——
忽地裏翻身映日白羽襯青天，鮮明無比！

　　　　　　　　　　胡適

月夜

霜風呼呼的吹着，
月光明明的照着。
我和一株頂高的樹並排立着，
却沒有靠着。

　　　　　　　　　　沈尹默

請注意行末的標點符號，沈尹默的〈月夜〉兩句一聯，再由兩聯組合成一首詩，這正是舊詩中絕句的四句篇制。不同於絕句的是，〈月夜〉以白話文寫成，每句字數不等，並未有絕句五言七言的齊言特點。而沈尹默讓第二句低一格以表示上下一聯，正來自於胡適一年前於《新青年》上〈朋友〉一詩「高低格」的寫法，這種寫法則源自胡適對西方詩歌的借鑒。但一年之後，胡適對於新詩形式的想法走得更遠了，與〈月夜〉一同刊登的這首〈鴿子〉：「迴環來往」、「夷猶如意」兩行皆下降三格與「三三兩兩」對齊，這寫法同樣是模仿自西方詩歌，卻正式開啟新詩句式偏好「並列」的形式特點，敘事模式也由雙句走向單句。正因為以單句為基本的推進結構，新詩才能發展出更自由也更為更錯落的形式。

因此儘管四年後康白情出版的詩集《草兒》中〈窗外〉、〈女工之歌〉等篇，仍舊透過一高一低的錯落形式，凸顯「兩句一聯」的意義單位來推進詩歌的敘事，但康白情《草兒》整本詩集的詩作，大都是以齊頭型為主了。

窗外

窗外的閒月
緊戀着窗內蜜也似的相思。
相思都惱了，
她還涎着臉兒在牆上相窺。
回頭月也惱了，
一抽身兒就沒了。
月倒沒了；
相思倒覺着捨不得了。

當新詩的「單句敘事模式」逐漸建立起來之後，錯落型也由東方的「對句式錯落」變為全盤模仿西方的「格律式錯落」，最終將導致

韻律型分行詩的誕生。

今日創作新詩將詩行錯落排列，主要有三方面的考量：一、閱讀時的音節韻律，二、書面布置的視覺美感，三、形式本身所表達的詩意。首先錯落的分行型態，優點是能透過視覺的動線，帶領讀者閱讀一首詩，在這當中透過分行形式的高低起伏表達音節韻律上的抑揚頓挫。其次單純為視覺上的美感考量，也是詩行錯落排列的主要原因，錯落並不完全是為了閱讀時的韻律，許多詩行錯落排列，往往造成閱讀的困難，卻能收到詩人所要的視覺效果。其三，錯落的詩行形式在與文句的意涵相融以後，進一步加強了詩意作用。許多錯落型的分行詩，都兼有前述一到三種錯落的效果。羅門是錯落詩型的代表詩人，一生所作的詩大都屬於不規則的落錯形式。例如這首〈山〉：[9]

錯落的詩行沒有任何規則可言，屬於「完全錯落」，我們對羅門詩的印象，就如同蜿蜒的巨蛇竄動於紙上。當完全錯落持續發展下去，也對齊頭詩型帶來挑戰。早在羅門之前，1940年冬夜正就讀南京輔仁大學二年級的張秀亞，在讀了愛倫坡（Edgar Allan Poe）的長詩〈鐘聲〉（The Bells）後，欣羨這首詩「風格雅麗，韻節富音樂

---
[9] 瘂弦（主編）《天下詩選 I》，頁203-204。

之美」提筆將兒時與父親在窗邊聽琴的往事，模仿愛倫坡〈鐘聲〉錯落不齊的分行寫成了長詩〈水上琴聲〉。[10]這首詩很可能早期新詩中最長的錯落型詩作，依據《張秀亞全集》的考證，最初刊於1941年《輔仁文苑》六輯上原有六百四十行，集結收入詩集《水上琴聲》時刪減為四百四十行，但即便刪節了兩百行，依然有極長的篇幅，不斷以視覺的韻律帶動聽覺的韻律，整首詩如同音符在五線譜上高高低低的排列。愛倫坡的詩作中，像〈鐘聲〉這麼大規模且長時間起伏錯落的詩作僅此一篇，大部分仍是齊頭詩型或一高一低的傳統錯落詩型，〈鐘聲〉正是愛倫坡體現詩歌豐沛音樂性的代表作。[11]不過我們並不能因此就認為這類完全錯落的詩型模仿自西方詩歌，早在張秀亞採用愛倫坡〈鐘聲〉的錯落形式前，新詩已經有許多詩人創作錯落型的詩作了，將詩行錯落排列原本即是以分行自由體為基本形式的新詩自然會有的發展。以張秀亞來說，她作為新詩早期對詩歌形式有較多嘗試的女詩人之一，刊於1950年《中華婦女》1卷5期的〈他呵，我們的好母親〉也是一首錯落型的長詩，而發表於1952年8月11日《自立晚報》第三版的〈音樂之雨〉，詩行模仿了雨滴上上下下掉落的模樣，[12]即便是1952年的紀弦也尚未創作這類通篇起伏不定的詩作，一直要到隔年《現代詩》、《創世紀》兩詩刊陸續標榜現代主義詩歌之後，新詩的形式才出現更多「大起大落」的完全錯落型態。巧合的是七〇年代高大鵬〈四畫像〉中的這首〈愛倫坡〉，同樣取消了分行詩「齊頭」的大原則：[13]

---

[10] 張秀亞《張秀亞全集》第一冊・詩卷，頁105-131。
[11] 參見Edgar Allan Poe, *Poems and essays on poetry*, P70-73.
[12] 張秀亞《張秀亞全集》1詩卷，頁324-340、348-349。
[13] 高大鵬《獨樂園》，頁33-37。〈四畫像〉為〈濟慈〉、〈愛倫坡〉、〈阿拉伯的勞倫斯〉、〈齊克果〉。

坡　倫　愛

在公園看到一個人
好像艾德嘉・愛倫坡
他的臉
不是在陽光底下可以看清的那一種
不，他整個的表情
只有啃嚙他的報紙最清楚
每天就挾這麼一份早點
他走進都市、走進塵埃
走進一個萬頭鑽動的夢裏
大鴉
捕捉——

〈四畫像〉的四首詩皆採用繁複的錯落形式，相鄰的兩句皆不在同個水平上，採單句錯落形式，主視覺帶給人的形象如同尖銳的聲波圖案，上下起伏的詩行像是要劃破紙面。相較於羅門、高大鵬慣於創作複雜的錯落形式，孫維民寫於2001年的〈安息日〉採用簡單的錯落方式，僅首尾兩次起伏：[14]

安息日

偶爾也有這樣一個日子：
不是多餘
為盆栽治病
一個人
世界雖設卻被關在門外，
當陽光斜靠另一邊的陽台
衣褲已經乾了
鳥仍然天空逗留
我想要寫詩
偶爾善和快樂便足夠了。

14　孫維民《麒麟》，頁138-139。

除首尾兩行以外，中間行數全部陷落一格，就像是被框起來的文字，說明著頭尾兩行所謂的安息日是一個怎樣的日子。孫維民採用的即是錯落詩型中的「斷層錯落」，若雙行以上共同塌陷產生錯落，將造成大面積的空白，由是簡單的錯落，也能造成特殊的效果。再看紀弦發表於1960年《創世紀》詩刊15期的〈阿富羅底之死〉，[15]將錯落形式更進一步發揮：

紀弦作品

阿富羅底之死

把希臘女神Aphrodite塞進一具殺牛機器裏去
　　切成
　　塊狀
把那些「美」的要素
抽出來
製成標本；然後
　　一小瓶
　　一小瓶
分門別類地陳列在古物博覽會裏，
並且受一種教育
以供民眾觀賞
這就是二十世紀：我們的

詩行整塊掉落，搭配前後兩句長句，並用空行將詩行隔開，形成更大片的空白，但仍舊保持「行」的樣貌，行與行之間也多半靠攏，仍屬於標準的錯落型。一旦詩行錯落的幅度拉大，更加分散，詩行彼此之間不再緊密靠攏，就會逐漸形成分散詩型。例如這首顧城寫於1984年的〈調頻〉（左下圖）：[16]

15　1960年《創世紀》詩刊15期，頁18。
16　顧城《顧城詩全集》（下卷），頁133。

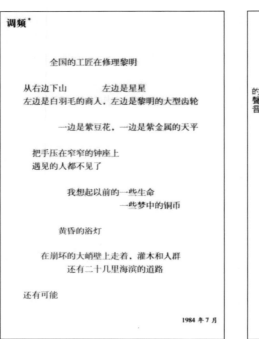

调频*

全国的工匠在修理黎明

从右边下山　　　　左边是星星
左边是白羽毛的商人，右边是黎明的大型齿轮

一边是紫豆花，一边是紫金属的天平

把手压在窄窄的钟座上
遇见的人都不见了

我想起以前的一些生命
一些梦中的铜币

黄昏的浴灯

在崩坏的大峭壁上走着，灌木和人群
还有二十几里海滨的道路

还有可能

1984 年 7 月

請聽

你我的生命
猶如
無垠的沙漠
中
一個迷途的小孩
湧出的一滴
淚
落在沙上
後
迅速被落日蒸乾
的聲音

顧城是中國大陸少數對於詩歌形式有明顯自覺的詩人，在顧城的詩集中存在大量對分行形式進行各種錯落、分散、空格的嘗試。〈調頻〉僅少數詩行彼此相鄰，大多數也未齊頭置左，詩行如同漂浮在空中的音訊，詩人以內容串起這些零散的訊號，詩行整體的視覺觀感已經介於錯落型與分散型之間。鴻鴻的〈請聽〉（右上圖）同樣以特殊的錯落分行，產生聽覺與視覺的特殊效果。[17]不同的是，〈請聽〉以錯落的形式連接起一條不斷向下的斜線，在「迅速被落日蒸乾」之後，最後一行「的聲音」採用了局部構圖，突然上升到置頂齊頭的位置，孤立在上方邊陲。

---

[17] 鴻鴻《黑暗中的音樂》，頁38。

可以說，齊頭詩型是分行詩的那塊黏土，而錯落詩型則是為黏土塑形的那份動能，齊頭與錯落，是新詩當中最基本的兩種詩行排列型態。以下六種詩型都可視為兩者的進一步分化，端看錯落程度上的差別罷了。其中與錯落詩型關係最密切的，即為下一節所要談的韻律詩型，當錯落詩型開始重複相同水平高度的「平位錯落」，即為韻律型的前身。

三、韻律型

凡是詩行反覆重複相同的錯落結構，並以此完成一首詩，即可視為韻律型的分行詩，有時更會重複相同的句子與段落。1917年胡適〈朋友〉一詩開始以高低錯落的外顯形式來代表兩句一聯，正是新詩失去「內在格律」後，往「外在形式」建立體例的開始，形成了最基本的韻律型態。1922年康白情《草兒》中的這首〈女工之歌〉，詩行間固定一高一低，前半部每行的字數也都有相等的對應，兩節的最末三行更呈現相同的錯落方式：

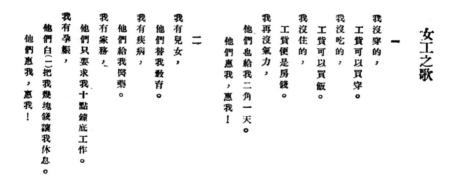

這是在新月派大量引進西方格律前，受中國傳統舊詩影響下所產生的「本土的韻律詩型」。隨著西化程度的加深，改良自舊詩的一高

一低錯落已經無法給人新穎的感受，藉助西方格律建立起新詩格律的呼聲越來越高，在二〇年代達到高峰。白話詩派中傳統舊詩兩句一聯的錯落型，先演變為本土的韻律型，到了新月派手中再一變為西化的韻律型，新月派的主要刊物《晨報副刊‧詩鐫》也成為韻律型詩作的主要陣地。新格律詩的崛起，標誌韻律型的正式形成，代表詩人即為新月派的主將徐志摩，寫於1928年最後一次拜訪康橋所作的〈再別康橋〉，正是韻律型最知名的作品。不過〈再別康橋〉仍屬於傳統舊詩演變來的高低格韻律形式，早在1925年8月出版的第一本詩集《志摩的詩》當中，徐志摩許多詩都採用了更多元的韻律分行形式，書中第一首詩〈雪花的快樂〉形式便引人注意：

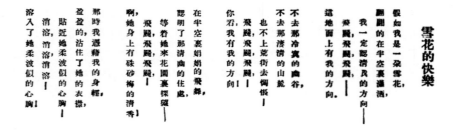

這首詩採用自創的錯落形式，每一節都重複了第一節的分行方式，形成綿延不斷的效果。[18]新格律詩的研究者萬龍生運用了一個來自詩人何房子的概念，稱這種重複的詩節為「基準詩節」：「青年詩人何房子是寫自由詩的，卻師從鄒絳研究過格律體新詩，創造了一個非常關鍵的概念：基準詩節。所謂基準詩節，就是一首參差式格律體新詩中，其他詩節在節式、韻式上都必須『亦步亦趨』地複製、『克隆』的詩節。它通常是詩的第一節，是詩人靈感的產物，

---

[18]　徐志摩《志摩的詩》，頁1。〈雪花的快樂〉最初發表於1925年《現代評論》（1：6），頁14，每節則冠上編號。

是詩人情緒律動的記錄。」[19]新月派開始嘗試的「基準詩節」，作為韻律型主要的敘事推進模式，擺脫最初源自舊詩「兩句一聯」的敘事推進模式，不再侷限於只能重複兩句，而是擴大為好幾行的詩節，使新詩的形式變化往前跨一大步，這是新月派的功勞。但部分新格律詩又過度依賴基準詩節的運用，反而流於重複、枯燥，無怪乎萬龍生便對「基準詩節」的誕生感慨道：「基準詩節的創造給詩人帶來了極大的自由，而一旦它得以成立，它又給自己戴上了一副自制的『鐐銬』。這真是一條奇妙的創作規律，也是一個不難掌握的訣竅。」[20]

　　新格律派重視一首詩的格律，包括音步和押韻，創造出極富音樂性的詩作，前述的〈再別康橋〉、〈雪花的快樂〉後來皆譜成歌曲。雖然新格律派的寫作原則容易創作出韻律型的分行詩，但其他詩人即便不那麼重視音律，甚至完全不考律音節，同樣能創作出韻律型的詩作，主要即是訴諸視覺上的整齊排列。李金髮對於新格律派頗有微詞，除了創作十四行體以外，他的詩大多是非常徹底的自由體，但同樣創作出優秀的韻律型詩作。比如這首〈有感〉（左下圖），[21]介於錯落型和韻律型之間，但更傾向於由一個韻律結構所主導，每節基本維持跨行的三行降遞的結構，最後兩節更重複了開頭的兩節，形成回環的效果。我們很難說這樣的排列是為了產生音律效果，畢竟詩作並沒有押韻，按李金髮作詩的習慣，其斷句和韻律結構，更像是追求一種心靈的節奏，而非定型的詩體格律。

　　其他同樣訴諸視覺排列的韻律型作品，例如高大鵬的組詩〈四畫像〉（右下上圖），這組詩本為錯落詩型，但第四首〈齊克果〉每節卻重複相同的錯落結構，雖然每節的高度都不同，各節內部詩行的高度也不固定，但卻把握了一個韻律原則，即相鄰的兩句一高

---

[19]　呂進（主編）《中國現代詩體論》，萬龍生主筆的第五章「格律體新詩」，頁330。
[20]　同上註，頁331。
[21]　李金髮《為幸福而歌》，頁107-108。

一低，而第二組又比第一組更低，可視為一種「準基準詩節」，處於由錯落型過渡到韻律型之間的作品。[22]紀弦〈如果你問我〉（右下圖）則是由三節相同結構的對話所組成，這類對話體更不可能是出於音節的考量了，雖然詩行皆齊頭排列，但由於每節第一行開頭都是「如果你問我」句型，後半部都是對話，於是固定重複的字句、固定位置的引號，同時在視覺上起了類似韻律的作用，形成了一種「非錯落詩行的基準詩節」。[23]

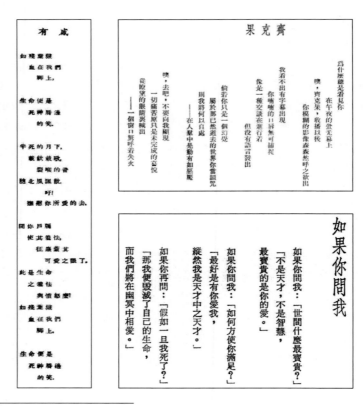

---

[22]　高大鵬《獨樂園》，頁36-37。
[23]　紀弦《紀弦自選集》，頁20。

由此可見，不管是依據聽覺的音律，或者依據視覺的排列，彼此對詩歌韻律的要求不同，結果卻產生相似的形式。韻律型的作品雖然以新格律派為尊，但卻不專屬於新格律派。

　　繼承新月派詩風的覃子豪，早期在大陸的作品常見標準的韻律結構，如〈我的夢〉分為三節各四行，每節第一句都是「我的夢」，其他行也各有相應的句型；〈竹林之歌〉則是首節作為楔子，後面六節則是由破折號開頭的相同形式的重複；〈追念〉三節皆是前兩行高、後兩行低一格的形式。[24]覃子豪來臺後則減少了韻律體的創作，反而齊頭型以及錯落型居多，但這不代表韻律型在今日乏人問津。即便新格律派的影響力沈寂了，但韻律型已經作為一種普遍的分行詩型而存在。余光中許多詩作仍然要求著音韻，發表於1974年的〈鄉愁四韻〉正是一首繼承新月派以來的韻律傳統，自創個人詩行韻律的代表作品：[25]

鄉愁四韻

給我一瓢長江水啊長江水
酒一樣的長江水
醉酒的滋味
是鄉愁的滋味
給我一瓢長江水啊長江水

給我一張海棠紅啊海棠紅
血一樣的海棠紅
沸血的燒痛
是鄉愁的燒痛
給我一張海棠紅啊海棠紅

給我一片雪花白啊雪花白
信一樣的雪花白
家信的等待
是鄉愁的等待
給我一片雪花白啊雪花白

給我一朵臘梅香啊臘梅香
母親一樣的臘梅香
母親的芬芳
是鄉土的芬芳
給我一朵臘梅香啊臘梅香

每節詩行的錯落方式相同，每行的字數也相同，甚至連句型也相同，產生回環、綿密，一唱三歎的聲詩效果。這年臺灣民歌運動的推手楊弦為〈鄉愁四韻〉譜曲，並由另一位知名的民歌歌手胡德夫來演唱，開啟日後新詩在臺灣與民歌彼此影響、深化的交流史。韻

24　三首詩分別見，覃子豪《覃子豪詩文選》，頁29-30、30-31、36-37。
25　張默、蕭蕭（主編）《新詩三百首》增定版（上），頁380-381。

律型的作品由於詩行長度整齊，不斷重複的基準詩節也類似歌詞重複的副歌，長期以來一直是最常被譜成歌曲的詩類，包括胡適、劉半農、徐志摩、林庚，都有許多詩作成為經典的歌曲。因此，雖然新詩在定體過程中主要繼承自古典詩與西方詩歌的形式，民間歌謠並未產生決定性的影響，本文也完全排除民歌與新詩基本形式的關連，但新詩定體之後建構各種詩型的過程中，詩行整齊、反覆吟唱的歌謠不僅影響了韻律型詩作，也對歌謠運動時期、抗戰時期、文革時期、臺灣民歌時期，等各時期的詩作形式產生顯著的影響。

　　錯落的詩行通常以詩節為一個單元，因此兩節以上才能形成韻律，可視為「分節韻律型」作品。但也有在單節內重複錯落韻律的「單節韻律型」作品。商禽寫於1970年的〈凱亞美廈湖〉：[26]

凱亞美廈湖

比水的清冽
更遠的
是林木的肅殺
比林木的肅殺
更遠的
是山的凝立
比山的凝立
更遠的
是雲的蒼茫
比雲的蒼茫
更遠的
是天的渺漠
比天的渺漠
更遠的

是我的
望眼

第一節當中，前三行的句型在單節中反覆出現，直到第四次才被拆為一半成第二節。整首詩基本上是由相同句型反覆所組成，詩人的視線也隨著重複的句型，從湖面望得越來越遠。過去新格律詩以基準詩節所建構的「分節韻律法」，在這裡被打破了，不分節同樣能達到韻律的效果。

　　新格律詩常為人所詬病的，就是對於格律亦步亦趨後，容易創作出過於呆板少變化的詩型，一旦再要求每行的字數相等，往往形

---

[26] 商禽《商禽詩全集》，頁280-281。

成方塊狀的豆腐乾體。那麼豆腐乾體具體長什麼樣子？先來看許達然這首作於1979年的〈路〉，其形式頗為特別：[27]

路

阿祖的兩輪前是阿公　拖載日本仔
拖不掉侮辱　倒在血池

阿公的兩輪後是阿媽　推賣熱甘薯
推不離艱苦　倒在半路

阿爸的三輪上是阿爸　踏踏踏踏踏
踏不出希望　倒在街上

別人的四輪上是我啦　趕趕趕趕趕
趕不開驚險　活爭時間

這是一首韻律型詩作，雖然整體視覺接近於正方形，但每節重複相同的行式，每一節僅有兩行，且兩行的長短並不一致。韻律詩型的特點就在於有韻律的「錯落」，一旦詩行等長，失去錯落之感，即便擁有基準詩節，同樣擁有韻律，卻已經不能視為韻律型的作品了。因此以豆腐乾體、方塊體形容韻律型詩作並不正確，新格律派所創作的豆腐乾體，實際上是另一種分行詩型「方正型」，而這種詩型也不一定要與格律牽扯上關係，下述將接著說明這種詩型。

四、方正型

　　一旦齊頭型表現得更為集中，不僅每行的抬頭對齊，連末字也對齊，使整首或詩節的排列在外形上達到矩形或方形的型態，即可視為方正型態的分行詩。方正型對於四邊的完整性要求非常嚴格，但中間區塊略有空格則無妨。

---

[27]　趙天儀（等編）《混聲合唱——笠詩選》，頁410。

詩行的方正型態在新詩中的運用非常廣泛，詩集、詩刊中屢屢可見。即便不是創作百分百的方正詩型，也常有趨近的寫法。例如吳長耀的詩集《山城傳奇》（1995）、《逆溫層》（1997），許多詩節都接近於方正型，但往往缺了「左下角」，這是由於詩節最後幾行縮短的緣故，反而像齊頭型的分行詩；唐捐的〈暴雨〉，[28]左右兩邊等長，上方亦整齊置頂，唯獨下方行末有些微錯落，但也就無法視為方正型，同樣只能歸類為齊頭型的分行詩；再如陳黎〈苦惱與自由的平均律〉、〈在白楊瀑布〉、〈春歌〉、〈冬日旅店夢中得詩〉同樣是下方略微不整齊的「類方正型」作品。[29]視覺上，方正型具有「正方形」或者「矩形」的外觀，但方正型的詩作大都不是圖像詩，當詩行排列成圓形、三角形、菱形時，肯定馬上被歸類屬於圖像詩，構圖的意念明顯，但方正型卻是一種相當普遍的分行型態，鮮少具有構圖的意念，反而新格律詩更常表現為方正詩型。按句型的來源，方正型主要可分為三種：舊詩句型、新格律詩句型，以及自由體句型。

（一）舊詩句型的方正型詩作

　　詩行被方正排列最初來自於舊詩的傳統。1916年2月胡適在《新青年》2卷6號上發表〈白話詩八首〉，當中〈他〉與〈江上〉都被胡適排列成四句並排，以及兩聯並排，兩種都是舊詩很常見的書寫方式，其中四句並排的分行形式將逐漸定型成為新詩的基本型態。新文學運動初期，許多詩作尚未擺脫舊詩的四言、六言、五言、七言、九言等傳統句型和偶句押韻的習慣，但已由過去隨意可變動的書寫形式，固定為分行並排的形式，當是受西方詩歌分行觀念的影響。朱湘的〈葬我〉為每節四行的三節的七言體，[30]卞之琳

---

[28]　瘂弦（主編）《天下詩選 II》，頁265-266。

[29]　陳黎《苦惱與自由的平均律》，頁18-23、57-59、137-141、156-159。

[30]　張默、蕭蕭（主編）《新詩三百首》增定版（上），頁159-160。

〈白螺殼〉同樣為七言體，[31]全詩共四節，但不像朱湘採用傳統的四句一節，而是十行一節，但不管如何，都是自胡適以來的白話詩一脈。這種延續自舊詩的詩型並不只侷限於新詩發展初期的詩人。1990年鴻鴻出版的第一本詩集《黑暗中的音樂》中〈山居草歌聊自娛〉即是一首形式方正的五言體：[32]

```
1              2              3              4
歌哭決明子      夜斷無名髮      敢笑無常雨      信到紙已腐
醒睡包種茶      日生斜坡花      難問心中人      坐久每忘魂
野蟲翻天走      妖風望上轉      客過知狗吠      下界秋塵起
狗屎滿地爬      房子向下滑      愛恨去無聞      山上已冬春
```

這首詩分為四節，每節猶如一篇絕句，更復古的是，相當盡責任的在偶數句進行押韻，猶如一首不施平仄的現代絕句了。灰馬1992年出版的詩集《切線》中嘗試了各種齊言體，〈紫菊花詠〉為每節四句的五節的六言體，〈香島一窗口〉則為每節四句的兩節的七言體，〈花橋雨景〉則為三節的九言體，〈這個影子〉則採用舊詩少見的八言體，但維持舊詩四行一節的行式慣例。[33]舊詩的句型已經內化為新詩的一種表現方式，至今依然有創作舊詩句型的詩人。新詩的現代性不只是形式，同樣包含語言風格，即便是舊的形式，在前衛的語言風格下，也會創造出新穎的作品。

（二）新格律詩句型的方正型詩作

另一種方正詩型源自二〇年代的新格律派。新格律派希望透過整齊的音步來建立起新詩的格律，但漢語單音獨體的特質，使得對於音步的追求，都容易變成每行字數相同的齊言體。這類型的方正詩行不同於前述傳統型的地方，在於擁有自創的內建格律，由音步

---

[31] 卞之琳《雕蟲紀歷》，頁54-55。
[32] 鴻鴻《黑暗中的音樂》，頁92-93。
[33] 灰馬《切線》，頁38-39、頁48、頁150-151、頁226-227。

取代傳統的格律，每行的字數也並非舊詩常見的四五七言。代表作即為聞一多的〈死水〉：[34]

死 水

這是一溝絕望的死水，
清風吹不起半點漪淪。
不如多扔些破銅爛鐵，
爽性潑你的剩菜殘羹。

黴菌給他蒸出些雲霞，
再讓油膩織一層羅綺；
鐵罐上鏽出幾瓣桃花；
也許銅的要綠成翡翠，

讓死水酵成一溝綠酒，
飄滿了珍珠似的白沫；
小珠們笑聲變成大珠，
又被偷酒的花蚊咬破。

那麼一溝絕望的死水，
也就誇得上幾分鮮明。
如果青蛙耐不住寂寞，
又算死水叫出了歌聲。

這是一溝絕望的死水，
這裡斷不是美的所在，
不如讓給醜惡來開墾，
看他造出個什麼世界。

這首詩每行為四音步共九字，雙行押韻。試著將第一節的音節標示出來：「這是｜一溝｜絕望的｜死水，／清風｜吹不起｜半點｜漪淪。／不如｜多扔些｜破銅｜爛鐵，／爽性｜潑你的｜剩菜｜殘羹。」要求音步與要求齊言不必然要劃上等號，但聞一多過度要求音節的工整，限定音步只能在九個音節（九個字）內變化，加上漢語多半為兩個字、三個字為一個音節，其變化經常只是兩音節、三音節的挪移，音節相當呆版。邵冠華在評論〈死水〉時說道：「為了特別注意『音韻』的關係，文字上，無形中整齊些，漸漸的趨於『太整齊』的缺點。至於聞先生的『太整齊』的詩行，讀過『死水』的人總知道的了。我的一件事詩行的整齊並不會給詩的本身一種壞的影響。整齊也罷，不整齊也罷，只要能自然的寫成就好。這一點，似乎聞先生自己也講過，可惜他已無形的踏上呆的足銬！」[35]這不僅是針對〈死水〉的建議，也是對於新格律派作品的普遍看法，邵冠華說的「不自然」正是指套用西方音步韻律所帶來的彆扭。因此若要繼續寫外型方正整齊的詩，勢必要用更新穎的句型來建構，而內

---

[34] 聞一多《死水》，頁39-41。
[35] 邵冠華〈論聞一多的死水〉（1931年《現代文學評論》第1第2期），頁24。

建格律的舊體詩，或是新格律詩的句型，已經無法為方正型的詩作帶來新的變革，甚至在現代人眼睛中已經是「不自然」。

（三）自由體句型的方正型詩作

自由體句型的方正詩型，與前述舊詩句型、格律派句型都不同。自由體句型不要五七言也不要格律，早期雖然仍押韻，而已設定自己的齊言字數，更經常採用跨行或是並列式書寫等分行詩的特點，來建構整齊的詩型，是一種建立在分行形式特點下的新的齊言。例如洛夫這首隱題詩〈我跪向你向落日向那朵只美了一個下午的雲〉[36]，即是一首毫無內在格律的方正體：

我跪向你向落日向那朵
只美了一個下午的雲

我是一座將融化的冰雕
跪在太陽底下既暖且冷
向來藏在水中最是孤獨
你說這一劫數勢所難免
向日葵則對此完全不懂
落葉飄在半空猶自驚疑
日色漸冷不知夜宿何處
向空無的荒野墜入空無
那天邊的夕陽出奇動人
朵朵鮮紅如大地的胎記
只是我體內的積雪太厚
美好的黃昏又忽焉降臨
了卻此身的最佳方式是
一鎚碎碎血肉大呼過癮
個人的骨頭由個人收拾
下輩子是火是水誰知道
午夜一滴向未結冰的淚
的淵淚沒到枕邊天已曉
雲路過窗前卻無意暫留

詩從第一行開始，不加任何標點符號，每行限定10個字，且一行剛好是一句，十九行等於十九句，內部結構均衡穩固。洛夫〈隱題詩〉的句型屬於單行單句的「完整句型」，詩行與詩句並未分離，與前述的舊詩句型其實是相同的，差別僅在於白話語體的不同，以及齊言字數的不同。但新詩不安逸於形式的安穩，即便是創作方正體，也要在當中製造錯落和分歧。

---

[36] 洛夫《隱題詩》，頁70-72。

回溯徐志摩作於1922年5月25日的〈聽槐格訥（Wagner）樂劇〉，全詩共11節，每節4行，前9節每行7字，後2節每行8字，將七言體八言體共用於一首詩，反而在句型上產生新意，更新穎的是徐志摩對這首方正型詩多處使用了跨行，試舉第三節：「忽然靜了；只剩有／松林附近，烏雲裡／漏下的微噓，拂扭／村前的酒簾青旗；」[37]隔年1923年4月20日徐志摩發表在《時事新報‧學燈》的〈默境〉不再採用舊詩句式：

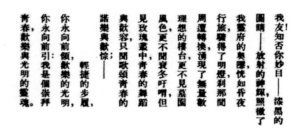

　　這首詩每行十個字，很可能是第一首採用大量跨行來達到整齊的標準自由體方正型詩作。[38]此處引最後兩節，也是跨行最頻繁處，開頭看似不整齊的詩行，實則是受到刪節號拉長的影響，字數仍是十個字；後半部不整齊，則是徐志摩特別採用了跨行，將詩行五五對分拆成兩節，實則這兩節完全可以嵌合在一塊。再看詩行底部幾乎沒有標點符號，原來徐志摩在這兩節中全部使用跨行，使新詩得以在不影響句意的自然表達下，又能達到詩行整齊劃一的效果。
　　徐志摩是帶起新詩跨行、跨節技巧普遍使用的重要詩人，利用跨行來產生整齊劃一個詩型，最大程度凸顯了新詩「行句分離」

---

[37] 徐志摩（著），陸耀東等（主編）《徐志摩全集補編》Ⅰ詩集，頁4-5。原載於1923年3月10日《時事新報‧學燈》。
[38] 徐志摩（著），陸小曼（主編）：《徐志摩全集》1詩集，頁180-182。收錄於徐志摩第一本詩集《志摩的詩》。

的特質，產生了一種非常強的現代性。就形式而言，新月派的徐志摩比三〇年代戴望舒、金克木等不少現代派詩人還要前衛，曾編選《徐志摩詩選》的楊牧即說道：「我更要指出，雖然徐志摩的時代只是一個文學形式大摸索的時代，論一個人在十年內所致力恢求於新詩的體裁格調，以及實際試驗之勤勉與豐美，六十年代以前的中國詩人中，無有出其右者。」[39]或許是受到徐志摩影響，日後如楊牧也習慣於詩作中使用連續的跨行來製造整齊的詩節。

自徐志摩之後，方正的詩型不代表內在句式的整齊，使得方正體的內部產生極大的錯落感，形成特殊的效果。七〇年代王今軒的組詩〈璇璣圖〉中的〈星空〉與〈七月〉外觀屬於邊緣平整、內部填滿的「完全方正」形態，卻是句句跨行的方正型詩作：[40]

璇璣圖

星空

傳聞向晚之後你擁霧濕醺醒燈下爐火烈孛歲月推窗
來訪乃想及亙古星空當松濤吟你指尖速計鹽雪篝
火下翻閱典冊的悠悠狗尾綠色童年於舡船輕放爾后
漂泊漂泊成夢而今初春又臨隔著星光盪遙身后一片
迷茫身前則是千年萬年香火流遲之處如何才能以一
十字星獨放的姿態寫下永恒樹一尊特立的光影於這
片星空之下你當如是想著如是沈思於爐火烈孛之際

七月

蝶花又飛著斑駁了二十年
歲月你將踏離廟宇以蝙蝠
的黑衣覆蓋然后東西南北
而你當誌記此后二十年我
將見你馳騁不論在南不論
在北你當合掌禱念你胸前
的十字是廟字的千山萬水

〈星空〉與〈七月〉的跨行相當明顯：「推窗／來訪、篝／火、爾后／漂泊、一片／迷茫、一／十字架、這片／星空」，以及「二十

---

[39] 徐志摩（著），楊牧（編校）《徐志摩詩選》，頁3。
[40] 王今軒《折箭賦》，頁67-69。

年／歲月、以蝙蝠／的黑夜、東西南北／而你、我／將見你、不論／在北、胸前／的十字」較徐志摩更進一步的是，兩首詩將連續不斷的長句，透過跨行排列成整齊的詩行。無標點符號的長句作為戰後現代主義詩歌的代表句式，再搭配同樣歷經現代主義詩歌形式技巧所改造的方正詩型，徹底擺脫了過去豆腐乾體保守、落伍的印象。

　　除了以「跨行句型」構成的方正體，新詩中常用來推進敘事的「並列句型」一旦並列的數量夠多，成為一首詩的主要結構，也極易形成方正型的詩作。有趣的是，「跨行」與「並列」兩者理論上無法同時並存單一詩行，但卻都是方正型詩作的主要敘事方式。詹冰發表於1964的〈插秧〉即是單純透過並列的詩行，製造出整齊的形式，雖然每行五個字，易讓人誤以為是一首舊詩句型的方正型詩作，但其實是採用「並列句型」建立在新詩自由體美學下的作品。[41]

　　除了並列與跨行以外，也常見複合式的方正型態，亦即在主視覺的方正詩行旁邊，加上其他詞彙或詩行增添變化。孫維民知名的詩作〈一隻麻雀誤入人類的房間〉，[42]不僅是並列式，也是複合式的方正型詩歌：

一隻麻雀誤入人類的房間

在屋梁的燈罩和灰白的繡壁之間
在灰白的繡壁和窗户的玻璃之間
在窗户的玻璃和舞蹈的灰塵之間
在舞蹈的灰塵和禁錮的天空之間
在禁錮的天空和燦亮的壁鐘之間
在燦亮的壁鐘和碰撞的聲響之間
在碰撞的聲響和甦醒的恐懼之間
在甦醒的恐懼和微笑的相片之間
在微笑的相片和光束的腐味之間
在光束的腐味和沈寂的碎片之間
在沈寂的碎片和遙遠的林木之間
在遙遠的林木和枯死的盆栽之間
在枯死的盆栽和黃昏的掃帚之間
在黃昏的掃帚和損壞的玩具之間
在損壞的玩具和擁擠的報紙之間
在擁擠的報紙和猩紅的窗帘之間
在猩紅的窗帘和稻草人的臉龐之間
在稻草人的臉龐和凶狠的戰爭之間
在凶狠的戰爭和鍍金的酒杯之間
在鍍金的酒杯和纖瘦的藥瓶之間
在纖瘦的藥瓶和黑色的衣裳之間
在黑色的衣裳和床單的皺褶之間
在床單的皺褶和格列佛遊記之間
在格列佛遊記和孤獨的荒原之間
在孤獨的荒原和深秋的田野之間
在深秋的田野和地毯的毛髮之間
它撲動著顫抖的、翅望的雙翅

---

[41]　詹冰《太陽‧蝴蝶‧花》，頁2。
[42]　張默、蕭蕭（主編）《新詩三百首》增定版（下），頁828-830。

孫維民巧妙利用上一行的後半部作為下一行的前半部，使得並列的分行彼此緊咬著不放，產生一種極度的緊繃感，或者說，如同詩作最末所說的「顫抖」感。先前整排整齊並列的詩行只是鋪陳謎面，謎題則是最後獨立於詩節外的詩行，點出在這「之間」承擔無數恐懼的，是一隻絕望的麻雀。此首詩的形式應當是受管管〈繾綣經〉的影響：[43]

繾綣經

給愛吾吾又不知道的人

七月七日長生殿

高高的草下有低低的蟲
低低的蟲上有高高的草
高高的樹下有低低的草
低低的草上有高高的樹
高高的鳥下有低低的樹
低低的樹上有高高的鳥
高高的鳳下有低低的鳥
低低的鳥上有高高的鳳
高高的雲下有低低的鳳
低低的鳳上有高高的雲
高高的天下有低低的雲
低低的雲上有高高的天
高高的星下有低低的天
低低的天上有高高的星
高高的手下有低低的星
低低的星上有高高的手

全詩共四節，此處節選第一節，每節開頭皆搭配一句白居易〈長恨歌〉中的詩句。管管同樣採用上下句連環相扣的並列句型，暗示唐明皇與楊貴妃生死不離的誓詞，並列且終日迴盪的詩行，則有上窮碧落下黃泉的飄渺之感，形式與內容隱然合一。此外商禽〈遙遠的催眠〉也是以並列式句型為主，[44]不斷反芻「守著」的句型，且全詩僅第一行的三個字「憨憨的」抬高兩格，其餘都排列成每節四行、每行七字的方正型態。[45]詹冰〈寒夜〉（左下圖）頭尾兩節與中間方正等長的四行不同長度，但主視覺明顯為中間四行，仍可視為方正型的詩作。[46]

---

[43]　管管《管管詩選》，頁59-64。
[44]　商禽《商禽詩全集》，頁109-114。
[45]　商禽《夢或者黎明及其他》，頁78-82。
[46]　詹冰《詹冰詩全集（一）新詩》，頁191。

大地震

十餘年來第一次整個冷漠龐大的城市結構
夜晚面色霜冷互不相關的行止匆忙的人羣
同時間驚怖如垂死的蝙蝠　擔憂同一件事

廣廈將塌矣　利慾懸空幌蕩　蟑螂在樹中
街道陷矣　香車不得動彈　羣鼠在下水道
牆欲裂　脆弱的玻璃飛滿天　蛆在化糞池
哭嚎聲　水管破裂聲　電線　蜘蛛在屋角
雕像斷傷　狂跳的心　破的頭　蚊在陰溝
塵砂驟揚起　路樹倒　哀吟　黑色混凝土
標準鐘還跳著　時間　風　垃圾場的惡臭
水銀燈紛紛陣亡　火起　摩登時髦的殘墟
販賣過肉類的市場　蠅　出售過藥品的店
天空一組明滅的奇星　淫亮出水的下弦月
隱晦照向這餘震暫歇結構不再工整的城市
留下遺忘多年而將再被眾口議論的大主題

寒夜

寒夜～～～～～
夜深————————

短暫的生命與短暫的生命相偎倚
已明白自然的法則無例外的年齡
已曉得病神的毒鞭有帶刺的年齡
滴血的心靈與滴血的心靈相抱緊

夜深————————
寒夜～～～～～

對新詩來說，並非外觀方正就是每行字數相同的齊言體，新詩中的標點符號以及空格，甚至變動字體大小，許多原因都會造成每行實際字數的落差。王廣仁作於1986年的〈大地震〉（右上圖），[47]即是在方正的詩行當中挖出空格，模仿地震後破碎的建築物。原本若詩行填滿，每行字數為18字，但詩人從內部「破壞」以後，許多詩行只有15到17不等的字數。再看陳黎這首〈孤獨昆蟲學家的早餐桌巾〉，矩形的桌巾上跑掉了好幾隻蟲／字：[48]

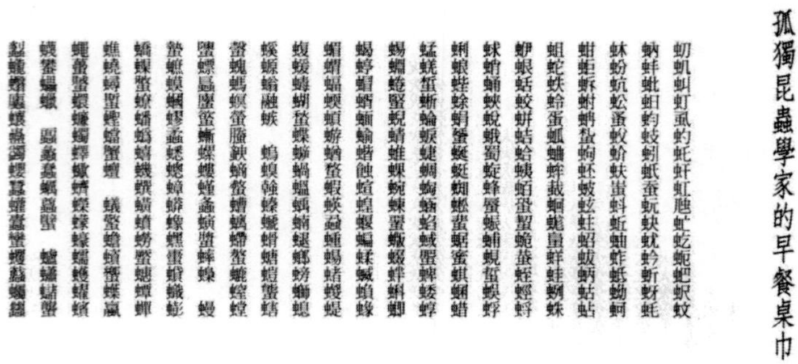

47　王廣仁《孤寂》，頁162-163。

48　陳黎《苦惱與自由的平均律》，頁74-75。

陳黎習慣將文字堆疊成方正的外型來進行構圖，例如：〈國家〉、〈一〇一大樓上的千（里）目〉、〈噢，寶貝〉、〈寂靜，這條黑犬之吠〉、〈白〉等圖像詩作，[49]而另一首〈世界盃：2002〉幾乎是全部用符號堆疊出方正圖案。[50]這些採用「堆疊句型」的詩作，屬於構圖詩型與方正詩型的複合作品。回過頭來看這條「桌巾」，這些文字並不構成句子，而只是一意堆疊，彼此在字典中都屬於「虫」部，有蟲的屬性。試想這些昆蟲已經盡力整齊排列成一張桌巾了，無奈天性好動，仍舊偶有缺口，正可用來詮釋方正詩型力求方正，但也存在缺損的情況。例如陳黎〈長日將盡〉詩作最末的「音」字，竟從長方詩型的一角脫落了「」。[51]雖然這些詩作有的是中間空洞，有的是詩行斷裂、或者邊界缺角，但只要平行對邊近乎等長，主體結構仍整齊方正，即屬於方正型的分行詩。

五、分散型

　　此種分行型態是透過空行、空格與標點符號，拉大字句之間的距離，或者詩行之間的距離，使視覺上產生分散的效果，但詩行並未刻意排列成圖像，不具構形的意圖，仍保有單純的分行，因此隸屬於分行詩。

　　徐志摩作於1923年10月26日晚上，刊登於同年11月11日《晨報副刊·文學旬刊》的〈常州天寧寺聞禮懺聲〉，是這年10月3日他到江蘇常州遊玩，聽聞了天寧寺的禮懺聲，因而有感寫下的一首長篇散文詩：[52]全詩分為兩部分，前半部連續使用了六個「有如」的

---

[49] 陳黎《輕／慢》，頁101-106。

[50] 陳黎《苦惱與自由的平均律》，頁76-77。

[51] 陳黎《輕／慢》，頁107。

[52] 〈常州天寧寺聞禮懺聲〉相關創作日期，引用自施佳瑩《徐志摩詩選》的考證（頁82-83），編寫者施佳瑩對中外徐志摩史料的掌握以及與作品之間的互見，信手拈來，條理清楚地分析每首詩作的本事，加上徐志摩長孫徐善增先生的幫忙，是一部極具學術價值的徐志摩詩選集，

並列句型，描寫鐘聲引發的一連串聯想，帶領詩人前往世界上各種莊嚴蕭穆的幻境；後半部回到詩人當下的時空，描述鐘聲敲響時常州天寧寺的實景，形式上為了有別於前半段的幻境，徐志摩將原本散文詩的連續詩行，加入空行拉大段與段之間的距離，產生猶如鐘聲迴盪的空間感。按分散的方式，分散詩型主要可分為「空格分散」、「空行分散」與「對開分散」三種分散類型。〈常州天寧寺聞禮懺聲〉所採用的即為空行分散。這是新詩首見詩行的分散嘗試，此處引用後半段空行分散部分：[53]

（一）空格分散（行中分散）

新詩最初的十年，分行詩大都是白話詩派的齊頭型和錯落型，以及少部分新格律派的韻律型與方正型。分散型則是由初期象徵派詩人穆木天所確立，他認為「詩要兼造形與音樂之美」，[54]為了讓詩行的形式趨同於音樂，他刻意在詞與詞的交界處以空格隔開，希

---

[53] 截圖引用自1923年11月11日《晨報副刊・文學旬刊》第一版，為首次刊登。圖片狀況較不清晰，但已能清楚呈現空行隔開各段的情況。該詩後收入徐志摩首本詩集《志摩的詩》。

[54] 穆木天〈譚詩──寄沫若的一封信〉，《旅心》，頁131。

望透過視覺上的提示在閱讀時產生預期的韻律感，是一種將詩行樂譜化的作法。例如代表作〈蒼白的鐘聲〉前三節：[55]

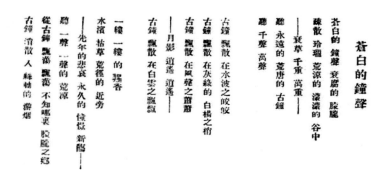

和徐志摩類似，穆木天也想到以「分散」的形式來暗示鐘聲的悠揚，[56]但不同的於徐志摩採用「空行分散」，穆木天則是開創了「空格分散」。這首作於1926年1月日本東海道的詩作，整首詩透過空格，按詞彙將詩行分成數個小單元，詩行雖然破碎，卻方便於在句中押韻，以文字模仿鐘聲的波動，產生綿密的韻律感。朱自清認為穆木天的詩「託情於幽微遠渺之中，音節也頗求整齊，卻不致力於表現色彩感。」[57]正是指穆木天為了音節的韻律，而捨棄意象

---

[55] 穆木天《旅心》，頁92-94。

[56] 羅青於〈白話詩的形式〉一文中認為〈蒼白的鐘聲〉：「而其呈現出來的亦錯間隔又剛好能夠在視覺上表示出鐘聲飄散空疏的形象。這種全篇採用一種整體設計『排列形式』的作品，可以算是中國新詩早期中圖像詩的一種。」（《從徐志摩到余光中》，頁65。）但筆者認為〈蒼白的鐘聲〉並非圖像詩，羅青所說的以空格在視覺上表現出鐘聲飄散的整體設計，並不限於這首詩，而是整本《旅心》都採用這種形式，穆木天目的是為了用視覺表現出音節節奏，同時替代在視覺上妨礙音節呈現的標點符號，才全面使用空格（參見本書第二章第二節）。且亦不能以過於抽象的形式暗示就判定為圖像詩，例如胡適的〈蝴蝶〉，筆者認為其高低排列的詩行模仿了蝴蝶上下飛舞的姿態，但並不能以此就說〈蝴蝶〉是一首圖像詩，最多只能視為局部的構圖暗示，原則上〈蒼白的鐘聲〉與〈蝴蝶〉都是詩行穩固的分行詩。要認定為圖像詩，其形式必須有非常明確的構圖意圖才行。

[57] 朱自清〈《中國新文學大系》第八集「詩集」‧導言〉，見朱自清（編選）、趙家

的經營，形成有聲音而缺乏想像的詩歌。周伯乃也認為〈蒼白的鐘聲〉於意象的創造並不完美：「作者只注意形式的求新，而沒有抓住詩的形象來創作，沒有形象就沒有意象的存在，沒有意象就沒有內涵力。」更以這首詩，批評穆木天為了強調音節的效果，不惜拆分詩行中的固有句式，等同割裂了語言：「穆木天的詩，在形式上看，第一個給讀者的直覺觀念是取消了標點符號，這點不足為奇，也無可非議，但他刻意把中國原有的語言的句式（合理的句式），從中折斷，硬排列成某種形式，因而造成他的詩在語言上的語病重重。」[58]然而，新詩最初於聽覺上的嘗試與追求，最後往往轉為視覺上的書面布置技巧，而被遺忘最初的音樂性根源。無論穆木天對於音節的嘗試是否成功，《旅心》詩行所呈現的折斷、拆分，包括整體書面的碎裂形式，無疑為當時的詩人帶來啟發。因此阿英編選《中國新文學大系》第十集「史料・索引」，特別在《旅心》的詩集目錄加上按語：「在新詩集中，此為別創一格者。」[59]正是指《旅心》用空格取代標點符號後形成的詩行分散形式，在當時給予人鮮明的印象。

今日新詩多半不再於行末加上標點符號，而藉由空格、空行所形成的分散詩型，也早已成為現代詩的基本詩型之一。日後許多詩人雖然不講究音節的韻律，但為了營造視覺上的效果，也會利用空格將詩行分割成數個小單元，這正是穆木天的影響。比如商禽1984年創作的〈人的位置〉：[60]

壁（主編）《中國新文學大系》，頁8。
[58] 周伯乃《早期新詩的批評》，頁129。
[59] 阿英（編選）、趙家璧（主編）《中國新文學大系》第十集「史料・索引」，頁315。
[60] 商禽《用腳思想》，頁136-140

人的位置

有人在人中　人在其中

有人在其右　其左有人　其右有人

有人在人中　其人在人中

人在人心中　有臉在其中　有臉在人中

有人有臉　有臉有眼　有眼有眼　有淚在眼中

有淚在臉上　有人在淚中

商禽將詩句如散文連書，卻又以空格分開，使這些句子既連為一體，又各自為政，完整之中蘊含破碎的形式，暗示人即便在身體當中仍找不到統一的自我，雖然重複的句式仍產生一定的韻律，但概念的輸出明顯勝過音節上的要求。空格分散發展至上個世紀末，夏宇更加入侷限寫作的手法，詩作〈●摩擦●無以名狀〉剪接上一本詩集的字句拼貼而成，使得這首詩更為破碎，屢次出現空格中斷詩行的連續閱讀，造成類似口吃的效果，整首詩讀下來像在閱讀一個個的片段，詩行如同被取消了，感覺更像是一群被擺在同個平面上勉強排列的詞。[61]

---

[61] 夏宇《●摩擦●無以名狀》，書無頁碼。

摩擦　無以名狀

貓咪
今天
聽到
一個

你叫我
回到一個
巴洛克式
的

斷混的
的了解
貓咪
問題

是
我的
遺忘

像
幽靈
我的

罪惡
像歌劇
我

的
失眠
遠足

曠野
我的
旋轉

貓咪
我的
是
無謂

如果
是
無謂

我的
柔軟
是

那個
愧惜
我的
的

溫暖
是
這個

游離
貓咪
我的

我的
閃爍
我的
撞擊

就是
牠

最
愛
的
魚

夏宇將詩行拆分成數個單元，但敘事上不像穆木天仍是完整的一句。由於這些詞彙剪貼自另一本詩集，詩行中充滿後現代的「延異」（Différance）氣息，詞彙之間，意義的連接偶爾發散，偶爾延宕，敘事並未完美銜接，更透過連續不停的跨行，使語意更加難解。對此夏宇巧妙運用韻腳，內部幫助句子斷句，外部則加強了句子之間的關連性，維持住詩篇的格局。

除了空格，標點符號同樣能製造出詩行分散的效果。夏宇詩集《Salsa》（1999）中〈帶一籃水果去看她〉雖然是一首連書的散文詩，整首卻是用／符號將句子隔開，由於／符號常用來代表分行，使得這首散文詩的句子之間既相連又相離，介於連書與分行之間的奇妙狀態。[62] 李進文的〈天使〉則是一首分行詩，也以／符號取代逗號，如同詩集《不可能；可能》（2002）的命名，形成分行詩中還有分行的情況。[63] 孫梓評〈黑眼圈〉也是在分行中使用／符號來分層。[64] 之後葉覓覓將／符號發揚光大，多次在分行詩作中以／符號代替逗號和空格，例如詩集《漆黑》中〈蛾在腋下產卵，然後死去〉、〈跟光頭去剃光頭〉、〈惡靈靈山上的瘟疫〉、〈她像湖／他像虎〉、〈如果〉等五首詩都用／符號一句一句劃分，如同一把

---

[62] 夏宇《Salsa》，頁126-128。

[63] 李進文《不可能；可能》，頁69-70。

[64] 孫梓評《善遞饅頭》，頁115-117。

具象的刀子，將詩行一一切開。[65]實體的符號比起空格，在製造停頓上，更加強了一種俐落感。

（二）空行分散（行間分散）

　　前述以空格、標點符號隔開字句的方式，可稱為「行中分散」；以空行使詩型分散則可稱為「行間分散」。此類分散方式，繼徐志摩〈常州天寧寺聞禮懺聲〉之後，1926年穆木天的〈沉默〉，不僅詩行當中有空格，詩行之間又有空行，使得字句之間更加分散，是一種「完全分散」的分散型詩作：[66]

這種完全分散形式，於新詩早期階段出現相當特別。穆木天之所以能發展出完全分散的詩型，得力於他認為標點符號阻礙詩歌閱讀，應全數從詩歌中排除的詩歌美學觀點，使書面乾淨到僅剩下文字與空格的排列。也因此詩集《旅心》中就運用了空格、空行兩種基本的分散形式。相較於當時的新詩，幾乎每句都有標點符號，自然不

---

[65]　葉覓覓《漆黑》，頁49-63（前四首）、頁118-119（〈如果〉）。
[66]　穆木天《旅心》，頁109-110。

易形成分散的形式了，分散型的詩作因此也不多見。隨著標點符號逐漸減少使用，戰後分散型的詩作才開始增多。其中「空行分散」又比「空格分散」的使用，來得少見許多。

　　吳瀛濤寫於1965年的〈空茫〉，九行詩行彼此間以空行隔開，屬於單純的「行間分散」，整本笠詩社精選詩選《混聲合唱——笠詩選》近千首的作品中，也僅有此首詩是空行式的分散型詩。[67]之後同樣採用隔行排列的尚有詹冰的童詩〈金魚〉，[68]管管〈藍色水手〉，[69]顧城〈敘事〉，[70]海子〈海底臥室〉，[71]鴻鴻〈天長地久〉、〈市景〉等詩。[72]葉覓覓特別喜愛這種空行效果，2010年出版的詩集《越車越遠》當中包括〈＃（愛情故事）＃〉、〈還有多黑？〉、〈現在詩大字報讀後感〉、〈六六〉、〈3顆〉等首皆採用。以〈現在詩大字報讀後感〉為例：[73]

現在詩大字報讀後感

每個字／都／警醒著都能自由旋／轉蒐／走在冬天的泥地裡

然／而大／小節奏經過分配適／合翻頁／來不及握手的／就勾／肩搭背

遠／望像熱帶／叢林近看像一場繽紛的字雨／詩／就藏匿在雨粒的縫隙

那就是現在你明白詩不再只是／只是過去而已好比在燈下你把她們攤開

用十根濕潤／的指頭／和溫馴得要嚇死人的心情

---

[67] 趙天儀（等編）《混聲合唱——笠詩選》，頁25-26。
[68] 詹冰《詹冰詩全集（二）兒童新詩》，頁64。
[69] 管管《管管‧世紀詩選》，頁3。
[70] 顧城《顧城詩全集》（下卷），頁131。
[71] 海子《海子詩全集》，頁466。
[72] 鴻鴻《黑暗中的音樂》，頁39、94-95。
[73] 葉覓覓《越車越遠》，頁117。

《現在詩》是一份等待多重詮釋意義的詩刊。「現代詩大字報」仿擬報紙的敘事方式，新詩不再像一般報紙僅侷限於副刊中的小角落，而是成為新聞本身，刊登的每件重要消息都是一首詩。葉覓覓的讀後感受到「大字報」遊戲意符與形式的影響，這首詩原則上僅五行，太長的詩句因版面限制而換行，每行之間固定空一行隔開。此處原本空行的作用在於分散詩行而非分段，並不能因此將詩行視為各自獨立的一段，但行中以「／」分句，使得原本的一行，成為被暫時堆疊在一起的「分行們」，空行在此也就具備了分段作用，最後兩行的跨段即為明證。且「／」放的位置往往在詞彙中間，而非音節停頓之處，於是整首詩的詞彙、詩行、詩段都處於要「分不分」的狀態，深得《現在詩》延異、懸置的旨趣。

（三）對開分散

另外有一種較為特別的「對開式分散」，透過左右分置或上下分置，同時並列兩條敘事主線，還能交叉閱讀，亦即至少同時呈現三條敘事路線，若再隨意跨行交叉閱讀，將可產生更多條敘事路線，這也使我們必須以整個平面去欣賞詩作，而不是如同一般的詩歌由線性的敘事方向去理解、欣賞。對開式最早可在詹冰寫於1967年的一首〈淚珠的〉瞧見端倪：[74]

> 涙珠的
>
> 感情的　露點，
> 球形的　晶體就凝結。淚珠有
> 意志的　表面張力。
> 真情的　全反射。球體有
> 回憶的　風景在旋轉。
> 悔恨的　鹹味在對流。我醉於
> 用我的　公式計算——
> 淚珠的　引力大小。
> 淚珠的　汽化熱。
> 淚珠的　愛格森數。啊，透過
> 淚珠的　凸透鏡，
> 看到的　是——
> 正立的　實像。
> 神明的　實像。
> 微笑的　實像。

74　趙天儀（等編）《混聲合唱——笠詩選》，頁55。

「的」字一旦獨立分開後，上方原本的形容詞變成了名詞，下方的名詞也與所形容的狀態脫勾，呈現的是名詞與名詞的並列，一切都還原為名詞，全部都只是物，只是影像畫面，這也是淚珠所照見的世界。詹冰或許為了製造淚珠的斷續感，才將詩行拆分成上下兩個部分，出於以詩行構圖的思維，但詩行被「的」字分成上下兩個獨立的部分，也開啟了新的形式可能。1984年胡寶林出版的詩集《去國》，當中〈去國去國〉、〈計程車司機小調〉皆將詩行由中間一分為二，為筆者所見最早的標準對開分散形式詩作（左下圖）。[75]

雙聲部的成立，標誌詩行對開分散的成熟。這首〈計程車司機小調〉左半部作為因，敘述表面現象；右半部作為果，猶如另一個聲部，揭露前半部的另一面，或者說「真相」，日後的對開形式多半都按照這樣的敘事方式。

計程車司機小調

有人高談闊論	我被覷靶子
有人卿卿我我	我要坐似和尚
有人接吻	我不得使用反光鏡
有人抽烟	我得忍氣吞聲
有人放屁	我要裝鼻塞
有人吵架	我要關收音機
有人感冒	我明天咳嗽
有人剛剛理髮	我要關窗
有醫生作客	我不准吐痰
有江湖怪客	我驚心胆震
有人要闖紅燈	我被罵色盲
有人要少付五元	我緊急刹車
有客要趕長途	我想念國泰人壽

```
找不到腳　在地上
在天上　找不到頭
我們用頭行走　我們用腳思想
虹　垃圾
是虛無的橋
是紛亂的命題
雲　陷阱
是飄渺的路　是預設的結論
在天上　找不到頭
找不到腳　在地上
我們用頭行走　我們用腳思想。
```

75　胡寶林《去國》，頁19、37。

到了1986年商禽〈用腳思想〉（右上圖）進一步將句子與句子上下對稱分開，形成如鏡象倒影的對開式分散。[76]這種分散型相當特別，如同將兩首詩並置，上方詩行置底，下方詩行置頂，使得詩行就像倒影。以開頭為例，至少可以讀成「找不到腳在天上」、「找不到腳在地上」、「找不到腳在地上／在天上找不到頭」三種，若不考量每一句都閱讀，這樣詩行的組合就更多了。且除了上下詩行相對，前後詩行也是相對，整首詩到了中間「是虛無的橋　是紛亂的命題」這行之後，順序稍有調整，但大致上重複一遍之前的結構和內容，使得閱讀這首詩更近於平面敘事，可任意由一處開始欣賞，而不是單向的線性敘事。

　　游喚1991年發表的〈木棉練習曲〉也是採用這種對開分散形式，更為了如同鏡象對稱，文字的閱讀方向也由中軸線向左右兩邊分散，如同第一行內容的提示，右半部維持橫書慣用的由左向右閱讀方向，左半部則逆反為由右向左：[77]

道車換變心小來回旋來回折	有一種木棉紅向右發展成高速公路
鳥中雲花中霧滿掛	有一株株一株株
座座一座座一有	豎立起來的春之號誌
屋花的徊徘邊靠	小心購買紅香
鬼花到撞心小	小心穿過花雨
了止停中臺	來不及換擋
了住塞影花	木棉花鬧了
念存照拍誰是	嚇　一線紅墜落
心花按亂勿請	是誰陷入花陣
……車車車	花花花……
轟上堆花	車壘上花

76　商禽《用腳思想》，頁130。
77　《創世紀》（85、86期合刊），頁20。

蕭蕭評論這首詩說道：「〈木棉練習曲〉是一首刻意排行的詩，左右分置，宛若一條直通通的公路，視覺效果呈現在眼前。詩句的讀法因此而有比較大的空間，可以左邊一行行而下，再換右邊；也可以先右邊一行行而下，再換左邊；或者右一、左一、右二、左二；或者右一、左一、左二、右二；或者……讀者可自己找到閱讀的樂趣。」[78]這正是分散型的一個特點，隨著將詩行分散，也動搖了閱讀的必然順序，使閱讀由單線變成多線交織的平面。之後如王離〈鏡〉，[79]更「立體」的以書籍攤開的中央凹槽為中軸線，將詩行分為兩邊，左頁為名詞，右頁解釋名詞，在最底下以「啊，我好美美好我，啊」揭露了無論顯與隱，都只是鏡子的兩面；廖啟余〈暮夏×初秋〉也是書本的中軸線對開詩行，這使得詩集的閱讀順序，並非先把上頁讀完再讀下頁，而是上頁下頁，一行換一頁的交叉方式，原來詩題「×」指的正是這首詩的敘事動線。[80]1996年侯吉諒發表於《臺灣日報》的〈交響詩〉可說是這類對開分散形式的集大成之作，詩行更長也更為龐雜，上下句彼此敲打，使詩歌在視覺和聽覺上都產生了迴盪的立體感。[81]同名詩集《交響詩》，當中〈交響詩〉、〈歷史〉、〈四絕句〉、〈塑身廣告〉，[82]都採用這種對開式的分散詩型，也使得候吉諒成為這類形式的代表詩人。

　　不過並非所有對開分散都如此對稱，1987年洛夫的〈白色墓園〉也是從中間將詩行攔腰拆開，但分為「白的」兩字以及「一般詩句」兩個極不對稱的部分，分別置頂和置底，將中間的留白拉到最大。我們看這首詩的第一節：[83]

---

[78] 瘂弦（主編）《天下詩選 II》，頁127-129。
[79] 王離《遷徙家屋》，頁56-57。
[80] 廖啟余《解蔽》，頁27-26。
[81] 轉引自瘂弦（主編）《天下詩選 I》，頁71-73。
[82] 侯吉諒《交響詩》，頁94、114、142、148。
[83] 洛夫《月光房子》，頁145-146。

白色墓園　訪菲律賓美軍公墓　洛夫

白的 白的 白的 白的 白的 白的 白的 白的 白的 白的 白的 白的 白的 白的 白的 白的 白的 白的 白的 白的

一排排石灰質的
臉，怔怔地望著
一排排石灰質的臉
乾乾淨淨的午後
一群野雀掠空而過
天地忽焉蒼涼
碑上的名字，以及
無言而騷動的墓草
岑寂一如佈雷的灘頭
十字架的臂次第伸向遠方
遠方逐漸消失的輓歌
墓旁散落著花瓣
玫瑰枯萎之後才想起被捧著的日子
馬尼拉海灣的落日
依然維持彌留時的
體溫，一萬七千個異國亡魂
依然維持出擊時的隊形
數過來，數過去
依然只是，一排排
一排排石灰質的臉

洛夫於詩的後記寫道：「二月四日下午參觀美堅利堡美軍公墓，抵達墓園時，只見滿山遍植十字架，泛眼一片白色，印象極為深刻，故本詩乃採用此特殊形式，以表達當時的強烈感受」整排「白的」兩字深具圖像意味，彷彿親臨墓園現場，見到大批的白色十字架，而詩行就像詩人穿梭在墓園當中，形式極具巧思，同時又能襯托出反戰思維。洛夫也對之所以採用這種對開的分散形式進行說明：「上下『白的』二字的安排，不僅具有繪畫性，同時也是語法，與詩本身為一體，可與上下詩行連讀。」[84]洛夫點出分散型的詩作，往往兼具構圖型的功能，只是在這首詩中，尚受到詩行的規範。犁青1992年所作的〈石頭——為以色列寫真之一〉與洛夫的〈白色墓園〉形式類似，但「石頭」兩字堅固地排列在詩行下方，承載著上方分散、零碎的句子和詞彙，彷彿將大歷史的各種片段如地底岩層壓縮在一首詩當中。[85]再看陳義芝1995年所作的〈陸上交通〉：[86]

[84]　洛夫《月光房子》，頁148。
[85]　張默、蕭蕭（主編）《新詩三百首》增定版（下），頁979-985。
[86]　陳義芝《不安的居住》，頁192-193。

陸上交通

（身體是交通工具）

脚踏車　單戀

火車　性呼喚

摩托車　私奔

飆車　性高潮

公車　結婚

塞車　性壓抑

計程車　偷情

砂石車　遇人不淑

老爺車　陽萎

肇事車　性暴力

（無阻的交通是你我的身體）

這首詩以交通工具作為各種情愛／性愛的隱喻，並將詩行簡化成一個名詞，讓原屬不同門類的詞彙上下對照，相互揭示，透過連續不斷的意象碰撞，帶動思索，是一首視覺的而非聽覺的詩。〈路上交通〉在對開分散形式的基礎上進一步變化，除了上下對開之外，首尾添加括號，經由另一個聲部點出身體作為交通的意涵，使已經完全詞彙化的詩行，意義更為明晰。同時這首詩也提醒了我們，當空行與空格運用到極端，詩行終將被取消，成為一個個分散的小單元，以鴻鴻〈文化論壇討論流程建議〉為例：[87]

十分鐘

　　　　一分鐘

　　　　　　提醒

一問題

十分鐘

　　　剩餘

　　　　　　一分鐘

　　　　提醒

---

[87] 鴻鴻《土製炸彈》，頁143-144。這首詩被鴻鴻拆成好幾頁，更顯其分散，但難以截圖，因此改以電腦排版呈現。

五分鐘
　　　　　剩餘
　　　　　　　一分鐘
　　詢問
　　　　補充
　　　　　　補充
　　　　至多
　　　　　　　　結語

舉牌通知

茶點在右，洗手間出門向左

第2頁，共2頁

這些分散的小單元，都不在同一詩行上，它們之間並未構成明確的
節奏效果，有的只是點狀分布，表達一種乍起乍滅的訊息，這正是
許多人開會的經驗，所獲得的資訊是分散的、不集中的，甚至開完
會才發現毫無重點，詩歌的形式正反映生活中主體感知的零碎。不
完整的詩行，成為一個個有機的獨立片段，文字將由分行的經緯分
布，擴大成可任意組成圖像的點狀分布，逐漸朝構形發展。管管的
〈車站〉、[88]顏艾琳〈方位之隅〉[89]，以及陳黎知名的仿擬詩〈為懷
舊的虛無主義者而設的販賣機〉皆是透過分散型的空間配置，[90]讓
詩行進一步圖像化，是介於分散型與構圖型之間的過渡型態。

---

[88] 管管《管管詩選》，頁275-276。
[89] 顏艾琳《骨皮肉》中組詩〈夜裏城堡〉的第二首，頁91。
[90] 陳黎《家庭之旅》，頁86。

六、連書型

　　當詩行接續不斷，並未如一般的分行詩將句子裁切成並排的詩行，即為連書型的詩作。主要體現這種詩行型態的詩類為散文詩，但不全然只有散文詩，包括札記詩、少部分仿擬詩等都採用連續詩行，不能以散文詩概括連書型的所有詩作。一般狀態下，連續性的詩行等同於句子，是詩行最原始的狀態，不使用跨行、並列等分行效果，句子如同流水一般，單純順著書面的情況將書面填滿。因此分行詩可視為一種不連續的詩行排列，而散文詩則為連續的詩行排列。

　　在分析連書型的各種建構之前，應當就詩行中「節」與「段」兩種單位先有清楚的定義。過去分行的一節，與連綴句子的一段，並不被視為相同的結構單位。亦即分行詩中，一節是由一組詩行所構成的一個單位；在散文詩中，一段是由一組連綴句子所組成的一個單位，與文體中的散文共用相同的結構單位。但本書以「詩行」的組成關係，提出新的新詩分類方式，從這角度來看，由詩行所構成的散文詩並非真正的散文，仍舊是詩，只是詩行不分行並排罷了，不宜使用散文的單位「段」來區分結構。既然以「詩行」為基礎，連書型詩作的章節單位，也應為一般分行詩歌所使用的「節」，而非散文所使用的「段」。不過為方便於討論時區分散文詩與分行詩，本文依舊以「段」作為散文詩的章節單位，但只是作為「詩節」的另一別稱，並非兩者有何不同。[91]此點釐清後，將有助於下列分析說明。

---

[91]　羅青即將散文詩稱為「分段詩」：「這種分段不分行的詩，時下多稱之為『散文詩』，其名甚謬，駁之者眾。然眾說紛紜，至今尚未有一切實可用的新名稱。因其形式有別於『分行詩』，故我建議不妨稱之為『分段詩』」（《從徐志摩到余光中》，頁248）羅青雖不滿「散文詩」的名稱，欲以新名稱取代，但他卻拿散文的結構單位「段」來為名，頗為矛盾，且也未說明「段」的實質內容。因此蕭蕭才會批評「分段詩」的稱法：「所謂『散文詩』的實際意涵是為了有別於一般現代詩的分行形式而言，羅青特別將這種作品稱之為『分段詩』——意謂著：這種詩分段而不

連書型的詩作出現得相當早，1918年1月《新青年》4卷1期刊登的最早的一批新詩當中，沈尹默的〈鴿子〉、〈人力車夫〉即為最早的散文詩：

鴿子　　沈尹默

空中飛着一羣鴿子，籠裏關着一羣鴿子街上走
的人小手巾裏兜着兩個
飛着的是受人家的指使，帶着鞘兒翁翁央央七
轉入轉遠空飛人家聽了歡喜
關着的是替人家作生意青青白白的毛羽溫溫
和和的樣子人家着了歡喜有人出錢便買去，
買去喂點黃小米。
只有手巾裏兜着的那兩個，有點難算計，不知他
今日是生還是死恐怕不到晚飯時已在人家
菜碗裏。

人力車夫　　沈尹默

日光淡淡，白雲悠悠風吹薄冰河水不流。
出門去，雇人力車。街上行人往來很多車馬紛紛，
不知幹些甚麼
人力車上人，個個穿棉衣，個個袖手坐還覺風吹
來，身上冷不過。
車夫單衣已破，他却汗珠兒顆顆往下墮。

兩首詩因為版面篇幅的侷限，約19字之後就必須強迫換行，換行後以低一格表示。這並非一種人為的跨行，只要版面許可，連書型的詩行可以一直寫到版面底端。兩首詩皆分為四節（或按散文的稱法分為四段），當是受近體詩寫作「絕句四句、律詩四聯」的章法所影響。〈人力車夫〉分段的句子較短，尚不能明顯表現連書型態的特點，〈鴿子〉篇幅較長，是一首標準的散文詩，若不分行，最長的第三段高達44字，第四段也有40字，這對一般分行詩而言是單行難以達到的，也是此首詩為散文詩的明證。隨後沈尹默陸續在《新青年》4卷2期發表〈宰羊〉、4卷3期發表〈除夕〉、4卷4期發表〈雪〉、5卷1期〈月〉、〈公園裡的二月藍〉、〈耕牛〉，一直到

分行，一般形式的詩篇則稱之為『分行詩』，不過，『分行詩』也分段啊！而且，有的散文詩只有一段，也無『分段』的事實，因此，羅青『分段詩』的名稱不曾流行，大家習慣上還是以『散文詩』為名。」（蘇紹連《驚心散文詩》蕭蕭序，頁14）蕭蕭說「分行詩也有段」，指的其實是詩節，顯然蕭蕭未將「節」「段」二分，而是視為同個單位的不同名稱，與本文的立場較為接近。

5卷2期中最負盛名的〈三弦〉，這些散文詩或長或短，然而新詩誕生第一年內的散文詩，幾乎都是由沈尹默所作。

（一）以斷句方式分類

　　新詩創建初期，分行詩和散文詩都有標點符號，後來分行詩逐漸免除標點符號，散文詩不像分行詩可以透過分行形式來確立句子達到弱化標點符號的作用，若沒有標點符號的輔助，散文詩便難以斷句，造成閱讀上的困難，因此散文詩長期以來堅守標點符號的使用，直到現代主義詩歌的興起。詩句與標點符號的關係，即成為連書型詩作主要的分類標準，可分為四類：標點符號斷句、空行斷句、特殊符號斷句，以及不斷句的長句式連書型。

　　採用標點符號斷句的連書型詩作，不僅作為散文詩最初的樣貌，也是散文詩最普遍的典型形式，即我們常見的散文詩。1918年《新青年》5卷3期刊登劉半農翻譯自俄國文豪I.Turgenev（屠格涅夫）的散文詩〈狗〉、〈訪員〉，[92]這是中國新文學運動後初次出現散文詩的名目，也是初次刊登翻譯的散文詩。從中我們可看到，這兩首散文詩與之前沈尹默所寫的散文詩，在形式上，並沒有任何差別，同樣都是連續性的詩行，使用標點符號斷句，也分成數節，也有對話體的運用。新詩中散文詩的樣貌，不僅與中式的白話散文相同，也與西方的散文詩相同，不管是從創作或翻譯上來講，都沒有太大的扞格。不過隨著分行形式的發展，分行詩的幾種型態以及寫作技巧，也被運用到散文詩來，散文詩也有了不同於傳統散文，以及西方散文詩的形貌，而更接近於漢語的分行詩。因此散文詩新的變化，可說都來自於對分行詩的模仿，包括取消散文慣用的兩格抬頭，比如夏宇〈無感覺樂隊（附加馬戲）及其暈眩〉[93]，以及陳

---

[92]　1918年《新青年》5卷3期，頁234-235。
[93]　夏宇《Salsa》，頁7-11。

黎〈沼澤記〉[94]都採用分行詩齊頭型的置頂，使散文詩的一段更像分行詩的一節；另一個受分行詩影響的，是取消標點符號。

除了以標點符號斷句的連書型詩作，其他三種詩行的連續型態，像不加標點符號經常被劃歸為長句式的分行詩；而以空格、特殊符號斷句的連書型詩作，也類似分散型的分行詩，皆無法視為標準的散文詩。但若以詩行的組合方式來劃分，就可以將這四種以連續性的詩行作為主要構成型態的詩，劃歸為同一種詩型，不再因是長句、散文詩，或是分散的分行詩而混淆不清。管管〈饕餮王子〉用空行替代標點符號，[95]可視為詩行的分散型態與連書型態的綜合體：

號餮殘食　王子

吾總想弄到一部製冰機　然後吾用繩子趕出一羣海來　同吾妻受吃的
拌拌凍起來　一個美麗的拼盤　然後吾同妻（她穿著小紅襖）　殺著　下
酒

吾們切著吃冰彩虹　把它貼在胃壁上　請蜩蟲看蟲晨　把吃剩的放在
胭脂盒裏　粉刷那些臉　再斬一塊太陽剁一塊夜　吃黑太陽　讓他在肚子
裏防空　私婚　生一窠小小黑太陽　生一窠小豬　再把月和海剁一剁　吃
鹹月亮　請蜩蟲們墊著鹹月光作愛　吹口哨　看肉之洗禮　把野獸和人削
下來　咀嚼咀嚼　妻說　贐該送一塊給型人嚐嚐　把嘴和舞麥

然後把飛彈和衛星狠狠的凍住　叫狗去咬他們髒的腿　把嘴和舞麥
狠狠的凍住　看他們髒的演技　把皇帝和貅第狠狠的凍住　看他們髒
的耕耘　脈上可以收穫麥子　把春夏秋冬狠狠的凍住　看髒的時間　看報
喪的鐵給自己唸祭文　於是　吾們把憤怒愛戀微笑連結起來　吃光　吾們就雙雙隨去　然後
隨便他們去聯合國或什麼地方喊冤
吾們是冰的兒子　吾們是雪人

吾們知道　吾們知道吾們正吃著太陽

整首詩大至分為三節，中間一節又可分為三小節，若在空格處填上標點符號，則與一般的散文詩無異。少了標點符號後，連綴的句子也更像分行詩的詩行，形式也扣回題目，空格處就像是貪吃的饕餮

---

[94]　陳黎《苦惱與自由的平均律》，頁46。
[95]　管管《管管詩選》，頁26-27。

將標點符號都吃了一樣。除了以空格取代標點符號外，夏宇詩集《Salsa》中的〈排隊付帳〉、〈帶一籃水果去看她〉整首詩則是用／符號將句子隔開（左下圖，節錄）：[96]

帶一籃水果去看她

41

今天我去／一個地方有人告訴我下次不要再來了／我告訴他反正我也不想去了／有人會去但那是另一回事／我回到租來的公寓黑一條魚／丟了工作／又錯過一班火車南下找工作／那些工作近不好／丟了工作／又錯過一班火車南下找工作／那些工作都花了力氣精神花光所有的存在他說／然後你就分期付款買房子和買車子然後找到一個女人／你們生一些小孩子小孩長得太像你不好意思不像你也不好意思／我們講了一下當房東和房客的差別／然後我有幾個愛人我有什麼不一樣／我說當然不一樣／他說持問那裡不一樣／說你還是不一樣／我說如果你一定要知道那裡不一樣／我不好說就說好吧／你看我就知道他說／你反正是等最壞的我說／你沒什麼不一樣

慾望法則 Law of Desire
(Pedro Almodóvar 1986)

■首先是慾望■對街走過一隻黑色蜘蛛□畫板　舌頭□牆上脣膏寫的髒話■刪改三句對白偷窺一隻袖口■大廈失火　火中跳舞　舔耳朵□蛇■嘴吐著煙■再交換幾種夜間的舞步□血紅色□不斷膨脹的□就只是即將廢棄的今天■澄湼了胸膛和頭顱■左眼貼緊右眼■「認識你是最瘋狂的事……」■脫掉灼熱的T恤■黑暗中胸抵手指打結■以心跳紋身■「不要打開燈」■番紅花倏地綻放
□打火機　打字機■接下來打一封信■「請你簽名後寄回來」■刺破了腳掌心□赤腳　碎酒瓶■結痂了■撫摸了許久■「愛你甚過我的生命」□大火■窗口狂風　突然大門撞倒椅子

符號／在詩歌中使用，通常代表「分行」的意思。比如在文章中引用新詩，為了節省頁面，將新詩的分行書寫改為散文書寫，即在分行處標上符號／。因此夏宇〈帶一籃水果去看她〉分行的意圖比採用空格斷句的〈饕餮王子〉更為清楚明顯，詩行的獨立性也更大，看似接續，但又被暗示此處必須換行，使得整首散文詩處於一個形式未定的狀態下，極具動態感。林則良《對鏡猜疑》的第三章〈2U的風景明信片〉（右上圖，節錄），所收錄的散文詩大都以■，偶爾用□，取代標點符號和空格，使得原本閱讀時理應停頓的位置，視覺觀感加重，變得比文字還顯眼，在與一般散文無異的連書形式中，形成特殊的閱讀效果。[97]

96　夏宇《Salsa》，頁122-123、126-128。
97　林則良《對鏡猜疑》，頁121-161。

不斷句的連書型詩作，極易與分行詩中的長句混淆。實際上我們完全可以跳脫散文詩與分行詩的劃分，將這類詩視為同一種詩行的連續型態。這類捨棄標點符號的連續詩行，若不再像散文詩每段的抬頭低兩格，也不分段，結尾又刻意對齊底端，外觀上就十分酷似方正型的詩歌。唯一的差別在於，長句句式的方正型詩作，是透過跨行造成詩型方正的效果，詩行尚未書寫至版面底端就被強迫換行了。但長句式的連書型詩作，每一行都是書寫到版面的最底端，是書面的物理限制構成了整齊的形式，而非人為的刻意換行。[98]

　　商禽〈長頸鹿〉的第一句就是長句，但並非整節都是長句。管管〈春天像你你像煙煙像吾吾像春天〉第一節，即是完整的無句讀長句：[99]

春天像你你像煙煙像吾吾像春天

春天你你像梨花梨花像杏花杏花像桃花桃花像你的臉臉像胭脂胭
像大地大地像天空天空像你的眼眼像河河像你的歌歌像楊楊柳楊柳像你的
手像鳳鳳像雲雲像你的髮髮像飛花飛花像燕子燕子像你的
箏風箏像你你像霧霧像煙煙像吾吾像你你像雲雀雲雀像

春天像秦瓊宋江成吉思汗楚霸王
秦瓊宋江林黛玉秦始皇像
「花非花
　霧非霧」

---

[98] 前述夏宇《Salsa》中的〈排隊付帳〉、〈帶一籃水果去看她〉整首詩用／符號將句子隔開，雖然整齊，但同樣不能視為一首方正型詩歌。這類整齊的詩作，正是介於連書型與方正型之間的過渡形式。
[99] 管管《管管詩選》，頁79。

詩分兩節，抬頭都低兩格，是標準的散文詩格局，但全首詩除了白
居易〈花非花〉兩句原文加上引號外，其餘都沒有加標點符號，
也因此第一節的連書型詩行更像是一句長句，第二節則為四行的分
行體。

（二）以分段數目分類

　　連書型詩作除了按斷句的方式分類，亦可按節數的多寡分類，
可分為單段、雙段、多段，三種型態。

　　散文詩的發展並非由單段開始，而是由多段的散文詩開始發
展，主要原因即是模仿散文與近體詩的結構。一般短篇散文為多段
的型態，尤其是敘事模式分為「起承轉合」的四段式，以及「正
反合」的三段式居多。總計1918年沈尹默所作的散文詩中，就有兩
段、三段、四段、五段、六段，其中又以四段最多，日後多段也成
為散文詩的主流。現代派大將紀弦除了分行詩以外，也寫了不少散
文詩，《紀弦自選集》當中就收錄了許多散文詩，像是〈濟南路的
落日〉為單段；〈某地〉、〈原則〉分為三段；〈燈〉、〈我的聲
音和我的存在〉、〈畫室〉、〈夜蛾〉、〈距離〉、〈等級〉分為
四段，同樣受到散文起承轉合的四段章法所影響；〈在邊緣〉則有
五段；〈上帝之光復〉、〈玫瑰篇〉分為七段；而〈面具〉高達了
十段。[100]但自選集中唯獨沒有收錄雙段散文。

　　雙段（兩段式）的連書型詩作，包括雙段的散文詩，以及雙段
的長句詩，是今日在數量上能與多段並駕齊驅的詩型。1981年沈尹
默刊登在《新青年》第4卷第5期的〈公園裡『的二月藍』〉（左下
圖），[101]是最早的典型的兩段式散文詩：[102]

---

[100] 紀弦《紀弦自選集》，單段見358頁；三段見102、309頁；四段見74、114-115、117、
　　　218-219、220-221、310-311頁；五段見200-201頁；七段見292-295、334-337頁；十段見
　　　118-120頁。
[101] 詩題〈公園裡『的二月藍』〉引號疑似排版框錯位置，當為〈公園裡的『二月藍』〉。
[102] 1981年《新青年》第4卷第5期，頁64-65。

長頸鹿

那個年輕的獄卒發覺囚犯們每次體格檢查時身長的逐月增加都是在脖子之後，他報告典獄長說：「長官，窗子太高了！」而他得到的回答卻是：「不，他們瞻望歲月。」

仁慈的青年獄卒，不識歲月的容顏，不知歲月的籍貫，不明歲月的行蹤；乃夜夜往動物園中，到長頸鹿欄下，去逡巡，去守候。

公園裏「的二月藍」　沈尹默

牡丹過了接着又開了幾欄紅芍藥　路旁邊的二月藍，仍舊滿地的開；二月藍開了滿地沒甚稀奇
大家都說這是鄉下人看的。
我來看芍藥也看二月藍；在社稷壇裏幾百年老松柏的面前露出了鄉下人的破綻。

在雙段散文詩中，第一段多半是鋪陳背景，第二段則負責點破，給人出乎意料的結果。〈公園裡「的二月藍」〉第一段說公園開了紅芍藥，路旁的二月藍開了滿地卻不稀奇，大家都覺得二月藍是給鄉下人看的。第二段詩人來看這兩種花，自陳在高齡老松柏面前，洩漏了自己實際上比較喜歡二月藍。這首詩的表現手法，可說已經為日後的雙段散文詩定調。商禽完成於1959年的〈長頸鹿〉（右上圖），這首詩則確立了雙段散文詩在臺灣的地位。退稿一事則見商禽《商禽詩全集》書末年表，頁453。[103]雙段散文詩由於結構精巧，篇幅不長，便於帶入強烈的戲劇性、批判性，結果往往給予人深刻的印象，發人思索，代表詩人即為商禽與蘇紹連。其中蘇紹連的散文詩集《驚心散文詩》（1990）共60首詩，單段1首，雙段高達58首，三段1首，說是一本雙段散文詩集也不為過，〈獸〉是其中最著名的一首；另一本散文詩集《隱形或者變形》（1997）共135首詩，單段1首，雙段88首，三段32首，四段12首，五段1首，

---

[103]　商禽《夢或者黎明及其他》，頁33。或許因詩中隱晦的政治批判，這首詩1960年曾投稿覃子豪主編的《藍星季刊》遭到退稿。

六段1首。顯見蘇紹連開始往多段嘗試，更開始往散文組詩發展，但依然以創作雙段散文詩為最多。

　　單段的連書型詩作，亦即單一型。此類型較為少見，卻對日後新詩形式的發展有很大的啟發。1969年10月商禽出版的第一本詩集《夢或者黎明》不僅奠定了雙段散文詩的地位，也是單段散文詩的重要著作。書中創作了〈行徑〉、〈蒲公英〉、〈天使們的惡作劇〉、〈路標〉、〈木星〉、〈巴士〉、〈冷藏的火把〉、〈烤鵝〉共八首單段散文詩，[104]能夠創作這麼多不分段的散文詩，實屬罕見。陳黎是另一位喜愛創作單段散文詩的詩人，2005年出版的詩集《苦惱與自由的平均律》中就收錄了〈舌頭〉、〈海岸詠嘆〉、〈車過二結〉、〈退休教師聯盟〉等四首。[105]

舌頭

我把一節舌頭放在她的鉛筆盒裡。是以，每次她打開筆盒，要寫信給她的新戀人時，總聽到囁嚅不清的我的話語，像一行潦草的字，在逗點與逗點間，隨她新削好的筆沙沙作響。然後她就停了下來。她不知道那是我的聲音，她以為從上次見面後不曾在她耳際說話的我，已永遠保持沉默了。她又寫了一行，發現那個筆劃繁多的「愛」寫得有點亂。她順手拿起了我的舌頭，以為那是橡皮擦，重重重重地往紙上擦去，在愛字消失的地方留下一沱血。

二○○二‧四

---

[104] 商禽《商禽詩全集》，頁51、58、63、92、95、149、166、171
[105] 陳黎《苦惱與自由的平均律》，頁45、54、63-64、92。

不論內容的長短，單段的散文詩都明顯不同於其他分段的散文詩，更像是模仿單節的分行詩所產生的詩型。這類單段散文詩的出現，重要性在於，日後許多簡短的札記體詩作，都採用這種單則的形式。有鑑於散文詩向分行詩靠攏之後，形式上加入越來越多刻意的人為排列，而隨意的札記詩體，篇幅雖短，卻保留了散文詩最初純粹的樣貌。因此取消所有形式的札記體能夠在21世紀初期興起，正是對以分行詩為代表的無限擴張的書面形式所進行的自我修正，以充滿舊精神的新的「散文詩」，矯正早已失去舊精神的舊的「散文詩」。而另一個與札記體的發展密切相關的詩型，是獨立型的句詩，且句詩走得更遠，已建立自身的理論與美學體系。

七、獨立型

　　凡是在一行內完成的詩作，即為獨立型。一行詩、一行式中文俳句、短則的札記詩等，這些詩類都採用了單獨一行的書寫型態，更包括沒有固定書寫形式，但多以一行表現的廣告金句、簡訊短文、流行語、社群軟體留言等，皆屬於句詩（句體詩）的範疇。齊頭型、錯落型、韻律型、方正型、連書型，這五種詩型幾乎是同時出現於最早的一批新詩當中，都可在《新青年》當中找到其身影，而分散型、構圖型與獨立型則是後來才出現的現代詩型。

（一）句詩的起源

　　獨立型作為分行詩最基本的型態，卻是較晚成熟的詩型，終《新青年》發刊從未出現過此種詩型，一直到1922年2月6汪靜之創作的〈小詩〉之三、之五，才首次出現一行的詩作：[106]

---

[106] 汪靜之的句詩寫於1922年2月6日，見《湖畔》頁80、84。

小詩三

偏偏不許我沒有煩悶的長夜呵！

——汪靜之，杭州，

1922，2，6——

小詩五

不息地燃燒着的相思呵！

——汪靜之，杭州，1922，2，6——

這兩首新文學中最早的句詩，收錄於汪靜之、應修人、潘漠華和馮雪峰四人共同出版的詩集《湖畔》（1922），在此之前周作人已於1921年《小說月報》12卷5號發表《日本的詩歌》一文，當中所翻譯的日本和歌、川柳、俳句，都是按原本日文的一行形式書寫。和歌的敘事內容原本就超過一句，屬於由五七五七七音節組成的短詩，只是由於日本採用東亞的連書形式，方寫成一行。但俳句與川柳則不同，兩者的敘事內容正好是一句的長度，一首等於一句。透過周作人的多次譯介，以及許多詩人因留學日本，親自閱讀過俳句的經驗，句詩在中國的形成，極易讓人以為受到日本詩歌的影響。然而周作人譯介的俳句，卻與汪靜之的兩首句詩有著許多不同之處。以周作人翻譯的俳句數首為例：[107]

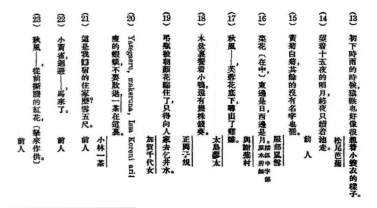

---

[107] 皆引用自周作人〈日本的詩歌〉，見1921年5月《小說月報》12卷5號，頁8-9。

這些都是日本俳句的名家名作。周作人有時按「切字」（切れ字）譯為「一行兩層」，有時按五七五音節譯為「一行三層」。無論如何，周作人翻譯的日本俳句，更像日後木心的句詩，語法完整、句意完備，首尾具足而獨立，擁有超越時代侷限的現代性潛能，是不可多得的翻譯佳作。為了能與日本俳句譯作有明顯的對照，在此引用1922年5月刊登於《詩》1卷3號上馥泉所作的〈妹嫁〉二十九首，這是新詩最早的一行組詩，此處節選第14到第23首：

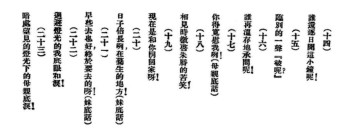

俳句譯作所呈現的完整性，與原作是一種定型詩，仍須符合十七音節有關；但馥泉與汪靜之的句詩，更短、更隨意，整句的意思有時並不完整，[108]恐怕以今日的標準來看，很多人不會認為這些短句可以稱為詩，更像是當下情境的感發，句末不約而同都以感嘆或設問結尾，這是當時詩行極短句成立的前提。[109]

　　兩者的句式也不同，相較於日本俳句的兩層、三層句式，馥泉與汪靜之的句詩大都是「單層短句」，這是新詩獨自發展出的專屬句式。長期以來我們一直誤以為新詩中的句詩是模仿日本俳句，但

---

[108] 1922年《詩》1卷3號，頁67。
[109] 民初只要加上「！」或「？」，哪怕只有一字，仍可視為完整的一句而獨自成行。例如劉半農詩〈敲冰〉中的「冰！」、「請了！」、「多謝！」、「好了！」、「哦！」，但感嘆句、疑問句以外的句子，也逐漸擁有單獨成行的資格，例如〈敲冰〉中的「但是，」本身只是一個連接詞，並不成句，卻也單獨成行了。（見1920年《新青年》7卷5號，頁1-8。）

顯然不是如此。汪靜之的句作寫於1922年2月、馥泉寫於同年3月、徐玉諾寫於同年4月，[110]創作的時間點過於接近，三人恐怕不曾讀過彼此的「句作」，卻不約而同創作出相同形式、相同風格的詩作。因此汪靜之、徐玉諾、馥泉所作的中國最早的句詩，事實上是中國新詩形式確立後的自然演變。馥泉於組詩〈妹嫁〉前說道：「做詩，原是為我自己要做詩而做的；所以詩底怎樣和『批評家』底怎樣批評，這都與我和我底詩全人無關的。」[111]具有強烈的自由詩的意識，因此這些句詩是徹底「詩意到哪就寫到哪」的自由體，既非模仿日本俳句，也不是模仿泰戈爾的詩作，三者截然不同。日後如楊吉甫1935年發表的名句，〈短歌抄〉第十三首：[112]

今天的草堆是我點燃的。

雖然「短歌」的名稱帶有日本風味，但單行短句的句式，以及詩作所表現的精神，都是延續自胡適的中國自由詩的形式和精神。

二〇年代小詩運動是句詩創作的第一個高峰，但是隨著新詩基本形式的日漸鞏固和強大，越來越少詩人創作單行單句的詩作。長期以來獨立型的句詩都以複合的方式，與其他詩型搭配，戰後到八〇年代之間，鮮少真正「獨立」成篇的句子。獨立型的句詩最常出現在組詩當中，作為組詩的一組而存在。楊牧〈十二星象練習曲〉中的〈巳〉時，便僅有單句：[113]

或者把你上午多露水的花留給我

---

[110] 徐玉諾的句詩寫於1922年4月14日，見《將來之花園》，頁59。
[111] 1922年《詩》1卷3號，頁67。
[112] 見楊吉甫《楊吉甫詩文選》，頁17。楊吉甫及其詩作的可貴，因為馬悅然的「重新發現」而獲得世人的肯定，詳見馬悅然〈被遺忘了的中國近代詩人和新詩〉一文。
[113] 楊牧《傳說》，頁87。

楊牧的「十二星象」既是西方的十二星座，也是東方的十二生肖，排第六的〈巳〉時，既屬於十二星座的處女座，也是十二生肖的蛇，內容上楊牧參考了處女座的原型，春天女神珀耳塞福涅（Persephone）的神話，而形式上透過獨立的詩行，表現出模仿「蛇」（巳）的意味。管管〈小丑〉，開篇有三句獨立的句子，接著再進入散文詩的主述，[114]同樣是以類似組詩的方式安插。

（二）句詩的組成

形式上僅有一行的獨立型詩作，內容雖短，卻仍有其結構。首先句詩是一種相對不重視「詩題」的詩類，從民初小詩中的句詩開始，包括後來馬悅然、木心、隱地的句詩，絕大多數都是沒有題目的獨立句子，頂多只冠上組詩名稱與編號。有題目的句詩多半是受分行詩的影響，這時詩題就有了左右了詮釋詩句的權力，這也是句詩不加題目的原因。句詩將審美的重點，完全集中在這僅有的「詩句」身上，添加詩題只是另立權力中心，往往有害於詩句的自然呈現。對句詩來說，相較於題目，更歡迎註解、前序、後記，幫助交代創作的背景。

其次，就句法結構而言，學者趙小東曾對現代漢語的句法結構進行分析，歸納出這幾種組合方式，除了較常見的「詞＋詞、短語＋短語、詞＋小句、小句＋小句」這四種句法形式，他發現到還有：「短語＋音節、詞＋語素、短語＋語素」等組合方式。[115]而句子的組合方式，正是句詩形式變化的所在，依據句法結構和行句關係，我們可將獨立型的句詩分為：不成句、一句一行、多句一行，三種基本詩型。

不成句的獨立型態，是由未能成句的詞彙、短語所構成的一首詩，最具代表性的當屬「一字詩」。只要能表達完整的意思，例如

---

[114] 管管《管管詩選》，頁30-31。
[115] 趙小東《現代漢語句法規範研究》，頁1。

祈使句「走！」、感嘆句「哎……」、疑問句「誰？」，此時一字亦可成為一句。周策縱寫於1962年的一首未發表的詩〈河〉，很可能是最早的一字詩，內容僅有一字：

　　捲

1983年周策縱又做了另一首一字詩〈清明〉：「露」。[116]最知名的一字詩莫過於北島於七〇年代所作的〈太陽城札記〉，[117]每組詩的內容都很簡短，其中做短的是最後一首〈生活〉僅有一個字「網」。這三首詩都畫龍點睛，以一個最直接的意象，回應題目，將語言的作用減到最低，近乎是直覺的印象。2002年瑞典知名漢學家馬悅然先生出版《俳句一百首》，收錄他這段時間發表於《聯合報》副刊的俳句作品。馬悅然以創作三行五七五字的格律漢俳聞名，但《俳句一百首》的第一百首，僅有一個字：

　　空

為何在創作99首五七五格律漢俳之後，第一百首俳句只有一個字『空』？馬悅然回答夫人陳文芬的問題說道：「只有一個字的俳句。你不覺得這是我寫的最好的一首俳句？」[118]可見在馬悅然心中，俳句既可以是五七五的格律形式，也可以是不拘字數的自由形式，以「句」作為詩作呈現的單位，正是兼容定型與非定型兩種形式的基準。他特地放在句集封面上的這首俳句：「俳句的格律？／之乎者也矣焉哉，／僅此而已矣。」呼應了第一百首的「空」字。以連續七個句末助詞，點明當一個字就能「意盡」，產生句體獨有

---

[116] 〈河〉、〈清明〉兩首詩，見周策縱《胡說草》，頁110、134。
[117] 北島《守夜》，頁8。
[118] 見陳文芬〈專訪馬悅然，談《俳句一百首》〉，頁141。

的「中斷」以及「感嘆」效果時，此刻句意已足，一字或五七五字都可以是俳句。好比詩行不定、形式不定的新詩，只要能完整表達詩意，就是一首獨立的詩作，俳句也是如此。

儘管馬悅然深知「句體」的形式與美學特點並不囿於格律，但他始終堅守漢俳五七五的格律規範。正因為馬悅然的堅持，在分行詩以「小詩」、「三行詩」滲透、阻撓「句體詩」形成的年代，仍可透過五七五的格律維持住句體的獨立性，而不至於被新詩所吞併。相較之下陳黎與林建隆的俳句，[119]因為不具備格律，每行的字數不等，就形式而言只是以俳句為名的三行詩，隸屬於新詩中分行詩的濫觴，並非真正的句詩。馬悅然也成為新詩形式發展史上，唯一對新詩詩型具有重要貢獻的外國詩人。

（三）句詩的分層

標準的句詩當屬「一句一行」的獨立型態，意指一行當中僅有一句，行句並未分離，與新詩普遍行句分離的情況截然不同。句詩又可按句法結構分為：單層句、雙層句、多層句，三種句式在內容上都是一句，但有著不同的結構，通常代表著閱讀時的停頓點，其分層常用空格或是標點符號隔開。

單層句，指完整一句，未被標點符號或空格切分成其他小單元的句子。北島〈太陽城札記〉中的第一首〈生命〉：「太陽也上升了」[120]，同為朦朧詩人的芒克於七〇年代創作了不少寫於句詩，如〈獻詩：1972-1973〉當中有〈給詩人〉：「你是飛向墓地的老鷹。」、〈給人〉：「只有地球便夠了。」兩首；[121]寫於1974年的

---

[119] 陳黎與林建隆的俳句，主要見陳黎《小宇宙：現代俳句一百首》（1993）、《小宇宙：現代俳句二〇〇首》（2006）、《小宇宙&變奏》（2016），以及林建隆《林建隆俳句集》（1997）、《生活俳句》（1998）、《鐵窗的眼睛：林建隆俳句集Ⅲ》（1999），年代上隸屬於新詩形式的混雜期。

[120] 北島《守夜》，頁6。

[121] 芒克《芒克詩選》，頁16-19。

組詩〈十月的獻詩〉當中則有五首詩單句型的句詩：[122]

　　　〈日落〉　　太陽朝著沒有人的地方走去了

　　　〈童年〉　　那是一條我曾迷失過的道路

　　　〈酒　〉　　那是座寂寞的小墳

　　　〈生活〉　　那早已為你準備好了痛苦與歡樂

　　　〈詩人〉　　帶上自己的心

這些句子就像新詩中的一行，語意有的完足，有的彷彿突然中斷，但形式上皆未分成數個小單元，因此句式也最短，表達的意涵也最為直接，雖不加標點符號停頓，但不會像長句過於冗長拗口。

　　雙層句，指一句話被分為前後兩個小單元，為二元對立的結構。這類的句詩相當廣泛，可能是最長見的句詩型態，詩人之所以容易創作出雙層句，得益於句子原本就存在的「主謂」對立結構。漢語句子中主語（S）、賓語（O）、動詞（V），其語序按照「主-動-賓」的順序排列，其中動詞與賓語又可構成謂語，形成「主-謂」結構。亦即不管句式如何複雜，都存在一個主語，以及加以陳述的謂語，因此將句子分為主語、謂語對立的「雙層」結構，或是分為主語、動詞、賓語的「三層」結構，皆是很自然的一種停頓。

　　創作大量句詩的詩人並不多，木心是其中一位。收錄在《瓊美卡隨想錄》中的組詩〈俳句〉200首全為句詩，統計所採用的分層結構，單層有60句、雙層有88句，三層有51句，四層僅有1句。

---

[122] 芒克《芒克詩選》，頁36-47。

明顯以雙層最多，但單層與三層皆有一定的數量，但到了四層結構就陡然驟降只剩1句，五層以上則完全沒有。以下茲舉例木心〈俳句〉作為雙層句的說明：[123]

乏味　是最後一種味

後來月光照在河灘的淤泥上　鎔銀似的

習慣於灰色的星期日　那六天也非黑白分明

我與世界的勃谿　不再是情人間的爭吵

三句皆沒有題目，停頓的位置也皆不同。第一句上半部的「是最後一種味」作為對下半部「乏味」的說明，彼此為接續關係；第二句下半部「鎔銀似的」說明前半部「月光照在河灘的淤泥」所產生的效果，彼此也是接續關係；第三句，星期天與另外六天是對舉的，彼此為對等關係，並未偏重哪一方；第四句上半部「我與世界的勃谿」，下半部「不再是情人間的爭吵」給了出乎意料的答案，彼此之間為轉折的關係。可見雙層結構的句式，普遍存在「接續」、「並列」或者「轉折」的三種關係。

　　多層句結構，指一句話被分為三個以上的小單元。同樣以木心〈俳句〉中的三層句為例：

萬木參天　闃無人影　此片刻我自視為森林之王

光陰改變著一切　也改變人的性情　不幸我是例外

---

[123]　木心《瓊美卡隨想錄》，頁61-94。

山村夤夜　急急叩門聲　雖然是鄰家的

開車日久　車身稍一觸及異物　全像碰著我的肌膚

其實快樂總是小的　緊的　一閃一閃的

第一句「萬木參天　闃無人影」雖然分為兩個單元，但皆為描述背景，可視為一個單元，與下半部的「我自視森林之王」彼此為接續關係。第二句「光陰改變著一切　也改變人的性情」亦可視為一個單元，與下半部「不幸我是例外」為轉折關係；第三句由中間的動詞「急急叩門聲」分為上中下三個單元，「雖然是鄰家的」則具有轉折關係；第四句同樣由中間的動作「觸及異物」隔開，分為三個單元，此句為承接關係；第五句三句彼此間為並列關係，皆形容快樂。再如陳育虹的〈土壤〉：[124]

　　　　你的掌心這麼暖這麼軟，像春天鬆過的土壤，可以種茉莉。

此句，以第一個單元「你溫暖柔軟的掌心」為主語，後兩個單元「像春天鬆過的土壤，可以種茉莉」可視為一個單元，作為對主語加以陳述的謂語。由此可看到，部分的三層結構，實則為兩層結構，而各個結構的句式，同樣是「接續」、「並列」或者「轉折」的三種關係。

　　獨立型除了不成句的一字詩、一句一行的句詩，還有第三種多句一行的長句型態。當數個句子在一行內接續排列，形式短到只有一行，內容上卻又不只一句，這時就成了多句型態的獨立型詩作，

---

[124] 陳育虹《閃神》，頁46。

一般包括長句式的一行詩、札記體的短篇之作等，皆相當常見這類的獨立長句。

　　獨立型詩作的優點是記憶方便，幾乎一首詩就是一個記憶點，由於字數少，創作也極易上手，但要寫得好卻不容易。句體詩雖然源自於分行詩，但經過現代詩歌近百年的演變，已經成為與散文詩、圖像詩一樣，與分行詩平起平坐的一種獨立的現代詩類，其作品更經常在詩集之外的散文、雜記，以及俳句作品中出現。今日在美學上、創作團體上，句詩都與以分行詩為主的新詩有所區別，其差別更大於散文詩、圖像詩與分行詩之間的區別，這都與句詩所採用的「句體」密切相關，更在數位行動時代迅速於網路、手機訊息等數位媒體崛起。

八、構圖型

　　構圖型是新詩中最晚形成的詩型。不同於錯落型、分散型，在形式鋪陳上仍是「行」的推進概念，構圖型則是以繪圖的概念進行詩歌的形式建構，包含點狀、曲線等敘事路線的應用，將文字排列成與內容相應的平面圖案，使視覺和語意合而為一。構圖型的詩類以圖像詩為主，其次為仿擬詩，不過並非所有圖像詩和仿擬詩都採用構圖詩型。圖像詩中，唯有「構圖型圖像詩」是堆疊文字進行構圖，另一類「字符型圖像詩」則是運用文字自身的圖像性，詩行並未進行構圖，仍維持分行詩。[125]而仿擬詩的形式主要來自仿擬的對象，也未必是構圖詩型。[126]按構圖的完整度而言，構圖型可分為

---

[125] 例如唐捐的「一字圖像詩」第4首〈我可憐的小花盆〉：「占」、第9首〈兩肋一共被插了四刀〉：「爽」，詩的內容僅有一字，其圖像性表現在單一文字字形的圖像聯想上，就詩型分類而言一字詩反而屬於「獨立型」。見唐捐《網友唐損印象記：臺客情調詩》，頁51-52。

[126] 再以唐捐為例，詩作〈無敵知識王〉模擬考卷的選擇題，每首第一行為題目，底下四行為選項；〈療傷不止痛公司〉B首則模仿廣告辭，但不管是選擇題還是廣告辭，都是採用分行形式。見唐捐《網友唐損印象記：臺客情調詩》，頁17-18、33。

「整首構圖」，即圖像詩中的「構圖型圖像詩」；以及與分行詩共存的「局部構圖」，此種「複合式圖像詩」亦即丁旭輝所說的「類圖像詩」、[127]蕭蕭所說的「半形圖像詩」。[128]

　　究竟詩行的構圖意識開始於什麼時候？當詩人對詩行進行構圖，代表詩行不再只是用來表現音節，同時還表現了視覺上的型態之美，這時詩人已經從聽覺上的韻律，轉為注意視覺上的韻律。1919年12月《新潮》2卷2期刊出俞平伯的〈蘆〉（左下圖），這首詩的第三行特別長，[129]可看到內容「拜倒風姨裙下」的動作與突然拉長的句式彼此暗和，日後許多局部構圖的詩作，都特別喜愛用詩行做出詩句中動詞的動作。1922年11月程憬發表於《詩》1卷3號的組詩〈歸家〉之七（右下圖），[130]最後一行亦特別拉長，與內容「鬆下了」的動作暗和。

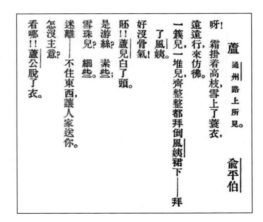

---

[127] 關於類圖像詩的詳細研究，見丁旭輝《臺灣現代詩圖像技巧研究》第四章「類圖像詩的圖像技巧」。丁旭輝以圖像詩為中心，對於類圖像詩也著重於圖像的表現；本文則著重於分行構圖與圖像詩的關連，著重在分行的構圖能力。

[128] 蕭蕭將以完整面貌呈現圖像的詩稱為「全形圖像詩」，僅部分面貌呈現圖像的詩稱為「半形圖像詩」，見蕭蕭《現代新詩美學》，頁293。

[129] 1919年《新潮》2卷2期，頁262。

[130] 1922年《詩》1卷3號，頁54。

然而1922年俞平伯出版第一本詩集《冬夜》，卻為了整體句式的整齊，將〈蘆〉的這行長句拆成三行：「一簇兒，一堆兒，／齊整整都拜倒風姨裙下——／拜了風姨。」[131]這時期鞏固新詩的基本形式，建立標準的單行短句句式，顯然比展現詩行的構圖能力來得重要。因此在分行自由體穩固之前，不易形成整首構圖的詩作，這也是構圖型圖像詩一直遲到五〇年代才在臺灣創建的原因。

除了透過句式拉長、下降來表現內容的動作外，另一種圖像詩常見的平整技巧，也可見於二〇年代的報刊。相較於俞平伯的自我修正，胡適作於1920年8月24日的〈湖上〉，很可能是第一首對詩行進行局部構圖的詩作（左下圖）：[132]

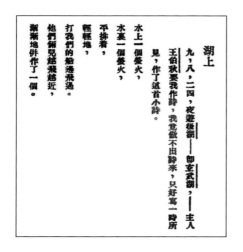

胡適的詩作深受美國意象派影響，正如同他的許多首詩都有一個單一且明確的意象，〈湖上〉以螢火為主要意象，不同以往的是，此次胡適嘗試透過一對對的等句，營造螢火在水上和水下，平排著，

---

131 俞平伯《冬夜》，頁18。
132 1920年《新青年》8卷3期，頁5-6。

輕輕地，彼此對稱的視覺構圖。另外，潘四（潘漠華）作於1921年11月的〈小詩六首〉之三（右上圖），整齊均勻的方塊詩型，也暗合詩句「停勻的殘雨」。[133]若前幾首的構圖還不夠明顯，1923年4月《詩》2卷1號刊出王怡庵〈夜雨的舟中〉（左下圖），[134]這首詩為分行的對話體，後半部的對話為了描述聲音，堆疊文字和刪節號，模仿雨聲和水流的抽象形貌。詹冰寫於1945年3月的圖像詩〈雨〉恰巧也採用相似的構圖（右下圖），[135]同樣將「雨」字堆疊成行，底下再加上刪節號和句號，模仿雨滴自天空墜落的景象，差別在於詹冰的「雨勢」較大。但兩首詩一旦改為橫排，失去墜落的重心，也就失去了形式呈現的意涵，為圖像化的明證。

　　無論是拉長詩行或對齊詩行，或是將文字與標點符號堆疊，詩人在創作時依據詩的內容，透過詩行模擬其動作、氛圍，這是創作自由詩自然而然會有的寫作趨向。尤其漢字組成的詩行，字元化的方塊字形具有如同經緯度般的座標功能，能夠精細、明確地呈現書面布置的視覺效果。王怡庵〈夜雨的舟中〉、俞平伯〈蘆〉、程憬〈歸家〉、胡適〈湖上〉與潘漠華的小詩，這些詩作都達到丁旭輝對「類圖像詩」的定義：「『類圖像詩』指的是在一般的非圖像

---

[133] 1922年《詩》1卷1號，頁22-23。
[134] 1923年《詩》2卷1號，頁84。
[135] 詹冰《詹冰詩全集（一）新詩》，頁28。

詩中，引入圖像詩的創作技巧，透過文字排列造成一種視覺上的圖像暗示」[136]不過丁旭輝沿用羅青論點，認為先有圖像詩的出現，才有類圖像詩的運用，[137]然而本文透過詩型的分析，發現採用局部構圖的詩作無疑比整首構圖的詩作還早出現，新詩誕生的頭五年就已經產生構圖意識。因此新詩是由「局部構圖」逐漸演變為「整首構圖」，是由「類圖像詩」、「半形圖像詩」，朝「圖像詩」和「全形圖像詩」發展。同樣的，少數詩作對詩行進行局部構圖，也不代表構圖詩型和圖像詩已經確立。

（一）局部構圖

五○年代圖像詩於臺灣確立之後，確實帶起群體的構圖意識，不少詩人開始在分行詩、散文詩中進行局部構圖，但並不代表過去新詩沒有構圖寫法，前文已論及，圖像詩的發展實為一個由部分到整體的漸進過程。圖像詩的研究者黃心儀認為：「臺灣圖像詩的一大特色是圖像技巧散見於分行詩，圖像與意象可以相互呼應，互動靈活。這種手法在歐美詩作是較少有的。」[138]雖然黃心儀是從圖像詩的角度論述，與本文採用詩型的角度論述不同，但認為分行與構圖技巧的交相運用是臺灣新詩的特點，與本文不謀而合，這與構圖詩型最早在臺灣定型，且長期以來主要在臺灣發展有關。

今日「局部構圖」的運用遠比「整首構圖」還廣泛、常見，長篇的圖像詩更難達到整首構圖，仍須一般的詩行來推進敘事。這些「類圖像詩」由分行詩與圖像詩所組成，整體結構以分行詩為主，承擔敘事的功能；構圖僅集中在某幾行，承擔表象的功能，以在末

---

[136] 丁旭輝《臺灣現代詩圖像技巧研究》，頁207。

[137] 丁旭輝：「後來在《詩的照明彈》一書，羅青再次提到『類圖像詩』的現象，而且有了比較詳細的說明：『此後，詩人把在圖像詩裡的實驗成果，運用在分行詩中，一時之間，在豎排的詩行中，加上一點橫排效果的手法，蔚為風氣，為白話詩的外形，建立了新的風貌。』」見丁旭輝《臺灣現代詩圖像技巧研究》，頁207。羅青原文見《詩的照明彈》，頁247。

[138] 黃心儀〈臺灣圖像詩──讓文字越界〉，頁18。

節構圖最為常見，但首節、中間節也偶爾得見。由於與分行詩並存，自然受到分行形式極大的制約，構圖相對簡單，文字與標點符號只是搭配內容在書面上做出最基本的構圖排列，表達最簡明的意象。之所以末節常見詩行的構圖運用，也是因為末節有更多的留白空間，有助於詩人開拓想像和盡情揮灑，相對減輕了來自分行形式的壓力。

　　詩行的構圖來自於「字句高低位置」的安排。[139]當詩行的字句集中朝某個角度降遞或升遞，就構成朝下或朝上的「傾斜構圖」；若單行或連續數行驟升驟降，則形成或高或低的「斷層構圖」；若字句高低起伏則形成「波形構圖」，而最舒緩時則攤平為「水平構圖」。若將詩行拉長，不管是長句或加大行內字句的間隔則為「延展構圖」，縮短上下行距或以跨行縮短詩行長度，則為「壓縮構圖」；若詩行集中呈塊狀分布，偶爾更搭配大量疊字，則成「塊狀構圖」；若字句四處分散，無固定排法，則為「點狀構圖」；若少數字句遠離主要詩行，則為「遠端構圖」；若詩行排列為某種特定圖形，則為「具象構圖」。這十種常見的構圖方式，無論個別使用或融合使用，都對應著詩句內容的某個意象。

　　以「壓縮構圖」為例，最早當見於徐志摩生前最後一本詩集《猛虎集》（1931）中這首〈闊的海〉：[140]

---

[139] 此處以臺灣常用的直排詩行而言，橫排詩行的構圖則源自於「字句前後位置」的安排。
[140] 徐志摩《猛虎集》，頁17-18。

〈闊的海〉從詩行中段即開始構圖，一層層向上，描繪一名在暗屋內爬伏的孩子，為了掌握他唯一可看見的一道光芒，逐漸爬到窗前，末三行更透過換行與標點符號的運用，將「縫」、「光」、「鐘」壓縮置頂，暗示小孩望出去所看見的這條天邊的縫隙。過去我們以為新月派作為新格律詩的締造者，以整齊的方塊詩聞名，殊不知新月派對錯落詩型、韻律詩型、分散詩型，以及構圖詩型也有許多開創的貢獻，為日後圖像詩的產生打下基礎。1959年臺灣戰後刊物《自由青年》上，擁護新月派的學者蘇雪林與同情象徵派的詩人覃子豪展開筆戰，無論筆戰結果如何，透過名家推崇和廣泛的閱讀效應，新月派等人的詩作，尤其是徐志摩，對臺灣戰後新詩形式的建立產生極大的影響。

　　「遠端構圖」最早可見於另一位新月派詩人朱湘。1934年6月朱湘出版的第三本詩集《石門集》，其中的一首〈柳浪聞鶯〉前中後皆詩行分散，乍看會以為這是一首分散型的詩作，但細看會發現，每個獨立的詩行都指出了事物的相對位置：[141]

這首不僅採用跨行，更採用跨段，首行標示「錢王祠」的位置，中間行則是「功德坊」所在，末兩行則是湖邊洗衣的浣女與淘米的兵

---

[141] 朱湘《石門集》，頁53。

士，兩者有著「一段」距離，加上文字的描述，猶如一幅充滿社會風情的風俗畫。再看1956年《現代詩》13期登出林亨泰的〈遺傳〉，最末節：「裸形／在地上匍匐著／匍匐著」抬頭不斷遞降，將兩行的「匍匐著」並列於詩行下方；[142]無獨有偶，1961年戴天發表於《現代文學》7期上的詩作〈剪貼〉（左下圖），第一節和第二節間下方的「匍匐」二字，擺放的位置正好符合「伏地爬行」的字義。[143]

　　九〇年代起，詩人方群擅長於詩作中使用局部構圖，他的許多作品中都可看到詩行變化的巧思，比如這首〈都市筆記七則〉之三「交易所」（右下圖），[144]將慣用的四字熟語按句義拆分成上下兩個部分：

上方的「上上」、「提心」、「漲停」置頂如在雲端，而下方的「下下」、「掉膽」、「跌停」則遠離詩行像是跌落谷底，視覺上產生強烈落差，反映股民的情緒隨著股價波動而跌宕起伏，整首詩同時也是一張入市後的「心情走勢圖」。

　　再看「波形構圖」，按波形的密集程度，可分為密集的尖形與舒緩的弧形兩種。尖形波以陳黎作於1974年的〈海的印象〉為例，前四行為分行詩，後四行則透過一字一行的高低排列，形塑詩句

---

[142] 1956年《現代詩》13期，頁14。
[143] 1961年《現代文學》7期，頁72-73，收入戴天《峋嶁山論辯》頁9。
[144] 方群《進化原理》，頁128。

「擠來擠去」和詩題「波浪」的兩重意象（左下圖）；[145]林彧詩集《鹿之谷》（1987）中的〈山鳥〉（右下圖），末四行也採用相同的波形構圖營造鳥兒的飛翔姿態。對於飛鳥和海浪，詩人不約而同採用相同的構圖，簡化了萬物繁複的動作，僅指出其共相，給予暗示性的聯想，這正是構圖詩型技巧和美學的所在。

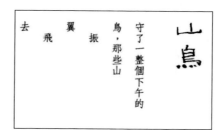

有時製造波形不限於一行一字，林燿德〈南極記〉（左下圖）採用了一行兩字的波形，使詩行更像企鵝搖搖擺擺的腳步。葉維廉早期的詩作〈臺灣農村駐足〉之一〈水田〉，開頭和結尾都是一行三字以上的尖形波；另一首〈追逐〉（右下圖），中段的波形構圖每行更達到四和八字之間，如同心電圖般密集、尖銳，劇烈的上下錯落，營造出獵人追逐麋鹿在山林裡急停拐彎的動感。[146]

在南極
每一隻企鵝都是我的心事
搖搖擺擺
　　成羣
　　結隊
　走過
冰原
　留下
　　個個
深陷的徬徨與迷惘

在迷濛遠古的一個春天裏
溪邊出現了一對獵人夫婦
是何種意外的機遇
爲一隻麋鹿作經年的追逐
翻山越谷
不反顧不回頭
涉溪築棧
依循麋鹿的挑逗
旋升潛降
一若星辰的寂寞
走壁飛岩
踏遍萬千丘泉峯壑

---

145 陳黎《親密書》，頁7。
146 葉維廉《松鳥的傳說》，頁35-36、63-64。

另一類較舒緩的弧形波，以余光中〈隔一座中央山脈──空投陳黎〉為例，末節透過一行一字，[147]排列出一條像是越過中央山脈的拋物線，同時帶出中央山脈的輪廓。余光中向上拋向陳黎的一球，彷彿看到這球前進的殘影，形式與意涵的結合非常巧妙，令讀者留下深刻印象（左下圖）。劉季陵的〈皮球〉則是先往下丟，觸底之後再反彈，詩行同樣構成波形，[148]以其生動的構圖與楊守愚發表於1931年充滿反抗意識的散文詩〈頑固的皮球〉遙相呼應。[149]《現代文學》中的香港詩人戴天，詩作〈花雕〉的局部構圖亦出現於詩的中段，[150]將「戈壁、高原、駿馬、悲風、追逐、彎弓、哭」七個詞排列成秋雁飛翔的V字形（右下圖），既是「波形構圖」，也是模仿特定意象的「具象構圖」。

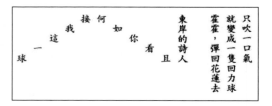

由於不像整首圖像詩給予詩行自由的篇幅構圖，局部的「具象構圖」必須以最簡單的字句組合出該意象的形貌特徵，而不只是簡單的動作暗示，同時與分行詩並陳又不能過於突兀，因此難度最高，是局部構圖中最少見的一種。出現於林亨泰詩集《長的咽喉》（1972年版）中的一首〈小溪〉，全詩四節，第一節詩行描寫寂靜日子中清澈見底的溪水，第二節即以簡潔的具象構圖「魚和魚」表現

[147] 余光中《高樓對海》，頁75-78。
[148] 劉季陵《4＋1個角落》，頁57。
[149] 楊守愚《楊守愚詩集》，頁141-142。原載《臺灣新民報》第370號，昭和6年6月27日。
[150] 戴天《岣嶁山論辯》頁25。

溪中魚兒優游的形貌；第三節詩行轉為描寫河堤上同樣寂靜的風，第四節即以「草和草」的構圖描繪出風的形貌。[151]林燿德1983年的詩作〈U235〉中的十字架，將善惡兩極組合成單一意象，是局部具象構圖最知名的作品之一。[152]

「塊狀構圖」與「點狀構圖」都是透過文字於書面製造大面積的分布，不同的是塊狀構圖具整齊、填滿的形式特質，點狀構圖則是具不規則、分散的形式特質。葉維廉1971年出版的詩集《醒之邊緣》，當中這首〈絡繹〉（左下圖）可能是最早利用堆疊文字產生局部塊狀構圖的詩作，見於詩的後半段：[153]

，快，快，把玉米……惶亂中從運行的音樂
裏醒來，明兒說，怎麼啦，媽說，是蝗……蝗
……蝗，跌著跌著的趁大伙人走向玉米田去
蝗蝗蝗蝗蝗蝗蝗蝗蝗蝗蝗蝗蝗蝗蝗蝗蝗
蝗蝗蝗蝗蝗蝗蝗蝗蝗蝗蝗蝗蝗蝗蝗蝗蝗
蝗蝗蝗蝗蝗蝗蝗蝗蝗蝗蝗蝗蝗蝗蝗蝗蝗
蝗蝗蝗蝗蝗蝗蝗蝗蝗蝗蝗蝗蝗蝗蝗蝗蝗
蝗蝗蝗蝗蝗蝗蝗蝗蝗蝗蝗蝗蝗蝗蝗蝗蝗
蝗蝗蝗蝗蝗蝗蝗蝗蝗蝗蝗蝗蝗蝗蝗蝗蝗
蝗蝗蝗蝗蝗蝗蝗蝗蝗蝗蝗蝗蝗蝗蝗蝗蝗
蝗蝗蝗蝗蝗蝗蝗蝗蝗蝗蝗蝗蝗蝗蝗蝗蝗
蝗蝗蝗蝗蝗蝗蝗蝗蝗蝗蝗蝗蝗蝗蝗蝗
的玉米幹後面的沒有了天空，直到碑石
的玉米幹後面的夕陽……

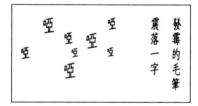

你我多少都曾在電視畫面或書報的圖片上，見到蝗蟲大片飛過的畫面，葉維廉以最簡單的構圖方式，營造出最真實、駭人的景象，相信讀過這首詩的人都不會忘記這一幕。林燿德在詩集《妳不瞭解我的哀愁是怎樣一回事》（1988）中也使用相同的堆疊技巧，把蝗字改為轟字，在詩作〈世界偉人傳〉中連「轟」了十行。丁旭輝這麼

---

[151] 林亨泰（著）、呂興昌（編）：《林亨泰全集》二，頁56-57。
[152] 林燿德《銀碗盛雪》，頁136。
[153] 葉維廉《醒之邊緣》，頁18。

解說這首詩：「林燿德在此以大量複製的『轟』字進行他的災難圖示，告訴人們世界偉人光彩面目背後的血腥事實。『轟』字的選擇極其精彩，因為『轟』字不但在外形視覺上有如炸彈爆炸時三朵往外翻開的火花，在聽覺上更有炸彈爆炸時轟然巨響的音效，所以當大量複製的『轟』字擺在一起時。便成了活生生的戰爭圖像了。」[154]單一文字的大量使用，不僅讓「塊狀構圖」產生強烈的視覺效果，也是「點狀構圖」最佳的選擇。

　　1996年劉季陵的〈實驗〉（右上圖），透過許多大小不一的「啞」字，產生既集中又分散，極具立體感、時間感的動畫效果，象徵時間流中毛筆曾經寫下的無數無聲的文字。[155]顏艾琳詩集《骨皮肉》（1997）中的〈寒食〉，則以單一的「血」字搭配・符號，建構出飛濺的酒漬，「血」字不僅帶出酒的顏色、味道，也在意義上令人聯想到戰爭的流血畫面；[156]《骨皮肉》另一首組詩〈夜裏城堡〉的第二首〈方位之隅〉，為了模擬真實的星空，將完整的句子「夜在錯綜複雜的星座群裡，遺失了一顆北極星。」分散四射排列。[157]因此需澄清的是，「塊狀構圖」與「點狀構圖」雖然經常以堆疊／分散文字來呈現，但並不限於單一文字，詩人要堆疊／分散詞彙、詩句、其他符號都沒有問題，關鍵在於形成塊狀或點狀的分布。管管的〈車站〉是以「一張」、「一張張」、「一」、「張」等零散的詞彙，營造出車站內一張張浮動的臉孔；[158]前述胡適的〈湖上〉則是將詩行一組一組並列，構成方正、水平的視覺暗示。

　　接著看形式下降的「斷層構圖」，這也許是最常見的局部構圖方式。戴天寫於1967年京都的〈石庭〉乙首的最末（左下圖），當寫到「空中落下來一隻／麻雀」詩行不僅陡然下降，再加上表現內

[154] 丁旭輝《臺灣現代詩圖像技巧研究》，頁187-188。
[155] 劉季陵《4＋1個角落》，頁49。
[156] 顏艾琳《骨皮肉》，頁100-101。
[157] 顏艾琳《骨皮肉》，頁90-91。
[158] 管管《管管詩選》，頁275-276。

容轉折的破折號，從形式到敘事形成一個內外同步的動態結構，任何人都可以感覺到這首詩的自然流暢。孫維民〈地震〉的前半部為齊頭型的分行詩，[159] 最後一節同時以「斷層構圖」、「壓縮構圖」與「零散構圖」搭配，代表地震過後的陷落、擠壓，以及崩壞（右下圖）：

余光中寫於1963年的〈憂鬱狂想曲〉（左下圖），[160] 末節一句「而我竟死了」特別重複三次，先採用「斷層構圖」向下加快語氣，再改為「傾斜構圖」，有助於延緩閱讀，藉此加強語氣，一字字／一步步走向冥暗之處，最後結束在粗體放大的「幢」字，結束於一個重低音。後來余光中也於〈苗栗明德水庫〉結尾處採用傾斜的排法，「斜斜渡去」四字如同離去前擺渡的波紋。[161]

　　這類「傾斜構圖」亦相當常見，方群寫於1994年的〈錦鯉〉（中圖），末節採用兩字一組階梯下降，可見傾斜構圖不必然以一字為單位：[162]

159 孫維民《麒麟》，頁50-53。
160 余光中《天狼星》，頁28。
161 余光中《高樓對海》，頁96。
162 方群《文明併發症》，頁58。

方群另一首〈紙鳶〉（右上圖），[163]末節則是向上傾斜構圖，一字字如同紙鳶逐漸飄升。最特別的是方群〈打水漂兒的人〉（左下圖），[164]末節介於傾斜構圖與波形構圖之間，不僅爬升到比分行詩頂端還高的位置，再以一字小幅下降，停在最為動態的一瞬，卻讓飛躍的水漂以及腳步更為具象，猶如自分行結構中拔地而起跳躍。白靈發表於1985年的〈清晨〉（右下圖），[165]最後傾斜向上的動作，同時代表了日出、牽牛花伸出去的柔鬚，以及一行青碧的詩句，將先前醞釀於分行中的力量全部集中於一點，一次向上。

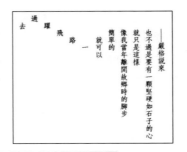 

---

[163] 方群《進化原理》，頁76-77。
[164] 方群《進化原理》，頁95-96。
[165] 1985年《藍星》5號，轉引自張默《小詩選讀》，頁197。

「延展構圖」則是另一種常用來調控語氣和節奏的構圖方式，但不同於「傾斜構圖」透過跨行鋪陳，「延展構圖」主要採用長句或是以空格、或符號拉長字句的距離。向明寫於1978年的〈春燈〉（左下圖），[166]詩的最後一句「一宿無話」，不僅字體標為粗體，更以空格將句子拉長，被延展的黑色粗體字，實則為「頎長的夜」的具象化。同年張秀亞的〈雨中吟〉則以連續不斷的破折號拉長句子和音節：「又伴著輕雷一聲聲／雨—巷—中—的—車—輪—何—遲—遲—」同時用以表示雷聲。[167]羅任玲〈生活之奴〉也以・符號表現出「細・細・篩・著」的動作。[168]

方群亦於詩集中多次使用延展構圖，例如〈隨手三式〉之一〈刷牙〉：「激烈摩擦之後／許多政治的污垢將輕易／掉　　　　落」；[169]〈流浪狗的獨白〉末節：「在你們離開我的視野範圍之前／那種純潔高貴的雍容自尊心，絕對／不　　會　　崩落。」；[170]以及〈大雨傾盆——過蘇花公路逢暴雨有感〉末節：「在蘇花公路崎嶇的偶然陰影片段／時間的秒針已寂然／停　　　　格」。[171]即便此處橫排引用，已非原本的直排詩行，依然可以體察詩人延展詩行的具象作用，並非無意義地加長。有時延展還會加上跨行，例如方群〈失戀九行〉（右下圖），究竟如何用文字表達「偷偷搬走」的動作／意象？方群先以「延展構圖」表現偷偷地、躡手躡腳的動作，再將詞彙「搬走」從中間強迫換行，將「走」字左移，表現「搬走」、「取走」的動作。[172]

[166] 向明《青春的臉》，頁92。
[167] 張秀亞《我的水墨小品》，頁86。
[168] 羅任玲《逆光飛行》，頁161。
[169] 方群《進化原理》，頁55。
[170] 方群《文明併發症》，頁50。
[171] 方群《文明併發症》，頁74。
[172] 方群《航行，在詩的海域》，頁8。

失戀九行

讓傷心的愛情低溫冷藏
再用無菌的真空來包裝
在發霉的孤單午后
來來回回密集巡邏的白血球
還是怕那些無聊的螞蟻
偷　偷　搬
　　　　走
我們不願公開承認的
庫存疫情。

稠泊中
祇要有一線希望
就是一個方向

祇要有一點光
就可把頎長的夜
度成

一　宿　無　話

　　最後我們來看「水平構圖」。「水平構圖」與「波形構圖」、「傾斜構圖」一樣，都是將原本完整的詩句運用跨行手法改為「一字一行」鋪排，文字本身就是水平線，具有調慢節奏、加強語氣的作用，由於水平形式能與眾多不同的意涵搭配，因此比起這兩種構圖更常被詩人使用。早期新詩即有不少一字一行的詩作，例如朱湘〈花與鳥〉：「她／美麗如一朵春花；我／熱烈如太陽的火——」，[173]但民初詩作連續兩行單字成行的例子，目前筆者僅見於徐志摩的組詩〈悲觀〉第9首：「噫！／噫！」、第12首：「休！／休！」兩首，但「噫！」與「休！」都是感嘆句，無須跨行就可自成一行，且內容上也沒有水平構圖的意圖。[174]

　　水平構圖很可能是十種局部構圖中唯一在臺灣形成的一種。1953年《現代詩》3期登出吳瀛濤的〈原子詩論〉，文中附譯日本作家原民喜的詩作〈求水〉（水ヲ下サイ），[175]譯詩中段連續四行只有一字置頂：「水／水／請／誰」，但原民喜詩作原文則是：「水ヲ／水ヲ／ドウカ／ドナタカ」[176]為一行一個詞彙，並非中文

---

[173] 朱湘《石門集》，頁5。
[174] 徐志摩（著），陸耀東等（主編）《徐志摩全集補編》Ⅰ詩集，頁130、132。
[175] 1953年《現代詩》秋季號3期，頁55。
[176] 織田作之助、田中英光、原民喜（著），伊藤整（等編）《織田作之助‧田中英光‧原民喜集》，《日本現代文學全集》冊95，頁370。

的一行一字一音節，但吳瀛濤將表現情緒的語尾全省略，僅留下語幹譯為單字成行的形式。同期《現代詩》章容也翻譯了〈西條八十詩抄〉數首，第二首〈指〉的開頭則是「父、／母、／姊、／弟──」單字成行。[177]推測水平構圖很可能源自臺灣詩人將日本現代詩中不難見到的「單詞成行」翻譯為中文的「單字成行」，也使日治時期的日本現代詩歌經驗，無疑在戰後幫助了臺灣新詩的現代化。除此之外紀弦於《現代詩》極力引薦阿波利奈爾的構圖詩作，也讓「單個字母成行」的特殊形式，進入臺灣詩人的視野中。無論如何，歐美語言、日語的詞彙皆為多音節，在他們的詩歌中「單詞成行」在視覺上和聽覺上，都比中文來得容易接受，但翻譯成中文之後便開啟了「單字成行」的可能。[178]此外仍不排除民初早已存在一字一行的排列方式，但肯定出現於跨行技巧純熟之後。

　　一字一行的「水平構圖」，亦即丁旭輝所說的「一字橫排」視覺暗示技巧。丁旭輝針對新詩「一字橫排」的現象深入分析，發現五〇年代白萩〈仙人掌〉、〈流浪者〉已經嫻熟這種技巧，而在七〇年代起大為流行，更因過度氾濫招來洛夫、張默等人的批評。[179]1975年葉維廉出版第四本詩集《野花的故事》，大量使用一字橫排，稍後蕭蕭亦在詩集《舉目》（1978）、《悲涼》（1982）中多次運用，葉維廉、蕭蕭也因此被視為這類構圖技巧的代表詩人。但並非所有一字橫排都具有構圖意識，有時只是單純的分行，偏重於經營音節，而非視覺上的形象暗示。例如葉維廉〈愛與死之

---

[177] 1953年《現代詩》秋季號3期，頁58。
[178] 例如葉維廉於《眾樹歌唱》中將威廉斯（William Carlos Williams）的詩作〈刺槐樹開花〉（The Locust Tree in Flower）譯為不分節的單字單行的陡直形式：「中／屬／綠／硬／老／亮／斷／枝／瀉／白／香／花／再」（頁107），但英文原作卻是單詞單行，且有分節，每行仍保有一定的橫向面積：「Among／of／green／／stiff／old／bright／／broken／branch／come／／white／sweet／May／／again」（William Carlos Williams, *Selected Poems*, P68）
[179] 詳見丁旭輝《臺灣現代詩圖像技巧研究》，第四章第三節「一字橫排的視覺暗示技巧」，頁240-254。

歌〉第一首中段:「傾聽／地層下／遙／遠／的／泉聲／而／說」
採用一字一行寫法,但卻將每行置頂,與內容「地層下」的意象背
離;[180]但第四首,內容則與水平構圖的形式密切相關:[181]

妳　和　我　引　太　太　引　山　山　引　老　老　引　山
　　　　　　着　陽　陽　着　嶺　嶺　着　鷹　鷹　着　嶺

第四首

水平構圖並不限於一字橫排,偶爾一些詞彙、短句仍可算在範圍
內,重點在營造出水平效果。詩人將山巔、老鷹、太陽、我和妳置
於同個水平線上,畫面如同一張在山頂全景拍攝的相片,鏡頭水平
迴轉,呈現引力般的牽引,將抽象的「引領」意涵,成功以具體的
形象表達出來,且已經相當接近於整首構圖。葉維廉第二本詩集
《醒之邊緣》有著大量的水平構圖,除了常見的水平置頂外,更有
「水平斷層」的綜合型構圖出現。這首〈茫〉在中段下降,暗示航
行在水平面的戰艦:(左下圖):[182]

潭烈的搏刺,璨然的白鶴
振驚着夜色,拍翼如素絹拂動
昂大的戰艦向鋒寒的航程

砰
然

藍　天　墜　墜　雲　開　散　傘　依　花　眼　星　流　暗
　　　入　入　的　　　　裙　　瓣　裏　帶　過　水
　　　　　圓　　　　　　　　的　的
　　　　　窗　　　　　　　　　　腰
　　　　　　　　　　　　　　　　間

---

180 葉維廉《野花的故事》,頁38。
181 葉維廉《野花的故事》,頁40-41。
182 葉維廉《醒之邊緣》,頁20。

標準的斷層構圖即便整排下降，仍維持一般詩行的長度。此處詩行不僅下降，更透過跨行不斷橫向延展，使原本直向閱讀的詩句，突然改為橫向閱讀，節奏也緩和許多，「砰然」又將詩行往上拉到最高點，遙遙呼應詩末的「炮火萌發」。同時葉維廉也讓標點符號參與水平構圖，例如組詩〈溢出〉第四首的前半部：[183]

獨自一行的句號加強了「雨停」的感受，也與之後的詩行做出區隔，中斷敘事的作用比放在詩行底部還要來得強烈。而連續五字「那麼緩慢的」，底下都加上破折號，使得因一字橫排減緩的節奏，變得愈加緩慢，也讓灰燼「濺射」的瞬間動作，更為凝固有力。蕭蕭則是在一些空行處加上‧符號，像是被一字橫排的刪節號，聯繫被中斷的詩行，並逐漸過度到下個階段，又能幫助讀者清楚到底空了幾行，掌握節拍的速度。[184]

　　〈孤鶩〉作為蕭蕭水平構圖的代表作，也可能是最知名的一字橫排作品，這首詩無論橫排、直排都是出於構圖意識。全詩分為兩節（左下圖），第一節原本理應直排的詩句完全被攤平置頂，代表飛向遠方的孤鶩，而當牠已成為最遙遠的先行者時，聳立的詩行擋在牠面前，天際在這時拉下布幕，代表進入黑夜抑或生命盡頭？也象徵面對全然未知的境地那種難以言說的孤獨。蕭蕭另一首知名的詩作〈天淨沙變奏〉，全詩38行，卻有20行是一字一行的水平構

---

[183] 葉維廉《醒之邊緣》，頁41。
[184] 如蕭蕭詩集《舉目》中的〈渴〉、〈深〉、〈有無中的雪意〉等，都採用類似刪節號的一字橫排符號。

圖，將「天淨沙」曲牌名所寄寓的平、淡、高、遠的意象，推向了極致。[185]

星星星星是一双眼　一句诺言
凝在我挣扎的眸中　毫无火焰
望我无声地望　不是爆怒
只是宁静如水珠般的责备
　　无声无声无声
　　更难忍更难忍更难忍
　　她是堤岸
　　你是流水
　　　星
　　　隔
　　　开
　　　你
　　　我
　　　星

　　林燿德是繼葉維廉、蕭蕭之後，最擅長使用水平構圖的詩人。〈都市‧一九八四〉第一章的結尾處（上圖），[186]先將詩行如滑翔般緩坡下降，再水平展開製造路燈一個個流逝而過的定量軌跡，構圖十分細膩流暢。

　　一字一行同樣使用於直排詩作，此時則是一種「垂直構圖」，其構圖的作用和美感，與「水平構圖」完全不同。正因為「垂直構圖」所能聯想的暗示意涵遠遠少於水平構圖，加上臺灣詩集主要為直排，原本就較少表現垂直構圖的機會，而習慣橫排書寫的中國大陸詩人卻又不喜於形式鋪陳，種種原因造成「垂直構圖」相當少

---

[185] 蕭蕭《舉目》，頁38-41。
[186] 林燿德《銀碗盛雪》，頁。202-203。

見，在全面橫排的中國大陸詩集裡中亦不多見。大陸第三代的代表詩人之一張棗，早期較注重形式鋪陳，後期則回歸最常見的齊頭型分行詩。其中〈危險的旅程〉或許是為了配合詩題意象，形式有著大陸詩人少見的各種構圖變化，更接近於臺灣五〇年代《現代詩》詩刊上紀弦、方思的詩作。〈危險的旅程〉第四章（右上圖），為了表示「星星隔開你我」之意，張棗反過來將「隔開你我」四字放在兩個「星」字中間，隔開了「星」「星」，並採用單字成行的垂直構圖，拉出星夜般遼闊的時空感，且同時顧及流水的意象。[187] 而張棗所譯的西方詩人作品，並未見到局部構圖的運用，甚至連錯落詩型也極少，[188] 顯然張棗的構圖嘗試很可能是受到臺灣詩人的影響。同樣為橫排詩集，臺灣詩人楊子澗2017年出版的最新詩集《來時路》，[189] 許多詩的最末都採用了「垂直構圖」。可見兩岸對於新詩形式的偏好，存在明顯的差異，這與構圖詩型在臺灣定型並且長足發展有關。

　　本節聚焦討論的各種局部構圖，主要來自分散型、錯落型、方正型等詩型的局部運用，唯有將詩行打散或聚集，暫時脫離一般的分行型態，才能產生多種組合進行構圖的嘗試。不過由於局部構圖高度依賴分行形式，只是視為分行詩的一種構圖技巧，因此真正構圖詩型的形成，還需等到整首構圖詩作的出現。

（二）整首構圖

　　前述各項簡單的「局部構圖」，文字從敘事性轉為物質性的過程相當快速流暢，便於隨時從形式召喚意象，使意象與詩行合一達到真正視覺化的效果，同時又可以調整音節，於新詩中經常可見。

---

[187] 張棗《張棗的詩》，頁11。

[188] 張棗的譯作，參見《張棗譯詩》。

[189] 楊子澗（1953—），本名楊孟煌，國立高雄師範學院國文系畢業。曾主編《風燈》詩雙月刊，出版詩集《秋興》、《劍塵詩抄》、《來時路》，以及與蕭蕭合編《中學白話詩選》。

在進入「整首構圖」，亦即完整的構圖詩型的討論前，有必要先就東西方的構圖詩作進行說明。新詩的分行形式，其錯落的詩行以及書面布置的概念，造就了新詩的構圖能力。過去古典漢詩也在自身的體系下發展出重視書面布置的具象化詩類，如回文詩、寶塔詩、飛雁文、六棱品字玦等等，但這些詩類圖案固定，少有變化，皆因遷就於敘事模式才被動地排成某種圖案。比如回文詩之所以排列為回字形、圓形，是為了能夠達到反覆循環閱讀；寶塔詩則是規定每行依序書寫一到七字、九字不等，才形成寶塔的外觀，並非如同阿波利奈爾（Guillaume Apollinaire）著名的愛菲爾鐵塔「立體詩」〈2e canonnier conducteur〉將詩句刻意書寫成巴黎鐵塔的圖案。[190]

　　阿波利奈爾的「立體詩」（Calligramme）是西方「具象詩」（Concrete poetry）傳統於現代的演變，隸屬具象詩的一種，差別在於西方古典時期的「具象詩」創作仍受到排版格式的制約，主要是把傳統詩行透過錯落的分行來構圖，多為直線構圖，以英國詩人喬治・赫伯特（George Herbert）的詩作〈復活的翅膀〉（Easter Wings）為代表；而阿波利奈爾所開創的「立體詩」，則不受排版格式約束，隨心所欲地將詩行排列成各種圖案，多半以手寫體呈現，能夠營造出排版印刷所沒有的曲線構圖。在古典的漢字書寫歷程中並非沒有這類自由構圖的作品，例如1965年溫州市郊白象塔內發現的北宋崇寧二年（1103）年間的《佛說觀無量壽佛經》殘本，即是將經文按佛陀袈裟的紋理書寫，不過內容並非詩歌。但總體而言，西方的構圖詩作，有著比古典漢詩更強的構圖意識，新詩的構圖詩型主要即是受到西方圖像詩的影響。

---

[190] Apollinaire, Guillaume. *Calligrammes, poemes de la paix et de la guerre (1913-1916)*, SC: Nabu Press, 1998. P76.為避免與中文泛指構圖詩型的「圖像詩」相混，本文將阿波利奈爾所作的「Calligramme」譯為「立體詩」，與紀弦採相同稱法。

1.構圖詩型的生成

　　新詩的第一首圖像詩應當為1934年刊登於《婦人畫報》24期上的徐遲詩作〈狂及其他〉，[191]但這是一首「字符型圖像詩」，著重「我」字圖像性質的表現，並未用詩行來構圖。1943年9月詹冰寫於日本的詩〈Affair〉，取消詩行，直接訴諸文字的視覺呈現，翻轉「男女」兩字演繹男女的七種關係，亦屬於這類「字符型圖像詩」。回臺後，詹冰於1946年1月創作了一首「詩與圖畫」結合的〈自畫像〉（左下圖），[192]外型類似傳統「八卦鏡」的圓形圖案，再以上方「星」字下方「花」字環繞中間一個「淚」字，是介於「字符型圖像詩」與「構圖型圖像詩」之間的詩作。〈自畫像〉的文字之所以採圓形環繞，來自外在圓形圖案的限定，類似書籍版面對詩行的限制，並非由詩行自行構成。正因形式受圖案侷限，詩行缺乏敘事內容，中央的淚字與環繞的星字、花字成為視覺上的重點，造成理解上的困難。對此詹冰另外寫了一首短詩〈墓志銘〉補充道：「他的遺產目錄裡／有花／有星／又有淚」，[193]或能增進讀者理解。但圖像詩的形式與內容多半具鮮明易懂的特質，一眼就能讓人心領神會，鮮少費解之作，只因這時正處於由局部構圖到整首構圖的實驗階段，以詩行構圖完全是新的嘗試。

---

[191] 1934年《婦人畫報》24期，頁14-15。

[192] 創作日期見詹冰《詹冰詩全集（一）新詩》，頁29。詩作圖片則掃描自詹冰《綠血球》，頁35。

[193] 詹冰《綠血球》，頁88。

繼詹冰之後，林亨泰也開始構圖詩型的實驗。林亨泰在〈現代派運動與我〉中提到，他所寫的「符號詩」不是自「現代派運動才開始」，例如林亨泰的第一首符號詩〈輪子〉要比「現代派運動」早半年發表；第一首整首構圖的符號詩〈房屋〉雖然與「現代派六大信條」同期發表，但林亨泰也認為寄稿時間早了許多。[194]林亨泰無非是要聲明自己的現代主義起點早於1956年1月15日成立的「現代派運動」，他追溯創作符號詩的緣由，自言是受到未來主義的影響：[195]

> 現在面對《現代詩》季刊我又能扮演怎樣的一種角色？我開始在我的藏書中尋找這方面的資料，立刻找到的是神原泰的著作《未來派研究》（1925年）與集各種前衛文學影響於一身的萩原恭次郎的一些詩作品。未來派是二十世紀初由意大利詩人馬里奈蒂（Marinetti）所創始，曾在米蘭、巴黎、莫斯科三地幾乎同時發起的一種藝術運動。提倡快速美，並從永久運動的視點出發，認為時・空的同時存在的一元表現是可能的，也極力讚美著機械的力動美與噪音等。尤其我特別感到興趣的是「自由語」的創造與運用，諸如不同字體（約二十種）、大小不同字號、不同顏色（用了三、四種之多）、擬聲詞（噪音等模仿）、數學記號（×＋÷－＝＞＜等）、數字感覺、樂譜、歪斜顛倒字形、自由順序等，簡單地說就是印刷技巧的運用。法國詩人阿保里奈爾（Apollinaite）的立體派作品也是屬於這一項實驗。

根據林亨泰這段對未來派的介紹，林巾力教授認為：「林亨泰對於未來派的關注主要是集中在語言，尤其是自由語（parole in liberta）

---

[194] 林亨泰〈現代派運動與我〉，收入《林亨泰全集五》，頁146。
[195] 同上註。

所企圖的詞語自由。」[196]未來主義詩歌透過印刷技術，使得詞語得以跳脫傳統詩行的侷限，採用不同字體、不同大小字號、不同顏色，更顛倒字體、自由排列敘事動線，以及模仿包括噪音在內的各種聲音，產生許多拉長的擬聲詞，同時加入各種符號，包括數字符號、樂譜符號等。但符號並非文字，自由的敘事動線並不只是詞語層面的革新，未來主義詩歌不僅要求詞語的自由，一個更深層的意念是對西方詩歌長期以來「分行形式」的反叛，從字體大小、各類符號到敘事動線，都是在挑戰「分行形式」所能承受的底線。林亨泰對未來派如何在詩歌上運用印刷技巧的描述相當清晰，如同親見，但他未必真的直接閱讀到義大利未來主義詩作，主要是透過日本現代主義詩歌的譯介和作品。[197]

　　林亨泰所觀摩的日本未來派詩作，目前已確定的有1925年萩原恭次郎出版的首本詩集《死刑宣告》。[198]萩原在詩集自序坦言自己是一位未來主義者：「一篇詩作，除了聆聽我們自身的音樂外，還要與交雜在都會的雜音中，與高架鐵路的巨響共存。」對於都市的雜音、高架鐵路的轟隆聲、工廠輪轉機的運作聲，萩原都有所偏愛，更預告他的詩將具有猛烈的創造和破壞。[199]對於詩中印刷技術的運用，萩原恭次郎說道：「我們美感、慾望，流離至何處呢？自左開始書寫、自右開始書寫、自上開始書寫，不論從哪個方面開始閱讀、不論運用大小錯綜的字體、即使插入了畫，在時間許可的範圍內、縱使到幾近厭煩的投入程度，都尚未追尋到我們所謂的美吧！」[200]這正

---

[196] 林巾力〈想像「現代詩」：以林亨泰五〇年代的「現代主義」建構為例〉，頁126。
[197] 岡田龍夫為《死刑宣告》所寫的後記即以〈印刷術の立体的断面〉為題，詳述該本詩集對於印刷技巧的運用，並說這種放進各種符號素材的立體綜合運用，在歐洲、俄羅斯的美術雜誌早已這麼做了。（萩原恭次郎《死刑宣告》，頁3-4）。
[198] 林亨泰在1993年發表的〈現代派運動與我〉一文中，僅說到他的藏書中有「萩原恭次郎的一些詩作品」，並未提到萩原知名的未來主義詩集《死刑宣告》，而是2001年由三木直大首次提出林亨泰受到萩原詩集《死刑宣告》的影響，見三木直大〈林亨泰中文詩的語言問題──以五〇年代現代詩運動前期為中心〉，頁25。
[199] 萩原恭次郎《死刑宣告》，頁4-5、10。
[200] 萩原恭次郎《死刑宣告》，頁6-7。

是未來主義者在詩作中運用符號、大肆更動排列方式的思維理路。此時二〇年代萩原恭次郎的詩作和三十年後林亨泰於《現代詩》所創作的「符號詩」，兩者有許多共通點。試將萩原恭次郎這首〈秋は隔離と番号とビラをまいてゐる〉與林亨泰所作的〈車禍〉相比較：[201]

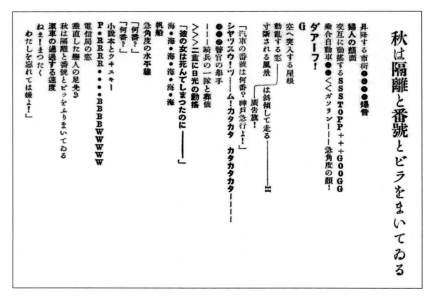

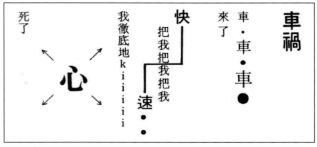

---

[201] 萩原恭次郎《死刑宣告》，頁140-141；林亨泰《爪痕集》，頁38。

我們可看到兩首詩一個很重要的主視覺，即都採用「ㄅ形線」引導敘事方向，將詩行重疊並且拆分；此外〈車禍〉首行逐漸放大的「車・車・車●」，也與萩原詩作前六行的●符號、自動車（汽車）、放大的「ダアーフ」類似；〈車禍〉中拉長的擬聲詞：「我徹底地kiiiii」，在萩原恭次郎這首詩中亦有：「P・RRRR・・・・BBBBWWWWW」的拉長句型。綜觀整本《死刑宣告》，可發現林亨泰在形式上受到萩原恭次郎諸多啟發，例如兩者常以線條引導敘事動線；詞彙方面，都將字體放大、翻轉、橫躺，拉長的擬聲詞也常見於《死刑宣告》，例如：「Eiiiiii~~~~~~~~CEiiiii」；[202]標點符號的使用上，兩者都重用破折號，或是讓標點符號獨自一行。林亨泰也承襲萩原恭次郎所用的許多特殊符號，例如●○×▲＋■～等，都可在林亨泰的符號詩中看到。五〇年代林亨泰的「符號詩」大多也是這類加入圖案以及字體變化的「字符型圖像詩」，這些詩作即便加入眾多抽象符號、圖案，仍維持詩行正常的分行型態。不僅符號、字體的運用受萩原恭次郎影響，就連詩行的堆疊建構方式，林亨泰也受到萩原恭次郎啟發。例如林亨泰知名的圖像詩〈農舍〉：[203]

農舍

門
被打開着的
正廳
神明

門
被打開着的

門

詩的構圖像一道被打開的門，門扉靠在左右兩側，讓我們看到正廳中的神明桌，這種由上往下俯瞰的構圖視角，正與萩原恭次郎的

---

[202] 萩原恭次郎〈ラスコーリニコフ〉，《死刑宣告》，頁131。
[203] 林亨泰《林亨泰全集》二「文學創作卷2」，頁48。原載《野火詩刊》第三期，1962年8月。

詩作〈露臺より初夏街上を見る〉（從陽臺俯瞰初夏的街道）的俯瞰視角相同。[204]三木直大更直指林亨泰〈房屋〉（右下圖）一詩中「窗」的用法，[205]構思來自於萩原恭次郎詩作〈ラスコーリニコフ〉（拉斯可尼可夫）的一節（左下圖）：[206]

對於三木直大影射林亨泰可能抄襲了萩原恭次郎的詩作，林巾力提出反駁，認為〈ラスコーリニコフ〉：「其文字的重點並不在於圖像的喚起，而是經由文字的音韻與意義的經營，來表達萩原恭次郎對於資本主義的抗議，而這與林亨泰試圖透過怪異的文字排列而將詩的形構推向極端的臨界演出，兩者在文字策略與表達的意圖上是大相逕庭的。」[207]若從新詩形式的角度來看，簡單來說，萩原恭次郎的詩仍是敘事完整的分行詩，但林亨泰的詩則是平面的圖像詩

204 萩原恭次郎《死刑宣告》，頁160-161。
205 三木直大〈林亨泰中文詩的語言問題——以五〇年代現代詩運動前期為中心〉（《臺灣詩學季刊》37期，2001年11月），頁25。
206 萩原恭次郎《死刑宣告》，頁131。
207 林巾力〈想像「現代詩」：以林亨泰五〇年代的「現代主義」建構為例〉，頁130-131。

了。林亨泰無疑是看到萩原恭次郎的詩作才有了堆疊「窗」字的構想，但林亨泰將「窗」字整齊排列，卻是阿波利奈爾式的法國立體派寫法。

最早看出林亨泰受阿波利奈爾影響的是紀弦。1956年2月發表於《現代詩》12期的〈房屋〉，作為新詩第一首整首構圖的詩作，發表不久紀弦即撰文〈談林亨泰的詩〉分析這首〈房屋〉，首次冠以「符號詩」的名稱。[208]紀弦認為八個齒字和八個窗字，都是當作符號來使用，不能只視為文字，更進一步提出〈房屋〉的排列具有不可變動的意義，唯有當下這樣的排列才是詩，提醒我們欣賞這首詩要先中斷敘事的聯想，如同欣賞繪畫，進入視覺的直觀當中：「這是『看』的，不是『聽』的。這是訴諸『視覺』的，不是訴諸『聽覺』的。是構成的，而非理析的。是直覺的，而非理念的。」[209]紀弦清楚把握了構圖詩型的審美原則。對敘事而言，外在詩行如何編排，只要閱讀動線清楚，並不影響敘事的連貫，但對〈房屋〉這首詩來說，文字於平面上的位置具有相對的構圖意義，一旦更動排列方式，原本的構圖意義隨即消失。那麼在紀弦眼中，〈房屋〉是如何構圖的呢？這就必須從阿波利奈爾的立體主義來理解：[210]

還有，立體主義的原理，在這裡，也適用的。請看阿保里奈爾的立體詩吧！他把「心臟」的文字排列成心臟的形狀，把「皇冠」的文字排列成皇冠的形狀，把「鏡子」的文字排列成鏡子的形狀而嵌他自己的姓名在鏡中。準此，則我們為什麼不可以把八個『齒』和八個『窗』的排列看作二層樓的房屋呢？八個『齒』字的排列，可說是關上了百葉窗時的房屋，八個『窗』字的排列，可說是打開了百葉窗的房屋，至

---

[208] 紀弦〈談林亨泰的詩〉（1956年4月《現代詩》14期），頁68。
[209] 紀弦〈談林亨泰的詩〉，頁68。
[210] 紀弦〈談林亨泰的詩〉，頁68。

於『齒』所象徵的『笑了』和『窗』所象徵的『哭了』，
豈不是除了它們本來的意味之外，還可以看作房屋的煙囪
嗎？[211]

紀弦將詩的兩節，分別看作兩棟兩層樓的房屋，「齒」和「窗」代
表百葉窗的開跟關，「笑了」和「哭了」則是房屋的煙囪，對於〈房
屋〉詩行的排列方式和選字，每一樣都是就圖像的意義去詮釋。因
此對紀弦來說，如果拘泥於從敘事角度理解，將這首詩改以詩行呈
現：「笑了：齒　齒─齒　齒─齒　齒─齒　齒　哭了：窗　窗─
窗　窗─窗　窗─窗　窗」等同拆掉了「房屋」。[212]無論紀弦的理
解正確與否，這是首次有人就新詩詩行的構圖性質進行說明，〈房
屋〉的詩作和詩評都採取了和以往不同的認知角度，詩行不再只是
分行的詩行，還是能夠構圖的詩行，標誌圖像詩系統的確立。

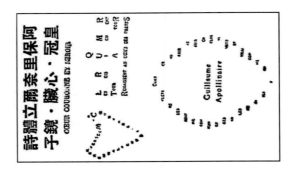

---

[211] 早在《現代詩》2期，紀弦就已經提到阿波利奈爾的〈心臟、皇冠和鏡子〉：「他
那兩本主要的詩集，在前者中（按：《醇酒集》（Alcools，1913）），可以看出他
所受的海涅和惠特曼的影響來，而在後者中（按：《圖像詩集》（Calligrammes，
1918）），則使用著印刷上之特異的形式。例如有名的『鏡』，便是把詩排列成一面
鏡的形狀，而放他自己的名字在鏡的中央。『心』和『皇冠』，也是同樣。」見紀
弦〈阿保里奈爾動物詩〉（1953年《現代詩》2期），頁31。和林亨泰一樣，紀弦也
注意到了立體派運用了印刷技術。
[212] 紀弦〈談林亨泰的詩〉，頁68-69。

紀弦將林亨泰的符號詩與阿波利奈爾的立體主義、立體詩聯繫起來，並以阿波利奈爾的詩作〈Cœur couronne et miroir〉（〈心臟、皇冠和鏡子〉）（上方橫放圖片）的構圖為例，文末並附上阿波利奈爾的詩作原圖，這也是臺灣首次登出阿波利奈爾的立體詩。[213]後來1957年林亨泰發表〈中國詩的傳統〉於《現代詩》20期，也引用到阿波利奈爾這首詩，並附上詩作原圖。[214]但兩相比對後發現，林亨泰很可能是從紀弦當年那篇〈談林亨泰的詩〉取得這首詩的圖片，這透露林亨泰對於阿波利奈爾的認識，很可能多半來自紀弦於《現代詩》上的譯介，兩人之間也形成相互影響的奇妙關係。紀弦自《現代詩》第1期即以筆名「青空律」發表譯自阿波利奈爾的詩作〈昨日〉與〈變化〉，[215]第2期發表了阿波利奈爾的動物詩，並且撰文介紹阿波利奈爾的生平，讚許他：「始終是作為一個以立體主義為中心的新的詩人」，更說道：「但是，阿保里奈爾的立體主義，頗不同於其他立體派的詩人，與其說他是一種形式主義的表現，毋寧謂為一種Fantaisie（按：想像力）的產品。因為在本質上，感覺敏銳，想像豐富的阿保里奈爾，天生是一個抒情詩人。」[216]顯然紀弦看重的是，阿波利奈爾詩作構圖所賦予的想像，而不是流於形式主義的符號把戲。《現代詩》3期紀弦又翻譯了阿

---

[213] 紀弦〈談林亨泰的詩〉，頁69。

[214] 見林亨泰〈中國詩的傳統〉，（1957年《現代詩》20期），頁33-36。林亨泰以這三首詩為例，欲說明阿波利奈爾如何把「音標文字」當作「意符文字」運用，希望證明阿波利奈爾的立體詩源自對「中國文字」的熱烈嚮往，以支持他所提出的「現代主義即中國主義」論點，但這肯定是錯誤的，阿波利奈爾創作立體詩完全源自西方文學傳統，與中國文學無關。雖然林亨泰對法國立體詩的來源有所誤解，但他已經注意到：「但一提到我們古中國的詩，的確『短』，而其本質一直都存在於『象徵』中，這形成了自古以來中國詩的傳統。但是在歐洲，這種象徵主義的詩，一直要遲到十九世紀的後半。可是另一方面在我們中國，自五四運動以後，其詩的潮流即向『敘述性』浸淫，美其名曰：『民眾詩』，這與歐洲詩方向恰成相反。」這重要的發現很可能日後啟發了葉維廉，長期以來作為葉維廉比較中西詩學的基本論點。

[215] 1953年《現代詩》1期春季號，頁14。

[216] 1953年《現代詩》2期夏季號，頁31。

波利奈爾的十首詩；12期又翻譯了〈出發〉、〈昨日〉兩首；13期則翻譯了阿波利奈爾受名畫蒙娜麗莎失竊案牽連被捕，於巴黎獄中所寫的〈獄中吟〉五首；[217]《現代詩》上也常見紀弦翻譯的《阿保里奈爾詩抄》即將出版的消息，雖然最後並未出版。[218]

　　臺灣圖像詩的建立，以往大家都忽略了紀弦的作用。紀弦正是將臺灣的現代主義詩風，由模仿日本未來主義詩人的「符號詩」，逐漸轉為法國阿波利奈爾所創的「立體詩」的重要推手，促使圖像詩擺脫繁複的符號使用，轉為簡潔的文字構圖。萩原恭次郎的詩作雖然加入各種眼花繚亂的符號，但形式上幾乎都是分行詩，僅有一部分參與局部構圖，如〈首のない男〉、〈ラスコーリニコフ〉、〈廣告燈〉、〈煤煙〉等，[219]整首構圖的詩作就更少了，僅有一首〈露臺より初夏街上を見る〉，反而林亨泰則陸續創作了〈房屋〉、〈花園〉、〈風景NO. 1〉、〈風景NO. 2〉、〈農舍〉等，都是整首構圖的詩作，這是林亨泰在形式的嘗試上勝過萩原恭次郎之處。林亨泰本人後來亦對符號詩的創作感到厭惡：「猶如意大利詩人康執羅爾（Cangullo）把『煙』寫成FUMER那樣，充其量只不過是一種『視覺寫實』的效果罷了。不過，不管西方未來派也好或者日本萩原恭次郎的詩作品也好，我一向都存有警戒心的。為了對付根深蒂固的傳統觀念，這種方法的確具有相當大的摧毀作用，但，像瀉藥不能久用，一旦清除乾淨則必須適可而止。」[220]因此在經歷短暫的「符號詩」時期之後，林亨泰就轉向單純以漢字構圖的圖像詩，標點符號和其他符號都減到最少，甚至只用漢字創作。主視覺的表現由文字以外的符號，轉為以文字為主，構圖詩型也因此得以建立。從第一首圖像詩〈輪子〉到最後一首〈農舍〉，林亨泰於文字上經歷了從符號

---

[217] 1953年《現代詩》3期秋季號，頁56-57；1955年12期，頁161；1956年13期，頁8-9。

[218] 紀弦1985年出版的第八本詩集《晚景》，所附〈紀弦書目〉、〈紀弦寫作年表〉皆未見譯作《阿保里奈爾詩抄》，顯然並未出版。

[219] 萩原恭次郎《死刑宣告》，頁63-65、130-133、134-138、146-150。

[220] 林亨泰〈現代派運動與我〉，收入《林亨泰全集五》，頁146。

化到回歸敘事的過程，詩行上則經歷了從取消到重建的過程。

2.構圖詩型的建構

　　紀弦於《現代詩》14期發表〈談林亨泰的詩〉，支持林亨泰的符號詩及其將詩行構圖的作法，下一期陸續登出林亨泰的〈車禍〉、〈花園〉，以及秦松的〈山和山〉兩首，可看到早期圖像詩仍未脫符號詩加入符號的寫法：[221]

　　秦松是繼詹冰、林亨泰之後第三位將詩作採整首構圖的詩人，但在過去的圖像詩研究中鮮少被提及。秦松本身即為畫家，[222]第一首〈山〉以直線為詩作「裱褙」，框內的詩行則排成山形，左側框上文字像是畫的介紹，點出主題，整首詩猶如一幅掛在牆上的風景畫，由方框圍出一塊不受外界干擾的淨土，更易讓人感受到一股靜謐。第二首〈湖濱之山〉，一條橫線代表湖面，區隔了山形與湖上倒影，上方以「森林」建構山形，形體之外的視覺部分，如顏色、意境，則靠文字意涵補足；下方以「鏡子」建構水面倒影，細膩的

---

[221] 1956年《現代詩》15期，頁98。

[222] 秦松（1932-2007），籍貫安徽盱眙。省立臺北師範專科學校藝術科畢業，曾參與創辦「現代版畫會」、「東方畫會」、「中國新詩學會」等組織，為六〇年代臺灣現代美術的先驅，與五月畫會的劉國松並稱二松。1960年畫作〈春燈〉與〈遠航〉涉嫌侮辱總統而遭情治單位調查，1969年赴紐約定居。除了繪畫外，秦松也創作新詩及散文，為1949年渡臺詩人群之一。

是上下並非完全對稱，湖面的山形略扁帶有波紋，更貼近現實的情況。秦松開創出在相似形式的「同」中以文字展現「不同」，是日後許多圖像詩常用的手法。《現代詩》19期〈香港現代派詩人作品一輯〉專題，刊出香港詩人崑南的詩作〈手掌〉，[223]這首分散型的分行詩後段出現了特殊的詩行排列，似將詩行排成手掌的五指形狀。[224]21期登出方思的長詩〈豎琴與長笛〉（右下圖），該詩第六章最末，採用局部構圖中的分散構圖，模擬島嶼散落在海上，相同的詩行構圖在第八章也重複了兩次。[225]

從孕育到成熟到彫朽
無知　經驗
觸摸過的　機緣
　胴體　金屬
桂冠　可謳歌　可詛咒　可憎恨
一條斷柱或一塊焦炭
使追懷歷史的光榮與悲劇
某一處殘枝　某一角火堆
使記起纖維的葉子與宿命的星星

希臘的榮耀哪
羅馬的偉壯：
對一位美人宣稱
那光輝的美麗現在反映於你的眼睛
浴于聲響的波浪的，
躍于小羊的四蹄的
看似巖石般冷峻的，熱情似火山的熔漿的
古典的美，人情的世界——
關在古昔的夢，啊
這一切就是現在

島上
島上
島上
我欲久居。

林亨泰登在《現代詩》上的符號詩，並未帶動符號於新詩中的大量

---

[223] 1957年《現代詩》19期，頁17。

[224] 崑南（1935—），原名岑崑南，九龍華仁書院畢業。五〇年代被《文藝新潮》發掘的香港詩人，曾創辦過多種報刊，包括《詩朵》、《新思潮》、《好望角》、《香港青年週報》、《新週報》等，是六〇年代香港現代主義運動的重要推手之一。近年又創辦詩刊《詩潮》、《小說風》，以及電子詩刊《詩++》，創作跨詩歌、評論、小說，至今仍筆耕不輟。詩集《詩大調》、長篇小說集《地的門》、評論集《打開文論的視窗》為其代表作。

[225] 1958年《現代詩》21期，頁20-30。

應用，漢字以外最常見的符號依舊只有數字和英文；反而林亨泰將詩行進行構圖的作法，啟蒙了同時代的詩人們。到了1959年《現代詩》23期，終於迎來詹冰、林亨泰之後另一位重要的圖像詩人白萩與他知名的圖像詩代表作〈流浪者〉。[226]

　　〈流浪者〉構圖複雜，不僅採用整首構圖，也採用局部構圖。整首詩的詩型如同一支飛箭，射向東方的一株絲杉。前三行模擬箭尾部分，詩行置底對齊，如同高大直立的絲杉，此時視角距離絲杉最近；隨著移動視角拉遠，絲杉逐漸縮小，來到中段箭身部分，採用一字一行構圖，但中央「一株絲杉」則依舊挺立，像站立在地平線上，這時視角被拉到最遠，且在〈流浪者〉之前沒有像這樣一字橫排如此多行的詩作；來到箭頭部分，採用高低錯落的分行形式構圖，詩行最長，視角則落在渺小的流浪者身上，卻顯其高大，代表流浪者已與絲杉合而為一。隨著箭頭不斷前進，詩行越來越短，直到箭尖再次指向一株絲杉，朝向下一個目標。「流浪者」的漂泊、孤寂之感，展現在對遠方一株絲杉的遙望，三段分別為三種觀看絲杉的視角，最後這株絲杉不僅是流浪的目的地，也象徵流浪者自己，一旦流浪者抵達絲杉的所在地之後，他又將遙望下一株絲杉，進行無止盡的流浪。[227]〈流浪者〉後來收入白萩第一本詩集《蛾之死》，除了字句稍微不同之外，詩型也有略微調整，兩者比較如下。上圖為最初的《現代詩》23期刊登版本，下圖為《蛾之死》詩集版本：

---

[226] 1959年《現代詩》23期，頁14。

[227] 白萩對這首〈流浪者〉的詮釋則是：「第一節我首先描述著一個流浪者眺望的心情，從『音』感『量』感和『意義』上表現逐漸失望的情緒，我之重複並且變化一個句子而不願敘述或比喻，因我相信，這種含蓄更能直接表現流浪者悲哀的情緒。然後第二節我退至一個角落來觀察他。我發覺他的孤單，他的寂寞和渺小，即使費盡千百句的比喻，遠不如這樣地利用空間的圖示；利用這直接的形象，更能使讀者置於那曠大的寂寞和淒涼的經驗。然後我表現他流浪之久，而在第三節重複的『站著』是表現其無可奈何。」見白萩〈由詩的繪畫性談起〉一文，收入白萩《現代詩散論》，頁19。

望着遠方的雲的一株絲杉
望着雲的一株絲杉
一株絲杉
在地平線上
一株絲杉
在地平線上
他的影子很細小。他的影子很細小。他
已忘却了自己的名字。已忘却了自己的名字。
祇孤獨地站着站着
站着
向東方
孤單的一株絲杉

望着遠方的雲的一株絲杉
望着雲的一株絲杉
一株絲杉
絲杉
在地平線上
一株絲杉
在地平線上
他的影子，細小。他的影子，細小
他已忘却了他的名字。忘却了他的名字。祇
站着。　祇站着。孤獨
地站着。站着。站着
站着
向東方。
孤單的一株絲杉。

兩個版本比對後，箭尾部分多了一行兩字的「絲杉」，幫助原本直立置底的詩行轉換為一字橫排的詩行，箭頭也更尖更像三角形，最

左邊的絲杉則與箭頭多了一行空行的間隔，保持箭頭形狀的完整。詩作明顯被拉長了，整首構圖也更像一支飛箭，代表詩人的構圖意識越來越強，希望讓詩行呈現某種圖像的想法也更加明確。白萩於圖像詩的另一個貢獻是，他反對詩作的「繪畫性」強過於詩句的「意義」，亦即詩行在構圖中必須維持敘事，不能像林亨泰的〈房屋〉、秦松的〈湖濱之山〉為了構圖而取消了敘事，簡單來說就是不能只是文字堆砌成某個圖案，而沒有「詩句」在這之中。白萩認為一首詩「是視『意義』的需要或為『音樂性』或為『繪畫性』的，但其地位只是『意義』的附從而已。」[228]由於這觀點的提出，使得日後圖像詩得以更偏於詩的一方，而不致於偏向文字畫。白萩〈蛾之死〉更是第一首長篇構圖型詩作。[229]正是林亨泰、詹冰、秦松、白萩等詩人的開拓，形成了臺灣構圖型詩作的最初風景。

a 「敘事構圖」與「非敘事構圖」

於是自白萩〈流浪者〉之後，依據詩行敘事的完整度而言，整首構圖的詩作可分為兩種：具有完整詩句的「敘事構圖」，以及利用文字或符號堆疊而未組成有效句子的「非敘事構圖」。

例如1966年詹冰發表於《笠詩刊》16期的〈三角形〉（左下圖），構句方式類似傳統的寶塔詩，但不同於寶塔詩由上往下橫排遞增，詹冰突發巧思改由側邊直排遞增，詩行由一字開始增加文字，到了最高點一行十字的中軸線後，再遞減而下，最後回歸一字，過程敘事流暢，詩句也都是完整的；[230]林燿德〈月球上的金字塔──不明物體叢考Ⅳ〉詩行以埃及基沙三大金字塔為構圖原形，文字的排列方式也與詹冰的〈三角形〉完全相同，有如將三首詩放

---

[228] 白萩〈由詩的繪畫性談起〉一文，收入白萩《現代詩散論》，頁4-5。
[229] 白萩《蛾之死》，頁62-66。
[230] 1966年《笠詩刊》16期，頁5。

進三角形的模子當中，[231]皆為具有完整詩句的「敘事構圖」。反觀陳黎〈消防隊長夢中的埃及風景照〉（右下圖），詩型同樣為三角形，卻是以單一「火」字堆砌而成的「非敘事構圖」，[232]除了火字以外沒有其他字句可與火字搭配構成句子。

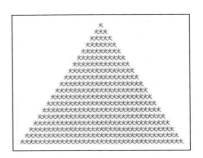

陳黎大部分的圖像詩都是採用取消詩行、堆疊文字的「非敘事構圖」。自1995年出版的詩集《島嶼邊緣》開始，著名的〈戰爭交響曲〉即是透過兵、乒、乓、丘，四字的堆疊，描述戰爭殘忍的過程；[233]2005年出版的詩集《苦惱與自由的平均律》中，例如整首詩由「虫」部字排列成長方形的〈孤獨昆蟲學家的早餐桌巾〉；[234]〈世界盃，二○○二〉除了第一行作為楔子的「雨落在全世界的屋頂，一場盛大的雨毛球賽」為完整的詩句，其餘都是由各種符號所組成的綿綿細雨；[235]〈連載小說：黃巢殺人八百萬〉原本詩人希望堆疊八百萬個「殺」字，只因為八百萬個「殺」字實在太多了，只好在堆疊三頁殺字後，加上「（待續）」。[236]詩集《輕／慢》

---

[231] 林燿德《都市終端機》，頁248-249。
[232] 陳黎《苦惱與自由的平均律》，頁72-73。
[233] 陳黎《島嶼邊緣》，頁112-114。
[234] 陳黎《苦惱與自由的平均律》，頁74-75。
[235] 陳黎《苦惱與自由的平均律》，頁76-77。其中唯一的那行詩句，參考了陳家帶的知名詩集《雨落在全世界的屋頂》。
[236] 陳黎《苦惱與自由的平均律》，頁119-121。

（2009）放入更多非敘事構圖，例如〈國家〉堆疊「豕」字成國；〈一〇一大樓上的千（里）目〉堆疊「目」字成高樓；〈噢，寶貝〉則以堆疊的「目」字拉長「寶貝」兩字的讀音；〈寂靜，這條黑犬之吠〉則在「吠」字的「口」、「犬」之間堆疊「黑」字，反而產生「嘿」與「默」的寂靜意象；〈秒〉則是透過「禾、少、口」組成「秒、和、吵」三字；〈白〉則是一行一行解構「白」字直到消失；〈常日將盡〉則在「九」與「音」之間堆疊日字，彷彿由「旭」變「暗」的過程，營造日出日落的景象。[237]到了詩集《我／城》（2011），〈而蜜蜂也對你唱歌〉則將每行的「Bee」字拉長成「Beeeeeeeeeeeeeeeeeeeeeeeeeeeeeeeeeeee」；〈於是聽見雨說話了〉（左下圖）則是將「雲」字逐步拆解成「雨云ㄥㄥ、」排列出雲朵降雨的分解過程：[238]

---

[237] 前述七首，見陳黎《輕／慢》，頁101-107。
[238] 陳黎《我／城》，頁119。

陳黎的圖像詩具有明顯的個人特色，可惜堆疊手法大同小異，只是針對不同素材，冠上不同的主題。再看蕭蕭寫於2000年的〈臺灣風情〉三首（右下圖），都是上下各五列漢字堆疊，中間兩列則以詩行敘事，產生在「符號畫」中間提字的特殊構圖，藉此帶出臺灣五〇年代、七〇年代、九〇年代的景象。[239]這些「非敘事構圖」實際上是符號詩與構圖詩型的混合體，它們並非沒有「敘事」，只是其敘事是一種「圖像敘事」，而非「文字敘事」，欣賞這類詩作主要透過「觀」與「想」，若只從「聽」和「讀」的角度，不僅失去視覺的排列之美，也會更變得難以理解。

b「直接構圖」與「間接構圖」

　　相較於「非敘事構圖」多半排列為抽象圖案，「敘事構圖」則多半為排列為實體物象，其詩意的營造主要來自詩行意象與圖像之間的巧妙搭配。如果說白萩並未明言〈流浪者〉的視覺形象是模仿飛箭，構圖與詩題間的關係端靠讀者聯想，那麼詹冰的〈水牛圖〉則是清楚告訴讀者詩行構圖的目標對象。作於1966年7月28日的〈水牛圖〉，整體視覺形象一如詩題：[240]

---

[239] 蕭蕭〈臺灣風情〉三首，2000年6月發表於《臺灣詩學季刊》31期，頁38-40，三首皆為橫排。後收入蕭蕭2011年出版的詩集《情無限・思無邪》，邊就於統一整本詩集的排列方向，改為直排，反而失去原本橫排的圖像感。本文截圖來自《臺灣詩學季刊》31期。
[240] 詹冰《實驗室》，頁18-19。

詹冰在〈圖像詩與我〉文中即將這首詩列為「描繪外形」一類。[241] 整首詩由頭部的字符運用，以及身體部分的詩行堆疊，兩種不同的構圖方式所組成。頭部直接以「角」字代表兩只牛角，詹冰在此召喚文字最初的象形聯想，「角」字的甲骨文𧢲、𧢲，即是牛或其他獸類頂角的象形字；而頭部下方的鼻吻部，則賦予文字新的象形聯想，放大字體的「黑」字，直觀上呈現了水牛的鼻孔以及嘴邊的鬍鬚，同時字義上也點明水牛的膚色。牛身部分則以詩行一行一行「雕塑」水牛的身形，四肢的詩行最長，連下垂的大肚腩也經由詩行的長短表現出來，更以一「只」字將身體與尾巴區隔、相連，再用驚嘆號模擬尾巴最末端的尖毛。〈水牛圖〉以高度的具象構圖取勝，詩行的完整度又高於白萩的〈流浪者〉，此時圖像詩已經能夠以完整的詩行進行構圖。

由此我們可再將「整首構圖」的詩作依據圖像與詩題的關係分為：詩行直接呈現詩題意象的「直接構圖」，以及詩行間接呈現詩題意象的「間接構圖」。當詩行的構圖與詩行內容的主要意象（通常即為詩題）兩者相同，無論詩作是先有題目抑或先完成構圖，題目本身的意象等同詩行所模擬之物。例如前述林亨泰的〈房屋〉與〈農舍〉、秦松〈山和山〉兩首、詹冰〈水牛圖〉等，其優點是構圖與敘事產生很強的一致性，易讓讀者留下深刻的印象。自1959年白萩發表〈流浪者〉之後，六〇年代起圖像詩已逐漸被接受，逐漸發展成新詩的三大詩類之一，同時構圖詩型也成為新詩形式的八大詩型之一。例如1965年杜國清於《笠詩刊》發表〈蜘蛛〉（左下圖）以詩行模擬蜘蛛的外型，可說是詹冰〈水牛圖〉的先聲：[242]

---

[241] 詹冰《詹冰詩全集（一）新詩》，頁31。。
[242] 杜國清《望月》，頁70-71。

撐著一蓬薔薇花　等待著的
穿著稿黑裂裝　盤伏著的
寂寞的背影　　蜘蛛
　蜷伏著的
以生顯且僵化的肢腳　　蜘蛛
一座方城觸帶的口腹攤出　霸守著
勞若無人的服勢囚在陰
暗的小天地咀嚼城垣下
床多蚊子的屍體藏黑眼鏡
以自我為中心的獨裁者啊
以沾血且庸厭的肢腳　霸守著
蜘蛛　蜷伏著的　偽裝的德性
蜘蛛　等待著的　織善語的謊言
蜘蛛　盤坐著的　默想虛偽的價值

若是你知其中究竟如何
最好一眼將方子擘不擘開
葫蘆從腳到腳一分為二
但見有一個葫蘆般的你
從破葫蘆裏跳出來
大步奮然衝出來
切勿依樣葫蘆畫
就去買葫蘆
不想買葫蘆
切勿變葫蘆
最好是
貫一個葫蘆
用心看
起起
說
要

收錄於羅青《錄影詩學》（1988）中的三首圖像詩，約莫都作於
1978年：〈飛〉像飛鳥展翅沖天之形；〈地心歷險記〉像一把劍，
也像一臺鑽地的打樁機；〈葫蘆歌〉（右上圖），構圖則像橫躺的
葫蘆之形。[243]且羅青為了不讓翻頁破壞構圖的完整性，不惜將字體
縮小，只為了讓三首詩置於單頁完整呈現。這類「直接構圖」是臺
灣六〇、七〇年代現代主義詩歌時期圖像詩的主流，直到八〇年代
後現代詩重新「玩弄符號」才不再獨領風騷。前述陳黎、蕭蕭作於
21世紀交界的「非敘述構圖」詩作，即是後現代詩趣味的延續。不
過直接模擬詩題意象的「直接構圖」，始終歷久不衰，更與「敘事
構圖」合流成為臺灣圖像詩最典型的形式。如後現代詩人陳黎，
〈十八摸〉（左下圖）這首詩將詩行仔細地沿著臺灣海岸線的輪廓
排列成臺灣的形狀；[244]或是〈玫瑰聖母堂〉模仿高雄愛河畔玫瑰聖
母堂的正面造型。[245]對照莫傑作於1997年的〈熱帶魚〉，[246]詩行即
為輪廓線，以最簡潔的筆觸勾勒出熱帶魚優游海中的形貌，與陳黎
厚重的詩行構圖排列形成強烈對比。向陽〈城市，黎明〉詩寫黎明
時刻的臺中街景，將詩行構圖延伸到整個城市，透過置頂、置底建
構大樓，再以空格、空行劃分街道，既有鳥瞰的平面視角，也有大

---

[243] 三首詩見羅青《錄影詩學》，頁243-245。其中〈地心歷險記〉發表於1978年9月《中
外文學》7卷4期，頁75；〈葫蘆歌〉發表於1978年10月《中外文學》7卷5期，頁41。
[244] 陳黎《我／城》，頁222。
[245] 陳黎《島／國》，頁136。
[246] 莫傑《枝微末節》，頁32。

樓的正面描寫，連城市的風也留予篇幅構圖。[247]這些詩都有完整的詩行，擁有清楚的敘事內容，既是標準的「敘事構圖」，同時也是「直接構圖」。

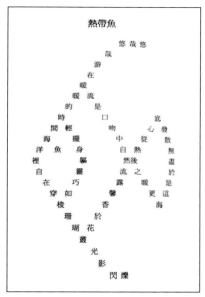

　　但有時候詩人所要表達的主旨，並不一定能用詩行直接圖像化表達出來，而是必須透過別出心裁的圖像來帶出詩作的主旨，白萩的〈流浪者〉即為此類「間接構圖」最早的代表。〈流浪者〉的整體構圖並非流浪者，而是酷似一支代表速度、方向的飛箭，內容則是流浪者觀看遠方的一株絲杉，主要的意象是絲杉，並非流浪者，但卻映襯出流浪者在廣闊空間中的無盡放逐。因此「間接構圖」詩作的主要意象和詩行的構圖分屬於兩個圖像，彼此是聯想關係，而

---

[247] 向陽《亂》，頁128-131。

非模擬關係，通常用來處理難以直接構圖的主題。

　　收錄於詹冰第二本詩集《太陽・蝴蝶・花》中的第一首詩〈插秧〉，若是採用直接構圖，應當如法國畫家米勒（Jean-François Millet）的鄉村繪畫著重於農夫插秧的動作，但這對詩行構圖來說過於困難，因此詹冰將構圖的對象轉為插秧後靜態的水田，一格一格的文字都是一株秧苗：[248]

插秧（插ㄔㄚ 秧一ㄤ）

水田是鏡子
照映着藍天
照映着白雲
照映着青山
照映着綠樹

農夫在插秧
插在綠樹上
插在青山上
插在白雲上
插在藍天上

〈插秧〉全詩等分為兩節，詩節方正，第一節模擬插秧前空無一人的水田，第二節則模擬農夫插秧中的水田。文曉村對這首詩有過極好的評析：「這是一首完全用畫境表現詩趣的作品。第一節把水田比做一面鏡子，鏡子裏照映著藍天、白雲、青山、綠樹。因為水田是一面鏡子，鏡子裏有藍天、白雲、青山、綠樹的映像，所以第二節描寫農夫在田裏插秧時，也就像插在綠樹上、青山上、白雲上、藍天上似的。而其所呈現的次序，是由綠樹、青山、白雲到藍天，跟第一節恰恰相反，予人由近而遠的視覺感。」[249]詹冰這首童詩近年來跨越政治的藩籬收入中國大陸多本兒童教育刊物，[250]只因寫出每個人共有的經歷，記下生命的感動。詹冰於笠詩社的後輩，杜國清的圖像詩〈祭〉則是以墳塚的外型表現抽象概念的「祭祀」。[251]笠詩社另一位代表詩人非馬1973年所作的這首〈鳥籠〉：[252]

---

[248] 詹冰《太陽・蝴蝶・花》，頁2。
[249] 文曉村《新詩評析一百首》上冊，頁168。
[250] 2011年《廣東第二課堂》（小學生版）5期，頁2；2012年《小學生時代》5期，頁1。
[251] 杜國清《望月》，頁69。
[252] 非馬《非馬詩選》，頁18-19。

打開
鳥籠的
門
讓鳥飛
走
把自由
還給
鳥
籠

乍看以為只是一首常見的齊頭型分行詩，與構圖無關，但其實詩行模擬的是那扇「鳥籠打開的門」，才有詩行中間的開口，獨自一行的「走」字代表正從鳥籠飛走的鳥兒，拉遠來看，整首構圖又像一隻展開雙翼飛翔的鳥兒，形成雙重構圖的特殊佈局。以詩行排列出「鳥籠」並不困難，但非馬選擇了鳥籠打開的剎那，鎖定畫面進行構圖，更將主要意象放在甫獲得自由的鳥兒身上，增加了詩作的動感與生命力。如何表現出抽象的「速度」感？或許是許多詩人一直想挑戰的命題。1988年顏艾琳發表於《曼陀羅》詩刊的知名詩作〈速度〉，[253]整首詩即是由詩行所組成的一只箭頭，帶有絕對的方向性，但光是有箭頭的外觀還不夠，還需要一股推進的動能，這份動能就蘊含在構圖的詩句當中：山、樹、雲、河、人、高樓、愛情、悲歡、歷史等，詩句中提到的每個意象片段都是後退的，與前進箭頭形成極大的反差，於是在超越種種事物之後（以刪節號表示），位處箭頭的「我」僅能看見自己在前進，此刻「我」在箭頭的頂端，「我」就是速度。

山，退後
樹，退後
雲，退後
河，退後
人，退後
高樓退後
霓虹退後
夕陽退後
馬路退後
愛情退後
悲歡退後
歷史退後
……
……
時光退後
在一四○的指數上
我駕取著速度
如此看見
唯我
前進
。

c「堆疊構圖」、「線性構圖」與「內嵌構圖」

如果單純按詩行的構圖方式分類，構圖型又可分為填滿詩行的

---

[253] 顏艾琳《骨皮肉》，頁68-69。

「堆疊構圖」、僅勾勒出輪廓線的「線性構圖」，以及如同鑲嵌畫般依靠內外文字的視覺差異所構成的「內嵌構圖」。針對圖像邊緣的呈現方式，以西方繪畫技法來比喻，「堆疊構圖」即為暈塗法、「線性構圖」為白描法，「內嵌構圖」則是點描法。

「堆疊構圖」無疑是最早出現也最具代表性的構圖方式，五〇年代林亨泰的〈房屋〉、〈農舍〉，以及詹冰的〈水牛圖〉、〈三角形〉等，都是將詩行「修整」為想要的形狀，因此圖像內部即是一行一行的詩行，其視覺特點是實心的、填滿的。「堆疊構圖」的優點在於維持了分行詩的敘事動線，這對創作構圖詩作來說，是最快速、簡便的方式，可視為一種特殊造型的分行詩。因此不管是具有完整詩行的「敘事構圖」還是堆疊字符的「非敘事構圖」，或是詩題與構圖一致與否的「直接構圖」、「間接構圖」，回頭看前述所舉的例子，無論抽象圖案或物象圖案，大都採用這種填滿詩行的構圖方式。再看周慶華的這首〈龜山島〉：[254]

```
                    都
                從 沒 千
        奇              有 這 換 百 靜
      和 妙 那          有 時 頭 過 年 靜 有            龜
    的 愛 善 一 不    害 時 黯 望 姿 以 趴 隻 海      遠      山
  巴 尾 翹 變 條 直 畫 我 明 淡 去 勢 來 著 龜 上 的 方 在    島
```

整首詩外觀上直接模擬龜山島的島形，並以詩行填滿了整座「島」。但當我們要閱讀時，發現敘事動線與一般詩行的方向不同，詩行被扭曲成類似括弧般的層層弧線「〉〉〉」。然而這樣奇特的敘事動線，既保留龜山島的形貌，又可進行詩行的閱讀，而不

---

[254] 原作收錄於周慶華詩集《蕪情》，頁102。此處截圖轉引自江依錚《現代圖像詩中的音樂性》，頁125。

致於被中斷。面對曲折的外型，周慶華找到了最佳的敘事動線，是遷就於構圖改變詩行排列方向的代表例子。

在此有必要重新探討圖像詩與分行詩的關係，局部構圖的複合式圖像詩本身就是以分行詩為主，自從白萩〈蛾之死〉在詩行中大量置入局部構圖的詩行，日後像林燿德《銀碗盛雪》中許多長篇組詩，經常可看到各種令人眼睛一亮的構圖巧思混雜其中，因此局部構圖的詩作列入分行詩自無疑義。那麼純粹的、單一的圖像詩呢？一般我們都會認為「圖像詩」不屬於分行詩，但仔細檢閱被視為圖像詩的詩作，絕大多數都是由分行形式所構成，被具象化的正是分行詩，只有極少數的圖像詩不是建立在直線的詩行構形上，如前述詹冰的〈自畫像〉與葉覓覓的〈10.09〉（左下圖）。兩首詩的文字皆非直線的水平垂直結構排列，而是將文字排列成圓形，屬於較少見的以非直線構圖的圖像詩，[255]這也帶出另一種以敘事動線為主的構圖方式：線性構圖。

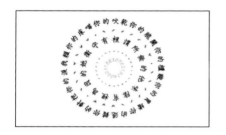 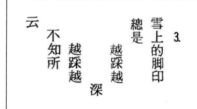

「線性構圖」是讓詩行作為圖像的輪廓線，藉由勾勒圖像的邊緣，以最簡潔的方式在詩中呈現圖像。「線性構圖」與「堆疊構圖」剛好是兩種完全相反的構圖方式，即以前述陳黎的〈十八摸〉和莫傑的〈熱帶魚〉做比較：「堆疊構圖」的圖像邊界較為模糊，

---

[255] 葉覓覓《順順逆逆》附贈別冊《嘹亮的雨水有原諒的美》10月9日該頁，該書〈09.25〉、〈10.02〉也都是這類非分行型的圖像詩。

「線性構圖」則擁有明確的圖像邊界；「堆疊構圖」的圖像為實心，「線性構圖」的圖像則為空心；「堆疊構圖」需耗費眾多詩行，「線性構圖」僅需最少的詩行；「堆疊構圖」的敘事動線多半即為分行詩垂直／水平的敘事動線，「線性構圖」的敘事動線卻是沿著圖像邊緣起伏不定。

相比之下，雖然「堆疊構圖」較為厚重，卻能放進更多詩行內容，並於圖像上做更多細部的安排。例如前述向陽〈城市，黎明〉的構圖，能以A字作為大樓塔頂、口字為窗戶，飄字為雲，並給予每棟建築物堆砌的實體感；[256]「線性構圖」則能給予畫作更多留白，免除許多為了填滿畫面實則不需要的詩行內容。以非馬作於1970年〈從窗裡看雪〉第三首（右上圖），[257]非馬選擇以雪地上凹陷的腳印作為整首詩的主要意象，只要以U形線表現出凹陷的邊緣即可，無須再填補其他詩行。蕭蕭知名的組詩〈雲邊書──陽明山國家公園所見所思〉第三首〈邈遠之心〉，[258]全詩僅用一行一字勾勒陽明山的山脈走勢，敘事動線即為山的稜線，舒緩的波形與大片的留白，營造出如國畫般雲霧飄渺的神態；另一首〈雲中書──大屯山上所見所思〉則採用置頂的堆疊構圖，每行更限制四字以內，如同漂浮在天空的雲朵。因此主要還是看所要呈現的意象究竟適合哪一種構圖方式。

「線性構圖」的主要特點在其靈活使用詩行，擁有多變的敘事動線。就這點而言，詩行看似模仿各種圖像，實則真正模仿的只有物象的「輪廓線」，也使「線性構圖」能夠做出許多曲線、折線，甚至散落、跳躍的詩行構圖。九〇年代網路詩人fluffykiki所作的〈一滴咖啡漬〉即採用特殊的「迴旋詩行」（左下圖）：

---

[256] 向陽《亂》，頁129。
[257] 非馬《非馬詩選》，頁5-7。
[258] 蕭蕭《雲邊書》，頁180-186。

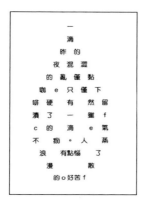

如同由一條線構成的迴紋針，整首詩只用了一句長句，也只用了一個標點符號，最後以水滴正中央的「只有一滴。」作結。[259]詩行環繞出的水漬圖像，一層層更產生一種液體才有的表面張力。有時敘事動線隨著圖像邊緣前進，不免產生分流，而形成兩條以上的敘事動線。例如前述莫傑的〈熱帶魚〉，詩行開始於「悠哉悠哉游在暖」這時分成兩條敘事動線「暖的時間海洋裡」與「流是口吻中自然」但兩條分流很快又遇到其他分流，而有分流就有合流，比如下方「自在穿梭珊瑚叢」、「流露馨香於花叢」兩句就會合在一個「叢」字。就這樣詩行不斷分流、合流，產生多種閱讀組合的樂趣。陳黎作於1995年的〈三首尋找作曲家／演唱家的詩〉，第三首〈雪上足印〉即採用線性構圖（右上圖），將符號‧與符號%安排在一條的稍微彎曲的敘事動線上，並透過調整符號大小、方向，模仿雪地中逐漸湮沒的足跡。[260]雖然整首詩完全以標點符號創作，但

---

[259] fluffykiki（1976—），本名陳育琦，生於嘉義市，國立臺灣大學動物系畢業，美國馬里蘭大學醫學院醫學遺傳學碩士。2000年起於網路上創作，作品散見「詩路」、「優秀文學網」、「明日報」，喜菡文學系列網站的「文學家族」、「日光溫暖文學網」等，詩作曾刊於《新月刊》、《文學人月刊》。〈一滴咖啡漬〉與詩人介紹皆見須文蔚、代橘（主編）《網路新詩紀》，頁43-5。
[260] 陳黎《島嶼邊緣》，頁120。

形式的建構方式和漢字是相同的，創作「線性構圖」的圖像詩，在在考驗詩人安排敘事動線的能力。

　　許多簡單的構圖都僅靠單一線條來完成，而無須用詩行做出一個平面——不管是堆疊，還是圈地。包括大部分的局部構圖以及短篇的整首構圖，都非常倚賴線性構圖的運用。林燿德的圖像詩雖然大多為堆疊構圖，但較小型的構圖還是採用了線性構圖，例如組詩〈U235〉第一首〈靈魂的分子結構式〉（左下圖），這是一首介於局部構圖與整首構圖之間的詩作，圖像詩與分行詩的比例各半。此處林燿德將文字當成化學元素符號使用，排列人類靈魂的分子結構式，沒想到竟是個由「撒旦」元素所組成的十字架，藉此批判人性的表裡不一，解釋了為何崇尚文明的人類會一路走向核毀滅的邊緣。[261]林燿德的「十字架」相較於杜十三用30行詩行才堆疊而起的〈十字架的禱文〉，[262]前者顯得明確簡潔，更容易讓人留下深刻的印象。再看蕭蕭的組詩〈我心中那頭牛啊！〉（甲篇）十首皆是唱和普明禪師的詩作，其中第十首不僅將整首詩攤平，更分為上下兩部分（右下圖）：[263]

「靈魂的分子結構式」：
上帝放下連接氫哦的牛敕煙靜靜翻開天堂百科第六六六頁
I 靈魂的分子結構式
撒旦撒旦撒旦撒旦　撒旦
旦撒　　　　　　撒

空碧照長月明輪一

蹤無牛與人邊無色與春邊無色與春蹤無牛與人

---

[261] 林燿德《銀碗盛雪》，頁136。
[262] 收入蕭蕭《2005臺灣詩選》，頁159。
[263] 蕭蕭《緣無緣》，頁139。

「人與牛無蹤，春與色無邊」的傳統五言句式，被蕭蕭整個打平且重複置底，這時文字失去原本句式的約束，各自獨立，如同眾生仰望天上的明月；明月本身也是水平構圖而成，詩行被橫向拉長，如同緩慢運行的明月，暗示長久照耀碧空的時間感以及空間感。佈局巧妙，充滿禪趣，給予讀者豐沛的想像，雖然沒有「直接構圖」擁有明確的想像，但不受物象的約束，也是「間接構圖」的優點。關於線性構圖，羅門〈我最短的一首詩〉：「天地線是宇宙最後的一根弦」，[264]整首詩只是一條由一字一行所構成的水平直線。這時無論內容究竟幾句，都如同由右向左橫排的「一行詩」了，原本直排的詩行，被構圖手法強勢干預之後，徹底改變了詩行的敘事方向。這也顯示構圖詩型具有模仿其他敘事文類的能力，而不只是模仿物象，為八〇年代仿擬詩的出現提供基礎。

　　最後談「內嵌構圖」。由於須透過內外不同文字的對比來浮顯隱藏其中的圖像，因此「內嵌構圖」是三種構圖方式中圖像最不明顯、作品也最少的一種，但因特殊的構圖方式，呈現的效果也截然不同。要完成「內嵌構圖」所耗費的時間和精細度，比前兩種構圖方式來的費力許多。最早的「內嵌構圖」作品可能是羅智成寫於1988年的〈春天〉：[265]

春天

叮叮叮叮，
時光的平交道叮叮叮叮
已降下了欄柵叮叮叮叮
一顆豆大的雨點突兀地叮叮叮叮
隨風而至叮叮叮叮叮叮
黑色列車正要南下叮叮叮叮
載著大量的煤叮叮叮叮
煤上滴著消融的雪水叮叮叮
載著前線下來的傷患叮叮叮
一堆不靈驗的預言叮叮叮叮
東北季風、舊雜誌叮叮叮叮
和一二三四五六七八叮叮叮
八個空車廂叮叮叮叮叮
綠色列車正交錯而過叮叮
噴雲吐霧爬上坡叮叮叮叮
滿坑滿谷滿眼的花叮叮叮
一個願望一個失望叮叮叮
石化工業槽運車和叮叮叮
一二三四五六七八叮叮叮
八個空車廂叮叮叮叮叮
還有什麼會出現？叮叮
我們心焦地等待叮叮叮
南方無車叮叮叮叮叮叮
探頭四望叮叮叮叮叮
我們倫倫穿越了平交道叮

[264] 1996年《臺灣詩學季刊》15期，頁99。
[265] 羅智成《擲地無聲書》，頁101-103。

這首詩猶如在方正詩型中鑲嵌錯落詩型，以模擬平交道警示聲的「叮」字填補兩種詩型之間的空隙。被「叮」字團團圍住的錯落詩行，像行進中的列車車廂，是圖像所在，也是真正具敘事作用的部分；同時這首詩也像「聲音之形」，將無形卻又無所不在的叮叮聲圖像化，整體氛圍在焦躁中等待，最後毅然決然穿越平交道時，聲音還在持續，也無從知曉穿越之後的結果，反映作者當下徬徨、無助的心緒。[266]或許是受羅智成影響，2000年蘇紹連於《臺灣詩學季刊》31期發表〈形的印象系列兩首〉皆採用內嵌構圖的方式。第一首〈魚〉，如同在「魚沉寒水」四字的堆疊的「畫布」上，再以「人」字堆疊出「魚」的圖像，僅魚眼以「沉」字取代；[267]第二首〈雁〉也是相同作法，以「雁過長空」為底，中間再以「人」字堆疊出雁形，造成堆疊之中還有堆疊的情況。雖然兩首詩的「人」自有其意義，但事實上被包圍的中央構圖沒有以文字填滿也無妨。

雁

```
雁雁雁雁雁雁雁雁雁雁雁雁雁雁雁雁雁雁
過過過過過過過過過過過過人人人人過過
長長長長長長長長長長長長人人人人長長
空空空空空空空空空空空空人人人人空空
雁雁雁雁雁雁雁雁雁雁雁人人人雁雁雁雁
過過過過過過過過過過人人人人過過過過
長長長長長長長人長空空空空長長長長長
空空空人空空空人空空空人空空空空空空
雁雁雁人雁雁雁雁雁雁人雁雁雁雁雁雁雁
過過過人過過過過長過過過過過過過過過
長長長人人人長長空空長長長長長長長長
空空空人人人空空雁雁空空空空空空空空
雁雁雁人人雁雁雁過過人人雁雁雁雁雁雁
過過過過過過過過長長長長過過過過過過
長長長長長長長長空空空空長長長長長長
空空空空空空空空雁雁雁雁空空空空空空
雁雁雁雁雁雁雁雁過過過過雁雁雁雁雁雁
過過過過過過過過長長長長過過過過過過
長長長長長長長長空空空空長長長長長長
空空空空空空空空空空空空空空空空空空
```

---

[266] 丁旭輝曾將〈春天〉與羅智成留學美國時期的焦灼、無奈進行對照，詳見丁旭輝《臺灣現代詩圖像技巧研究》，頁169-171。
[267] 2000年《臺灣詩學季刊》31期，封底。

不難看出「內嵌構圖」實際上是一種「堆疊構圖」的變化，只是「內嵌構圖」將文字用來堆疊圖像外的留白處，以內部的缺口產生圖像；「堆疊構圖」則是用文字直接堆疊圖像。如果以篆刻中「陰刻」與「陽刻」的關係為例，「堆疊構圖」與「線性構圖」都屬於「陽刻」，兩者的差別在於「線性構圖」僅保留輪廓線，「堆疊構圖」則是保留整個圖像；而「內嵌構圖」類似於「陰刻」，保留了留白的部分，不過部分作品又不像「陰刻」完全刨去圖像部分，仍以詩行填滿圖像，反而類似「陽刻」的情況了。

　　新詩的構圖詩型雖萌芽於民初詩人的作品中，但自五〇年代在臺灣定型開始，長期以來獨自在臺灣發展，與中國大陸的新詩分隔開來。五〇到七〇年代末，將近三十的時間，大陸詩作呈現齊頭詩型壟斷的情況，連局部構圖都很少使用，但此時局部構圖卻成為臺灣寫詩常見的手法，創作出大量優秀的圖像詩、仿擬詩。中國大陸一直要到八〇年代與西方當代詩歌、臺灣詩壇重新交流後，才開始有整首構圖的詩作出現。2011年廣西師範大學出版社出版了書籍設計師朱贏椿的詩集《設計詩》，這是一本動員了當今文各種文字設計技術的詩集，舉凡將文字翻轉、拆解、扭曲、重疊、抹除、模糊，將詩行彎曲、畫圓、打散，或是加入指示方向的箭頭、刻意做出的水漬，以及模仿物象的直接構圖、堆疊構圖、線性構圖等，也讓詩行參與書籍的裝幀設計，都是三〇年代上海現代派詩人，以及臺灣詩人早已熟悉的構圖技巧。例如〈鏡子裡的我〉詩行「我 對著鏡子里的 廷 ／端詳」，與徐遲〈裙及其他〉翻轉「我」字手法相同；[268] 另一首〈剎那花開〉最末行「一阵风来 ⌒ 十 乁 满地」拆解花字散落一地，[269] 也與陳黎〈於是聽見雨說話了〉解構「雲」字換來大雨傾盆而下的手法類似。當然《設計詩》不僅僅如此：

---

[268] 朱贏椿《設計詩》，頁3。
[269] 朱贏椿《設計詩》，頁45。

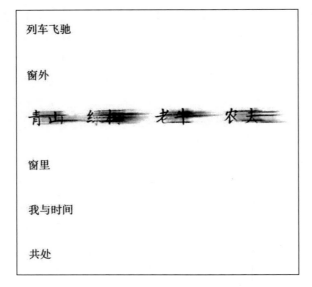

　　這首〈窗裡與窗外〉讓人驚艷（左上圖），[270]將物體、文字刷過延長殘影來表現速度感，是每個美術編輯軟體都會有的基本功能，將這種功能運用於詩行藉此模擬列車窗外快速流轉的風景，發揮了當代文字藝術的技巧，同時又融入詩行之中。如果說「更動字體」自徐遲、鷗外鷗以來，早已成為新詩的創作手法之一，那麼當代藝術字體的運用，又何嘗不可？

　　無獨有偶，2012年上海文藝出版社出版了抽象藝術家許德民的《抽象詩》。除了運用前述提及的多項構圖技巧，最特別的是許德民建構詩行的文字，彼此之間毫無語意關連，如同亂數選字，只為了排列而排列，書中無論是分行詩、齊言詩、圖像詩，雖然有詩行、有詩節、有詩型，「形式上」完全正常，但閱讀時卻無法從中獲得任何有效的敘事內容，就取消敘事的程度而言，走得比林亨

---

[270] 朱贏椿《設計詩》，頁45。

泰的「抽象詩」還要遠。例如這首〈兵草木負〉（右上圖），與顏艾琳的名作〈速度〉一樣都選擇箭頭圖案構圖，但自詩題開始到詩行，無論是直向閱讀或橫向閱讀，文字的作用彷彿是在製造閱讀障礙，而非傳達訊息，唯一能解其意的僅有底下的創作日期「2008」。[271]形式同樣在建構，視覺的、聽覺的「詩行」也都還存在，但內在的「詩句」已經不存在了，新詩糾結許久的「行句分離」在此徹底分開，詩歌成為真正「徒具形式」的藝術品。

創作《設計詩》的朱贏椿與創作《抽象詩》的許德民，除了詩人身分外，主要從事藝術設計工作；日本目前最富盛名的「視覺詩」作者向井周太郎，也是一位國際知名平面設計師，再加上創作「析世鑒」等大量漢字／文字藝術的徐冰，包括中國大陸與日本主要都是由藝術家跨界從事圖像詩的創作，自藝術的角度擴展詩歌藝術的可能，反而詩人鮮少有用文字構圖的意識。唯有臺灣圖像詩的創作是以詩人為主體，五〇年代在接受中國新文學與日本現代主義文學的影響下，卻走向截然不同的道路，在漢字文化圈中獨自發展構圖詩型，以紀弦為首的臺北《現代詩》詩人群，包括林亨泰、白萩、方思，在歷史轉關之處起了決定性的作用，更顯得臺灣經驗的可貴。

以上詳述了新詩的八種基本詩型，所有新詩即是由這八種詩行型態去組合變化，一首詩至少有一個作為主視覺的詩型，也可能由不同的詩型所組成，但不管詩行如何組合變化，大都是以「齊頭型」為基礎，再搭配其他詩型，也可證明齊頭型是新詩分行體中最基本的型態。而詩型之間如何組合搭配，與詩節的調節作用有關，以下將說明如何透過詩節的安排，產生具有多種詩型的混合型詩作，這也是新詩向書面發展，一意擴張視覺形式的最終型態。

---

[271] 許德民《抽象詩》，頁79。

第四節　章節：詩型的調度與銜接

　　新詩形式的基礎是詩行，「節」（或稱「段」）是由「行」所組成。過去由於漢語詩歌為不分行的連續書寫，若必須分節，多半是在分節處加上空格，或是圓圈○，或是直接換行重頭開始，或是以註解隔開等辦法。由於新詩以分行詩為主體，節與節之間多半也以「空行」來分節，或是在空行處再標上數字或英文、注音等可以表示次序的符號。

　　「分節」再往上層是「分章」，再往上層則為「組詩」。「詩章」有時可以指組詩中一篇詩作，有時作為詩篇之內，詩節之上的一個層次單位，但有時「分節」與「分章」卻又可視為同一個單位，而產生章節不分的情況。比如詩經的「重章」手法，實際上以今天的詩歌體式研究來看，「重章」只能算詩歌內部的分節。因此分節、分章，或是組詩，都屬於詩行的擴展、堆疊，依序可視為小節（節）、大節（章）、更大節（組詩），只是因層次的不同而有不同的稱法。

　　「分節」通常是內容、韻律以及形式，三方面的綜合考量，採用分節可使詩歌在這三方面獲得暫時的舒緩，再開始一個新的單元。分節是每首詩展現自身形式的一項重要機制，在視覺上給予人分明的層次，不過分節並非新詩的必要條件，許多詩都不分節，僅以「單節」作為主體，而再多一層「分章」的詩作就更少了。由於古典詩歌不允取每首詩有自己的「體」，對古典詩歌而言，詩的分節、分章多半是一個重複的結構形式。從每節的行數到每行的字數，不同的詩體有不同的規範。古詩、近體詩，皆為連續書寫的不分節的詩歌，又不似歌唱文學有重複的必要，因此結構中不存在分節，但卻常見「分章」。此處指的「分章」大多是重新創作一首相同詩體的詩歌，過去稱為「連作」、「連章」，於今日則稱為「組詩」。比如杜甫〈秋興〉的八首七律，王建〈宮詞〉的百首七絕，

龔自珍〈己亥雜詩〉315首七絕，都是相同的詩體結構的重製，但字句與內容則不同。少數如李商隱〈馬嵬〉二首，其一為七絕，其二為七律。某種意義上，這種不同詩體的組詩型態，相當接近於今日新詩中不同詩型組合為一首詩的情況。傳統的歌唱文學，方具有現代意義上的分節。由於演唱時聲情的表達更勝於書面的紀錄，因此也允許詩節稍有變化，比如詩經和樂府的重章複沓、詞的分闋等等，偶有字句變化，但每章的篇制也不能相差太多。

新詩的分節、分章，除了可以重複相同的結構外，更能銜接不同的詩型，任何詩型都可以並陳於同一首新詩當中。新詩可以不分節就轉換詩型，也可以用分章、組詩進行轉換，但通常以節為單位進行詩型的轉換，每節可以維持相同的詩型，也可以隨著分節轉換不同的詩型。新詩正是透過詩節的調節功能，串起各種不同的詩型。詩節一般是兩行以上成節，但也可以單個符號、單字、單行、單段成節。過去新詩的分節一向以行數來區分，主要分為：不分節、固定行數的分節、不定行數的分節。然而這樣的分類方式，只適用於分行詩，對於不易計算行數的分散型、連書型、構圖型等詩行型態，就失去了判別的依據。因此本文嘗試提出以詩型來區分不同的詩節，可分為四種：

一、單節單一詩型

即單節詩，亦即不分節，是新詩最基本的分節型態，也是最常見的一種分節型態，所有詩節都是這單一詩節的分割，可說是一切詩節變化之母，新詩最初即是由單節詩開始發展。中國新詩在創建初期，新詩分節的發展並不順利。散文詩方面，連書型的詩行是因借助了散文的書寫形式，往往每節開頭也如同散文的分段方式空兩格，以此作為分節的明顯標示，而不必用空行來分節，但與其說是分節，不如說更像散文的分段。分行詩方面，儘管借助了西詩的分

行形式，但過去創作舊詩一向沒有分節的觀念，也因此早期大部分的分行新詩，如同舊詩都是單節成篇，並未採用西詩的空行分節的方式。於是當時主要的兩種詩型，都還未形成現代意義上的詩歌分節，大量的單節詩也成為新詩最初階段的一個特徵。

通常分行短詩容易採用單節，但也不乏長篇卻不分節的作品。出版過《狗樂府》、《美國時間》、《尋歡記》等詩集的詩人阿廖，詩作不論長詩或短詩，幾乎都是單節的分行詩；嚴韻2010年出版的詩集《日光夜景》，當中收錄80首詩，有70首為單節，僅10首分節。都是偏好單節創作的詩人。

二、多節單一詩型

即分節詩，這是今日最常見的分節型態，甚至比單節的詩還常見，一般的分行詩、散文詩、圖像詩，都是採用此種分節方式，透過多節的組合表達單一、特定的詩型。多節單一詩型的分行詩、散文詩極易辨別，白萩知名的〈流浪者〉透過三節來構成一副圖案，則可作為此類構圖型分節詩的代表。最短的分節詩當為兩節的一行一節型態，屬於一種分散型的詩行，前後兩行各自為一個單元，比相鄰的兩行來得更疏離。顧城便創作了不少這類「單行一節」的三節、兩節的詩作，例如〈賽場〉、〈小學〉每節僅有一行，全詩三節；〈知春亭〉、〈白石橋〉、〈平安里〉每節僅有一行，全詩兩節：

平安里

我总听见最好的声音

走廊里的灯　可以关上

1992 年 8 月

這即是新詩最短的分節樣貌，但這樣簡單的形式，發展到這一步卻花了超過半個世紀的時間。[272]

　　新詩第一首分節詩為1918年1月《新青年》4卷1號上劉半農的〈相隔一層紙〉，但劉半農該詩並不是以空行來分節，而是在兩節的首行上方標上「一、二」，以此作為區別，[273]然而這首詩卻又不能單純以今日的分節詩來看待。4卷2號上胡適的〈老鴉〉，也是編號（一）跟（二）；[274]4卷3號上劉半農的〈除夕〉則分為三節，但將數字下移到兩節之間，產生類似空行的作用。[275]下一期4卷4號登出胡適的〈新婚雜詩〉同樣以數字分為五節。[276]這些看似編號分節的新詩作品，實際上是出於舊詩的「連作」概念，應當視為同一個詩題下各自獨立的詩作，也就是組詩。我們看到4卷2號上劉半農的〈遊香山紀事詩〉，[277]這八首押韻的五言白話詩即是以編號區別各首，但我們並不會把這些擁有舊詩形式的五言白話詩視為同一首詩的八小節，這是因為古詩與近體詩都沒有分節的觀念，一個形式單元即是一首。

　　敘事連貫與否，正是分首或分節的判別依據。再回來看劉半農〈相隔一層紙〉，雖然編號代表兩首，內容卻是一內一外呼應，由一張薄紙隔開富裕與貧寒的兩個世界，如同對聯的上句和下句的關係，因此更像是一首詩的前後兩節。4卷2號上胡適的〈老鴉〉，編號（一）跟（二）兩首，敘事也是連貫的：

---

[272] 顧城《顧城詩全集》下卷，頁58、218、782、783、807。

[273] 1918年《新青年》4卷1號，頁42。

[274] 1918年《新青年》4卷2號，頁42。

[275] 1918年《新青年》4卷3號，頁231-232。

[276] 1918年《新青年》4卷4號，頁311-312。

[277] 1918年《新青年》4卷2號，頁42。

老鴉

胡適

六年十二月十一日重讀伊卜生之「國
民公敵」戲本欲作一詩題之是夜夢中
作一詩醒時乃並其題而忘之出門見空
中鴿子始憶夢中詩為「詠鴉與鴿」然
終不能舉其詞因為補作成二章

（一）

我大清早起，
站在人家屋角上啞啞的啼.
人家討嫌我說我不吉利!
我不能呢呢喃喃討人家的歡喜!

（二）

天寒風緊無枝可棲，
我整日裏飛去飛迴整日裏挨飢，
我不能帶著人家帶著轎兒翁翁央央的飛，
也不能叫人家繫在竹竿頭賺一撮黃小米!

第一首老鴉大清早起，說自己被人認為不吉利，第二首則寫出老鴉果然不討喜，整日挨餓的情況。此處胡適所寫的序言相對重要，他自言讀了易卜生的《國民公敵》劇本，想寫一首詩題在劇本前，當晚就在夢中寫了一首，醒來卻都忘了。等到出門見到空中的鴿子，才想起夢中詩題為〈詠鴉與鴿〉，但夢中所寫的內容卻始終想不起來，只能補作成「二章」。對胡適而言，這是兩首詩，寫成兩章，「兩章」在此是「兩首」的意思，但內容的連貫性卻像一首，代表胡適、劉半農這一批最早的新詩人，即便仍採用舊詩的連作寫法，但單首詩分節的概念已經在他們心中萌芽了。

　　《新青年》上這些看似以編號分節的新詩，正是介於不分節的舊詩，與分節的新詩，之間的過渡狀態。此時以空行來區隔的分節詩尚未出現，空行只有在西方分行詩的形式傳統下才可能形成，因此在中國的分行詩成熟之前，要產生空行的分節是不太可能的事，然而延續舊詩的傳統，要產生連作則容易多了，只要再寫一首就好。也因此新詩組詩的出現，竟比空行的分節詩還來得早。在空行分節出現之前，新詩還出現了另一種過渡的分節方式，即以符號分節。《新青年》4卷5號刊出了唐俟的〈夢〉：[278]

---

[278] 1918年《新青年》4卷5號，頁410。

詩

夢

唐俟．

很多的夢趁黃昏起鬨．
前夢纔擠却大前夢時後夢又趕走了前夢．
去的前夢黑如墨在的後夢墨一般黑；
去的在的仿佛都說，「看我真好顏色」
顏色許好暗裏不知；
而且不知道說話的是誰？

＊　＊　＊

暗裏不知身熱頭痛．
你來你來！明白的夢．

〈夢〉這首詩分為兩節，前六行為一節，後兩行為一節，中間以「＊」字號隔開。同期劉半農〈賣蘿蔔人〉分為三節，也是以「＊」字號隔開。[279]之所以採用「＊」而不是空行，是因為中國傳統詩歌屬於連續性的詩行，在排版上除了不分行以外，行與行之間一直都是緊密靠攏。初期的新詩即便分行，整首的詩行也都如舊詩一般靠攏在一起，這正是對舊詩傳統形式的一種繼承，即便當時的中國詩人都能閱讀到西詩的空行方式，要在詩中接納完全空缺的一行，並不是那麼容易。譯詩再度承擔突破漢語詩歌傳統形式的責任，《新青年》5卷2號上刊出劉半農翻譯自泰戈爾的〈著作資格〉，[280]這是中國第一首以空行分節的譯詩，這首橫排詩用了三次空行，將詩歌分成四節。同樣由劉半農翻譯的5卷3號上的《譯詩19首》，當中一首屠格涅夫的散文詩〈狗〉，[281]也是採用空行分節。正是站在譯詩的角度，翻譯時盡量呈現原作的形式，才能將橫排與空行分節，帶進漢語詩歌的視野。

---

[279] 「＊」符號分節見1918年《新青年》4卷5號，頁411-412。另外《新青年》6卷5號也曾出現過以「～～」符號分節；6卷5號胡適也曾以「──」分節；9卷1號大白〈看牡丹底唐花〉則以「○」分節，可見分節方式決定於詩人來稿而非刊物。

[280] 1918年《新青年》5卷2號，頁105。

[281] 1918年《新青年》5卷3號，頁234。

如同「〇」是最後發明的數字，《新青年》直到1919年2月15日出刊的6卷2號，登出周作人的〈小河〉才正式以空行來分節，[282]在此之前都必須填上數字，或「＊」字符號等可見的符號來分節。稍早2月1日出刊的《新潮》第1卷第2號，正好也登出俞平伯〈冬夜之公園〉、傅斯年〈深夜永定門城上晚景〉，[283]兩首詩的發表更早於〈小河〉，都是以空行來分節。

冬夜之公園　俞平伯

「啞！啞！」
隊隊的歸鴉相和相答，
澳茫茫的冷月，
襯着那翠疊疊的濃林，
越顯得枝柯老態如畫。

兩行柏樹夾着蜿蜒石路，
竟不見半個人影。
抬頭看月色，
似煙似霧朦朧的罩着。
遠近幾星燈火，
忽黃忽白不定的閃鑠；——
格外覺得清冷。

鴉都唾了；滿園悄悄無聲。
惟有一個突地裏驚醒，
遶枝飛到那枝，
不知爲甚的叫得這般凄緊！
聽他彷彿說道，
「歸呀！歸呀！」

〈冬夜之公園〉利用空行將一首詩分為三節，外觀上與今日的分行新詩沒有什麼兩樣，正是今日最普遍的新詩形式，完成了分行詩定體的最後步驟。這三詩的出現，標誌分行詩正式成形，至此新詩終於有了簡潔俐落的分節辦法，唯有以空行分節，才能擴展分行形式，從而產生各式各樣蔚為大觀的新詩詩型。

三、單節多種詩型

通常一首詩的詩型在轉換時，會以分節隔開，但有時詩人仍會採用不分節的方式，這時詩型與詩型之間，必然是具有強烈的內在

282　1919年《新青年》6卷2號，頁91-95。
283　兩首詩見1919年《新潮》1卷2號，頁283-284。

聯繫，選擇不分節會比分節更能完整表達，才讓詩人選擇不分節。
單節轉換詩型的詩作較為少見，多半為單種詩型的單節、多節模
式，或是多種詩型的多節模式。

在單節中呈現多種詩型，有兩種方式。第一種方式，是以單一
的形式同時表現兩種詩型型態，比如杜十三〈壇中的母親——泣亡
母〉則是對稱型與構圖型的巧妙拼接；[284]羅智成〈春天〉則是方正
型與構圖型的結合。[285]

第二種方式是不分節直接轉換詩型，像在分行詩中使用連續不
間斷的長句，或是散文詩突然分行，或是分行詩卻具有構圖型的尾
端，皆是此類常見的組合。

四、多節多種詩型

由於一些詩型的轉換過於突兀，不得不分節才能順利銜接，分
節也是轉換詩型最常見的方式。此類主要又分為三種：

兩種詩型的分節轉換。亦即兩節，一節各表現一種詩型，是轉
換詩型是最常見的搭配。紀弦〈三十代〉是錯落型的分行，加上連
書型的長句；〈遠方有七個海笑著〉、〈火柴篇〉則是連書型的散
文詩，再加上一句獨立詩行。[286]此處舉管管〈寂寞〉作為兩節轉換
詩型的代表：[287]第一節為附加標點符號的連書型詩行，即一般的散
文體，第二節的四行分行則為齊頭型，但這四行特別低了四格，與
第一節最末的「糖」字等高，巧妙的安排，讓兩種詩型達到優雅的
平衡。

---

[284] 杜十三《石頭悲傷而成玉》，頁56-57。
[285] 羅智成《擲地無聲書》，頁101-103。
[286] 紀弦《紀弦自選集》，頁104、107、110。
[287] 管管《管管詩選》，頁21。

寂　寞

他的書桌上那一位位小擺設，那一位位小太陽的照片，總是在那麼一
種時間開始款擺著黑眼眼珠跟他呢喃起來，而且還悄悄的走近來給他一種叫
做寂寞的糖

當他抽著煙
當煙想著遠方
當他那另一扇門悄悄的打開
像一枚含羞草

另外也有三節以上卻僅有兩種詩型的詩作，比如林煥彰〈窗〉則是
齊頭型與連書型，交錯進行；[288]白萩〈構成〉第一節為韻律型，後
三節則為齊頭型；[289]陳明臺〈公園〉前六節為空行式的分散型，最
後一節為齊頭型；[290]拾虹〈星期日〉則是方正型再加上一句獨立詩
行。[291]

　　三種詩型的分節轉換，也是常見的分節轉換。鴻鴻〈一路獨
行〉全詩分三個部分，先是詩行置左的齊頭型，接著是每行固定
五字的方正型，最後是以分行隔開的分散型。[292]葉覓覓〈牠們是否
會把我野放呢〉也分為三部分，齊頭型、構圖型與連書型；[293]管管

---

[288] 瘂弦（主編）《天下詩選Ⅱ》，頁41-43。
[289] 趙天儀（等編）《混聲合唱——笠詩選》，頁325。
[290] 趙天儀（等編）《混聲合唱——笠詩選》，頁612。
[291] 趙天儀（等編）《混聲合唱——笠詩選》，頁479。
[292] 鴻鴻《土製炸彈》，頁175-179。
[293] 葉覓覓《順順逆逆》，頁70-71。

〈小丑〉分為四節，前三節為獨立型的句子，第四節則是連書型、齊頭型的結合。[294]

　　四種詩型以上的分節轉換。此類稱得上是大製作，一般長詩才會採用高達四種以上的詩型，洛夫的長詩《漂木》可為代表。其他，像是白萩〈蛾之死〉高達五種分行型態。[295]唐捐〈聲無哀樂論〉其結構分為ABC三章（三大節），每章當中又分為數小節，A章先是減少縮排的連書型散文詩，接著是括號中無縮排限制的連書型散文詩，再來為齊頭型的分行詩，B章全為四言的方正型，最後C章再回到齊頭型的分行詩，共採用了五種分行型態。[296]

　　至此新詩的八種基本分行型態，及四種基本分節型態，已全部介紹完畢。但新詩的形式變化不僅止於此，這只是最基本的詩型變化，新詩還有一種形式變化是古今中外其他詩類都難以企及的，也就是「仿擬」及其「仿擬詩」。[297]不過仿擬所採用的詩型，不出上述八種，屬於詩型的運用，而並非另外開創新的詩型。今日新詩的形式不再囿於分行詩、散文詩、圖像詩等傳統形式的侷限，而是能夠組合拼貼各種詩型、模仿各種物象跟動作，甚至直接從其他敘事文類獲得形式，新詩向書面形式發展已到達顛峰，還有其他可能嗎？

---

[294] 管管《管管詩選》，頁30-31。

[295] 白萩《蛾之死》，頁62-66。

[296] 唐捐《金臂勾》，頁16-23。

[297] 黃心儀將仿擬詩稱為「跨文本圖像詩」，已注意到仿擬詩「跨文本」的特性，但仍視為一種圖像詩，參見黃心儀〈臺灣圖像詩──讓文字越界〉，頁19。然而本文始終認為，除了詩型上皆以構圖型為主以外，圖像詩與仿擬詩在創作原理上、美學上都截然不同，正如同散文詩與札記詩皆以連書詩型為主，卻是截然不同的詩類，因此有必要區分開來，且區分之後更能見到新詩形式的發展歷程。

結論
探索心靈的結構

第一節　語體革新：
從「言文背馳」到「言文一致」

　　說「詩」是一種最極端的修辭也不為過。無論舊詩新詩，「詩」的語法和句式，有時可以等同於口語、書面語，有時卻又具備獨特的語法和句式，與日常口語以及其散文、小說的書面語並不相同，甚至更跳脫最基本的語言規範，成為難以理解其意的文字。漢語詩歌這種不同於口語的語法句式，源自於古體時代音樂對詩歌句式的壓縮：為了歌曲每節固定的節拍，控制每句的字數，形成準齊言的句式；又寧願更動語序，也要將韻腳放在每句的最末字，好便於歌唱。因此將詩歌作為上古語法的語料，必須非常慎重。這種不將一般語法結構視為準則的詩歌傳統，在完成「詩樂分離」之後的近體時代，繼續為格律詩所繼承。四聲八病的格律規範代替音樂的音調節拍，建立更強而有力的理論依據，對詩歌的語法進行干涉：句式上從「準齊言」成為標準的齊言體，韻腳和平仄的要求凌駕在語法正確之上，產生了「對仗」，之後發展出「對聯」一體，許多對子完全不顧日常語法，僅是為了達成「對」的語言遊戲，獲得創造的欣快感受。

　　事實上在唐代以前，例如兩漢文、唐傳奇、六朝詩與唐詩，採用的都是文言語體，詩文的語法、詞彙並非截然兩途，差別僅在於形式上的格律規範，亦即古典漢詩採用了一種特殊的編整形式，其

產生是為了模擬音樂，在「詩樂分離」之後建立自己的韻律節奏。然而從唐代禪門語錄使用當時的白話紀錄之後，逐漸發展成文言、白話兩種書面語系統，文言文是一種延續傳統文獻書面紀錄的語體，白話文則是一種隨時紀錄口語的語體。因此詩歌的語體問題有別於其他敘事文類，存在著「文言與白話」，以及「詩歌與散文」兩種不同層級的「語體分離」情況，這使得詩歌成為傳統文類中，擁有最為牢不可破的形式系統。

　　正如同漢語詩歌在古體和近體的轉換階段，必須處理「詩樂分離」這項難題，而在清末民初，漢語詩歌由近體轉向新體的階段，面臨了另一個重大難題：「言文分離」。中古的詩人雖然終於解決「詩樂分離」後的形式缺失，創建了詩歌自身的格律，不再依傍音樂，卻也同時埋下日後書面語和口語分離的長遠隱憂。這個問題，隨著漢語在近代的激烈變動，也隨之加遽。「詩歌」與「口語」的差距越拉越大，此時的漢語詩歌，一方面積累了大量爛調套語、章法套路，另一方面受限於形式又無法承載新的漢語，使得創作詩歌從詞彙、語法、語序到寫作的章法都呈現一種僵化、飽和的狀態，其中又以律體為最。1868年（同治七年），年僅二十一歲的黃遵憲已經感覺到書面語和當下口語的龐大差距，將這種體會抒發在詩作〈雜感〉五首當中，開篇就寫道：「古文與今言，曠若設疆圍。竟如置重譯，象胥通蠻語。」[1]書面上的古文，竟已如同外文需要重重翻譯才能研讀。除了時間造成的語言差異，也面臨地理人文所造成的語言差異：「我生千載後，語音雜傖楚。」[2]因此若以這套書面語來創作，除了「書面的文」與「口語的言」無法統合以外，還有格律的約束，都讓創作者感到沈重的壓力。

　　胡適認為黃遵憲的〈雜感〉五首「可以算是詩界革命的一種

---

[1]　黃遵憲〈雜感〉其一，《人境廬詩草箋注》，頁40。
[2]　黃遵憲〈雜感〉其一，《人境廬詩草箋注》，頁40。

宣言」，[3]正式揭開現代漢詩的改革之路，作為日後夏曾佑、譚嗣同的「新學詩」、梁啟超的「詩界革命」，以及胡適與《新青年》發起「新文學運動」的一個源頭。有趣的是，這組闡發詩歌理論見解的組詩，並非採用舊詩常見的「論詩絕句」形式，而是一首「論詩五古」。相較於偏愛近體的夏曾佑、譚嗣同和梁啟超，顯然好作古體，鮮少創作近體的黃遵憲，其文學品味更接近於厭惡律詩的胡適。〈文學改良芻議〉諸多文學革命的觀點，都可以在黃遵憲〈雜感〉五首當中見到思想的萌芽。例如「文學改良八事」的第一事「言之有物」，胡適認為文學若無情感與思想，就如同沒有靈魂和思想的美人，即便有「穠麗富厚」的外表，也只是末流罷了：「此文勝之害，所謂言之無物者是也。」[4]其觀念與黃遵憲〈雜感〉其三：「眾生殉文字，蚩蚩一何蠢！可憐古文人，日夕雕肝腎。儷語配華葉，單詞畫蚯蚓。」正好相合，[5]且黃遵憲同樣認為文學的衰弱來自「文勝於質」：「吁嗟東京後，世苶文益振。文勝失則弱，體竭勢已窘。」[6]此語亦接近胡適第四事「不作無病之呻吟」所說的一種不思奮發的「暮氣」。因此胡適希望今後的文學家能像費舒特（Johann Gottlieb Fichte）、瑪志尼（Giuseppe Mazzini）這類振衰起弊、積極宣揚愛國主義的文人，[7]也與黃遵憲「後有王者興，張綱維賢俊。決不以文章，此語吾敢信。」的期待相同。[8]

　　第二事「不摹倣古人」、第六事「不用典」，可參見黃遵憲〈雜感〉其二：「俗儒好尊古，日日故紙研。六經字所無，不敢入詩篇。」[9]守舊文人出於「尊古」的心態，使得詞彙的使用產生制約，正如胡適說的不敢或不能用新的詞彙來創作：「全為以典代

---

[3]　胡適〈五十年來中國之文學〉，《胡適文存》二集（卷二），頁136。
[4]　胡適〈文學改良芻議〉，1917年《新青年》2卷5號，頁2。
[5]　黃遵憲〈雜感〉其三，《人境廬詩草箋注》，頁45。
[6]　黃遵憲〈雜感〉其三，《人境廬詩草箋注》，頁45。
[7]　胡適〈文學改良芻議〉，1917年《新青年》2卷5號，頁4。
[8]　黃遵憲〈雜感〉其三，《人境廬詩草箋注》，頁45。
[9]　黃遵憲〈雜感〉其二，《人境廬詩草箋注》，頁42。

言，自己不能直言」。[10]胡適於第二事底下闡發的「文學革命論」同樣可參見〈雜感〉其二：「黃土同摶人，今古何愚賢。即今忽已古，斷自何代前？」[11]胡適更痛批今日文學大家：「文則下規姚曾，上師韓歐。更上則取法秦漢魏晉，以為六朝以下無文學可言，此皆百步與五十步之別而已，而皆為文學下乘。」[12]也與〈雜感〉其五：「袒漢誇考據，媚宋爭義理。彼此互是非，是非均一鄙。茫茫宇宙間，萬事等兒戲。」批評科舉名士的內容相近。[13]

第五事「務去爛調套語」可參見〈雜感〉其二：「古人棄糟粕，見之口流涎。沿習甘剽盜，妄造叢罪怨。」兩者同樣類似。[14]黃遵憲正是在〈雜感〉其二的最末，寫下了日後作為新文學運動改革標語的知名詩句：「我手寫我口，古豈能拘牽。即今流俗語，我若登簡編。五千年後人，驚為古斕斑。」[15]內容即為胡適「文學改良八事」的第八點「不避俗字俗語」。這裡「古豈能拘牽」的「古」，即指「古制」，也就是古典漢詩的詩體規範，包含一種風格上的「古雅」之意，可見黃遵憲對整個漢語詩歌長期以來的形式與風格已感到強烈厭倦和不滿，尤其這種「古制」排斥了新的、口語的「流俗語」，因此他決定用「流俗語」作詩，以新入古，登於「簡編」，使口語進入書面。但黃遵憲倡議「以流俗語入詩」並不是「以白話取代文言」，其革新只是在舊詩的形式放入具個人特點的口語、俗語，乃至於新名詞等詞彙，只能說是一種選用詞彙的風格，並未對創作所用的文言語體，以及詩歌的形式進行澈底的改革。除此不同外，胡適的「八事」比黃遵憲的「雜感」多了第三事「須講求文法」，以及第七事「不講對仗」。文法與對仗，正與詩

[10] 胡適〈文學改良芻議〉，1917年《新青年》2卷5號，頁7。
[11] 黃遵憲〈雜感〉其二，《人境廬詩草箋注》，頁42。
[12] 胡適〈文學改良芻議〉，1917年《新青年》2卷5號，頁3。
[13] 黃遵憲〈雜感〉其五，《人境廬詩草箋注》，頁49-50。
[14] 黃遵憲〈雜感〉其二，《人境廬詩草箋注》，頁42。
[15] 黃遵憲〈雜感〉其二，《人境廬詩草箋注》，頁42-43。

歌形式的變革密切相關。正因講究文法，過去凌駕於文法之上的格律，頓時失去了理論依據，格律內自成一格的詩歌句法，被胡適視為「不通」，[16]貶低為一種不完整、不清楚的語言表達。為了寫出文法完整的詩句，勢必破除格律。同樣的，不講對仗更明顯是針對格律，胡適認為正由於內容上言之無物，才需要文辭修飾，進而產生了對偶的駢文，以及調聲的平仄，這些格律規範過度束縛創作者的自由，其結果就是無法產生偉大的作品。[17]因此胡適反對詩歌規定字數之多寡、聲之平仄、詞之虛實，不講對仗的目的實為了「廢駢廢律」。[18]

　　白話文文法明確，句意清楚，而長短不一的詞彙以及大量使用虛詞，則不利於對仗。詩歌的形式與語體，兩者相輔相成，顯然胡適〈文學改良芻議〉的論點，都是在為抬高白話文作為創作的主要語體鋪路。過去部分觀點認為胡適的〈文學改良芻議〉受到當時美國詩壇意象派的影響，[19]然而就時間點而言，1916年從2月到8月，胡適陸續完備他的文學改良八事，可見其觀點有過思索和整理的過程，[20]並於年底（約略12月26日之後）投稿〈文學改良雛議〉給《新青年》，巧的是下一條留學日記剪貼了意象派女詩人艾米·洛威爾（Amy Lowell）發表於《紐約時報》書評版的《意象派宣言》關於「意象派詩人的六條原理」英文原文，並自註：「此派所主

---

[16] 胡適〈文學改良芻議〉，1917年《新青年》2卷5號，頁2。

[17] 胡適〈文學改良芻議〉，1917年《新青年》2卷5號，頁9。

[18] 胡適〈文學改良芻議〉，1917年《新青年》2卷5號，頁9。

[19] 關於胡適〈文學改良芻議〉與美國意象派的關係，參見曠新年〈胡適與意象派〉將梁實秋以降的各方觀點，做了總整理。

[20] 曠新年曾對1916年胡適的留學日記做過整理：「胡適文學革命理論主張的形成有一個具體的過程。1916年2月，他在〈留學日記〉中列出了文學革命八項主張中的三項：『第一，須言之有物；第二，須講求文法；第三，當用『文之文字』時不可避之。』他認為『三者皆以質救文勝之弊』1916年4月，在〈吾國文學之三大病〉的札記裡，他又說，『吾國文學大病有三』：『一曰無病而呻。』『二曰摹仿古人。』『三曰言之無物。』這樣，與他文學革命相關的主張一共有了五項。1916年8月他已經完整地列出了『新文學』的『八事』，即《文學改良芻議》的基本內容。」見〈胡適與意象派〉，頁51。

張，與我所主張多相似之處。」[21]

　　胡適既言多有相似之處，我們也就有必要細看洛威爾的「六條原理」。在此引用劉延陵與羅青兩人譯文相互比較，劉譯反映了民初知識份子／詩人對於意象派「六則信條」的理解；羅譯則按原文如實呈現了洛威爾「六則信條」的內容，[22]因此底下的比對分析以羅譯為主，劉譯為輔：

【胡適「文學改良八事」與洛威爾意象派詩人「六條原理」對照表】

〈文學改良芻議〉	艾米·洛威爾意象派詩人「六條原理」	
胡適文學改良八事	劉延陵翻譯[23]	羅青翻譯[24]
一曰須言之有物 二曰不摹倣古人 三曰須講求文法 四曰不作無病之呻吟 五曰務去濫調套語 六曰不用典 七曰不講對仗 八曰不避俗語俗字	一、用尋常說話中的字句，不用死的、僻的、古文中的字句。	一、用口語入詩，用精確的字彙寫詩。
	二、求創造新的韻律以表新的情感，不死守規定的韻律。	二、創造新的節奏，以表達新情緒；不主張自由詩體是唯一的寫詩方法，但主張自由運用任何方法創新；不可抄襲反映舊情緒的舊節奏；新的節奏就是新的觀念。
	三、選擇題目有絕對的自由。	三、有選擇主題的完全自由。
	四、求表現出一個幻象，不作抽象的話。	四、呈現意象，不大而化之，注重描寫特殊。
	五、求作明切了當的詩，不作模糊不明的詩。	五、寫瘦硬而清朗的詩，不寫模糊不定的詩。
	六、相信詩的意思應當集中，不同散文裡的意思可作鬆散的排列。	六、濃縮是詩的第一要素。

我們可看到，第三、四、六條明顯與胡適的八項主張無關。第二條乍看有關，若只注意「不抄襲舊情緒」很容易聯想到胡適第五點「務去爛調套語」與第六點「不用典」，但此條英文原文明確是在

---

[21] 見胡適《胡適留學日記》冊四，1070-1073頁。日記第十九條「近作文字」寫到「文學改良私議」（寄《新青年》），下頁第二十條即為「印像派詩人的六條原理」。

[22] 劉延陵將篇名譯為「六個信條」。

[23] 劉延陵〈美國的新詩運動〉（1922年《詩》1卷2期），頁23。

[24] 羅青〈各取所需論影響——胡適與意象派〉，頁62。

談論節奏（rhythm劉譯為「韻律」）的創新問題，然而1916年胡適尚未有自由體的觀念，所作白話詩仍使用傳統五七言的舊節奏，並未考量創造新節奏，因此第二條在這時並未對胡適造成影響；第五條洛威爾則是就詩作的風格而言，認為詩作的意思必須明確了當，與胡適第一點「須言之有物」、第三點「須講求文法」、第四點「不作無病之呻吟」的內容都有關連；最後，第一條「用口語入詩」則與胡適第八點「不避俗字俗語」，這也是胡適與意象派詩人之間主張完全相同的一點，甚至也與黃遵憲「流俗語入詩」的看法相同。然而劉延陵所譯第一條，過度帶入時人抨擊舊詩的概念，與洛威爾原內容不符，反應了劉延陵試圖連結新詩與美國意象派的關連。

或許是參考了劉延陵的翻譯，1926年3月25日《晨報副刊》上梁實秋〈現代中國文學之浪漫的趨勢〉一文誤以為意象派的六則信條與胡適的文學改良八事條條吻合：「主要的如不用典，不用陳腐的套語，幾乎條條都我們中國提倡白話文的主旨吻合。所以我想，白話文運動是由外國影響而起。」[25]梁實秋錯誤的論點，卻被朱自清寫進〈《中國新文學大系》第八集「詩集」‧導言〉當中：「不過最大的影響是外國的影響。梁實秋氏說外國的影響是白話文運動的導火線：他指出美國印象主義者六戒條裡也有不用典，不用陳腐的套話；新式標點和詩的分段分行，也是模仿外國；而外國文學的翻譯，更是明證。」[26]因而影響甚遠。綜觀朱自清大系導言，過度影射了新詩各種和西方詩歌的關連性，呈現一種「疑西情節」，使得新詩始終擺脫不了班弄西方詩歌形式的質疑，引導了日後關於「詩歌翻譯」和「語體西化」的新詩研究方向。

經過整理對照，我們可以理解胡適為何在看到洛威爾的六則信條後，為何覺得有相合之處。然而兩者之間還是有很大的不同，最主要的原因在於，就目的論而言，意象派的六則信條在處理的議題

---

[25] 梁實秋〈現代中國文學之浪漫的趨勢〉，1926年3月25日《晨報副刊》，頁58。
[26] 朱自清〈《中國新文學大系》第八集「詩集」‧導言〉，頁1。

與胡適是不同層級。關於這點王珂早已點明：「意象派運動是純粹的詩歌運動，準確地說是詩的技巧上及詩的寫法上的改良，並不太涉及詩的語言，特別是詩體的大變革。」[27]在意象派之前，惠特曼與波特萊爾等輩的詩人，早已建立起分行體以及散文體的自由詩傳統。意象派之於西方詩歌的地位，正如同藍星詩社、創世紀詩社之於中國新詩的地位，它並未創建語體，也未創建詩體。意象派的目的並非是要推翻自由詩，相反的是要提煉寫作技巧跟美學深度來鞏固自由詩的形式。對於詩體的革新意識，意象派甚至不如年輕時就意識到漢語詩歌早已「言文分離」黃遵憲。而胡適與惠特曼、波特萊爾所做的工作較為接近，但更為艱難，惠特曼、波特萊爾的功績在於創建新的詩體「自由體」，但卻繼續使用之前格律詩體所使用的語體。

胡適與黃遵憲質疑的正是「詩歌」這整套系統，在書面與口語之間、古與今之間，早已形成兩套相距甚遠的語法系統，而他們相信「口語」的這個系統，懷疑「書面的詩歌」那個系統。只是礙於時代的侷限，黃遵憲仍把流俗語視為形塑新風格的「詞彙」（美國意象派亦是），但胡適已把俗語俗字視為通盤取代文言的「語體」。這也是黃遵憲、洛威爾「用口語入詩」所不曾設想過的事。胡適在第八點「不避俗字俗語」中，直指中國長期以來存在「言文背馳」的情況，他從文學發展史的趨勢判斷：「古人說，『工欲善其事，必先利其器』文字者，文學之器也。我私心以為文言決不足為吾國將來文學之利器。」[28]要徹底解決這個問題唯有將「白話」扶正，使白話成為文學的語言，中國才會有活文學出現，但丁（Dante Alighieri）和馬丁・路德（Martin Luther）的偉業才可能發

---

[27] 王珂〈胡適沒有受到意象派的真正影響——兼論胡適提出「作詩如作文」的原因〉，頁208。
[28] 胡適〈嘗試集自序〉，《嘗試集》初版，頁35。

生於神州。[29]胡適決定以白話解決「言文背馳」的漢語書寫困境始於1916年4月5日夜晚，他在《留學日記》寫下，若非元代盛極一時的白話文學潮流在明代中輟：「則吾國之文學已成俚語的文學；而吾國之語言早成為言文一致之語言，可無疑也。但丁之創意大利文學，卻叟輩之創英文學，路得之創德文學，未足獨有千古矣。惜乎五百餘年來，半死之古文，半死之詩詞，復奪此『活文學』之席，而『半死文學』遂苟延殘喘以至於今日。」[30]因此在胡適心中，俗字俗語是一套方法，是「文學之器」，而不只是一種建立個人詩風的詞彙選取。唯有如此，方能如同歐洲文藝復興時期，以各地俚語的活文學代拉丁文之死文學：「有活文學而後有言文合一之國語也。」[31]這才是胡適撰寫〈文學改良芻議〉，提出針對舊文學的文學改良八事的最終目的。

　　因此當梅光迪1916年7月24日來信說：「蓋今之西洋詩界，若足下之張革命旗者，亦數見不鮮。」並舉例最知名的有未來主義、意象派、自由詩以及各種文學和藝術的頹廢主義（Decadent movements），認為這些流派都與胡適的「俗話詩」同個流派，認為只是「詭立名字，號召徒眾，以眩世人之耳目」，奉勸胡適「勿剽竊此種不值錢之新潮流以哄國人也。」[32]面對這種嚴厲的指控，胡適非常不服氣地反駁：

> 我主張的文學革命，只是就中國今日文學的現狀立論；和歐美的文學新潮流並沒有關係；有時借鏡於西洋文學史，也不過舉出三四百年前歐洲各國產生「國語的文學」的歷史，因為中國今日國語文學的需要很像歐洲當時的情形，我們研

---

[29]　胡適〈文學改良芻議〉，頁10。
[30]　胡適〈嘗試集自序〉，《嘗試集》初版，頁26-27。
[31]　胡適〈文學改良芻議〉，頁10。
[32]　胡適〈嘗試集自序〉，《嘗試集》初版，頁31-32。

究他們的成績，也許使我們減少一點守舊性，增添一點勇
氣。[33]

對胡適而言，他與歐洲各種文藝的新潮流，兩者的工作根本在不同
個層級上，他所面臨的中國現況更像是三四百年前「言文分離」的
歐洲，胡適始終非常清楚他所處的歷史階段任務以及中國本位。如
同夏志清後來的判斷：「好多學者（連我自己在內）認為胡適提倡
白話詩，是直接受了『意象派』詩人Imagist Poets的影響。其實他
『文學革命』的主張建立於他對中國以及歐西諸國文學演變史的瞭
解，與當時英美詩界的革新運動是無關的。」[34]美國意象派六則信
條並未成為胡適文學革命的理論基礎，反而薛謝兒（Edith Sichel）
的著作《文藝復興》（Renaissance）[35]，以及黃遵憲的〈雜感〉五首
對胡適當時的啟蒙更大。我們也必須從文藝復興、清末民初所處的
文學典範轉移的階段，來思考中國新詩的誕生，而不是從意象派等
西方文學社團，或是現代主義的藝文思潮的角度來尋覓其影響。即
便這些現代主義流派之間的理論和作品爭奇鬥艷，但所寫的詩歌都
是繼承自前階段的語體和形式。胡適的文學改良八事早已有腹稿，
有基於此，意象派的六條原理對胡適的影響更可能是在新詩定體之
後，作為新詩寫作技巧的建議。此時1916年新詩的主導形式「分行
自由體」尚未成形，胡適即便留意到意象派的言論，也必須等到
1917年7月他離開美國返抵中國之後之後才有可能施展了。[36]日後胡
適的詩作〈鴿子〉、〈老鴉〉、〈一顆星兒〉，甚至是最早寫在美
國的〈朋友〉，都或多或少有意象派詩作呈現意象、明切了當的風

[33] 胡適〈嘗試集自序〉，《嘗試集》初版，頁32。
[34] 夏志清〈新文學初期作家陳衡哲及其作品選錄〉，1979《現代文學》復刊第6期，頁62。
[35] 關於胡適閱讀薛謝兒《文藝復興》的時間點以及啟發，詳見程巍〈胡適版的「歐洲
各國國語史」：作為旁證的偽證〉，頁8-20，以及李貴生〈論胡適中國文藝復興論述
的來源及其作用〉（《漢學研究》31卷1期，2013年3月），頁219-252。
[36] 見本文第一章「從破體到定體：新形式帶來新詩歌」，詳述1917年胡適回國後與《新
青年》同仁們如何共同創建新詩之體。

格，但僅止於詩作風格。

正因為改革的立足點不同，這也使得胡適與《新青年》的詩人們在新詩史上具有超然的地位，唯有他們處於新詩形式的「生成階段」，之後的詩人都屬於新詩形式的「建構階段」。當詩歌基本的形式原則確立之後，新詩人即可將所思所想透過詩歌的各種形式變化來呈現，剩下的只有詩人發展不同風格的問題。正如學者熊輝著作的名字《外國詩歌的翻譯與中國現代新詩的文體建構》，西方詩歌對於中國新詩形式發展的參與、影響，主要還是在建構，而不是生成。過去律體的誕生成功克服了「詩樂分離」的難題，那麼胡適所創建的漢語分行自由詩，是否達成「言文一致」的目標，解決了漢語詩歌長期以來「言文分離」的情況？追究這個問題，或許我們應從新詩美學的建立來尋找答案。

第二節　形式革新：
從「言之有物」到「詩體解放」

胡適承續清末以來知識份子／詩人所思考的問題，再加上自己多年的思索、耙梳，同時研究了東西方文學發展的脈絡，最後於理論上得出〈文學改良芻議〉中的八項改良方案，而在作品的實踐上則有白話詩、白話詞的推出。誠如曠新年所言：「胡適的文學革命的八項主張幾乎都可以在中國傳統文論中找到直接的根據或類似的議論。」[37]不過我們不必無限上綱到古代各個評論家的觀點，胡適的文學革命觀有很大的部分明顯承續自晚清黃遵憲的〈雜感〉五首。然而要解決漢語詩歌「言文分離」的千載難題，並不是翻新內容、風格，或者置入新名詞就能解決。從黃遵憲、夏曾佑、譚嗣同到梁啟超的嘗試，書面與口語的關係並未因此拉近，這些作法反而

---

[37] 曠新年〈胡適與意象派〉，頁51。

證明詩歌、文學，乃至於整個漢文的書面系統「言文」的距離正隨著西化不斷被拉大，尤其詩歌這塊領域，完全跟不上口語中新名詞、歐化白話的腳步，存在無論如何都彌補不了的鴻溝。

　　幸而白話小說的傳統自宋元代以來未曾中斷，加上清末「新民體」等白話散文率先嘗試成功，給了漢語詩歌的改革一絲希望，證明白話文可以作為優秀的書面語使用。當新的語體工具，也就是白話文已經具備之後，所欠缺的就是詩歌形式的改革了。胡適〈文學改良芻議〉的第八點「不避俗字俗語」延續黃遵憲對於「流俗語」的關注，正式提出將白話作為「文學語言」，從詞彙的替換上升到語體的替換，使得常見於小說、散文的白話文，進入到詩詞之中。當胡適選定白話為語體後，下一步就是「作詩如作文」：「詩國革命何自始？要須作詩如作文。琢鏤粉飾喪元氣，貌似未必詩之純。」[38]胡適以詩聲明漢詩改革的第一步，即統一詩歌與其他敘事文類共同採用同一種語體，使原本的二元敘事系統，變為一元，達到「言文一致」，繼而改變漢語詩歌長期以來「文勝於質」，徒有華麗文彩，實則言之無物的假象。然而胡適好友梅光迪卻質疑：「詩文截然兩途。詩之文字與文之文字，自有詩文以來，無論中西，已分道而馳。」[39]認為「詩之文字」與「文之文字」有所區別，意即詩與文兩者，從詞彙、語法到格調，都有所不同，並不能隨意替換。梅光迪將「言文分離」視為先天上的區別，但胡適反而認為今天「書面和口語」、「詩和文」之間，用字遣詞以及語法、格調上的區別都是後天造成的，認為舊詩的病根「就在於重形式而去精神，在於以文勝質。」[40]長期以來這種形式美的偏好，維持了舊詩的格律形式和內部的語法結構，隔開了言與文的距離。過去黃遵憲就對此有過呼籲：「吁嗟東京後，世苶文益振。文勝失則弱，

---

[38]　胡適〈嘗試集自序〉，《嘗試集》初版，頁23。
[39]　胡適〈嘗試集自序〉，《嘗試集》初版，頁24。
[40]　胡適〈嘗試集自序〉，《嘗試集》初版，頁24。

體竭勢已窮。」[41]到了胡適這一代,透過西方語法學的知識,胡適拆穿了詩與文之間本不存在相異的語法:『「詩之文字」原不異『文之文字』:正如詩之文法原不異文之文法也。」按照語法學的觀點,一種語言只會有一套文法。

　　此時的胡適認為,一直以來詩文的語體之分都是審美品味所致,前述「琢鏤粉飾喪元氣,貌似未必詩之純。」以及提出「言之有物」的觀點,都是在反駁格律形式下所造成的審美偏好,並非選對詞彙、調好聲調就是詩,他反而欣賞樸實無華以白描手法寫成的詩作,認為這類詩:「詩味在骨子裡,在質不在文!」[42]於文法學的基礎上,所有文辭的語法都是一樣,詞彙之間也不存在高貴低下之分,「詩的文字」與「文的文字」不僅無法區分,也沒有這個必要,內容具有詩味才是最重要的:「注重之點在言中的『物』,故不問所用的文字是詩的文字還是文的文字。」[43]胡適這段分析非常重要,這是新詩美學的初次建立。新詩的誕生,從最初就伴隨著剝除形式,直以敘事上的內容作為詩之所以為詩的核心。正是這種新詩美學的建立,才使得往後任何形式的建構,都無法撼動這是一首新詩的判斷,使新詩得以容納所有的形式。某種意義上來說,此後詩將開始「不具形體」,這種觀念更在新詩取得自身的形式原則之後,逐漸加強。

　　過去我們以為這種新詩美學觀,來自於西方現代主義詩歌全球化下的翻譯經驗,因為翻譯,才使得詩歌的形式被剝除,僅剩內容,然而至少對漢語詩歌來說並非如此。胡適在此所論的都是古典漢詩,以及如何以白話創作新的漢語詩歌。的確,這種詩歌美學的啟發同樣來自於「翻譯」,但所譯的對象卻不是西方詩歌,而是古典漢詩;所採用的翻譯工具則是白話,屬於漢語詩歌內部之間語體轉換的一種美學體會。胡適不再將形式作為詩歌唯一的判斷標準,

---

[41] 黃遵憲〈雜感〉其三,見《人境廬詩草箋注》,頁45。
[42] 胡適〈嘗試集自序〉,《嘗試集》初版,頁25。
[43] 胡適〈嘗試集自序〉,《嘗試集》初版,頁25。

這並非他個人的發明，而是萌芽於清末民初的一種新的詩觀。試舉一個當時較極端的例子：

◎一字詩　山東德縣　閻東魁

我鄉同族中有閻珍者，兄弟四人，珍居末，聰敏過人，諸兄皆不及，邑中有神童之名，性好滑稽，專喜作一字詩，昔年九歲時，和三個哥哥同到北京去趕考。途中頗覺無聊，大哥說道：我等何不作詩，以消寂寞，諸弟皆曰善。大哥遂先說道：『不知誰得中，』二哥說：『前去求功名，』三哥說：『兄弟去北京，』臨到最後，該珍收尾，不覺滑稽性來，張口應道：『命！』引得諸兄及車夫都大笑，等到考試揭曉，諸兄都落後，惟珍獨中，由京回鄉時，途中忽遇天降大霧，失迷路徑，遠遠的看見前邊有兩座樹林，大哥說道：『遠看兩座林，』二哥說：『人家在裏存，』三哥說：『不知那邊走，』珍又應聲說道：『問。』可謂滑稽之極了。

1923年12月上海《少年》月刊的「少年談話會」專欄，登出閻東魁來稿的〈一字詩〉。[44]內容描述一位神童「閻珍」，個性滑稽，喜好創作「一字詩」，九歲時曾陪同三位哥哥到北京趕考，途中兄弟們作詩消遣，採用分句唱和的方式，四個人剛好一人分配一句，三位哥哥都是創作正規的五言詩句，原本理應也是回答五言詩句的閻珍，卻刻意回答一個字，總結該首詩，不過這一字有符合韻腳，幫助融入詩篇當中。不論此事是否屬實，1905年清朝廢除科舉，故事恐怕在民國之前，甚至新詩誕生之前已經在山東鄉里流傳。閻珍的「一字詩」之所以被認可為詩（或詩的一部分），在於這個字所表現的意趣，也就是胡適所說的詩味。實際上閻珍只要夠創意，二字、三字，或五字以上，都能被其他人認可為詩。當這個故事出現，代表民間已經能夠接受打破舊詩的固定篇製，將詩意作為一首詩的評斷標準，儘管可能是被列為打油詩。此外，首先接受閻珍一字詩的人，是他赴京趕考的哥哥，而閻珍本人也考中功名，代表知識份子也接受這種趣味，認可這類跳脫篇製的詩。至於九歲能考中

---

[44]　1923年《少年》月刊13卷12期，頁85。

何種功名則不曉得了，畢竟是則故事。

　　回過頭來看，胡適試圖從美學的角度進行澄清，說服大眾接受「作詩如作文」，文字之間並無「詩的文字」與「文的文字」之分，而只有「詩味」與「不具詩味」的區別。對當時的大眾而言，要接受這樣的看法可能並不困難，胡適自己便相信了，刊登〈文學改良芻議〉的陳獨秀與《新青年》的諸多年輕讀者也同樣相信，好比前述閻珍的一字詩，雖然是笑話，卻是建立在廣泛的認識基礎上才能讓所有人認同。然而胡適看似完美的論點很快就碰壁，他的白話詩與白話詞，即便已經改用白話文，努力使內容「言之有物」，也在「不講對仗」的原則下廢除平仄格律，質已勝於文，卻依然充滿舊詩氣息，畫虎不成反類犬的結果，只是收到藝術性遠低於舊詩的評價。顯然「文學改良八事」對於詩歌並沒有起到成功的指導作用。1916年胡適一封寫給陳獨秀的信中，已提到文學改良八事，並將不用典、不用陳套語、不講對仗（文當廢駢，詩當廢律）、不避俗字俗語（不嫌以白話作詩詞）、需講求文法之結構，五項視為「形式上之革命也」；而將不作無病之呻吟、不摹倣古人語語須有個我在、須言之有物，三項視為「精神上之革命也」。[45]

一曰不用典。
二曰不用陳套語。
三曰不講對仗（文當廢駢，詩當廢律）
四曰不避俗字俗語（不嫌以白話作詩詞）
五曰須講求文法之結構
此皆形式上之革命也
六曰不作無病之呻吟
七曰不摹倣古人語語須有個我在。
八曰須言之有物
此皆精神上之革命也。

---

[45]　1916年《新青年》2卷2號，通信欄，頁2-3。

信中提到的八事，除了次序稍有不同並略微補充外，與〈文學改良芻議〉中列舉的八事完全相同。五項形式改良方案，胡適已經革掉「律體」，卻因保留了「古體」的形式特徵「齊言」與「用韻」，造成白話詩仍然是舊詩的外觀；同樣的，白話詞即便內部已去除格律，卻仍維持詞調的章法字數，更何況平仄去除得不是很乾淨。且文學改良八事都是站在否定舊詩形式的立場，因而也被稱為「八不主義」，已有自由詩否定任何定型形式的特質，但對於新的詩歌究竟該具有怎的形式卻沒有著墨。顯然除了這八事以外，新的詩歌尚需要其他要素來催生。

胡適寫於1918年6月7日的《嘗試集》第二編初稿本自序，是瞭解胡適如何由白話詩轉為新詩，建立起新詩基本形式「分行自由體」的重要文獻。胡適在這篇自序中說道，促成第一編中白話詩的創作，主要是「叔永、杏佛、經農、覲莊、衡哲五個人的功。」來到北京後的詩，也就是新詩，則是「尹默、玄同、半農三個人的影響。」[46]關於這三人對於新詩定體的功勞，見本書第一章「從破體到定體：新形式帶來新詩歌」，此處我們主要來看胡適本人的體會。胡適在《嘗試集》第二編初稿本自序中說道：

> 這一編與第一編不同之處全在詩體更自由了。這個詩體自由的趨向，我曾叫他做「詩體的釋放」（Emancipation of the poetic form）。詩體有四個部分：一是用的字，二是用的文法，三是句子的長短，四是音節。（音節包括「韻」與「音調」等等。）音節是釋放與未釋放的詩體都該有的。如「關門閉之掩柴扉」，以音節論，有什麼毛病可指摘？姑且不論。我的第一編只做的第一、第二兩層的一部分。只因為不曾做到第

---

[46] 胡適《嘗試集》第二編初稿本是在2009年秋季杭州西泠印社拍賣會上重見於世，此篇自序轉引自陳子善〈新發現的胡適《嘗試集》第二編自序〉，刊於2011年12月17日《東方早報》上海書評版。陳子善於該文中完整引述了這篇自序。

三步的釋放，故不能不省時夾用文言的字與文言的文法。後來因玄同指出我的白話詩裡許多不白話的所在，我方才覺得要做到第一第二兩層，非從第三層下手不可。所以這一編的詩差不多全是長短不齊的句子。這是我自己的詩體大釋放。自經這一步的釋放，詩體更自由了，達意表情也就能更曲折如意了。如《老鴉》一首，若非詩體釋放，決不能做這種詩。若把《老洛伯》一篇比《去國集》裡的《哀希臘》十六章，那更不用說了。

胡適將詩體分成「文字」、「文法」、「句式」（句子的長短）、「音節」，四個部分，認為白話詩只做到文字、文法的釋放，卻因未做到句式的釋放，造成白話文被逼得「夾用文言的字與文言的文法」，變得不白話。先前胡適過度樂觀地看好語體於詩歌內部的功效，試圖將詩的界定由形式轉向內容，注重詩歌「質」的提升，忽略作為外在容器的詩歌形式，對於整體詩歌的風格具有決定性。直到白話詩的失敗，胡適才體悟「作詩如作文」若要成立，就必須打破詩歌固有的篇製，不然在五七言中放進任何白話詞彙、句子，立即成了五七言的語法和內容，作詩永遠是作舊詩。在齊言句式下，白話文根本無法施展，讀起來都像舊詩詞，也使得「講求文法」如同虛設，依舊是被壓縮的舊詩語法。

正如同〈文學改良芻議〉所述，白話文取代文言文是中國文學演變的自然趨勢，在《嘗試集》第二編初稿本自序，胡適同樣以「文學進化論」作為自己打破舊詩齊言句式的理論支撐：

> 這種詩體的釋放，依我看來，正合中國文學史上的自然趨勢。詩變為詞，詞變為曲，只不過是這三層（字，文法，句的長短）的釋放。詞是長短句了，但還有一定的字數和平仄。曲的長短句中，可加襯字，又平仄更可通融了，但還有

曲牌和套數的限制。我們現在的詩體大釋放，把從前一切束
縛自由的枷鎖鐐銬，攏統推翻：有什麼話，說什麼話；要怎
麼說，就怎麼說。詩的內容，我不配自己下批評，但單就形
式上，詩體上，看來，這也可算得進一步了。

這裡胡適首次提到「詩體的釋放」，說明自己如何從詩體、詞體到
曲體的演變，看到句式釋放的自然趨勢。此時胡適尚未察覺一旦句
式的長短自由了，音節也同時釋放了，日後胡適將在〈談新詩〉說
明白話詩具有一種「自然的音節」。因此詩體的四個部分，隨著
「不避俗字俗語」和「詩體釋放」的提出，已經全部被打開了，中
國首次誕生不受任何定型規範的自由體詩歌。但新詩的基本形式除
了「自由體」之外，還有「分行形式」，兩種形式必須合一才能構
成日後主導整個漢語詩歌的「分行自由體」新詩。

　　漢語詩歌「分行體」的出現，比「自由體」早了一年，而且
是一個純粹來自西方詩歌的形式特徵。或許因留學紐約，受西方詩
歌直接的影響，胡適很明顯為最初發表的白話詩八首進行各種「分
行」嘗試，詩行獨自成行，不再像傳統詩文般「連書」，〈朋友〉
一首更採用西方詩歌常見的高低格，為漢語詩歌帶來了新的排列方
式。白話詩實則綜合了古今中外多項詩歌形式的特點，一方面白話
詩尚未完全除去舊詩的形式特徵，卻也未建立起新的形式特徵，陷
入不古不今的尷尬狀態。而在白話詩身上，這種源自西方的形式特
徵──「分行排列」是漢語詩歌形式發展史上最重要的變革之一，
新詩的形式意識，正是從白話詩開始。

　　無論如何，1918年1月《新青年》4卷1號上刊登的第一批新
詩，已經有半數是「分行自由體」，其中「分行」直接移植西方詩
歌的形式，而「自由體」則延續自中國傳統句式的解放趨勢，新詩
形式也就在綜合東西形式特點的情況下誕生了。胡適之所以強調文
學進化的角度，意在聲明中國自由詩的誕生有自身的演化道路，與

西方自由詩無關，除此之外，在他改用白話語體，以及作詩如作文的方針下，句式遲早會解放。現代漢詩以自由體的樣貌出現，並非直接挪用西方自由詩的形式，而是經歷過一連串辯證和實踐的過程，才會有先放入白話跟分行，發現不足之後再打破句式的失敗經驗。胡適大量的日記、書信、文章，都可作為明證。更何況「替換語體」與「打破詩體」，並不一定要同時做兩件事，若是直接移植西方的自由體詩歌，大可維持文言語體的使用，例如張鳳《活體詩》即是文言的分行詩。[47]梅光迪「所謂白話詩者，純拾自由詩（Vers libre）及美國近年來形象主義（Imagism）之餘唾。」[48]除了刻意貶低胡適等新詩人的成就，批評其缺乏原創性，但在時間點上、事實證據上都站不住腳。

　　胡適對於自己為何採用西方的「分行形式」從未公開說明過，僅於留學日記中多次嘗試分行的排法，一方面很可能出於自然而然；另一方面，如此沉默可能也是為了淡化西方詩歌對漢語詩歌現代化進程的影響，避免被誇大了西方詩歌在此階段的作用。胡適本人以及《新青年》參與新詩創建的同仁，都持同樣的觀點：新詩是中國詩歌自然趨勢下的發展，並非模仿西方詩歌橫空出世，具有可資檢視的進化過程。這也是本文一再強調的，若沒有仔細檢視新詩形式生成與建構的歷史，單從歐化白話與西方詩歌譯介的角度就要探詢新詩生成的原因，極易得出新詩完全移植自西方詩歌的論點，但這並非歷史事實。新詩形式的生成之因以及建構過程中受到的影響，這些祕密就蘊藏在新詩的形式之中。

　　返抵中國的胡適，面對《新青年》同仁的詰難，他才意識到必須為白話文提供一個新的詩歌形式，讓白話文流暢地表達「文的特質」，呈現白話文語法精確、意義清楚明晰、情感直率的優點。

---

[47]　張鳳《活體詩》，上海：群眾圖書公司，1935年12月。

[48]　梅光迪〈評提倡新文化者〉，收入《中國新文學大系・文學論爭集》，上海：良友圖書公司，1935年，第129頁。

胡適徹底領悟要讓詩歌達到「言文一致」，最關鍵處就在於詩歌的形式，如此才能真正突破當年黃遵憲、夏曾佑、譚嗣同、梁啟超等人以流俗語入詩、以新名詞入詩，卻始終為格律所宥的舊詩屏障。且這個新的詩歌形式，不僅必須是「詩的形式」還必須具有「文的形式」特質，才能讓白話文發揮，於是沒有字數限定的長短句，正是最佳選擇。然而光有「文的形式」還不夠，「作詩如作文」也帶來一個新的問題，當新詩與散文共用了句式不定的長短句，兩者在外觀上也變得無法區分，這時新詩的形式將過於偏向「文」的形式特徵，而不會讓人覺得是「詩」。新詩若要成體，就必須在「文的形式」的基礎上，再給予一個強而有力的詩歌識別特徵，長期以來西方詩歌所採用的分行形式，也就因此進入胡適的視野中。將詩歌「分行」是一種立即能夠賦予作品詩歌識別特徵，且又能保留散文句式的絕佳方式。西方詩歌的分行傳統，正可為新詩的分行形式奠定詩歌的標籤，在西潮湧入當下，極易讓讀者對新詩建立起詩歌的印象，分行也就成了劃分詩和文最方便的作法。

若要使「文」等敘事文類達到「言文一致」，晚清小說、梁啟超的新民體已經初步達成了。但胡適的目標是整個書面系統完成語體的轉換，這就必須包括詩歌在內，以白話徹底代替文言，達到全面的「言文一致」，才有「活文學」也就是「新文學」出現。但當時漢語詩歌的格律形式如同一層保護膜，長期以來維持詩歌文言語體的使用，從這個角度來看，舊詩內部的語體和形式早已達到高度融合，外部則與口語所用的語體彼此分離。面對精巧且穩固的舊詩格律，胡適分別從三個面向突破，即在語體上用「白話」取代「文言」；在句式上用「長短句」取代「齊言等句」；在形式上，則用「分行」取代「格律」，完成漢語詩歌現代化的轉型。當新詩打破格律後，詩文兩途也就不再是問題，此時「詩」與「文」重新回到同一種語體，但並非過去一統書面的文言文，而是等同口語的白話文，也就是「詩」與「文」都是一種口語的書面呈現，在語法上、

形式上不再有區別，胡適所希望的「言文一致」終於達成。

　　儘管分行成了詩文之間常見的一道防線，但這條防線並非那麼可靠。散文詩、圖像詩的發展，都證明在某些情況下，分行是可以略而不計的，並不影響詩的判斷。就這點而言，若撤除分行形式，實際上漢語詩歌倚賴著自身的努力，已經具備獨自成為一種現代人詩歌的基本能力，未必要援引分行等西方詩歌的形式，沈尹默能夠在當時創立中式韻律散文詩，以及後來的札記體詩歌，皆是顯著的例子。當詩歌與散文在外觀的形式上變得不易區別，內容有沒有「詩意」就成了判別詩文的唯一標準。因此胡適「詩體的釋放」和「言之有物」是相離不開的：「把從前一切束縛自由的枷鎖鐐銬，攏統推翻：有什麼話，說什麼話；要怎麼說，就怎麼說。」[49]這段不僅是新詩形式的指導，也是新詩美學的指導，形式的解放對應的是思維的解放，思維到哪，就創作到哪；思維怎麼想像，形式就怎麼架構。1922年11月《詩》1卷5號登出陳斯白的雜詩，在詩前有一段寫於6月24日的序文，坦露他寫作新詩的心得：

　　　　我以為寫詩全憑靈感；感到那裡，就寫到那裡；那怕只有一句，就寫一句；一句也可以成好詩的，不必硬湊。
　　　　舊體詩的最大缺點，就是在遷就：詩要調平仄，限韻腳，那猶其餘事；頂不講體的，就是我只有一個意思，若是要發表成詩，必定是要鋪張成八句或四句的；但人的思想，絕不會如此勻稱的，一想就是八句或四句；因此舊詩的調子，是越過越濫，越做越像死蛇斷綆，——竟有些詩，說了一大篇老套頭的話，半點意思沒有的，那又何必多費紙墨呢！[50]

---

[49]　陳子善〈新發現的胡適《嘗試集》第二編自序〉（1918年6月7日夜作），刊於2011年12月17日《東方早報》上海書評版。
[50]　陳斯白〈雜詩〉詩前序，1922年《詩》1卷5號，頁47。

陳斯白認為新詩是靈感的呈現，形式的長短都不妨礙一首詩的成立。創作新詩，沒有必要為了完整某個詩體的形式，添加內容或刪減內容，新詩內容至上的優點，正暴露了舊詩形式的缺點。新詩的形式不再是那種鐵板一塊，遵循著各種詩體規範的「硬形式」，反而是隨著思想隨時變化的「軟形式」。廢名著名的詩論〈新詩應該是自由詩〉針對胡適「詩體的釋放」進行個人的闡發：[51]

> 有一天我又偶然寫得一首新詩，我乃大有所觸發，我發現了一個界線，如果要做新詩，一定要使這個詩是詩的內容，而寫這個詩的文學要用散文的文字。已往的詩文學，無論舊詩也好，詞也好，乃是散文的內容，而其所用的文學是詩的文學。我們只要有了這個詩的內容，我們就可以大膽的寫我們的新詩，不受一切的束縛，「不拘格律，不拘平仄，不拘長短；有什麼題目，做什麼詩；詩該怎樣做，就怎樣做。」我們寫的是詩，我們用的文字是散文的文字，就是所謂自由詩。這與西洋的「散文詩」不可相提並論。中國的新詩，即是說用散文的文字寫詩，乃是從中國已往的詩文學觀察出來的。

「新詩應該是自由詩」這是廢名談新詩的一個很有名的觀點，而決定新詩是自由詩的原因，在於新詩必須具有「詩的內容」，亦即當中必須蘊含詩意，而呈現詩意最好的載體是散文的字句：「我們只要有了這個詩的內容，我們就可以大膽的寫我們的新詩，不受一切的束縛。」在廢名的觀念中，舊詩的字句、格律，徒具所謂「詩」的形體外觀，即便將沒有詩意的內容放進舊詩的形式內，仍具有一個詩的樣子。在新詩之前，一直是將「詩體」視為詩，而現在新詩

---

[51] 廢名《新詩講稿》，頁12-13。

是將「詩意」視為詩。而西洋的散文詩同樣是一個「詩體」的形式
模子，與古典漢詩同樣受詩體的侷限，自然與新詩不可相比擬了。

　　胡適「作詩如作文」、「詩體的釋放」兩項主張，始終作為
新詩的主導形式「分行自由體」屹立不搖的準則。延續胡適以及廢
名「新詩應該是自由詩」的基本觀念，二戰後渡海來臺的紀弦，面
對的是如何在日本現代文學無條件遣返的這段空缺中重新建立起臺
灣的現代詩學體系。正如同西方現代主義詩歌在日治時期早已藉由
日本現代文學逐步傳入臺灣，事實上高舉歐化大旗的紀弦，移植的
也並非純然的西方現代主義詩學，而是中國新文學。1955年紀弦於
《現代詩》11期上撰文評價方思，如此說道：[52]

　　　　至於方思之所以為我的同志之一，是因為對於詩——特別是
　　　　今日之新詩，我們的看法一致。我認為新詩必有其新的內
　　　　容，有其新的形式，內容決定形式，而其表裏如一。我主張
　　　　先有了腳，然後去買皮鞋；跟那些先製就了尺寸一律的皮
　　　　鞋，然後讓大家來削足適履或是前後墊棉花的形式主義者完
　　　　全相反。但要表現新的內容，創造新的形式，我所特別強調
　　　　了的一點，就是必須捨棄舊的工具——韻文而代之以新的工
　　　　具——散文。否則不新，新不起來，我反對格律的定型詩，
　　　　贊成自由詩之澈底的革命；方思亦然。因為以韻文寫的定型
　　　　詩，即使毫無詩味，屬於本質上的散文，一旦上了大報副
　　　　刊，它還是可以騙騙一部分程度不夠的人士；而以散文寫的
　　　　自由詩，要是缺少詩味，那就成了「分行的散文」，瞞不過
　　　　任何讀者的眼睛。所以自由詩遠比定型詩要難寫得多了！在
　　　　我看來，韻文之低級的音樂性是屬於舊歌謠的，而散文之高
　　　　級的音樂性方是屬於現代詩的，也只有在散文的節奏與旋律

---

[52] 紀弦〈方思和他的詩〉（上），1955年《現代詩》11期秋季號，頁124。

之追求與發見和自然而巧妙的運用之下，方足以言詩的現代
化；方思的看法也是如此。所以我說，他是我的同志之一。

這段聲明相當清楚，以淺顯且生動的比喻，說明自胡適以來直到今
日，現代詩之所以為自由體及其不變的原因所在。新詩和舊詩最大
的不同，就在於「內容決定形式」，判斷一首新詩的高低好壞的標
準在於內容的詩意，形式只是用來幫助這份詩意的傳達。形式跟著
內容變化，這也使得新詩必須以散文書寫，且不得設限任何詩體規
範，才能夠跟得上靈感的腳步，才能夠「直譯」我們的思維：「也
只有在散文的節奏與旋律之追求與發見和自然而巧妙的運用之下，
方足以言詩的現代化。」因此既自由又能配合心靈律動的散文，本
身就是漢語詩歌現代性的表徵。紀弦和方思兩名現代派大將，奠定
臺灣戰後新詩現代主義詩歌的總路線，對於新詩形式和技巧的影響
可說是全面的，無論是現實主義詩歌流派的笠詩社；充滿民族情緒
的龍族詩社；夏宇、陳黎等後現代詩歌；新世紀的年輕詩人們，所
採用的主要都是分行自由體形式。
　　紀弦一生始終堅持新詩必須使用「散文工具」與「自由詩形」。
寫於1993年4月8日的《半島之歌》自序，紀弦更將詩歌詩質的來
源，擴展到詩人個人的身分認同上，並由此定義「現代詩」：[53]

　　　　在臺灣，現代詩分為兩路：一路是抒情的，一路是主知的，
　　　　而皆為追求新的表現的自由詩。現代詩必須是自由詩而非格
　　　　律詩。現代詩必須使用「散文工具」，採取「自由詩形」，
　　　　而絕對不可以使用「韻文工具」，採取「格律詩形」。一個
　　　　現代詩的作者必須是一個現代主義者，無論他自覺或不自
　　　　覺，承認或不承認。他必須是一個現代人而非古代人，他必

---

[53]　紀弦《半島之歌》，頁iii。

須是一個工業社會人而非農業社會人，其意識型態之現代化是具有決定性的。

紀弦肯定臺灣的現代詩，不管風格路線是「抒情」還是「主知」，都是「追求新的表現的自由詩」，因此風格並非現代詩與否的關鍵。將近四十年後紀弦再次聲明，現代詩是使用「散文工具」採取「自由詩形」的「自由詩」，反對現代詩包含格律詩的說法。這裡紀弦所謂的「現代詩」意指「現代主義化」的新詩，也就是「現代主義詩歌」，因此作者必須是一位「現代主義者」才有辦法創作出現代詩。對現代主義詩歌而言，格律詩就是上個歷史階段的詩歌形式，在觀念上認為自己是現代人、工業社會人的現代主義者並不會去創作舊時代的作品。紀弦這種「意識型態之現代化是具有決定性」的詩觀，正延續胡適「言之有物」的詩觀，胡適認為真正的好詩其「詩味在骨子裡，在質不在文。沒有骨子的濫調詩人決不能做這類的詩。」[54]只是紀弦將詩歌內容骨幹中的詩意，延伸到作者本身內核的現代意識上去了。

從胡適、陳斯白、廢名，再到紀弦，自由體觀念的繼承，顯示新詩本身強烈否定「詩體」的特質，無論是對古典漢詩的詩體，還是當代新格律詩的詩體，乃至於西方詩歌的散文詩體，都持否定的態度，自然也不允許新詩自身出現形式定型的傾向。回到當初胡適的文學改良八事，八條之中就有五條以否定舊詩形式為出發點，具橫掃的破壞性，這正是「自由詩」的本色；而具建設性的三件事「不避俗字俗語」、「需講求文法」、「須言之有物」正好就是日後新詩的白話語體、散文句式、詩意內容三項主要的組成部分。所謂「需講求文法」亦即胡適說的「作詩如作文」或廢名說的「散文的文字」、紀弦說的「散文工具」；而「須言之有物」亦即胡適自

---

[54] 胡適〈嘗試集自序〉，《嘗試集》初版，頁25。

己說的「詩味在骨子裡，在質不在文」，以及陳斯白說的「全憑靈感」、廢名說的「詩的內容」，甚至是紀弦說的「意識型態之現代化」。

　　新詩形式緊跟著思維的這個特點，使得新詩是一種內容與形式高度統合的詩歌，與過去形式外於內容而存在的情況截然不同，為漢語詩歌長期以來「言文分離」的形式難題開出一道解決的良方。此外，新詩為了便於區分散文與詩歌，同時加強自身的形式特徵，從西方詩歌借來了分行形式，幫助新詩的詩行在分行的連書的變化中，建構各種專屬於自己的形式。然而，當詩行獲得「句式長短的自由」、「位置安排的自由」以及「分行的自由」之後，詩人得以隨意切斷句子跨行、跨節，也可以將句子拆散把字句分別放到書面上各個不同的位置，也可以拉長句子的長度到超乎想像的程度。這使得同樣的一首詩，同樣的內容、同樣的形式下，但內在敘事上的「詩句」，卻與外在書面的「詩行」，產生了落差。過去漢語詩歌透過五言七言等齊言句式，以及格律上韻腳和平仄對詩句意義段落的規範，詩行與詩句具有高度的統合。雖然「分行」並非古典漢詩的形式要求，但古典漢詩既可連續書寫，也可以分行書寫，並沒有硬性規範。當古典漢詩分行書寫時，敘事上的一句等於一行，或一聯（兩行），僅有這兩種行句關係，非常穩定。但新詩卻在行句關係上產生斷裂，源自漢語詩歌內在演化趨勢的「自由形式」與來自西方詩歌的「分行形式」，兩者結合之後雖然解決了「言文分離」的形式難題，卻產生了新的形式難題：行句分離。

　　最初新詩的分行都是在句子與句子的轉換處，延續舊詩「行句一致」的敘事推進模式，然而隨著「跨行」技巧的使用，詩句開始被分成兩行、三行或多行來閱讀，隨著新詩基本形式的穩定和成熟，以及詩人對形式安排的自信和創意，跨行的運用從過去的句與句之間分行，來到詞彙與詞彙之間分行，演變成單一詞彙之內字與字之間分行，甚至是在標點符號與文字之間進行分行。原本用來調

整詩行長度，以及作為停頓調整音節節奏的跨行，變成為了達到視覺上的構圖效果，或聽覺上刻意安排的特殊效果、意義上句意的阻斷效果，而在詩作中大量使用，造成新詩的內在敘事與外在形式呈現高度分離的狀態。標點符號存廢與否的爭論，正是「行句分離」下，文本敘事與書面形式之間的角力；而在音節方面，雖然白話文賦予了新詩自然的音節，但分行的書面呈現經常中斷了自然的音節，成了人工的音節。

分行形式與自由體形式作為詩歌現代化的表徵，現今東西方的現代詩都是以「分行的自由詩」為主流形式，「行句分離」也成為現代人詩歌的共相。這也使得新詩形式的發展史，在某種意義上，也是一部由「言文分離」走到「言文一致」，再走到「行句分離」的歷史，既解決原先的形式難題，卻也為漢語詩歌埋下了新的形式難題。為了清楚呈現這段發展歷程，下一節我們將為新詩形式的發展劃分出各個時期，並回顧前文的主要論點與研究成果。

第三節　形式的歷史：百年新詩發展綱領

百年新詩形式的發展歷程，以基本形式「分行自由體」的定體為界，分為前後兩個階段，劃分的時間點為中國第一本新詩詩集《新詩集》出版的1920年1月，在此之前為「生成階段」，之後則為「建構階段」。以下即以【新詩形式發展分期表】作為本文陳述新詩形式發展的總綱：

生成階段	萌芽期（晚清－1916）
	定體期（1917－1919）
建構階段	奠基期（1920－1931）
	張揚期（1932－1978）
	混雜期（1979－2005）
	極簡期（2006－2017）

「生成階段」是古典漢詩與現代漢詩的過渡階段，包括新詩誕生之前的「萌芽期」，以及胡適創建新詩過程的「定體期」，兩者以胡適發表〈文學改良芻議〉的1917年1月為界。新詩基本形式「分行自由體」的確立過程，是生成階段形式發展的主軸，一旦「分行自由體」完成定體之後，就進入下個階段。

　　「建構階段」延續「生成階段」新詩發展的方向，以「分行自由體」為基礎，進一步建構新詩形式的各種型態，同時調整新詩的各個部位，舉凡句式、節式、標點符號、排列方向、對齊方式、分章分首、外語和符號的融入等，逐漸找到一個最佳的呈現方式。建構階段的時間點起自1920年1月至今（2017—），此階段的發展主軸在於確立新詩的「三大詩類」：分行詩、散文詩、圖像詩，以及「八大詩型」：齊頭型、錯落型、韻律型、方正型、分散型、構圖型、連書型、獨立型。以下分別就兩大階段、六個時期內新詩形式的主要發展做說明：

一、生成階段

（一）萌芽期（晚清－1916）

　　此時期新詩尚未誕生，是新詩出現之前匯聚問題意識與生成動能的準備時期。部分晚清詩人從創作經驗中，注意到詩作「言文分離」的現象，黃遵憲、夏曾佑、譚嗣同、梁啟超等人，嘗試在詩中放入流俗語和新名詞，拉近詩歌和口語的距離，但因未有革新「語體」、「詩體」的觀念，使得清末被譽為「詩界革命」的第一次新詩運動以失敗告終。同一時期的翻譯家，如嚴復、蘇曼殊等人，則從翻譯經驗中體會到，若將西方詩歌譯成近體詩，翻譯之後還需花費第二份力氣將內容放入「定行、定言、定律」的嚴格格律之中，不如改譯為規範較為寬鬆的古體和騷體。這種對於格律的負面觀感，為舊詩的退場埋下遠因。而翻譯西方詩歌過程中，所產生的不被語

言屏障所阻礙的「敘事內容」，日後將成為新詩美學的核心。現代中國詩人可說是先認識到現代的詩意，才進而為這種詩意尋找一份形式，而最終為這份詩意找到最佳形式的人，是年僅26歲的胡適。

　　胡適尋思文學革命的構想，從最初就帶有很強的實踐力與個人主義色彩。新詩的形式能夠定體，固然是眾人投入寫作的成果，但新詩的創發卻與胡適個人的思想和行動有著必然的關係。1910年胡適進入美國康乃爾大學農學院就讀，自小厭惡近體、偏好古體的胡適，受西方文學及教育的影響，逐漸意識到漢語詩歌的各種問題。1915年胡適轉到紐約哥倫比亞大學攻讀哲學，開始建構新的文學體系，將語體革新視第一要務，嘗試以白話文作詩，同時首次將西方詩歌的「分行」形式與舊詩做結合。

（二）定體期（1917－1919）

　　1917年1月《新青年》2卷5號刊出胡適〈文學改良芻議〉，提出文學改良八事，此八事作為漢語詩歌的基本改革方案，為胡適所領導的近代中國第二次新詩運動揭開序幕。新詩正式進入定體期，分兩階段建立起新詩的基本形式「分行自由體」。胡適於紐約時，先採用民間的白話語體與西方詩歌的分行形式；回北京後，再從中國歷代詩體的遞嬗中看出詩體解放的方向，決定採用自由體，正式推出與舊詩截然不同的新詩。

1.紐約時期：取得白話語體，以及分行形式

　　1917年2月《新青年》2卷6號刊出胡適於紐約所作的〈白話詩八首〉，即為胡適第一份詩歌實驗成績，雖不脫舊詩習氣，卻嘗試了各種分行方式來排列這些齊言詩，分行的企圖相當明顯。以往傳統東方詩歌並未有分行的觀念，分行是西化的明證，也是新詩唯一借自西方詩歌的形式特徵。當中一首作於1916年8月23日的〈朋友〉以蝴蝶為意象，採用西方詩歌高低格的分行，把蝴蝶上下飛舞

的姿態具象化,文字口語流暢,在白話語體、分行形式、意象經營上,都達到日後新詩的水準,唯獨仍採用五言詩的篇製,是新詩正式出現前的濫觴。因此新詩要定體,目前還缺少一個關鍵要素:不受任何定型規範的自由句式。

2.北京時期:取得長短不定的自由句式,同時建立「分行自由體」（分行詩）以及「連書自由體」（中式散文詩）

　　1918年1月《新青年》4卷1號刊登了中國第一批新詩,九首詩皆作於1917年底,作者為胡適、劉半農、沈尹默三人。當中六首分行詩採用了長短不定的句式,宣告新詩基本形式「分行自由體」的確立,不過僅有劉半農〈相隔一層紙〉一首為日後最為常見的齊頭型分行詩,其他五首為錯落型分行詩,這是因為初期新詩受到舊詩「兩句一聯」敘事模式的影響,並運用了西詩的高低格分行形式來表現的緣故。另外,九首詩中沈尹默的〈鴿子〉、〈人力車夫〉則是中國最早的散文詩。此時西方散文詩尚未在中國流通,沈尹默其實是將舊詩句式打破後,仍維持傳統的連書形式書寫,並保留韻腳,其形式並非挪用自西方的無韻散文詩,實則散文詩也是中國自己的發明了。

　　日後新詩的三大詩類,此時已出現了「分行詩」與「散文詩」的雛形。我們可以看到第一批新詩作品中,分行詩和散文詩的形式都不約而同受到舊詩極大的影響,除了分行形式是來自西方以外,白話語體源自中國白話文、長短句式源自詞曲長短句進一步的解放、敘事模式源自舊詩的「兩句一聯」,就連散文詩也源自舊詩的連書形式。足證新詩形式主要源自於舊詩形式的解放。

3.取得新的句式:單行單層短句

　　新詩在取得「分行自由體」的基本形式之後,仍存在許多形式上的不穩定。尤其在句式方面,受到白話散文的影響,句子的長度經常落差太大,而源自舊詩的兩句一聯敘事模式也過於拖沓。隨

著1918年《新青年》詩人群的不斷嘗試，1919年1月起再加入《新潮》詩人群，新詩逐漸從創作實踐中，找到一個適合自己的句式：單行單層短句。

長度相近的短句，既方便快速推進敘事，又可與白話散文長短錯落的句式有所區隔；單層和單句，則是針對舊詩「兩句一聯」敘事模式的改良。初期新詩常以高低落差的兩行句子，或分上下兩層的單行句子，產生類似舊詩「兩句一聯」的句式，造成詩行過於厚重，敘事過於緩慢。單行單層的短句，優點是句式輕盈、敘事推進快速、轉折容易，又方便並列句型，正是新詩的最佳句式。

4.取得標點符號

新詩定體的時間點，正逢中國新式標點符號的創建時期，尤其《新青年》更是鼓吹新式標點符號的重要據點。因此從新詩誕生的那一刻，就取得新式標點符號的輔助，幫助新詩在語氣、詞性、文法，以及節奏的快慢停頓有更清楚的標示，是胡適文學改良八事中「須講究文法」的具體實踐。

二、建構階段

（一）奠基期（1920－1931）

1920年1月出版了中國第一本詩集《新詩集》，標誌新詩已完成定體，此後基本形式日趨穩固，進入了建構型態的階段。隨著詩人群的增加，新詩也如同舊詩發展出各種流派。朱自清曾按作品的風格和形式特徵，將早期新詩主要分為：自由詩派、格律詩派、象徵詩派。此時期新詩形式的發展，也就聚焦在三大詩派對新詩形式的探索。詩人名家輩出，新詩形式的建構潛能得到開展，並受到古典詩歌與西方詩歌更多的啟蒙，在很短的時間內就奠定七種基本詩型：齊頭型、錯落型、韻律型、方正型、分散型、構圖型、連書

型、獨立型，僅構圖型尚未完成；除此之外小詩、長詩、組詩也在這個時期成熟；中式散文詩與西式散文詩亦在這個時期合流，形成今日的散文詩；技巧上，引入西方空格、空行、跨行、跨節等手法；加上自1921年《學藝》開始將新詩橫排，新詩有了直排與橫排兩種排列方式，都大幅提高詩人對詩行的塑形能力。於此同時，留學北京的張我軍一心將中國新文學思潮帶到臺灣，於1924年引發日治時期新舊文學論戰。隔年張我軍出版了臺灣第一本白話詩集《亂都之戀》，中國新詩正式擴展到臺灣，出現了賴和、楊守愚、楊華等一批優秀的臺灣新詩人，兩岸都在這一時期奠定新詩的發展基礎，整個時期可視為新詩形式發展的「黃金期」。

1.小詩、組詩、長詩的成熟，以及句詩的出現

自由詩派「話怎麼說，就怎麼說」的詩歌美學論點，[55]強調靈感到哪形式就到哪，使得小詩零碎的形式得以成立，才有1922年冰心為首的小詩運動浪潮，更在1922年由汪靜之等人創作了最早的一批「句詩」。但自由詩派的美學觀點也意指新詩的形式沒有邊界、沒有長度的限制，使得「一首詩的章節」還是「多首詩的組詩」往往難以區別，也埋下日後組詩與長詩的論爭。長詩方面，周作人刊登於1919年2月《新青年》6卷2號的〈小河〉，全詩共58行，被譽為新詩第一首長詩。[56]雖然和今日動輒百行的長詩相比，58行並不長，但新詩剛誕生一年餘，多數詩作都是不到20行的短篇，〈小河〉已初步證明新詩具有建構長篇的能力。1924年白采完成長詩《羸疾者的愛》，隔年出版。這首長篇敘事詩的出現標誌長詩的成熟，全詩共七百二十多行，超過萬字，主要透過「羸疾者」、「老人」、「美麗的孤女」三個人物的對話推進故事情節，內容寄予了高貴的理想，加上是詩人的半自傳作品，在當時引發許多討論。

---

[55] 胡適〈嘗試集自序〉，《嘗試集》初版，頁39。
[56] 1919年《新青年》6卷2號，頁91-95。

2. 自由詩派、格律詩派與新詩詩型的建立

　　自由詩派，奠定了分行詩中最早形成的錯落型和齊頭型，且自由詩派在定體期所形成的單行短句敘事模式，鞏固了齊頭型分行詩的地位，淘汰了延續自舊詩「兩句一聯」敘事模式的高低格錯落型。康白情的詩集《草兒》即是第一本採用大量單句句式，以及齊頭型分行詩的詩集。當延續自舊詩的高低格錯落型減少之後，改採用單行短句來推進敘事，但詩行錯落方式更自由的西式錯落型分行詩，如胡適〈白鴿〉、郭沫若〈鳳凰涅槃〉，以及冰心的眾多小詩，也就成為最常見的詩行錯落形式。另外自由詩派中的小詩派，則奠定獨立型句詩的基礎。

　　格律詩派和象徵詩派的出現，都是為了矯正自由詩派過於偏向散文的弊病，指責自由詩派的「內在質地」以及「外在形式」都缺乏詩味。作法上，格律詩派和象徵詩派皆同時借鑑西方，也同時回歸傳統；不同的地方在於，格律派著重於鍛鍊詩作的外在形式，象徵詩派則著重於提煉詩作的內在詩質，但都是站在加深詩歌「詩化」程度的立場。

　　由於格律詩派追求音節的整齊，而所謂的「整齊」有兩種，一種是句子等長的整齊，一種是句子雖然有高低起伏，但呈現循環韻律的整齊。於是這兩種整齊，在漢字單音獨體的特質下，音節數等於字數，自然容易形成結構方正的詩型，以及透過重複基準詩節產生韻律的韻律詩型。新月派受人詬病的豆腐乾體，實際上奠定了分行詩中的方正詩型；而另一些偏好「亂中有序」的格律派詩人，例如徐志摩，則奠定了韻律詩型。

3. 象徵詩派的廢除句讀與分散型的建立

　　象徵詩派則是奠定了分散型，這與象徵派詩人穆木天個人的詩觀極有關連。象徵詩派自創始人李金髮開始，就具有強烈的自由詩

風格，追尋自然的節奏，與格律詩派要求整齊、規律的節奏並不相同。穆木天認為，當初自由詩派為了強調白話文的文法結構而設立的標點符號，干擾了詩歌自然音節的流動，同時站在象徵詩派朦朧美學的立場，標點符號也將句子說得太清楚了。因此穆木天幾乎將詩中所有標點符號都以空格替代，更在一些原本就沒有標點符號的停頓處，也加上空格來，希望藉此展現詩歌的自然節奏。但對新詩來說，聲音上的追求往往造成書面上的布置，於是原本出於為詩歌旋律而設的空格和空行，反而開創了分行詩中的分散詩型。

去除標點符號的新詩，實際上也排除了一項來自西方的形式特徵（至少進行了最大程度的弱化），回歸到傳統漢語詩歌純粹由漢字組成的樣貌。此時新詩的自信正在增長，某種程度上來說，現代漢詩已經意識到自身於世界中的獨特存在，以及優秀的資質。新詩將準備邁進下一個形式時期：張揚期。

（二）張揚期（1932－1978）

此時期以1932年5月上海現代書局聘請施蟄存主編大型新文學雜誌《現代》為起點。《現代》匯聚前期的現代主義詩人如李金髮，以及中堅世代的戴望舒、施蟄存、何其芳，還有後起之秀四位大將：莪伽（艾青）、徐遲、鷗外鷗、路易士（紀弦）。尤其四名年輕詩人，日後艾青與徐遲留在大陸，鷗外鷗回到香港，紀弦則到臺灣，整個「張揚期」的形式風格即以《現代》為核心發散出去，是中國現代主義詩歌最重要的陣地。

由於上個時期，新詩形式內部蘊含的各種形式建構的潛能，已大至探索完成。這時期的詩人，面對相對穩固的新詩形式，將目光投向了國外，二十世紀西方當代文藝思潮開始對新詩形式產生舉足輕重的影響。在此之前，中國新詩主要接受的是西方十八、十九世紀思潮，例如浪漫主義、現實主義、象徵主義等，僅有極少數的中國詩人能夠「在場」感受西方詩歌當下的脈動。胡適留學美國期

間受到當時意象派的影響，表現在他詩作意象的簡潔明確上；李金髮三部重要詩集皆作於二〇年代的歐洲，當時現代主義詩歌正在歐美形成，1921年艾略特於瑞士完成《荒原》，人也正在德法的李金髮，詩作明顯呈現了早期現代主義的傾向。三〇年代之後，中國詩人不再看向過去的各式主義，強烈希望與當下的西方思潮銜接，這使得三〇年代的詩歌開始具有強烈的「現代」意識，新詩的另一個普遍名稱「現代詩」正代表了這時期新詩的精神樣貌。

　　然而正當中國新詩極力與西方現代主義詩歌接軌的同時，對日抗戰爆發，將原本潛流於工農階層，一種源自西方馬克思主義強調階級鬥爭精神的戰鬥詩歌，透過民族怒火的宣洩，躍上中國文藝的第一線。唯有「淪陷區」內的上海，仍舊持續抗戰之前的現代主義詩風。同個時期的臺灣，原本活躍的中國新文學轉趨弱勢，在日本同化政策下，臺灣青年詩人以日文創作，直接受到日本現代主義詩歌的啟蒙。1933年倡導超現實主義的風車詩社在臺南成立，這是臺灣第一個現代主義詩社，兩岸同時趕上了現代主義詩歌的時間表。然而日軍引燃的戰火不僅差點毀了中國現代主義詩歌，其結局也中斷了臺灣對日本現代主義詩歌的吸收。抗戰結束後，戰爭並未停止，主流詩歌轉為國內「國統區」與「解放區」兩個戰鬥文藝陣營，原本殘存於上海的現代主義詩歌，也隨紀弦等人於1949前後渡海來臺，與臺灣的日本現代主義詩歌匯流，等待復甦的時機。

　　現代主義詩歌雖然有將近十二年的時間步履蹣跚，但並未因對日抗戰、國共內戰以及接下來的兩岸分治而中斷，且來臺之後形式發展的方向依舊不變，持續接受西方現代主義的影響，例如超現實主義詩歌於六〇年代再次被引進，即是一例。而中國大陸1949年後新詩形式的發展，雖然秉持社會主義文學路線，卻與現代主義一樣，詩歌形式同樣呈現張揚的狀態。因此兩岸於1932年到文革結束的這段時間，詩歌的形式發展同屬於張揚期，對形式而言，並沒有因為選擇不同的西方「主義」，而產生不同的新詩形式分期。若不

是從詩歌形式發展的角度來看，我們將一直以為兩岸分治之後的新詩發展，是處於兩條完全不同的路線。張揚期也是新詩形式分期當中，目前最長的一個時期。

此時期詩人對於形式的建設，主要是將上個時期所形成的新詩詩型拓展到極致，一方面卻又在西方思潮，例如前期受義大利未來主義、俄國形式主義的影響，後期受結構主義的影響，向內注意到詩行的主要組成份子「漢字」物質性的一面。宏大而精細，誇張的鋪陳，是這時期新詩形式的主要風格。

1.認識到文字的符號性與物質性

必須具備對文字符號性與物質性的認識，才能進而堆疊文字構圖，這是新詩發展構圖型的第一步，而首先跨出這一步的是現代派的詩人徐遲。徐遲發表於1934年5月《現代》5卷1期的詩作〈MEANDER：无日耳曼之Natzi色彩〉將納粹符號放入詩中與文字並排（徐遲其實是寫佛教的卍字符），[57]同時英文單字「MEANDER」，也類似漢字直排成七個獨立的英文字母；同期另一首〈都會的滿月〉則將時鐘上十二個羅馬數字單行列出：「寫著羅馬字的／I II III IV V VI VII VIII IX X XI XII代表的十二個星」，[58]都顯示出他對「符號」的敏銳度，以及將漢字視為一種符號，與其他符號皆可並列或替換的觀念。到了同年12月刊登於《婦人畫報》第24期上的兩首徐遲詩作〈狂及其他〉和〈鴿子的指環〉，[59]文字忽大忽小，甚至上下左右翻轉，展現徐遲對漢字物質性的認知，為「字符型圖像詩」的先驅。

---

[57] 1934年《現代》5卷1期，頁184-185。

[58] 1934年《現代》5卷1期，頁186。

[59] 1934年《婦人畫報》24期，頁14-15。

2.完成新詩的最後一種詩型：構圖型

　　雖然早在奠基期，胡適、徐志摩的詩作就採用了「局部構圖」，但直到五〇年代「整首構圖」的圖像詩才正式在臺灣形成。臺灣跨語言一代的本土詩人，雖然不知道三〇年代徐遲於上海的漢字符號化嘗試，但同在現代主義浪潮下的林亨泰、詹冰以自己學習漢字和漢語的經驗，注意到漢字的符號性和物質性。再加上日本現代主義詩歌，如萩原恭次郎等未來主義詩人的啟蒙，以及紀弦在臺灣對阿波利奈爾立體詩的譯介，終於1956年2月林亨泰於《現代詩》12期發表〈房屋〉，這是新詩第一首「構圖型圖像詩」，首次採用「整首構圖」，完成了最後定型的基本詩型：構圖型，這也是唯一一種不是在中國大陸境內完成定型的新詩詩型。同年4月紀弦於《現代詩》14期發表〈談林亨泰的詩〉一文分析這首〈房屋〉，即是中國第一篇圖像詩論。圖像詩自從在臺灣誕生之後，伴隨現代主義在臺灣的推波助瀾，影響所及是大部分的臺灣詩人都或多或少具備詩行的構圖思維，並非創作圖像詩才將詩行構圖，而是詩行的任何一段都能帶入構圖的巧思。正因為完成這最後一種詩型，才有新詩詩行於這個時期的大肆擴張。

3.長句的重新崛起與新詩分行形式的全面擴張

　　四〇年代紀弦在上海重新起用「長句」，正是對新詩創建初期「散文形式」的回歸，發掘「作詩如作文」的現代性，也是對傳統漢語詩歌連書形式的肯定。因此張揚期對於現代性的追求，並不能完全解讀為向西方詩歌倒戈，相較之下，「短句」加「分行」加「標點符號」才是西方詩歌的普遍形式；不加標點符號的連書長句，反而是東方詩歌的傳統形式。

　　這種對長句的重新起用，也被紀弦帶到了臺灣，與圖像詩一同成為臺灣現代主義詩歌形式表現的明顯特徵。創世紀詩社知名的

美學主張「超現實主義」，正是一種詩型必須外放、張揚的詩歌，比如洛夫、張默、瘂弦、商禽、管管、碧果、辛鬱等創世紀早期詩人，都擅長這種大開大闔的句式，短則一句兩三字，下一行就來到二十字以上的長句。其中管管將散文詩發展到最張揚的狀態；《藍星》的羅門，則將錯綜詩型發揮到最複雜的狀態；余光中也將韻律型的詩作發揮到長篇的最佳狀態。此外方正型、分散型的詩作也都不約而同獲得極大程度的張揚表現。而於這個時期才剛形成的構圖型，進一步的表現則留待下一個時期。

　　1972年3月辛鬱於《詩宗》第5期發表〈通化街之什〉，[60]除了詩題模仿《詩經》篇什，前半部巧妙利用新詩的分行形式模仿通化街的招牌，以及招貼，嘗試用詩歌紀錄通化街當下的情景，已有仿擬其他敘事文類的概念。此時新詩形式也將逐漸進入下個形式時期：混雜期。

4.短句與等句的張揚，與強力基本形式的產生

　　抗戰爆發之後，艾青加入了由胡風在1937年所創立的七月派，當中知名的詩人還有田間、牛漢。七月派的詩作於抗戰期間展現了強烈的戰鬥情緒，產生了另一種與現代主義詩歌截然不同的詩風，詩作的主題也以大論述、大格局居多，與當時的家國情懷、社會議題密不可分。因此七月詩派的大敘述格局，需要一個相映的形式來支撐，而形式穩固、直白的齊頭型分行詩，尤其是對短句的運用，就成了這類戰鬥詩歌的主要形式。田間的短句詩相當有名，寫於1937年的代表作〈給戰鬥者〉，就用了大量的兩字句、三字句、四字句，且行行齊頭排列。[61]短句使得每行詩都像是一句口號，喊、拼、奮起，展現出鬥志和力氣，因此七月派戰鬥詩的形式偏向於口語和聽覺，不同於現代派的現代主義詩歌偏向於書面和視覺。正因

---

[60]　辛鬱《豹》，頁88-89。
[61]　田間《田間詩選》，頁12-24。

為重視聽覺，不必營造書面形式，只要能紀錄話語、傳達意念就好，這也是戰鬥詩多半選擇齊頭型分行詩的原因。

抗戰結束後，國共內戰延續了戰鬥詩的發展，並在中華人民共和國建國之後，轉型的過程中加入了民歌元素，使得短句逐漸往等句靠攏，於文革期間轉型為以等句和短句為主的紅衛兵詩歌。政府與民間對於新詩只消最基本的需求，產生了新詩史上最強而有力的主導形式，將近三十年中國大陸的詩歌都是這類齊頭型的分行詩，僅有少部分採錯落詩型，至於其他詩型則幾乎看不到，張揚的正是現代詩最基本的形式「分行自由體」。任何富有個人特色的新詩形式，都會被視為反動的現代主義者，將新詩基本形式的使用推向了高峰，包括之後的朦朧詩，乃至今日的中國大陸新詩，都存在一個強力主導的新詩基本形式，大量採用簡單的齊頭分行，其他詩型相對的少見許多。

（三）混雜期（1979－2005）

這時期開始於七〇年代末，除了延續上個時期現代主義詩作形式的宏大風格，將各種詩型持續發展之外，西方的後現代思潮對這時期的新詩形式有顯著的影響。混雜期的詩作，詩行內部的漢字不僅經常與其他文字混雜，更與其他符號混雜；詩行本身，仿擬詩的出現帶動詩歌模仿其他敘事文類的風潮，詩行更與外部的圖像、影像之間相互錯位、替代，呈現創作媒介混雜的狀態（hybridization）。

混雜期的詩人一方面繼承張揚期的形式擴張，透過詩行對萬物進行仿擬（parody）；[62]另一方面，詩行之所以能夠跨界擴張，是因為這時期的詩人重視詩行之外普遍存在於萬物的「詩意」。詩意不再只侷限於詩行、詩篇、詩集，任何事物只要具有詩意，就能視為一首詩。於是這個時期，詩意被完全等同於詩，徹底取消了詩行

---

[62] 「仿擬」的英文術語參照孟樊《戲擬詩》自序，頁23。

的作用，正是對上個時期強大的主導形式的一種顛覆。

1.敘事文類的混雜

　　夏宇是兩岸後現代詩的第一人，作於1979年的〈連連看〉模仿考卷常見的連連看題型，[63]開啟新的詩類「仿擬詩」，為混雜期的確切起點。仿擬詩是圖像詩構圖意識進一步的演變，因此亦以臺灣為主要的發展陣地，其構圖並非原創，而是直接套用其他敘事文類的形式，同時仿照該敘事文類的內容，但主題則不同，從而消解該敘事文類原本的功能，轉為批判其他議題。考卷、廣告、公告，都是仿擬詩常套用的敘事文類。陳黎是繼夏宇之後另一位仿擬詩名家，〈取材自《詠歎調》的四格漫畫〉（1995）仿擬了「腦筋急轉彎」（益智書籍）、對數表、廣告海報、許可證、藥盒上的使用說明。[64]甚至商店招牌（〈小城〉1995）、[65]自動販賣機（〈為懷舊的虛無主義者而設的自動販賣機〉1993）等，[66]都被陳黎用作仿擬的對象。2005年陳黎出版《苦惱與自由的平均律》可謂此時期的壓卷之作。

　　仿擬詩可視為一種文學外部的應用文類的混雜，而文學內部的文類混雜也在這時期展開。七〇年代臺灣詩人如余光中、楊牧的詩被譜曲為民歌傳唱，開始新詩與歌詞的交融。歌詞是一種不具書面形式的詩歌，句式較為固定，按節奏長短決定每句的字數，有明顯的韻律感，且絕大多數押韻，與新詩重視書面鋪陳、句式長短不一、減少用韻的形式截然不同，對新詩形式產生一定的影響，日後夏宇、向陽、路寒袖、陳克華等詩人皆創作不少歌詞。除了歌詞，八〇年代起木心引領的現代俳句運動，以及隱地《十句話》書系對

---

[63]　夏宇《備忘錄》，頁24。
[64]　陳黎《島嶼邊緣》，頁123-127。
[65]　陳黎《貓對鏡》，頁145-146。
[66]　陳黎《家庭之旅》，頁86-87。

一句話的摘錄，是二〇年代小詩運動之後，第二次大量創作句詩的時期。同時去除書面形式，單純記錄思維的「札記體詩」也在這時期逐漸形成，邵僩《人間種植》（1986）、黃克全《一天清醒的心》（1990），零碎化的札記，每則往往像富有詩意的散文詩和句詩。

從仿擬詩對文學之外各種應用文類的模仿，再到一般新詩對文學內部其他文類，如歌詞、俳句、札記的交融，都可看到新詩將所有文類「詩化」的擴張意圖。因此混雜期的後現代詩，看似消解新詩形式，卻繼承了現代主義詩歌的形式擴張，實為一體兩面。1988年羅智成出版《寶寶之書》回歸小詩傳統，特別的是，出於對兒童讀物的仿擬，整本《寶寶之書》都標上注音符號，構成新型的長篇組詩，也呈現這時期另一個混雜特色：文字與符號的混雜。

2.文字與符號、圖片、影像的混雜

符號的大量運用亦是混雜期的形式特點。由於標點符號、數學符號等並非具有明確敘事作用的文字，若以符號為主體創作新詩，連帶也影響新詩的形式呈現。自三〇年代徐遲首次將文字任意翻轉，並將符號置入詩行當中，長期以來文字與符號的融合，始終不脫這兩種方式，並在混雜期有更廣泛的發展：

第一種方式是降低漢字的敘事性，加強漢字的物質性，透過漢字的視覺運用，使漢字「符號化」。[67]例如陳黎〈戰爭交響曲〉（1995）從「兵」字、「乒、乓」到「丘」字的演繹，揭露戰爭只是一個殘害生命的過程。[68]另一種符號運用的方式則是加強非漢字符號的敘事性，降低其功能性，使符號「文字化」。例如陳黎〈三首尋找作曲家／演唱家的詩〉（1995）皆將標點符號、數學符號當

---

[67] 此處需進一步說明，漢字本身即是一種符號，漢字的「符號化」是指著重漢字的物質性特質，並對漢字做圖像化的使用。林淇瀁教授口述，筆者博士論文初審建議。
[68] 陳黎《島嶼邊緣》，頁112-114。

作漢字來組成詩行，[69]透過巧妙的分散構圖，烘托出這些非漢字符號的敘事意涵，使原本只是輔助漢字的各類符號，一躍成為詩意的主要感發對象。

後現代的拼貼（pastiche），加上電腦的普及，使得新詩與圖像、影像的交錯更為頻繁。夏宇的歹徒三首，〈歹徒甲〉和〈歹徒乙〉都還是分行詩，但〈歹徒丙〉（1982）的內容僅有一張肖像畫，此時圖畫已等同詩行。[70]當寫詩是為了再現心中的詩意，詩本身是文字？還是符號？還是圖像？似乎也沒有硬性規範的理由了。夏宇和楊小濱等詩人創辦的不定期詩刊《現在詩》，即是這類混雜詩歌的翹楚，不斷讓詩與圖像、影像碰撞，從中激發詩意，在新世紀初影響許多詩人。

3.現代與後現代的混雜

此種混雜主要表現在這時期的中國大陸詩人身上，少數臺灣詩人也有類似情況。中國大陸詩壇同樣於七〇年代末進入混雜期，文革結束的時間點，差不多也是臺灣新詩與民歌混雜，以及夏宇後現代詩即將出現的時候，兩岸詩歌同時進入了新的形式分期。朦朧詩人在直接受到西方詩歌，以及臺灣翻譯的西方詩歌譯本的影響下，[71]在張揚期的最後幾年，開始寫作新的中國現代主義詩歌。

朦朧詩對新詩形式的變革，在於重新啟用了錯落形式。食指、北島、芒克等初期朦朧詩人，詩作形式仍受到文革詩歌影響，所作幾乎都是齊頭型的分行詩。但稍後如舒婷、楊煉則開始許多錯落變化；1981年江河（于友澤）發表的〈讓我們一起奔騰吧——獻給變革者的歌〉第三節採用了對當時來說非常特別的置中對齊方式；[72]

---

[69] 陳黎《島嶼邊緣》，頁118-120。
[70] 夏宇《備忘錄》，頁64-68。
[71] 例如北島、楊煉、多多都曾表示受益於葉維廉七〇年代翻譯的西方詩歌選集《眾樹歌唱》，見《眾樹歌唱》（增訂版）序文。
[72] 1981年《上海文學》3期，頁56-57。

顧城更是對詩行的錯落與分散情有獨鍾，有大量前衛的嘗試，這些形式多變的朦朧詩作大都寫於八〇年代以後。所謂「朦朧」主要指詩的美感風格，而朦朧詩的形式除了有較多錯落外，基本上仍延續九葉詩人與紅衛兵詩歌穩固的齊頭分行，形式創造並未超越三、四〇年代的現代派詩人，卻是新詩形式由張揚期過渡到混雜期的重要階段。朦朧詩獨領風騷的時間不到十年，中國大陸之所以能夠步入新詩形式的混雜期，主要得力於受後現代思潮影響的第三代詩人群。[73]例如江蘇文藝出版社2010年出版的《顧城詩全集》，明顯上冊以齊頭詩型為主，絕大多數的錯落型、分散型的詩作，都集中在1983年以後的下冊，這正是第三代詩人崛起的時間點。[74]

中國大陸「新時期」開始後，將近三十年鮮少有機會接觸的西方當代思潮快速湧進了中國知識青年的視野，現代與後現代的理論同時傳播，形成各種意識型態混雜的詩歌團體。[75]其中1986年發起「非非主義」的周倫佑，將詩歌美學集中到語言的表現上，對於詩行的構圖特質有清楚的認識與實踐。關於「非非主義」的後現代特色，黃梁曾評論道：「《非非》早期標舉非崇高、非理性，提出

---

[73] 早在九〇年代，楊小濱已對第三代詩人群所展現的後現代面貌給與描述和評價：「1984年、1985後的先鋒詩歌把『朦朧詩』具有的英雄主義和理想主義抽空了。這裡，『崩潰』意味著對固有的價值（毋寧說是偽價值）系統的巨大基座的爆破。（中略）更後起的詩人們決定性地淹沒了『朦朧詩』人所建立的詩歌規範。這個詩群（用來稱謂它的有『第三代詩』、『新生代詩』、『後現代主義詩』、『後崛起派』、『後新詩潮』、『後朦朧詩』等）中的每一個人用各自發明的語言舞蹈在詩歌廣場上顯示技藝，擾亂了所有觀賞者的固有的步伐。作為一個『群體』，它完全缺乏『朦朧詩』時代的基本一致的精神傾向：它本身就是一個後現代的拼貼場景，成為一次精神崩潰的文化寓言。『朦朧詩』之後的詩歌景觀正是這樣顯示了某種從絕對的聒噪向絕對的虛無進發的戲劇事件：以自身語言的死亡（廢墟）為代價，換取生存的僅有的勇氣。」後來對第三代詩的論述大致不脫楊小濱的判斷。見《歷史與修辭》，頁123-124。

[74] 1983年，北望（何繼明）、鄧翔、牛荒、趙野、唐亞平、胡曉波等人成立「成都大學生詩歌聯合會」同時出版《第三代人》詩集，這是第三代詩人首次集結，亦即該詩群名稱的由來。

[75] 大陸第三代主要的詩人包括：柏樺、于堅、韓東、楊黎、翟永明、陳東東、王小妮、周倫佑、藍馬、李亞偉、歐陽江河、唐亞平、宋琳、宋煒、孟浪、丁當、車前子、周亞平、馬莉、伊蕾、陸憶敏等，人數眾多，在朦朧詩人早已極少創作之後，是今日中國大陸詩壇的主幹。

反文化、反價值、反修辭宏論；『非非主義』表層反叛一切的姿態是一種文化戰略，意識底層是診斷文化病理、解構話語權威的一種努力，也就是對結構性文化暴力的勇敢反擊。」[76]雖然非非主義的理論是非崇高、反修辭宏論的後現代論述，但非非派詩歌卻是一種高度張揚形式建構的詩歌，類似臺灣六〇年代的現代主義詩作，在理論和創作上，呈現倒錯的混雜情況；且理論中對語言的興趣，也非常形式主義，亦是現代主義的一個特徵。周倫佑組詩〈十三級臺階〉（1986）共十三首，第一首一行，依次每首增加一行，詩行字數則成梯形的遞增排列，並採用少見的橫式靠右對齊方式；[77]另一首作於1987年的〈頭像（一幅畫作的完成）〉五首，詩題旁都畫了頭像，且每首詩的頭像依序丟失五官，安放圖畫的旨趣深具遊戲性，此組詩以散文詩為主，但也雜以分行詩，從第四首開始，詩行分為左右兩欄，左欄為白話文書寫的詩行正文，右欄則是文言文書寫的括號註解，到了第五首又分為五小首，前四小首為散文詩，最末轉為條列式，且內容並不連貫，零碎如同筆記，收尾在「空空如也」四字。[78]這首〈頭像〉形式宏大，混雜各種文體，卻又帶點解構的意味。第三代詩人這些理論與創作之間，現代與後現代的矛盾，都與臺灣的林燿德、杜十三非常類似。

到了九〇年代，多年投身大西北墾殖的詩人昌耀開始寫作許多不分行的詩作，駱寒超曾評價這些詩「多數只是抒情散文」，不認為這是自由詩，甚至不認為是詩：「它只不過是帶點抒情夾議論的散文。」並由此做出評斷：「昌耀的詩從20世紀80年代末期起每況愈下同形式系統的混亂是分不開的！」[79]但若對照臺灣此時札記詩的發展，就可知道新詩對於先前擴張、混雜的多元嘗試，逐漸感到

---

[76] 黃梁〈刀鋒上的詩與歷史——解析周倫佑的思想詞根與時代語境〉，收入周倫佑《在刀鋒上完成的句法轉換》，頁ⅩⅤⅡ。
[77] 周倫佑《在刀鋒上完成的句法轉換》，頁7-11。
[78] 周倫佑《在刀鋒上完成的句法轉換》，頁35-49。
[79] 駱寒超《20世紀新詩綜論》，頁736。

厭倦，昌耀不分行的詩做事實上是一種反璞歸真、簡化形式的札記詩，兩岸新詩的形式漸漸進入下個時期。

（四）極簡期（2006－2017）

　　2004年社群網站Facebook成立，2007年全球第一只智慧型手機iPhone開賣，兩則重要的科技界訊息，開啟了數位行動時代。新詩形式也由後現代思潮主導的混雜期，來到了數位行動思潮帶領的極簡期。李進文是數位科技潮流之下敏銳感受到文學轉型的詩人之一，他帶點悲觀的語氣說道：「部落格之後還會有新的書寫型態出現。但作家已經無法引領時代書寫，時代書寫或許正被全球不瞭解作家的人操弄著，比如資訊軟體業、政治、行銷、鉅富……對寫作者來說，背後的『現實』因素益加複雜。」擔憂未來文學只是數位科技的延伸。[80]誠如其言，這時期的詩作形式既未有張揚期的英雄主義，也沒有混雜期的嬉笑怒罵，更多是依賴數位媒體發表詩作所呈現的一種對於形式的遺忘。今日詩作的形式特點為「去形式」（少有形式變化）與「去重心」（橫排創作），經常不分行，有時連題目也沒有，常見一句、兩句、三句，或簡短的一段話。如同對先前混雜期的百變造型感到厭倦般，在進入極簡期之後迅速消退，剩下形式最為基本的句詩、齊頭型分行詩，以及連分行也捨棄的札記詩，三者大行其道，詩型趨於簡短、零碎。追求如同數位訊息般純粹思維的呈現，同時也受制於數位媒體去形式與橫排的規格，是這個時期新詩形式反璞歸真的兩項主因。

1.去形式：札記詩的興起

　　2006年是明確開啟新詩極簡時期的一年，這年臺灣迎來了三本重要的札記詩集。早在2004年左右李進文已開始創作札記詩，預

---

[80]　見《如果MSN是詩，E-mail是散文》同名篇章，頁229。

告極簡風的來臨，[81]後來這些去除分行形式的短詩都收錄在2006年6月出版的詩／散文合集《如果MSN是詩，E-mail是散文》，[82]詩集名稱本身就打上了數位標籤。八月簡媜集合過去二十年來的短篇，出版抒情小品集《密密語》。她將文字上較無詩意的散文內容分行，使其具有詩的形式，如同組詩；富有詩意內容的文字則採連續書寫，使其具有散文的形式，形成「詩中有文，文中有詩」的奇特閱讀感受，雖名為小品、短句，[83]實為別創一格具詩意語言的「密密語」。隔年1月陳育虹出版第五本詩集《魅》，所收篇章皆完成於2006年9月以前。全書收錄61首詩（分屬34組詩），看似附屬於詩作的札記卻高達了80則，這些札記全為單節，內容不像散文詩刻意經營意象，只是單純記下生活及情緒上的「瑣事」，不再為整段內容尋求某種形式，但字裡行間卻是詩意的，作為詩集整體的一部分。[84]這三本札記詩集的出現，宣告後現代的混雜詩風已走到盡

---

[81] 創作的時間點見李進文組詩〈恍然錄〉的PS：「這是二〇〇四年九月十一日於普吉島的池畔所寫；同年十二月二十六日普吉島發生大海嘯，整個南亞地區發生史上最大的災難。」收入《如果MSN是詩，E-mail是散文》，頁34。

[82] 李進文此時已注意到數位媒體的詩意作用：「何以我認為網路上的MSN（即時通訊）充滿詩意？因為它可以讓書寫者隱形或變形。即時通訊工具從最早的ICQ到MSN Messenger、QQ、Skype……工具一直在變形。即時通訊可同時邀請多人上線交談，對話像詩劇。彷彿王爾德早已下了註腳：『因為我認為人生太嚴重了，不可能正正經經來討論。』而MSN視窗則像稿紙，在有限的空間中自由發揮，特性像極了詩；圖像詩也有，比如大量使用的情緒表意符號，加上約定俗成的『火星文』（請先別對它作好惡的論斷），聲形俱足，充滿想像力。」對於散文他同樣表現出一種數位詩觀，亦即創作札記詩的動因：「MSN在內容創意表現上是詩，而E-mail則是液化而多樣態的新書信體，有時則變身為小品、有時隨筆、有時長篇、有時可以詩；還可以做網址的超連結，還可以夾帶影音、圖像等等。E-mail是多媒體（Multimmedia）的散文型式。」見《如果MSN是詩，E-mail是散文》同名篇章，頁227-228。

[83] 《密密語》前半部即為1987年時報文化出版的《七個季節》。簡媜說道：「總近二十年來小品、短句篩成一小堆，窸窸窣窣，舊情新嘆交響著。」見《密密語》後記，頁220。

[84] 羅智成於《魅》的後記，評價陳育虹的札記說道：「在這情感充沛、知識豐富、想像力驚人的作品集裡，作者企圖建構出一個雙管齊下、多重指涉的言說系統，其中一方是以Kouros為虛擬告白對象的札記書信體，這當中有外國詩人的詩作翻譯、以重要西方作者如里爾克、葉慈、艾略特、Robbe-Grille等人為出處或典故的生活隨想，更多的則是日記或情書般的凌亂書寫。這些被賦予共名〈魅〉的短文，它們的題材、體例與訴求看似凌亂、失焦，卻能以某種私密的語調、細膩的省查、深情甚至率直的

頭，再無力主導新詩的形式發展。[85]

　　2010年以後，臺灣札記詩的創作越發興盛。這年起，薛赫赫連續出版了《水田之春》（2010、2012再版）、《幽獨一朵小花》（2013）、《光的人》（2014），以及《麻布是一張天空》（2017），除了《水田之春》為部分札記詩外，其餘每本皆為完整的札記詩集，和李進文兩人同為臺灣創作最多札記體的詩人。2013年吳庭嫻出版《柔軟容器》，為每則札記搭配一幅素雅的插圖；2015年李進文出版《微意思》，每則札記皆有題目，每卷也都有卷名。無論是配圖，或冠以詩題，都在設法加強文字的意象，詩化隨筆文字的用意明顯。上述札記詩集，皆為形式極簡，取消分行，內容帶有強烈生活感、時代感的即興作品。因此札記詩也有自己的單位「則」，既非分行詩的「首」，也不是散文詩的「篇」，這都表現在形式的不同上。[86]中國大陸也在同個時期興起札記詩。2008年候馬出版詩集《他手記》，全書共480則，大多為一行或一段的連書形式，少數篇章採用分行，每則都有編號，是非常標準的札記詩；2012年耀旭出版《一首永遠的詩歌是生命》，以「中國當代第一部長篇詩體隨筆」自居，雖然肯定不是第一部，但透過札記包容一切的特點，融創作、評論、隨筆於一書。

　　當札記詩與能夠隨意搭配圖片、影片的社群軟體結合之後，延續混雜期的形式經驗，產生了高度複合式的詩集。2015年臺灣新銳藝術家林慧姁出版了札記詩集《一年花露水》，這是林慧姁2012年7月14日到2013年7月14日間執行的一項藝術創作計畫：「在一年內，每天至少有一件『日記』型態的作品必須產生，同時發表於臉

　　告白，塑造出近似李清照封閉又敏感、自我陷溺又意識清明的心境。」，頁291。

[85] 夏宇2016年出版的詩集《第一人稱》，書的主體為「攝影加一行詩」，書末夾在扉頁中的小冊子則為組詩〈第一人稱〉，整組詩皆沒有標題。事實上這本詩集已不再像她之前那樣前衛，除了與照片混搭為過去混雜期的特點，在極簡詩風的浪潮下，曾擅長為詩作命名的夏宇，採用其他詩人早已在大量創作的一行詩與無標題分行詩。

[86] 陳育虹《魅》書末附錄的【刊登資料】即稱為「魅（二十則）96/01・聯副」，見頁296。

書上與臉友分享和討論。」[87]於是每則札記都有明確的創作日期，每幅繪畫也由林慧姃親繪，與札記內容有非常密切的關連，整部作品集合新詩、日記、隨筆、畫冊於一身，可說是札記詩發展至今最全面、完備的型態。或出自畫家對於視覺形式的敏銳，林慧姃也是少數創作札記詩同時還能對詩歌形式保有積極嘗試態度的詩人，大量使用了新穎的分散對齊形式。2016年傅一清也出版了類似的「複合式詩集」：「《流水一清》打破過去的寫作風格，是將她在微博、微信等媒體發表的碎片式文字，依照春夏秋冬排序，輔以裝置藝術作品匯集成冊。」[88]與林慧姃不同處，傅一清每則札記的配圖主要是她拍攝或蒐集來的照片，藝術的純粹性自然降低，但卻呈現更多元混雜的一面，書中以一行詩、札記詩為主體，但也有分行詩，以及非詩的雜文。兩岸兩部札記體的集大成之作，剛好都出自女詩人之手，再加上簡媜的《密密語》，以及陳育虹《魅》中的80則札記、薛赫赫多本札記詩集等，這也是女性首次在新詩詩類的創造上超越了男性，在眾多由男詩人所開創的各種新詩品項中獨樹一格，當與歷史上隨筆與女性文學的深遠傳統有關。

札記詩的成熟，以及推出多本札記詩集，是極簡期重要的形式特點之一。詩化的札記在混雜期即已出現，但當時尚未獲得重視，過去兩岸雖然不少詩集都以手記、筆記、札記為名，但詩作實為分行詩；[89]或者單純就是札記散文，並未將札記作為一種詩類來創作，僅少部分單則作品具有詩的風味。[90]當社群軟體為詩歌主要發表場閾之後，群眾得以最簡便、最快的方式接觸詩歌，並按自己的想法隨意創作，不受新詩分行形式的傳統所束縛。因此札記詩的成熟，外部需要時代氛圍造就，內部則必須有詩歌形式發展的

---

[87] 林慧姃《一年花露水》，陶文悅前序。

[88] 2016年《文創達人誌》10月號第37期，主編序言〈且向破碎借時間〉引述北京大學文化資源研究中心主任龔鵬程教授推薦語，頁9。

[89] 例如：孟樊《S.L.和寶藍色筆記》；曾肅良《冥想手札》。

[90] 例如：渡也《歷山手記》；謝武彰《煙波手記》。

動因，才可能自其他新詩型態脫穎而出，而數位行動時代正給了機會。

2.句詩在臺灣的崛起

相較於「札記詩」以及「齊頭型分行詩」，在21世紀初同時興起於兩岸，句詩的崛起則是臺灣獨有的詩歌現象，尤其以民間創作為主力。臺灣民間對於「句子」的重視，早在1994年舉辦「廣告流行語金句獎」已看到趨勢；到了2007年「myfone行動創作獎」創辦「訊息文學組」，兩個獎項形成了今日臺灣句詩創作與評比最重要的兩大平臺。以2016年第十屆「myfone行動創作獎」為例，共收到近3萬件來自海內外的投稿作品，絕大多數都是「句子」，作者年齡層更涵蓋兒童到90歲人瑞，是臺灣乃至於華人界最盛大的徵文活動。[91]此外，政府機關、商業機構、校園單位近年也經常舉辦金句徵文活動。當句詩於民間蓬勃發展，2008年臺北詩歌節舉辦「一行詩」徵文（含標點不可超過30個字），一行詩開始受到臺灣詩壇的重視；2011年太平洋詩歌節亦舉辦了一行詩徵文。這些都是以句子為形式，以句子為審美對象的大型文學活動。當臺灣如火如荼展開各式各樣的「造句運動」，中國大陸與港澳等華人世界，卻鮮少有類似的徵文活動與作品發表。[92]2013年與2016年出版的《自由句：一句話完成你的詩歌》、《自由句II：句人2作句》，兩本臺灣當代句選代表了至目前為止句詩作品與理論的成績。

回顧句詩在臺灣的發展主要有四條脈絡：[93]第一，詩歌方面，自1922年句詩誕生以來，從原本組詩的偶一為之，成為今天現代詩

---

[91] 詳見「第10屆myfone行動創作獎」網頁「新聞大事記」，見網址：https://www.myfone.org.tw/mmcr/MCR/news_content2.aspx?id=10_3

[92] 少數如尚德琪於2007年12月在博客開設「私人格言」的小專欄，每天寫11句話，一直持續到2011年2月，但出版成冊已是2017年7月。見尚德琪《造句》自序，頁1。

[93] 此四條句詩發展脈絡見塔兒、T子對談〈為了詩歌的自由——自由句的誕生〉，收入《自由句：一句話完成你的詩歌》，頁239-240。

人不可忽視的一種詩類；第二，資本主義的高度發展帶動廣告文宣的多樣競爭，產生大量優秀的「廣告金句」與商品「slogan」，這些句子不僅抓住時代脈動，也抓住消費者的心，讓每個人朗朗上口；第三，數位時代的來臨，人們實際上比過去更常使用文字聯絡，於是一種簡短具號召力的數位書寫大量地產生，「流行語」的傳播速度超越以往；第四，源自日治時期的俳句傳統，亦為句詩發展的潛在動因，早在張揚期，包括詹冰、林亨泰、朱實等跨語言的一代，就已開始嘗試新詩與俳句形式的融合。[94] 2002年馬悅然在臺灣出版《俳句一百首》，正預告了下個形式發展階段句詩的崛起。這些因素都使得二〇年代小詩運動後消沉已久的句詩，得以在臺灣找到新生的土壤，終於在數位行動時代迎來適合的氣候，茁壯生長。

　　這些新世代的句人們對於現代詩形式的滲透有所警覺：「關於詩歌，我們長久以來都被現代詩的那一套規則所制約住了。現代人寫詩、寫俳句、甚至寫一句帶有詩意的話，都會不自覺地分行，以符合我們對詩的概念，但這其實是現代詩的概念在作祟。」[95]包括中西方翻譯與創作俳句時違反日本俳句體例擅自將俳句分為三行，以及九〇年代的「現代俳」、近年的「截句」，都是一種分行的現代詩，反對現代詩長期以「三行俳句」的方式將「句」收編為現代詩的一部分：

　　　　西方流行的三行俳句，就是「現代詩化」下強迫分行的產
　　　　物，進而又誤導了不少華人，以為用中文寫俳句就是要分成

---

[94] 其中1989年詹冰從俳句獲得靈感，開始創作一行共十個字分為三四三小節的「十字詩」。1990年8月詹冰於《笠》158期發表〈十字詩論〉，這是第一篇提倡融合俳句與新詩另創新體的文章，2003年詹冰出版生前最後一本詩集《銀髮詩集》，當中就收錄了「十字詩一千首」。

[95] 塔兒、T子對談〈為了詩歌的自由——自由句的誕生〉，收入《自由句：一句話完成你的詩歌》，頁245。

三行。事實上這也等同承認自己所譯的、所寫的句子是「不完整」的句子，而必須採取分行的手段來讓句子更有詩的感覺，也就是要更像現代詩才行。因此「三行俳句」跟本不是句的藝術，而只是一種巧立名目下的現代詩，和一行詩、二行詩、三行詩並無不同，目的就是要阻止真正獨立自主的「句」誕生。[96]

相較於「截句」大剌剌摘錄自現代詩的一部分，自由句則是與現代詩劃清界限：「寫現代詩是現代詩，寫自由句是自由句」，[97]並指出自古以來「句學傳統」即與「詩學傳統」並存，[98]例如中國古典文學中的秀句、楹聯，以及日本俳句、古希臘的Monostich。「句與詩」兩者更常互為對立面，詩總是在設法收編句成為詩的一部分，而優秀的句會脫離詩而獨立流傳，等於瓦解了最初的詩歌結構。[99]因此否定現代詩的分行形式正是自由句定體的關鍵：

> 自由句是否定形式的「零形式」詩歌，書寫所呈現的只是內容上的一句話，而不是形式上的固定的一行，全然地數位化。因為不依賴形式，所以不需要分行；因為不依賴境界，所以也不需要題目。這即是自由句在形式上、美學上與現代詩涇渭分明之處。對自由句而言，一句就是整體。[100]

「自由句」具有強烈的反現代詩美學，早在《自由句》第一集中的

---

[96] 塔兒、T子對談〈為了詩歌的自由——自由句的誕生〉，收入《自由句：一句話完成你的詩歌》，頁245。

[97] 塔兒、T子對談〈為了詩歌的自由——自由句的誕生〉，收入《自由句：一句話完成你的詩歌》，頁244。

[98] 塔兒〈句人誕生：在自由的喚醒下〉，收入《自由句II：句人2作句》，頁307。

[99] 塔兒〈句人誕生：在自由的喚醒下〉，收入《自由句II：句人2作句》，頁310。

[100] 塔兒、T子對談〈為了詩歌的自由——自由句的誕生〉，收入《自由句：一句話完成你的詩歌》，頁246。

〈自由句宣言〉即提出十七條主張反對現代詩霸權下的單一體制：「現代詩扛著自由的旗幟，以無所不包的詩歌形式收編所有現代人的詩歌。」[101]並於《自由句》第二集書中深入闡釋這十七條在形式上、美學上「句與詩」涇渭分明之處。[102]正因為現代詩與自由句有很大的區別，分屬於兩種詩學範疇，未來「自由句」終將與「現代詩」、「流行歌詞」，並列為現代詩歌的三大種類。

3.齊頭型分行詩的極簡歸來與詩歌復興？

　　生活的數位化、行動化，使得人們的閱讀與創作由紙本快速轉移到電子螢幕。2000年左右崛起的網路詩人，多半在BBS、BLOG、電子報，或網路論壇發表詩作，這些數位平臺和紙本的寫作環境較為類似，對臺灣詩人來說，最明顯的不同在於橫式書寫，但未對詩歌的形式造成太大的侷限。可是行動世代的發表媒介卻不一樣，除了維持橫式書寫外，各種微網誌、社群網站、APP，和紙本的書寫相較起來有許多不同。透過手機、平版，能讓每個人隨時創作、發表、瀏覽，但快速傳播是建立在短小輕便的訊息呈現方式上。因此行動世代的寫作，最明顯的特點就在於「形式限縮」。

　　由於今日新詩首次發表多半是在數位平臺，而數位平臺只能橫排，[103]這就如同中國大陸詩集橫排的情況，當臺灣新詩的創作也逐漸以橫排為主，形式的變化也將跟著減少。即便臺灣詩人受直排傳統影響，出版詩集多半仍將網路上的橫排作品改為直排，但從構思到首次發表的關鍵塑形階段，其形式早已經是出於橫排的思維與美

---

[101] 塔兒〈自由句宣言〉，收入《自由句：一句話完成你的詩歌》，頁3-4。

[102] 此十七條主張依序為：「1.反詩歌，回到句。2.反現代，回到自由。3.反形式，回到敘事。4.反境界，回到感受。5.反語言，回到言語。6.反純粹，回到複雜。7.反秩序，回到混沌。8.反文本，回到作品。9.反互文，回到連結。10.反書面，回到身體。11.反闡釋，回到行動。12.反批評，回到整體。13.反抒情，回到態度。14.反祕密，回到功能。15.反意象，回到自我。16.反象徵，回到生活。17.反詩人，回到個人。」各條下的闡述詳見塔兒〈句人誕生：在自由的喚寫下〉，收入《自由句II：句人2作句》，頁309-319。

[103] 臺灣僅極少數論壇願意開發直排網頁，最著名的是「Episode艾比索」https://episode.cc/

感了，詩集改為直排不過是做最後的「微調」。而在「形式限縮」方面，Twitter、Plurk、微博等微網誌，最初都限制字數在140字內，[104]訊息內容勢必要濃縮；另外手機簡訊、微信、微博（2016年前）、Twitter、Instagram還會自動取消「分行」，使全部的文字如散文般連書。這也使得在微網誌寫詩具有一種「極限寫作」的味道，也因此發展出各種相應的詩作呈現方式。許多詩人直接將詩抄寫在紙本上，再拍照截圖，一來產生美觀的圖片，二來圖片不受數位環境的規格限制，可自由書寫，結合了紙本與數位兩種書面呈現的優點，因此大受歡迎，在臺灣和世界各地產生許多手寫的詩作。正因一張圖片只能呈現小詩，或重點呈現部分詩行。於是「截圖」這種當代摘句的概念，也在大陸產生「截句」這類半截錄、半創作的小詩詩類。[105]

　　由於字數的限制，加上為了能在單一的手機螢幕前完整呈現一首詩，形式短小的小詩、句詩、札記詩因此興盛。這些源自數位平臺的物質限制，所形塑的極簡詩風，也在影響詩人的紙本創作。多位從社群網站起家的臺灣年輕詩人，都對形式的鋪陳不感興趣，包括宋尚緯、任明信、潘柏霖、陳繁齊、徐珮芬、追奇、楚影等，他們的詩幾乎只採用單純的齊頭分行形式，連錯落的詩行也極為少見，彼此詩作的形式完全相同，唯有內容風格上的不同。[106]這些詩

---

[104] 由於字數限制影響了用戶的使用意願，加上最早解除字數限制的Facebook獲得極大的成功，因此各家微網誌逐漸放寬字數限制。截至2018年，Plurk由140字放寬到210字，再放寬到360字；微博在2016年取消140字限制，更將字數上限提高到2000字；堅持字數限制為網站特色的Twitter，也已宣布由140字倍增為280字，但中日韓文字除外，仍維持140字內。

[105] 截句詩的主要推廣者蔣一談，在他號召之下，許多詩人也跟著「截句」，可以是原創，也可以截他人和自己之前的任何作品，更不一定要截自詩歌，其他文本亦可。目前由黃山書社出版了「截句詩叢」第一輯19冊，這是截句詩第一次作品集結。2017年臺灣在受大陸截句熱潮的影響下，臺灣詩學學刊出版了「截句詩系」，至2018年共推出23冊截句詩集。

[106] 極少數的詩人仍在極簡期保有混雜期的典型風格，其中以嘉勵・賈文卿為代表。她在2015年出版的第一本詩集《出師娘》，內容上重視拼貼、仿擬帶來的快意恩仇，延續混雜期的機智瀟灑，而非極簡期的消極厭世，形式上也比極簡期的詩人有更多變化，整體風格更接近混雜期的夏宇、陳黎、唐捐等詩人。然而《出師娘》中也不乏極簡期的代表形式，例如〈接吻〉、〈莫名其妙〉、〈家事課〉等，都是一句話

最初即是以這樣簡潔的齊頭分行橫排張貼在Facebook等處，日後出版紙本詩集，也以這樣同樣的方式呈現。上個世紀末，電腦、網路剛普及，許多詩人投入所謂網路詩、數位詩的創作，講究字符的運用，以及設計動畫與讀者互動，但並未受到大眾普遍接受，很快消失於讀者的視野。[107]這種創作思維正是出於「混雜期」的形式觀點，詩人直覺的將電腦、網路的聲光效果與詩歌「結合」，卻未看到數位科技真正的時代意義。如今行動世代的詩人，反而掌握了簡潔、直接的行動美學，使得詩歌在剛好誕生百年的時間點上，再次受到廣大讀者的喜愛。過去形式錯落多變、混雜多元的分行詩，在這時期反而不前衛了，整齊的齊頭分行才新穎。

　　然而新詩在發展百年之後，卻產生了和舊詩相同的情況，被一種逐漸形成的、過於強烈的單一形式，亦即「詩體」所主宰。對舊詩來說，所有七律詩作的形式完全相同，所有五古詩作的形式也完全相同，僅有篇章長短、篇數多寡的不同，今天新詩的情況也接近於此。極簡期真正具開創性的形式發展是「句詩」與「札記詩」，句詩興起於民間，屬於全民共有的寫作現象，其成就並不專屬於詩人；札記詩主要由經歷過混雜期乃至於張揚期的中生代詩人所建立起來，相較之下理應作為主力的兩岸三地行動世代的年輕詩人們，並未展現出形式上的創造力。無論是出於個人好惡，或數位平臺的約束，大量的齊頭詩型都顯現一種疲乏、低落和千篇一律的狀態，這或許和他們標榜的厭世情緒有關。事實上兩岸曾經活躍的詩歌理論探索已低迷許久，行動世代的年輕詩人們單純只創作，失去建構詩歌理論的興趣和能力。然而輿論僅以群眾對新詩的關注，以及詩集銷售量大增，就視為百年新詩的復興而大肆宣傳，將商業利益操縱下的人氣、銷量、按讚數作為詩歌復興的指標，未免過於草率、

　　乃至於一個詞的「句詩」，這種極簡期的代表詩體，反而有助於她發揮慧黠的幽默感，融合了兩個形式階段的特點。

[107] 今日這些網路詩的網址絕大多數已無法連結，詩作和網頁早已從網路世界撤下了。

市儈。過去兩個齊頭詩型獨大的年代：抗戰時期與文革時期，新詩同樣受到關注、傳唱，一些詩集也同樣熱銷，而我們並不會說那是一個詩歌復興的時代。不免令人懷疑今日詩歌是否真的復興了？但另一方面，行動世代的年輕詩人以其天賦和努力，將新詩的關注場閾由紙本的詩集詩刊，順利轉移到數位移動平臺，開創新的時代、新的詩歌世代，擺脫長期以來詩社、詩刊、報紙副刊、文學雜誌、出版社對新詩發表和品評的宰制，詩與個人有更緊密的連結，是其偉大與開創之處，就這點而言，新詩確實又充滿復興的朝氣，令人期待。因此回首百年新詩的形式歷程，重新理解胡適及其先行者詩歌革命的意涵，有其重要的意義。

從新詩形式最初的生成開始。語體方面，白話文本身具有不同音節的詞彙、眾多的虛詞，以及歐化語法，再加上標點符號的使用，皆造成格律化的困難；分行排列方面，跨行、跨節的運用，使得新詩的句式具有「行句分離」的特點，內在的詩句與外在的詩行呈現不穩定的狀態；自由體方面，新詩從字數、詩行到章節，形式上沒有任何限定。上述三方面的解放，使得新詩形式產生了一種「不對稱」的美學特點，也因此新詩在視覺形式上標榜詩行的任意鋪陳，在聽覺形式上標榜自然的音節，對任何定型化的要求，都存有戒心。這種美學特點作為日後新詩形式的建構原則，更作為今日是否為「詩」的評斷標準。

正因為各種元素的混雜，新詩形式的發展有過數次面臨分裂的情況：第一次的挑戰來自「散文詩」，第二次是「小詩」，第三次是「新格律詩」，最近的一次分裂危機則是「句詩」與「札記詩」。每一次新詩都在「分行自由體」的主導下挺了過來，容納各種新的形式演變，擴大了新詩形式的邊界。[108]縱觀新詩形式演變的

---

[108] 例如「句詩」與「札記詩」仍屬於新詩嗎？還是另一種新誕生的當代詩類？因此齊頭型分行詩於極簡期的興盛，很可能是新詩形式內部為了平衡「句詩」、「札記詩」的挑戰，鞏固新詩基本形式的保護措施。

幾個活躍階段：《新青年》的創建時期、三〇年代現代主義時期、兩岸分治之後臺灣的跨語言時期、中國大陸的第三代詩時期、臺灣後現代主義的仿擬時期，以及近幾年的數位行動時期。新詩經歷了各式各樣的形式演變，卻從未動搖過以「分行自由體」為核心的定體原則。

第四節　巨大且繁複的心靈圖景

　　通常新的詩體，都是立足在前一種詩體的形式上演變，然而1917年新詩誕生，漢語詩歌從未在形式上有過如此全面、激烈的變革。以往，比如近體詩是在五言、七言古詩的齊言形式加上四聲律或平仄律，形式有明顯的延續，語體也皆為文言文；歌唱文學方面，詞與曲兩者同為格律化的長短句，音樂上曲譜更常混合詞譜，語體則較為不同，詞為文言，雖然部分散曲也採用風雅的文言語體，但大量摻雜元代當時的口語才是曲家本色。大部分相承的詩歌，形式都是在前有所承的情況下進行改變，而語體的改變更為難得。回溯上一次漢語形式的重大轉變是兩漢之間，詩經、楚辭為主的先秦詩歌轉換為漢代五言詩的階段。儘管五言詩是否由詩經、楚辭演變而來，尚有爭議，但三者之間存在極大的形式差異卻是不爭的事實，包括句式、韻式，以及語體都有很大的不同，[109]但至少還保有押韻，以及齊言或接近於齊言的特點。

　　新詩相較於時間點上前後接壤的近體詩，以及於清代復興的詞體，這兩種格律詩歌，只繼承了少部分的形式特徵，例如近體詩兩句一聯的敘事結構，以及詞體的長短句式，甚至最初的新詩人還模

---

[109] 齊言上，詩經由四言主導，楚辭的句子則長短不齊，五言詩則是固定每句五字；句式分層方面，詩經為二二句式，楚辭為二×三句式，五言詩則為三二句式；韻式上，詩經押韻最頻繁，五言詩偶數句押韻，楚辭則較少押韻，更被部分學者視為是一種頓嘆律；語體上詩經與楚辭為單音節詞、雙音節詞混合使用，但五言詩則以雙音節詞為主。

仿了詞調。然而卻是在繼承中大變，新詩形式的出現正是為了推翻
這些舊詩詞的特徵：

> 新文學的語言是白話的、新文學的文體是自由的、是不拘格
> 律的。初看起來。這都是「文的形式」一方面的問題、算不
> 得重要。卻不知道形式和內容有密切的關係。形式上的束
> 縛、使精神不能自由發展，使良好的內容不能充分表現。若
> 想有一種新的內容和新精神。不能不先打破那些束縛精神的
> 枷鎖鐐銬。因此、中國近年的新詩運動可算得是一種「詩體
> 的大解放」。因為有了這一層詩體的解放、所以豐富的材
> 料、精密的觀察、高深的理想、複雜的感情、方才能跑到詩
> 裡去。[110]

破體的訴求在胡適的詩學觀中非常明確。為了讓精神自由發展，讓
良好的內容充分表現，必須先解除詩歌形式上的限制，更將傳統的
詩詞格律視為一種「束縛精神的枷鎖鐐銬」，正是這種對於傳統
詩體的否定，為後來紀弦所說的「新詩乃是橫的移植，而非縱的
繼承」廓清來自傳統詩歌的障礙。[111]而胡適也確實透過創作新詩的
實驗成果，瞭解一旦「詩體大解放」之後，確實能從外在格律的去
除，帶進新的內容和新精神，益加肯定自己所引領的新詩運動：
「不但打破七言五言的詩體、並且推翻詞調曲譜的種種束縛；不拘
格律、不拘平仄、不拘長短；有什麼題目、做什麼詩；詩該怎麼
做、就怎麼做。」[112]胡適認為新詩所做的詩，就是「詩」本身，這
裡的「詩」是一個本於概念上的詩意，是寄寓於詩題之中的。「詩
該怎麼做、就怎麼做」意指詩有它原初的樣貌，在創作完成之前就

---

[110] 胡適〈談新詩：八年來一件大事〉。
[111] 紀弦〈現代派信條釋義〉，1956年《現代詩》13期，頁4。
[112] 胡適〈談新詩：八年來一件大事〉。

已經存在，可以說是一種沒有形式的詩，更不能為了追求格律的整齊精工而妨害了這份詩的表達，套用詩體格律來作詩，只是對已有的「詩」削足適履，塞進萬人皆同的框架當中。這種應當將詩最初的狀態保留下來，不應被詩體所束縛的想法，正是新詩採用自由體的根本原因。這不僅是胡適個人的觀念，當時許多人也都有類似的想法，即便後來，這樣的觀念仍是主流。七〇年代，陳芳明反駁何錡章認為新詩要先建立「形式」才能有寄託跟發展，[113]陳說道：「其實，一首詩的完成並非取決於形式，創作者在構思一首詩的時候，往往只在考慮詩的內容和和節奏，必待一首詩完成之後，詩的形式才完全呈現出來。換言之，詩還沒有寫成，它的形式就沒有定型，形式的存在完全依附在詩的內容和節奏。」[114]

　　這種「詩歌先驗」，詩超越一切形體的觀念究竟從何而來？或許我們可以從當時的漢語詩歌的處境，找到答案。1922年2月劉延陵於《詩》刊發表了〈美國的新詩運動〉，當中提到：新詩『The New Poetry』是世界的運動，並非中國所特有：中國的詩的革新不過是大江的一個支流。」進一步指出當時全球詩歌面臨的現況：「新詩係對舊詩而言。西國各國的舊詩也和中國的舊詩相似，有兩個特殊之點：在形式音韻一方面有一定的規律；在內容一方面，不是說的愛情，就是講的風雲月露，不然就是演述的歷史上的故事，絕不和真實的人生有關。」[115]劉延陵認為新詩應當表現「個人性」，這說法接近傳統中國詩歌所講究的個人情志，但在新時代的文化環境以及語言環境下，古典詩歌內在慣有的敘事理路以及外在固定的格律形式，都已無法讓現代人用來表達自己的生活感受，也

---

[113] 此處何錡章〈新詩基本形式的建立與歸類〉一文所指的「形式」，有時也以「基本形式」稱之，但所指的是具定型意義的格律形式，與本文作為文體識別特徵的「基本形式」，完全不同。見陳芳明《鏡子和影子——現代詩評論》，臺北：志文出版社，1964年3月，頁11-16。
[114] 陳芳明〈一個學歷史的人看新詩〉，《鏡子和影子——現代詩評論》，頁9。
[115] 劉延陵〈美國的新詩運動〉，頁23。

無法描述當下所處的這個世界的真實情況。在這詩歌全球化的浪潮下，新詩實際上是一種「翻譯體詩歌」。

我們將「翻譯體詩歌」定義為：透過翻譯詩歌經驗改良原本語境下的詩類，或新建一種在原本語境中所沒有的詩類。如果只是將一首外國詩歌，以固有的詩型，如古體詩、近體詩來翻譯，並不能稱為翻譯體詩歌。舉例而言，日本學者松浦友久發現當漢詩被訓讀之後，就能以日語的「文語自由詩」的形式而受日本民眾欣賞，松浦認為這是因為「訓讀」是對漢詩、漢文的直譯。[116]訓讀剝除了漢詩的音韻、節奏，以及齊言、對偶等形式，僅傳達其內容意涵，同時以日語的節奏感自由地去調整譯作的節奏。日本在翻譯漢詩的過程中產生的「訓讀」，與中國在翻譯西方詩歌的過程中所進行的，是一個相似的翻譯過程。西方詩歌在經過中文翻譯之後，西詩的格律全被語言的屏障所檔下，唯有敘事內容，以及最外在的分行形式能完整保留在中文譯作當中。然而這是以白話語體，並且翻譯為自由詩的情況而言，若是以文言語體將西方詩歌翻譯成古體詩或近體詩，不僅西詩的分行形式無法保存，連敘事內容都會因為遷就於古典漢詩的格律而被壓縮到失去原本的意涵。兩種方式取捨之下，既然任何譯法都不能將西詩的格律翻譯過來，譯者自然選擇翻譯較不費力的白話譯法，[117]不僅清楚傳達內在的敘事內容，也能呈現詩歌外在的分行形式。正因為翻譯的作用，西方詩歌全球化的過程，各地所產生的新詩歌，必然是一種翻譯過後的白話自由詩體。全球化使得各地原本獨自發展的詩體，紛紛破除壁壘分明的格律，遭受到如同翻譯般的「破體」經驗。

新詩之體，正是一種翻譯之體，將破除詩體的對象，從翻譯經驗中的西方詩歌轉為以文言創作的古典詩歌，是一種自「橫的移

---

[116] 松浦友久（著），加藤阿幸、陸慶和（譯）：《日中詩歌比較叢稿》，頁141。
[117] 關於清末民初翻譯容易採用白話散文的情況，可參見熊輝、劉丹〈外國詩體與中國新詩〉談自由詩的部分，收入呂進主編《中國現代詩體論》，頁183-193。

植」轉往「縱的繼承」的逆轉。最初意識到詩體已經被白話散文所瓦解的，是康白情，他綜觀1917年到1920年新詩最初期的發展說道：「新詩所以別於舊詩而言。舊詩大體遵格律，拘音韻，講雕琢，尚典雅。新詩反之，自由成章而沒有一定的格律。切自然的音節而不必拘音韻，貴質樸而不講雕琢，以白話入行而不尚典雅。新詩破除一切桎梏，人性底陳套，只求其無悖詩底精神罷了。」[118] 康白情所謂「無悖詩底精神」，正是在去除詩體之後，每首詩都有了自己的形式，能讓詩人更便於表達個人的特質，達到胡適所說的「語語須有個我在」，[119] 以及「要說我自己的話，別說別人的話」。[120] 這種個人性、私人性，極端時甚至成為一種「個人主義」的對於「自我」的強調和在意，正是全球化下現代主義詩學的一個特點，也是自惠特曼「自由詩」、波特萊爾「散文詩」（可視為一種不分行的自由詩）以來，自由詩的美學核心。新詩形式的變異性、可塑性，可任由作者千變萬化的形式，都是為了能夠更方便、更準確的表達這個「自我」。寫作新詩，正是對這份原始詩意的一種對於自我的翻譯。

　　當詩歌「破體」之後，「詩」是什麼，也就指向我們心靈中的那份無形的詩意。而心靈怎麼會有規範？新詩表面上是形式自由，但實際上卻是否定一切形式規範，否定了形式；是新詩表現為自由體，而不是新詩選擇了自由體的形式。新詩這種「不具形式」的自由詩特點，正是為了方便每個人表達內心的詩意，傳達個人的所思、所想、所見、所感，使每一首詩都能具有個人的特點，都能表達個人當下的心靈狀態。此刻，新詩的形式，也就是每個人心靈的結構，這也是新詩不同於其他文體之處。新詩的形式還在演變，探索心靈的結構永無終結。

---

[118] 康白情〈新詩底我見〉，1920年《少年中國》1卷9期，頁2。
[119] 胡適〈寄陳獨秀〉，收入《胡適文存》（初版四卷本）卷一，頁4-5。
[120] 胡適〈建設的文學革命論〉，1918年《新青年》4卷4期，頁290。

當然，演化並沒有中止，它還在繼續。

　　　　　　　　　　　　　　　　——馮至〈詩的呼喚〉[121]

---

[121] 馮至〈詩的呼喚〉，趙瑞蕻《詩的隨想錄——八行新詩習作150首》書序，頁18-19。

參考文獻

一、詩集／詩選集

《新詩集》，上海：新詩社，1920年1月。

Apollinaire, *Guillaume. Calligrammes, poemes de la paix et de la guerre (1913-1916)*, SC: Nabu Press, 1998.

Edgar Allan Poe, Poems and essays on poetry, Manchester: Carcanet Press, 1995.

William Carlos Williams, Selected Poems, New York: New Directions, 1962.

中國文聯（重印）：《中國現代詩歌名家名作原版庫》，北京：中國文聯，1994年。

卞之琳：《雕蟲紀歷》，北京：人民文學出版社，1979年9月。

文曉村：《新詩評析一百首》上冊、下冊，臺北：布穀出版社，1980年4月。

方思：《方思詩集》，臺北：洪範書店，1980年10月。

方群：《文明併發症》，臺北：文史哲出版社，1997年1月。

方群：《航行，在詩的海域》，臺北：釅研筆墨，2009年9月。

方群：《進化原理》，宜蘭：凱拓出版社，1994年5月。

方旗：《哀歌二三》，臺北：方旗出版，1966年6月。

木心：《瓊美卡隨想錄》，臺北：洪範書店，1986年9月。

王今軒：《折箭賦：王今軒詩集》，臺南：世英，1977年1月。

王希成：《無境飛行》，高雄：春暉出版社，2003年12月。

王信：《冰戀》，臺北：爾雅出版社，1996年5月。

王珂：《新詩詩體生成史論》，北京：九州出版社，2007年5月。

王廣仁：《孤寂：王廣仁詩選集（1977-1990）》，臺北：書林出版，1998年5月。

王潤華：《內外集》，臺北：國家書店，1978年4月。

王獨清：《聖母像前》，上海：創造社出版，1927年12月（二版）。

王離：《遷徙家屋》，桃園市：逗點文創結社，2010年10月。

王競擇：《忘言》，臺北：永望文化，1999年12月。

包慧怡：《我坐在火山的最邊緣》，鄭州：河南大學出版社，2016年8月。

北社（編）：《新詩年選》，上海：亞東圖書館，1922年8月。

北島：《守夜：詩歌自選集 1972-2008》，香港：牛津大學出版社，2009年7月。

外山正一、矢田部良吉、井上哲次郎（合編）：《新体詩抄》初編本，東京：丸家善七，1882年8月。

田湜：《夢見映帆》，臺北：田湜出版，2001年。

田間：《田間詩選》，北京：人民文學出版社，1983年2月。

白采：《羸疾者的愛》，上海：中華書局，1925年4月。

白萩：《天空象徵》，臺北：田園出版社，1969年6月。

白萩：《蛾之死》，臺北：藍星詩社，1959年5月。

向明（編）：《七十九年詩選》，臺北：爾雅出版社，1991年2月。

向明：《青春的臉》，臺北：九歌出版社，1982年11月。

向陽：《亂》，臺北縣：印刻文學，2005年7月。

托・斯・艾略特（Thomas Stearns Eliot）著，湯永寬、裘小龍等譯《荒原：艾略特文集・詩歌》，上海：上海譯文出版社，2012年6月。

朱湘：《石門集》，上海：商務印書館，1934年6月。

朱贏椿：《設計詩》，桂林：廣西師範大學出版社，2011年11月。

灰馬：《切線：創世紀詩叢》，臺北：創世紀詩雜誌社，1992年

6月。

百花文藝（重印）：《中國現代文學名著原版珍藏》，天津市：百
　　花文藝，2004年。

余光中：《八十五年詩選》，臺北：現代詩季刊社，1997年6月。

余光中：《天狼星》，臺北：洪範書店，1976年8月。

余光中：《高樓對海》，臺北：九歌出版社，2000年7月。

吳長耀：《山城傳奇》，臺北：詩之華出版社，1995年6月。

吳長耀：《逆溫層》，臺北：詩之華出版社，1997年5月。

吳庭嫻：《柔軟容器》，臺北：吳庭嫻出版，2013年9月。

宋尚緯：《共生》，臺北：啟明出版，2016年3月。

李金髮：《為幸福而歌》，上海：商務印書館，1926年11月。

李金髮：《食客與凶年》，北京：北新書局，1927年5月。

李金髮：《異國情調》，重慶：商務印書館，1942年11月。

李金髮：《微雨》，北京：北新書局，1925年11月。

李癸雲：《女流》，臺北：唐山出版社，2007年12月。

李進文：《一枚西班牙錢幣的自助旅行》，臺北：爾雅出版社，
　　1998年7月。

李進文：《不可能；可能》，臺北：爾雅出版社，2012年2月。

李進文：《如果MSN是詩，E-mail是散文》，臺北：爾雅出版社，
　　2006年7月。

李進文：《更悲觀更要》，臺北：聯合文學，2017年5月。

李進文：《長得像夏卡爾的光》，臺北：寶瓶文化，2015年1月。

李進文：《微意思》，臺北：寶瓶文化，2015年8月。

李雲顥：《河與童》，臺北：小小書房，2015年2月。

李寶樑：《紅薔薇》，上海：新文書社，1922年7月初版。收入劉
　　福春、李怡主編《民國文學珍稀文獻集成・第一輯・新詩舊集
　　影印叢編》第5冊，新北市：花木蘭文化，2016年4月。

杜十三：《石頭悲傷而成為玉》，臺北：思想生活屋，2000年1月。

杜國清：《望月》，臺北：爾雅出版社，1978年12月。

汪靜之、應修人、潘漠華、馮雪峰：《湖畔》，上海：湖畔詩社，1922年4月。

汪靜之：《寂寞的國》，上海：開明書店，1927年9月。

芒克：《芒克詩選》，北京：中國文聯出版，1989年2月。

辛鬱：《豹》，臺北：漢光出版社，1988年8月。

邢悅：《日子過得空白一點也不錯：邢悅三行詩》，新北市：斑馬線文庫，2016年3月。

周倫佑：《在刀鋒上完成的句法轉換》，臺北：唐山出版社，1999年2月。

周策縱：《胡說草》，臺北：文史哲出版社，2008年07月。

孟樊：《S.L.和寶藍色筆記》，臺北：書林出版，1992年5月。

孟樊：《戲擬詩》，臺北：秀威資訊科技，2011年7月。

尚德琪：《造句》，蘭州：甘肅人民出版社，2017年7月。

林亨泰：《爪痕集》，臺北：笠詩刊社，1986年2月。

林亨泰：《林亨泰全集》全十冊，彰化：彰化縣立文化中心，1998年9月。

林則良：《對鏡猜疑》，臺北：時報文化，1993年9月。

林則良：《與蛇的排練》，臺北：時報文化，1996年3月。

林建隆：《生活俳句》，臺北：探索文化出版，1998年10月。

林建隆：《林建隆俳句集》，臺北：前衛出版社，1997年12月。

林建隆：《鐵窗的眼睛：林建隆俳句集Ⅲ》，臺北：月旦出版，1999年11月。

林彧：《鹿之谷》，臺北：漢藝色研，1987年12月。

林婉瑜：《愛的24則運算》，臺北：聯合文學，2017年3月。

林慧姃：《一年花露水》，臺北：銀穗國際企業，2015年7月。

林燿德：《都市終端機》，臺北：書林出版，1988年6月。

林燿德：《銀碗盛雪》，臺北：洪範書店，1987年1月。

邱剛健：《再淫蕩出發的時候》，新北市：蜃樓出版社，2004年
　　9月。

邵僩：《人間種植》，臺北：爾雅出版社，1986年3月。

非馬：《非馬詩選》，臺北：臺灣商務出版，1973年6月。

侯吉諒：《交響詩》，臺北：未來書城出版，2001年4月。

俞平伯：《冬夜》，上海：亞東圖書館，1922年3月初版。收入劉
　　福春、李怡主編《民國文學珍稀文獻集成・第一輯・新詩舊集
　　影印叢編》第17冊，新北市：花木蘭文化，2016年4月。

施佳瑩（編寫），徐志摩（著）：《徐志摩詩選》，臺北：好讀出
　　版，2016年4月。

查猛濟（編）：《抒情小詩集》，上海：古今圖書店，1923年6月
　　初版，1925年再版。收入劉福春、李怡主編《民國文學珍稀文
　　獻集成・第一輯・新詩舊集影印叢編》第33冊，新北市：花木
　　蘭文化，2016年4月。

洛夫：《月光房子》，臺北：九歌出版社，1990年3月。

洛夫：《西貢詩抄》，收入《洛夫詩歌全集Ⅲ》，臺北：普音文化，
　　2009年4月。

洛夫：《洛夫詩歌全集》第Ⅰ、Ⅱ、Ⅲ、Ⅳ冊，臺北：普音文化，
　　2009年4月。

洛夫：《隱題詩》，臺北：爾雅出版社，1993年3月。

洛夫：《魔歌》，收入《洛夫詩歌全集Ⅳ》，臺北：普音文化，
　　2009年4月。

紀弦：《半島之歌》，臺北：現代詩季刊社，1993年8月。

紀弦：《紀弦自選集》，臺北：黎明文化，1978年12月。

紀弦：《紀弦詩拔萃》，臺北：九歌出版社，2002年8月。

紀弦：《晚景》，臺北：爾雅出版社，1985年5月。

紀弦：《飲者詩鈔》，臺北，現代詩社，1963年10月。

紀弦：《摘星的少年》，臺北：現代詩社，1954年5月。

胡適：《嘗試集》初版，上海：亞東圖書館，1920年3月。收入劉
　　　福春、李怡主編《民國文學珍稀文獻集成・第一輯・新詩舊集
　　　影印叢編》第2冊，新北市：花木蘭文化，2016年4月。

胡適：《嘗試集》修訂版，臺北：胡適紀念館，1978年6月。

胡適：《嘗試集》增訂四版，上海：亞東圖書館，1922年10月。

胡寶林：《去國》，臺北：創造力教室，1983年1月版。

候馬：《他手記》，南京：江蘇文藝出版社，2008年5月。

唐捐：《世界病時我亦病》，臺北：聯合文學，2016年4月。

唐捐：《金臂勾》，新北市：蜃樓出版，2011年12月。

唐捐：《蚱哭蜢笑王子面》，新北市：蜃樓出版，2013年8月。

唐捐：《無血的大戮》，臺北：寶瓶文化出版，2002年12月。

唐捐：《暗中》，臺北：文史哲出版社，1997年5月。

唐捐：《網友唐損印象記：臺客情調詩》，臺北：一人出版社，
　　　2016年12月。

夏宇：《●摩擦●無以名狀》，臺北：夏宇出版，1995年5月。

夏宇：《Salsa》，臺北：夏宇出版，1999年9月。

夏宇：《第一人稱》，臺北：夏宇出版，2016。

夏宇：《備忘錄》，臺北：夏宇出版，1984年9月。

夏宇：《腹語術》，臺北：現代詩季刊社，1991年3月。

孫梓評：《善遞饅頭》，臺北：木馬文化，2012年12月。

孫維民：《異形》，臺北：書林出版，1997年5月。

孫維民：《麒麟》，臺北：九歌出版社，2002年12月。

徐玉諾：《將來之花園》，上海：商務印書管，1922年8月。

徐志摩（著），陸小曼（主編）：《徐志摩全集》1詩集，上海：
　　　上海書店，1988年1月。

徐志摩（著），陸耀東等（主編）：《徐志摩全集補編》Ⅰ詩集，
　　　香港：商務印書館，1993年7月。

徐志摩（著），楊牧（編校）：《徐志摩詩選》，臺北：洪範書

店，1987年11月。

徐志摩：《志摩的詩》，北京：人民文學出版社，1983年8月。

徐志摩：《猛虎集》，上海：新月書店，1931年8月。

海子：《海子詩全集》，北京：作家出版社，2009年3月。

翁翁：《緩慢與昨日》，臺北：文訊雜誌社，2015年9月。

馬悅然：《俳句一百首》，臺北：聯合文學，2002年10月。

高大鵬：《獨樂園：高大鵬詩集》，臺北：時報文化，1980年8月。

商禽：《用腳思想：詩及素描》：臺北：漢光文化，1988年9月。

商禽：《商禽詩全集》，臺北縣：印刻文學，2009年4月。

商禽：《夢或者黎明及其他》，臺北：書林出版，1988年9月。

康白情：《草兒》，上海：亞東圖書館，1922年3月。

張秀亞：《我的水墨小品》，臺北：道聲出版社，1978年6月。

張秀亞：《張秀亞全集》第一冊·詩卷，臺南：臺灣文學館，2005年
　　3月。

張棗（譯）：《張棗譯詩》，北京：人民文學出版社，2015年6月。

張棗：《張棗的詩》，北京：人民文學出版社，2010年7月。

張鳳：《活體詩》，上海：群眾圖書公司，1935年12月。

張默、蕭蕭（主編）：《新詩三百首（1917-1995）》增訂版（上下
　　冊），臺北：九歌出版社，2007年1月。

張默：《小詩選讀》，臺北：爾雅出版社，1987年5月。

莫傑：《枝微末節》，臺北：唐山出版社，2007年1月。

許德民：《抽象詩》，上海：上海文藝出版社，2013年10月。

郭沫若：《女神》，上海：泰東圖書局，1921年8月初版。收入劉
　　福春、李怡主編《民國文學珍稀文獻集成·第一輯·新詩舊集
　　影印叢編》第8冊，新北市：花木蘭文化，2016年4月。

郭沫若：《女神及佚詩》，北京：人民文學出版社，2008年6月。

郭品潔：《未果的差事》，新北市：蜃樓出版，2016年12月。

陳克華：《我撿到一顆頭顱》，臺北：漢光文化，1988年9月。

陳育虹：《之間》，臺北：洪範書店，2011年7月。

陳育虹：《河流進你深層靜脈》，臺北：寶瓶文化，2002年6月。

陳育虹：《閃神》，臺北：洪範書店，2016年10月。

陳育虹：《魅》，臺北：寶瓶文化，2007年1月。

陳義芝：《不安的居住》，臺北：九歌出版社，1998年2月。

陳黎：《小宇宙&變奏》，臺北：九歌出版社，2016年4月。

陳黎：《小宇宙：現代俳句一百首》，臺北：皇冠文學，1993年6月。

陳黎：《小宇宙：現代俳句二〇〇首》，臺北：二魚文化，2006年6月。

陳黎：《妖／冶》，臺北：二魚文化，2012年9月。

陳黎：《我／城》，臺北：二魚文化，2011年6月。

陳黎：《苦惱與自由的平均律》，臺北：九歌出版社，2005年11月。

陳黎：《家庭之旅》，臺北：麥田出版，1993年4月。

陳黎：《島／國》，臺北：印刻文學，2014年11月。

陳黎：《島嶼邊緣》，臺北：九歌出版社，2003年11月。

陳黎：《朝／聖》，臺北：二魚文化，2013年5月。

陳黎：《輕／慢》，臺北：二魚文化，2009年4月。

陳黎：《親密書：陳黎詩選（1974-1992）》，臺北：書林出版，1992年5月。

陳黎：《貓對鏡》，臺北：九歌出版社，1999年6月。

陸志韋：《渡河》，新北市：花木蘭文化出版社，2016年4月。

傅一清：《流水一清》，新北市：花木蘭文化，2016年5月。

喬林：《文具群及其他》，臺北：文史哲出版社，2006年4月。

曾肅良：《冥想手札》，臺北：詩之華出版社，1994年6月。

覃子豪（著），向明、劉正偉（編）：《新詩播種者：覃子豪詩文選》，臺北：爾雅出版社，2005年10月。

馮乃超：《紅紗燈》，上海：創造社出版，1928年2月。

黃克全：《一天清醒的心》，臺北：爾雅出版社，1990年1月。

塔兒（主編）：《自由句：一句話完成你的詩歌》，新北市：遠景出版，2013年7月。

塔兒（主編）：《自由句II：句人2作句》，新北市：遠景出版，2016年2月。

楊子潤：《來時路》，雲林縣斗六市：雲林縣政府，2017年3月。

楊小濱：《到海巢去》，新北市：印刻文學，2015年2月。

楊小濱：《穿越陽光地帶》，臺北：現代詩季刊社，1994年9月。

楊吉甫：《楊吉甫詩文選》，四川：四川省文化廳史志辦公室，1988年11月。

楊守愚：《楊守愚全集》，臺北：師大書苑，1996年5月。

楊牧：《傳說》，臺北：志文出版社，1971年3月。

楊澤：《新詩十九首：時間筆記本》，臺北：印刻文學，2016年6月。

瘂弦（主編）：《天下詩選I》，臺北：天下遠見，1999年9月。

瘂弦（主編）：《天下詩選II》，臺北：天下遠見，1999年9月。

萩原恭次郎：《死刑宣告》，東京：長隆舍，1925年10月。

葉伯和：《詩歌集》，1920年5月初版，1922年5月再版。收入劉福春、李怡主編：《民國文學珍稀文獻集成・第一輯・新詩舊集影印叢編》第5冊，新北市：花木蘭文化，2016年4月。

葉覓覓：《越車越遠》，臺北：田園城市文化，2010年6月。

葉覓覓：《順順逆逆》，臺北：田園城市文化，2015年11月。

葉覓覓：《漆黑》臺北：唐山出版社，2004年12月。

葉覓覓：《嘹亮的雨水有原諒的美》：《順順逆逆》附贈別冊，臺北：田園城市文化，2015年11月。

葉維廉（譯）：《眾樹歌唱：歐美現代詩100首》（增訂版），北京：人民文學出版社，2009年12月。

葉維廉：《松鳥的傳說》，臺北：四季出版事業，1982年5月。

葉維廉：《野花的故事》，臺北：中外文學月刊，1975年8月。

葉維廉：《醒之邊緣》，臺北：寰宇出版社，1971年12月。

詹冰：《太陽・蝴蝶・花》，1981年3月。

詹冰：《詹冰詩全集（一）新詩》，苗栗：苗栗文化局，2001年12月。

詹冰：《詹冰詩全集（二）兒童新詩》，苗栗：苗栗文化局，2001年12月。

詹冰：《實驗室》，臺北：笠詩刊社，1986年2月。

詹冰：《綠血球》，苗栗縣：笠詩社，1965年10月。

詹冰：《銀髮詩集》，高雄：春暉出版社，2003年10月。

鄒佑昇：《大衍曆略釋》，鄒佑昇自費出版，2014年1月。

嘉勵，賈文卿（洪嘉勵）：《出師婊》，新北市：角立有限公司，2015年2月。

廖啟余：《解蔽》，臺北：釀出版，2012年4月。

管管：《管管・世紀詩選》，臺北：爾雅出版社，2000年7月。

管管：《管管詩選》，臺北：洪範書店，1986年1月。

聞一多：《死水》，上海：新月書店，1933年3月（四版），收入【中國現代文學名著原版珍藏】，天津：百花文藝出版社，2004年7月。

趙天儀（等編）：《混聲合唱——笠詩選》，高雄：春暉，1992年9月。

趙瑞蕻：《詩的隨想錄——八行新詩習作150首》：南京：南京大學出版社，1993年2月。

劉半農：《初期白話詩稿》，北平：星雲堂書店，1933年。

劉半農：《揚鞭集》，北京：北新書局，1926年6月。（直排）

劉季陵：《4＋1個角落》，臺北：唐山出版社，1996年3月。

蔡瑞青：《斧頭花詩集》，臺中：白象文化，2011年4月。

蔣一談：《截句》，北京：新星出版社，2015年11月。

樹才：《樹才詩選》，武漢：長江文藝出版社，2011年10月。

穆木天：《旅心》，上海：上海書店，1989年6月。

蕭蕭（編）：《2005臺灣詩選》，臺北：二魚文化，2006年2月。

蕭蕭：《情無限・思無邪》，臺北：釀出版，2011年3月。

蕭蕭：《毫末天地》，臺北：漢光文化，1989年7月。

蕭蕭：《悲涼》，臺北：爾雅出版社，1982年11月。

蕭蕭：《雲邊書》，臺北：爾雅出版社，1998年7月。

蕭蕭：《緣無緣》，臺北：爾雅出版社，1996年3月。

蕭蕭：《舉目》，彰化：大昇出版社，1978年6月。

駱寒超：《20世紀新詩綜論》，上海：學林出版社，2001年12月。

駱寒超：《駱寒超詩論集》，杭州：浙江大學出版社，1991年3月。

戴天：《岣嶁山論辯》，臺北：遠景出版社，1980年7月。

薛赫赫：《水田之春》，臺北：本來出版文化，2012年1月。

薛赫赫：《光的人》，臺北：本來出版文化，2014年1月。

薛赫赫：《幽讀一朵小說》，臺北：本來出版文化，2013年1月。

薛赫赫：《麻布是一張天空》，臺北：本來出版文化，2017年2月。

鍾喬：《鍾喬詩抄：來到邊境》，臺北：鍾喬出版，2008年1月。

鍾鼎文：《山河詩抄》，臺北：正中書局，1956年1月。

鍾鼎文：《行吟者》，臺北：臺灣詩壇，1951年詩人節。

隱匿：《自由肉體》，臺北縣：有河文化，2008年10月。

鴻鴻：《土製炸彈：鴻鴻詩集》，臺北：黑眼睛文化，2006年9月。

鴻鴻：《黑暗中的音樂：鴻鴻詩集》，臺北：曼陀羅創意工作室，
    1990年3月。

簡媜：《密密語》，臺北：洪範書店，2006年8月。

顏艾琳：《骨皮肉》，臺北：時報文化，1997年6月。

馥泉：〈妹嫁〉二十九首，載於《詩》1卷3號，1922年5月，頁66-
    68。

羅任玲：《逆光飛行》，臺北：麥田出版，1998年5月。

羅青：《錄影詩學》，臺北：書林出版，1988年6月。

羅智成：《黑色鑲金》，臺北：聯合文學，1999年2月。

羅智成：《擲地無聲書》，臺北：天下遠見，2000年5月。

羅智成：《寶寶之書》，臺北：遠流出版，1989年8月。

耀旭：《一首永遠的詩歌是生命》，武漢：長江文藝出版社，2012年9月。

蘇曼殊：《曼殊大師詩文集》，香港：正風，1953年5月。

蘇紹連：《隱形或者變形》，臺北：九歌出版社，1997年7月。

蘇紹連：《驚心散文詩》，臺北：爾雅出版社，1990年7月。

顧城：《顧城詩全集》，南京：江蘇文藝出版社，2010年4月。

二、報刊文獻

《小說月報》，上海：商務印書館，1910年（宣統二年）創刊。

《中外文學》，臺北：中外文學月刊社，1972年創刊。

《中華小說界》，上海：中華書局，1914年創刊。

《少年》，上海：商務印書館，1911年創刊。

《少年中國》，上海：少年中國學會，1919年創刊。

《文創達人誌》，臺北：文創達人誌雜誌社，2013年創刊。

《東方雜誌》，上海：商務印書館，1904年創刊。

《時事新報・學燈》，上海：時事新報，1918年創刊。

《乾坤》詩刊，臺北：乾坤詩刊社，1997年創刊。

《婦人畫報》，上海：良友圖書，1933年創刊。

《晨報副刊：文學旬刊》，北京：文學旬刊社編輯；晨報社出版，1923年創刊。

《晨報副刊》，北京：北京晨報社，1921年創刊。

《清華文藝》，北京：清華大學，1925年創刊。

《現代》，上海：現代書局，1932年創刊。

《現代評壇》，北平：北平現代評壇社，1935年創刊。

《現代詩》，臺北：現代詩社，1953年創刊。

《現代詩》復刊，臺北：現代詩季刊社，1982年創刊。

《現在詩》，臺北：唐山出版社，2002年創刊。

《笠》詩刊，臺中：笠詩刊社，1964年創刊。

《創世紀》詩雜誌，臺北：創世紀詩刊社，1954年創刊。

《創造日》，上海：創造社，1923年創刊。

《創造月刊》，上海：創造社，1926年創刊。

《創造季刊》，上海：創造社，1922年創刊。

《新青年》，上海：群益書社，1915年創刊。（初名《青年雜誌》，1916年9月第二卷起改名《新青年》）

《新詩》，上海：新詩社，1936年創刊。

《新潮》，北京：北京大學出版，1919年創刊。

《詩》，上海：中國新詩社，1922年創刊。

《詩刊》，北京：中國作家出版社，1957年創刊。

《詩林雙月刊》，上海：詩林社，1936年創刊。

《臺灣詩學季刊》，臺北：臺灣詩學季刊雜誌社，1992年創刊。

《語絲》，北京：語絲社，1924年創刊。

《學藝》，東京：丙辰學社，1917年創刊。

《藍星》，臺北：藍星詩社，1961年創刊。

三、古典文獻

王力：《詩經韻讀‧楚辭韻讀》，北京：中華書局，2014年3月。

王奕清（等編），孫通海、王景桐（校點）：《欽定詞譜》，北京：學苑出版社，2008年6月。

呂不韋（主編）：《呂氏春秋》，北京：中華書局，2011年10月。

孟浩然：《孟浩然詩集》卷下，美國：美國哈佛燕京圖書館，明吳

興淩濛初刊閔氏朱墨套印《盛唐四名家集》本。

屈萬里：《詩經詮釋》，臺北：聯經，1983年3月。

范曄（撰），李賢（等注）：《後漢書》，北京：中華書局，1965年
　　5月。

彭定求（等編）：《全唐詩》，北京：中華書局，1960年4月。

揚雄（著），汪榮寶（義疏）：《法言義疏》，北京：中華書局，
　　1987年3月。

逯欽立（輯校）：《先秦漢魏晉南北朝詩》，北京：中華書局，
　　2006年1月。

黃玉順：《易經古歌考釋》（修訂本），上海：上海古籍出版社，
　　2014年5月。

黃遵憲（著）、錢仲聯（箋注）：《人境廬詩草箋注》，上海：上
　　海古籍出版社，1981年1月。

韓愈（著），閻琦（校注）：《韓昌黎文集注釋》，西安：三秦出
　　版社，2004年12月。

龔自珍：《龔自珍己亥雜詩注》，北京：中華書局，1980年8月。

四、相關專著

丁旭輝：《臺灣現代詩圖象技巧研究》，臺北：春暉出版社，2000
　　年12月。

于堅：《于堅的詩》，北京：人民文學出版社，2000年12月。

于堅：《彼何人斯》，重慶：重慶大學出版社，2013年1月。

王力：《漢語詩律學》，北京：中國人民大學出版社，2004年12月。

王珂：〈胡適沒有受到意象派的真正影響——兼論胡適提出「作詩
　　如作文」的原因〉，《中州學刊》2007卷2期，2007年3月，頁
　　208-212。

王瑤：《中國新文學史稿》上冊，上海：上海文藝出版社，1982年

11月。

白萩：《現代詩散論》，臺北：三民書局，2005年2月（二版）。

任遠：《句讀學論稿》，浙江：浙江古籍出版社，1998年5月。

朱自清：〈《中國新文學大系》第八集「詩集」‧導言〉，收入朱
　　自清（編選）、趙家璧（主編）《中國新文學大系》，上海：
　　良友圖書印刷公司，1935年10月。

朱恒：《現代漢語與現代漢詩關係研究》，北京：中國社會科學出
　　版社，2013年4月。

朱德發（主編）：《現代中國文學史精編（1900-2000）》，濟南：
　　山東教育出版社，2013年1月。

江依錚：《現代圖象詩中的音樂性》，臺北：秀威資訊科技，2012年
　　12月。

江勇振：《璞玉成璧1891-1917（舍我其誰：胡適 第一部）》，臺
　　北：聯經出版社，2011年1月。

吳歡章（編）：《中國現代分體詩歌史》，上海：上海大學出版社，
　　2008年7月。

呂進（主編）：《中國現代詩體論》，重慶：重慶出版社，2007年
　　1月。

李可亭：《踥步集》，北京：中國社會科學出版社，2016年1月。

李怡：《中國新詩的傳統與現代》，臺北：秀威資訊科技，2006年
　　11月。

李桂媚：《色彩‧符號‧圖象的詩重奏》，臺北：秀威資訊科技，
　　2018年9月。

沈用大：《中國新詩史（1918-1949）》，福建：福建人民出版社，
　　2006年1月。

周伯乃：《早期新詩的批評》，臺北：成文出版社，1980年5月。

周作人：《中國新文學的源流》，北平：人文書店，1932年9月。

於可訓：《新詩文體二十二講》，武漢：武漢大學出版社，2012年

12月。

松浦友久（著），加藤阿幸、陸慶和（譯）：《日中詩歌比較叢稿》，北京：民族出版社，2002年12月。

松浦友久（著），孫昌武、鄭天剛（譯）：《中國詩歌原理》，瀋陽：遼寧教育出版社，1990年12月。

林燿德：《觀念對話》，臺北：漢光文化，1989年8月。

阿英（編選）、趙家璧（主編）《中國新文學大系》第十集「史料‧索引」，上海：良友圖書印刷公司，1936年2月。

姜濤：〈新詩的發生及活力的展開──20年代卷導言〉，收入《百年中國新詩史略──《中國新詩總系》導言集》，北京：北京大學出版社，2010年3年，頁25-51。

胡全章：《清末白話文運動》，北京：中國社會科學出版社，2015年6月。

胡適：〈五十年來中國之文學〉，收入《胡適文存》二集（卷二），上海：亞東圖書館，1924年11月，頁91-215。

胡適：《四十自述》第4版，上海：亞東圖書館，1937年2月。

胡適：《胡適文存》（初版四卷本），上海：亞東圖書館，1921年12月。

胡適：《胡適文存》二集，上海：亞東圖書館，1924年11月。

胡適：《胡適留學日記》，上海：商務印書館，1947年11月。

夏志清：〈新文學初期作家陳衡哲及其作品選錄〉，1979《現代文學》復刊第6期，頁62。

宮本徹、大西克也（編）：《アジアと漢字文化》，東京：放送大学教育振興会，2009年3月。

徐遲：〈總序：用彩色的光在螢幕上寫作、編輯和出版〉，徐遲《徐遲文集‧第一卷‧詩歌》，北京：作家出版社，2014年10月，頁13-24。

草川未雨：《中國新詩壇的昨日今日和明日》，上海：上海書店，

1985年3月。據北平：海音書局，1929年5月初版影印。

袁進（主編）：《新文學的先驅——歐化白話文在近代的發生、演變和影響》，上海：復旦大學出版社，2014年11月。

袁暉、管錫華、岳方遂著：《漢語標點符號流變史》，武漢：湖北教育出版社，2002年9月。

馬悅然：〈《水滸傳》的瑞典文譯本〉，收入《另一種鄉愁》增訂版，北京：新星出版社，2015年6月，頁94-96。

馬悅然：〈《左傳》中有口語嗎？〉，收入《另一種鄉愁》增訂版，北京：新星出版社，2015年6月，頁73-75。

馬悅然：〈金子般的先秦文學〉，收入《另一種鄉愁》增訂版，北京：新星出版社，2015年6月，頁83-85。

馬悅然：〈被遺忘了的中國近代詩人和新詩〉，載於《明報月刊》36卷7期（總427期），2001年7月，頁49-53。

馬悅然：〈勞動號子的節奏與詩歌的格律〉，收入《另一種鄉愁》增訂版，北京：新星出版社，2015年6月，頁62-65。

馬悅然：〈關於漢語的詩律，1920年代的中文短詩與瑞典詩人特朗斯特羅默（川斯楚馬）的俳句〉演講稿，2016年11月15日臺師大國文學系演講。

張中行：《文言和白話》，北京：中華書局，2007年5月。

張治：《蝸耕集》，收入《六合叢書》，杭州：浙江大學出版社，2012年4月。

張寶明：《文言與白話：一個世紀的糾結》，上海：華東師範大學出版社，2014年5月。

張耀杰：〈北大教授與《新青年》〉，張耀杰《北大教授：政學兩界的人和事》，臺北：秀威資訊科技，2007年12月，頁62-88。

曹先擢：〈漢字在日本‧引言〉，收入何群雄《漢字在日本》，香港：商務印書館，2001年4月，頁I-Ⅲ。

許霆：《中國新詩自由體音律論》，上海：復旦大學出版社，2016年

3月。

許霆：《趨向現代的步履——百年中國現代詩體流變綜論》，南京：南京師範大學出版社，2008年3月。

郭攀：《二十世紀以來漢語標點符號研究》，武漢：華中師範大學出版社，2009年10月。

陳文芬：〈專訪馬悅然，談《俳句一百首》〉，收入《俳句一百首》，臺北：聯合文學，2002年10月，頁120-141。

陳文芬：〈懷有一顆謙謹的心〉，收入《另一種鄉愁》增訂版，北京：新星出版社，2015年6月，頁1-6。

陳芳明：《鏡子和影子——現代詩評論》，臺北：志文出版社，1964年3月。

陳啟佑（渡也）：《渡也論新詩》，臺北：黎明文化事業公司，1983年9月。

陳啟佑（渡也）：《新詩形式設計的美學》，臺中：臺灣詩學季刊雜誌社，1993年2月。

陳啟佑（渡也）：《歷山手記》，臺北：洪範書店，1977年8月。

陳培豐：《想像和界限：臺灣語言文體的混生》，臺北：群學出版，2013年8月。

陳愛中：《中國現代新詩語言研究》，北京：中國社會科學出版社，2007年10月。

陳滅：《抗世詩話》，香港：kubrick出版，2009年7月。

陳歷明：《新詩的生成：作為翻譯的現代性》，北京：商務印書館，2014年10月。

陳巍仁：《臺灣現代散文新論》，臺北：萬卷樓，2001年11月。

陸錫興：《漢字傳播史》，北京：語文出版社，2002年9月。

陸耀東：《中國新詩史（1916-1949）》第1卷，武漢：長江文藝出版社出版，2005年1月。

湯富華：《翻譯詩學的語言向度——論中國新詩的發生》，南京：

南京大學出版社，2013年12月。

程毅中：《中國詩體流變》，北京：中華書局，1992年7月。

馮勝利：《漢語韻律詩體學論稿》，北京：商務印書館，2015年
　　1月。

黃永健：《中國散文詩研究》，北京：中國社會科學出版社，2006年
　　1月。

塔兒、T子（對談）：〈為了詩歌的自由——自由句的誕生〉，收
　　入《自由句：一句話完成你的詩歌》，新北市：遠景出版，
　　2013年7月，頁220-251。

塔兒：〈句人誕生：在自由的喚醒下〉，收入《自由句Ⅱ：句人2
　　作句》，新北市：遠景出版，2016年2月，頁307-319。

塔兒：〈自由句宣言〉，收入《自由句：一句話完成你的詩歌》，
　　新北市：遠景出版，2013年7月，頁2-6。

楊小濱：《歷史與修辭》，蘭州：敦煌文藝出版社，1999年10月。

楊昌年：《現代詩的創作與欣賞》，臺北：文史哲出版社，1991年
　　9月。

楊昌年：《新詩品賞》，臺北：牧童出版社，1978年9月。

楊昌年：《新詩賞析》，臺北：文史哲出版社，1982年9月。

葛曉音：《先秦漢魏六朝詩歌體式研究》，北京：北京大學出版社，
　　2012年3月。

熊輝：《翻譯詩歌在中國的接受》，北京：人民出版社，2016年
　　4月。

管錫華：《中國古代標點符號發展史》，成都：巴蜀書社，2002年
　　10月。

蒲麗琳：〈白馬社詩人唐德剛教授〉，收入中國近代口述史學會編
　　輯委員會編《唐德剛與口述歷史：唐德剛教授逝世周年紀念文
　　集》，臺北：遠流出版，2010年10月，124-136。

趙小東：《現代漢語句法規範研究》，北京：人民出版社，2012年

12月。

趙家璧（主編）：《中國新文學大系‧文學論爭集》，上海：良友
　　圖書公司，1935年。

劉延陵〈美國的新詩運動〉，1922年《詩》1卷2期，頁23-33。

劉琴：《現代漢語與現代文學的關聯性研究》，北京：中國社會科
　　學出版社，2010年6月。

廢名：《新詩講稿》，北京：北京大學出版社，2008年3月。

潘麗珠：《現代詩學》，臺北：五南圖書，1987年9月。

蔡瑜：《唐詩學探索》，臺北：里仁書局，1998年4月。

鄭毓瑜：《姿與言：詩國革命新論》，臺北：麥田出版，2017年
　　2月。

蕭蕭：《現代新詩美學》，臺北：爾雅出版社，2007年7月。

錢玄同：〈嘗試集序〉（詩集版），收入胡適《嘗試集》初版，上
　　海：亞東圖書館，1920年3月，頁1-17。

錢志熙：《唐詩近體源流》，北京：北京大學出版，2015年1月。

謝武彰：《煙波手記》，臺北：蘭亭書店，1982年3月。

織田作之助、田中英光、原民喜（著），伊藤整（等編）：《織田
　　作之助‧田中英光‧原民喜集》，《日本現代文學全集》第95
　　冊，東京：講談社，1966年7月。

顏同林：《方言與中國現代新詩》，北京：中國社會科學出版社，
　　2008年8月。

魏繼洲：《形式意識的覺醒：五四白話文研究》，北京：民族出版
　　社，2011年1月。

曠新年：〈胡適與意象派〉，《中國文化研究》3期，1999年8月，
　　頁47-54。

羅青：〈各取所需論影響──胡適與意象派〉，《中外文學》8卷7
　　期，1979年12月，頁49-75。

羅青：《從徐志摩到余光中》，臺北：爾雅出版社，1978年12月。

羅青：《詩的照明彈》，臺北：爾雅出版社，1994年8月。

蘭賓漢：《標點符號的運用藝術》，北京：中華書局，2006年6月。

五、期刊及學位論文

三ツ井崇（著），李欣潔（譯）：〈開化期朝鮮的「國文」與漢字
　　／漢文的糾葛〉，載於《東亞史集刊》第3期，2012年12月，
　　頁125-126。

三木直大：〈林亨泰中文詩的語言問題——以五〇年代現代詩運動
　　前期為中心〉：《臺灣詩學季刊》37期，2001年11月，頁17-30。

王光明：〈自由詩與中國新詩〉，載於《中國社會科學》第4期，
　　2004年7月，頁161-172。

申祐先：《韓國漢字歷史層次研究》，國立臺灣大學文學院中國文
　　學系博士論文，2015年。

任鴻雋：〈1918年6月8日致胡適信〉，見通信〈新文學問題之討
　　論〉，1918年《新青年》5卷2號，頁168-170。

朱經農：〈新文學問題之討論〉致胡適信（1918年6月5日），1918
　　年《新青年》5卷2號，頁163-165。

江佳璐：〈析論越南漢字音魚虞分韻的歷史層次〉，《語言暨語言
　　學》15卷5期，2004年7月，頁613-634。

佚名：〈我國最早的文字橫排書〉，載於《南京史志》第5期，
　　1996年，頁53。

李貴生：〈論胡適中國文藝復興論述的來源及其作用〉，《漢學研
　　究》31卷1期，2013年3月，頁219-252。

育熙：〈評《旅心》〉（一），載於《晨報副刊》，1927年12月
　　1日。

周作人：〈日本的詩歌〉，1921年5月《小說月報》12卷5號，頁
　　2-10。

周作人：〈古詩今譯〉，1918年《新青年》4卷2期，頁124。

周亞民：〈中日漢字知識庫：漢字傳播與擴散觀點〉，載於《東吳中文學報》第24期，2012年11月，頁247-272。

林巾力：〈想像「現代詩」：以林亨泰五O年代的「現代主義」建構為例〉，載於《中外文學》第35卷2期，2006年7月，頁111-140。

林先渝：〈漢語漢字語的語源譜系與領域分佈〉，載於《韓國學報》第24期，2013年6月，頁1-15。

林亨泰：〈中國詩的傳統〉，1957年《現代詩》20期，頁33-36。

林庚：〈節奏自由詩〉，載於《詩林》第2卷1期，1937年1月，頁4-6。

林鷺：〈野風吹過──憶詩人田湜〉，2002年10月21日《自由時報》自由副刊。

邵冠華：〈論聞一多的死水〉，載於《現代文學評論》第1-2期，1931年5月，頁24。

施錡：〈〈鏡影圖〉的道教源頭與文人趣味滲透：從趙孟頫〈自寫像〉說起〉，載於《民族藝術》第6期，2015年12月，頁148-157。

紀弦：〈方思和他的詩〉（上），1955年《現代詩》11期秋季號，頁124-125。

紀弦：〈方思和他的詩〉（下），1955年《現代詩》12期冬季號，頁162。

紀弦：〈阿保里奈爾動物詩〉，1953年《現代詩》2期，頁31。

紀弦：〈談林亨泰的詩〉，1956年4月《現代詩》14期，頁66-69。

胡適：〈《嘗試集》第二編初稿本自序〉（1918年6月7日夜作），轉引自陳子善〈新發現的胡適《嘗試集》第二編自序〉，刊於2011年12月17日《東方早報》上海書評版。

胡適：〈1917年11月20日致錢玄同信〉（〈讀小說及白話韻文〉通信），載於《新青年》第4卷1號，1918年，頁78。

胡適：〈文學改良芻議〉，1917年1月《新青年》2卷5號，頁2-4。

胡適：〈我為什麼要做白話詩〉（〈嘗試集自序〉），1919年《新青年》6卷5號，頁488-499。

胡適：〈建設的文學革命論〉，1918年《新青年》4卷4期，頁289-306。

胡適：〈新文學問題之討論〉，1918年《新青年》5卷2號，頁171-173。

胡適：〈新文學問題之討論〉覆朱經農信（1918年7月14日），1918年《新青年》5卷2號，頁165-168。

胡適：〈逼上梁山──文學革命的開始〉，載於《東方雜誌》31卷1號（三十週年紀念號），1934年，頁15-31。

胡適：〈嘗試集自序〉，《嘗試集》初版，上海：亞東圖書館，1920年3月，頁19-43。

胡適：〈嘗試集自序〉，刊於1919年9月22日《北京大學日刊》第三版。

胡適：〈談新詩：八年來一件大事〉，刊於1919年10月10日《星期評論》雙十節紀念專號，第五張。

夏濟安：〈白話文與新詩〉，收入《夏濟安選集》，載於《文學雜誌》第2卷1期，1957年3月，頁80。

孫國彬：〈試論朱德潤與〈渾淪圖〉〉，載於《美術研究》第3期，1990年10月，頁48-50。

宮力：〈豈有繩墨之可量哉─元代朱德潤〈渾淪圖〉繪法考〉，載於《中國藝術》第1期，2016年2月，頁136-138。

康白情：〈新詩底我見〉，1920年《少年中國》1卷9期，頁1-14。

許俊雅：〈新詩教學：談新詩的標點符號與分行〉，載於《國立編譯館通訊》第12卷3期，1999年7月，頁14-24。

郭沫若：〈我的作詩的經過〉，1936年《質文》2卷2期，頁25。

陳志文：〈略論《安子日程》的漢語文化圈內涵─以喃字、中文與日語之兩字漢字為範疇〉，載於《明道日本語教育》第8期，

2014年8月，頁39-56。

程巍：〈胡適版的「歐洲各國國語史」：作為旁證的偽證〉，《北京第二外國語學院學報》6期，2009年6月，頁8-20。

黃心儀：〈臺灣圖象詩——讓文字越界〉，《漢學研究通訊》34卷1期，2015年2月，頁17-27。

聞一多：〈詩的格律〉，1926年5月《晨報副鐫・詩鐫》第7號，頁29-31。

劉半農（劉半儂）：〈我之文學改良觀〉，載於《新青年》第3卷3號，1917年，頁9。

蔡瑜：〈永明詩學的另一面向——「文」的形構〉，載於《漢學研究》第33卷2期，2015年6月，頁227-260。

蔡瑜：〈永明詩學與五言詩的聲境形塑〉，載於《清華學報》第45卷1期，2015年3月，頁35-72。

蔣寅：〈一代有一代之文學——關於文學繁榮問題的思考〉，載於《文學遺產》第5期，1994年9月，頁11-17。

錢玄同：〈1917年2月25日致陳獨秀信〉（通信欄），1917年《新青年》3卷1號，頁4。

錢玄同：〈1917年底致胡適信〉（〈讀小說及白話韻文〉通信），1918年《新青年》4卷1號，頁79-80。

錢玄同：〈新文學與今韻問題〉（致劉半農信），載於《新青年》4卷1號，1918年，頁80-84。

錢玄同：〈嘗試集序〉（第一版），刊《新青年》4卷2號，1918年，頁136-142。

嚴忠政：《場域與書寫——新世代詩人書寫走向之研究》，南華大學文學研究所碩士論文，2004年。

嚴翼相：〈韓國漢字音和中國方言的語音類似度〉，載於《語言暨語言學》第6卷3期，2005年7月，頁483-498。

秀威經典　　　　　語言文學類　PG2375　台灣詩學論叢15

巨靈：百年新詩形式的生成與建構

作　　　者／林秀赫
論叢主編／李瑞騰
責任編輯／石書豪
圖文排版／楊家齊
封面設計／劉肇昇

出版策劃／秀威經典
發 行 人／宋政坤
法律顧問／毛國樑　律師
印製發行／秀威資訊科技股份有限公司
　　　　　114台北市內湖區瑞光路76巷65號1樓
　　　　　電話：+886-2-2796-3638　傳真：+886-2-2796-1377
　　　　　http://www.showwe.com.tw
劃撥帳號／19563868　戶名：秀威資訊科技股份有限公司
　　　　　讀者服務信箱：service@showwe.com.tw
展售門市／國家書店（松江門市）
　　　　　104台北市中山區松江路209號1樓
　　　　　電話：+886-2-2518-0207　傳真：+886-2-2518-0778
網路訂購／秀威網路書店：https://store.showwe.tw
　　　　　國家網路書店：https://www.govbooks.com.tw

2019年12月　BOD一版
定價：560元
版權所有　翻印必究
本書如有缺頁、破損或裝訂錯誤，請寄回更換

國家圖書館出版品預行編目

巨靈：百年新詩形式的生成與建構 / 林秀赫作.
-- 一版. -- 臺北市：秀威經典, 2019.12
　　　面；　　公分. -- (語言文學類 ; PG2375) (臺
灣詩學論叢 ; 15)
　BOD版
　ISBN 978-986-98273-4-8(平裝)

　1. 臺灣詩　2. 新詩　3. 詩評

863.21　　　　　　　　　　　　　　108020895

讀 者 回 函 卡

感謝您購買本書，為提升服務品質，請填妥以下資料，將讀者回函卡直接寄回或傳真本公司，收到您的寶貴意見後，我們會收藏記錄及檢討，謝謝！
如您需要了解本公司最新出版書目、購書優惠或企劃活動，歡迎您上網查詢或下載相關資料：http:// www.showwe.com.tw

您購買的書名：＿＿＿＿＿＿＿＿＿＿＿＿＿＿＿＿＿＿＿＿＿＿＿＿＿

出生日期：＿＿＿＿＿年＿＿＿＿＿月＿＿＿＿＿日

學歷：□高中 (含) 以下　　□大專　　□研究所 (含) 以上

職業：□製造業　□金融業　□資訊業　□軍警　□傳播業　□自由業
　　　□服務業　□公務員　□教職　　□學生　□家管　　□其它＿＿＿

購書地點：□網路書店　□實體書店　□書展　□郵購　□贈閱　□其他

您從何得知本書的消息？

　□網路書店　□實體書店　□網路搜尋　□電子報　□書訊　□雜誌
　□傳播媒體　□親友推薦　□網站推薦　□部落格　□其他＿＿＿＿＿

您對本書的評價：（請填代號　1.非常滿意　2.滿意　3.尚可　4.再改進）

　封面設計＿＿＿　版面編排＿＿＿　內容＿＿＿　文／譯筆＿＿＿　價格＿＿＿

讀完書後您覺得：

　□很有收穫　□有收穫　□收穫不多　□沒收穫

對我們的建議：＿＿＿＿＿＿＿＿＿＿＿＿＿＿＿＿＿＿＿＿＿＿＿＿＿

＿＿＿＿＿＿＿＿＿＿＿＿＿＿＿＿＿＿＿＿＿＿＿＿＿＿＿＿＿＿＿＿

＿＿＿＿＿＿＿＿＿＿＿＿＿＿＿＿＿＿＿＿＿＿＿＿＿＿＿＿＿＿＿＿

＿＿＿＿＿＿＿＿＿＿＿＿＿＿＿＿＿＿＿＿＿＿＿＿＿＿＿＿＿＿＿＿

11466
台北市內湖區瑞光路 76 巷 65 號 1 樓

秀威資訊科技股份有限公司　　　收

BOD 數位出版事業部

....

（請沿線對折寄回，謝謝！）

姓　　名：＿＿＿＿＿＿＿＿＿　年齡：＿＿＿＿＿　性別：□女　□男

郵遞區號：□□□□□

地　　址：＿＿＿＿＿＿＿＿＿＿＿＿＿＿＿＿＿＿＿＿＿

聯絡電話：(日) ＿＿＿＿＿＿＿＿＿　(夜) ＿＿＿＿＿＿＿＿＿

E - m a i l：＿＿＿＿＿＿＿＿＿＿＿＿＿＿＿＿＿＿＿